**Le Roman de
John F. Kennedy junior**

LOUISE BOURBONNAIS

Le Roman de
John F. Kennedy junior

Photographies de la couverture :
La Presse Canadienne / Mark Lennihan (John F. Kennedy junior)
iStockphoto.com / Sarun Laowong (Photo arrière-plan)
Blang photographe (Louise Bourbonnais)

Retouche numérique : Alain Cusson

Conception graphique et mise en page : Ève St-Cyr / Ozalid Graphik

ISBN 978-2-9811232-0-6

Dépôt légal – Bibliothèque et Archives nationales du Québec, 2009
Dépôt légal – Bibliothèque et Archives Canada, 2009

2009, ÉDITIONS ATTRACTION INC.

Diffusion au Canada : DLM

Éditions ATTRACTION
74, Du Blainvillier
Blainville (Québec) J7C 5B6
www.editionsattraction.com

Pour communiquer avec l'auteure :
lbourbonnais@videotron.ca

Catalogage avant publication de Bibliothèque et Archives nationales du Québec et Bibliothèque et Archives Canada

Bourbonnais, Louise
      Le roman de John F. Kennedy junior
      ISBN 978-2-9811232-0-6
1. Kennedy, John F. (John Fitzgerald), 1960-1999 – Romans, nouvelles.
I. Titre.

PS8603.O944R65 2009 C843'.6   C2009-941844-4
PS9603.O944R65 2009

IMPRIMÉ AU CANADA

À tous les pilotes, les passionnés d'aviation…
Et à la mémoire de tous les pilotes qui ont perdu la vie dans un tragique
accident d'avion, ainsi qu'à leurs proches, dont les vies ont basculé.

Pour certains, voler, c'est s'intégrer au charme que dégagent les paysages
semblables à un tableau idyllique rappelant un riche mélange de
quiétude, d'harmonie et d'intensité permettant de croire que tout est
possible dans l'absolu.

Louise B.

AVANT-PROPOS

Ce livre pouvant être considéré comme un roman biographique est avant tout une œuvre de fiction, bien que le personnage héroïque de cet ouvrage soit John F. Kennedy junior, une personnalité qui a marqué l'histoire, décédé tragiquement le vendredi 16 juillet 1999 à l'âge de 38 ans, lorsqu'il a perdu la maîtrise de son Piper Saratoga au-dessus de l'océan Atlantique, près des côtes de Martha's Vineyard, entraînant avec lui dans la mort sa femme, Carolyn Bessette, et sa belle-sœur, Lauren Bessette. Fils du 35e président des États-Unis, assassiné à Dallas le 22 novembre 1963, John F. Kennedy junior était une figure connue, non seulement dans toute l'Amérique, mais aussi partout dans le monde. Il occupait une place spéciale dans le cœur des Américains, souvent désigné comme l'enfant chéri d'Amérique, puis comme le prince charmant d'Amérique. Néanmoins, cet ouvrage est un roman où la fiction occupe une place importante. La majorité des personnages secondaires de ce livre et les événements qui leur sont rattachés sont le fruit de mon imagination. J'ai donc volontairement romancé certains propos et éléments de cette histoire.

Cependant, une grande partie des faits racontés à propos de John F. Kennedy junior, notamment ceux liés à l'aviation, sa passion pour le pilotage, son expérience de vol ainsi que son accident d'avion fatal sont le résultat de nombreuses recherches minutieuses, ils sont réels et authentiques alors que certains événements sont fictifs ou s'avèrent très près de la réalité. Il en revient à la perspicacité du lecteur de démythifier où se situe la frontière entre le fictif et le réel, qui est souvent bien mince.

Comme la majorité des pilotes, j'ai été interpellée par l'accident tragique de John F. Kennedy junior. La passion pour l'aviation qui m'anime depuis plus de vingt ans, tout comme mon métier de journaliste, m'ont poussée à examiner le rapport officiel de l'enquête, ainsi qu'à mener des recherches exhaustives afin d'aller au fond des choses. J'ai donc choisi de livrer le fruit de mes recherches en écrivant ce roman. J'ai voulu traiter sous un angle différent les caractéristiques de John F. Kennedy junior, cet homme complexe, en mettant l'accent principalement sur sa passion pour le pilotage et sur sa vision reliée à l'aviation. Ainsi sont révélées ses qualités de pilote de même que ses faiblesses. Finalement, j'ai voulu faire la lumière sur cet accident d'avion et sur les conclusions de l'enquête menée par le National Transportation Safety Board (NTSB) en allant au-delà du rapport officiel tout en faisant preuve de discernement et d'objectivité. Et même si je souhaite dédier ce livre à la mémoire de John F. Kennedy junior, l'objectif premier de ce roman demeure le divertissement.

Louise Bourbonnais

Samedi 17 juillet 1999

7h35 du matin

L a voix formelle et sombre du présentateur télé avait résonné dans les haut-parleurs.

«John F. Kennedy junior, le fils du 35e président des États-Unis d'Amérique, manque à l'appel. L'avion qu'il pilotait hier soir a disparu en mer alors qu'il se dirigeait vers l'aéroport de Martha's Vineyard. Il avait décollé de l'aéroport de Caldwell au New Jersey hier soir à 20h30. Il était accompagné de sa femme, Carolyn Bessette, ainsi que de sa belle-sœur, Lauren Bessette. Il devait se rendre ensuite à Hyannis Port pour assister au mariage de sa cousine, Rory Kennedy, la fille cadette de Robert F. Kennedy, ex-sénateur assassiné.»

Stéphanie, qui vacillait, fit un effort pour porter attention aux images que l'on diffusait en rafale au petit écran. Terrifiée, son corps tout entier tremblait. Les larmes lui brouillaient la vue, mais elle pouvait tout de même distinguer des navires qui procédaient à des missions de recherche le long de la côte de Martha's Vineyard au large de Cape Cod. Des hélicoptères survolaient également l'océan.

«Une importante mission de recherche et sauvetage est en cours pour retrouver John F. Kennedy junior», venait de déclarer le commandant Webster, de la Garde côtière de Woods Hole, au Massachusetts. «Les Garde-côtes et la FAA[*] ont déployé d'importantes recherches air-mer. On ne sait toujours pas, si l'avion a plongé dans l'océan ou s'il s'est posé quelque part. Le NTSB[**] a été avisé avant l'aube à 4h30 ce matin.»...

Stéphanie n'a jamais entendu la suite du bulletin spécial; elle avait perdu conscience.

---

[*] *FAA: Federal Aviation Administration*
[**] *NTSB: National Transportation Safety Board*

CHAPITRE 1

Mardi 20 juillet 1999

Quatre jours après l'accident de John F. Kennedy junior

Stéphanie Delorme survolait le ciel de Manhattan en direction de l'aéroport de Caldwell au New Jersey. Des brèches de lumière se taillaient une place dans un ciel fragmenté de nuages. Lorsqu'elle avait quitté le petit aéroport municipal de Chatham à Cape Cod, moins de deux heures plus tôt, le soleil venait à peine de se lever, et déjà on pouvait distinguer une fine brume sèche à l'horizon, laissant présager une autre journée chaude et humide. Elle savait que les chauds rayons de soleil ne tarderaient pas à dissoudre les cumulus qui demeuraient encore accrochés. Elle n'avait pu s'empêcher de bifurquer vers la côte de Martha's Vineyard après son décollage. Elle aurait souhaité survoler l'océan à l'endroit précis dans le détroit du Rhode Island où John avait disparu, mais elle s'en sentait incapable pour l'instant. On croyait que John avait perdu la maîtrise de son appareil à 27 km à l'ouest des côtes de Martha's Vineyard. Elle s'était tout de même approchée suffisamment près pour distinguer le *USS Grasp* de la US Navy qui s'affairait à poursuivre les recherches pour retrouver le Piper Saratoga de John. Elle avait ensuite mis le cap vers New York, prête à affronter la réalité qui l'attendait.

— Novembre7527Roméo, changez de fréquence pour la tour de Caldwell sur 119.8.

La voix du contrôleur de la zone du Terminal de New York qui venait de lancer les lettres et numéros d'appel de son aéronef sur les ondes avait résonné dans son casque d'écoute, ramenant brusquement son attention à son poste de pilotage. Elle accusa réception avant de syntoniser la fréquence de Caldwell, d'Essex County, son port d'attache.

– Tour Caldwell, Novembre7527Roméo, Piper Warrior 161, 2 500 pieds, demande autorisation pour un arrêt complet.

Après avoir fourni sa position exacte auprès du contrôleur aérien ainsi que son code transporteur permettant au contrôleur de l'identifier rapidement sur son écran, elle reçut l'autorisation d'intercepter le circuit vent arrière en vue d'atterrir. C'était la façon de faire la plus habituelle. Le trafic aérien était plutôt discret à cette heure de la journée, à l'aéroport de Caldwell où circulaient principalement de petits appareils dédiés aux pilotes amateurs.

– Autorisation d'atterrir Novembre7527Roméo piste 22, lança ensuite le contrôleur de Caldwell, quelques minutes plus tard.

Une fois au sol, Stéphanie roula sur le *taxiway* en direction des hangars et s'arrêta devant celui de John. Elle ne s'était pas encore habituée à l'idée qu'il s'agissait, depuis peu, de sa place de stationnement à elle, et continuait de penser que c'était encore celle de John. Dès qu'elle eut débarqué, un préposé poussa son Piper Warrior pour le stationner à l'intérieur.

– John tenait à ce que vous l'utilisiez, dit-il.

Elle remercia le préposé et récupéra son porte-documents de vol ainsi que son sac de voyage, et marcha d'un pas pressé vers sa Ford Mustang, garée dans le stationnement.

Un peu plus loin, Matthew Jackson était en train de préparer son Piper Cherokee 140 en vue de décoller pour un vol local lorsqu'il aperçut Stéphanie qui s'éloignait du tarmac. Personne ne pouvait manquer la grande blonde aux longs cheveux bouclés. Elle portait un jeans et une chemise blanche à manches longues dont elle avait roulé les manches. Elle s'habillait souvent comme les hommes, pour

– Ça va, je suis prête. Écoute, si tu veux, on peut se voir ce soir pour discuter de tout ça.

– OK, passe chez moi après ta journée de travail, on ira manger une bouchée quelque part.

– D'accord, à plus tard, répondit-elle en s'éloignant du tarmac.

– Lorsque Stéphanie arriva à la salle des nouvelles du *New York Times*, elle retrouva rapidement ses repères. Comme d'habitude, il y régnait une sorte de frénésie. Les sonneries de téléphone entrecoupaient le brouhaha des conversations, il y avait un va-et-vient constant. Des journalistes quittaient brusquement leur poste de travail comme s'ils venaient de découvrir le scoop du siècle pendant que d'autres surgissaient en coup de vent. En regagnant son poste de travail, Stéphanie remarqua que le courrier et les journaux s'étaient empilés sur son bureau depuis qu'elle avait quitté le *Times* mercredi soir dernier.

Les grands titres à la une de divers journaux lui laissaient un goût amer. On parlait de l'accident de John, et plusieurs journalistes rejetaient tout le blâme sur lui.

The Express: *"Last fatal risk of a daredevil"**
The Mirror: *"INSANITY JFK should never have been flying say experts"***

Jeff Brown, le célèbre journaliste du *New York Times*, un Américain d'origine britannique, venait d'apercevoir Stéphanie. Il se dirigea aussitôt vers elle. Il s'agissait d'un grand brun aux cheveux courts, vêtu d'un pantalon foncé, d'une chemise beige et d'une cravate assortie. Cet homme élégant d'une grande finesse portait toujours une attention particulière à son style vestimentaire. Jeff était l'ami, le collègue et le confident de Stéphanie. Âgé de 40 ans, il représentait pour elle la maturité, l'intelligence et le professionnalisme. Tel un pilier, il ne l'avait jamais laissée tomber.

Dès leur première rencontre, à l'époque où Stéphanie était mariée à Derek, il y avait eu une sorte de complicité instantanée,

---

* *« Le dernier risque fatal d'un casse-cou »*
** *« DE LA FOLIE selon les experts, JFK n'aurait jamais dû voler »*

comme s'ils se connaissaient depuis toujours. Au fil des ans, cette amitié s'était développée. Ils pouvaient échanger sur divers sujets d'actualité tout en demeurant sur la même longueur d'onde. Ils se comprenaient et se vouaient un respect mutuel. Ils défendaient souvent les mêmes idéaux, bien que leur travail au *New York Times* était très différent. Jeff couvrait principalement les dossiers chauds touchant l'actualité : les grandes tragédies, les tueries, les catastrophes. Par sa rigueur et son expérience, il avait gagné une grande crédibilité auprès de la haute direction du *Times* ainsi que le respect de ses pairs. Il s'était également bâti une forte notoriété auprès du public étant souvent interviewé sur diverses chaînes télé pour défendre ses opinions ou pour apporter des précisions dans des émissions d'affaires publiques.

Stéphanie, qui détestait la violence, n'aurait jamais voulu travailler sur les événements que Jeff couvrait. Elle préférait les causes sociales. Elle excellait dans le dramatique, lorsqu'elle écrivait sur la pauvreté, sur la misère dans le monde ou sur le taux de suicide élevé. Elle avait une rubrique hebdomadaire qui traitait d'affaires sociales et, en plus, elle réalisait de grandes interviews toujours à caractère social où l'angle humain était favorisé. Elle adorait enquêter ou interviewer des gens sur ces sujets qui comptaient beaucoup à ses yeux. Son travail la faisait voyager principalement au pays, et parfois ailleurs dans le monde. Elle assistait à des conférences internationales, notamment sur les droits de la personne. Stéphanie adorait débattre avec Jeff des grands phénomènes de société en s'imaginant avoir le pouvoir de refaire le monde le temps d'un souper.

– Ça va, Steph ?

– Mieux que le week-end dernier…

– Tu es resplendissante, malgré les événements. Et, dis-moi, ton vol de retour s'est bien passé ?

– Oui, bien sûr ! Et toi, tu dois être submergé par le boulot ?

– C'est la folie ! J'avais vraiment hâte que tu arrives, tout se bouscule ici. J'ai à te parler, allons dans la salle à côté…

Habituellement, Jeff et Stéphanie ne collaboraient jamais ensemble sur un même dossier. Mais aujourd'hui, il y avait exception. Le rédacteur en chef, Paul Thompson, avait demandé l'assistance de Stéphanie, sachant qu'elle détenait une licence de pilote commerciale et qu'elle pilotait régulièrement de petits appareils depuis près de vingt ans.

— J'ai récolté pas mal d'infos durant toute la journée hier, précisa Jeff en lui montrant une pile de documents. Es-tu certaine d'être prête à analyser tout ça ? demanda-t-il, une fois enfermés dans une petite salle de conférence, alors qu'il s'inquiétait pour elle.

— Oui, je préfère m'occuper l'esprit, c'est mieux que de penser au vide.

— Tu sembles bien en apparence, mais je peux m'imaginer que tu n'es pas remise du choc. On ne peut accepter une chose pareille en si peu de temps, affirma Jeff, qui avait remarqué qu'elle portait plus de maquillage que de coutume. Tout probablement pour dissimuler ses cernes, pensa-t-il.

— Ça va aller.

— Si cela peut te rassurer, personne n'est au courant de quoi que ce soit concernant John et toi. Ils savent tous que l'aviation est ton loisir, sans plus.

— Parfait alors.

— Ce qui me met en rogne, c'est que j'ai eu hier un des instructeurs de vol de John au téléphone qui était prêt à m'accorder une interview aujourd'hui, et finalement, hier en toute fin de journée, il m'a laissé un message pour se décommander sans me donner de motif. J'ai tenté de le joindre à nouveau ce matin, mais sans succès.

— N'en fais pas un drame, on a souvent affaire à des gens qui changent d'avis.

— Oui, mais cette fois c'est différent. J'en ai parlé à Ron, qui travaille aussi sur l'affaire ; il avait un rendez-vous avec un collaborateur au magazine *George*, qui s'est également décommandé. Une rumeur circule sur la sœur de John, Caroline Kennedy Schlossberg. Apparemment, elle aurait fait pression sur l'entourage de John pour les inciter à ne pas accorder d'entrevues à la presse. Elle se serait notamment adressée aux membres de l'équipe du magazine *George*. Je crains qu'il en soit de même pour ses instructeurs de vol.

– Je ne suis pas surprise, il y a beaucoup en cause. Elle veut sans doute le protéger, c'est légitime. On ferait sans doute la même chose à sa place.

– Si tout le monde reste muet, il faudra se débrouiller autrement et mener notre propre enquête. Je compte sur toi, Steph. D'autant plus que l'enquête du NTSB prendra des mois avant de tirer ses conclusions sur les causes de l'accident de John.

– Bon attaquons alors, par quoi veux-tu commencer ?

– Par les conditions météorologiques. On parle de conditions de vol marginales ; qu'est-ce qui est légal et qu'est-ce qui est marginal ?

– Tout d'abord, il faut savoir que John avait une licence lui permettant uniquement de pratiquer le vol à vue, qu'on appelle le vol VFR*. Il n'avait pas encore sa licence de vol aux instruments, IFR**. Il avait fait la partie théorique du cours et avait réussi son test écrit théorique, mais il n'avait pas complété sa formation pratique de vol aux instruments et n'était donc pas prêt à passer son test en vol. En fait, il n'avait suivi que la moitié de la formation pratique. Maintenant, selon la réglementation aérienne, la FAA exige qu'un pilote doit avoir au minimum trois milles statuts de visibilité devant lui pour piloter selon les règles de vol à vue. Cependant, à partir du moment où la visibilité est à moins de six milles statuts, les conditions de vol sont considérées comme marginales. Il faut être un pilote très expérimenté pour voler dans des conditions de vol marginales, et davantage de nuit.

– Et tu considérais John comme un pilote expérimenté ?

Stéphanie poussa un soupir, la question étant si relative.

---

* *Visual Flight Rules*
** *Instrument Flight Rules*

Depuis le début de la conversation, Jeff avait pris des notes. Stéphanie était consciente que ses propos avaient de fortes chances de se retrouver dans le journal du lendemain. Elle voulait aider Jeff, son fidèle ami, mais sans nuire à John. Cela aurait été une trahison.

– Pas pour voler dans des conditions de vol marginales la nuit, dans la brume au-dessus de l'océan, se contenta-t-elle de répondre.

– John avait 310 heures de vol à son carnet de vol. Est-ce un pilote expérimenté ?

– Ce genre de question ne se répond pas par un oui ou par un non. Je dirais qu'il s'agit d'une expérience confortable pour un pilote privé. Tout dépend de la fréquence à laquelle on vole, en combien de temps on a cumulé ses heures, et si on les a volées en solo ou en double. Certains pilotes te diront que c'est suffisant pour avoir soudainement trop confiance en soi et commettre des erreurs.

– Steph, il me semble t'avoir déjà entendu dire que tu cumulais plus de 1 800 heures de vol, je me trompe ?

– Jeff, c'est différent ! Tu oublies que je vole depuis 18 ans et j'ai dû cumuler des heures pour accéder à la formation de pilote commercial. Cela n'a rien à voir. John était pilote depuis seulement 15 mois. C'est tout de même considérable d'avoir 300 heures de vol à son carnet en si peu de temps.

– J'ai consulté le service météorologique destiné à l'aviation de vendredi dernier, le jour de l'accident. J'ai retracé le rapport que John a consulté en fin d'après-midi vendredi. La prévision à l'aéroport de Caldwell indiquait un ciel clair, une visibilité de 4 milles nautiques dans la brume et des vents de 230 degrés à 7 nœuds. Alors qu'à Martha's Vineyard on prévoyait une visibilité de 6 milles dans la brume et des vents de 230 degrés à 13 nœuds. L'observation en temps réel à l'aéroport de Caldwell au moment du décollage était effectivement de 4 milles nautiques dans la brume. Selon toi, c'était acceptable pour décoller ?

– Jeff, je veux bien t'aider, mais je n'ai pas envie de lire ça dans l'édition de demain. On en retrouve déjà bien assez dans l'ensemble des journaux à ce sujet. John n'a pas commis d'infraction, c'était légal de décoller avec ces prévisions, mais je répète que c'était limite pour un pilote d'expérience, particulièrement la nuit au-dessus de l'océan où il n'y a pas de repères visuels. Tu dois comprendre que pour un pilote VFR, les repères visuels sont essentiels pour un vol sécuritaire. Les lumières des villes la nuit, le long de la côte, forment une ligne d'horizon et sont d'importants repères visuels. Si tu supprimes tous les éléments visuels en volant au-dessus de l'océan la nuit, ça revient à supprimer tout repère. On ne distingue alors plus l'horizon naturel, car le ciel se confond à l'océan et on court inévitablement à la catastrophe.

— Et si on ajoute à cela une épaisse brume, c'est suicidaire…

Stéphanie se leva, tournant le dos à Jeff. Elle demeura silencieuse.

— Désolé, Stéphanie. Je me doutais que c'était trop tôt pour t'embêter avec toutes ces questions et hypothèses. Je suis désolé.

Jeff respectait trop Stéphanie pour l'embarrasser.

— Si tu veux, on arrête tout maintenant, poursuivit-il. Je ne veux pas compromettre notre amitié.

Stéphanie avait du mal à retenir ses larmes ; elle était triste et ne comprenait toujours pas les décisions de John. Jeff s'approcha d'elle et la prit par les épaules.

— Je comprends, Steph, que ce soit difficile pour toi. Tu n'as pas à te sentir coupable si tu ne veux plus répondre à mes questions ; rien ne t'y oblige, affirma-t-il en la regardant dans les yeux. Ses magnifiques yeux bleus s'étaient transformés, ils reflétaient à présent une profonde tristesse.

— Jeff, j'ai besoin de me confier, finit-elle par dire. J'ai besoin de te révéler certaines choses au sujet de John et de l'accident, mais tu dois me promettre de ne pas écrire ce que je vais te raconter.

Stéphanie avait une confiance sans bornes en Jeff. Il était son fidèle ami depuis si longtemps, il avait toujours été là pour elle.

– Alors, tu dois attendre qu'on me retire le dossier avant de te confier, car cela aura inévitablement une incidence sur mon jugement et mes propos dans mes prochains articles.

– Oui… entendu. Je vais répondre alors uniquement à tes questions d'ordre aéronautique et je m'abstiendrai concernant celles relatives à John, notamment sur son comportement en vol. Tu devras tirer tes propres conclusions.

– OK, c'est de bonne guerre.

Voulant alléger la conversation, Jeff changea de registre.

– Tu ne vas pas croire ce que j'ai reçu ce matin. Une astrologue m'a envoyé par télécopieur le thème astrologique de John.

– Ce n'est pas vrai, tu te moques de moi.

– Si, c'est vrai, répondit Jeff en sortant d'un dossier le thème natal de John. D'après l'interprétation de l'astrologue, la mort de John ne serait pas un accident fatal. Il y aurait plutôt quelque chose de suicidaire dans les actions de John, selon la position des planètes.

– Ridicule! Complètement ridicule.

– De prime abord , oui, mais peut-être pas tant que ça. Je dois analyser toutes les pistes et faire preuve d'objectivité. John avait beaucoup de problèmes, après tout.

Stéphanie préférait ne pas poursuivre sur le sujet. Si Jeff savait, pensa Stéphanie, jamais il ne pourrait croire à une telle éventualité. Mais ce n'était pas le moment de tout révéler. Pas encore, il fallait attendre un peu. Jeff poursuivit ses questions à propos des plans de vol jusqu'à ce que la conversation soit interrompue par un coup de téléphone important. À peine avait-il raccroché qu'il lui annonçait qu'il devait quitter.

Stéphanie retourna donc à ses dossiers; elle avait pris un retard considérable. La journée passa à la vitesse de l'éclair et, en fin de journée, elle téléphona à Matthew pour lui dire de ne pas l'attendre pour souper et qu'elle se rendrait chez lui plus tard en soirée. De toute façon, elle n'avait pas faim. Elle avait perdu l'appétit tout comme son enthousiasme habituel. Mais elle avait réussi à refouler ses larmes durant toute la journée, c'était déjà beaucoup. De plus, elle avait reçu un message de sa copine Melanie qui se trouvait en vacances sur la côte ouest du pays. Celle-ci se demandait si elle n'avait pas quelque chose à raconter au sujet du terrible accident de John. Heureusement, Mel était à des kilomètres d'ici, autrement elle serait déjà au *Times* en train de la bombarder de questions. Malgré leur amitié, Stéphanie ne lui avait jamais révélé la vérité au sujet de John, sachant que sa copine aurait eu trop de mal à tenir sa langue et aurait inévitablement tout raconté à son petit ami journaliste au *New York Post*.

Lorsqu'elle arriva chez Matthew en soirée, elle était épuisée, mais elle préférait passer du temps avec lui plutôt que de se retrouver seule dans son appartement. Et de toute façon, malgré la fatigue qui l'accablait, elle savait qu'elle n'arriverait pas à dormir, pas plus que les nuits précédentes.

— Pat m'a raconté que depuis samedi plusieurs journalistes rôdent à l'aéroport de Caldwell en quête d'indices, affirma Matthew d'emblée. Ils posent des questions à n'importe qui dans l'espoir de décrocher de l'information sur John et sur sa façon de piloter.

— Je ne suis pas surprise.

— Heureusement, Patrick a su faire preuve de discrétion.

Patrick Smith était un fidèle ami de John et de Matthew. Stéphanie le connaissait plus ou moins bien malgré qu'elle le croisait chaque semaine depuis que son avion était garé à l'aéroport de Caldwell, à Essex County au New Jersey. Patrick, qui travaillait à l'aéroport, s'y trouvait pratiquement toujours, ayant pour principale tâche, l'entretien des appareils. Il détenait une formation d'ingénieur en aéronautique et comptait de nombreuses années d'expérience. Il semblait connaître tous les types d'appareils sur le marché. L'homme de 48 ans à moitié chauve était considéré par ses pairs comme un véritable pro de l'aéronautique.

— Pat m'a raconté qu'en discutant avec John, quelques jours avant l'accident, il avait remarqué un changement d'attitude chez lui. Il s'était montré très confiant à voler en solo sur son Saratoga.

Pat a même été surpris de constater cette surdose de confiance en lui, alors que John volait la majorité du temps en double avec un instructeur. Trop souvent, hélas !

— Vraiment étrange, répondit Stéphanie. Lui, qui a fait la grande majorité de ses heures en double, pourquoi a-t-il pris des risques ce jour-là ? Je ne comprends toujours pas. Comme je te l'ai dit samedi dernier, on s'était entendus John et moi, pour qu'il vole avec un instructeur. On en avait discuté quelques jours auparavant. Sa cheville lui faisait encore trop mal, il marchait avec des béquilles et il avait besoin d'assistance pour piloter, d'autant plus qu'il était encore sous médication. Il était d'accord pour voler avec un instructeur.

— Personne ne comprend. Pat m'a aussi précisé que son instructeur s'était décommandé quelques jours plus tôt, mais plusieurs autres instructeurs de vol avaient offert de l'accompagner. John a décliné toutes les propositions. Il voulait voler en solo coûte que coûte, sans écouter les conseils de qui que ce soit.

— Ça me désole.

— Pourtant, tu es bien placée pour savoir à quel point John pouvait être têtu par moments, ajouta Matthew. On a fait le décompte de ses heures, Pat et moi, suite à ce que tu m'as révélé samedi dernier. Et tu avais raison, son dernier vol en solo à bord de son Saratoga remonte bien au 28 mai dernier. C'était son premier vol solo avec son Saratoga, et aussi son dernier vol en solo jusqu'au jour de l'accident. Il n'a donc fait qu'un seul vol solo sans instructeur ou copilote si on exclut celui que tu as fait avec lui.

— J'aurais préféré m'être trompée, fit remarquer Stéphanie.

— De ses 310 heures de vol, dont 55 heures ont été volées de nuit, John avait volé seulement 72 heures en solo, principalement sur son Cessna 182, continua Matthew, qui tenait à lui dévoiler le décompte exact. De ce nombre, il a fait 36 heures aux commandes du Piper Saratoga, dont 9 heures de nuit et sur ses 36 heures, il n'a volé que trois heures en solo sans instructeur sur son Saratoga, dont une partie a été faite avec toi. Et de ses trois heures en solo, seulement 48 minutes ont été effectuées de nuit incluant un seul atterrissage solo de nuit.

Stéphanie écoutait Matthew et demeurait muette ; elle s'était répétée cela déjà, une dizaine de fois.

– Tu te rends compte, Steph, le constat est déplorable ! lança Matthew. Il a décollé sans instructeur, dans des conditions météo-rologiques qui dépassaient ses compétences, avec deux passagères, au moment où le soleil se couchait alors qu'il savait qu'en moins de 30 minutes, il se retrouverait en pleine obscurité au-dessus de l'océan, avec pour seul bagage, 48 minutes d'expérience solo de nuit sur un type d'appareil déjà trop sophistiqué pour lui.

– Je suis désolée, Matt, mais je n'ai plus envie de discuter de John ce soir, répliqua Stéphanie, qui ne voulait plus rien ajouter.

– Je comprends, excuse-moi, j'aurai dû y penser. Mais… mais tout cela me choque. L'accident aurait pu être évité.

– Ça suffit ! Je le sais, figure-toi, que l'accident aurait pu être évité s'il avait volé avec un instructeur.

– Excuse-moi, prendrais-tu un verre de vin ?

– C'est gentil, merci.

Tout en lui servant un verre de vin, Matthew se prit une bière et se mit timidement à lui parler de ses projets de voyage évitant d'aborder de nouveau l'accident de John.

– Je compte partir en août avec un de mes étudiants qui vient d'obtenir sa licence privée. On pense à un vol-voyage, avec mon avion, jusqu'aux montagnes Rocheuses. On en profitera une fois sur place pour faire du vélo de montagne à Beaver Creek.

Stéphanie, qui avait voyagé à plusieurs reprises, avec son avion, comprenait l'excitation de son copain en vue de ce voyage et elle s'efforça de partager avec lui son enthousiasme.

En fin de soirée, Stéphanie insista pour écouter les infos à la télé. On apprenait que le *Rude**, à l'aide d'une sonde spécialisée, avait finalement détecté un objet en début de soirée et qu'à 23h30, à

---

* *Navire de recherche de la National Oceanic and Atmospheric Administration (NOAA)*

l'aide d'une caméra télécommandée, on venait d'obtenir des images de l'épave du Saratoga et du corps de John F. Kennedy junior.

Les débris de l'appareil reposaient à 34 mètres de profondeur, précisément à 400 mètres au nord de l'endroit où le signal de l'avion de John avait disparu des écrans radars.

Le choc a dû être terriblement brutal, précisa Matthew en voyant les myriades de petits morceaux qui reposaient au fond de l'océan. L'avion était complètement désagrégé.

Pour Stéphanie la journée avait été pénible, mais les images du bulletin de nouvelles l'étaient davantage. Elle rentra chez elle anéantie par le chagrin. Une fois seule, elle se laissa aller et pleura sans retenu. Elle se jeta sur le lit après avoir ôté ses chaussures sans prendre la peine de retirer ses vêtements. Ses sanglots étaient si forts qu'elle en avait mal à la tête. La douleur dans sa poitrine était si intense qu'elle pouvait difficilement respirer; elle étouffait littéralement. Tout son corps la faisait souffrir. Elle ne réfléchissait plus, elle ne résonnait plus. Il n'y avait que cette douloureuse émotion si aiguë qui émergeait de son corps qu'elle essayait de chasser, d'oublier, mais le combat était vain. Les pleurs, la peine et la tristesse faisaient ses ravages, et Stéphanie était incapable de lutter, laissant le désespoir prendre toute la place une grande partie de la nuit.

Le lendemain matin, au *New York Times*, Jeff était afféré à rédiger ses articles. Il avançait dans son enquête, certains de ses textes avaient d'ailleurs déjà été publiés. Il avait interrogé quelques experts en aéronautique, mais, pour le reste, il piétinait. Sur son écran devant lui, se trouvait une liste de questions, à propos de John, restées sans réponse: *Pourquoi ne pas avoir fait de plan de vol? Pourquoi John n'avait-il été en communication avec aucune des nombreuses tours de contrôle sur sa route? Pourquoi n'avait-il pas longé la côte en utilisant la même route qu'utilisent habituellement les pilotes VFR? Il avait coupé la route à un avion de ligne d'American Airlines, comment a-t-il pu ne pas s'en être rendu compte? Pourquoi avoir décollé de nuit dans des conditions météorologiques qui dépassaient ses compétences?*

Sur le bureau de Jeff, de nombreuses coupures de journaux s'en-tassaient les unes par-dessus les autres tout comme des bouts de papier sur lesquels se trouvaient des notes prises lors de ses nom-breuses entrevues téléphoniques. Un membre du personnel médical lui avait notamment raconté que le médecin, qui avait enlevé le plâtre de John, la veille de l'accident, lui avait recommandé de ne pas voler pour encore au moins dix jours. *Pourquoi John n'avait-il pas tenu compte de l'avis de son médecin ? Quelle était l'incidence des médi-caments contre la douleur qu'il prenait pour sa cheville sur les facultés nécessaires au pilotage ?*

Arrogance, insouciance, inexpérience, sabotage, défaillance mécanique, suicide, mauvaises conditions météorologiques ? Rien ne devait être écarté. Jeff analysait toutes les hypothèses comme tous les journalistes qui couvraient l'accident de John. Pourtant, il se dou-tait bien que Stéphanie détenait certaines réponses à ses questions, mais il préférait l'épargner en la tenant à l'écart de l'enquête journa-listique, conscient de l'important choc émotionnel qu'elle avait subi en apprenant la terrible tragédie. Elle avait repris le boulot rapide-ment sans doute pour oublier sa propre détresse. Mais même si elle noyait son chagrin dans le travail, il était persuadé que le décès de John la faisait terriblement souffrir. Jeff était l'une des rares per-sonnes à connaître la liaison amoureuse qui s'était développée entre John et Stéphanie.

En fin de matinée, Stéphanie, depuis son poste de travail, avait remarqué que Jeff était en réunion privée avec le rédacteur en chef. À l'heure du lunch, elle le vit sortir du bureau du patron en claquant la porte. Visiblement, il était furieux. Il se dirigea aussitôt vers elle. Un sandwich se trouvait sur le coin de son bureau. Elle n'en avait avalé qu'une seule bouchée et ne semblait pas vouloir en manger davantage. De temps à autre, elle levait les yeux de son ordinateur pour jeter un coup d'œil au téléviseur posté non loin d'elle.

Jeff s'approcha du téléviseur syntonisé sur *CNN*. Le présentateur télé annonçait qu'en matinée, la Garde côtière avait déjà entre-pris la récupération du corps de John, de sa femme, Carolyn, et de sa belle-sœur, Lauren Bessette, les trois occupants qui avaient péri dans l'accident du Saratoga. De plus, en après-midi, le sénateur Ted Kennedy devait monter à bord du *USS Grasp* de la US Navy pour identifier les corps. On annonçait qu'ensuite les dépouilles seraient aussitôt expédiées au bureau du médecin légiste de Woods Hole. Conformément à la loi, on allait procéder à l'autopsie du corps du pilote.

– Veux-tu sortir Steph ? proposa Jeff. Il me semble que prendre l'air nous ferait du bien.

– D'accord. Tu semblais contrarié en sortant du bureau de Paul, quelque chose ne va pas ?

– Je t'en parlerai plus tard, pour l'instant j'ai besoin de respirer.

Ils sautèrent dans un taxi et prirent la direction de Central Park, situé à quelques minutes de voiture du *New York Times*. Ils parlèrent de tout, sauf de John et de l'accident. C'était leur endroit préféré de Manhattan. Au cours des dernières années, ils s'étaient souvent retrouvés à marcher paisiblement à travers les sentiers du célèbre parc. L'endroit les poussait à la confidence l'un vers l'autre. Et aujourd'hui on ne faisait pas exception. Après quelques minutes de marche, Jeff se décida à lui parler de ce qui le tourmentait. Il avait d'abord hésité, mais il était finalement arrivé à la conclusion qu'il préférait que Stéphanie l'apprenne de lui plutôt que par le biais des autres médias.

– Tu sais, il y a pas mal de rumeurs bizarres autour de John et de l'accident.

– Bien sûr que je le sais, la machine à rumeurs alimente les médias, comme toujours. Mais il ne faut pas croire n'importe quoi.

– Oui, mais il y a de plus en plus de rumeurs à l'effet que l'avion de John aurait été saboté.

– Quoi ? Qu'il s'agisse d'un meurtre ! s'exclama Stéphanie.

– Ce n'est pas impossible, répondit Jeff. Dis-moi, est-ce que tu savais que John avait l'intention de se lancer en politique ?

Stéphanie ne répondit pas. Pourtant, elle se souvenait très bien de sa conversation avec John à ce sujet : « J'ai été convoqué par les leaders Démocrates, j'ai longuement réfléchi et j'ai l'intention de tenter ma chance », lui avait-il annoncé deux semaines plus tôt. Et elle l'avait encouragé à foncer.

— Peut-être, finit-elle par dire.

— Tu me caches quelque chose, Steph. Je le lis dans ton regard.

— Non je t'assure… Bon d'accord, je le savais. Il y a fait allusion, mais il n'était pas très avancé dans son cheminement. Et tu crois qu'il suffit de vouloir se présenter pour qu'on veuille l'assassiner lui, sa femme et sa belle-sœur ? C'est du délire.

— Tu sais pourtant que les Kennedy n'ont pas que des amis ! Tant que John se tenait à l'écart du monde politique, il ne craignait rien, mais à partir du moment où il s'immisçait dans ce milieu, les règles du jeu venaient de changer.

— Néanmoins, il en avait parlé à très peu de gens, fit remarquer Stéphanie.

— Peu importe, ce genre de rumeur court très vite dans le monde politique. A-t-il parlé clairement de poser sa candidature à l'investiture du parti Démocrate pour l'élection présidentielle ?

— Il en a parlé. Mais…

Stéphanie hésitait à lui confier ce qu'elle savait.

— Steph, j'ai besoin de savoir ! Je te promets que ça restera entre nous.

— Écoute, on n'en a parlé qu'une seule fois, tout récemment. Il m'a simplement dit qu'il préférerait être gouverneur de l'État de New York plutôt que sénateur.

— Peut-être que certains avaient intérêt à l'éliminer avant même que sa candidature ne soit rendue publique.

— J'ai l'impression que c'est toi qui me caches quelque chose. Dis-moi, qui pourrait avoir peur de la candidature de John ?

Ce fut Jeff qui demeura silencieux à son tour.

– Mais parle! lança Stéphanie.

– Pour être honnête, je ne sais pas trop. J'étais sur une histoire depuis deux jours et je viens d'apprendre, il y a moins d'une heure, que je dois laisser tomber l'affaire. Le *Times* ne veut plus que j'exploite cet angle.

– Quel angle, l'attentat? Explique-toi!

Jeff hésita un moment.

– J'ai parlé à un témoin qui a vu un avion exploser en plein ciel, au-dessus de l'océan, à quelques kilomètres de l'aéroport de Martha's Vineyard, à l'heure et à l'endroit où l'avion de John a disparu. Et puis, il y a plus d'un témoin qui corrobore cette théorie. Selon les témoins, John n'aurait pas perdu le contrôle de l'appareil. Il aurait subitement explosé en vol.

– On pense à quoi… à une bombe?

– Quelque chose du genre, répondit Jeff.

Stupéfaite, Stéphanie resta bouche bée.

– L'un des témoins a raconté qu'il se promenait sur la plage au moment de l'accident. Il a entendu le bruit d'une explosion et vu subitement une lumière aveuglante au-dessus de l'océan. Un pêcheur affirme également une histoire semblable, expliqua Jeff.

– Tu crois que ces gens sont crédibles?

– Hier soir à la télé, tu as vu l'avion complètement désagrégé en des milliers de fragments? questionna Jeff.

– J'ai vu, hélas. Or, tu dois savoir qu'un avion qui entre en piqué dans l'océan à une vitesse excessive, dépassant les limites structurales de l'avion, peut également se briser ainsi.

– Tu te rends compte, j'avais un témoin, prêt à révéler son identité, qui me semblait une source fiable, mon papier était écrit et je viens d'apprendre que le directeur de l'information a donné l'ordre à Paul, notre rédacteur en chef, de ne pas exploiter le sujet. Il y a quelque chose de louche!

— Je comprends ta déception, mais il y a tellement de gens prêts à dire n'importe quoi pour de l'argent ou tout simplement pour avoir l'attention des médias et du monde entier. Fais attention, Jeff. Il faut faire preuve de discernement et d'objectivité. Moi j'avoue que j'ai du mal avec cette théorie. Difficile d'y croire !

— Si au *Times* on n'en parle pas, je suppose que d'autres médias vont certainement exploiter le filon. Je voulais que tu l'apprennes par moi au lieu de le lire ailleurs.

— Merci Jeff, j'apprécie ta délicatesse et ta sollicitude. On sait tous que le sensationnalisme fait souvent les choux gras des médias. Inévitablement, un média ou un autre en parlera. Mais je sais faire la part des choses.

Ils se quittèrent là-dessus, Jeff avait un rendez-vous alors que Stéphanie retourna au *Times*. Elle travailla tard ce soir-là, essayant de rattraper le retard accumulé des derniers jours. Elle avait encore beaucoup de recherches à compléter sur divers dossiers pour la réalisation de ses interviews et elle avait sa chronique hebdomadaire à rédiger.

En soirée ce mercredi, lorsqu'elle regagna son appartement, elle apprit aux infos télévisées que le médecin légiste chargé de l'autopsie du corps de John avait indiqué dans son rapport n'avoir trouvé aucune trace d'alcool ou de drogue dans le sang.

John était blanchi à cet égard. « Voilà qui ferait taire quelques rumeurs », pensa-t-elle.

Le présentateur télé expliqua qu'on avait incinéré les trois corps tout de suite après l'autopsie. Une cérémonie en mer était prévue le lendemain en fin de matinée à bord du *USS Briscoe**, où seules les familles Kennedy et Bessette ainsi que les amis proches étaient invités. On prévoyait répandre les cendres sur l'océan, à proximité de l'endroit où les trois occupants à bord du Saratoga avaient péri.

Stéphanie eut du mal, une fois de plus, à dormir cette nuit-là. Elle se sentait toujours aussi bouleversée et désemparée. Accablée par le chagrin, elle avait pleuré une partie de la nuit, se demandant

* *Un destroyer de la US Navy*

si elle aurait pu éviter cet accident. La tristesse se mêlait maintenant à la culpabilité.

Le lendemain matin, lorsque Stéphanie vit le soleil se lever, elle renonça à l'idée de se rendre au *New York Times*. Elle avait essayé de se montrer forte, ces derniers jours, pour éviter tous soupçons auprès de ses collègues, mais la disparition de John lui faisait cruellement mal. Même si elle aimait passionnément son travail, le fait de voir, depuis quelques jours, plusieurs journalistes en quête d'information sur John la tourmentait profondément. Elle comprenait mieux ce que John ressentait et ce qu'il avait souvent tenté de lui expliquer faisant référence à sa vie publique, se faisant continuellement épier par les journalistes. Une véritable violation à sa vie privée.

Stéphanie flâna en début de matinée tout en lisant les journaux qu'on avait l'habitude de lui livrer à sa porte. N'arrivant pas à manger quoi que ce soit, elle se contenta d'un café. Elle pensait à la cérémonie qui devait avoir lieu aujourd'hui à laquelle elle aurait souhaité assister. Évidemment, elle était tenue à l'écart, comment aurait-il pu en être autrement ? En feuilletant les journaux, elle repéra un article où la thèse de l'attentat était évoquée. Jeff avait vu juste, un autre média avait déjà exploité le sujet. Malgré les précautions que Jeff avait prises la veille, à la tenir au courant, l'histoire lui donnait froid dans le dos. Et si c'était vrai ? se demanda Stéphanie. Un autre article attira son attention, qui titrait : « L'Amérique est en deuil, cérémonie en mer ». L'article était court, une photo de John et Carolyn occupait une grande partie de l'espace. « Jeudi le 22 juillet 1999, les cendres de John F. Kennedy junior, de sa femme, Carolyn Bessette, et de sa belle-sœur, Lauren Bessette seront répandues sur l'océan à l'endroit où ils ont péri. La cérémonie privée se tiendra à bord du *USS Briscoe* et se déroulera dans la plus stricte intimité. Aujourd'hui, l'Amérique est en deuil et pleure la perte du membre le plus en vue du clan Kennedy. John n'avait que 38 ans. »

Stéphanie qui n'avait pas le cœur à se rendre au *Times* s'imaginait encore moins rester à son appartement à ne rien faire. Si rien ne lui occupait l'esprit, elle allait pleurer toute la journée. Elle décida donc de se rendre à l'aéroport de Caldwell et de décoller. Elle avait envie de survoler l'océan, comme pour se rapprocher de John. La zone serait sûrement restreinte, même pour les avions, présuma Stéphanie, mais qu'importe, elle survolerait la région le plus près possible. Ce serait mieux que de rester chez elle et de voir les images à la télé.

À peine une heure plus tard, elle venait de décoller à bord de son Warrior, avait déposé son plan de vol et mis le cap vers l'aéroport de Vineyard Haven. Lorsqu'elle s'approcha des côtes de l'île, Stéphanie comprit rapidement que ce serait impossible de survoler la région à sa guise. Elle reçut du centre de contrôle un NOTAM, une restriction émise par la FAA. Un espace aérien d'un rayon de cinq milles nautiques, qui encerclait la cérémonie en mer à bord du *USS Briscoe*, avait temporairement été créé afin d'empêcher tous types d'aéronefs de pénétrer dans la zone obligeant ainsi les médias à bord d'hélicoptère ou d'avion à se tenir à distance. Soumise à la réglementation, Stéphanie opta pour atterrir à l'aéroport de Martha's Vineyard. Durant la saison estivale, l'aérodrome était assez achalandé, mais ce jour-là, le trafic aérien était plus dense que de coutume. Il n'était que 11 heures lorsqu'elle entra dans le Centre de service pour pilotes, le FBO* de l'aéroport qui s'occupait entre autres du stationnement des avions et du ravitaillement en essence. Elle se dirigea au *Plane View Restaurant*; le bistrot de l'aérogare où plusieurs pilotes discutaient entre eux, ils parlaient de John. Chacun avait une explication et défendait sa théorie. Stéphanie préférait ne pas s'attarder, n'ayant aucune envie d'entendre les hypothèses de chacun. Elle prit un taxi et se rendit dans le sud-ouest de l'île, sur les rochers d'Aquinnah, avant d'opter pour une promenade sur la plage de Gay Head, où l'on avait trouvé les premiers débris du Saratoga. Plusieurs personnes se trouvaient sur place voulant capter ces moments qui allaient passer à l'histoire. La cérémonie à bord du *USS Briscoe*, qui avait débuté peu avant midi, se déroulait à cinq milles au large des côtes de Martha's Vineyard, non loin de la plage de Gay Head et surtout, près de *Red Gate Farm*, le prestigieux domaine des Kennedy de 366 acres** situé sur une plage privée qui s'étendait sur plus d'un kilomètre, évalué à 40 millions de dollars, que Jackie Kennedy Onassis avait légué à son

---

* *Fixed Based Operator*
** *148 hectares*

décès à John et à sa sœur Caroline. Stéphanie songeuse et triste resta sur la plage pendant plus de deux heures, essayant de vivre son deuil du mieux qu'elle pouvait. La douleur, la tristesse et l'incompréhension se mêlaient à un profond sentiment d'injustice. Elle demeura ainsi silencieuse repensant à ses derniers moments avec John, perdant toute notion du temps. Bien après que la cérémonie en mer fut terminée et que le clan Kennedy eut quitté les lieux, elle retourna à l'aéroport pour survoler l'océan et faire ses adieux à John. La zone aérienne restreinte était déjà chose du passé.

L'océan ne lui avait jamais paru aussi vide et aussi riche en même temps. Il représentait le néant et la plénitude à la fois. L'océan lui avait pris John, et elle ne comprenait pas. Les sourires, les regards, les éclats de rire et la complicité qui existait entre eux lorsqu'ils volaient ensemble, survolant cet océan de bonheur ainsi que tous les autres moments exceptionnels, riches en émotions, passés auprès de John lui traversaient l'esprit. Pourtant, aujourd'hui, l'endroit qu'elle survolait évoquait un vide si immense qu'on ne pouvait le mesurer. L'océan qui venait de tout lui arracher, avec une telle violence, représentait la force devant laquelle on devait s'incliner pour tenter d'accepter l'inacceptable.

– John, comment pourrais-je t'oublier, renoncer à toi et faire mon deuil alors que même ceux qui ne te connaissaient pas ont du mal à te voir partir ? prononça fébrilement Stéphanie tout en regardant l'océan. Comment puis-je te dire adieu, alors que j'étais si près de toi et que l'on ne parle que de toi ?

Elle savait que tous ses moments exceptionnels ne reviendront jamais. Elle devait lâcher prise, le laisser partir, noyer ses souvenirs, les engloutir au fond de l'océan. Elle devait laisser son secret et ses grands moments de bonheur reposer dans les eaux profondes, là où personne ne pourrait les découvrir.

Les larmes commençant à lui brouiller la vue lui indiquaient que le moment de revenir sur terre était venu. Pour éviter de fondre en sanglots, Stéphanie essaya de recréer dans son esprit quelques moments privilégiés empreints de bonheur et de grâce vécus auprès de John, lui permettant de s'accrocher et de terminer son vol.

Elle n'avait survolé l'océan qu'une dizaine de minutes et cela lui semblait insuffisant pour lui dire au revoir. Pourtant, elle devait rentrer. Demeurer en vol, dans un état si vulnérable, n'était pas souhaitable et elle se résigna à mettre le cap vers l'aéroport de Chatham, dans le *Lower Cape* de Cape Cod à proximité de sa villa. Une fois au sol, l'avion garé, elle demeura immobile sur son siège, dans son appareil, le temps de se ressaisir. Elle songea au communiqué reçu au *Times*, annonçant qu'une cérémonie religieuse était prévue le lendemain matin, vendredi à 11 heures, à l'église *St. Thomas More Catholic Church*, dans le *Upper East Side* de Manhattan. Une fois de plus, elle devait se tenir à l'écart; il s'agissait d'une cérémonie privée. Seules les personnes munies d'une invitation seraient admises. Il y avait également une autre cérémonie religieuse, publique, celle-ci prévue ce soir à la *Cathédrale catholique St. Patrick* à Manhattan, organisée par la communauté irlandaise de New York. Des milliers de personnes étaient attendues à l'intérieur de la Cathédrale, et des milliers d'autres resteraient sûrement à l'extérieur. Stéphanie n'avait pas la force de décoller tout de suite pour s'y rendre. Elle aurait souhaité demeurer à Cape Cod pour le week-end, mais on n'était que jeudi et elle avait une entrevue à réaliser le lendemain à Manhattan. Avant de quitter Chatham, Stéphanie se rendit à une petite chapelle catholique du village. L'endroit était désert. Elle alla se recueillir, alluma des bougies et pria pour l'âme de John. Puis, elle pleura.

Le lendemain, Stéphanie reprit le travail et alla réaliser son interview. Pendant ce temps, Jeff qui était à son poste de travail, venait de recevoir un appel mystérieux. Son interlocuteur voulait garder l'anonymat. Il se présenta simplement comme l'un des bénévoles d'une association de pilotes civils, ayant participé, avec l'équipe de recherche et sauvetage déployée au sol, à la quête de débris du Piper Saratoga de JFK junior, durant les jours qui avaient suivi l'accident. Il expliquait avoir trouvé une pièce électronique qui semblait s'être détachée du tableau de bord. Le type prétendait avoir trouvé cette partie d'équipement sur la plage de Gay Head, sur l'île de Martha's Vineyard, en fin de journée lundi dernier, au moment où le reste de l'équipe officielle venait de quitter pour la journée.

– Pourquoi ne pas remettre cette pièce au NTSB? questionna Jeff perplexe.

– Je préfère la remettre à un journaliste sérieux du *New York Times*, qui saura en faire bon usage, se contenta-t-il d'expliquer.

L'individu semblait avoir des raisons importantes pour ne pas vouloir remettre la pièce aux autorités en charge de l'enquête.

– Pouvons-nous nous rencontrer aujourd'hui? insista l'inconnu.

Jeff lui donna rendez-vous une heure plus tard dans un café achalandé à côté du *Times*.

Lorsque Jeff entra, le mystérieux étranger reconnut aussitôt le célèbre journaliste et lui fit un signe de la main pour qu'il le rejoigne à sa table. Il faisait face à un homme d'une cinquantaine d'années, portant un pantalon kaki et une chemise beige, d'apparence saine.

– Je ne serai pas long, vous êtes sans doute très occupé, précisa l'homme mystérieux en sortant une pièce électronique d'un sac de papier brun froissé.

– Vous savez à quoi ça sert? questionna ensuite le type anonyme.

Jeff prit l'objet aussitôt et l'examina. De plus en plus intrigué, il tournait et retournait la pièce dans tous les sens. Cela ressemblait effectivement à une pièce électronique provenant d'un tableau de bord d'avion. La pièce était légèrement endommagée, mais Jeff en ignorait l'utilité.

– Je ne suis pas un expert en aéronautique, affirma Jeff, mais je crois qu'il serait important de rendre cet instrument aux enquêteurs du NTSB. Il s'agit peut-être d'une pièce importante qui pourrait permettre de fournir des indices cruciaux aux autorités responsables de l'enquête.

– Je crois, au contraire, qu'il vaut mieux ne pas leur remettre, insista l'homme.

– Et pourquoi? questionna Jeff.

– Je crains que certaines personnes voudront ou plutôt seront dans l'obligation de camoufler certains faits. Il ne s'agit pas d'un accident comme les autres.

Perplexe, Jeff demeura silencieux quelques instants. L'homme devant lui semblait cohérent malgré ses propos étranges.

– Vous devriez faire quelque chose avec ça, insista l'inconnu. C'est sûrement important.

Effectivement, pensa Jeff, il pouvait s'agir d'une pièce importante du puzzle, mais il évita de se montrer trop intéressé face à son interlocuteur. Il se contenta de hocher la tête.

– Je n'ai aucune idée de l'utilité de cette pièce ou même de quoi il s'agit, avoua Jeff, mais je connais quelqu'un, un pilote, qui saurait.

– Gardez-la alors, insista l'homme, en remettant la précieuse pièce dans le sac de papier brun. Il le poussa ensuite sur la table en direction de Jeff et griffonna ensuite son numéro de téléphone portable sur un bout de papier, sans toutefois inscrire son nom.

– J'aimerais que vous puissiez me tenir au courant des résultats de vos recherches.

– Entendu, répondit Jeff en s'emparant du sac et du bout de papier tout en se levant.

– J'insiste pour préserver mon anonymat.

– Mes sources demeurent toujours confidentielles. Je vais voir ce que je peux faire d'ici lundi, mais ensuite je préférerais rendre cette pièce aux autorités, insista Jeff.

Il le salua, avant de le quitter. La rencontre avait duré moins de dix minutes. Il s'empressa de sortir, n'ayant qu'une seule idée en tête : téléphoner à Stéphanie.

Tout en marchant d'un pas rapide, il prit son téléphone portable et composa le numéro de sa copine et collègue, pilote.

– Allo Steph, c'est moi. Es-tu à la salle de nouvelles ?

– Non je suis dans ma voiture, je viens de terminer une interview, je suis en route vers le *Times*.

– Steph, peux-tu me rejoindre tout de suite au *Manhattan Sky*? J'ai quelque chose d'important qui va t'intéresser.

– Qui a-t-il?

– Je n'ose pas parler sur mon portable, rejoins-moi, je t'en prie.

Stéphanie prit la direction du Grand Hyatt New York où se trouvait le *Manhattan Sky*, avec empressement, sachant pertinemment qu'il devait y avoir quelque chose de très important. Ce n'était guère le style de Jeff d'agir de la sorte sans raison valable. Elle mit une dizaine de minutes à retrouver Jeff qui l'attendait avec impatience tout en mangeant un panini aux légumes. Dès qu'elle fut assise devant lui, il sortit, sans tarder, la pièce électronique du sac de papier froissé.

– Sais-tu à quoi ça sert? demanda-t-il aussitôt en manipulant l'instrument avec soin.

Stéphanie se figea et resta de glace.

– Mais où as-tu trouvé ça? arriva-t-elle à demander après un moment de silence. Est-ce que c'était dans les débris du Saratoga?

– Peu importe, est-ce que tu sais à quoi ça sert? insista Jeff.

– Évidemment! J'en ai un dans mon Warrior et John en avait également un dans son Saratoga. Comment as-tu obtenu ça? questionna Stéphanie autant rongée par l'inquiétude que piquée par la curiosité.

– Un type vient de me le confier.

– C'est celui qui se trouvait à bord du Saratoga de John? C'est le même modèle et l'instrument est endommagé, marmonna-t-elle, complètement abasourdie par ce qu'elle voyait.

Devant la réaction de Stéphanie, Jeff commença à réaliser qu'il détenait quelque chose d'important et se mit à croire à la crédibilité de l'inconnu, qui en savait peut-être même plus qu'il ne voulait le laisser paraître.

— Mais réponds-moi, Jeff. C'était dans les débris du Saratoga? demanda de nouveau Stéphanie qui prit l'instrument électronique pour l'examiner à son tour.

— Apparemment, oui.

Jeff lui expliqua comment il venait d'obtenir la pièce.

— Steph, éclaire-moi, à quoi ça sert?

— Il s'agit d'un EDM[*]. Cet instrument fournit toutes les données liées au moteur de l'avion.

— Tu veux dire, une boîte noire? questionna Jeff. Je croyais que les petits appareils en étaient dépourvus.

— Non, ce n'est pas une boîte noire, évidemment que non. Mais puisqu'on en parle, John avait doté son avion d'un enregistreur numérique de conversation de vol. J'ai entendu aux infos qu'il vient d'être retrouvé, mais malheureusement, la pile de secours, qui est nécessaire lors d'une panne de courant, était absente. La puce-mémoire était donc vierge et on n'a donc pu obtenir aucune donnée.

— Si ça continue comme ça, je vais vraiment finir par croire qu'il s'agit d'une mise en scène et qu'on veut nous dissimuler des choses. À quoi sert d'avoir un enregistreur à bord sans pile de secours? demanda Jeff. Comme si les conversations à bord étaient compromettantes au point de ne pouvoir les révéler.

— Peu importe, ce que nous avons entre les mains enregistre et fournit certaines données cruciales du vol. Et cette pièce est d'ailleurs beaucoup plus significative, puisque l'on sait que John n'était pas en communication avec aucune tour de contrôle. Il volait en VFR, sans plan de vol, et il avait décidé de ne pas communiquer avec le personnel du contrôle aérien. Sachant cela, même si on avait pu obtenir les données sur l'enregistreur de conversation de vol, cela n'aurait pas été d'une grande utilité. D'autant plus, qu'il n'y avait pas de copilote à bord; je crois qu'il n'a pas dû parler beaucoup dans les minutes qui ont précédé l'accident, à part peut-être pour essayer de

---

[*] *Engine Data Management*

rassurer ses passagères. Par contre, si John avait été en communication avec une tour de contrôle, cela nous aurait sûrement fourni des indices que nous aurions obtenus de toute façon, puisque les conversations avec les contrôleurs aériens sont toutes enregistrées de même que celles avec les stations d'informations de vol. La FAA aurait été en mesure de les fournir.

– Cette pièce nous apportera donc un éclairage sérieux ? questionna Jeff.

– Oui, effectivement. Avec ça, on peut pratiquement tout savoir.

– Explique-toi !

– Cet équipement nous permettra de découvrir une foule d'informations liées à la puissance du moteur ainsi que ses variations. Malheureusement, cet instrument ne fournira pas les données relatives à l'assiette de l'avion, tels les mouvements de tangage, de roulis ou de lacet. Cependant, comme on pourra découvrir les variations qu'a subies le moteur, on saura par déduction notamment si John a eu une panne de moteur, ou s'il a tenté de sortir d'une spirale après avoir perdu le contrôle de son avion. Car, pour sortir d'une spirale, on doit rapidement réduire complètement la puissance du moteur et ces informations nous seront fournies par cet instrument.

– En supposant que l'avion a vraiment explosé en plein vol, est-ce que cette pièce nous permettra de le savoir ?

– Absolument.

Jeff était bouche bée, sachant qu'il tenait peut-être la clé de l'énigme.

– Et comment cela fonctionne ?

– Très simple. Il suffit de le brancher à un ordinateur. J'ai le logiciel pour le lire puisque j'ai à bord de mon Warrior le même modèle.

Stéphanie porta sa main devant sa bouche se demandant si elle n'avait pas trop parlé et s'il ne valait pas mieux remettre cet équipement au NTSB.

– Ne perdons pas de temps, vite allons chez toi. Je veux tout savoir! s'exclama Jeff.

– Je suis inquiète, Jeff. Ce que l'on trouvera sera peut-être compromettant.

– Voyons d'abord ce que l'on découvrira.

– OK, mais promets-moi de ne rien publier avant un accord entre nous. Il faut réfléchir et je ne veux rien décider avant d'avoir consulté Matt.

– D'accord, promis, mais dépêche-toi, je ne veux pas perdre une minute de plus, insista-t-il en se levant.

Alors qu'ils prirent rapidement la route en direction de Chelsea, le quartier où se trouvait l'appartement de Stéphanie, son portable sonna; c'était Matthew.

– Steph, tu ne devineras jamais, annonça Matthew. Un de mes amis, une source interne au NTSB, vient de me remettre un document qui n'est pas encore rendu public. Il s'agit d'un rapport préliminaire de l'accident de John, suite aux pièces qui viennent d'être remontées.

– Tu plaisantes?

– Non, je suis très sérieux.

Dès que l'épave du Saratoga fut repérée mardi soir dernier, des équipes ont aussitôt été déployées dès le lendemain dans le but de récupérer les débris de l'avion. Hier, cela faisait deux jours que des plongeurs travaillaient sans relâche à remonter les restes de l'avion. Déjà on avait récupéré environ 75% des pièces du fuselage et du tableau de bord. Les débris ont aussitôt été acheminés dans un hangar de la base aérienne de Otis à Cape Cod, où des spécialistes travaillaient à reconstituer l'avion selon les plans du fabricant.

– Viens nous rejoindre à mon appartement! s'empressa de dire Stéphanie. J'y serai dans cinq minutes. Je veux voir ce rapport sans tarder. Je suis avec Jeff; nous avons du nouveau, tu seras surpris et nous aurons sûrement besoin de ton aide.

En fermant la ligne, Stéphanie se tourna vers Jeff.

– En plus d'être pilote instructeur, Matthew est un spécialiste en informatique : il nous sera sans doute utile, ajouta-t-elle.

À peine arrivée, Stéphanie se précipita à son ordinateur. Elle était en train d'essayer de relier un câble à l'ordinateur pour lui permettre de lire les précieuses données lorsque Matthew les rejoignit.

– Ce rapport risque de ne pas être rendu public avant des mois, déclara aussitôt Matthew, fier de lui, en lançant le document confidentiel sur le bureau de Stéphanie.

L'instant d'après, Matthew remarqua la fameuse pièce.

– Un EDM ! Celui de John ? questionna-t-il de plus en plus étonné. Comment as-tu eu cela ?

– C'est Jeff, répondit-elle.

Devinant à la vitesse de l'éclair ce qui se passait, Matthew s'empressa d'aider Stéphanie à brancher le câble permettant de relier l'EDM à l'ordinateur.

– Tu savais, Steph, que ce modèle fournit les données liées au comportement du moteur aux six secondes, précisa Matthew.

– Je sais, c'est une mine précieuse de renseignements.

– Cela peut élucider bien des choses. Espérons qu'il ne soit pas trop endommagé, ce qui pourrait en compromettre la lecture.

Rapidement, elle ouvrit le logiciel de lecture et un premier signal apparut à l'écran de son ordinateur. En décodant les données, ils allaient sans doute apprendre s'il s'agissait d'une erreur de pilotage, d'une défaillance mécanique ou bien d'un assassinat. Jeff, qui ne pouvait déchiffrer les données, se mit à feuilleter le rapport confidentiel.

– Bien joué, Matthew, bravo pour ce document ! Un rapport préliminaire rédigé par les enquêteurs officiels ajouté à une pièce maîtresse provenant de l'appareil de John, c'est déjà plus qu'il n'en faut pour se débrouiller et mener notre propre enquête sur les véritables causes de l'accident, affirma Jeff.

– Assez discuté, lança Matthew. Concentrons-nous, notre enquête parallèle nous permettra de tirer des conclusions probablement plus rapidement que celle menée par les enquêteurs du NTSB.

Chapitre 2

Mercredi 15 juillet 1998

Environ un an plus tôt

Le ciel de New York était particulièrement achalandé en cette fin d'après-midi d'été et comme de coutume, les communications entre pilotes et contrôleurs étaient denses au point où il était difficile d'arriver à émettre son identification et sa position. Il fallait être bref et expéditif. Stéphanie revenait de Long Island à bord de son Piper Warrior et se dirigeait vers Morristown, au New Jersey, où elle garait son avion. Elle n'avait pas d'autre choix que de traverser le Terminal de New York, l'obligeant à croiser l'important trafic aérien qui circulait dans les zones des aéroports de John F. Kennedy, La Guardia et Newark. Elle avait l'habitude de prendre quelques heures de congé les mercredis, le temps de s'envoler avec son Piper, pour un vol local d'environ une heure, question de couper la semaine en deux, puisqu'elle volait principalement les week-ends, pour se rendre du New Jersey à sa villa de Cape Cod à Chatham. Cependant, en été, lorsque son emploi du temps le lui permettait, il lui arrivait d'étirer son temps de vol du mercredi en s'accordant une petite escapade d'une journée. Aujourd'hui, comme le temps était magnifique, Stéphanie avait décidé de faire le trajet aller-retour avec son avion jusqu'à l'aéroport de Westhampton Beach, Francis Gabreski, à Long Island. Son ami Matthew, s'était laissé tenter par la destination et avait aussi pris congé pour l'accompagner.

L'escapade avait été courte, ils avaient atterri le temps d'un lunch sur une terrasse et d'une courte marche sur la plage avant de décoller à nouveau. N'empêche que cela changeait du centre-ville de Manhattan et tous les deux avaient apprécié cette pause.

— Novembre7527Roméo, Terminal New York, un avion à votre 3 heures à 4 400 pieds se dirige vers vous, confirmez que vous avez le trafic en vue.

— New York Terminal, Novembre7527Roméo, négatif, vérifie trafic, répondit aussitôt Stéphanie au contrôleur de la circulation aérienne du Terminal de New York.

— Rappelez quand vous aurez le trafic en vue, lança le contrôleur.

Stéphanie répéta son immatriculation N7527R en guise d'accusé réception, tout en cherchant du regard l'avion qui fonçait sur eux. Comme elle volait à 4 500 pieds, l'autre appareil devait se trouver un peu plus bas, du côté de son passager, et son avion à ailes basses lui cachait une partie de la visibilité.

— Tu vois quelque chose ? demanda Stéphanie à Matthew, qui se trouvait assis à côté d'elle et qui balayait le ciel du regard.

Comme Matthew n'était pas aux commandes, c'était plus facile pour lui de se retourner complètement pour essayer de localiser l'appareil.

— Non, je ne vois rien, il doit être sous l'aile.

— Novembre7527Roméo, Terminal New York, avez-vous l'appareil en vue ? Il est à moins d'un mille et à votre 4 heures, insista le contrôleur.

— Négatif, signifia Stéphanie au contrôleur de la circulation aérienne.

— Quelques secondes plus tard, elle entendit le même contrôleur s'adresser à l'autre appareil.

– Ici Terminal New York, l'appareil à 4 400 pieds sur un cap de 245 degrés à trois miles au sud-ouest de l'aéroport de Teterboro, répondez.

– C'est la deuxième fois en moins de deux minutes qu'il essaye d'entrer en contact avec l'autre appareil, constata Matthew.

Personne ne répondait à l'appel du contrôleur. Alors, celui-ci répéta une fois de plus, sans succès.

– Novembre7527Roméo, virez à gauche et descendez à 4 000 pieds immédiatement, risque d'abordage imminent.

Le ton du contrôleur était sec et nerveux. Stéphanie amorça la manœuvre d'un coup sec. L'instant d'après, elle vit l'avion à moins de cent pieds de son aile droite.

– Dieu du ciel! Il allait nous rentrer dedans. On aurait pu se tuer, s'écria Stéphanie.

– Terminal New York, Novembre7527Roméo, on vient de passer devant l'avion, il y a eu quasi-abordage.

– Affirmatif, répondit le contrôleur, j'ai les deux appareils sur mon écran, mais l'autre appareil est sur une fréquence inconnue.

– Terminal New York, merci, fit Stéphanie avec gratitude.

Elle avait pu distinguer très nettement l'autre appareil, un Cessna 182, il était si près.

– Il s'en est fallu de peu pour qu'on y passe, répliqua Matthew furieux.

– Quel cow-boy! s'exclama Stéphanie. Heureusement que les pilotes ne sont pas tous comme ça.

– Mais sur quelle fréquence radio pouvait-il bien être? demanda Matthew.

– On est en pleine zone du Terminal de New York, fit remarquer Stéphanie. Le trafic aérien est l'un des plus achalandés au pays.

Je ne peux pas croire qu'un pilote se promène dans un cirque pareil sans syntoniser la fréquence du Terminal.

– Quel imbécile! ne put s'empêcher de râler Matthew. Il faudrait lui rappeler les procédures de la réglementation aérienne. À cette altitude, il ne pouvait pas être en contact avec une des tours de contrôle des aéroports. Il devait forcément contacter le Terminal qui gère les entrées et les sorties des différentes zones de contrôle du secteur.

– À moins que sa radio ne soit en panne.

– Si ça se trouve, on le sait lorsque la radio est en panne. Particulièrement dans cette zone où il y a toujours un pilote ou un contrôleur qui parle. S'il fallait qu'on n'entende rien, c'est qu'il y a un problème et on sort de cette jungle. En demeurant dans la zone sans radio fonctionnelle, on met la vie des gens en danger.

Stéphanie était un peu secouée, réalisant qu'elle venait de frôler la mort.

– Tu as vu l'immatriculation du 182? demanda Stéphanie.

– Oui, je crois, N579JK ou bien N529JK. Il mériterait que l'on fasse un rapport. De toute façon, il y a de fortes chances pour que le contrôleur le fasse lui-même, s'il a observé son point de départ et sa destination.

Stéphanie ne répondait pas.

– Ça va, Steph? Pas trop ébranlée?

– Suis OK.

– Tu veux que je prenne les commandes?

– Non, Matt, ça va. En fait, je suis plus en colère qu'effrayée. Je ne comprends pas qu'on laisse des idiots de la sorte aux commandes d'un avion. Je suis certaine que nous étions dans son champ de vision. Comment cela se fait-il qu'il continuait à nous foncer dessus? Dieu merci, pour la vigilance du contrôleur aérien!

Pour Stéphanie, la sécurité en vol avait toujours été sa priorité et elle avait du mal à accepter que certains pilotes puissent voler en ne respectant pas la réglementation aérienne à la lettre. D'ailleurs, son dossier de pilote était exemplaire. En 18 ans, elle n'avait jamais eu d'accident ou même commis d'infraction aux règlements de l'air. Elle avait pourtant subi, un jour, une panne de moteur, néanmoins, elle, tout comme son avion, s'en était sortie indemne. Elle avait réussi à se poser sur une piste en urgence en planant.

Si elle avait opté pour poursuivre sa formation pour l'obtention d'une licence professionnelle, alors qu'elle habitait encore au Canada, ce n'était pas dans l'intention de faire une carrière dans l'aviation, mais plutôt pour se perfectionner. Ça semblait un peu maladif chez elle, ce sens du perfectionnement. Pourtant, elle n'avait jamais regretté ce choix, car en augmentant son niveau de compétence, elle avait du coup augmenté son niveau de confiance. Et bien qu'elle possédait une licence de pilote commerciale, elle ne volait que pour le plaisir ; ce loisir représentait la liberté, ce qu'elle appréciait le plus au monde, et après toutes ces années, elle ne s'en lassait jamais.

– Veux-tu qu'on atterrisse à Caldwell ? proposa Matthew, qui se doutait que Stéphanie était plus secouée qu'elle ne l'avouait. On pourrait prendre un café au 94, cela nous remettrait un peu de nos émotions avant de retourner à Morristown.

Matthew aimait s'arrêter le temps d'un café au 94. Sur le site même de l'aéroport de Caldwell, l'endroit était reconnu comme un restaurant à l'ambiance conviviale. Bon nombre de pilotes y traînaient avec plaisir avant ou après leur vol. On avait l'avantage de pouvoir voir les avions décoller et atterrir par les fenêtres et pratiquement tous les pilotes qui fréquentaient l'endroit se connaissaient. Matthew, qui garait son Piper Cherokee 140 à l'aéroport de Caldwell, y travaillait à temps partiel comme instructeur de vol et connaissait à peu près tout le monde. Stéphanie connaissait aussi le 94 pour y avoir été à quelques reprises. Elle regarda sa montre, 16h30. Rien ne pressait pour rentrer à l'aéroport Morristown, qui se trouvait à moins de 10 minutes de vol de Caldwell.

– Bonne idée! Et je pourrais en profiter pour m'informer sur les places de stationnement, répondit Stéphanie. Je t'en ai parlé, je voudrais déménager mon avion à Teterboro, mais il n'y a plus de place de stationnement de disponible. Morristown est un peu loin de la ville, j'aimerais me rapprocher.

– Je crois que tu n'auras pas de problème à trouver une place de stationnement à Caldwell.

– Terminal New York, Novembre7527Roméo, on se dirige maintenant vers Caldwell, demande autorisation pour modifier le cap et descendre à 1 200 pieds, lança Stéphanie au contrôleur du Terminal.

– Novembre7527Roméo, autorisé à descendre à 2 000 pieds, modifiez cap et changez de fréquence pour 119.8.

Alors que Stéphanie attendait que les ondes se libèrent pour contacter la tour de Caldwell, elle intercepta la conversation du contrôleur qui s'adressait à un autre appareil.

– Novembre529JulietteKilo autorisé d'intercepter, vent arrière piste 22.

– Eh, Matt! Est-ce que j'ai bien entendu? N529JK, on dirait l'immatriculation de notre cow-boy. Il se dirige aussi vers Caldwell.

– Je crois que c'est lui et on dirait bien que notre cow-boy a une radio qui fonctionne.

– Ça me choque encore plus. J'aurais préféré croire que sa radio était soudainement tombée en panne. Mais non, il était simplement perdu dans le ciel de New York, en pleine jungle.

– Et tu sais quoi, ajouta Matthew, il ne savait probablement même pas qu'il était perdu, jusqu'au moment où il nous a frôlé l'aile.

Le Cessna se trouvait déjà en parcours vent arrière et Stéphanie, qui venait de recevoir les instructions du contrôleur, n'avait d'autre choix que de le suivre.

– C'est tout de même un heureux hasard qu'on se dirige vers le même aéroport, tu ne trouves pas Steph? Tu pourras lui dire ce que tu penses. Voici venu le moment de sortir tes griffes! fit Matthew en riant.

– Ça pourrait être amusant, mais franchement, je n'ai pas vraiment envie de perdre mon temps avec un imbécile.

Le Cessna 182 se trouvait déjà en parcours courte finale presque au seuil de piste et Stéphanie, qui se trouvait en parcours vent arrière, pouvait très bien épier chacun de ses mouvements. Elle attendit que l'avion se pose sur la piste 22 pour s'adresser directement au pilote du 182, sur la fréquence radio de la tour de Caldwell. Comme l'aéroport était peu achalandé, elle n'obstruait pas les ondes.

– Novembre529JulietteKilo, ici Novembre7527Roméo, ça vous dirait de syntoniser le terminal de New York lorsque c'est obligatoire?

Stéphanie n'obtint aucune réponse. Les ondes demeurèrent silencieuses. Quelques instants plus tard, elle reçut à son tour l'autorisation d'atterrir sur la 22 du contrôleur aérien de l'aéroport de Caldwell. Une fois au sol, après avoir reçu les instructions du contrôleur sol, elle se dirigea sur le tarmac près du restaurant de l'aéroport.

Stéphanie n'avait aucune envie d'aller sermonner le pilote du 182. Elle n'était pas le moins du monde rancunière et préférait oublier l'incident. C'était une si belle journée, pourquoi la gâcher. Il apprendra par lui-même, pensa-t-elle. Stéphanie préférait parler de tout et de rien avec son bon ami Matthew, comme de sa nouvelle paire d'écouteurs qui lui avait coûté les yeux de la tête.

– Eh! avoue que tu es jaloux de mes nouveaux écouteurs, lança Stéphanie tout en se dirigeant vers le restaurant. On entend à peine le bruit du moteur, sans parler de la qualité acoustique qui est hors de l'ordinaire.

– Si tu m'en parles une fois de plus de tes écouteurs, je vais te les chiper et tu ne les reverras plus jamais, plaisanta Matthew.

– Grand parleur, tu ne me ferais jamais un coup pareil! dit-elle en glissant son bras autour de ses épaules en riant. Mais avoue que tu aimerais bien les avoir.

Matthew se contenta de sourire, il était heureux en présence de Stéphanie. Elle avait sa façon à elle de le faire rire et de rendre la vie agréable. À peine quelques instants plus tard, Matthew remarqua un peu plus loin le pilote du 182 qui se dirigeait aussi vers le restaurant.

– On dirait notre cow-boy qui vient, lui aussi, prendre un café.

Stéphanie ne porta pas attention à la remarque de Matthew. Elle ouvrit la porte du restaurant et balaya du regard le 94 à la recherche d'un coin tranquille pour s'asseoir.

Sans s'en rendre compte, l'inconnu s'était rapidement approché d'eux et s'adressa à Stéphanie.

– Excusez-moi, vous êtes Novembre7527Roméo?

Stéphanie se retourna. En une fraction de seconde, elle comprit qui était celui qui lui adressait la parole. Elle était sidérée. John F. Kennedy junior était là, debout devant elle.

– Oui, arriva-t-elle à articuler. Vous êtes Novembre529JulietteKilo?

– C'est moi oui, et je suis vraiment désolé pour ce qui s'est passé en vol, je tenais à venir m'en excuser.

Après avoir atterri, John avait bien saisi la remarque de la dame, à bord du Piper Warrior, et avait réalisé qu'il s'agissait de l'avion avec qui il avait eu quasi-abordage. John n'avait pas encore pris l'habitude de traîner au 94, mais voyant la pilote du Piper Warrior s'y diriger, il n'avait pas hésité une seconde à y entrer. Il ne voulait pas passer l'incident sous silence, d'autant plus qu'il était fautif. Sachant qu'il était toujours montré du doigt même lorsqu'il était irréprochable, il valait mieux crever l'abcès tout de suite, et présenter ses excuses plutôt que fuir. Le monde de l'aviation amateur est un tout petit monde et on y rencontre, tôt ou tard, toujours les mêmes pilotes.

Ça va, il y a eu plus de peur que de mal, répondit-elle en haussant les épaules, pour désamorcer l'incident.

Stéphanie, qui avait été déstabilisée sur le coup par la présence de John F. Kennedy junior, qui, de surcroît, n'avait pas du tout l'air d'un cow-boy, adopta une attitude désintéressée, refusant l'idée de se montrer impressionnée par le célèbre personnage.

— Moi, c'est John, dit-il en lui serrant la main, tout en la regardant droit dans les yeux.

— Stéphanie Parker, au plaisir de se revoir dans un ciel plus clément, dit-elle en guise de conclusion avant de lui tourner le dos pour se diriger au comptoir où elle commanda un café.

— Elle avait laissé John aux côtés de Matthew qui n'avait encore osé rien dire, trop impressionné par la présence de John F. Kennedy junior.

— Inutile de vous présenter, moi, c'est Matt, dit-il en lui serrant la main.

— Enchanté. Le Piper Warrior, c'est votre appareil ? demanda John.

— Non, le sien, répondit Matthew en indiquant du doigt Stéphanie qui parlait maintenant avec la serveuse au comptoir.

Matthew ne put s'empêcher de sourire à ce commentaire de John, se disant que Stéphanie l'aurait trouvé misogyne en entendant cela. Il pouvait déjà l'imaginer dire : « En plus d'être un cow-boy, pour lui, l'avion ne peut qu'appartenir au passager masculin plutôt qu'à la fille aux commandes. » Il faudrait lui donner raison une fois de plus, pensa-t-il. Matthew connaissait les discours féministes de Stéphanie par cœur. Elle était de loin la femme la plus féministe qu'il ait connue. À sa défense, il fallait bien avouer que de nombreux pilotes ont une attitude plutôt misogyne. Stéphanie lui avait si souvent raconté plusieurs anecdotes, notamment lors de ses premières années dans ce merveilleux monde de l'aviation qui remontait à 18 ans. Une femme pilote, au début des années 80, ça sortait de l'ordinaire et ça dérangeait. Ça paraissait suffisant pour devenir féministe, se disait Matthew. Et cela avait façonné ce qu'elle était devenue aujourd'hui : une femme très indépendante. Malheureusement pour elle, son idéologie à ce sujet avait fait fuir quelques hommes.

John, intrigué, se sentait attiré par cette belle grande blonde aux cheveux longs et bouclés. Il la trouvait si belle qu'elle pouvait être mannequin. Son maquillage délicat faisait ressortir ses yeux bleus et tranchait avec sa tenue décontractée. Mais John avait surtout été surpris par son attitude. Elle avait délibérément interrompu la conversation alors qu'il avait l'habitude de voir les gens s'éterniser autour de lui. Les gens étaient toujours attirés vers lui comme des aimants et c'était lui qui avait coutume de fuir. Non seulement il la trouvait très séduisante, mais son visage ne lui était pas complètement inconnu. Il lui semblait l'avoir vue quelque part sans pouvoir se rappeler où et quand. Chose certaine, il avait une envie irrésistible de s'approcher d'elle. Il salua Matt poliment et se dirigea à nouveau vers Stéphanie.

— Vous avez bien dit Stéphanie Parker ?

— Oui.

Soudain John se rappela qu'il s'agissait de la journaliste du *New York Times* qu'il avait vue à la télévision à quelques reprises lors d'entrevues.

— Du *New York Times* ? ajouta John comme pour se faire pardonner de ne pas l'avoir reconnue tout de suite.

— Oui.

— Heureux de faire votre connaissance, ajouta-t-il.

Matthew souriait en les regardant faire la conversation et en profita pour quitter le 94 pour aller saluer son copain Patrick qui, en plus d'être son ami, était son homme de confiance pour l'entretien de son précieux oiseau.

— J'avais syntonisé la fréquence de l'aéroport de Teterboro, expliqua John, qui se tenait toujours debout près de Stéphanie, tentant de se justifier. Je me croyais sous le Terminal. J'avais figuré conserver une altitude plus basse, hors du Terminal, c'est pour cela que je ne les ai pas contactés.

– Ça nous est tous arrivés, un jour, d'avoir mal figuré l'altitude d'une zone, répondit Stéphanie qui commençait à tomber sous le charme de John. Cependant, je suis étonnée que vous ne nous ayez pas eus dans votre champ de vision. On était devant vous et légèrement plus haut.

– J'étais complètement aveuglé par le soleil, ce qui m'empêchait de vous avoir en visuel, je ne vous ai vus qu'au dernier moment. Heureusement que vous avez fait la bonne manœuvre juste à temps, avant qu'il ne soit trop tard. Vous nous avez sauvé la vie, madame Parker.

– Ce n'est pas moi qui ai eu le bon réflexe, le contrôleur du Terminal m'a prévenue et si je peux me permettre un conseil, monsieur Kennedy, vous devriez toujours syntoniser la fréquence, même si vous croyez vous trouver en dehors de la zone. Les contrôleurs aériens sont des aides formidables.

– Noté, répondit John en souriant.

Stéphanie chercha Matthew du regard, sans toutefois l'apercevoir.

– Je dois y aller, dit-elle en déposant sa tasse de café encore à moitié pleine. On dirait que Matt m'a laissé tomber. Heureuse de vous avoir rencontré, ajouta Stéphanie, avant de sortir du restaurant.

Stéphanie préférait ne pas s'éterniser dans une conversation avec John F. Kennedy junior, bien qu'elle le trouvait particulièrement gentil, un peu trop même. Son attitude l'avait désarmée au point d'avoir du mal à lui reprocher quoi que ce soit. Stéphanie n'avait jamais été attirée par les célébrités et s'intéressait peu à elles. Sans doute parce qu'en début de carrière, lorsqu'elle vivait encore au Canada, elle avait dû travailler comme journaliste pour un magazine *people* et avait interviewé plusieurs célébrités. Heureusement, elle ne l'avait pas fait longtemps, car elle n'avait pas nécessairement apprécié les propos superficiels dont elle devait traiter. Évidemment, il y avait eu des exceptions, des gens très célèbres, très généreux en entrevues qui lui avaient paru formidables. Étonnamment, John lui avait semblé faire partie de l'un d'eux. Elle n'avait décelé chez lui aucune arrogance, mais de la gentillesse à revendre et surtout un homme d'une simplicité déconcertante.

Stéphanie, marchant sur l'aire de stationnement de l'aéroport, sans pouvoir repérer son ami Matthew, en profita pour aller s'informer auprès du directeur de l'aéroport des places disponibles de stationnement pour son avion et des tarifs locatifs. John, lui, sortit du restaurant et retourna vers son appareil, il avait, une fois de plus, oublié son porte-documents. En y allant, il aperçut au loin Matthew et Patrick qui discutaient. De toute évidence, ils se connaissaient et du fait, John interpréta que Matthew et lui avaient un ami commun. John connaissait bien Patrick. Comme pour la plupart des propriétaires d'aéronefs, Patrick incarnait l'homme de confiance qui veillait à l'entretien de son Cessna. John devina que Matthew devait être aussi pilote, pour converser ainsi avec un ingénieur en aéronautique. Tout en récupérant son porte-documents, John observait de loin Matthew qui serrait la main de Patrick avant de se diriger vers Stéphanie qui venait de regagner son appareil. « Il est sans doute le petit ami de la belle Stéphanie. » Cette phrase résonna étrangement en lui. Il alla saluer Patrick à son tour.

— Salut Pat, ça va aujourd'hui?

— Oui et toi?

— Dis-moi Pat, tu connais cette fille?

— Quelle fille?

— Celle qui pilote le Piper Warrior.

— Ah! Stéphanie Delorme!

— Stéphanie Parker, tu veux dire?

— En fait, son véritable nom, c'est Stéphanie Delorme.

— Comment le sais-tu?

— J'ai vu les registres de vol de son appareil, car j'ai déjà fait un ajustement sur son avion. Stéphanie Parker semble être son nom de plume dans le *New York Times* ou lorsqu'elle fait de la télé. Mais elle se présente souvent sous le nom de Parker. Tu sais, c'est une sacrée bonne pilote.

– Tant que ça ?

– C'est elle qui a gagné pendant plusieurs années le grand championnat national d'atterrissages de précision, concours qui n'existe plus malheureusement.

– Faut avoir beaucoup d'expérience pour remporter cet exploit, à ce qu'il paraît.

– Elle en a, elle est pilote professionnelle depuis 18 ans, il me semble.

– Elle a pourtant l'air très jeune.

– On raconte qu'elle a commencé à voler alors qu'elle n'avait que 17 ans. Elle cumule bien plus d'heures de vol que la majorité des types ici.

– C'est la première fois que je la vois ici pourtant.

– Elle ne vient à Caldwell que de temps à autre, fit remarquer Patrick.

– Elle n'est pas garée ici sur l'aéroport ?

– Non, elle est basée à Morristown.

– Ah, Morristown, fit John, satisfait d'en avoir appris un peu plus sur la mystérieuse blonde. Bon, à la prochaine, ajouta-t-il en tapant l'épaule de Patrick en guise de salutation. En passant, il faudrait ajouter une pinte d'huile dans mon Cessna.

– Je m'en occupe, répondit Patrick en le saluant. Je vais voir à ce que l'on replace ton appareil dans le hangar.

– Merci !

Pendant ce temps, Stéphanie et Matthew avaient décollé à bord du Warrior pour prendre la direction de Morristown. De retour à son port d'attache, Stéphanie gara son avion et Matthew lui donna un coup de main pour attacher l'appareil aux trois câbles de sécurité.

— Merci de m'avoir accompagnée, c'était une magnifique journée, lança Stéphanie en souriant à son copain.

— Et avec toi, tout est toujours agréable, ajouta Matthew.

Stéphanie l'embrassa sur chaque pommette comme elle avait l'habitude de le faire en guise d'au revoir, puis emporta son porte-documents avant de prendre place dans sa Mustang rouge, alors que Matthew se dirigea vers sa voiture. Enfin seule, alors qu'elle prenait la route vers Manhattan, Stéphanie repensa à John. Elle avait été impressionnée par son attitude. Il avait pris la peine de venir la voir pour s'excuser. Lui, John F. Kennedy junior. Évidemment, elle avait été prise au dépourvu, s'était sentie embarrassée, mais elle l'avait bien caché, essayait-elle de se persuader. Stéphanie avait été désarmée par la gentillesse de John. Comme à peu près tout le monde, elle avait lu dans les journaux que John était quelqu'un de sympathique et d'aimable agissant comme n'importe qui, sans faire preuve de snobisme malgré sa célébrité. Pourtant, même si elle avait déjà lu cela, elle était étonnée qu'il ait pris les devants pour s'adresser à elle. Il avait dans sa façon d'être quelque chose de particulier qu'on ne peut expliquer. Était-ce sa politesse, ses bonnes manières ou sa façon qu'il avait de la regarder en s'adressant à elle comme s'il s'agissait de la personne la plus importante du monde ? Elle ne saurait le dire.

Évidemment, il fut vite pardonné de son manque de respect des consignes. Néanmoins, Stéphanie continuait de croire qu'il aurait dû l'avoir eue en visuel. Aveuglé par le soleil avait-il dit, alors qu'il portait des lunettes fumées. Et puis, la position du soleil en fin d'après-midi, au beau milieu du mois de juillet, fait en sorte qu'on peut difficilement être aveuglé par le soleil à cette heure-là. Il aurait pu trouver mieux comme prétexte, pensa Stéphanie en riant. Qui pourrait croire ça ? Une étrange distraction, inadmissible, mais sa gentillesse et ses bonnes manières avaient eu raison du reste. De toute évidence, il avait eu une éducation particulière pour agir ainsi. Peut-être était-ce l'héritage de sa mère ou la façon dont il avait été éduqué ou plutôt le fait qu'il soit le fils de John F. Kennedy, le 35e président des États-Unis. Ou peut-être était-ce un mélange de tout ça ? Il avait suffi de quelques instants pour lui pardonner une grossière erreur qui, avouons-le, n'était pas rien. Une distraction qui aurait pu coûter la vie à trois personnes. Chose certaine, il paraissait sincèrement désolé. Stéphanie supposa qu'il avait sans doute eu très peur en voyant son avion de si près.

Tout en poursuivant sa route, Stéphanie essaya de se concentrer sur autre chose que John. Elle pensa aux informations obtenues du directeur de l'aéroport. Il fallait bien l'admettre, il était temps de déménager son Piper à l'aéroport Caldwell d'Essex County du New Jersey. C'était le meilleur choix pour le moment. Il y avait des places disponibles et les tarifs étaient, somme toute, raisonnables. Elle devait opter pour une place de l'autre côté des installations. Moins pratique de ce côté, mais beaucoup moins cher, et cela convenait mieux à ses moyens. Le principal avantage demeurait la proximité. Caldwell était surtout plus près de chez elle que Morristown. L'aéroport de Morristown était un endroit particulier, il y avait beaucoup d'avions intermédiaires. On comptait beaucoup plus de jets privés qu'à Caldwell et tous ces oiseaux luxueux représentaient un spectacle en soi, que Stéphanie trouvait toujours agréable à regarder. Le tableau particulier de Morristown lui manquerait certes, néanmoins, Caldwell serait définitivement plus pratique. Il ne lui restait qu'à en discuter avec son partenaire, Dave Lewis, avec qui elle possédait la moitié du Piper Warrior. Stéphanie savait que ce ne serait pas difficile, car avec Dave, rien n'était jamais compliqué. C'était un vrai gentleman. D'ailleurs, ils avaient déjà abordé le sujet à quelques reprises et pour lui, Morristown, Teterboro ou Caldwell, cela lui était bien égal. Stéphanie se comptait bien chanceuse d'être tombée sur Dave, il était vraiment le partenaire idéal : il tenait à s'occuper des inspections d'entretien, il astiquait lui-même l'avion comme s'il s'agissait d'un précieux joyau et surtout, il lui laissait l'avion tous les week-ends d'été pour qu'elle puisse se rendre avec l'appareil à sa villa de Cape Cod. Dave préférait voler en semaine et consacrer ses week-ends à sa femme, qui n'aimait pas particulièrement voler dans de petits appareils. Tous les deux s'adonnaient aux plaisirs de la voile durant les fins de semaine d'été. Évidemment, avoir un partenaire pour partager tous les frais reliés à un avion était très pratique. L'entretien, les inspections obligatoires, les pièces à changer, les frais de stationnement, les assurances, les frais d'atterrissage, l'essence… la liste n'en finissait plus et seule, Stéphanie n'aurait pu assumer tout cela. Il est courant de voir deux pilotes, et même souvent plus, se partager un même appareil. Ce dispendieux loisir devenait ainsi un peu plus accessible.

Tout en s'approchant de la ville, elle poussa un soupir. Le tunnel pour entrer à Manhattan était encore congestionné.

– Il y a beaucoup trop de voitures dans cette satanée ville, lança tout haut Stéphanie.

Seule dans sa Mustang, prise en captivité dans l'embouteillage, elle dirigea à nouveau ses pensées vers John. Elle le revoyait debout à côté d'elle, son regard posé sur elle. Il se dégageait de cet homme une sorte de dignité qui inspirait le respect. C'était palpable. Il avait une personnalité charismatique. Elle devait bien l'admettre, sa conversation avec John l'avait troublée et Stéphanie se dit qu'elle ne devait pas s'en étonner, car après tout, la présence de John aurait probablement troublé n'importe qui. Sans doute faisait-il le même effet sur tout le monde et c'est ce qui faisait de lui une célébrité, un centre d'attention et un pôle d'attraction pour les médias. Pour cette raison, il avait les photographes aux trousses. Capter un moment dans la vie de John valait son pesant d'or auprès des tabloïds.

Malheureusement, John avait fait surgir en elle un sentiment qu'elle n'appréciait guère. Le genre de sentiment qu'elle fuyait comme la peste depuis son divorce, celui de tomber sous le charme d'un homme. Soudain, elle angoissa à l'idée de déménager son avion à Caldwell. Elle visualisa l'endroit précis où était garé le Cessna de John, cela ne semblait pas un endroit pour visiteur. De toute évidence, l'avion de John était garé à Caldwell en permanence, tout près des hangars. Il devait sûrement avoir un hangar à lui, il en avait les moyens de toute façon. Stéphanie ressentit un certain malaise. Finalement, déménager son avion à Caldwell n'était peut-être pas une si bonne idée. Elle risquait de le revoir et, sans trop savoir pourquoi, quelque chose lui disait qu'elle devait se tenir loin de lui pour éviter les ennuis. Un simple pressentiment. Puis, elle se trouva idiote de s'inquiéter. Pourquoi réviser son plan de peur de revoir John ?

Leur rencontre et leur conversation n'avaient sûrement eu aucune importance aux yeux de John. Il l'avait probablement déjà oubliée, pensa Stéphanie. Et quelle importance de le revoir ou pas. Elle n'avait pas vraiment le choix, il n'y avait pas de place à Teterboro pour le moment. De toute façon, il n'y avait aucun risque, elle se doutait bien que John F. Kennedy junior n'était pas du genre à flâner dans les aéro-clubs.

CHAPITRE 3

Mercredi 29 juillet 1998

John avait atterri quelques minutes plus tôt et s'apprêtait à regagner sa Hyundai blanche décapotable lorsqu'il aperçut un peu plus loin le Piper Warrior de Stéphanie qui circulait sur le tarmac et s'approchait du côté des installations. Elle sortit de son avion et commença les vérifications extérieures d'usage de son Piper. Elle était seule aujourd'hui.

Sans doute se préparait-elle à décoller, supposa John qui ne pouvait s'empêcher de l'observer. Probablement qu'elle venait tout juste d'arriver à l'aéroport.

John avait espéré ce moment depuis leur rencontre, qui remontait à plus de deux semaines. Il s'était rendu à l'aéroport à plusieurs reprises depuis, pour s'entraîner et aussi en espérant apercevoir la mystérieuse blonde. Il s'était même rendu à l'aéroport Morristown souhaitant un heureux hasard, mais le destin n'avait pas répondu à sa demande. Il tenait à la rencontrer de nouveau, d'abord par curiosité, se demandant si elle lui ferait le même effet que la première fois. Sa brève rencontre avec elle l'avait marqué et il se sentait terriblement attiré par cette femme. John avait aussi envie de la connaître davantage. Elle était très belle, et de cette beauté émanait un certain mystère. Elle l'intriguait. Et pas seulement à cause de sa beauté, elle dégageait une forte assurance tant par son timbre de voix, sa façon de marcher que par sa personnalité. Son corps tout entier faisait ressortir un charme particulier qui ne laissait personne indifférent.

John l'avait observée décoller après leur première rencontre et la voir aux commandes d'un avion lui donna des frissons dans le dos. Une journaliste, aussi pilote et passionnée d'aviation, ça le fascinait. Cela ressemblait à son propre profil et ne faisait qu'ajouter à la tentation. Il admirait la pilote plus expérimentée que lui, autant que la brillante journaliste. En fait, il voulait aussi la revoir pour l'approcher pour son magazine *George*. John avait lancé un magazine politique à l'automne 1995 et était constamment à la recherche de nouvelles idées et de nouveaux talents pour essayer de maintenir une rentabilité acceptable tant pour ce qui est des ventes en kiosques que des ventes publicitaires. À la tête de son magazine, il prenait toutes les responsabilités sur ses épaules, ne se contentant pas seulement d'utiliser son nom pour ajouter du prestige au magazine. Il s'était plutôt mis la tête sous la guillotine auprès de son éditeur, le Groupe Hachette Filipacchi Magazines. Il décidait du contenu éditorial, réalisait des entrevues, allait rencontrer des annonceurs potentiels, espérant décrocher des contrats publicitaires, et organisait des événements de relations publiques en utilisant sa présence pour obtenir de la couverture médiatique. Malgré ses nombreux efforts, la réussite de son magazine ne coulait pas de source. *George* connaissait des hauts et des bas et faisait souvent face à des difficultés. Maintenir un certain succès devenait pour lui et son équipe un véritable défi quotidien.

De ce fait, John recherchait constamment d'excellents journalistes dotés d'une belle plume pour collaborer à son magazine et Stéphanie, il devait bien l'admettre, était plutôt douée. Elle s'était taillée une place au *Times* et jouissait d'une excellente réputation. On pouvait présumer qu'elle faisait l'envie de plusieurs journalistes. Ces deux dernières semaines, John avait porté une attention particulière aux textes signés par Stéphanie dans le *Times* et il avait bien l'intention de lui proposer du travail. Le mois de juillet tirait à sa fin et John espérait que peut-être elle aurait envie d'un travail complémentaire pour le début de l'automne. Il savait pertinemment bien qu'elle ne laisserait pas le *Times*, mais comme elle semblait avoir un statut de pigiste, elle avait probablement un peu de temps à consacrer à *George*.

John observa Stéphanie depuis sa voiture. Elle lui paraissait encore plus irrésistible que la première fois. Il remarqua qu'elle était habillée de façon semblable à la dernière fois. Des jeans et un simple chemisier crème, comme si elle voulait se fondre au décor dominé par des hommes. Une tenue sans artifice qui pourtant ne passait pas inaperçue. Impossible de la manquer. John remarquait toute sa féminité. Ses jeans moulaient sa silhouette, autant que son chemisier, et révélaient ses formes parfaitement proportionnées. Ses longs cheveux aux boucles d'or volaient au vent. Elle paraissait très grande malgré ses chaussures de course. Il y avait une sorte de grâce dans sa démarche et ses gestes.

John devait aller lui parler maintenant avant qu'elle ne quitte, bien qu'il se sentait quelque peu embarrassé de l'aborder comme ça sur le tarmac. Peut-être croirait-elle que la proposition de travailler pour *George* n'était en fait qu'un prétexte pour la draguer ? Et elle n'aurait pas tout à fait tort. Qu'allait-elle penser de moi, se demanda-t-il inquiet. Il était tout à fait conscient que tout un chacun avait une idée préconçue sur son compte, avec tout ce qu'on racontait sur lui, particulièrement dans les tabloïds et la presse populaire en général. Stéphanie, comme tous les journalistes, devait être à l'affût de toutes les dernières rumeurs sur son compte, ça semblait inévitable. Notamment, celles sur son mariage qui battait de l'aile. Malgré ses craintes, John sortit de sa voiture et se dirigea enfin vers elle.

— Bonjour Stéphanie, fit John le plus simplement du monde.

Stéphanie leva les yeux et vit John F. Kennedy junior, là debout à quelques pieds devant elle. On aurait dit une sorte de mirage et son cœur se mit à battre la chamade.

— Bonjour, se contenta-t-elle de répondre, n'étant pas certaine si elle devait simplement l'appeler John.

— Vous vous apprêtiez à décoller ?

— Oui, mais je dois d'abord attendre le camion-citerne pour le plein d'essence.

— Le voilà justement, fit remarquer John en désignant le camion qui se dirigeait vers eux. La journée est idéale pour voler.

— Vous avez volé aujourd'hui ?

— Oui, je viens de rentrer. Les vents sont calmes, les conditions sont excellentes, sans turbulence, raconta John qui essayait tant bien que mal de faire la conversation le plus naturellement possible.

Stéphanie hocha la tête. Elle s'intéressait plutôt au pompiste qui venait de commencer à faire le plein de son appareil. Dès qu'il eut terminé, Stéphanie signa le registre du préposé au ravitaillement, en le remerciant.

— Bon vol, madame Delorme, fit le pompiste en s'éloignant.

John, qui avait remarqué comment le pompiste l'avait appelée, fut heureux d'apprendre que Patrick était une source fiable.

— Delorme, c'est votre nom véritable ? On dirait un nom français.

— Oui. Je suis d'origine française.

— Pourtant, vous n'avez pas l'accent.

— Ma mère était anglaise et mon père, français. J'ai vécu une partie de ma vie au Canada, entre Montréal et Toronto. J'ai appris l'anglais alors que j'étais jeune.

Stéphanie était née en France et y avait vécu la majeure partie de sa jeunesse. Elle avait ensuite déménagé avec ses parents à Montréal, au Québec, dans la partie francophone du Canada, où elle avait passé une partie de son adolescence. Quelques années plus tard, ils étaient partis vivre à Toronto dans un environnement anglophone où elle avait vécu la fin de son adolescence et amorcé sa vie de jeune adulte. Elle avait étudié les deux langues, ce qui représentait un grand avantage dans un pays bilingue comme le Canada. Elle avait complété ses études universitaires en journalisme, à l'université de Toronto.

— Et Parker, est-ce le nom de votre mère ?

Stéphanie, se rappelant soudainement qu'elle s'était présentée à John sous le nom de Stéphanie Parker, sentit le besoin de se justifier.

– En fait, Delorme est mon nom véritable, mais la plupart me connaissent sous le nom de Parker.

Elle avait ensuite quitté le Canada lorsqu'elle avait épousé Derek Parker, un américain qui était aussi journaliste et qui couvrait occasionnellement les affaires canadiennes. Elle l'avait rencontré lors d'une conférence de presse à Toronto alors qu'il était en fonction. En l'épousant, elle avait renoncé à sa carrière de journaliste qui s'amorçait à Toronto pour une aventure journalistique plus prometteuse aux États-Unis.

Depuis son divorce, elle avait repris son nom de jeune fille Delorme. Sauf pour son travail. Comme elle était déjà connue sous le nom de Parker, son rédacteur en chef avait fortement insisté pour qu'elle continue de signer ses chroniques sous le nom de Stéphanie Parker.

– Mon mari s'appelait Parker, expliqua-t-elle. À la suite de mon divorce, j'ai repris mon nom, Delorme, sauf pour le travail.

– Votre avion est garé ici ?

– Oui, depuis peu.

John savait très bien qu'elle venait de déménager son Piper ici à Caldwell, Patrick l'en avait informé, mais il n'allait pas avouer qu'il en savait plus sur elle qu'il n'aurait dû.

– En fait, nous comptons, mon partenaire et moi, déménager notre avion à Teterboro, pour nous rapprocher un peu de la ville. Je suis partenaire sur cet avion avec Dave qui était déjà basé à Morristown avec son appareil précédent. Malheureusement, il n'y avait pas de place disponible à Teterboro. On s'est tout de même placé sur une liste d'attente, mais entre-temps nous avons opté pour Caldwell.

– Bien fait. J'étais justement à Teterboro auparavant et j'apprécie davantage Caldwell pour sa convivialité.

– Vraiment ?

– Oui, c'est différent, il faut avoir connu les deux endroits pour voir la différence. Vous habitez la ville ? demanda John.

– Oui, à Manhattan.

Stéphanie passait beaucoup de temps au *Times* et travaillait souvent tard le soir. Elle préférait vivre en ville, malgré le prix exorbitant des appartements de Manhattan, ne pouvant envisager de faire le voyagement entre la ville et la banlieue chaque jour. Une perte de temps qu'elle ne pouvait se permettre. Elle avait certes le privilège de pouvoir travailler certains textes de chez elle, mais ce n'était pas toujours pratique. De son appartement, elle n'avait pas accès aux précieuses archives du *Times* et la majorité des entrevues qu'elle avait à réaliser se passaient en ville. Vivre à Manhattan était un mal nécessaire. Elle privilégiait cependant le travail à la maison, en dehors des heures normales de bureau, lorsque c'était possible.

– Vous volez seule aujourd'hui ? Votre ami ne vous accompagne pas ?

– Vous parlez de Matt, le type d'il y a deux semaines ?

– Oui, Matt.

– Non, je vole presque toujours seule, j'aime savourer ces moments précieux en solitaire.

– Je comprends, c'est pareil pour moi.

John avait décroché sa licence de pilote privé le 22 avril dernier. Il avait ensuite volé des avions de location et volé des avions plus performants avec des instructeurs. Un mois plus tôt, John avait obtenu son annotation « avion haute performance » sur son Cessna 182, lui permettant de voler en solo sur son avion, un appareil plus performant que ceux qu'on utilisait habituellement pour la formation de base, dont notamment les populaires Cessna 172. Il appréciait pouvoir s'envoler en solitaire.

Stéphanie regardait John distraitement tout en terminant ses vérifications avant le vol, se demandant ce qu'il faisait là.

– Vous semblez aimer votre Piper, commenta John qui essayait de poursuivre la conversation même si Stéphanie ne faisait pas trop d'effort. Il était mal à l'aise, comme un adolescent trop timide, il se doutait que Stéphanie s'en rendait probablement compte.

– Assez pour le retrouver le plus souvent possible, répondit-elle en purgeant l'essence, dernier préparatif avant d'embarquer dans son avion.

Stéphanie était quelque peu amusée de voir John ainsi, lui poser des questions, mais elle n'avait aucune envie de traîner sur le tarmac et de retarder son vol pour répondre à l'interrogatoire de John F. Kennedy junior.

– Eh bien, monsieur Kennedy, le ciel m'attend.

– Appelez-moi John, je vous en prie.

Stéphanie se mit à tirer l'avion et aussitôt John se précipita pour l'aider à pousser le Piper de quelques pieds, de manière à ce que l'appareil puisse faire face au *taxiway*. Ce faisant, il prit son courage à deux mains pour lui poser la question qui lui brûlait les lèvres.

– Vous savez, au magazine *George*, nous sommes toujours à la recherche d'excellents journalistes et je dois admettre que vous faites un travail remarquable.

Stéphanie se mit à rire sans répondre.

– Je suis sérieux, madame Parker.

– Désolée, mais la politique, ce n'est pas ma tasse de thé.

– Mais vous savez, il y a plusieurs façons de présenter la politique. J'ai cru comprendre que vous aimez beaucoup couvrir les causes sociales.

– Oui, tout à fait, répondit Stéphanie en ouvrant la porte de son avion.

– Certains politiciens ont à cœur des causes sociales, cela pourrait être un angle intéressant à développer.

— Désolée, John, je suis touchée que vous ayez pensé à moi, mais mon agenda est déjà rempli.

Comme elle s'apprêtait à prendre place dans son avion, John sortit sa carte de visite de sa poche et la lui tendit.

— Réfléchissez d'abord avant de refuser et n'hésitez surtout pas à me téléphoner pour en discuter plus longuement, conclua John en affichant son plus beau sourire.

Stéphanie accepta sa carte d'affaires par politesse. C'était plutôt difficile d'être désagréable avec John F. Kennedy junior.

— Bon vol, amusez-vous bien, dit-il en la saluant, trouvant qu'il en avait assez fait pour aujourd'hui.

— Merci.

John se dirigea vers sa voiture et resta assis quelques minutes dans sa décapotable, s'éternisant à remplir son *logbook* lui permettant de regarder le Warrior décoller. « Comme elle est belle », pensa-t-il troublé.

En circulant sur le *taxiway* en direction de la piste, Stéphanie se demandait pourquoi John était venu lui parler ainsi. Elle avait la drôle d'impression que son offre d'écrire pour *George* n'était qu'un prétexte. Cela ne pouvait être sérieux, car elle n'avait aucune expérience en politique.

Au moment de recevoir son autorisation à décoller, elle fixa le centre de la piste, enfonça la manette de gaz à plein régime et s'élança sur la piste en chassant John F. Kennedy junior de ses pensées. Sa seule idée en tête : transpercer ce magnifique ciel bleu.

❖ ❖ ❖

Mercredi, 5 août 1998

Après une longue journée passée au *Times*, Stéphanie rentra chez elle. Du travail l'attendait encore ce soir. Elle avait été fort occupée toute la semaine au point qu'elle avait dû renoncer aujourd'hui à son vol hebdomadaire du mercredi. Elle n'avait d'ailleurs pas revu John depuis qu'il lui avait proposé d'écrire pour *George*, une semaine plus tôt. Elle ne lui avait pas téléphoné non plus, en réponse à son invitation, bien qu'elle y eût longuement réfléchi. Elle se dirigea vers la petite pièce qui lui servait de bureau à son appartement et s'installa devant son ordinateur pour commencer la rédaction de sa chronique. Son regard dévia et elle se laissa distraire par la carte de visite de John, qui se trouvait là devant elle. La carte était sobre et élégante à la fois, avec une bordure dorée en relief, laissant supposer que John avait des goûts raffinés.

John F. Kennedy junior, qui était-il vraiment ? Comme tous les Américains, elle connaissait l'histoire de John. Sans trop s'intéresser à ce que les journaux populaires écrivaient à son sujet, elle avait tout de même suivi son parcours. Elle savait qu'il était le fils du 35e président des États-Unis, assassiné à Dallas, le 25 novembre 1963, alors qu'il était âgé d'à peine 3 ans. Sa mère Jackie avait ensuite épousé Aristote Onassis, l'homme le plus riche du monde, un mariage qui avait suscité bien des controverses. Il avait une sœur, Caroline, et il avait vécu son enfance avec les services des agents secrets des États-Unis sur les talons. Elle savait également qu'il avait fait ses études en droit et qu'il avait échoué son examen au barreau à deux reprises. Proclamé le célibataire le plus sexy, il était sans cesse pourchassé par les médias et les paparazzis. Il avait ensuite lancé un magazine politique, *George*, sans avoir aucune expérience en journalisme ou en édition. Finalement, il avait épousé Carolyn Bessette et il venait d'obtenir sa licence de pilote privé. Mais qui était-il réellement ? Pour Stéphanie, un certain mystère voilait la personnalité de John. On parlait tellement souvent de lui dans les médias. Stéphanie n'était pas du genre à suivre de près ce que l'on racontait sur lui dans les moindres détails. N'empêche qu'elle se demandait si tout ce que l'on racontait à son sujet était vrai. Elle se demandait si son mariage avec Carolyn Bessette se portait bien, puisqu'on racontait dans les tabloïds que son mariage battait de l'aile. Était-ce vrai ou simplement un stratège pour vendre des copies ?

Elle avait longuement songé à la proposition de John, mais travailler pour *George* ne lui disait absolument rien. Elle ne voulait pas être associée à la politique, elle n'avait jamais vraiment aimé cela. La politique était à ses yeux une sorte de grande mise en scène où trop souvent les intérêts personnels étaient favorisés. Rien ne paraissait authentique, tout semblait calculé pour marquer des points et derrière les bonnes intentions, se cachaient souvent des intérêts cachés. Elle appréciait ce qu'elle faisait au *New York Times* et elle ne voulait pas se laisser distraire par quelque chose d'autre qui l'intéressait plus ou moins. Elle préférait se dédier à ce qu'elle faisait ; pour rien au monde elle ne voudrait laisser sa place au *Times*. Il lui arrivait d'accepter quelques interviews pour la télévision, sur des chaînes spécialisées, mais comme il s'agissait de mandats très ponctuels, cela ne nuisait pas vraiment à son emploi du temps et c'était surtout une façon agréable de gagner sa vie. Elle devait tout de même admettre qu'elle était surprise et touchée par la proposition de John, se demandant encore s'il n'y avait pas un autre intérêt qui se dissimulait derrière cette offre. Sa deuxième rencontre avec John ne l'avait pas laissée indifférente, même si elle avait préféré ne pas le montrer. Elle préférait l'éviter et ne plus y penser, imaginant combien de cœurs il avait bien pu briser avant son mariage. Tellement de femmes avaient dû l'attendre ! Et combien d'autres avaient fantasmé sur lui ? Stéphanie avait souvent interviewé et côtoyé des artistes et elle en avait conclu, à quelques exceptions près, qu'il valait mieux se tenir loin de ces personnalités. Leurs vies étaient souvent bien compliquées. Mais elle devait admettre que John évoquait une image tout à fait différente. D'abord, il était maintenant à la fois rédacteur en chef, journaliste et homme d'affaires et surtout ses manières la séduisaient vraiment. Ces gestes étaient raffinés, il dégageait un style particulier, très distingué qui rendait le personnage intéressant. Pourtant, par l'entremise des médias, John n'avait su la fasciner en aucun point. Mais en personne venait de s'immiscer une tout autre histoire. Stéphanie voulait éviter de fréquenter une personnalité publique, même en amitié, mais plus que tout, elle désirait l'éviter, lui, parce qu'il était un homme séduisant avec un charme fascinant et de ce jeu dangereux, personne n'en sortait gagnant. Il s'agissait d'un homme marié convoité par des milliers d'Américaines. Stéphanie pouvait facilement s'imaginer que la majorité des femmes de son entourage l'admirait ou tombait en pâmoison devant lui, et ce, malgré son mariage. Elles devaient toutes être à ses pieds. Elle se promit qu'elle ne ferait jamais partie de ces femmes, sous aucune considération. « Non jamais, pensa Stéphanie, il faut que je l'évite à tout prix. » Elle avait déjà assez souffert comme ça. Depuis l'échec de son mariage avec Derek, rien n'avait été facile avec les hommes pour elle. Elle aimait les hommes, elle les avait toujours aimés, mais aujourd'hui elle préférait les avoir comme amis. Matthew et Jeff étaient tous les deux des amis formidables chacun à leur manière : Matthew, son ami pilote, partageait sa passion pour l'aviation et avec lui, elle pouvait s'amuser à voler d'un endroit à l'autre, et quant à Jeff, il était son ami journaliste avec qui elle pouvait avoir de grandes conversations, échangeant pendant des heures sur une foule de sujets. Ils aimaient parler d'actualités internationales, de valeurs morales ou de voyages. Ils n'avaient jamais assez de temps pour aborder toutes les préoccupations qu'ils avaient en tête. Ils pouvaient passer des soirées à discuter passionnément. Elle considérait Jeff comme un homme particulièrement intelligent et très instruit ; deux qualités qu'elle appréciait profondément. Sans doute ces deux qualités faisaient-elles qu'elle l'estimait et le respectait tant. Deux passions : l'aviation et le journalisme, et deux amis, Matthew et Jeff, chacun étant associé à l'une d'elle. Tout s'équilibrait, et c'était bien ainsi.

Puis soudain, la réalité la frappa de plein fouet. Elle fixa à nouveau la carte de visite de John qui était restée dans son champ de vision. Un frisson la traversa. Deux passions, l'aviation et le journalisme : c'était elle et c'était aussi John. Prise de panique, elle ferma son ordinateur, jeta la carte de John dans la corbeille, prit son sac et sortit ; elle avait besoin de prendre l'air. Elle se rendit au bistro du coin manger un sandwich. Un petit bistro comme on en voit partout en France et encore trop peu à Manhattan. Ce genre d'endroit lui rappelait son enfance et ses voyages en France qu'elle se permettait à l'occasion pour revoir sa cousine et des amis. Puis elle flâna dans les rues de la ville.

Chapitre 4

Mercredi 12 août 1998

John se trouvait au 94 et lisait le journal distraitement tout en buvant un café. L'endroit était peu achalandé, on ne comptait que quelques pilotes ici et là qui discutaient en mangeant. Il avait choisi une table près des fenêtres, ce qui lui permettait d'observer les mouvements et les activités tant sur les pistes que sur le tarmac. Il avait atterri une dizaine de minutes auparavant et avait décidé de faire comme bien des pilotes : s'arrêter au 94. En ce mercredi magnifique, il ne s'était pas installé là tout à fait par hasard. Il avait appris, quelques jours plus tôt, par Patrick, qui connaissait les allées et venues d'à peu près tous les pilotes basés à Caldwell, que Stéphanie avait l'habitude de voler les mercredis et les week-ends. La complicité entre John et Patrick était grande et John savait qu'il pouvait compter sur sa discrétion exemplaire. Patrick avait toujours été très loyal envers lui.

John avait aussi remarqué après son atterrissage que le Piper Warrior de Stéphanie n'y était pas, alors qu'il était stationné à sa place, lorsqu'il avait décollé deux heures plus tôt. Sans aucun doute, Stéphanie se trouvait en vol et les chances étaient grandes qu'elle s'arrête au 94 après son atterrissage. Il avait souhaité que Stéphanie lui passe un coup de fil, mais, comme il l'avait craint, elle n'en fit rien. Aucun signe, aucune nouvelle, pas de courriel non plus. Leur dernière rencontre remontait à deux semaines déjà. Si

Stéphanie avait voulu collaborer pour *George*, elle se serait déjà manifestée. Il devait trouver une autre façon de la convaincre, mais il ne savait pas comment. Elle lui paraissait si inaccessible et indépendante à la fois.

Le magazine *George* avait récemment traversé une importante rotation de personnel. Ce qui n'est pas inhabituel dans le domaine des magazines d'autant plus que l'éditeur, le Groupe Hachette Filipacchi Magazines, n'offrait pas les meilleurs salaires en ville. *George* n'était pas encore suffisamment rentable pour rivaliser avec les grands magazines de New York. John se sentait, tout de même, bien entouré. Il avait une excellente équipe autour de lui, des employés dévoués et expérimentés, mais les bons journalistes pigistes manquaient. Ceux capables de trouver de nouvelles idées. John devait constamment penser à se renouveler. De plus, les femmes qui écrivaient pour *George* paraissaient trop peu nombreuses. Ajouter à l'équipe une femme du calibre de Stéphanie, qui puisse glisser une touche de sensibilité à la politique, semblait souhaitable. Mais John n'avait pas uniquement la collaboration de Stéphanie au magazine *George* en tête. Il avait songé à elle à plusieurs reprises ses derniers jours et il tenait vraiment à la revoir pour d'autres motifs… Des raisons bien plus personnelles. De plus en plus fasciné par elle, il voulait la revoir pour se faire plaisir. Il avait besoin de la voir à nouveau, lui parler, la connaître davantage et même partager avec elle sa passion : l'aviation. D'ailleurs, toutes réflexions faites, John réalisait que cela lui manquait d'avoir des amis pilotes. Il n'en avait aucun pour partager cette grande passion qui l'occupait beaucoup. Il y avait bien ses instructeurs de vol, mais ce n'étaient pas des amis. Ce sont des gens que l'on paie et cela n'avait rien à voir avec l'amitié, même si parmi les instructeurs avec qui il avait volé, il avait partagé avec certains de très bons moments. Ces derniers jours, John avait poussé la curiosité jusqu'à effectuer une recherche sur le Web sur Stéphanie. Il avait découvert qu'elle avait été, par le passé, à la tête d'un magazine « life style » qui n'existait plus. De toute évidence, arriva-t-il à conclure, les intérêts communs entre eux se multipliaient : l'aviation, le journalisme et maintenant l'édition.

John leva les yeux de son journal et vit l'avion de Stéphanie qui s'approchait sur le tarmac. Ne pouvant détacher son regard de la scène, il l'observa alors qu'elle coupait le moteur. Il la vit retirer ses écouteurs dernier cri pour les poser sur le tableau de bord avant de se passer la main dans les cheveux pour les replacer. Elle sortit de son Piper. Elle était seule et avançait d'un pas léger vers le 94. Aux yeux de John, on aurait dit une vision inaccessible. Elle semblait transporter avec elle le bonheur et la joie de vivre. Ses cheveux flottaient au vent, elle portait des lunettes de soleil, des jeans blancs, un chandail bleu marine à rayures blanches et des chaussures de course. Dès qu'il la vit entrer dans le restaurant, John se leva d'un bond et d'instinct, lui fit signe de la rejoindre. Stéphanie n'avait pas vu John avant qu'il ne se lève et agite sa main. Elle se sentait légèrement embarrassée, car toutes les têtes s'étaient tournées vers elle. Évidemment, elle était incapable d'ignorer le geste de John. Ce serait un affront, devant ces gens qui les observaient à tour de rôle. «Après tout, il est gentil», pensa Stéphanie, mais en même temps, il représentait un danger à éviter et cette pensée se répétait en elle.

Après quelques secondes d'hésitation, les bonnes manières et la fascination l'emportèrent sur sa résolution de l'éviter. Sans démontrer le moins du monde son embarras, elle avança vers lui en le saluant. John tira aussitôt la chaise libre devant lui.

– Bonjour Stéphanie, essayez-vous.

– Bonjour John, vous partez voler? demanda-t-elle en prenant place.

– Non, j'ai atterri il y a quelques minutes, répondit-il en lui adressant son plus beau sourire.

– C'est une journée magnifique! Vous lisez le *Times*, fit-elle remarquer. Bien!

– Évidemment. Alors, ce vol était comment?

– Superbe! J'ai simplement survolé la région et j'ai fait un arrêt à Morristown pour saluer des copains. Un vol bref, mais agréable, répondit Stéphanie en souriant à son tour.

— Vous avez mentionné l'autre jour que vous aviez un partenaire sur votre avion, ce n'est pas Matt, si j'ai bien compris?

— Non, c'est Dave, Dave Lewis, un chic type. Un maniaque de l'aviation! Il adore voler.

— C'est ce qui arrive la plupart du temps. Voler peut vite devenir une drogue et une fois dans l'engrenage, difficile de s'arrêter, ne trouvez-vous pas?

— Effectivement! Voler est devenu plus qu'une passion pour moi, admit Stéphanie. C'est presque une raison de vivre. Ça représente un mélange d'allégresse, de sérénité et de défi à la fois. À chaque vol, je ressens un sentiment de surpassement et de plénitude tellement agréable. S'envoler, c'est un peu comme vivre dans une autre dimension qui semble irréelle. De plus, voler signifie pour moi la liberté totale, la liberté d'aller où je veux, sans condition ou restriction.

— Pour moi aussi, c'est ma façon de m'évader, avoua John. Je veux dire sur le plan psychique. Le sentiment de liberté est tellement grand. Je n'ai encore rien trouvé de comparable.

— Je comprends. Un peu comme si les soucis quotidiens ne pouvaient nous atteindre en vol, car là-haut, les proportions sont différentes et les problèmes disparaissent. Lorsque je vole, rien d'autre n'a d'importance. J'aimerais pouvoir voler tous les jours où le ciel est bleu. Mais il faut bien travailler et gagner sa vie.

— Vous avez l'habitude de voler le mercredi on dirait?

— Bonne déduction. Règle générale, je vole les mercredis, lorsque les conditions météorologiques le permettent, et les week-ends durant la belle saison. Je me rends à ma villa de Cape Cod avec mon avion. J'aime tellement voler que je ne peux me contenter de voler les week-ends. J'ai besoin de voler une fois en milieu de semaine, cela me donne une pause de travail et me fait patienter jusqu'au week-end suivant. Je décroche de mes obligations, soit du prochain texte à rédiger. Et au retour d'un vol, j'ai miraculeusement toujours une nouvelle idée de reportage ou un nouveau sujet dont j'aimerais traiter. J'ai l'impression d'accéder à une source infinie de ce dont j'ai besoin, là-haut.

– Vous parlez comme une véritable passionnée. Cela se voit que vous adorez voler, juste à vous entendre et à vous regarder en parler. Vos yeux brillent et votre visage s'illumine.

– Vraiment? répondit Stéphanie en rougissant.

– Absolument, on dirait des étincelles! Mais vous étiez en train de dire que vous avez une villa à Cape Cod, dans quelle région?

– À Chatham.

La villa de Stéphanie était en fait son héritage familial car ses revenus ne lui auraient jamais permis d'acheter une villa à Cape Cod, en plus d'un appartement à Manhattan. Lorsqu'elle avait divorcé de Derek, trois ans plus tôt, ils avaient vendu leur maison conjointe. Ils avaient obtenu un profit intéressant qu'ils s'étaient partagés, puisqu'ils payaient l'hypothèque à parts égales. Mais cette somme n'était cependant pas suffisante pour acheter une villa sur une plage de Cape Cod. Elle avait donc placé cet argent tout en gardant une part pour une folie: un avion! Bien qu'elle rêvait depuis longtemps de posséder une petite maison au bord de la mer, bien à elle, et espérait réaliser ce rêve un jour, un avion était encore plus important à ses yeux et demeurait sa priorité. Ne plus avoir à louer un avion, tributaire des disponibilités et des horaires serrés entre chaque locateur, avoir la liberté d'aller ou bon lui semble, était un luxe qui n'avait pas de prix à ses yeux. Et encore heureux, le coût d'un petit avion était plus accessible que celui d'une résidence secondaire à Cape Cod, bien que l'achat d'un avion n'avait rien d'un investissement. Même s'il n'y avait pas de dépréciation importante comme pour une voiture, la valeur d'un avion augmentait très peu au fil des années et pouvait même rester stable pendant plusieurs années. Évidemment, elle devait admettre que tous les frais reliés à l'avion en faisaient un loisir de luxe, mais avec un partenaire de vol, cela réduisait les factures de moitié.

Ce ne fut qu'un an plus tard qu'elle put réaliser son rêve d'avoir accès à une propriété à Cape Cod. Un malheureux coup du sort avait fait en sorte que ses parents étaient décédés tous les deux la même année. Inséparables qu'ils avaient été toute leur vie, ils s'étaient aussi rejoints même à travers la mort. Sa mère avait été mortellement frappée par une voiture et peu de temps après, la maladie avait emporté son père. Fille unique, Stéphanie avait hérité de la résidence familiale à Toronto et d'une somme rondelette provenant principalement de placements et de primes d'assurance vie. Après quelques hésitations, Stéphanie s'était résolue à vendre la propriété familiale et avait acquis une maison à Chatham dans le *Lower Cape* de Cape Cod. Une villa qu'elle chérissait devenant, en quelque sorte, son héritage familial. Elle aurait bien aimé s'approprier une résidence dans les îles à Martha's Vineyard ou à Nantucket, mais les prix étaient exorbitants. Et tout compte fait, avoir une maison à Cape Cod semblait beaucoup plus pratique qu'en avoir une sur les îles. Et puis Chatham était une petite localité très agréable et charmante. On y trouvait principalement des résidences secondaires plutôt que des hôtels. Sa maison était petite, mais confortable et décorée avec soin. Et surtout, elle s'ouvrait sur l'océan. C'est ce qui importait le plus à ses yeux. Grâce aux grandes fenestrations, elle profitait d'une vue magnifique sur la mer. Stéphanie se comptait particulièrement chanceuse, car vivre ne serait-ce que quelques week-ends par année au bord de la mer était, pour elle, un très grand privilège. De plus, ce qui rendait la situation encore plus agréable, c'est qu'un petit aéroport municipal se trouvait à proximité de sa villa, ce qui lui permettait la plupart du temps de s'y rendre à bord de son Piper Warrior. Elle gagnait du temps en plus d'éviter les bouchons de circulation.

John connaissait bien Cape Cod. Il possédait en copropriété une résidence à Hyannis Port, non loin de Chatham. C'était l'endroit où il avait passé une grande partie de ses étés, enfant et adolescent, à s'amuser avec ses cousins en partageant avec eux les plaisirs nautiques. Cette résidence familiale des Kennedy, il l'associait à son père. John semblait aimer Cape Cod autant que Stéphanie. Il prenait plaisir à lui parler de la région et de son bateau pendant qu'elle l'écoutait avec attention. John évoqua également son domaine, *Red Gate Farm,* sur l'île de Martha's Vineyard, situé à quelques minutes de bateau ou de vol de Hyannis Port, qu'il partageait en copropriété avec sa sœur Caroline depuis le décès de sa mère. Il évita de se vanter de l'ampleur du domaine, mais il précisa que l'endroit d'une beauté divine lui rappelait sa mère.

La serveuse du 94 venait d'interrompre leur conversation en leur proposant du café.

— J'ai faim, lança John, pas vous ?

Stéphanie fut surprise que John puisse se contenter de la cuisine du restaurant de l'aéroport. Au 94, les repas servis n'avaient rien de sophistiqué et le menu était plutôt simpliste, on n'y venait pas pour la gastronomie, mais bien pour l'ambiance ou simplement prendre un café ou un rafraîchissement.

— Je suis affamée, avoua Stéphanie, je prendrais bien une salade au poulet.

— La même chose pour moi, dit-il en s'adressant à la serveuse.

Quelques instants plus tard, ce fut au tour de Matthew de faire son entrée au restaurant de l'aéroport. Il rentrait d'un vol avec un étudiant. Sans hésiter, John invita l'ami de Stéphanie à se joindre à eux. Elle était surprise de constater à quel point John avait une facilité à s'adresser aux autres tout en les mettant rapidement à l'aise. Il ne connaissait pour ainsi dire pas Matthew, pour lui avoir parlé une fois, pendant moins de deux minutes et déjà, il discutait avec lui comme s'ils étaient amis depuis toujours. Stéphanie connaissait suffisamment bien Matthew pour constater qu'il était fasciné par la présence de John, malgré ses efforts pour ne rien en laisser paraître. À son tour, il commanda un club sandwich et tous les trois prirent plaisir à parler d'aviation, dans un esprit de convivialité.

— Je ne savais pas que vous étiez aussi instructeur, dit John en s'adressant à Matthew.

— À temps partiel seulement ! Je suis toujours aussi passionné d'aviation qu'à mes débuts, lorsque j'étais instructeur de vol à temps plein, mais j'ai depuis développé une nouvelle passion, l'informatique.

— J'ai l'intention de poursuivre ma formation, raconta John. Je veux me laisser tenter par des appareils plus performants. Je crois que j'aurais plaisir à voler avec vous.

– Pourquoi pas ? Si vous avez besoin d'un instructeur, je suis l'homme de la situation, lança Matthew, en lui remettant sa carte de visite.

Tous les trois échangèrent, l'ambiance était détendue et agréable. Ce fut Matthew qui quitta le restaurant le premier, laissant Stéphanie et John seuls. Craignant que Stéphanie ne suive Matthew, John s'empressa d'aborder à nouveau le sujet qui lui tenait à cœur.

– Alors, avez-vous réfléchi à mon offre de collaborer pour *George* ?

– Oui, j'y ai réfléchi, répondit Stéphanie, plutôt mal à l'aise d'avoir à refuser. Je suis désolée, mais ça me semble impossible, expliqua-t-elle, d'un ton hésitant.

– Dites-moi, que pensez-vous du magazine *George* en général ?

Stéphanie paraissait visiblement de plus en plus mal à l'aise. *George* était le magazine de John, il en était le fondateur, comment pouvait-elle lui dire ce qu'elle en pensait vraiment, sans le blesser ?

– Eh bien, hésita Stéphanie, c'est que… Comment dire…

– Vous pouvez vraiment dire ce que vous pensez, Stéphanie, j'ai l'habitude des critiques.

– En fait, je ne suis pas la meilleure personne pour critiquer ou analyser un magazine politique, avoua-t-elle.

– Vous avez bien une petite idée. Je ne vous demande pas une analyse politique, mais plutôt le degré d'appréciation d'une lectrice.

Stéphanie se mit à rire.

– Je suis désolée, John, je dois avouer que je n'ai jamais lu votre magazine. Ça vous donne sûrement une idée à quel point je n'apprécie pas la politique.

John se mit à rire à son tour.

– Cependant, j'ai entendu parler de *George*, poursuivit Stéphanie. Je dois admettre que c'était plutôt audacieux de votre part de lancer un tel magazine.

– J'ai effectivement pris quelques personnes par surprise, avoua John.

– Vous savez, je n'ai jamais écrit sur la politique et je ne me sentirais pas vraiment à l'aise de le faire.

En fait, Stéphanie n'avait pas envie de signer des textes dans le magazine *George* et être ainsi associée de près ou de loin à la politique. Un revenu supplémentaire aurait certes été le bienvenu, mais il fallait faire les bons choix et elle préférait se dédier aux causes qui lui tenaient à cœur.

John avait anticipé cette réponse. Déjà le fait qu'elle ne l'avait pas rappelé, suite à sa proposition, en disait long sur son intérêt. Mais John avait autre chose en tête à présent.

– Écoutez, Stéphanie, je me doutais de cette réponse de votre part, mais j'aimerais vous proposer autre chose.

– Ah bon?

– En fait, j'aurais besoin d'une conseillère, quelqu'un qui est plus qu'une lectrice. Au magazine, j'ai plusieurs journalistes et chacun tient à ses idées et c'est bien ainsi, mais avoir quelqu'un de l'extérieur, complètement neutre qui n'aurait pas un sujet particulier à défendre me serait vraiment utile. J'ai souvent des choix difficiles à faire parmi plusieurs sujets proposés. Avoir un avis extérieur, demeure important pour moi. Et je n'ai qu'une seule femme dans mon équipe de journalistes, j'ai besoin d'augmenter mon lectorat féminin et j'apprécierais avoir l'opinion d'une journaliste féminine.

Stéphanie ne disait rien, elle écoutait John, buvant littéralement ses paroles. Il lui parlait en lui accordant tellement d'importance. Elle était étonnée de susciter tant d'intérêt.

– Je ne sais pas quoi dire, John.

– J'ai aussi besoin de conseils pour mon éditorial, il m'arrive d'avoir tendance à écrire sur des sujets trop compromettants, ça me cause des ennuis. J'ai besoin de quelqu'un de franc et d'honnête pour me dire ce qu'il en pense. Vous savez, il faut livrer une bataille constante pour réussir dans ce métier et j'ai besoin de m'entourer de personnes expérimentées.

Stéphanie se sentait flattée, qui ne le serait pas? Conseiller John F. Kennedy junior n'était pas rien. Difficile de refuser. Travailler en toute discrétion sans avoir à signer des textes et gagner un revenu supplémentaire, s'imposait comme une situation presque parfaite, une proposition impossible à décliner.

John avait été attiré par Stéphanie pour son franc-parler dans ses chroniques. Elle était une journaliste expérimentée et s'il ne pouvait l'avoir comme journaliste, il voulait à tout le moins l'engager comme conseillère et qui sait? Elle y prendrait peut-être goût et accepterait d'écrire un jour de manière régulière.

— Votre offre est alléchante, mais pourquoi moi? On compte des centaines de journalistes expérimentés à New York qui pourraient faire ce travail mieux que moi.

— Sans doute, mais c'est vous qui êtes là, devant moi, aujourd'hui.

Stéphanie avait raison, plusieurs autres journalistes méritaient ce mandat, or John la voulait, elle. Sans vouloir l'admettre complètement, John essayait de créer des liens avec elle pour se rapprocher et mieux la connaître. Il croyait que travailler avec une femme comme Stéphanie devait être non seulement constructif, mais aussi très agréable.

— Alors, vous acceptez?

— J'hésite à vous dire oui… On pourrait faire un test.

— Voilà qui est bien dit. Une chose cependant, j'aimerais que cela reste entre nous.

Stéphanie fut un peu surprise de cette requête, cependant elle ne le montra aucunement.

— Aucun problème.

— On peut se tutoyer? demanda John.

— Bien sûr.

De son porte-documents, John sortit deux textes de quelques pages chacun, qu'il tendit à Stéphanie.

– Déjà! s'exclama Stéphanie avec un mouvement de surprise.

– Absolument, il ne faudrait surtout pas te laisser le temps de changer d'avis, plaisanta John.

Il prit soin d'expliquer à Stéphanie ses inquiétudes par rapport à certaines polémiques soulevées par un texte qu'on lui avait proposé. Il avait surligné des passages, et plusieurs notes écrites de la main de John se trouvaient sur le document. Stéphanie l'écoutait avec attention, remarquant avec quel professionnalisme il exposait ses interrogations. Elle l'avait imaginé un peu nonchalant, peut-être même plus ou moins préoccupé, alors qu'il était tout le contraire. Il suffisait de l'écouter quelques minutes pour comprendre à quel point tout ce qui touchait de près ou de loin son magazine lui tenait véritablement à cœur. Il semblait sincèrement soucieux du succès de *George*. Il remettait en question chaque texte, et même chaque passage, voulant à tout prix s'assurer de faire les bons choix et de faire tout ce qui lui était possible pour réussir.

– Entendu, dit Stéphanie d'un ton rassurant. Je comprends très bien tes préoccupations. Je vais regarder cela ce week-end, je serai tranquille, je vais à ma villa, déclara Stéphanie en emportant les documents. Sa carte était jointe aux textes.

– Tu me téléphones quand tu veux, insista John en lui griffonnant son numéro de portable personnel.

Tous les deux quittèrent le restaurant presque avec regret. Il se rendit avec elle avec son avion de l'autre côté des installations pour qu'elle puisse stationner son Warrior. Après avoir raccompagné Stéphanie jusqu'à sa Mustang rouge, il resta immobile devant sa décapotable blanche en la regardant s'éloigner. John était heureux. Le temps passé auprès de Stéphanie lui avait paru si agréable et surtout il était ravi qu'elle ait accepté son offre.

❖ ❖ ❖

Dimanche, 16 août 1998

Les chauds rayons de soleil inondaient la magnifique véranda où Stéphanie était assise, se laissant bercer par le bruit des vagues. Comme tous les dimanches, elle se réservait quelques moments précieux pour contempler l'océan d'un bleu azur. Elle avait passé les trois dernières heures à lire les deux textes que John lui avait laissés. Son impression sur l'un d'eux n'était pas vraiment positive. Stéphanie se demandait comment allait réagir John si elle lui disait franchement ce qu'elle en pensait. « Mais peu importe, je ne veux pas me laisser impressionner par le personnage. Je serai franche et honnête, fidèle à mes idées et à moi-même. Si John paie quelqu'un pour lui dire que ses idées sont bonnes, il ne s'est pas adressé à la bonne personne », se disait-elle. Elle se décida à lui téléphoner sur son cellulaire avec l'intention de lui laisser un message, certaine de tomber sur sa boîte vocale, l'imaginant, en cette belle journée ensoleillée, sur son bateau avec sa femme Carolyn. Il avait sûrement autre chose à faire que de répondre au téléphone le dimanche après-midi. Avant de l'appeler, elle jeta un œil à son agenda. Elle était libre le lendemain, lundi pour le lunch. Ce serait peut-être le bon moment pour lui rendre ses commentaires. Elle composa son numéro et à sa surprise John répondit d'un ton enjoué.

— Bonjour John, c'est Stéphanie.

— Stéphanie, comment vas-tu ?

Stéphanie fut soudainement surprise de cette familiarité, même s'ils s'étaient mis d'accord pour le tutoiement. Pour elle, John était encore un étranger, un homme inaccessible, pas comme les autres.

— Je vais bien, merci. Je ne voulais surtout pas te déranger un dimanche…

— Tu ne me déranges absolument pas, je suis à Hyannis Port avec mes cousins. Tu es à ta villa ?

— Oui, je suis à Chatham. En fait, j'ai cru que j'allais tomber sur ta boîte vocale. Je voulais simplement te laisser un message pour t'informer que j'avais lu tes deux articles et te proposer un rendez-vous en début de semaine pour en discuter. Demain, peut-être pour le lunch ?

– J'ai une meilleure idée. Je pourrais passer chez toi, disons dans une heure, si cela te va.

– Tu n'es pas occupé ?

– Non et j'ai assez déconné pour aujourd'hui, cela me fera du bien d'avoir une conversation intelligente et surtout, j'ai bien hâte d'entendre tes commentaires.

Stéphanie jeta un regard rapide autour d'elle. La salle de séjour lui semblait du coup non présentable, un certain malaise s'installa. Sa villa était chouette, mais modeste et recevoir John F. Kennedy junior, comme ça chez elle, la gênait un peu. Comme si John devinait les pensées de Stéphanie, il ajouta :

– On peut se donner rendez-vous ailleurs si tu préfères… je me disais tout simplement que chez toi, on serait plus tranquille.

John essayait dans la mesure du possible d'éviter les endroits publics, particulièrement en période achalandée, comme l'était Cape Cod durant la saison estivale. Il préférait se rendre chez les gens ou les inviter chez lui.

– Effectivement, répondit Stéphanie. D'accord, dans une heure !

Elle fut soudainement prise d'une excitation comme une collégienne à un premier rendez-vous amoureux. Elle lui donna son adresse avant de raccrocher pour ensuite se précipiter vers la salle de bain, pour ajouter un brin de maquillage à ses yeux bleus et à son visage trop pâle. Elle retira son vieux t-shirt pour enfiler à toute vitesse son chemisier neuf, qui s'agençait bien avec les jeans qu'elle portait. Avant tout, elle se sentait confortable et tenait à être à l'aise.

Elle demeura étonnée que John passe son dimanche avec ses cousins plutôt qu'avec sa femme.

« Où est la belle Carolyn ? » se demanda Stéphanie. Était-elle avec lui et ses cousins ? Cela lui semblait peu probable. Il ne l'abandonnerait pas à Hyannis Port pendant qu'il allait parler boulot avec elle, ici à Chatham, la laissant aux bons soins de ses cousins qui n'avaient pas toujours bonne réputation et qui ne devaient pas avoir grand-chose en commun avec les goûts raffinés de Carolyn Bessette. Probablement était-elle restée au prestigieux domaine de *Red Gate Farm*, sur l'île de Martha's Vineyard. Cet endroit dédié aux gens fortunés était sûrement plus convenable pour son épouse Carolyn. En pensant à ce domaine réservé aux gens riches et célèbres, Stéphanie se sentit à nouveau embarrassée de recevoir John dans sa villa.

« Pourquoi avoir accepté ? » se demandait Stéphanie. La conversation avait été si brève qu'elle n'avait pas vraiment eu le temps de réfléchir. John avait tout simplement été spontané. Mais elle ne pouvait s'empêcher de trouver la situation un peu étrange. Puis, elle haussa les épaules et prit le temps de mettre une bouteille de vin blanc au frais.

Il lui restait quelques minutes pour aller couper des roses dans son jardin, sachant que cela égaierait la pièce d'avoir des fleurs fraîchement coupées au salon. John et Stéphanie ne venaient pas du même monde, malgré leur passion commune et cela ne servait à rien d'essayer de le nier. Cette évidence s'était imposée dès le début. Pourtant, Stéphanie l'oubliait par moment, tellement John était simple lorsqu'il lui parlait. Il lui arrivait carrément d'oublier qui il était, pourtant tout le lui rappelait à la fois. Par sa nature, Stéphanie n'éprouvait pratiquement jamais de sentiment d'envie. Cela lui paraissait tout à fait inutile et ce n'était pas aujourd'hui qu'elle allait changer. De plus, elle était consciente du grand privilège qu'elle avait de pouvoir s'évader de Manhattan tous les week-ends durant la saison estivale pour se rendre dans sa maison bien à elle sur le bord de la mer. Elle n'éprouvait aucunement le besoin d'envier qui que ce soit. Même que par le passé, c'était elle qui faisait l'envie des quelques hommes qu'elle avait fréquentés. D'ailleurs, ses relations n'avaient jamais duré longtemps depuis son divorce, parce qu'en partie les hommes qu'elle avait côtoyés étaient assez compétitifs et ils allaient jusqu'à manifester de la jalousie envers ses biens matériels. Stéphanie avait toujours trouvé cela si ridicule. Comme s'il pouvait y avoir de la compétition dans l'amour. On aime ou bien on n'aime pas. Le côté matériel ne devrait jamais avoir une influence quelconque. Malheureusement, la vie ne fonctionnait pas comme ça et Stéphanie s'en était rendu compte à ses dépens.

Sa villa n'avait rien d'une résidence pour gens fortunés, pourtant, Stéphanie éprouvait une certaine fierté pour sa villa de Chatham. Petite, mais confortable et décorée avec beaucoup de soin, elle n'avait pas hésité à faire appel à l'une de ses ex-collègues, Tracy, décoratrice à temps partiel et directrice artistique d'un magazine avec qui elle avait déjà travaillé. Tracy l'avait aidée à tout refaire la décoration de la villa dans les semaines qui avaient suivi son acquisition. La décoration des anciens propriétaires ne correspondait pas aux goûts de Stéphanie. Son style typiquement Nouvelle-Angleterre, avec des draperies et de la tapisserie fleuries, lui semblait dépassé. Elle avait pris plaisir à se défaire de tous les motifs à fleurs. Une fois la déco refaite, le résultat surprenait. Le design reflétait bien sa personnalité : couleurs très vives et contrastantes, à la limite audacieuses, meubles modernes et confortables. Des bibelots avant-gardistes aux lignes très épurées donnaient à l'ensemble un aspect particulièrement « zen » invitant au calme et au repos. C'était son petit coin de paradis bien à elle. Stéphanie privilégiait ses moments solitaires en tête-à-tête avec l'océan avec pour seuls complices, ses bouquins. Elle n'était pas du genre asocial, mais son travail comportait tellement de rencontres avec des gens de toutes sortes qu'elle appréciait davantage la solitude durant les week-ends.

John connaissait bien Cape Cod et n'eut aucun mal à localiser la villa de Stéphanie à bord de son taxi. Il souriait, il était heureux. La collaboration avec Stéphanie lui semblait une très bonne idée et il avait hâte d'entendre ses commentaires, mais surtout de la revoir, elle, tout simplement. Au magazine *George*, John devait s'avouer qu'il avait pris de mauvaises décisions par le passé, par manque d'expérience et aussi parce qu'il voulait éviter de consulter les membres de son équipe qui, pourtant, étaient expérimentés et dédiés à son magazine. En évitant d'être influencé par son personnel, il avait malheureusement fait trop souvent les mauvais choix. Il ne pouvait plus se permettre ce genre d'erreur, car l'avenir et le succès du magazine devenaient trop vacillants. Il voyait en Stéphanie une complice, quelqu'un de l'extérieur, une personne de confiance, neutre, expérimentée et objective sur qui il pouvait compter pour demander conseil, d'autant plus qu'elle avait dirigé un magazine par le passé. Elle ne lui avait pas encore parlé de ce magazine, il attendrait qu'elle en parle d'elle-même sans savoir si ce jour viendrait, car Stéphanie lui paraissait très humble et n'était pas le genre de personne à étaler sans raison tout son curriculum vitæ.

John souriait encore lorsqu'il sonna à la porte de Stéphanie et qu'il la vit là, chez elle derrière la porte d'entrée.

– Bonjour, j'espère que ma présence ne t'embête pas trop, un dimanche.

– Pas du tout, entre.

Stéphanie répondit à son sourire, tout en l'invitant à entrer et à s'asseoir dans la salle de séjour, la principale pièce de la villa. John s'était imaginé une petite maison toute coquette, bien féminine, semblable à une maison de poupée. À sa surprise, tout était différent. Rien de typiquement féminin, mais une villa affichant un décor si invitant et si agréable à la fois qu'on s'y sentait bien. Le style recherché était très raffiné. Le bruit de la fontaine dans la pièce invitait au calme, le tout était inspirant et la vue sur l'océan ne faisait qu'ajouter à la sérénité des lieux malgré les couleurs vives qui reflétaient une allure et un caractère forts. «Rien d'étonnant à ce que ce ne soit pas un style typiquement féminin», pensait John, car Stéphanie agissait et réfléchissait souvent comme un homme et surtout elle dégageait une assurance dite masculine, bien que son apparence extérieure était ce qu'il y avait de plus féminin. Ses longs cheveux bouclés d'un blond cendré, sa démarche gracieuse, tout comme les traits délicats de son visage autant que son sourire sublime incarnaient la féminité.

Une fois dans la pièce principale, le regard de John se posa aussitôt sur les photos encadrées avec style qui étaient accrochées sur les murs au fond du salon.

– Je peux? demanda John en pointant les encadrements.

– Évidemment.

Une importante quantité de magnifiques photos enjolivaient les murs. Il s'agissait de clichés pris en vol et la qualité des photos était spectaculaire.

— C'est toi qui les as prises? On dirait des photos professionnelles.

— Oui, la plupart. La photographie est un hobby pour moi.

John observait avec admiration les photos sur les murs et sur la bibliothèque. Il en était émerveillé. Son attention se porta sur celles prises en vol, où un avion semblait entouré de glaciers.

— On dirait l'Alaska!

— Tout à fait juste, répondit Stéphanie.

— Ne me dis pas que tu y es allée.

— Si, plus d'une fois d'ailleurs.

— J'en rêve depuis si longtemps, confia John.

— C'est l'endroit le plus exquis qui soit pour voler, avoua-t-elle.

Stéphanie était heureuse, la conversation évolua autour de l'aviation et tous les deux se sentaient bien. John paraissait si naturel qu'il avait réussi en deux minutes à peine à la mettre à l'aise. Ils se mirent à parler comme des amis de longue date. Il n'y avait pas l'ombre d'un embarras ni chez l'un ni chez l'autre.

— Et cette photo, c'est aussi en Alaska?

— Absolument!

— Est-ce que tu réalises à quel point tu as de la chance?

Stéphanie le regarda, intriguée par la question.

— Mais, tu peux y aller aussi, répliqua Stéphanie.

— Tu crois ça, toi? Si j'évoquais seulement mon intention d'y aller, on me traiterait de cinglé, on dirait que je prends trop de risques. Je ne suis pas aussi libre qu'on l'imagine.

Stéphanie ne savait trop quoi répondre à cela, elle avait du mal à comprendre comment John pouvait ressentir ce genre de sentiment.

– Je crois que nous sommes tous libres de nos choix et cela, peu importe le nom que l'on porte.

John devinait parfaitement ce que Stéphanie essayait de lui faire comprendre, mais elle ne pouvait pas savoir et il n'avait pas envie de parler de ça. Pour l'instant, il était fasciné par l'Alaska et par ce qu'il voyait. Il enviait quelque peu Stéphanie pour l'existence qu'elle menait. Elle semblait détenir ce qu'il aurait voulu pour lui-même. À ses yeux, Stéphanie représentait l'incarnation de la liberté. Elle pouvait faire ce qu'elle voulait sans avoir à rendre de comptes à qui que ce soit. Pas de conjoint, ni famille et surtout pas de médias prêts à commenter ses moindres gestes, pour la juger. « Mais elle ne s'en rend probablement pas compte », pensa John.

John se mit à observer une photo de près où l'on voyait Stéphanie debout à côté d'un Cessna 172, avec des glaciers en arrière-plan. Juste à côté, se trouvait une autre photo, prise en vol, où l'on apercevait une montagne dont le sommet était dans les nuages, entourée d'autres sommets montagneux et de glaciers.

– C'est à couper le souffle! Je peux facilement m'imaginer la sensation d'être en vol sur place, uniquement en admirant ces photos, tellement elles sont vivantes.

– Lorsqu'on vit ce genre de vol, on ne l'oublie jamais, ça reste gravé à tout jamais dans sa mémoire, précisa Stéphanie. Ce sont des souvenirs impérissables.

– Quand y es-tu allée pour la première fois? Pas seule? Tu as pris combien temps pour t'y rendre?

– Que de questions! La première fois que j'y suis allée, cela doit faire environ trois ans.

– C'était l'un des plus beaux voyages de ma vie tellement les paysages sont à couper le souffle à vol d'oiseau. Et oui, j'y suis allée seule.

– Eh bien! Moi qui rêve d'y aller depuis des années sans en parler de peur que l'on me traite de fou. Alors que toi...

Stéphanie ne put s'empêcher de rire.

– Je ne vois pas ce qu'il y a de fou là-dedans, à part le fait que c'est bien différent de Cape Cod ou de Martha's Vineyard ou encore de New York.

– Alors, si je te disais que je veux aller en Alaska avec mon Cessna, tu ne trouverais pas que j'ai perdu la raison?

– Bien sûr que non, ou bien c'est que je suis tout aussi cinglée que toi.

– Je te trouve très courageuse Stéphanie. Peu de gens feraient cela.

– Arrête. Je n'ai pas tant de mérite que ça. En fait, il ne faut pas faire le voyage en petit appareil à partir de New York, ce serait beaucoup trop long. Moi, j'ai pris un avion de ligne jusqu'à Vancouver et j'ai fait le voyage en Cessna à partir de là. Vancouver était mon point de départ. Et je l'ai fait deux fois plutôt qu'une, toujours en été. Comme je détiens toujours ma licence de pilote canadienne, cela n'a pas été un problème de louer un avion à partir de Vancouver. La première fois, je me suis fait accompagner par un instructeur jusqu'à Prince-Rupert, dans le nord de la Colombie-Britannique.

– J'ai entendu parler de cette région, apparemment, les paysages sauvages y sont magnifiques.

– Encore plus que ça! Tu vois cette photo, c'est justement là, à Prince-Rupert. Et ensuite j'ai continué seule jusqu'en Alaska. Et j'y suis retournée l'année suivante, sans instructeur cette fois, depuis Vancouver. Ce sont des voyages absolument extraordinaires et j'étais vraiment très fière de moi. En cours de route, j'ai rencontré des gens formidables, du Nord du Canada, notamment des autochtones, des gens très fiers de leurs origines. J'ai beaucoup appris à les côtoyer. Quant aux Américains qui vivent en Alaska, ce sont des gens fort sympathiques, courageux qui débordent d'énergie.

– Rien d'étonnant, le climat y est si rude.

– On s'y adapte, tu sais.

– Les sommets semblent si élevés. On peut apercevoir sur la photo les nuages plus bas que les glaciers et l'avion se trouve plus bas que les montagnes, vraiment très particulier ! lança John, toujours aussi fasciné par ce qu'il voyait.

– Ici, je me trouvais à 11 000 pieds, raconta Stéphanie en indiquant du doigt une photo. C'est à peu près l'altitude maximale que l'appareil pouvait supporter et surtout que moi je pouvais supporter sans oxygène à bord. À cette altitude, on n'y reste pas très longtemps. Tu vois juste là, c'est le mont McKinley. Une montagne géante, son sommet est à 20 320 pieds* d'altitude. Là-bas on l'appelle le Denali.

– Impressionnant ! C'est le sommet le plus élevé d'Amérique du Nord.

– Tu es bien informé. Évidemment, à cette altitude, des bancs de nuages dissimulent souvent les sommets des glaciers, il faut choisir sa journée pour voler, précisa Stéphanie.

– J'en rêve depuis si longtemps… Tu ne peux donc pas le survoler, uniquement le contourner.

– Oui, et c'est ce qui fait que l'endroit est si magique et si impressionnant. On se sent tout petit à côté de ce géant. On le contourne et on vole entre les glaciers.

– Tu n'avais pas peur, seule au milieu des glaciers ?

– Si, au départ, on redoute toujours une panne de moteur. Je n'avais pas un avion sur skis, mais bien sur roues. Il n'y a pas d'endroit où se poser en cas de pépin. Étant donné l'immensité des lieux, le froid et l'inaccessibilité du site, on est conscient que l'on n'y survit pas très longtemps en supposant qu'on échappe à la mort en se crashant. Mais rapidement, on est saisi par la beauté des lieux. La richesse des paysages prend le dessus sur la peur. On apprivoise nos craintes et on apprécie toute la magnificence des glaciers.

---

* *6 194 mètres*

John fixait la photo de ce paysage spectaculaire. La qualité du cliché était tout autant exceptionnelle. S'il avait eu des photos de cette valeur, il les auraient, lui aussi, accrochées aux murs sans hésiter. Il écoutait Stéphanie raconter son périple en Alaska, et il buvait littéralement ses paroles. Elle avait le regard pétillant, le visage resplendissant et le sourire dans sa voix rendait la discussion si agréable que John l'aurait écouter pendant des heures parler d'aviation et de voyages d'aventures. Tant de souvenirs remontaient à l'esprit de Stéphanie et avec joie elle les partageait avec John. « Stéphanie est une excellente narratrice », pensait John. Il l'écoutait raconter le vol avec tellement de détails qu'il pouvait s'imaginer se trouver sur place, à ses côtés. L'idée d'un tel voyage faisait monter en lui une joie immense. Un grand sentiment de bien-être l'envahit.

– As-tu pu explorer le parc Denali ?

– En partie seulement, tu sais, le Parc National et sa réserve couvrent une superficie de six millions d'acres, c'est plus grand que l'État du Massachusetts.

– C'est vrai ce que l'on raconte, qu'il y a même des enfants qui pilotent ?

– Oui, en fait, il n'est pas rare de rencontrer des ados de 16 ans ayant une licence de pilote en poche. Il font leur examen en vol facilement, plusieurs ont appris à piloter ou tout le moins à tenir les commandes dès l'âge de 12 ou 13 ans.

– C'est jeune, il me semble. Apparemment les pilotes sont nombreux.

– Les jeunes ont vu leurs parents piloter toute leur vie durant. Les petits aéronefs sont pratiquement un moyen de transport indispensable en Alaska. Les distances à parcourir sont grandes et les routes, peu nombreuses et même souvent inaccessibles en hiver. Ce sont surtout des pilotes expérimentés qu'on y retrouve, de véritables pilotes de brousse qui n'ont pas froid aux yeux. À peine plus de 670 000 personnes vivent en Alaska, ce qui représente une densité de population de 0,4 habitant par kilomètre carré. Avec de telles étendues, pas étonnant qu'il s'agisse de l'endroit où l'on retrouve le plus de pilotes au monde *per capita*.

— Impressionnant! s'exclama John.

— L'envers de la médaille, c'est que 39% de tous les accidents d'avion aux États-Unis se produisent en Alaska.

John enviait Stéphanie. Il ne pouvait s'empêcher de se répéter qu'elle était une femme libre dans tous les sens du mot, dans ses pensées et dans ses actes. Elle pouvait vivre sans se préoccuper des préjugés. Elle semblait n'avoir peur de rien. Il avait connu plusieurs femmes au cours de sa vie, mais jamais quelqu'un avec l'assurance de Stéphanie. Elle paraissait si forte, elle semblait savoir ce qu'elle voulait et sûrement ce qu'elle valait. John était surtout impressionné de constater que Stéphanie n'avait besoin de personne pour réaliser ses projets. Elle prenait les moyens nécessaires pour réaliser ce qui lui tenait à cœur.

— Et toi Stéphanie, quel âge avais-tu lorsque tu as commencé à voler?

— Trop jeune, répondit Stéphanie sans préciser.

John se rappelait ce que Patrick lui avait dit au sujet de Stéphanie. Avait-il raison? Avait-elle vraiment commencé sa formation de pilote alors qu'elle n'avait que 17 ans? Il essayait d'en savoir plus, mais bien qu'elle était bavarde, elle était aussi discrète et gardait un certain mystère autour d'elle. En fait, il ne connaissait même pas son âge. John ne pouvait s'empêcher de penser que, contrairement à lui, il découvrait Stéphanie au compte-gouttes alors qu'elle devait savoir à peu près tout sur lui, tout comme l'Amérique entière d'ailleurs. Il ne pouvait pratiquement rien garder de secret. On connaissait sa vie dans les moindres détails.

— Et là, c'est le Cessna que tu avais loué? demanda John en montrant du doigt l'avion sur l'une des photos accrochées au mur, toujours curieux d'en apprendre davantage.

— On ne peut rien te cacher. Je peux t'offrir un verre de vin?

– Volontiers.

John était véritablement fasciné par ce qu'il venait d'entendre sur l'Alaska et il se promit d'y aller un jour.

– Tu as sûrement vu des aurores boréales? demanda-t-il pendant que Stéphanie remplissait les deux coupes de vin blanc.

– Oui et c'est très impressionnant.

– J'ai entendu dire que l'Alaska est l'un des meilleurs endroits au monde pour les observer.

– Probablement, répondit Stéphanie, c'est très près du cercle polaire.

Ils s'installèrent confortablement et continuèrent à parler de l'Alaska. John lui confia plusieurs de ses rêves d'aventures. Il savait déjà qu'elle ne le jugerait pas, au contraire, elle comprendrait.

– J'ai des tonnes d'endroits en tête que j'aimerais explorer tant en avion qu'en kayak et même en randonnée, raconta-t-il. J'ai déjà fait des voyages en kayak en solitaire, reprit-il, mais rien de comparable à l'Alaska.

Stéphanie écouta John se confier. Il parlait parfois avec regret comme si des chaînes le retenaient. Elle comprenait et partageait ces goûts pour l'aventure dans des régions éloignées, mais elle avait du mal à comprendre ce qui le retenait. Elle dut faire un effort pour s'abstenir de le lui faire remarquer. John appréciait la tournure des événements. Stéphanie était si différente de Carolyn, pensa-t-il.

Puis, ils se mirent à parler affaires et John laissa Stéphanie lui faire part de ses commentaires, verre de vin à la main. Elle possédait un sens de l'humour suffisamment développé pour fournir quelques remarques sur les textes tout en s'amusant sans le blesser pour autant. John écoutait ses commentaires avec attention. Les pages des deux textes comptaient quantités importantes de notes que Stéphanie avait pris soin d'ajouter. Elle ne l'avait pas épargné, mais malgré tout, la conversation avait été ponctuée de sourires et peu à peu, une certaine complicité se développa entre eux. L'atmosphère était détendue et conviviale et Stéphanie fut heureuse de découvrir que John acceptait bien la critique, même qu'il semblait apprécier les remarques qu'elle lui faisait. Aucune rivalité ne s'affichait entre eux et l'échange se passait parfaitement bien. Il constatait qu'elle apportait un point de vue différent et objectif. Elle semblait simplement vouloir améliorer les choses. Tout en l'écoutant, il se félicitait d'avoir fait appel à ses services, même s'il avait dû quelque peu insister. Il la considérait comme une sorte de mentor. De toute évidence, elle demeurait franche et honnête. Son jugement était, fallait-il bien l'admettre, juste et ses interrogations, également bien fondées. Elle avait exécuté son travail avec minutie et n'avait aucunement peur d'émettre des opinions bien arrêtées et par-dessus tout, elle n'avait pas cherché à lui plaire, comme cela avait été le cas par le passé avec certains de ses collaborateurs. Comme si on avait peur de le contrarier.

Tous les deux échangèrent pendant plus de deux heures et la journée tirait à sa fin. John faisait tout de même face à une difficulté. Plus il l'écoutait, plus il l'appréciait et plus il avait envie de se rapprocher d'elle. Ça devenait presque intenable.

— Excellent travail, Stéphanie, j'apprécie vraiment tes commentaires, avoua John.

Elle baissa les yeux un peu intimidée.

— Je peux t'inviter à souper ? reprit-il. Tu l'as bien mérité. Tout ce travail fait avec minutie et réalisé si rapidement.

John se surprit lui-même d'avoir lancé l'invitation. Lui qui préférait éviter les endroits publics. Mais un bon repas en tête-à-tête avec elle était plutôt tentant. Stéphanie fut étonnée de l'invitation ne sachant si cela était une bonne idée.

— C'est que...

Voyant Stéphanie hésiter, John se reprit.

— Désolé, je comprends. Sans doute avais-tu quelque chose de prévu.

— Non, je n'ai rien, je suis juste un peu surprise.

– C'est réglé alors. Tu ne vas pas rester seule ici. Allez, on y va, insista John en se levant.

Elle acquiesça, tout en se demandant si elle faisait bien d'accepter l'invitation de John, mais ce dernier avait par moments un ton plutôt persuasif qui ne laissait guère le choix. Ils prirent la voiture de Stéphanie. Elle gardait un véhicule d'occasion à sa villa, une Honda Civic. Rien de tape-à-l'œil, mais qui était, somme toute, bien pratique lorsqu'elle s'y rendait avec son avion. La voiture d'occasion demeurait durant toute la saison estivale à Chatham. En semaine, elle restait garée dans le stationnement de l'aéroport municipal. Ainsi, elle avait toujours une voiture pour se promener d'un endroit à l'autre à Cape Cod. Il y avait tellement d'endroits magnifiques à découvrir, Cape Cod regorgeait de sites exquis et cela aurait été bien dommage de s'en priver.

John opta pour le restaurant de l'hôtel, le Chatham Bars Inn. Il s'agissait d'un des hôtels les plus luxueux de Cape Cod et un restaurant des plus raffiné. Bien qu'il se trouvait tout près de chez elle, Stéphanie n'y avait jamais mis les pieds. Le restaurant tout comme l'hôtel étaient réputés pour leurs prix exorbitants. John s'occupa de téléphoner pour réserver une table alors que Stéphanie conduisait. Au prestigieux restaurant, il ne semblait y avoir aucun problème à trouver une table pour John F. Kennedy junior, même s'il ne téléphonait qu'au dernier moment, alors que l'endroit était très prisé, surtout les week-ends d'été.

– Carolyn est-elle restée à New York ce week-end ou bien est-elle à Martha's Vineyard?

Stéphanie avait parlé sans réfléchir. À peine eut-elle terminé sa question qu'elle regretta déjà d'avoir osé aborder le sujet. Mais sa curiosité l'avait emporté sur la discrétion et les bonnes manières.

– Carolyn se trouve en Europe, elle est partie rejoindre sa sœur Lisa en Allemagne qui y fait des études.

Stéphanie sentit un certain malaise à entendre la manière détachée dont John avait prononcé ses paroles. Aucune émotion, aucune tristesse, ni même un regret ou un reproche. Au moment d'entrer dans la chic salle à manger, Stéphanie fut surprise de voir à quel point John faisait tourner les têtes, même si la distinguée clientèle tentait de montrer une certaine discrétion. Une table à l'écart leur fut assignée, le long des grandes fenêtres vitrées qui donnaient sur la plage et l'océan. John ne portait pas attention aux nombreux regards qui lui étaient destinés, pas plus qu'aux attentions particulières. L'endroit était exquis et John s'y sentait particulièrement à l'aise.

– Ça va, Stéphanie? questionna-t-il constatant qu'elle paraissait quelque peu mal à l'aise en observant le maître d'hôtel s'activer autour de leur table.

– Je ne suis pas vraiment habituée à autant d'attention.

– Dis-toi qu'ils sont plus embarrassés par notre présence que nous par la leur.

John se mit à lui raconter quelques anecdotes où à divers endroits des serveurs avaient renversé des plateaux par nervosité. John avait vraiment une habileté déconcertante à mettre n'importe qui à l'aise. Elle, la première. Il avait le chic pour désamorcer ce que le décorum d'un endroit pouvait susciter, ou bien ce que sa simple présence pouvait représenter. Il parlait avec le serveur en plaisantant, pour détendre l'atmosphère.

À la suggestion de John, ils commandèrent des queues de homard. L'endroit était réputé pour sa fine cuisine et Stéphanie savait que la cuvée de l'hôtel était toute aussi impressionnante. Elle le laissa choisir le vin, préférant ne pas regarder la liste de prix des bouteilles. Ils parlèrent de voyages, de ceux qu'ils avaient déjà faits, autant que de ceux dont ils rêvaient. John avait beaucoup voyagé tout comme Stéphanie. Peu à peu, la nervosité que Stéphanie avait ressentie à son arrivée avait complètement disparu. La bonne humeur avait remplacé la timidité et ils échangeaient sur des sujets qui les passionnaient: l'aviation et les voyages. Ils se comprenaient, souriaient tout en échangeant des regards complices. Ils se sentaient simplement heureux. Elle planait, le cœur léger; l'harmonie régnait.

– J'aimerais qu'on puisse voler ensemble prochainement, lança John tout en essayant de garder son air détendu.

Stéphanie demeura bouche bée. Cette proposition inattendue aurait même pu paraître déplacée si John n'avait pas eu un ton si détaché.

– Tu sembles surprise, fit-il remarquer.

– Oui, un peu, répondit Stéphanie essayant de dissimuler un certain malaise.

– Pourtant, il t'arrive de voler avec ton copain Matt, il me semble.

Ne sachant pas quoi répondre, Stéphanie demeura muette. John s'aperçut qu'il venait d'entrer dans une zone d'inconfort. Il lui arrivait d'avoir du mal à placer ses limites. Il pouvait comprendre que Stéphanie soit quelque peu déstabilisée. Pourtant, il n'y voyait aucun mal. « Être ensemble dans un avion n'avait rien de plus compromettant que d'être ensemble dans un restaurant », pensa John. Et puis, il souhaitait vraiment avoir une copine pilote.

Stéphanie aimait voler seule, mais appréciait également les jours où elle volait avec son copain Matthew. Il arrivait souvent que deux pilotes volent ensemble, se partageant les commandes. Un pilote occupait le siège de gauche à l'aller pendant que l'autre s'occupait de la radio ou de la navigation et au retour on inversait les rôles. Voler avec Matthew était devenu en quelque sorte une habitude de longue date pour Stéphanie, ce qui n'avait rien de comparable à s'imaginer voler avec John F. Kennedy junior, même s'ils se trouvaient ensemble en train de souper en tête à tête dans un chic restaurant de Cape Cod. Pourtant, il fallait bien admettre que chacun appréciait la compagnie de l'autre. Mais les choses allaient peut-être simplement trop vite pour Stéphanie. Alors qu'elle s'était promis de l'éviter, il y a quelques jours à peine, voilà qu'elle collaborait pour son magazine, qu'ils avaient passé l'après-midi ensemble à sa villa et qu'à présent, ils partageaient un somptueux repas et John l'invitait à aller voler.

– C'est vrai, je vole assez souvent avec Matt, répondit finalement Stéphanie. Mais il est un ami de longue date et un de mes anciens instructeurs, s'empressa-t-elle d'ajouter.

Puis, sans laisser le temps à John de répondre, elle se mit à raconter comment elle avait connu Matthew, lorsqu'elle avait fait sa formation aux États-Unis, pour obtenir ses équivalences américaines de sa licence de pilote professionnelle canadienne.

John l'écouta avec attention, sans insister à nouveau pour voler ensemble. Stéphanie avait simplement ignoré son invitation à voler, mais il ne la jugea pas pour autant. Il se disait qu'il était allé sans doute trop loin, trop vite. Après tout, ils se connaissaient depuis peu. John était conscient qu'il attirait les gens de par ce qu'il était, mais il savait également qu'il pouvait effrayer les uns et les autres, lorsque venait le temps d'établir des relations sérieuses. Il devait sans doute compter plus de temps que la moyenne des gens pour développer une amitié avec quelqu'un ; le temps probablement de démontrer qu'il était un homme comme tous les autres. Chose certaine, John adorait la présence de Stéphanie. Il aimait l'écouter, la regarder et tenter de deviner ses pensées. Il se demandait ce qui le fascinait tant chez elle. Était-ce ce regard qui le faisait chavirer chaque fois qu'elle posait ses yeux sur lui ou bien était-ce ces lèvres qui semblaient si délicieuses ? Elle avait une façon agréable de raconter les choses, même si elle gardait toujours une certaine réserve, spécialement sur les détails qui la touchaient directement. Peut-être était-ce cette réserve qui la rendait si intéressante et mystérieuse à la fois ? Mais, par-dessus tout, son corps dégageait une énergie particulière et inexplicable.

Stéphanie avait dévié habilement la conversation vers le journalisme. John se rendit vite compte qu'ils étaient aussi, tous les deux, passionnés de journalisme. Ils étaient curieux, s'intéressaient à une foule de sujets et aimaient interviewer des gens. John avoua à Stéphanie combien il adorait réaliser des entrevues avec de grandes personnalités, notamment ceux qui font une différence. Il lui raconta comment il avait été heureux de sa rencontre avec le dalaï-lama.

— J'ai tout de même du mal à comprendre, John.

— Quoi donc ?

— Pourquoi as-tu choisi de faire carrière en journalisme, d'être rédacteur en chef ? interrogea Stéphanie.

En fait, John était attiré par le journalisme depuis des années. Cela remontait à très longtemps, lorsqu'il était enfant et qu'un ami de sa mère, qui était journaliste, lui avait parlé du métier qu'il exerçait.

– J'adore ça! C'est génial. On a le privilège de rencontrer les grands de ce monde.

– Tu n'as pas à me convaincre, John, je crois que c'est le plus beau métier du monde. Mais étant donné que tu as été traqué par des journalistes toute ta vie, cela aurait pu laisser croire que tu les détestais suffisamment pour ne pas t'associer à eux en pratiquant le même métier. Ton choix demeure tout de même surprenant, ne trouves-tu pas?

– Mais je ne les déteste pas, bien au contraire. Je comprends qu'ils ont un boulot à faire, répondit John. Tant que c'est bien fait…

John appréciait la plupart des journalistes et il lui arrivait même de blaguer avec eux par moments. D'une certaine façon, il s'était habitué à leur présence. Néanmoins, il en était autrement pour les photographes qui le pourchassaient pour un cliché volé dans un moment d'intimité. Malheureusement, les choses s'étaient gâtées après son mariage. Sa femme Carolyn n'arrivait pas à tolérer leurs présences au point de s'en rendre malade.

– Il faut aussi savoir nuancer. Il y a des journalistes sérieux qui travaillent dans un formidable magazine qui s'appelle *George* et il y a les autres, lança John à la rigolade.

Stéphanie éclata de rire.

– Tu veux savoir ce que j'en pense?

– Vas-y, tu as toute mon attention.

– Je t'écoute parler et finalement, je crois que tu aimes bien être devant les caméras.

Ce fut au tour de John de rire aux éclats.

– C'est la meilleure. Si seulement tu pouvais savoir tout ce que je fais pour les éviter, tous les détours que je peux m'imposer lorsque j'en flaire un.

— Peut-être, mais je suis sérieuse, ajouta Stéphanie. D'une certaine façon, tu aimes avoir l'attention. Par exemple, ce soir, tu étais tout à fait à l'aise malgré tous ces gens qui te dévisageaient.

— Oui, parce que c'est ainsi depuis toujours.

— Et dis-moi, pourquoi roules-tu en décapotable, si ce n'est pas pour attirer l'attention ?

— Une minute ma jolie, je me promène en décapotable parce que c'est agréable et j'essaie de vivre comme si j'étais n'importe qui, sans me préoccuper des regards des autres. Ma mère m'a habitué à vivre comme n'importe quel citoyen, je prends le métro régulièrement figure-toi.

— Ce n'est pas suffisant pour me convaincre. Par exemple, lorsque tu étais étudiant, tu aimais le théâtre ? D'ailleurs, tu étais apparemment doué.

— C'est vrai.

— Voilà ! fit Stéphanie en riant. Pour aimer le théâtre, il faut aimer l'attention. Aimer être le centre d'attraction.

John se mit à rire à son tour.

— Pour moi ça représentait simplement un jeu.

— Mais tu en aurais fait un métier si ta mère ne t'avait pas poussé vers le droit.

— Le théâtre, c'est bien loin derrière moi, ajouta John qui commençait à rougir.

— Sans doute, mais cela correspond tout de même à une partie de ta personnalité. John, tu n'as pas à rougir, c'est légitime d'aimer ça. Hollywood regorge de gens comme ça.

John était amusé par la conversation.

— Est-ce que tu prends toujours un aussi grand plaisir à analyser les gens ?

Stéphanie le regarda droit dans les yeux sans répondre. John pouvait y lire du bonheur, ils brillaient, elle semblait heureuse.

– Pour être honnête, c'est vrai que je me sens à l'aise en public, avoua John. Cependant, ce sont particulièrement les photographes que j'ai sur les talons que je n'apprécie pas, confia-t-il en pensant aux nombreux paparazzis qui lui empoisonnaient la vie.

– Tu ne penses pas qu'eux aussi font leur boulot ? répliqua Stéphanie.

– Peut-être, mais je crois qu'il y a une barrière à ne pas franchir.

– Je suis d'accord avec toi. Mais au fond, il faut en vouloir aux médias. Ils paient des fortunes pour une photo. Ce sont eux qu'il faudrait blâmer, pas les photographes.

– C'est vrai, hélas ! Alors, tu ne retournes que demain matin à New York avec ton Piper ? demanda John après quelques minutes de silence, ne voulant pas s'éterniser sur le sujet des photographes de presse.

– Oui, j'évite autant que possible de faire le voyage la nuit, quitte à me lever très tôt le lundi matin.

– Je présume que tu passes tous tes week-ends à Cape Cod.

– Presque. Habituellement, je quitte Manhattan le vendredi à l'heure du lunch. Je me rends à l'aéroport, je saute dans mon avion et mets le cap vers Chatham ; je ne reviens en ville que le lundi matin suivant.

– Qu'en été je suppose ?

– En fait, j'essaie d'étirer la saison estivale le plus longtemps possible. Souvent jusqu'en novembre, lorsque la température est favorable, à tout le moins jusqu'en octobre et la saison débute souvent tôt pour moi, dès le mois d'avril.

Habituellement, sa villa restait vide de décembre à mars. Et la mer lui manquait terriblement durant les mois d'hiver. Il lui arrivait tout de même de faire une escapade ou deux durant l'hiver, ne serait-ce que pour inspecter les lieux. On retrouvait un charme particulier à Cape Cod durant cette saison. Une mince couche de neige couvrait le sol, contrastant avec le bleu de la mer. Les paysages offraient un tableau différent mais tout aussi magnifiques et un calme exceptionnel y régnait.

– Moi aussi, j'étire la saison. C'est agréable de se promener par ici au printemps et en automne, lorsque les touristes se font plus rares.

– Absolument !

– Dommage que ma maison ne soit pas à Chatham, je pourrais profiter d'un vol.

– Ne te moque pas John, entre Chatham, Hyannis Port et Martha's Vineyard, tu n'as pas à te plaindre.

– Je disais cela pour rire, mais blague à part, j'aimerais bien faire un vol local avec toi. Je suis certain que j'apprendrais plein de trucs et ça doit tout de même être un privilège de se balader en avion alors qu'une femme est aux commandes.

John se surprit lui-même à insister de nouveau sur le désir de voler avec elle. Il ne pouvait s'empêcher de s'imaginer que ce serait agréable.

– J'ai si peu d'expérience comme pilote, je n'ai pas encore 50 heures de vol en solo, ajouta-t-il. Vraiment rien, comparativement à toi. Au fait, Steph, combien d'heures de vol as-tu à ton actif ?

– Plus ou moins 1 800 heures, mais réparties sur plusieurs années.

– Impressionnant ! J'aurais beaucoup à apprendre en volant avec toi.

– Un jour peut-être, se contenta de répondre Stéphanie, visiblement mal à l'aise. Merci John, le repas était délicieux. Je ne connaissais l'endroit que de réputation.

– Le plaisir était pour moi, dit-il en lui souriant avec son charme habituel.

La soirée s'était déroulée à la vitesse de l'éclair, tout comme l'après-midi d'ailleurs, et John en avait savouré chaque instant. Le repas avait été délicieux, certes, mais John pensait surtout que la présence de

Stéphanie l'était bien davantage. Rafraîchissante, pétillante et réjouissante à la fois... des moments sublimes. Il avait adoré parler aviation avec une pilote, bien que la conversation avait aussi dévié vers le journalisme et les voyages. Il ne put s'empêcher de comparer cette soirée passée en compagnie de Stéphanie avec celles passées avec sa femme Carolyn. Tout était si tendu entre eux depuis quelque temps. « Espérons que les choses aillent mieux à son retour d'Europe », pensa John.

Ils s'étaient entendus sur les corrections à apporter aux textes avant de quitter la villa de Stéphanie juste avant de se rendre au Chatham Bars Inn. John ne voulait pas embarrasser Stéphanie et retourner à sa villa. Il demanda à ce qu'on lui appelle un taxi pour retourner à Hyannis Port.

– Merci encore Stéphanie pour tes commentaires sur mes articles.

John comptait en retravailler une partie au cours de la semaine, ne voulant pas tout laisser sur les épaules de Stéphanie. Il ne lui laisserait qu'une partie du travail à refaire. Car John se faisait un point d'honneur d'écrire lui-même la majorité des textes qu'il signait.

– Je t'enverrai les textes modifiés par courriel en début de semaine. On pourrait regarder les dernières modifications ensemble le week-end prochain ? Je dois me rendre à Hyannis Port, alors je ferais un saut à ta villa si c'est OK pour toi.

– D'accord, répondit Stéphanie.

Au même moment, le taxi arriva, beaucoup trop vite pour Stéphanie. Mais il s'agissait de John F. Kennedy junior, on ne faisait pas attendre quelqu'un comme lui. Elle se dirigea vers sa Honda pendant que John monta dans le taxi et lui envoya la main. Elle le salua à son tour, démarra sa voiture et retourna à sa villa avec le sourire aux lèvres.

– Quelle magnifique journée ! s'exclama Stéphanie à haute voix, une fois seule chez elle.

❖ ❖ ❖

Samedi 22 août 1998

John avait tenu parole. Après avoir retravaillé ses textes tel que convenu, il les fit parvenir à Stéphanie par courrier électronique au cours de la semaine. Elle n'avait plus qu'à les relire et fournir ses commentaires pour les corrections finales. John avait particulièrement hâte de revoir Stéphanie. Ayant du mal à tenir jusqu'au samedi suivant, il s'était rendu mercredi à l'aéroport de Caldwell s'attendant à la rencontrer, mais elle n'y était pas. Connaissant encore peu Stéphanie, il ne savait pas si elle avait changé ses habitudes de vol ou si plutôt il s'agissait de son horaire de travail qui était trop chargé. Il avait même demandé à son complice Patrick s'il avait vu Stéphanie à l'aéroport plus tôt durant la semaine. Selon Patrick le Piper de Stéphanie était resté cloué au sol toute la semaine, à l'exception de mardi alors que Dave Lewis, le partenaire de vol de Stéphanie, avait fait une brève envolée à bord du Piper.

John en avait profité pour s'entraîner. Voler lui permettait d'oublier *George* et ses problèmes conjugaux pour une heure ou deux. Et comme l'horaire de John était particulièrement chargé ces derniers jours, il n'avait pu retourner les jours suivants à Caldwell dans l'espoir de revoir Stéphanie ou même de voler avec elle. Il avait dû attendre au samedi suivant, comme prévu, pour faire un saut à la villa afin d'obtenir ses corrections et commentaires finaux.

Avant d'y aller, John avait fait un léger détour pour passer à l'aéroport de Chatham. Il aimait les petits aéroports, chacun avait son charme particulier et il ne connaissait pas particulièrement celui de Chatham. Il avait plutôt l'habitude d'atterrir à Hyannis Port, l'aéroport principal de Cape Cod, à quelques minutes de la résidence familiale des Kennedy, ou bien à Vineyard Haven, l'aéroport central sur l'île de Martha's Vineyard à quelques minutes en voiture de *Red Gate Farm*. Il trouva l'aéroport de Chatham plutôt sympathique. C'était un petit aérodrome local sans tour de contrôle. Quelques petits appareils y étaient garés. John voulait surtout voir si Stéphanie s'était bien rendue à bord de son Piper. Il s'arrêta au café de l'aéroport de Chatham pour prendre un soda et vit le Piper

Warrior de Stéphanie : N7527R. Aucun doute, c'était bien le sien, son immatriculation était restée gravée dans sa mémoire. Il se trouva un peu idiot et ressentait même un léger sentiment de culpabilité se surprenant à espionner, en quelque sorte, les faits et gestes de Stéphanie. Or une autre motivation se cachait derrière ce geste : il avait vraiment envie de voler avec elle. « Survoler la côte en cette splendide journée avec Stéphanie à ses côtés serait vraiment agréable », pensa John. Mais comme il l'avait déjà invitée à voler, deux fois plutôt qu'une, et qu'elle s'était esquivée à chaque reprise, il se demandait s'il oserait récidiver. Il n'en était pas certain, même si la conversation s'y prêtait. John savait, à tout le moins, que son avion était là, à quelques minutes de chez elle et non pas à Caldwell au New Jersey. Sachant cela, ça lui donnerait un peu plus de courage le moment venu. Ces derniers jours, John avait songé à Stéphanie à plusieurs reprises. À certains égards, il ne savait trop comment la prendre ni comment l'aborder. Le sentiment d'indépendance qui se dégageait d'elle était si fort et si impressionnant qu'il pouvait dissuader n'importe qui de s'en approcher. Sans doute le faisait-elle exprès. Du coup, cela la rendait doublement désirable. John avait mené sa petite enquête au sujet de Stéphanie. Il en avait déduit qu'elle n'avait pas d'homme sérieux dans sa vie, sauf, peut-être, le célèbre journaliste du *New York Times*, Jeff Brown. On racontait qu'on les voyait souvent ensemble, en dehors de la salle des nouvelles, mais impossible de dire s'ils avaient une liaison. Par ailleurs, Matthew semblait vraiment n'être qu'un ami. Selon John, si Stéphanie était toujours célibataire, ce n'était certainement pas parce que la beauté et le charme lui manquaient. Elle était d'une attirance exceptionnelle de par sa personnalité et son intelligence. Elle était dotée d'un pouvoir de séduction hors du commun. Vive d'esprit, sa présence était agréable aux yeux de tous. « Mais comment vraiment l'aborder ? » se demandait John. En collègue de travail sans doute… pourtant, il la voulait aussi comme amie et confidente.

John savait pertinemment que ce ne serait pas gagné d'avance, même s'il avait deviné qu'elle aussi avait apprécié sa présence lors de leur dernière rencontre. Cependant, elle semblait vouloir garder une certaine distance. C'était à lui de briser cette barrière qu'elle seule semblait vouloir ériger.

Stéphanie entendit une voiture qu'elle ne connaissait pas s'arrêter devant chez elle. Elle jeta un œil à la fenêtre et constata rapidement que c'était John, avec une heure de retard. Il faisait particulièrement chaud en cet après-midi de la mi-août et elle aurait souhaité se balader sur le bord de la plage plutôt que de parler boulot. En l'espace d'une seconde, elle se vit marcher paisiblement avec John sur la plage Marconi, dans la région de Wellfleet, une des magnifiques plages du *National Seashore* de Cape Cod non loin de sa villa. La sonnette retentit et Stéphanie alla ouvrir, chassant rapidement les images qui lui avaient traversé l'esprit. Après tout, John venait chez elle pour obtenir les corrections finales de ses textes et rien d'autre. Il entra chez elle tout sourire et rapidement Stéphanie sortit ses textes avec ses dernières corrections, empressée qu'elle était de lui montrer le travail qu'elle avait fait depuis qu'elle les avaient reçus par courrier électronique. John, pour sa part, paraissait détendu. Il regardait les textes distraitement, tout en blaguant quelque peu. Il avait l'esprit ailleurs et avait du mal à se concentrer. Stéphanie ne portait qu'un short et une camisole d'été. Elle s'était tressée les cheveux en une longue natte, ce qui lui donnait une allure très jeune. Son allure décontractée lui allait à ravir et les corrections des textes étaient loin d'être son principal centre d'intérêt. Comme de coutume, John mit Stéphanie à l'aise et rapidement, ils passèrent à travers toutes les corrections, tout en buvant de la limonade glacée que Stéphanie avait préparée. La séance de travail était plutôt conviviale ponctuée de rires, tout en étant productive et efficace.

Alors qu'il venait de conclure sur les dernières corrections à apporter aux textes, John ne pensait maintenant qu'à aller voler avec Stéphanie, mais ne savait comment aborder le sujet. Il craignait de se faire repousser une fois de plus. Pendant ce temps, Stéphanie, elle, ne pensait qu'à se rendre à la plage. Mais jamais elle n'aurait osé demander à John de l'accompagner pour une balade, même si le désir était grand. Soudain, la sonnerie du portable de John retentit. Il répondit après avoir pris le soin de regarder le numéro affiché. Il n'était pas bavard, ne répondant que par oui ou non, et finalement par d'accord, avant de raccrocher. De toute évidence, John semblait embarrassé. Stéphanie aurait aimé entendre la conversation, curieuse de nature, elle aurait à tout le moins souhaité connaître l'identité de son interlocuteur. Par déduction, elle comprit qu'il s'agissait sans doute de sa femme Carolyn. Ce ne pouvait sûrement pas être quelqu'un du bureau en ce samedi après-midi d'été où le soleil resplendissait. Et s'il s'agissait d'un ami ou d'un de ses cousins, il n'aurait assurément pas cette tête.

– Je dois partir, une urgence de dernière minute, déclara John en regardant Stéphanie droit dans les yeux. Je suis désolé.

Son regard avait traversé Stéphanie au plus profond de son âme. Il semblait vouloir dire quelque chose qu'elle ne pouvait décoder, trop confuse par l'impression laissée.

– Je comprends, répondit Stéphanie en se disant que ses doutes se confirmaient. Nous avions justement terminé, de toute façon.

– Cela aurait tout de même été agréable de bavarder un peu, dit-il la voix teintée par un certain regret.

– Ce sera pour une autre fois.

– Bien, je te contacterai pour la suite des choses, précisa John distraitement, sans lui donner de détails.

Stéphanie le regarda récupérer ses dossiers, s'abstenant de lui poser des questions sur la raison de son départ précipité, ou sur la personne qui avait une telle emprise sur lui. Elle ne posa aucune question non plus sur le travail. Qu'avait-il voulu dire par « la suite des choses » ? Envisageait-il d'autres textes pour la prochaine édition ? Elle n'en savait rien et c'était sans importance après tout.

Elle le regarda franchir le seuil de la porte, ressentant du coup un grand vide intérieur.

Et voilà, elle irait finalement se balader sur la plage. Mais seule.

CHAPITRE 5

Mardi 8 septembre 1998

– Bonjour Stéphanie, tu viens voler avec moi ? demanda John qui venait à la rencontre de Stéphanie qui se trouvait près de son Piper Warrior et s'apprêtait à commencer ses vérifications d'usage. Je suis prêt à décoller, ajouta-t-il.

John avait aperçu quelques minutes plus tôt la Mustang de Stéphanie qui arrivait à l'aéroport de Caldwell et cette dernière allait inévitablement voler. Une fois de plus, John n'y était pas par hasard, bien qu'on était mardi. Il savait, de source sûre, que Stéphanie y serait. Son fidèle ami et complice Patrick lui en avait parlé plus tôt, en début de journée. Il avait eu l'amabilité de lui passer un coup de fil.

– Tu en es certain ? avait demandé John, habituellement, elle vole les mercredis.

– Si, c'est Dave, son partenaire de vol, qui me l'a confirmé. Il était de passage ce matin pour un vol. Apparemment, elle a dû interchanger sa journée de vol avec lui.

Une entrevue importante avait modifié l'emploi du temps de Stéphanie, avait précisé Patrick qui savait pertinemment bien que John apprécierait d'être informé, d'autant plus qu'il lui avait posé quelques questions à son sujet ces derniers jours, alors que Stéphanie brillait par son absence. « Son avion est même resté provisoirement devant le 94 », avait-il ajouté.

Comme John brûlait d'envie de la revoir et de voler avec elle, il n'avait pas hésité à quitter son bureau pour se rendre à l'aéroport.

Il venait tout juste de terminer les vérifications d'usage sur son Cessna et était prêt pour une belle envolée. Le mois de septembre s'amorçait et la journée s'annonçait propice pour un vol de plaisance. Seuls quelques cumulus et altocumulus ponctuaient le ciel.

La dernière rencontre de John à la villa de Stéphanie remontait déjà à un peu plus de deux semaines. Ils ne s'étaient donné aucune nouvelle depuis, à part un courriel que John avait envoyé à Stéphanie, un message de courtoisie au sujet des dernières corrections sur les textes lui manifestant sa satisfaction pour son travail. Il n'avait rien précisé d'autre quant à d'éventuelles collaborations, trop préoccupé par ses diverses obligations. Il n'était pas toujours le mieux organisé et par moments, il avait du mal à anticiper le travail à l'avance et comme sa collaboration avec Stéphanie demeurait secrète, il ne pouvait compter sur son assistante pour lui faire un planning à ce sujet. La période était mouvementée pour John. Ces derniers jours, il avait eu une multitude de rencontres et avait réalisé plusieurs interviews pour son magazine *George*. Aujourd'hui, il avait grandement besoin d'un vol pour oublier plusieurs soucis qui lui trottaient constamment en tête, reliés à son magazine et aussi à Carolyn. Il s'était tout de même rendu à quelques reprises à l'aéroport au cours des derniers jours, espérant une rencontre avec Stéphanie, mais sans succès. Et il se sentait incapable de prendre le téléphone pour l'inviter à voler, comme s'il était encore trop intimidé par elle. Mais une heureuse rencontre pouvait faciliter les choses.

— Inutile de faire tes vérifications, mon Cessna est prêt, dit-il en souriant alors qu'il se tenait debout à côté de Stéphanie.

— Tu veux dire là maintenant?

Stéphanie était surprise non seulement de voir John, mais de cette subite invitation. Sans nouvelle de lui depuis plusieurs jours, elle avait fait tous les efforts nécessaires pour chasser de son esprit John F. Kennedy junior, et cela semblait avoir porté fruit.

— Bien sûr, mon avion est prêt. Il n'attend que nous pour s'envoler. Ce sera amusant de voler ensemble, ne crois-tu pas ?

— C'est que j'avais l'intention de décoller avec mon Piper Warrior. Désolée John, peut-être une autre fois.

John se sentit piqué à vif par ce refus. En fait, il ne comprenait pas. Constatant les traits de John qui venaient de se tirer et le voyant planté là près de son avion debout et muet, Stéphanie se sentit un peu mal à l'aise, se disant que John ne devait sans doute pas essuyer très souvent des refus de la sorte.

— Mais si tu veux monter à bord de mon Warrior, tu es le bienvenu, ajouta-t-elle pour se faire pardonner.

— Tu refuses de voler avec moi dans mon Cessna. Est-ce que je dois comprendre que tu ne me fais pas confiance en tant que pilote ?

— Non, ce n'est pas ça, c'est que j'ai vraiment envie de piloter aujourd'hui.

C'était en partie vrai. Elle tenait à être aux commandes de son appareil, mais surtout, Stéphanie n'aimait pas être assise sur le siège de droite au côté d'un pilote qu'elle ne connaissait pas. En fait, elle commençait tout juste à connaître John et ignorait sa valeur en tant que pilote. Elle n'avait pas encore eu la chance de mesurer son expérience de pilotage. C'était pour elle une ligne de conduite de ne pas voler avec n'importe qui, mais cela, elle ne pouvait l'avouer à John. Stéphanie se disait toujours qu'elle aurait fait une très mauvaise instructeure de vol, car elle ne faisait pas facilement confiance aux autres pilotes. Et tout bon instructeur se devait d'avoir confiance en son élève-pilote, ou à tout le moins, de le lui démontrer, afin que ce dernier puisse prendre de l'assurance.

— Je pourrais te laisser les commandes de mon Cessna. Je te fais confiance, moi.

Stéphanie se mit à rire sans répondre.

— Tu es incroyable ! reprit-il. J'avais remarqué que tu étais plutôt du style individualiste, mais là…

– Mais non John, tu n'as pas compris.

– Si, j'ai compris. Je te fais marcher. Tu veux piloter et être complètement en contrôle d'autant plus que tu sais que je n'ai pas d'annotation pour voler ton Piper. À moins que tu veuilles réellement être seule et que ton invitation ne soit qu'une marque de politesse espérant que je refuse.

– Arrête de dire des sottises et monte à bord, répliqua Stéphanie en lui faisant signe de se diriger vers son Piper. Tu sais, voler mon avion est en fait mon moment d'intimité avec la liberté, une sorte de communion avec l'infini, reprit Stéphanie. Mais je suis prête à partager cela avec toi.

– Je comprends, et je suis certain que tu apprécierais également être aux commandes de mon Cessna 182.

– Sans doute, mais dis-moi, as-tu déjà piloté un Piper Warrior?

– Non pas vraiment… C'est assez semblable, je suppose.

– Pas du tout! Aller viens, laisse ton Cessna et monte avec moi. Je te jure que le jour où tu goûteras au plaisir d'un Piper, tu voudras te défaire de ton Cessna. Tu ne voudras rien d'autre qu'un Piper. D'ailleurs, lors de mes débuts, je volais sur des appareils de type Cessna et puis j'ai passé à autre chose.

– Un Piper Warrior, un PA28-161 plus précisément, ce n'est pas le Pérou, protesta John, sachant que son 182 était quelque peu plus performant que son 161.

Stéphanie se contenta de sourire.

Évidemment son Piper Warrior n'avait rien d'un Piper Arrow, ou d'un Piper Saratoga et encore moins d'un appareil bimoteur tel le Piper Seminole ou le Piper Seneca, mais c'était un Piper.

– Tu sais, tout n'est pas dans la performance du moteur, mais plutôt dans la façon dont l'appareil réagit et se comporte. Un avion à aile basse est plus agréable à voler qu'un Cessna à aile haute.

– Une sorte de snobisme, on dirait bien, lança John.

– Juste un peu… OK, si tu veux savoir toute la vérité, c'est que je ne suis pas censée voler aujourd'hui. Tu sais que je partage mon Piper avec Dave. C'était à son tour de voler aujourd'hui, mais comme demain j'ai une interview très importante, je ne pouvais pas me libérer. Alors Dave s'est sacrifié pour moi pour me le laisser. Un chic type tu sais. Tu imagines sa tête s'il apprenait que l'avion est resté cloué au sol, maintenant qu'il est reparti chez lui me laissant l'avion. Ce serait du vrai gaspillage, avec ce ciel bleu azur fragmenté par seulement quelques bandes de cumulus. J'en suis incapable. Je me sentirais vraiment coupable.

John s'inclina en souriant, dissimulant qu'il était déjà au courant pour l'échange de la journée avec son partenaire.

– OK, tu as une bonne raison, avoua John.

Il laissa Stéphanie continuer ses vérifications pré-vol pendant qu'il allait demander à un préposé de replacer son Cessna qui aurait pu gêner les autres appareils sur le tarmac. Il en profita pour récupérer son casque d'écoute. John était ravi de l'invitation de Stéphanie et ne se fit pas prier pour monter à bord avec elle, bien qu'il essayait de toutes ses forces de le cacher. Il préférait se montrer un peu résigné tout en la taquinant. En fait, tout ce qui comptait pour lui, c'était de voler avec elle et peu importe l'appareil, mais cela, il se garderait bien de l'avouer. Lorsque John la rejoignit de nouveau, elle était déjà assise à bord de son avion.

– As-tu vérifié la météo ? demanda John tout en s'installant sur le siège de droite, se trouvant assis très près de Stéphanie.

L'étroitesse de l'habitacle surprenait toujours, les premières fois, mais aujourd'hui, John ne s'en plaignait pas. Se retrouver si près d'elle, l'obligeant à avoir un contact physique, était pour lui très agréable. Leurs épaules, leurs bras ainsi que leurs cuisses se frôlaient constamment.

– Oui, j'ai même imprimé le rapport météo. Tu peux vérifier toi-même, fit-elle en lui tendant le document.

John souriait, sachant à l'avance que Stéphanie n'aurait pas oublié de vérifier les conditions météorologiques.

– J'ai confiance en toi. Si tu décides de décoller, c'est que les conditions sont VFR, quoique les cumulus me semblent un peu bas.

– Oui, et on dirait bien que le plafond est encore plus bas vers l'ouest.

En moins d'une heure, depuis le moment où elle avait quitté la ville avec sa voiture en direction de Caldwell, les cumulus s'étaient resserrés et formaient un ciel fragmenté à 7/10 du ciel. Les conditions atmosphériques avaient évolué rapidement.

– Et dans deux heures, selon le rapport météo, le ciel fragmenté sera complètement couvert, mais nous volerons sous les nuages, ne t'inquiète pas, déclara Stéphanie d'un ton rassurant.

Stéphanie, tout en faisant son *run-up*, dernière vérification moteur avant le décollage, jetait du coin de l'œil un regard discret sur John. Il semblait plus nerveux que de coutume. C'était un comportement normal pour un pilote qui prenait place sur le siège passager ; John se sentait un peu mal à l'aise. Stéphanie réalisa soudain qu'il ne l'avait sans doute pas vécu très souvent.

– Et où est-ce que tu m'emmènes par cette belle journée de septembre ?

– Allez, fais-moi confiance, dit Stéphanie en parlant par le biais du casque d'écoute qu'elle venait de brancher via le système radio du poste de pilotage.

– Dis-moi John, combien de fois t'es-tu retrouvé sous les commandes d'une femme ? demanda-t-elle ensuite pour détendre l'ambiance.

– À part ma mère, jamais !

– Je parlais des commandes de vol.

– Jamais, ni homme ni femme, outre les instructeurs. Mais tu sais, l'instructeur est toujours assis à droite et c'est moi qui suis aux commandes, même si ces derniers ont souvent eu à intervenir. En fait, je ne me suis jamais assis à droite comme passager.

– Il y a toujours une première fois.

– Tour Caldwell, Novembre7527Roméo, prêt pour le décollage, lança Stéphanie.

– Novembre7527Roméo, tour Caldwell, autorisé à décoller, piste 27, virage à droite pas plus haut que 1 500 pieds.

Ce message de la tour qui résonnait dans les écouteurs de Stéphanie était toujours associé à un moment de bonheur. C'était le feu vert pour quitter la terre et se diriger vers une autre dimension, vers le ciel, un privilège inexplicable aux yeux de Stéphanie. Un moment qu'elle attendait chaque fois avec impatience.

– Novembre7527Roméo, fit Stéphanie en guise d'accusé de réception tout en prenant position sur la piste.

Elle enfonça la manette des gaz sans délai pour prendre son envolée, consciente du même coup qu'il ne s'agissait pas d'un vol comme les autres puisqu'elle avait à son bord un passager très particulier. Cela rendait le vol encore plus excitant, mais elle prit soin de ne rien laisser paraître.

– Tu veux bien John demander à ce que l'on active le plan de vol? demanda-t-elle tout en lui tendant son formulaire de plan de vol, qu'elle venait de retirer de sa tablette de vol, sous la carte de navigation bien placée sur ses genoux pour qu'il puisse en prendre connaissance.

– Pourquoi?

– Parce qu'habituellement, lorsqu'il y a deux pilotes à bord, le deuxième essaie de se rendre utile, soit en faisant la radio ou bien la navigation pendant que le commandant de bord pilote, répondit Stéphanie légèrement agacée d'avoir à expliquer cela.

– Non, je me demandais en fait pourquoi déposer un plan de vol?

– John, quelle question! Parce que c'est plus sécuritaire.

– Je croyais qu'on n'allait pas très loin et qu'un plan de vol n'était pas nécessaire.

– C'est tout de même préférable, répondit Stéphanie.

– Tu as l'intention d'aller jusqu'à Bridgeport ? demanda John en examinant le plan de vol.

– Oui, pourquoi pas, ce n'est pas très loin. On en a pour environ une heure, aller-retour. Mais on peut aller ailleurs si tu préfères.

– C'est ton avion, c'est toi qui pilotes, alors je te laisse décider.

Bien que John tenait dans ses mains la feuille du plan de vol que Stéphanie avait préparé, John ne contacta pas le contrôleur pour activer le plan de vol, comme l'aurait souhaité Stéphanie. Plutôt, il posait une foule de questions sur diverses fonctions d'équipements du tableau de bord du Piper, qu'il ne connaissait pas. Tout en répondant aux questions de John et en pilotant son appareil, Stéphanie reprit sa feuille de plan de vol et contacta la tour pour l'activer.

Comme toujours, Stéphanie s'inquiétait du fait que personne ne se rendrait compte de son absence si elle disparaissait avec son avion. Ce serait sans doute son partenaire de vol qui s'inquiéterait de son absence le premier, ne voyant pas l'avion garé comme de coutume ; mais cela pouvait signifier tout de même quelques jours avant que des recherches ne soient enclenchées. De son côté, John ne semblait aucunement s'en soucier. Leur situation était bien différente. Elle supposait facilement qu'une foule de personnes s'inquiéteraient de l'absence de John. Mais à ses yeux, cela ne signifiait en rien d'avoir à changer ses habitudes ou de manquer de vigilance. Elle était tout de même un peu déçue de constater que John faisait preuve d'une certaine nonchalance à propos des mesures de sécurité en vol. Comme s'il ne prenait pas toutes les procédures au sérieux. Ne voulant reprocher quoi que ce soit à l'homme le plus convoité des États-Unis, Stéphanie se contenta de répondre aux questions de John et lui laissa prendre les commandes afin qu'il se familiarise avec son Piper.

Elle prit plaisir à constater à quel point John s'amusait, semblable à un enfant devant un nouveau jouet. Elle ne l'avait encore jamais vu aussi joyeux, il souriait et son visage dégageait une joie de vivre indéniable. Il aimait voler autant qu'elle, cela ne faisait aucun doute. Au fur et à mesure que le vol évoluait, John semblait insouciant et confiant à la fois et cet état d'être lui donnait un charme fou. D'une certaine manière, Stéphanie lui enviait ce trait de caractère, l'insouciance, car elle était incapable d'en faire preuve, surtout en vol. Elle avait tendance à trop souvent s'inquiéter pour un rien. John, pour sa part, semblait si différent à cet égard.

– Attention mon Piper n'est pas un jouet, ni un Cessna, lança Stéphanie alors que John venait de tirer brusquement sur les commandes de vol.

– Je voulais simplement tester les limites, dit-il tout en continuant d'afficher son large sourire. Cet avion réagit différemment d'un Cessna.

– Il y a tout de même certaines règles de base à savoir. En tirant brusquement sur les commandes de vol, on peut facilement décrocher ce qui n'est pas si dramatique à condition de savoir comment récupérer rapidement. Mais il faut être très, très vigilant avec ce type d'appareil, car à la suite du décrochage, il est facile de tomber en vrille et le Piper n'est pas homologué pour pratiquer des vrilles, contrairement au Cessna.

– Que veux-tu dire ?

– Si l'avion tombe en vrille, on n'arrive carrément pas à s'en sortir.

– Vraiment ? J'avais cru comprendre que pratiquer des vrilles en Piper n'étaient pas recommandées, mais je ne savais pas que ce n'était pas récupérable.

– En fait, lorsque l'on tombe en vrille, contrairement au Cessna, le Piper pique ensuite rapidement en vrille plate et les manœuvres ne répondent plus. Le crash est inévitable. C'est bien expliqué dans le *POH**, le manuel d'utilisation du fabricant.

Puis, Stéphanie indiqua du doigt l'inscription apposée par la compagnie Piper sur le tableau de bord : *Warning no spin***. L'affichage en grosses lettres occupait une place bien en vue sur le tableau de bord.

---

* *Pilot Operating Handbook*
** *Avertissement vrille interdite*

– C'est un peu pour ça que l'on utilise plutôt des avions de type Cessna pour la formation, ça pardonne plus facilement les erreurs.

– Bien, pas de vrille alors, fit John toujours en souriant.

– Tu sais, ça me manque par moments de pratiquer des vrilles, avoua Stéphanie. J'adorais en faire lorsque je volais en Cessna.

– Eh bien, la prochaine fois, on volera avec mon Cessna et, si cela t'amuse, on pourra se taper quelques vrilles.

– Tu veux faire des vrilles! s'écria Stéphanie. Je ne me ferai pas prier alors pour t'accompagner. J'adore me trouver la tête en bas, alors que l'avion tourne sur lui-même.

John appréciait la présence de Stéphanie à ses côtés et surtout de la voir ainsi si joyeuse à la simple idée de faire des vrilles. On aurait dit une petite fille excitée de monter dans des montagnes russes.

– C'est tout de même un privilège de voler et de pouvoir apprécier cette vue magnifique, avoua John alors qu'ils s'approchaient de la côte.

– Je me fais la même réflexion à chaque vol. Tout est toujours plus beau, vu d'en haut.

Chacun appréciait le vol même si à cet instant précis, Stéphanie culpabilisait quelque peu, comme s'il s'agissait d'instants volés d'une certaine manière. Des moments qui ne lui appartenaient pas, qui auraient dû appartenir à une autre. «Dommage pour John que Carolyn n'ait pas cette passion de voler», songea Stéphanie.

Elle se rappela que ni son ex-mari, pas plus que son dernier petit ami n'avaient la passion du pilotage. En fait, aucun de ses amoureux n'avait été pilote ou n'avait aimé voler. Elle s'était souvent demandé si le fait d'être pilote avait joué contre elle. Peut-être que l'aviation tenait une trop grande place dans sa vie et que les hommes qu'elle avait côtoyés l'avaient peu apprécié. Certains hommes avaient été assez stupides pour lui avouer qu'ils se sentaient diminués de ne pas savoir piloter. D'autres s'étaient montrés indifférents, mais évitaient de voler avec elle ou même d'aborder le sujet. Pourtant, là, il y avait John, juste à côté d'elle, aussi passionné qu'elle par le pilotage. Malheureusement, la passion devait s'arrêter là, mais aujourd'hui Stéphanie sentait que cela devenait de plus en plus difficile. La présence de John à ses côtés lui faisait un effet bien différent de celui de son bon copain pilote Matthew. Avec John, c'était tout autre chose. Il y avait une sorte de magie entre eux, l'ambiance était fébrile.

Le duo à bord du Piper Warrior volait en symbiose. John trouvait Stéphanie chanceuse d'avoir un copain pilote comme Matthew pour partager sa passion pour le pilotage. En fait, il se passait les mêmes réflexions que Stéphanie. «Ma femme Carolyn n'apprécie guère voler avec moi et c'est bien dommage.» C'était si agréable d'avoir quelqu'un d'autre qu'un instructeur pour partager sa passion du pilotage. La présence de Stéphanie à ses côtés le troublait agréablement. Depuis un moment, il souhaitait voler avec elle, partager les commandes d'un avion et maintenant il le vivait, dans l'instant présent, et il en savourait chaque seconde.

— C'est vraiment super d'avoir une copine pilote, avec qui on peut partager ces moments privilégiés, avoua John sans gêne.

— Je crois que tu aimes voler autant que moi. Cela fait près de 20 ans que je vole et jamais je ne m'en lasse, bien au contraire, c'est toujours aussi excitant.

— Je trouve qu'il n'y a rien de plus excitant que voler, je me sens comme sur une sorte de *high*.

— Oui, c'est pareil pour moi, je me sens flotter, je souris, j'ai une joie intérieure qui jaillit et l'effet dure même quelques heures après le vol, car ces moments me reviennent à l'esprit et demeurent intenses pendant une heure ou deux.

— Un peu comme lorsqu'on est en amour, lorsque l'on vit un coup de foudre et que l'on est en présence de l'être aimé, précisa John.

Stéphanie se retourna pour croiser le regard de John. Il la regardait au même moment. Bien que tous les deux portaient des verres fumés, elle pouvait lire à travers ce regard, malgré l'ombre qui en dissimulait une partie. Elle pouvait comprendre au-delà des mots.

Il la faisait vibrer de tout son être. Elle pouvait ressentir son énergie, semblable à une décharge électrique, comme une sorte d'adréna-line qui lui traversait le corps. Ils étaient si près l'un de l'autre, leurs bras se touchaient constamment et ce contact n'avait rien de banal. John pouvait deviner que Stéphanie se sentait bien à son contact. Les sensations qu'il éprouvait à cet instant précis étaient fortes et il savait que le bien-être était réciproque. John ne voulait rien oublier de ces moments privilégiés de manière à pouvoir se les remémorer une fois au sol.

Malgré l'intensité de ce qui se passait à l'intérieur du poste de pilotage, Stéphanie essayait de rester concentrée sur le vol, sur ses manœuvres et sur ce qui se passait à l'extérieur de la cabine. C'était elle, la pilote commandant de bord.

– Regarde, John, derrière nous, vers l'ouest. Le plafond est de plus en plus bas, j'ai bien peur qu'on ne puisse se rendre à Bridgeport et qu'il faille rebrousser chemin, annonça Stéphanie tout en faisant un 180 pour que John puisse voir les nuages.

Les conditions météorologiques actuelles étaient moins bonnes que les prévisions du rapport fourni plus tôt. Ils avaient tenu un cap nord-est pour se rendre à Bridgeport. Le temps qu'ils atteignent leur destination avant de reprendre un cap vers l'ouest pour retour-ner à l'aéroport de Caldwell, ils risquaient de faire face à un plafond beaucoup trop bas. Les nuages menaçaient. Une ligne d'orage se formait à l'ouest.

– Si ça continue comme ça, on aura du mal à rentrer à Caldwell. Vaut mieux retourner maintenant, avant qu'il ne soit trop tard, insista Stéphanie.

– On pourrait continuer un peu vers l'est, fit John en haussant les épaules. On a encore le temps, il me semble.

Alors que Stéphanie savait qu'il était préférable pour leur sécu-rité de rebrousser chemin, John, lui, préférait tenter sa chance et poursuivre la route initiale.

– John, ou bien tu es un pilote irresponsable ou bien tu es en train de me tester.

– Non, je crois vraiment qu'il y a encore un plafond acceptable du côté de Caldwell.

– Tu as tort, nous sommes à 3 500 pieds d'altitude et les nuages en avant sont sous notre ligne d'horizon.

– C'est que l'on ne regarde pas au même endroit, tu es plus petite que moi et c'est une illusion d'optique, répliqua John.

Stéphanie n'avait aucunement envie de s'obstiner avec John, même si elle savait qu'il avait tort. De toute évidence, John aimait jouer avec sa chance malgré le peu d'heures de vol qu'il cumulait.

– Bon d'accord, John, tu vas demander au contrôleur le dernier rapport météo.

– Mais on n'est pas dans une zone de contrôle.

– Nous pouvons contacter une FSS*. Ils sont là pour nous aider.

– J'ai l'habitude de contacter le personnel aérien uniquement lorsque je n'ai pas le choix.

Stéphanie le savait déjà, mais elle souhaitait qu'il développe de nouvelles habitudes de vol, plus sécuritaires.

– John, dis-toi bien que s'il y a des contrôleurs, c'est d'abord et avant tout parce qu'il y a des pilotes, beaucoup de pilotes même. Et s'il n'y avait pas de pilote, il n'y aurait pas de contrôleur et non l'inverse. Imagine qu'il y ait beaucoup de contrôleurs, que des contrôleurs partout dans les tours et aucun pilote nulle part, ils n'auraient aucune raison d'exister. D'une certaine manière, ils sont là pour nous.

John se mit à rire.

– Vu sous cet angle, je suis bien obligé de te donner raison.

---

* *Flight Service Station*

– Allez, contacte le contrôleur, je veux le dernier rapport météo, c'est moi le pilote commandant de bord aujourd'hui, répliqua Stéphanie en lui faisant un clin d'œil.

John se résigna et demanda le dernier rapport. On faisait état d'un ciel couvert à 1 500 pieds. On prévoyait des conditions qui allaient en se détériorant. La couche nuageuse serait plus basse encore dans moins d'une heure. Sans hésiter une seconde, Stéphanie mit le cap vers l'ouest, vers Caldwell. Ne voulant donner raison à Stéphanie, John se mit à critiquer le système de prévisions météorologiques qu'utilisaient les pilotes. Sur ce point, elle lui donna entièrement raison. Trop souvent, les conditions météorologiques réelles étaient différentes de celles émises quelques heures plus tôt.

– Et c'est encore plus vrai lorsqu'elles sont émises par une station automatique, ajouta Stéphanie.

– On devrait investir davantage dans les systèmes météorologiques, suggéra John.

– Peut-être bien. Cela pourrait sans doute éviter des accidents et même sauver des vies, mais c'est aussi aux pilotes de faire preuve de vigilance.

– Oui, j'ai compris et demander le dernier rapport météo en cas de doute, fit John en souriant.

– John, je me demande, si tu n'avais pas dans ton immatriculation les lettres «JK», tu serais peut-être moins embarrassé de t'adresser aux contrôleurs aériens?

– Tu crois cela! Moi je te dis que peu importe mon immatriculation, tous sauront qu'il s'agit de mon avion. À moins de changer d'immatriculation toutes les semaines, et encore.

– Tu exagères.

– Non, je te dis que c'est impossible de rester anonyme lorsque l'on porte le nom de JFK junior.

John n'exagérait pratiquement pas, il y avait des fouineux partout et il était épié constamment.

Pendant que John se plaignait de sa célébrité, Stéphanie, qui s'était assurée qu'elle avait pris le bon cap pour atteindre Caldwell, proposa à John de piloter pour le reste du vol. Il semblait s'être tellement amusé lorsqu'il avait essayé les commandes un peu plus tôt. John prit les commandes avec plaisir tout en lui racontant les nombreuses embûches qu'il avait connues, lorsqu'il avait amorcé sa formation à Vero Beach, en Floride, au *Flight Safety Academy*. Les bonnes écoles de pilotage ne manquaient pas dans les aéroports environnant New York dans le New Jersey, mais il avait préféré suivre sa formation en Floride, étant donné qu'il avait commencé sa formation en décembre 1997 et que la température à New York en décembre n'était pas toujours propice au vol à vue. Suivre sa formation en Floride lui permettait de s'y consacrer complètement en vue de réussir une formation de pilote rapidement. John avait mis du temps à se décider, bien qu'il en rêvait depuis son enfance. Pourtant, il avait fait la promesse à sa mère de ne pas devenir pilote. Il avait tenu parole, mais quelques années après le décès de celle-ci, John avait fini par céder à la tentation et s'était finalement inscrit à Vero Beach. Il avait obtenu sa licence de pilote privée en quatre mois seulement, ce qui est assez exceptionnel par rapport à la moyenne des pilotes.

– Tu sais, ce que je t'ai dit tout à l'heure, au sujet d'avoir une copine pilote, j'étais vraiment sincère, confia John. J'apprécie vraiment ce vol et j'aime échanger avec toi sur l'aviation.

Stéphanie savait l'écouter et appréciait parler avion contrairement à la plupart des gens de son entourage. John avait vite compris qu'il ennuyait les gens lorsqu'il en parlait trop longuement. C'était ainsi avec Carolyn, avec certains collègues au magazine *George* ou avec des amis et des membres de la famille. On l'écoutait toujours un peu, mais John réalisait souvent qu'on changeait vite de sujet alors qu'avec Stéphanie, il savait qu'ils pouvaient en parler ensemble pendant des heures. Elle incarnait à ses yeux l'amie idéale. Stéphanie était ravie des confidences de John et prenait plaisir à le regarder manœuvrer son Piper Warrior et s'amuser comme un enfant.

Le vol tirait à sa fin et John avait piloté le Piper, jusqu'au moment d'entrer dans le circuit de l'aéroport de Caldwell. Le plafond était bas à présent et John devait bien admettre qu'ils avaient eu raison de rebrousser chemin. Il rendit les commandes à Stéphanie, insistant pour qu'elle reprenne les contrôles de l'avion pendant la phase critique du vol, l'approche et l'atterrissage, voulant surtout éviter de commettre des erreurs aux commandes d'un appareil qu'il connaissait trop peu et avec Stéphanie comme témoin.

Elle reprit les commandes avec aplomb et posa son appareil avec un naturel déconcertant. Elle pouvait même blaguer tout en pilotant, elle était vraiment douée.

– Alors, avoue que mon Piper est un véritable charme à manœuvrer.

– C'est vrai, c'est génial ! On dirait qu'un avion à ailes basses est plus stable. Il faudra reprendre ça, mais tu devras également monter à bord de mon 182.

– D'accord, abdiqua Stéphanie.

Une fois au sol, John aida Stéphanie à replacer et à attacher son avion. Il avait réellement pris plaisir à voler le Piper. Sans trop le crier haut et fort, il ne voulait pas s'en tenir à son Cessna 182. Il avait de grandes ambitions et savait qu'éventuellement, il s'achèterait un autre appareil. Il opterait sans doute pour un avion de type Piper sans vraiment savoir pour quel modèle en particulier. Quelque chose de plus performant que son Cessna 182, peut-être même un bimoteur. Mais d'abord, il devait voler le plus souvent possible pour acquérir de l'expérience et monter ses heures de vol. Pour l'instant, il n'en soufflerait mot à Stéphanie, gardant cela pour lui.

– Tu veux qu'on aille manger quelque part, proposa John, je meurs de faim.

– Volontiers.

– Si tu n'y vois pas d'objection, j'aimerais qu'on aille ailleurs qu'au 94. Je n'ai rien contre le resto de l'aéroport, mais j'aimerais quelque chose de plus discret, et surtout d'un peu plus raffiné, côté cuisine.

– Tiens donc, du snobisme de la part de John F. Kennedy junior, très étonnant, se moqua Stéphanie.

– Arrête de dire n'importe quoi et viens, on prend ma voiture.

Ils optèrent pour un restaurant italien, le Riga Trattoria, au Crowne Plaza Hotel à Fairfield, tout près de l'aéroport de Caldwell.

L'endroit était peu achalandé, pourtant, Stéphanie remarqua à nouveau que John devenait le centre d'intérêt. Jamais elle n'avait été traitée avec autant d'attention, tout en sachant parfaitement bien pourquoi. Ils profitèrent de ce moment de répit pour échanger sur un ton complice, comme de vieux amis, parlant parfois de choses banales tout comme de sujets d'importance. Stéphanie évita pourtant de lui poser des questions sur sa femme, la belle Carolyn. Curieuse de nature, cela lui demandait un effort supplémentaire de garder ses questions pour elle, se disant qu'au moment opportun ce serait John qui aborderait le sujet. De son côté, John évitait également les questions indiscrètes. Il aurait souhaité lui parler de son ami Jeff Brown, le célèbre journaliste au *New York Times*. Sans trop savoir pourquoi, John craignait la réponse, et après tout, cela ne le regardait pas qu'il soit ami ou amant.

– Dis-moi John, est-ce vrai ce que l'on raconte au sujet de ton magazine *George*? s'informa Stéphanie après qu'ils eurent commandé des pâtes.

– Et qu'est-ce qu'on raconte? demanda John en riant.

– Que son succès est menacé. Apparemment, les ventes de publicité ainsi que la vente de copies en kiosques ne sont pas ce qu'elles étaient au début. Est-ce que les médias exagèrent une fois de plus?

– On raconte tellement de choses, il faut nuancer. Il est vrai qu'à certaines éditions on n'a pas eu les résultats escomptés, mais par contre, certaines éditions ont fracassé des records. Malheureusement, la tendance est maintenant à la baisse. Mais j'ai confiance, affirma-t-il. Je n'ai pas peur de me retrousser les manches et d'aller solliciter des clients.

Stéphanie fut plutôt surprise d'entendre cela.

— C'est plutôt inhabituel qu'un rédacteur en chef s'occupe également des ventes, fit-elle remarquer.

— En fait, ce n'était pas mon idée, expliqua John. Mais les éditeurs du Groupe Hachette trouvaient bête de ne pas utiliser John F. Kennedy junior pour mousser les ventes publicitaires auprès des annonceurs. Au départ, je ne devais signer que le billet et décider du contenu éditorial de *George*.

— Comme la plupart des rédacteurs en chef.

— Voilà, mais rapidement on a voulu exploiter mon nom. D'ailleurs, je tenais à réaliser de grandes entrevues, j'en avais toujours rêvé. J'ai pris de l'assurance, quitte à me faire accompagner au départ par un rédacteur et aujourd'hui je ne m'en plains pas. J'aime écrire et signer des textes.

— C'est super que tu puisses écrire, mais je trouve qu'on t'en demande beaucoup en tenant aussi le rôle d'un représentant commercial. Ce sont deux métiers tout à fait incompatibles.

Stéphanie avait du mal à imaginer John en train de solliciter des annonceurs.

— Tu sais, Stéphanie, pour moi c'est important que mon magazine fonctionne. C'est mon idée, c'est mon concept, j'en suis le fondateur et je veux réussir à tout prix. Et si mon nom peut servir à la cause, je ne vais pas hésiter. Si ma présence peut entraîner un contrat de publicité, je n'hésiterai pas à me déplacer.

— Je comprends que le succès de ton magazine te tienne à cœur.

— Ce n'est pas facile tu sais, je suis connu et par moments j'ai l'impression que toute l'Amérique n'attend que ça, que je flanche pour me montrer du doigt.

— Il y a toujours deux côtés à une médaille. Ton nom t'a sans doute ouvert plusieurs portes, mais d'un autre côté, chaque faux pas sera titré par les médias.

Stéphanie admirait John, car elle savait à quel point vendre de la publicité pouvait être difficile. Elle lui raconta qu'elle avait vécu cela durant un court épisode de sa vie alors qu'elle dirigeait un magazine. Elle devait aussi superviser les représentants, les soutenir et s'occuper des clients importants à gros budget.

— Je détestais cela, avoua-t-elle.

— Mais je parie que tu réussissais très bien.

— Oui, les ventes grimpaient, mais entre toi et moi, je n'ai aucune idée de ce qui m'a valu ce succès, confia-t-elle en riant.

John était heureux qu'elle se livre de plus en plus sur son passé, même s'il savait déjà, en partie, ce qu'elle lui racontait.

— Moi, je sais pourquoi tu as réussi. Simplement parce que tu aimes les défis et la réussite, je me trompe?

— Eh bien, monsieur Kennedy, vous analysez toujours les gens ainsi? demanda Stéphanie avec le fou rire.

— Pas plus que toi, répondit John en riant.

— Si je peux t'analyser, je dirais que tu peux être très fier de toi et de ton magazine et ton succès sera assuré, vu ta grande détermination.

John souriait.

— Je dois admettre que je tire une grande satisfaction à décrocher une part importante du budget de publicité d'un important client qui hésitait à annoncer chez nous.

— Plus satisfaisant que de réaliser une grande interview?

— C'est certain que réaliser une entrevue avec une grande personnalité, pas nécessairement politique, mais quelqu'un de grand dans tous les sens du terme, est très valorisant.

Stéphanie souriait en le regardant. Elle comprenait parfaitement bien ce qu'il voulait dire.

– Tu sais, John, pour être honnête, je trouve que vendre de la publicité, c'est malsain. C'est un geste misérable et même condamnable, car l'objectif de faire paraître une annonce est de vendre un produit et d'inciter à la consommation. On vit déjà dans un monde de surconsommation et à mon avis il est inutile d'en rajouter.

– Tu ne pourras pas changer le monde Steph, pour ça faudrait changer de planète ; la publicité, c'est ce qui fait vivre les magazines.

– Ça ne devrait pas. Les ventes en kiosques devraient suffire.

– Malheureusement, ça ne suffit pas.

– Hélas ! N'empêche que les articles devraient être suffisamment bons pour insuffler à chacun le goût de lire davantage et d'acheter des journaux et des magazines pour s'informer, s'instruire ; c'est si important.

– Tu es trop idéaliste.

– Sans doute.

John comprenait Stéphanie même s'il était plus nuancé qu'elle au sujet de la publicité.

– La publicité fait beaucoup de tort à beaucoup de gens, admit John. Cela crée des envies inutiles. J'en suis conscient. Mais c'est à chacun que revient la responsabilité de choisir. On n'est pas obligé de succomber à l'envie de changer de voiture par exemple, simplement parce qu'on a vu une superbe publicité d'un véhicule de luxe dans un prestigieux magazine imprimé sur papier glacé.

– Le problème c'est que la majorité des gens se laisse influencer par les modes, les tendances et les besoins inutiles.

– Tu n'as malheureusement pas tort.

Tout en mangeant, ils parlaient et se regardaient. Souvent John gardait son regard accroché aux lèvres de Stéphanie. Il avait envie de la toucher, de lui prendre la main sachant qu'il ne le pouvait pas.

– Dis-moi, demanda-t-elle, qui est celui ou celle qui t'a marqué le plus parmi les entrevues que tu as réalisées ou la personnalité la plus marquante que tu as eu le privilège de rencontrer?

– Il y en a plusieurs, mais au-dessus de toute la mêlée, c'est très certainement mère Teresa et le dalaï-lama qui m'ont marqué profondément.

John avait rencontré ce dernier en janvier 97, lors d'un voyage en Inde.

Tous les deux admiraient ces êtres d'exception à qui l'on voue le plus grand respect. Ils en parlèrent longuement, chacun découvrant chez l'autre une facette différente de leur personnalité permettant de découvrir une nouvelle dimension beaucoup plus profonde.

– Et toi, Stéphanie, qui t'a impressionné le plus parmi les personnalités que tu as interviewées?

– Malheureusement, je n'ai pas eu la chance de rencontrer ni le dalaï-lama ni mère Teresa, mais je dois admettre que je me sens très près de cette dernière, car elle a fait si souvent partie de mes prières.

– Des miennes aussi, avoua John sur le ton de la confidence.

– Pour répondre à ta question, je dois dire que j'ai eu la chance de rencontrer une foule de philanthropes qui m'ont vraiment impressionnée et également inculqué de très belles valeurs. Plusieurs d'entre eux sont des exemples pour moi. Mais tu seras sans doute surpris d'apprendre que celui qui m'a marquée le plus est un grand politicien. Je l'admire et lui voue un très grand respect.

– Qui donc?

– Bill Clinton.

– J'aurais parié là-dessus, lança John. Du moment où tu m'as dit qu'il s'agissait d'un politicien, je savais, car il impressionne tout le monde avec qui il entre en contact.

– Ce politicien a un charisme exceptionnel, ajouta Stéphanie. Il suffit d'une seule rencontre pour tomber sous le charme. Je crois qu'il pouvait désarmer son plus redoutable adversaire et convaincre n'importe quel sceptique récalcitrant.

Alors que Stéphanie repensait à sa rencontre avec Bill Clinton, elle ne put s'empêcher de faire un parallèle avec John. Évidemment, John n'était pas président des États-Unis, mais déjà toute l'attention qu'on lui portait était palpable en tout temps, tout comme celle que l'on porte à un chef d'État. Et en cet instant présent c'était à nouveau l'évidence même. On venait constamment voir s'ils ne manquaient de quoi que ce soit. Stéphanie se demandait si John en était conscient ou bien si cela était devenu normal pour lui. Après tout, il en avait sûrement été ainsi toute sa vie durant.

— John, es-tu conscient que tu es constamment le centre d'attention ?

— De quoi parles-tu ? C'est toi le centre d'attention, ici ce soir, ta beauté et ta grâce ont séduit tout le monde déjà.

— Vous êtes très charmeur, monsieur Kennedy, mais il ne faut pas me prendre pour plus idiote que je ne suis.

Tous les deux se mirent à rire de bon cœur.

— Mais je suis sérieux, insista John, tu suscites beaucoup d'attention, c'est juste que tu ne t'en rends pas compte.

— C'est bien gentil de ta part de vouloir me valoriser ainsi, mais ça ne colle pas.

— En plus d'être belle, tu es une brillante journaliste, tu es talentueuse. Tu sais Steph, lorsque je lis tes textes, je constate que tu as une grande habileté à faire parler les gens. Tu arrives à leur faire dire des choses qu'ils n'avaient encore jamais révélées. C'est un don, tu sais. Tu dois très certainement leur inspirer confiance pour les inviter à se confier ainsi.

Stéphanie était touchée. De toute évidence, John voulait retourner l'attention vers elle en la valorisant. Il parlait avec une telle douceur qu'elle en était émue.

– Je crois que c'est venu au fil du temps. Les gens lisent mes textes et savent que je respecte leur intimité. Je n'entre pas dans certaines zones d'inconfort. Il m'est souvent arrivé que des gens, sur le coup de la confidence, me révèlent des choses très intimes et j'ai gardé cela pour moi sachant qu'ils n'auraient pas aimé les lire dans le journal.

– C'est bien de pouvoir ériger des limites entre ce qui peut être entendu et ce que l'on doit écrire au grand public. Ça prouve ta grande délicatesse et ton professionnalisme.

– En fait, j'essaie simplement de me mettre à leur place lorsque j'écris mon texte en me demandant si moi j'aimerais que l'on parle de cela à des millions de lecteurs. Certains parlent trop sous le coup de la confidence sans s'en rendre compte.

– Tu sais, ce ne sont pas tous les journalistes qui pensent comme toi. Au contraire, il y en a tellement qui font l'inverse. Ils pressent le citron à fond et s'il n'y a pas assez de jus à soutirer, ils en inventent.

Stéphanie le regardait dans les yeux, sans broncher et sans rien dire.

– C'est si pire que ça? demanda-t-elle après un moment. Tu sembles en avoir souffert beaucoup.

– Non… pas tant que ça. Mais par moments, j'ai peur de franchir une certaine limite lorsque je réalise moi-même une entrevue.

– Tu veux dire que tu as peur d'être indiscret?

– Oui, en quelque sorte, répondit John. Dis-moi, Steph, ça ne te gêne pas de poser des questions qui vont au-delà des sujets d'ordre professionnel? Tu n'entrevois pas cela comme une forme d'intrusion dans la vie des gens?

– Ça dépend. N'oublie pas que je couvre des histoires qui ont souvent un lien avec des causes sociales. Faire parler quelqu'un, le découvrir, c'est merveilleux, et ensuite partager cela avec le public, c'est très gratifiant. Mais évidemment, il y a une certaine limite à ne pas franchir. Je crois sincèrement que les gens aiment lire des choses sur les autres pour se reconnaître à travers eux. Apprendre qu'un tel a souffert à plusieurs égards, ça le rend plus humain, et ça peut aussi redonner espoir à des personnes d'apprendre que quelqu'un a surmonté une très grande épreuve et que finalement il a réussi à passer au travers.

John écoutait Stéphanie attentivement sans rien dire. Il trouvait son point de vue intéressant.

– Je trouve cela formidable de faire des recherches sur un sujet, de démystifier l'impensable pour ensuite partager avec le public le fruit de ses recherches, ajouta-t-elle avec enthousiasme. Mais, je comprends ton point de vue, John. Tu as été la cible des journaux toute ta vie et tu l'es encore. C'est immoral d'inventer des histoires uniquement pour vendre des copies comme le fait la presse à sensation. Ce n'est pas du journalisme, en fait, cela ternit plutôt l'image des véritables journalistes.

– Je n'en fais plus de cas à présent. Et puis, on dirait qu'il y a un public pour la presse populaire.

Stéphanie évita de dire qu'elle avait elle-même déjà écrit pour ce genre de magazines. Rien pour être fière, et elle était heureuse d'avoir pu échapper à ce milieu.

– N'empêche, ajouta-t-elle, qu'à partir du moment où quelqu'un accepte une entrevue, c'est qu'il accepte de révéler un peu de lui-même et lorsque cela est fait de façon honnête et juste, c'est très viable. Car, il n'y a rien de pire que d'interviewer quelqu'un de peu généreux dans ses propos.

John était parfaitement d'accord avec elle. Il lui parla ensuite de sa collaboration au magazine *George*. Sa contribution était importante aux yeux de John. Il lui réitéra son enthousiasme et sa satisfaction envers son travail.

– Faudrait pas exagérer, je n'ai pas fait tant que ça.

– Je t'assure, Steph, ton travail était au-delà de mes attentes et j'aimerais bien que l'on poursuive dans le même sens.

Stéphanie accepta de poursuivre sa collaboration pour *George* sans se faire prier cette fois. Elle devait bien l'admettre, le travail lui plaisait et travailler avec John était en plus très agréable. John lui souligna à nouveau qu'il tenait à ce que leur collaboration demeure confidentielle. Comme elle ne tenait pas à signer des textes dans *George*, elle n'y voyait aucun problème, d'autant plus qu'elle avait déjà toute la notoriété voulue au *New York Times*, mais elle se demandait tout de même ce que John pouvait craindre, pour insister sur cette requête. Elle garda ses interrogations pour elle.

Ils s'étaient rapidement mis d'accord sur de nouveaux textes pour la prochaine édition et sur l'échéancier. John lui demanda également son avis sur des sujets et des interviews à réaliser par les rédacteurs de son équipe. Le temps avait filé si vite ; ils avaient tellement parlé qu'ils n'avaient pas eu le temps de réaliser qu'ils étaient, à présent, les seuls clients du restaurant.

– Je crois qu'il est temps de sortir, fit John qui venait de le remarquer.

Chacun avait écouté l'autre, sans se préoccuper de quoi que ce soit d'autre. Comme si plus rien ne comptait, à part ce moment présent. Il y avait elle et lui.

– Tu veux aller ailleurs prendre un verre, demanda John, ne pouvant se résigner à la quitter.

– Non, je préfère rentrer.

Alors que Stéphanie et John venaient de sortir du restaurant et qu'ils marchaient lentement en direction de la voiture de John, spontanément, John glissa un bras autour des épaules de Stéphanie. Ce contact physique provoqua, tant chez l'un que chez l'autre, une sensation quasi indescriptible, comme une surdose d'énergie et un grand sentiment d'euphorie. John fit preuve de galanterie auprès de Stéphanie, prenant la peine de lui ouvrir la portière. Ils échangèrent un regard sans plus, comme si les mots leur manquaient. Mais y avait-il vraiment quelque chose à dire en cet instant ?

John prit la direction de l'aéroport avec regret, pour y déposer Stéphanie afin qu'elle puisse récupérer sa voiture. Il aurait aimé que ce moment puisse s'éterniser et ne jamais la laisser partir.

John se donna un prétexte pour la suivre jusqu'à sa voiture. À nouveau, il entoura ses épaules de son bras. Une sorte de douce chaleur les enveloppa, comme une forme d'allégresse et de bien-être.

– Est-ce que ça t'embête si je m'invite à ton appartement ce soir ? On pourrait continuer à bavarder, proposa John sans retenue.

John savait que sa proposition était déplacée, mais il n'avait aucune envie de jouer. Il avait juste fait preuve de spontanéité, il voulait simplement passer plus de temps avec elle.

– Il est tard et j'ai une grosse journée demain, répondit Stéphanie. J'ai une entrevue importante et je voudrais me garder un peu de temps pour préparer mes questions et lire mes dossiers.

Ce n'était certes pas l'envie qui manquait, mais il se faisait effectivement tard. Ils avaient passé tout l'après-midi et toute la soirée ensemble et elle avait du travail à rattraper. Le temps de rentrer en ville, il serait presque l'heure d'aller au lit, et puis ils travaillaient tous les deux le lendemain. Ils auraient eu certainement une foule de choses encore à se dire, mais Stéphanie craignait que la situation ne dérape vers une autre direction. La prudence semblait de mise, car ses sentiments envers lui se précisaient maintenant et elle avait la certitude de leur réciprocité. La passion mutuelle se développait rapidement et tout était à craindre.

John s'attendait à une réponse de la sorte, il regrettait presque de lui avoir demandé cela. Mais c'était plus fort que lui et il n'était nullement offusqué par son refus. « Sans doute est-elle craintive », se disait John. Or, il savait, dans son for intérieur, que son refus ne correspondait pas à un manque d'intérêt à son égard, il savait bien qu'ils se plaisaient tous les deux. Toutefois, Stéphanie était loin d'être stupide, John se disait qu'elle n'aurait pas accepté de se trouver dans une position inconfortable. Elle savait qu'il était marié et elle pouvait sans doute évaluer le risque.

– Une autre fois peut-être, répondit-il.

Doucement, John se pencha vers elle pour l'embrasser sur les joues. Bien qu'il s'agissait d'un geste amical, Stéphanie fut surprise par ce geste, car la tendresse qui s'en dégageait était palpable. «Encore heureux d'avoir refusé qu'il vienne à mon appartement», pensa Stéphanie. Que ce serait-il alors passé?

— Bonne fin de soirée, lança-t-elle avant de prendre place dans sa voiture.

— À bientôt, fit-il en la saluant.

John retourna à sa voiture. Il avait trouvé le vol formidable et la journée mémorable, des moments exceptionnels. Il ne s'était pas senti aussi bien depuis très longtemps.

Il appréciait tellement la présence de Stéphanie. Elle incarnait l'assurance, l'équilibre et la beauté. Elle lui plaisait terriblement; en fait, il aimait tout d'elle et John souhaitait un rapprochement et même plus encore. Il se demandait aussi ce qui se serait passé si elle avait accepté de le recevoir à son appartement. La situation, il devait bien l'admettre, risquait de se compliquer, car John n'avait aucunement l'intention de tirer un trait sur son amitié avec Stéphanie. Elle comptait trop à ses yeux et elle était importante pour son équilibre.

Chapitre 6

Mercredi 9 septembre 1998

Stéphanie venait d'entrer dans la salle de nouvelle du *Times*, elle affichait un large sourire.

– Alors comment était cette entrevue avec ton médecin humanitaire ? demanda Jeff qui venait de s'approcher de Stéphanie sincèrement intéressé par le sujet.

– Je suis vraiment ravie, c'est un type formidable et il a vraiment été chic avec moi, d'une grande générosité dans ses propos, répondit Stéphanie en posant son magnétophone et son bloc-notes sur son bureau à côté de son ordinateur, qu'elle venait de sortir de son fourre-tout qui lui servait aussi de sac à main.

Après plusieurs tentatives, Stéphanie venait finalement de décrocher une entrevue exclusive pour le *Times* avec le Dr Field, qui revenait d'un séjour de deux ans au Congo et au Rwanda.

– On pourra le lire demain ?

– C'est ce qui est prévu.

Comme toujours, il y avait un bruit de fond dans la salle de nouvelles du *New York Times*. Impossible de s'ennuyer au milieu de ce cirque, on se sentait bien vivant.

Stéphanie n'aimait pas seulement l'ambiance au *New York Times*, elle adorait son travail, spécialement les journées comme aujourd'hui où elle avait le privilège de rencontrer des personnes extraordinaires, dotées d'une bonté exceptionnelle. Elle y travaillait depuis maintenant cinq ans et aujourd'hui encore, elle en remerciait le ciel tous les jours, car côté boulot cela n'avait pas toujours été aussi facile pour elle depuis son arrivée à New York. De plus, elle s'entendait parfaitement bien avec Paul, le rédacteur en chef, qui lui faisait confiance et lui témoignait toujours une marque de considération pour son professionnalisme. Règle générale, elle s'entendait bien avec ses collègues de travail, bien qu'elle ne pouvait développer une relation privilégiée avec chacun d'entre eux. Il y avait beaucoup de monde et chacun vaquait à ses occupations et tous manquaient malheureusement de temps. Jeff était l'exception. Elle lui devait beaucoup. C'est lui qui lui avait donné un coup de pouce pour entrer au *Times*, même si ce dernier persistait à dire qu'il n'y était pour rien et que c'était plutôt son talent et ses compétences qui avaient fait la différence. Pourtant, Stéphanie savait bien que Jeff y était pour beaucoup plus et elle lui en serait éternellement reconnaissante.

Avant de travailler pour le *New York Times*, Stéphanie avait été embauchée à la NBC comme recherchiste à la salle de nouvelles où travaillait Derek. C'était un début, mais Stéphanie rêvait de grands reportages sur le terrain et les postes de journaliste à la télévision à New York n'étaient pas si faciles à décrocher. Ces emplois étaient très convoités et la compétition, très vive. Elle avait ensuite travaillé comme journaliste à la pige pour divers journaux, mais confinée à des mandats ponctuels et à couvrir la nouvelle locale, Stéphanie, qui avait de grandes ambitions, trouvait le temps long. Elle avait ensuite décroché un poste de directrice de publication pour un magazine *Life Style* qui débutait et qui avait fermé ses portes la même année. Ce fut un échec. Puis, la chance avait finalement tourné. Grâce à la complicité de Jeff, elle avait remis son curriculum vitæ ainsi que des textes sur des sujets appropriés au bon moment au rédacteur en chef du *Times*. Les dés avaient été lancés et on lui avait offert un poste de chroniqueure au *Times*. Elle avait saisi l'occasion sans hésiter. Ce genre d'occasion ne se présente qu'une fois. Elle jouissait maintenant d'une bonne notoriété, ce qui l'amenait occasionnellement à participer à quelques émissions de télévision, même si elle en faisait moins souvent que Jeff. Stéphanie s'était toujours sentie privilégiée d'avoir pour ami quelqu'un du calibre de Jeff Brown, lui permettant de partager ses idées. Encore aujourd'hui, il lui prodiguait occasionnellement quelques conseils, ce qu'elle appréciait grandement. Il savait la guider mais toujours de manière subtile sans une once de prétention.

Jeff avait d'abord été l'ami de Derek. Ils avaient étudié ensemble à la New York University, et c'est Derek qui, 10 ans plus tôt, l'avait présenté à Stéphanie à son arrivée à New York. Les trois journalistes s'étaient rapidement liés d'amitié. Après son divorce, sept ans plus tard, Derek avait quitté l'Amérique pour devenir correspondant à Moscou. Jeff et Stéphanie avaient continué d'entretenir une belle amitié. C'est d'ailleurs Jeff qui avait soutenu moralement Stéphanie pendant les mois difficiles qui avaient suivi son divorce. Seule ombre au tableau, Jeff avait développé des sentiments à son égard, plus profonds que l'amitié. Il le lui avait confié peu de temps après son divorce. Il voulait l'aimer, partager son intimité et sa vie avec elle. Stéphanie, pas tout à fait insensible à son charme, aimait sa personnalité, son style British, mais sans pouvoir l'expliquer, quelque chose l'empêchait d'être en couple avec lui. Peut-être parce qu'elle appréciait tellement son amitié qu'elle ne voulait rien gâcher sachant que souvent les amours passent, mais que l'amitié reste. Une courte période conflictuelle avait suivi car Jeff acceptait mal que les sentiments de Stéphanie à son égard ne soient pas réciproques. De plus, celle-ci n'était pas prête à s'engager à nouveau avec un homme à la suite de l'échec de son mariage. Finalement, les différends n'avaient duré que quelques semaines. L'amitié qu'ils avaient développée eut raison du reste. Jeff préférait l'amitié à rien du tout et la relation entre eux paraissait claire à présent. Et comme auparavant, tous les deux appréciaient le fait d'avoir un ami journaliste pratiquant le même métier, permettant d'échanger sur leurs préoccupations journalistiques.

— Et toi Jeff, comment ça se passe avec tes trafiquants de drogues ? As-tu enfin des noms ?

Jeff haussa les épaules, un peu exaspéré.

– Je suis sur une piste, mais toujours pas de nom. Je suis tout de même confiant que mon enquête va aboutir d'ici quelques jours.

Le téléphone portable de Stéphanie sonna. Elle s'empressa de répondre tout en lui clignant de l'œil en guise d'excuse pour avoir interrompu la conversation.

– Hey! C'est toi Matt, comment vas-tu?

– Je vais très bien, d'autant plus qu'il fait un temps radieux et je suis en route pour Caldwell, je compte faire un tour avec mon Cherokee, tu veux venir me rejoindre?

– Écoute Matt, ce serait vraiment bien d'aller voler aujourd'hui avec toi, mais je n'ai vraiment pas le temps. J'ai un texte à rendre dans quelques heures et je n'ai pas encore commencé ma rédaction.

– Je comprends. Mais dis-moi, à ce qu'on raconte, tu as volé hier et tu n'étais pas seule. Tu avais un passager particulier, un certain cow-boy, je crois.

– Qui t'a dit ça? riposta Stéphanie sur la défensive, sachant pertinemment bien que Matt parlait de John.

– Alors, c'était comment?

Stéphanie, qui était de nature discrète, n'aimait particulièrement pas que des rumeurs circulent sur son compte.

– Comment as-tu su? insista Stéphanie. Je n'ai pas envie de lire ça dans les journaux.

Jeff était resté debout derrière le bureau de Stéphanie, feuilletant les pages du *USA Today*, tout en écoutant les paroles de sa collègue, intrigué par cette conversation inhabituelle.

– Ne t'inquiète pas, je suis un des seuls à le savoir, à part certains membres du personnel de l'aéroport, bien sûr. C'est Pat qui me l'a dit, répondit Matthew, amusé de la soudaine nervosité de Stéphanie.

– Patrick te l'a dit, quelle indiscrétion !

– Ne soit pas offusquée, Steph, c'est normal qu'on en parle un peu à l'aéroport, ce n'est pas un événement banal.

– Mais si, au contraire, ça peut être banal de voler avec John F. Kennedy junior, il n'y avait rien de particulier.

Soudain, Stéphanie, qui jusqu'alors tournait le dos à Jeff, pivota brusquement sa chaise pour constater qu'il était toujours là, à moins de deux pas de son bureau et qu'il avait tout entendu.

– Allez, raconte-moi tout, sois sympa. L'as-tu laissé piloter ton Warrior ? Est-il aussi mauvais pilote que ce que l'on raconte ?

– Matt, je n'ai pas le temps, j'ai un texte à rédiger et surtout je n'ai rien à dire… Et puis, reprit-elle, qui raconte qu'il est mauvais pilote ?

– Tu as déjà oublié l'épisode du quasi-abordage dans le Terminal de New York ?

– C'était une erreur de pilotage, une erreur de débutant comme plusieurs en font, répliqua Stéphanie tenant à prendre la défensive de John et agacée par la conversation.

– Tu le défends, c'est plutôt significatif, fit remarquer Matthew d'un ton moqueur.

– Ça suffit Matt, profite de ton vol, lança Stéphanie avant de raccrocher.

Étrangement, Stéphanie se demanda pourquoi elle se sentait soudainement si choquée par les propos de Matthew et qu'elle tenait à prendre la défendre de John. Mais ses interrogations furent vite interrompues.

– Ai-je bien entendu ? demanda Jeff, qui était toujours planqué là, à côté d'elle, piqué par la curiosité.

Jeff se pencha au niveau de Stéphanie toujours assise à son bureau qui l'ignorait. Son visage avait rougi et ce détail fut vite remarqué par l'œil attentif de Jeff.

– John F. Kennedy junior ! reprit-il. Tu auras beaucoup de choses à me raconter ce midi, petite cachottière, annonça Jeff d'un ton amusé tout en souriant.

– Je n'ai rien à dire. Vas, j'ai un papier à écrire, fit Stéphanie en lui faisant signe de s'éloigner.

– Rendez-vous dans 15 minutes, pour le lunch, lança Jeff en indiquant sa montre du doigt. Et je veux tout savoir, chuchota-t-il avant de retourner à son bureau.

Stéphanie se contenta de regarder Jeff qui venait de lui faire un clin d'œil en guise de complicité, visiblement amusé par la situation. Elle n'était pas inquiète, sachant qu'elle pouvait compter sur la discrétion absolue de Jeff, même s'il prenait plaisir à la taquiner.

– Un visiteur pour vous, Stéphanie, annonçait la réceptionniste quelques instants plus tard.

Stéphanie se leva d'un bond. C'était sa bonne copine Melanie qui lui faisait une visite surprise.

– Mel, je suis heureuse de te voir, fit Stéphanie en marchant vers elle pour l'embrasser.

Melanie Monroe était une belle grande brune, qui savait se faire remarquer. Elle parlait à haute voix et portait toujours des vêtements griffés. Stéphanie trouvait qu'elle incarnait à la perfection la femme d'affaires new-yorkaise. Par contre, aux goûts de Stéphanie, les bijoux excentriques qu'elle portait dévalorisaient le raffinement de ses vêtements. À sa défense, Stéphanie devait admettre que dans son domaine on avait tendance à l'artifice. Melanie travaillait dans une importante agence de publicité où elle était directrice du placement médias des principaux clients de l'agence.

– Je me disais que tu as sûrement du temps à passer avec ta copine pour le lunch, lança Melanie.

– Oui bien sûr, tu sais bien que je ne peux rien te refuser. Mais j'ai peu de temps, j'ai un texte qui m'attend.

Stéphanie tenait à le préciser, car Melanie pouvait être très bavarde et avait l'habitude de *luncher* avec des clients ou bien avec des représentants des médias de New York des heures durant.

– C'est rien de nouveau que tu as peu de temps pour le lunch.

– Allons tout près, ça ira plus vite.

Tout en entraînant Melanie avec elle à son bureau pour aller chercher son fourre-tout, elles s'arrêtèrent devant le bureau de Jeff.

– Désolée Jeff, j'ai une visite surprise, dommage pour notre lunch de ce midi, fit Stéphanie d'un ton coquin, heureuse d'avoir un prétexte pour s'esquiver de toutes explications.

– Bonjour Melanie, fit Jeff en se levant pour lui serrer la main. Comment vas-tu ?

– Bien, répondit-elle.

Puis Jeff regarda Stéphanie à nouveau.

– Ce n'est que partie remise Steph, je réserve mon 5 à 7 pour toi ce soir, répliqua-t-il.

– On verra ça plus tard, répondit Stéphanie en souriant avant de quitter la salle de nouvelles avec sa copine.

– Laisse-moi deviner Steph, je parie que tu es submergée par le boulot, comme d'habitude, lança Melanie alors qu'elles marchaient sur Broadway.

– J'ai pas mal de boulot, c'est vrai. Mais j'aime ça et je suis heureuse ainsi. Et toi Mel, comment ça se passe à l'agence ?

– La routine.

Stéphanie savait que Melanie ne parlait jamais beaucoup de son boulot. En fait, elle privilégiait la vie sociale au travail. Melanie avait à peine trois ans de moins que Stéphanie, pourtant, un monde les séparait, tant par leur mentalité que par leurs habitudes de vie. Au point qu'il était presque étonnant qu'elles soient demeurées amies après s'être rencontrées dans le cadre de relations professionnelles à l'époque où Stéphanie dirigeait un magazine. En fait, Stéphanie appréciait la légèreté de Melanie. À son contact, elle prenait ses préoccupations reliées à son travail un peu moins à cœur et cela lui faisait du bien.

– J'ai des billets pour une comédie musicale sur Broadway pour vendredi soir, tu m'accompagnes? demanda Melanie, alors qu'elles entraient dans un sympathique restaurant.

– C'est très gentil Mel de me l'offrir, j'apprécie sincèrement, mais j'ai vraiment beaucoup de boulot ces temps-ci, j'ai un nouveau contrat et j'ai besoin de partir les vendredis pour Cape Cod, pour décrocher du tourbillon de Manhattan. Être à ma villa me permet d'avancer quelques textes dans un environnement décontracté et paisible.

Stéphanie avait volontairement omis de préciser de quel nouveau contrat il s'agissait. John avait tellement insisté pour que leur collaboration demeure secrète, elle ne voulait pas le trahir.

– Stéphanie, je ne sais plus combien de fois je devrai te le dire. Tu travailles beaucoup trop, tu ne me parles que de boulot, on dirait qu'il n'y a que ça dans ta vie.

Il est vrai que la vie de Melanie était diamétralement opposée à celle de Stéphanie. Melanie aimait les boîtes *Jet Set*, les clubs privés et les spectacles alors que Stéphanie privilégiait son travail. Melanie avait toujours des invitations à des premières ou à des soirées cocktails reliées à ses activités professionnelles. Melanie avait invité Stéphanie à maintes reprises, mais cette dernière déclinait les invitations neuf fois sur dix, prétextant avoir trop de travail. Peut-être qu'aux yeux de Melanie, la vie de Stéphanie était ennuyeuse, pourtant elle adorait non seulement son travail, mais aussi la manière dont elle comblait son temps libre. Voler pour s'amuser ou bien pour se rendre à sa villa était pour elle très agréable tout comme se détendre dans le calme de sa maison de Cape Cod ou apprécier une promenade en solitaire sur la plage tout en admirant le littoral. Elle ne voulait pas changer son style de vie qui lui convenait parfaitement.

– Sors, amuse-toi, profite de la vie.

— Mais je profite de la vie, j'ai volé le week-end dernier et hier encore.

— Seule, comme d'habitude ou avec ce bon Matt.

— Non avec John.

— John, qui est-ce ? Tu ne m'as jamais parlé de lui.

— John F. Kennedy junior.

— Quoi ? Tu te paies ma gueule.

À voir la tête de sa copine, Stéphanie réalisa soudain qu'elle aurait mieux fait de se taire.

Le serveur venait de s'approcher et elles commandèrent chacune une salade et une eau minérale.

— Comment ça ? Raconte ! reprit aussitôt Melanie, dès que le serveur se fut éloigné.

— Ce n'est rien, juste un vol comme ça, répondit Stéphanie qui essayait de désamorcer l'importance de sa rencontre avec le célèbre personnage.

— Mais ce n'est pas rien ! Et comment as-tu connu John F. Kennedy ? insista Melanie, estomaquée par cette nouvelle et avide d'en savoir plus.

— En fait, j'ai déménagé mon Piper récemment à l'aéroport de Caldwell, au New Jersey, le même endroit où John a son Cessna garé et je le vois à l'occasion.

— Je n'arrive pas à croire ce que j'entends.

— Ne fais pas cette tête, voyons, c'est juste un copain pilote, comme Matthew, expliqua Stéphanie en haussant les épaules et surtout en évitant le regard de son amie de peur qu'elle puisse deviner un quelconque sentiment.

— Et comment est-il ? Dragueur ? Allez, dis-moi, je veux tout savoir.

– Il est comme n'importe qui, tu sais. Et toi les amours, comme ça se passe ?

– Ne te défile pas. Si tu m'en parles, c'est qu'il y a quelque chose d'important. Je te connais trop bien. Tu ne dis jamais rien pour rien. Et puis, John F. Kennedy junior, ce n'est pas banal, alors ne fais pas comme si ce n'était rien de spécial.

Stéphanie regrettait d'avoir trop parlé, Melanie la connaissait trop bien. Alors, elle changea d'attitude, laissant l'indifférence de côté pour parler d'un ton plus formel.

– Écoute-moi bien, Mel, John est marié et…

– Ça, on le sait tous. Et on raconte aussi que son mariage bat de l'aile, faut-il le préciser.

– Ne me coupe pas la parole.

Stéphanie se mit à sourire et prit un air espiègle.

– Pas question de voler la vedette à Carolyn Bessette, ou de rivaliser avec elle, reprit Stéphanie. Je ne voudrais pas être aux yeux de la population américaine la vilaine Camélia Parker Bowle, avoua Stéphanie en riant.

Melanie éclata de rire.

– Avec ton physique, on ne te comparerait jamais à Camélia. Voyons, tu es bien plus jolie que Carolyn, tu as plus de charisme, et ta vie semble plus saine que la sienne.

Stéphanie ne savait plus comment agir. Elle avait envie de se confier, de parler de John, mais elle craignait que son enthousiasme ne soit trop débordant et elle savait qu'elle devait faire preuve de discrétion. Elle fit un effort considérable pour conserver un ton détaché.

– Sérieusement, je ne suis pas de la haute, je ne suis ni actrice ni top-modèle. Rien à voir avec la belle actrice Daryl Hannah qu'il a fréquentée pendant plus de cinq ans, ou de la princesse Diana avec qui il a apparemment eu une liaison, expliqua Stéphanie avant d'entamer sa salade au saumon que le serveur venait de poser sur la table.

— Peut-être, mais n'empêche que c'est une fille ordinaire qu'il a choisi d'épouser, continua Melanie davantage intéressée par les propos de Stéphanie que par sa salade de crevettes.

— Carolyn n'a rien d'une fille ordinaire, fit remarquer Stéphanie. Je comprends qu'elle ne soit pas une célébrité, mais elle est très belle.

— Et toi tu es plus belle encore, et tu le sais. Et toi tu es connue dans le milieu journalistique, tu as fait ton chemin, tu as fait tes preuves au niveau professionnel, et tu es pilote. Ça fait beaucoup d'atouts pour une seule personne. Et en y pensant, ajouta Melanie, je dirais même que ça représente pas mal de points en commun avec le beau John.

— Ça n'a rien à voir avec une princesse adulée par le monde entier.

— Je sais, mais il ne l'a pas choisie ni même à peine fréquentée, alors qu'il aurait pu. Je crois que John est attiré par des personnes simples. Il doit en avoir par-dessus la tête de la célébrité, d'ailleurs, il fuit les caméras. Moi je crois surtout que ton côté aviatrice doit lui plaire.

— Tu as beaucoup d'imagination, Mel, mais je vais te décevoir car je ne sors pas avec les hommes mariés et j'ai juste été voler avec lui. John est pilote, je suis pilote et voilà, c'est tout.

— Vraiment? déclara Melanie d'un ton dubitatif, tout en dévisageant sa copine.

— J'ai volé avec un tas de types pilotes, tu sais. C'est normal que deux pilotes volent ensemble. On échange, on se donne des conseils, on parle aviation, c'est agréable, mais c'est tout. Je ne sais pas pourquoi tu me parles de ses fréquentations féminines ou de ses types de femmes.

— C'est toi qui as dit en premier que John était marié. Je suppose que si tu as commencé par parler de ça, c'est qu'il y a quelque chose qui te trotte dans la tête.

Stéphanie voulait à tout prix changer du tout au tout la tournure de la conversation. Sa copine devinait toujours trop facilement ce qui la touchait.

– Changement de sujet, Matthew aimerait bien te voir à nouveau. Vous êtes deux beaux célibataires et deux bons partis.

– Je ne sais pas Steph, il est gentil, mais pas vraiment mon genre.

– Tu ne le connais pas encore assez bien. Il est juste un peu timide avec les gens qu'il ne connaît pas. Et tu dois admettre qu'avec ta personnalité assez extravertie, tu l'as sans doute quelque peu intimidé. Tu pourrais lui donner une seconde chance, c'est un chic type.

Stéphanie espérait créer une relation entre Melanie et Matthew. Ils avaient été présentés l'un à l'autre, par son entremise, quelque temps auparavant. Il semblait que Matthew avait paru plutôt intéressé envers sa copine Melanie, dès leurs premières rencontres, mais que ce n'était pas tout à fait réciproque. Melanie avait tout de même admis qu'elle avait une certaine attirance pour Matthew et qu'il ne manquait pas de charme.

– Je préfère attendre un peu avant de le revoir, révéla Melanie.

– Dommage… Ah! C'est vrai, il y a ce Tommy, le jeune journaliste du *New York Post* que tu veux conquérir à tout prix. Est-ce que ça évolue?

– Plus ou moins. Mais dis-moi, combien de fois as-tu volé avec John-John? s'informa Melanie qui insista pour en apprendre davantage sur cette histoire.

– Personne dans son entourage ne l'appelle John-John. Et j'ai volé avec lui qu'une seule fois.

– On raconte qu'il n'est pas très bon pilote.

– Tu dis n'importe quoi.

– Je t'assure, des spécialistes l'ont affirmé dans les journaux. Et c'est plein de sens, lors de ses études, alors qu'il était adolescent, il était un élève médiocre. Ses professeurs ont remarqué qu'il avait du mal à se concentrer en classe. On a découvert qu'il avait un trouble déficitaire de l'attention avec hyperactivité. Sa mère Jackie l'a envoyé en thérapie pour cette raison et il a commencé à prendre des médicaments à cet effet. Moi je ne volerais pas avec lui. Et comment est-ce possible d'être pilote alors qu'il a du mal à se concentrer?

Stéphanie regarda sa montre, fit signe au serveur et demanda l'addition tout en ouvrant son sac pour sortir sa carte de crédit. Elle voulait en finir rapidement avec cette discussion qui n'aurait jamais dû avoir lieu. La curiosité et la perspicacité de sa meilleure amie la dérangeaient de plus en plus.

— Écoute Mel, c'est un copain pilote, on vole, on rit, on s'amuse, vraiment rien de plus, rentre-toi ça dans la tête.

Malgré ses efforts, Stéphanie remarqua que sa copine affichait un air sceptique.

— Tu sais, son monde n'a rien de rigolo, enchaîna-t-elle d'un ton plus ferme. Il y a toujours des photographes et des curieux, sur les talons. Bien honnêtement, vivre cela continuellement, j'en serais incapable. Alors, je ne tiens pas à faire partie de son cercle ou devenir une amie proche.

— Effectivement, toi qui es si secrète, ironisa Melanie.

— Tu sais quoi ? Je plains sincèrement la pauvre Carolyn. Si c'est vrai les rumeurs qui courent au sujet de sa femme à l'effet qu'elle soit toujours en dépression, moi je te dirais qu'il y a de quoi. C'est vraiment insupportable d'être constamment épié de cette façon. Ils n'ont aucune vie privée, chacun de leurs gestes est rapporté dans les tabloïds. Heureusement que je le vois peu souvent et que les paparazzis ne traînent pas dans les aéroports du New Jersey. On le recherche dans des endroits plus *Jet Set* à Manhattan.

— Contrairement à ce que tu dis, je crois que tu pourrais t'accommoder de cela et en plus tu as un peu d'expérience.

— Mais non voyons, tu n'as pas idée.

— Mais si, rappelle toi l'autre jour chez Macys, insista Melanie, alors que tu cherchais un cadeau pour Jeff, un type t'avait abordé, il t'avait reconnue et te félicitait pour tes chroniques à la télévision et il savait aussi que tu écrivais pour le *New York Times*.

— Cela n'a rien de comparable, je ne suis pas une star ou l'enfant chéri d'Amérique. On n'a jamais essayé de me prendre en photo sur le vif. Sa photo ou celle de Carolyn valent beaucoup d'argent auprès des médias. Juste pour ça, sa vie et celle de sa femme peuvent facilement devenir un enfer si on le gère mal. Je crois que John s'en sort bien avec les médias, mais que c'est différent pour Carolyn. Elle doit subir beaucoup de pression juste du fait d'être la femme de l'homme le plus convoité des États-Unis. Elle doit se sentir obligée d'être toujours parfaite en public et je crois que ce n'est pas de tout repos.

– Je vois que tu as pris le temps d'analyser la situation.

– Arrête, c'est évident, c'est juste une réflexion, riposta Stéphanie en se levant. Désolée, mais j'ai du travail qui m'attend.

En sortant, Stéphanie embrassa sa copine sur les joues en guise d'au revoir et se dirigea d'un pas rapide vers le journal. Tout en marchant, en direction du *Times*, elle se demanda si elle avait été assez convaincante. Sa réaction face à John l'avait étonnée. Bien que Melanie soit une bonne amie, elle était trop près des médias et beaucoup trop curieuse. Elle savait maintenant qu'elle ne devait plus rien lui confier à ce sujet. De toute évidence, John fascinait tout le monde, Melanie ne faisait pas exception à la règle. Elle avait bien vu ses yeux s'illuminer, sa voix devenir plus éclatante et l'oreille bien attentive avide de détails croustillants concernant cette histoire. Sans parler que Melanie était proche de ce Tommy, un journaliste au *Post*. Comme elle essayait de le conquérir et qu'elle était souvent prête à tout pour plaire, il fallait redoubler de prudence. Elle pourrait vendre la mèche bien trop facilement à ce type juste pour attirer son attention et se rendre intéressante. Ce tabloïd aux tendances sensationnalistes était toujours à la recherche d'une histoire croustillante, la prudence était vraiment de mise.

Chose certaine, il faudra dorénavant faire preuve d'une plus grande discrétion à ce sujet, quitte à tout nier si la conversation déviait à nouveau sur lui lors d'une éventuelle rencontre. Puis elle souriait intérieurement en pensant à quelle aurait été la réaction de Melanie si elle lui avait avoué en plus que John était venu à sa villa à Cape Cod deux fois et qu'ils avaient souper en tête à tête à deux reprises déjà. Heureusement, elle avait eu la présence d'esprit de se taire, comme pour sa collaboration au magazine *George*.

« C'est tout de même dommage. À quoi servent les amis si on ne peut se confier ? » pensa Stéphanie. Être toujours aux aguets et ne rien révéler de compromettant ne ressemblait pas vraiment à la définition de l'amitié. Heureusement, ce serait bien différent avec Jeff ce soir.

Entre-temps, elle avait un texte à écrire. Stéphanie entra à la salle des nouvelles pour se concentrer sur son papier, s'efforçant de chasser John de son esprit.

❖ ❖ ❖

– Tu veux un autre verre Steph ? demanda Jeff avec courtoisie.

– D'accord, mais un dernier.

Stéphanie avait quitté le *Times* à 18h30 en compagnie de Jeff. Elle était satisfaite du résultat sur papier qu'avait donné son entrevue avec le Dr Field et comme elle l'avait présumé, la conversation avec Jeff était agréable. Ils s'étaient rendus au lounge du Westin New York à Times Square, le Bar 10. Cet endroit, ils aimaient le fréquenter tous les deux parce que c'était intime, agréable et raffiné. Un pianiste se trouvait sur place créant une ambiance de détente, dans un cadre contemporain qui contrastait du rythme mouvementé de la salle de nouvelles du *Times*. Stéphanie était contente de se retrouver avec Jeff dont la présence la réconfortait toujours. Il s'imposait non seulement par son intelligence, mais aussi pour son sens de la diplomatie. Il savait où s'arrêter avec elle. Il connaissait d'instinct les limites à ne pas franchir lorsque venait le temps d'avoir des conversations sur ce qui touchait son intimité. Depuis aussi longtemps qu'elle se souvenait, Stéphanie avait toujours préféré les amitiés qu'elle entretenait avec les hommes. Elle était bien avec eux et devenait plus authentique et sincère qu'avec ses copines, sans vraiment pouvoir expliquer pourquoi.

– Tu crois que j'aurais dû refuser son invitation à aller voler ? demanda Stéphanie.

– Mais ce n'est pas à moi à répondre à cela. Si tu en avais envie, je suppose que c'est bien.

– Ce n'est pas une question d'envie ou pas, j'étais plutôt mal à l'aise en fait, expliqua Stéphanie. C'est surtout qu'il m'a proposé d'aller voler avec lui à trois occasions distinctes. La troisième fois, on est arrivé en même temps à l'aéroport et j'ai même refusé de voler avec lui dans son avion, mais il a insisté. Je n'avais pas vraiment le choix que de le laisser monter à bord de mon Warrior. Pour être honnête, j'aime voler seule, mais je ne voulais pas non plus être désagréable avec lui en refusant de nouveau.

– Tu crois que c'est une coïncidence?

– Que veux-tu dire?

– Je ne sais pas… mais réfléchis… Quelles sont les chances d'arriver au même moment, le même jour et à la même heure, tous les deux à l'aéroport?

Stéphanie regardait Jeff un peu troublée. Il avait l'art de toujours tout analyser et surtout de tout remettre en question.

– Je ne sais trop… un hasard sans doute…

– Combien y a-t-il de pilotes à cet aéro-club? Et combien en as-tu croisés par hasard, comme tu dis, plus d'une fois en un mois, à part le personnel qui y travaille? Car si j'ai bien compris, tu l'as rencontré plus d'une fois à l'aéroport et toujours par hasard, n'est-ce pas?

– Quoi, que veux-tu insinuer? Que c'était arrangé!

– Non, je veux juste que tu y réfléchisses, et je veux surtout que tu sois prudente Stéphanie. Ces gens n'appartiennent pas à notre monde, il y a des risques à les côtoyer.

– Je sais bien et je n'ai pas l'intention de le fréquenter, affirma Stéphanie.

– Et puis vous êtes allés au restaurant ensemble. Et en plus, tu me dis qu'il s'est rendu à ta villa de Cape Cod. C'est déjà beaucoup pour quelqu'un qui n'a pas l'intention de le fréquenter.

Stéphanie baissa la tête, elle ne savait trop quoi dire à la suite de cette remarque. Elle lui avait parlé quelques minutes plus tôt de l'épisode de la villa, ressentant le besoin de se confier. Elle était confuse à présent, car c'était vrai qu'elle n'avait pas l'intention de le fréquenter, mais les faits jouaient contre elle et affirmaient le contraire.

– Imagine si un journaliste vous prenait en photo, reprit Jeff. La machine à rumeur serait vite déclenchée et ce n'est pas ce que tu veux.

– J'ai pensé à tout ça, déjà.

– Tu es brillante, je ne suis pas inquiet. Fais juste attention de ne pas laisser tes sentiments prendre le dessus sur la raison. Cette aventure est risquée, les photographes sont partout.

– Ne crains rien, je vais rectifier le tir. Je te remercie Jeff, ça m'a vraiment fait du bien d'en parler.

– Je suis toujours là pour toi, tu sais, confia Jeff en lui souriant.

Stéphanie avala d'un trait la dernière gorgée de son verre de vin, heureuse d'avoir un confident discret et qui pouvait l'éclairer aussi facilement.

– Tu sais Steph, je suis heureux lorsque tu t'amuses et que tu profites de la vie, s'empressa d'ajouter Jeff. Tu as trop tendance à t'isoler et je te souhaite sincèrement de trouver l'amour, tu le mérites, mais j'aimerais que ce soit une belle histoire d'amour avec un homme libre et non pas une aventure vouée à l'échec.

Jeff avait toujours eu l'art de dresser un tableau très précis de ce qu'il voyait chez les autres. Sa franchise était souvent un peu trop directe, mais portait toujours à la réflexion.

– Je vais rentrer à présent, lança Stéphanie en regardant sa montre. Merci encore Jeff, pour ton écoute.

– Avant que tu quittes, je tenais à te féliciter pour ton interview avec le Dr Field.

– Comment, tu l'as lue ? Lorsqu'on a quitté le bureau, le journal n'était pas encore imprimé.

– Paul me l'a refilée.

– Quoi, tu triches ?

Jeff et Paul avaient développé une relation privilégiée. Ils étaient devenus au fil des ans de bons copains même si, dans les faits, un journaliste ne devrait jamais être ami avec le rédacteur en chef.

– Bravo ! C'est bien joué, tu as réussi à nous surprendre.

– Venant de toi, c'est un compliment. Merci.

Ils sortirent ensemble du lounge et Jeff, qui avait pris sa voiture, la raccompagna jusqu'à son appartement. Avant de se quitter, ils s'embrassèrent sur les joues comme ils avaient l'habitude de le faire lorsqu'ils étaient à l'extérieur de la salle des nouvelles.

– Jeff, je compte bien sûr sur ta discrétion concernant John. C'est important.

– Tu as ma parole.

Mais cette demande était inutile. Jeff était la discrétion incarnée et Stéphanie savait parfaitement qu'elle pouvait compter sur lui à tous égards.

Chez elle, Stéphanie ne fit que ressasser les propos de Jeff. Ses rencontres avec John étaient-elles vraiment un hasard ? Elle devait admettre que cela faisait plusieurs coïncidences. Mais comment John aurait-il pu arranger cela et deviner son emploi du temps ? Perplexe, elle essaya de chasser John de son esprit en écoutant le bulletin de nouvelles à la télévision, tout en révisant ses questions et son dossier de recherche pour son entrevue prévue le lendemain. Elle devait rencontrer la directrice d'un nouveau centre pour femmes victimes de violence conjugale, dans le Bronx, qui cherchait à se faire connaître. Malheureusement, les demandes d'aide des victimes n'allaient pas en diminuant, constata-t-elle, alors qu'elle analysait les statistiques qui se trouvaient dans son dossier de recherche. « Un nouveau centre ne serait pas de trop », pensa Stéphanie. Mais elle ne voulait pas discuter uniquement de l'organisme, elle avait demandé à interviewer une victime accueillie par le centre. Elle souhaitait écrire une histoire sur un cas vécu pour son article. «Espérons que la directrice tiendra parole», se disait Stéphanie.

Puis elle pensa de nouveau à John. Elle conclut que le plus simple serait d'aller à l'aéroport un autre jour que le mercredi. Elle lui avait déjà dit qu'elle volait le week-end pour se rendre à Cape Cod et habituellement en milieu de semaine, le mercredi. Elle n'avait qu'à en parler avec Dave, son partenaire de vol, celui-ci accepterait facilement d'interchanger leur horaire de vol. Puis, réflexion faite, elle se demanda si c'était vraiment ce qu'elle voulait, ne plus revoir John. De toutes façons, même si elle ne le voyait plus à l'aéroport, elle le côtoyerait forcément dans le cadre de sa collaboration pour *George*. Modifier son horaire de vol lui semblait alors tout à fait inutile. Et tout compte fait, elle avait volé la veille avec John, après l'avoir croisé à l'aéroport et on était un mardi. John ne pouvait l'avoir deviné.

Est-ce que Jeff avait raison? Devait-elle oublier ses sentiments, se tenir loin de l'aéroport les mercredis et cesser sa collaboration pour *George*? Elle allait réfléchir à tout cela, mais au fond, elle savait bien qu'elle en serait incapable. Sa nouvelle amitié avec John lui apportait une espèce de baume, une joie de vivre bien trop agréable pour y renoncer.

Chapitre 7

John était assis sur son bureau, comme il avait souvent l'habitude de le faire. Son esprit vagabondait. Du haut du 41e étage, John pouvait profiter d'une impressionnante vue panoramique. Il observait distraitement Manhattan s'activer. Il aimait cette ville, il y avait vécu pratiquement toute sa vie. Son bureau était situé dans un chic quartier de Manhattan sur Broadway, à quelques rues de Central Park. Il n'avait pas choisi l'endroit, c'étaient les bureaux du Groupe Hachette Filipacchi Magazines qui éditait également plusieurs autres magazines, mais il était heureux d'y travailler, non loin d'ailleurs d'où se trouvait l'appartement de sa mère, sur la 5e Avenue dans le *Upper East Side*, à l'époque où elle vivait encore, là où il avait grandi. Aujourd'hui encore, John adorait cette partie de la ville, même s'il avait opté de vivre à l'extrémité sud de Manhattan en achetant un loft dans le quartier branché de TriBeCa au sud de SoHo.

John pensait à mille et une choses en même temps, mais ce qui le préoccupait le plus, en ce moment précis, était de trouver des idées pour décrocher de nouveaux contrats d'annonceurs pour son magazine. Il lui fallait des sujets inédits, qui attireraient l'attention des lecteurs et susciteraient un intérêt auprès des annonceurs.

Ralph s'apprêta à entrer dans le bureau de John, la porte était entrouverte.

— John, nous avons un problème, annonça-t-il d'emblée en entrant.

— Qu'est-ce qu'il y a?

— C'est Barry Smith qui nous laisse tomber, lui et son entrevue. Encore un pigiste qui ne tient pas ses engagements. Et il refuse de poursuivre toute éventuelle collaboration avec nous. Le reportage tombe à l'eau.

Il s'agissait d'un grand reportage sur un politicien qui avait fait scandale à New York pour avoir fait appel aux services d'une prostituée. Ce dossier était capital pour la prochaine édition. John misait beaucoup sur cette interview et sur les ventes en kiosques que cet article aurait dû engendrer.

— Je vois, répondit calmement John.

Ce qui était dramatique, c'est qu'il ne restait que très peu de temps avant d'aller sous presse. Les maquettes étaient déjà prêtes, en fait, on n'attendait que l'éditorial de John et ce dossier pour finaliser le montage.

— Crois-tu qu'un de nos collaborateurs pourrait récupérer l'histoire?

— Non, car selon Smith, notre homme s'est rétracté et lui a refusé l'entrevue. J'ai tenté de vérifier les faits, j'ai communiqué avec son bureau, mais je n'ai pas eu de retour d'appel. Je crains qu'il nous refuse toute interview. Smith était pratiquement ami avec lui, il était l'un des journalistes les mieux placés pour décrocher cette entrevue.

— Et c'est maintenant qu'il nous le dit, une semaine avant l'impression, lança John, démontrant son mécontentement. On avait pris les arrangements depuis près de deux mois.

— Je suis désolé John, j'avais pourtant fait un suivi avec Smith à deux reprises et il m'avait affirmé chaque fois que tout allait bien et que j'allais recevoir le texte cette semaine.

— Je me demande ce qui a bien pu le faire changer d'avis.

— Peut-être que Smith s'y est mal pris, parfois il suffit de peu. Ou bien la pression était rendue trop forte pour notre politicien et il a cru qu'il valait mieux ne pas accorder d'entrevue du tout, plutôt que d'essayer d'expliquer son point de vue pour se défendre, précisa Ralph.

Ralph était l'un des adjoints de John à l'édition depuis peu, quoiqu'il faisait partie de l'équipe de rédacteurs permanents depuis deux ans déjà. Il était un excellent rédacteur et un très dévoué collaborateur, cependant, John remarquait qu'il lui arrivait d'être un peu trop naïf ou peut-être trop gentil avec les collaborateurs. L'expérience lui faisait sans doute défaut et ce n'était pas la première fois qu'un dossier lui était confié et qu'un pépin survenait en cours de route. Mais à sa défense, John devait avouer que Smith n'était pas le premier pigiste à lui faire faux bond. C'était souvent comme ça dans le milieu apparemment. John l'avait appris à ses dépens. D'ailleurs, il avait connu son lot de déceptions, à commencer par son associé et cofondateur, Michael J. Berman, avec qui il avait eu plusieurs mésententes au point de rompre leurs relations professionnelles au magazine *George*. Du coup il avait perdu un ami, une amitié longue de 17 ans s'était rompue.

— Crois-tu qu'il bluff ? demanda John. Il a peut-être déjà fait l'entrevue et l'aurait vendue à quelqu'un d'autre à un meilleur tarif.

— Je ne sais pas, comment savoir ?

Au magazine *George*, on payait moins que la norme sur le marché. Mais John n'avait pas le choix, il devait suivre les budgets de ses éditeurs, le Groupe Hachette Filipacchi Magazines qui n'était pas toujours des plus généreux.

— C'est certain que plusieurs journaux pourraient être preneurs pour cet article, lança Ralph après une minute de réflexion. Smith aurait facilement pu obtenir le double du tarif ailleurs, ce qui expliquerait qu'il se désiste au dernier moment.

John avait appris aussi à être prudent et il faisait moins confiance aux autres aussi facilement qu'à ses débuts chez *George*.

– Ne prenons pas de chance, téléphone à notre avocat, voir ce qu'il en pense, d'autant plus qu'il me semble qu'on lui avait déjà versé une avance pour cette interview.

– Je lui ai déjà envoyé un fax à ce sujet, se défendit Ralph, mais je n'ai pas eu de réponse.

– Raison de plus, ajouta John.

– Tu as une autre idée en tête John, pour remplacer cet article ?

John regarda l'heure, il était 11 heures, il n'y avait pas de temps à perdre.

– Faisons une réunion après le lunch avec l'équipe, on trouvera sûrement une idée, proposa John. Entre-temps, dresse-moi une liste de sujets potentiels qu'on avait mis sur la glace, je ferai la même chose de mon côté et on en discutera ensemble avec l'équipe.

– Bien, répondit Ralph avant de quitter le bureau du patron.

La porte close, seul dans son bureau, John réfléchissait et se sentait soudainement rongé par l'angoisse. Il lui fallait un nouveau sujet. Il lui arrivait assez souvent d'être angoissé, l'esprit tourmenté au sujet de *George*, mais John prenait soin de ne pas le démontrer auprès des membres de son équipe. Il était le grand patron de *George* et se faisait un devoir d'agir en véritable leader plutôt que de partager avec eux ses préoccupations professionnelles. Il savait que les membres de son équipe ne partageaient pas toujours ses points de vue. Il en avait la certitude puisque chacun savait défendre ses positions, mais en bout de ligne, tout en restant solidaires à son égard, tous agissaient avec tact et diplomatie, ce qu'il appréciait.

Par moments, John devait admettre qu'il se sentait vulnérable et seul, car son manque d'expérience dans l'édition était une réalité indéniable et même s'il était bien entouré, c'est lui qui devait trancher en bout de ligne, notamment sur le plan de la ligne éditoriale. Mais par-dessus tout, John avait toujours peur d'être ridiculisé. Il ne pouvait pas simplement écrire sur ce qu'il croyait juste, il devait constamment penser aux conséquences, car ses faits et gestes étaient toujours médiatisés. Non seulement les textes qu'il signait, mais aussi ceux de son équipe. Tout son magazine était scruté à la loupe. Cela finissait pas être lourd à porter ce nom : Kennedy. John avait mille et une choses en tête. Il ne faisait pas que chercher une idée pour remédier au texte manquant, il pensait aussi à Stéphanie. D'ailleurs, John songeait de plus en plus souvent à elle, et il en était conscient. Tout l'attirait, sa beauté certes, mais aussi son intelligence, son style, son charme, son sourire, sa joie de vivre et par-dessus tout leurs affinités. Il était bien en sa présence et lorsqu'elle se trouvait loin de lui, elle lui manquait. Sans vraiment pouvoir mettre le doigt sur une qualité en particulier, l'ensemble de sa personnalité l'attirait.

Le *New York Times* du matin traînait sur son bureau, ouvert à la page où l'on retrouvait l'entrevue de Stéphanie avec le Dr Field, qu'elle avait réalisée la veille. Il la considérait particulièrement discrète, car il se rappelait qu'elle lui avait dit qu'elle devait réaliser une interview importante le lendemain lorsqu'ils avaient été volés ensemble mardi, mais elle ne lui avait pas spécifié qu'il s'agissait du célèbre médecin humanitaire du Rwanda. John avait lu l'article de Stéphanie avec attention et il devait bien l'admettre, elle était drôlement douée pour décrocher des entrevues exclusives et pour toucher les lecteurs de la sorte. Elle savait faire parler les gens, c'était indéniable. Rien d'étonnant qu'elle bossait pour le *Times* et qu'on la gardait comme pigiste malgré la forte concurrence entre journalistes indépendants qui souhaitaient tous avoir son nom dans le réputé journal à l'échelle nationale.

John avait pensé lui envoyer un courriel ou même des fleurs pour la féliciter ou l'inviter à souper, mais il s'était ravisé se disant que Stéphanie était différente des autres filles et qu'elle n'apprécierait probablement pas autant ce genre de marques d'attention qu'une autre. « Non, sans doute que Stéphanie préfère les défis à la galanterie, quelque chose de stimulant intellectuellement pour être valorisée et non pas des fleurs », songea John. Malheureusement, il ne savait pas trop exactement comment il devait s'y prendre avec elle pour lui plaire et la séduire. Il ne pouvait présumer de rien. Peut-être était-elle déjà conquise, après tout ? Mais John était loin d'en être sûr. Chose certaine, il n'était pas habitué à ce genre de fille. Elle dégageait une grande indépendance et une étrange force masculine émanait d'elle, alors que son apparence féminine et son charme étaient dignes d'une déesse. Tout cela le déconcertait. « Piloter, avoir son avion, posséder une villa sur le bord de la mer, vivre seule à Manhattan, apparemment par choix, et surtout partir seule en pilotant un avion pour survoler l'Alaska, aucun doute, Stéphanie n'avait rien à voir avec ses anciennes conquêtes », pensa John. Il l'enviait en quelque sorte. Il aimait sa fougue, son courage, sa détermination, ses opinions, sa liberté d'expression qu'elle favorisait avant tout et surtout son anonymat qu'elle se permettait en utilisant un nom d'emprunt. C'était ce dernier point qu'il lui enviait le plus. L'anonymat, il en était bien loin. Il n'avait jamais connu cela de toute son existence.

Un regard rapide à sa montre le rappela à l'ordre, il devait trouver une solution sans tarder. Tous les membres de l'équipe étaient submergés de travail, personne n'aurait le temps de récupérer le dossier principal de l'édition en quelques jours. Chacun se consacrait déjà à des sujets pour le numéro suivant, les entrevues étaient cédulées. Peut-être pourrait-il prendre un texte de l'édition suivante et devancer l'échéancier, quitte à faire des heures supplémentaires ; ils en avaient tous l'habitude d'ailleurs. D'autre part, trouver un collaborateur extérieur à la dernière minute était non seulement embarrassant, mais surréaliste, d'autant plus qu'il fallait trouver une idée pour remplacer ce dossier. Quoique sur ce dernier point, John savait qu'il s'en sortirait, mais ce ne serait certainement pas l'idée du siècle qui rehausserait les ventes du magazine.

John avait une très bonne équipe à l'interne et même s'il prenait tout sur ses épaules, il pouvait compter sur ses fidèles et dévoués collaborateurs. Avec les idées de chacun, ensemble ils finiraient par décrocher un sujet intéressant. D'ailleurs, tous avaient de bonnes idées, mais il savait qu'il était impossible d'avoir l'entrevue extraordinaire en un si court délai dont il avait tant besoin pour la survie du magazine. On pouvait toujours faire mieux au numéro suivant, mais chaque édition sans coup d'éclat représentait des pertes financières énormes, pratiquement impossibles à rattraper. « Quelle merde d'avoir passé à côté de ce dossier chaud sur un politicien mêlé à la prostitution ! » pensa John. Il s'inquiétait également du manque de temps. Les échéanciers étaient toujours si serrés et représentaient le combat perpétuel de tout rédacteur en chef d'une publication.

Les yeux encore rivés sur le *Times*, il se demanda si Stéphanie accepterait de l'aider. Si elle ne voulait pas écrire pour *George*, elle connaissait plusieurs journalistes qui accepteraient peut-être de collaborer pour son magazine. Cela valait la peine de tenter le coup. John s'étonna encore de penser à elle. Leur vol et la soirée qui avait suivi, il y a deux jours à peine, l'avait ébranlé dans ses sentiments les plus profonds. Lui qui était habituellement d'une fidélité à toute épreuve, lui qui était prêt à n'importe quoi pour sauver son mariage avec la belle et impitoyable Carolyn, le voilà maintenant rêvant à une autre. Il ne comprenait plus ses propres intentions ni les sentiments qu'il éprouvait pour Stéphanie. Mais ce qu'il savait, c'est qu'elle occupait trop souvent ses pensées. Juste à regarder le ciel, il s'imaginait à nouveau en vol avec elle. Il aimait voler plus que tout, et transpercer le ciel avec Stéphanie était vraiment unique. Elle était aussi passionnée que lui et il y avait quelque chose d'électrisant entre eux. John se remémora leur vol et rien qu'à y penser, des flammèches lui traversaient le corps.

Sans plus tarder, John décrocha le combiné du téléphone sur son bureau et composa le numéro de portable de Stéphanie. Puis il se ravisa, avant d'entendre la sonnerie retentir au bout du fil. Il déposa le téléphone pris d'un soudain malaise. « Il valait mieux attendre le dénouement de la réunion, peut-être trouverons-nous une solution », se disait-il. Aussi craignait-il de passer pour un débutant désorganisé et même vulnérable. Néanmoins, toutes les raisons étaient bonnes pour la revoir, se rapprocher d'elle. Avoir un prétexte pour la rencontrer à nouveau, ne pas attendre le prochain vol, sans savoir si elle y serait, était une véritable bénédiction qu'il devait s'approprier sans se poser de questions. Et puis réflexions faites, John préférait ne pas attendre le déroulement de la réunion du début d'après-midi pour inviter Stéphanie, de peur que cette séance soit longue et qu'elle se termine en toute fin de journée. Cela n'aurait pas été chic de sa part de l'inviter au dernier moment et puis, plus il attendait, plus il risquait qu'elle soit déjà prise. Et il se l'avouait, il avait presque peur qu'on règle le remplacement du texte manquant durant la réunion et dans cette éventualité, il n'aurait eu aucune raison de l'inviter. Il voulait avoir l'air le plus naturel et honnête possible, espérant de tout cœur qu'elle accepte cette soudaine invitation. Sans réfléchir plus longuement, John reprit le combiné, composa de nouveau le numéro du portable de Stéphanie, convaincu cette fois qu'il faisait ce qu'il y avait de mieux.

— Bonjour Stéphanie, c'est John.

— Bonjour John, quelle belle surprise.

— Toutes mes félicitations pour ton entrevue avec le Dr Field, c'est vraiment très bien. J'espère que tu as pensé à demander une augmentation de tarifs.

— Bonne idée, répondit Stéphanie en riant.

— Dis-moi Stéphanie, serais-tu libre ce soir vers les 18 heures?

Surprise, Stéphanie hésita un court moment avant de répondre.

— C'est pour *George*? questionna-t-elle.

— Oui, se contenta de répondre John, aucunement étonné par sa question.

— Écoute, concernant les textes dont on a parlé mardi soir, je n'ai pas encore eu le temps d'y toucher.

— Non, c'est autre chose.

— D'accord. Tu veux que je passe à ton bureau vers 18 heures?

— Non, répondit John un peu mal à l'aise.

John ne croyait pas que c'était une bonne idée de la voir à son bureau. En fait, personne au magazine *George* ne connaissait le rôle de Stéphanie et il n'avait aucune envie de justifier sa présence à son équipe.

— J'avais plutôt en tête un bon restaurant, on sera plus tranquille. Au bureau, c'est toujours le cirque, même après 17 heures, reprit John en guise d'explication, espérant que cela suffirait.

Il ne voulait surtout pas la vexer en l'écartant de son équipe, mais leur relation jusqu'à présent demeurait secrète et cela lui plaisait ainsi.

— D'accord.

Avec un soupir de soulagement, John raccrocha. Il souriait, heureux de lui avoir parlé et impatient de la revoir. Il avait d'abord pensé l'inviter à l'un de ses restaurants habituels, le Trionfo Ristorante. Il s'y rendait souvent seul aussi bien qu'avec des invités pour ses rendez-vous d'affaires. Mais vu la proximité avec son bureau, il avait préféré lui donner rendez-vous au San Domenico, un élégant restaurant proposant de la fine cuisine italienne situé à Central Park Sud. Il s'occupa des réservations, heureux d'avoir une réunion en après-midi pour lui occuper l'esprit.

Le soir venu, John s'efforça de se présenter à l'heure, mais bien malgré lui, il arriva avec dix minutes de retard, ce qui était mieux que sa moyenne habituelle. Stéphanie n'était pas encore là, à son soulagement. Comme il était un habitué de l'endroit, on lui réservait toujours la même table dans un coin à l'écart des autres clients. Peu importe qui l'accompagnait, collègues, clients ou invités privilégiés, l'endroit convenait à chacun. Et selon John, ce restaurant était aussi l'endroit parfait pour inviter Stéphanie, car personne parmi la clientèle ne penserait à un rendez-vous galant, mais bien à un rendez-vous d'affaires. D'autant plus que c'était en partie vrai.

John aimait fréquenter les mêmes restaurants, un peu par fidélité, et surtout pour des raisons purement pratiques. Évidemment, il appréciait l'endroit pour son style raffiné. La nourriture y était succulente et le service impeccable, mais de plus, comme tout client fidèle, on lui offrait quelques privilèges, peut-être même un peu plus que les autres, simplement parce qu'il était John F. Kennedy junior. Il en était conscient, certes, mais jamais il n'abusait de cet avantage. En revanche, comme il était un client régulier et que la plupart des clients étaient eux aussi des habitués du San Domenico, la clientèle tout comme le personnel avaient l'habitude de le voir et ne faisaient pas de cas de sa présence. Et c'était l'élément le plus important à ses yeux.

Stéphanie apparut à l'entrée moins de cinq minutes après que John fut arrivé. En l'apercevant, il se leva d'un bond, lui souriant, restant debout pour l'accueillir. Il regarda Stéphanie se diriger vers lui, complètement fasciné par sa présence. Elle était sublime. Jusqu'à présent, il l'avait toujours vue à l'aéroport vêtue d'un jeans et d'un chemisier en tenue décontractée avec des souliers de course ou bien à sa villa habillée simplement d'un short ou de jeans. Alors que ce soir, elle avançait vers lui, portant un tailleur noir, une jupe et des souliers à talons hauts. Elle portait son veston sous peau sans chemisier et un magnifique foulard de soie imprimé de noir et de rouge avec des motifs or garnissait l'encolure de son veston. Ses cheveux blonds bouclés qu'elle portait habituellement détachés étaient tirés vers l'arrière et retenus par une magnifique broche laissant retomber sur ses épaules une partie de sa chevelure. Une fine chaîne était accrochée à son cou avec un petit diamant en guise de pendentif. John était subjugué par elle. Tout était parfait, elle resplendissait. D'ailleurs, plusieurs clients se retournait sur son passage.

– Bonjour Stéphanie, tu es ravissante, fit John en lui tirant le fauteuil devant elle.

– Merci. John, tu es d'une élégance.

Stéphanie avait elle aussi ressenti un choc en le voyant. Elle qui l'avait connu jusqu'à présent en tenue très décontractée fut aussi surprise, même si elle l'avait déjà vu photographié en smoking dans les médias. L'effet de le voir habillé ainsi, à côté d'elle, était très différent. Il portait un veston bleu foncé très stylé, un grand couturier sans aucun doute. Une chemise pâle contrastait avec sa cravate de soie au motif discret. Elle se fit la réflexion qu'il semblait aussi à l'aise en jogging ou en jeans comme elle l'avait connu jusqu'à présent qu'en tenue sophistiquée. Il incarnait l'élégance même et la portait avec simplicité.

Déjà le serveur s'était approché de leur table.

– Tu veux un apéritif Stéphanie ? demanda John.

– Volontiers, un verre de vin blanc.

John s'adressa au serveur et commanda une bouteille de vin blanc. Ébloui par la présence de Stéphanie, John avait du mal à détacher son regard de celle-ci, même pour lire le menu du jour. Stéphanie, qui avait dû se changer de tenue après son interview en matinée pour l'enregistrement en après-midi d'une émission de télévision qui portait sur les droits de la personne, était consciente qu'elle faisait ce soir beaucoup plus l'effet d'une femme séduisante que la copine pilote qu'il avait l'habitude de côtoyer à l'aéroport. Elle réalisait aussi que la tenue de John lui donnait davantage l'impression d'être en compagnie du véritable John F. Kennedy junior, incarnant le mythe américain et non pas celui d'un jeune pilote manquant d'expérience. Ce soir, tout était différent. Rapidement une sorte de magie s'installa entre eux. Tous les deux se regardaient dans les yeux, des étincelles toujours très présentes dans leurs regards, et une énergie fabuleuse émergeait de chacun d'eux.

– Ton article de ce matin était vraiment très bien, je suis impressionné.

– C'est gentil, mais tu exagères un peu, les journaux débordent d'articles et d'interviews tout aussi intéressants les uns que les autres.

– Je suis sincère. J'ai d'ailleurs entendu des rédacteurs en parler au bureau. Que des éloges.

John s'efforçait de garder la conversation sur des propos professionnels. Même si l'endroit était celui où il avait l'habitude de parler business et que leurs tenues vestimentaires rappelaient une certaine réserve loin de la familiarité, John se disait que cela ne suffirait pas pour éviter les propos personnels. Il désirait parler d'autre chose, lui révéler les sentiments qu'il éprouvait pour elle, de ses problèmes avec Carolyn qui grandissaient toujours, il voulait se confier, la toucher, l'embrasser même. Mais ce serait déplacé, il le savait bien, il fallait faire preuve de décorum et discuter boulot, ce pour quoi il l'avait invitée, tout en essayant de dévier le moins possible.

Habituellement, John gardait une certaine distance avec ses collègues et ses proches collaborateurs. Même s'il pouvait être très près d'eux et aborder par moments d'autres sujets que le travail, il essayait autant que possible de ne pas se lier d'amitié et de ne pas trop mêler vie privée et vie professionnelle. Mais avec Stéphanie, il savait qu'il briserait cette règle; il savait d'emblée qu'avec elle, vie privée et vie professionnelle feraient tôt ou tard partie du même ordre du jour. C'était déjà commencé. Il avait été à sa villa à deux reprises, ils avaient volé ensemble, ils avaient partagé des repas en tête à tête à trois reprises, certes, il avait déjà posé les pieds sur un terrain glissant. «Heureusement, Stéphanie ne fait pas partie de mon équipe officielle et ne vient pas au bureau», pensa John. C'est probablement pour cette raison qu'il voulait la tenir un peu à l'écart, privilégiant la discrétion face aux autres membres de l'équipe de *George*, car, à ses yeux, elle n'était pas comme les autres. Il ne la voyait pas ainsi.

— Alors, quel est ce projet spécial dont tu voulais me parler? questionna Stéphanie.

John raconta aisément les problèmes des pigistes qui lui faisaient faux bond et particulièrement celui de ce matin, expliquant les conséquences pour *George* reliées à cet article manquant. Stéphanie l'écoutait attentivement, sans l'interrompre. Elle découvrit chez John une certaine fragilité qu'elle ne lui connaissait pas, mais elle réalisa surtout à quel point John s'inquiétait pour les intérêts de son magazine.

— On a procédé à une réunion d'équipe tout l'après-midi, on a brassé plusieurs idées, on a quelques solutions de rechange, mais aucune ne me satisfait pleinement et surtout le temps presse.

— John, dit-elle après qu'il eut commandé le repas, je sais à quel point l'avenir du magazine compte à tes yeux et c'est tout en ton honneur, mais je ne crois pas que je pourrais réaliser une interview et rédiger un important dossier en quelques jours à peine, d'autant plus que j'ai une autre entrevue importante demain et mes échéanciers pour le *Times* sont serrés.

— Je sais bien, se contenta de répondre John. Je me disais que tu aurais peut-être une recommandation pour un pigiste, car le temps presse et encore faut-il statuer sur le sujet du dossier.

Un peu mal à l'aise et voulant sincèrement aider John, elle trouva un compromis pour apporter sa contribution.

– Est-ce que cela t'aiderait si je te dressais une liste de sujets de remplacement pour ton sujet principal? J'ai des idées plein la tête déjà et je pourrais facilement t'envoyer mes idées avec un court synopsis pour demain midi, mon entrevue n'est qu'en après-midi demain.

– Steph, je t'adore, tu es géniale. Tu es certaine d'en avoir le temps sans y passer la nuit?

– Rassure-toi, il n'y a aucun problème.

– J'ai vraiment hâte de voir ce que tu as à proposer.

– J'espère seulement ne pas te décevoir. Et si tu veux, je passerai le mot auprès de quelques collègues au *Times* qualifiés pour ce genre de travail, question de voir si par hasard l'un d'entre eux serait disponible pour accepter une pige de dernière minute, sans spécifier qu'il s'agit de *Georges*. Je serai discrète.

– J'apprécie sincèrement, dit John en plongeant son regard dans celui de Stéphanie.

Il était ravi et vraiment reconnaissant de constater qu'il pouvait compter sur Stéphanie et son dévouement. Il se promettait de la rémunérer aussi pour la liste d'idées, et ce, même si aucun sujet ne lui convenait. Mais au fond, il savait qu'il ne serait pas déçu. Elle était douée et déjà il avait apprécié les corrections et recommandations qu'elle avait apportées aux textes qu'il lui avait confiés.

Stéphanie était satisfaite de la réaction de John, elle voulait vraiment l'aider. Il avait ce quelque chose de si attachant qu'on ne pouvait rien lui refuser. Et puis, elle avait déjà mis sur papier quelques idées pour John et son magazine sans oser lui proposer. Elle avait préféré attendre le bon moment. Il lui suffisait maintenant de les développer et de les peaufiner afin de répondre aux besoins et attentes que John venait tout juste de lui formuler.

Soudainement, elle sentit le regard de John qui lui traversait l'âme et son corps tout entier vibrait. Son énergie était si intense qu'elle traversait la table qui les séparait. Elle essaya de fuir son regard, mais c'était impossible. Il l'observait sans aucun battement de cils. Tant d'impressions émanaient de ce regard. Il ne disait rien, mais son cœur pouvait deviner ce qu'il signifiait.

– Alors, as-tu l'intention de poursuivre ton entraînement en vol sur d'autres appareils dans les prochains jours ? demanda Stéphanie qui préférait briser le silence et oublier ce que ce regard voulait signifier.

– Oui, j'y compte bien.

John reparla aussitôt du vol à bord du Piper Warrior de Stéphanie et avoua qu'il avait bien aimé ce type d'appareil.

– Ça me fera plaisir de t'emmener à nouveau à bord de mon avion.

– Oui, mais avant, souviens-toi, c'est à ton tour de voler avec mon Cessna.

– Je n'ai pas oublié.

– Tu vas à ta villa ce week-end ?

– Évidemment, et j'aurai le temps samedi de réviser ton éditorial ainsi que le texte dont on a discuté mardi soir. Je t'enverrai ça par courriel, tu auras donc tout en main lundi.

– D'accord.

John aurait préféré qu'elle l'invite à sa villa au cours du week-end afin de regarder cela ensemble plutôt que de le recevoir par courrier électronique, mais il n'en parla pas, voulant éviter de s'imposer. Il se disait cependant qu'il pourrait sans doute la contacter dimanche pour voir comment ça se passait et peut-être même faire un saut à Chatham.

– Tu vas aussi à Cape Cod ce week-end ? demanda Stéphanie.

– J'ai prévu passer le week-end à *Red Gate Farm*.

Tout au long du souper, il y avait quelque chose de magique entre eux. L'ambiance, les sensations, l'atmosphère étaient à l'allégresse comme un matin où la brume flotte au-dessus de la mer et où tout paraît presque irréel. John lui parlait d'un peu de tout : de sa formation qui se poursuivait, de son instructeur, et elle l'écoutait avec intérêt. Un grand respect mutuel était présent l'un vis-à-vis de l'autre.

Le souper s'était étiré jusqu'en soirée et ni l'un ni l'autre n'avait envie de rompre le charme qui s'était installé, même si le moment de quitter était venu. Ne voulant absolument pas quitter Stéphanie à cet instant présent, John lui proposa de la raccompagner jusqu'à son appartement. Il savait qu'elle était venue en taxi et il avait sa voiture, ce qui n'était pas toujours le cas, mais ce soir, cela tombait très bien. Stéphanie accepta sa proposition sans hésiter.

À la sortie du restaurant, des photographes étaient postés prêts à assaillir John. Il eut le bon réflexe en demandant à Stéphanie de ne pas quitter en même temps que lui. John s'était volontairement tenu à l'écart de Stéphanie, riant un peu et les laissant prendre quelques clichés pour faire diversion, pendant que Stéphanie qui venait de comprendre le stratège sortit du restaurant en s'éloignant à pied. Il s'en sortit relativement bien, ayant l'habitude, mais Stéphanie fut prise de frayeur. Quelques minutes plus tard, débarrassé des photographes, John la rejoignit au pas de course. Heureusement, on n'avait pas fait attention à elle, il n'y en avait que pour John, il était le centre d'attraction.

— Je suis désolé, ce n'est pas toujours comme ça.

Stéphanie ne répondit pas, se laissant entraîner par John jusqu'à sa voiture. Elle se mit à penser à sa femme, la pauvre Carolyn, pouvant facilement s'imaginer l'enfer qu'elle devait vivre au quotidien. Aux restaurants précédents, tant celui près de l'aéroport à Fairfield au New Jersey que celui près de sa villa, il n'y avait pas eu de photographes, bien que John avait été le centre d'attraction. Or, ce soir à Manhattan, on aurait dit que les photographes n'avaient rien d'autre à faire que de l'attendre.

Une fois dans la voiture, John se mit à parler de tout et de rien, faisant quelques blagues pour détendre l'atmosphère, car il devinait que Stéphanie devait être perplexe devant le cirque dont elle venait d'être témoin. John avait tellement l'habitude de ce genre de scène, cela faisait souvent partie de son quotidien, qu'il avait appris à vivre avec cela sans y accorder trop d'attention.

John était heureux, il avait passé une soirée extraordinaire et Stéphanie était encore à ses côtés. Elle semblait aussi heureuse que lui, il n'en demandait pas plus, outre de poursuivre la conversation chez elle et découvrir son univers. Il avait vraiment apprécié découvrir sa villa de Cape Cod et souhaitait maintenant visiter son appartement de Manhattan, par simple curiosité. John avait souvent constaté qu'on en apprenait beaucoup sur les individus, notamment sur leur personnalité, en découvrant l'environnement dans lequel ils vivent. Il savait qu'elle vivait seule, ce qui signifiait que chaque élément de décoration venait d'elle, de ses goûts, de ses choix. Cependant, ce soir, il allait s'abstenir d'aborder ce sujet. Ayant déjà proposé d'aller à son appartement deux jours plus tôt, ce serait vraiment déplacé de reprendre une fois de plus la même proposition. Il se disait que, tôt ou tard, il finirait bien par aller chez elle. Il se demandait s'il y verrait une photo d'un homme, un amoureux. Elle avait été précise sur le fait qu'elle vivait seule, mais sans jamais parler si elle avait un homme dans sa vie.

Arrivé à destination, John venait à tout le moins de satisfaire une partie de sa curiosité maintenant, il savait qu'elle habitait Chelsea, un sympathique quartier de Manhattan. « C'est un début », pensa-t-il. Et c'est alors qu'elle le prit par surprise.

– Tu veux monter quelques minutes avant de rentrer chez toi ?

Elle l'avait proposé sans même réfléchir, c'était spontané. John s'empressa d'accepter sans poser de questions, trop heureux de cette invitation. Stéphanie avait trouvé la soirée bien trop belle pour qu'elle s'arrête si vite.

– Juste le temps d'un verre, j'ai une journée chargée demain, précisa Stéphanie en ouvrant la porte de chez elle, voulant éviter toute confusion.

– Entendu.

John découvrit en entrant un style auquel il ne s'attendait pas du tout. Contrairement à sa villa de Cape Cod, l'appartement de Stéphanie était tout autre. La décoration était très sobre et très moderne à la fois. Pas de couleur voyante, au contraire, les couleurs des murs étaient neutres, tout restait discret et raffiné. Son appartement était petit, mais très chaleureux et surtout très ordonné.

– C'est vraiment très joli chez toi, je m'attendais à autre chose.

– À bon, à quoi au juste ? Un appartement tout en désordre et austère.

– Je n'avais aucune idée en fait, mais je suis surpris, agréablement surpris, précisa John.

Stéphanie était maintenant très à l'aise en la présence de John comme s'il s'agissait d'un ami de longue date. Elle ouvrit une bouteille de vin, sortit deux coupes et enleva ses chaussures avant de s'asseoir sur le canapé en face de John. Elle agissait comme si elle était seule, sans réaliser tout à fait qui se trouvait vraiment au milieu de son appartement. En fait, grâce à sa simplicité, Stéphanie oubliait facilement qu'il était un homme célèbre.

– Je comprends que tu ne les aimes pas, dit-elle.

– De quoi parles-tu ?

– Des photographes.

John avait déjà oublié l'épisode des photographes, quelques minutes plus tôt.

– Tu te souviens de notre premier souper à Cape Cod, au Chatham Bar Inn ? demanda Stéphanie. On parlait des journalistes et de leur travail, et tu me disais que ce n'était pas les journalistes qui t'avaient dérangé ta vie durant, mais surtout les photographes.

– C'est vrai…

– Après ce que je viens de voir ce soir, je comprends que tu ne les aimes pas et je comprends davantage pourquoi Carolyn ne les porte pas dans son cœur, ce n'est sûrement pas facile pour elle.

– Pourquoi dis-tu ça ?

– C'est assez évident, après avoir vu la manière dont les photographes agissent, c'est plutôt désagréable et je suppose qu'on cherche à connaître davantage Carolyn. Elle doit vivre un véritable cauchemar.

– Alors, toi aussi tu penses cela.

– Pourquoi John, toi tu ne le crois pas ?

– Oui et non.

– Pour toi c'est très différent, tu as été élevé là-dedans avec des photographes qui te suivaient et les services des agents secrets sur les talons, bonjour la discrétion. Toute ta vie, tu as été suivi et aujourd'hui tu prends cela avec un grain de sel, cela fait partie de ta norme à présent, et tu peux le gérer facilement au niveau psychologique. Je t'ai vu réagir ce soir. Mais pour elle, tout ça est nouveau et ça devient plus qu'intimidant et agaçant. C'est carrément une violation à la vie privée.

– Vu sous cet angle.

– Pratiquement personne n'a appris à vivre ainsi outre les grandes stars d'Hollywood ou la famille royale. Et encore !

– J'en suis conscient.

– Si tu avais épousé la princesse Diana ou une grande actrice, elle aurait appris à se défendre, mais tomber du jour au lendemain dans l'arène des paparazzis, c'est tout un défi ! J'imagine qu'on a besoin de temps pour s'y habituer, à condition qu'il soit possible d'y parvenir.

Stéphanie venait d'ouvrir une porte concernant la princesse Diana, sachant que John et elle s'étaient fréquentés. Du moins, les médias l'avaient raconté. Stéphanie qui aimait tout ce qui rejoint les causes sociales admirait la princesse, décédée un peu plus d'un an auparavant, pour ce qu'elle avait réalisé au cours des dernières années de sa vie pour aider les autres. Mais John se taisait, comme s'il refusait de traiter de ce sujet. Il songea plutôt à sa femme, il voulait se confier, raconter les difficultés qu'il vivait avec elle. Il désirait se livrer, sans trop savoir si Stéphanie était la bonne personne pour ça.

– Oui, mais tu sais, avant de me connaître, elle travaillait en relations publiques pour Calvin Klein, elle traitait avec les médias et les agences de publicité, elle rencontrait des journalistes et donnait du travail aux photographes, expliqua John.

– C'est très différent John, elle travaillait l'image; en fait, elle invitait les médias lorsque tout était parfait pour projeter l'image de la perfection, elle était toujours en contrôle. Et c'était les autres qu'elle mettait en valeur : les mannequins, les produits, les vêtements, la marque, pas elle. Ta femme se trouvait derrière la caméra, et c'était elle qui tirait les ficelles. Je comparerai cela à un réalisateur versus un acteur. Il est rare que les réalisateurs soient traqués par des paparazzis. Ils sont derrière la caméra.

John écoutait attentivement sans l'interrompre.

– Maintenant elle est traquée et doit vivre avec sa photo dans les magazines *People*, prise sur le vif, sans retouches, et sans qu'elle puisse en faire une sélection. Donc, l'inverse de ce qu'elle a vécu dans ses relations avec les médias.

– Dis-moi Steph, que penses-tu de Carolyn ? On dirait que tu as bien cerné le problème. Tu as sûrement une opinion sur elle ?

Il avait finalement posé la question qui lui brûlait les lèvres depuis un moment. C'était plus fort que lui, il avait besoin de savoir ce qu'elle en pensait vraiment, avoir un point de vue de l'extérieur, savoir ce que les autres en saisissaient. Surprise, Stéphanie le dévisagea. Elle prit ensuite une gorgée de vin, sans le regarder, hésitant à répondre.

– S'il te plaît, réponds-moi, toi qui as habituellement un franc-parler.

– Une femme très belle, tu le sais déjà.

– Ce n'est pas sur son physique que je te questionne, mais sur tout le reste, précisa John. Tu peux me dire ce que tu penses sans avoir peur de me blesser.

– Écoute, ça me semble difficile pour moi de porter un jugement sur quelqu'un que je n'ai jamais rencontré. Je ne la connais qu'à travers ce que les médias racontent. Ce serait injuste de ma part.

– Bon d'accord, c'est honnête… Mais tu dois quand même avoir une petite idée. Et j'aimerais justement savoir ce que tu penses de ce que racontent les médias, toi qui es journaliste et qui sais faire preuve de discernement tout en sachant jusqu'où certains journaux populaires peuvent aller. Je me demande si on différencie le vrai du faux, car certains propos sont très éloquents.

Évidemment, Stéphanie, comme un peu tout le monde, avait lu quelques histoires sur le compte de Carolyn, et ce que l'on racontait sur elle n'avait rien de flatteur et effectivement, il était difficile de savoir ce qui est vrai ou pas et bien malin celui qui pourrait le savoir à moins de faire partie des intimes. Et comme elle ne lisait pas régulièrement les journaux qui rapportaient ce genre d'histoire, elle se trouvait mal placée pour analyser quoi que ce soit.

— John, je ne sais pas, je ne la connais pas et je ne tiens pas à la juger aussi facilement. Et puis, je ne porte pas vraiment attention à ce que racontent les tabloïds, car je sais bien qu'il y a beaucoup d'exagération, tout est souvent grossi. Surtout dans les grands titres qui n'ont souvent même pas de lien avec l'article en tant que tel, et je sais que bien des gens ne lisent que ce qui se trouve en grosses lettres. Or je sais une chose : la pression qu'elle vit avec les paparazzis n'est sûrement pas facile pour elle. Et je comprends que cela puisse rendre quelqu'un malheureux.

— J'en suis conscient aussi.

— Avec le temps, elle arrivera sûrement à apprivoiser tout ça, mais en revanche, il faut admettre qu'elle mène une belle vie.

— Et toi Steph, tu m'as dit que tu étais divorcée. Mais tout ce que j'en sais, c'est qu'il s'appelait Parker. Tu es divorcé depuis longtemps?

— Trois ans, et c'est tout ce qu'il y a à dire, répondit Stéphanie qui semblait ne pas vouloir s'étendre sur le sujet.

— Trois ans, c'est beaucoup, fit John après une minute de réflexion. Il doit bien y avoir aujourd'hui un autre homme qui occupe une place privilégiée dans ta vie? questionna John, qui osa enfin aborder le sujet.

— Non, pas dans le moment et c'est bien ainsi. J'ai de très bons amis, auxquels je tiens beaucoup, dont Jeff, un collègue au *Times* et Matthew, mon copain pilote que tu connais déjà. Je te sers un autre verre? demanda-t-elle.

– Oui, fit-il en hochant la tête.

John ne s'inquiétait pas de Matthew, sans trop savoir pourquoi. Peut-être parce qu'il les avait vus ensemble à l'aéro-club et qu'ils semblaient bons copains, mais par contre, ce Jeff Brown, il le voyait comme un rival d'autant plus qu'on lui avait raconté qu'on les voyaient souvent ensemble sortir du *New York Times*. John n'aurait pas dû ressentir de la jalousie puisque Stéphanie n'était pour lui, en principe, qu'une amie et collaboratrice, mais pourtant, il en était autrement. John devait bien admettre que le simple fait de mentionner le nom de Jeff Brown faisait monter en lui une pointe de jalousie, une sorte de tiraillement. Sans doute était-ce aussi ce qu'il incarnait, une espèce de modèle journalistique.

– Est-ce que Jeff pilote aussi ? demanda John qui voulait en savoir plus.

– Non, pas du tout, répondit Stéphanie en riant, il déteste l'avion. Je n'ai jamais réussi à le faire monter à bord, même pour un bref vol local.

« Encore heureux », se disait John. C'était une chose de réglée. Il aurait aimé la faire parler davantage sur Jeff, mais John craignait que cela sonne faux. D'autant plus qu'il voulait la connaître elle, en ce moment présent. Il était toujours aussi fasciné par sa présence et sa personnalité. Curieux, il se leva en direction de l'immense bibliothèque débordantes de livres qui occupait deux murs entiers de tablettes du plancher au plafond.

– Tu aimes lire à ce qu'on dirait, les as-tu tous lus ?

– J'aimerais te dire que oui pour t'impressionner un peu, mais non, pas tous.

– Et évidemment ici aussi il y a des photos prises en vol sur les murs, ce qui ne m'étonne pas. Tu es bonne photographe. De toute évidence, tu débordes de talents.

– J'ai besoin d'avoir ces photos dans mon univers quotidien. Tu sais, quand je regarde ces paysages à vol d'oiseau, ça me fait sourire. J'aime la vie, j'aime voler, je ne pourrais concevoir la vie sans cela.

— C'est pareil pour moi, je ne pourrais plus me passer de voler.

— Et Carolyn, est-ce qu'elle apprécie aussi voler? demanda Stéphanie bien qu'elle connaissait déjà la réponse, ne l'ayant jamais vue à l'aéro-club.

— Hélas non! Lorsqu'elle accepte de voler, je sais que c'est uniquement pour me faire plaisir, car elle sait que j'y tiens. Si elle peut s'esquiver, elle le fait.

— C'est vraiment dommage.

— En effet.

— Mais tu sais, tu n'es pas le seul dans cette situation. Prends mon ex-mari, Derek, il n'aimait pas voler non plus, pas plus que les autres hommes que j'ai aimés par la suite. Et l'histoire se répète pour plusieurs pilotes que je connais. Leur conjointe n'apprécie guère voler, raconta Stéphanie pour essayer de dédramatiser la situation.

— Dans mon cas, ce qui est déplorable, c'est que Carolyn croit que voler est dangereux. Et ma mère le croyait aussi, lança John d'un ton neutre. Je lui avais même promis de ne jamais apprendre à piloter. J'ai failli à ma promesse.

— Voler n'est pas dangereux. Il suffit d'étudier les statistiques. Il s'agit du moyen de transport le plus sécuritaire du monde, précisa Stéphanie.

— Je suppose que c'est la malédiction des Kennedy, déclara John.

Stéphanie avait entendu parler de cette malédiction où l'on comptait plusieurs tragédies et surtout plusieurs accidents d'avions tragiques. Il y avait eu Joseph P. Kennedy junior, l'oncle de John, tué en vol, son Bombardier ayant explosé alors qu'il survolait la Manche, durant la Seconde Guerre mondiale, en 1944. Il y avait aussi eu l'avion dans lequel prenait place sa tante Kathleen Kennedy Hartington, en 1948, qui s'est écrasé lors d'un vol entre Paris et Cannes. Tous les passagers avaient péri. Ensuite, en 1964, le petit appareil du sénateur Edward (Ted) Kennedy, un autre oncle de John, parti pour Springfield pour accepter sa nomination de sénateur au parti Démocrate, s'écrasa. L'accident coûta la vie à son assistant et au pilote, alors que Ted Kennedy échappa à la mort mais fut grièvement blessé au dos. Ethel, la femme de Robert Kennedy, l'oncle de John assassiné, avait perdu ses deux parents dans un accident d'avion en 1955, tout comme son frère George Shakel junior qui lui aussi est décédé dans un accident d'avion en 1966. En 1973, ce fut au tour d'Alexandre Onassis, le fils unique d'Aristote Onassis, le frère par alliance de John, de perdre la vie dans un accident d'avion.

— Après tout ce qui est arrivé dans notre famille, je comprends un peu Carolyn qui essaie de me dissuader de voler.

Alors que John continuait de justifier sa passion pour le pilotage, Stéphanie pouvait percevoir une certaine tristesse chez lui lorsqu'il parlait de Carolyn. Et étrangement, elle se sentait un peu triste pour eux. Ce qui aurait dû être un conte de fées ressemblait plutôt à un échec, où les regrets et la tristesse occupaient une trop grande place. De toute évidence, la joie de vivre ne semblait pas être au rendez-vous entre eux. Était-ce simplement dû au fait qu'ils ne partageaient pas la même passion ou bien y avait-il quelque chose de plus grave, de plus profond, d'irréparable ? Était-ce un mariage en train de s'effriter qui rendait le beau John si malheureux lorsqu'il parlait de Carolyn ? Elle ne saurait le dire.

John était tout de même mal à l'aise de parler de Carolyn. Il réalisait en se dévoilant qu'il ne voulait se confier qu'à moitié. En fait, John souhaitait obtenir des conseils, des avis, mais n'avait aucunement l'intention de se plaindre auprès de Stéphanie. Il fit volontiers dévier la conversation vers l'aviation. John désirait connaître tous les endroits que Stéphanie avait découverts en voyageant avec son avion.

Il l'écoutait avec attention et ses yeux se mirent à pétiller à nouveau. Puis, après deux heures d'échanges où la joie de vivre était bien présente, Stéphanie regarda sa montre, réalisant qu'il était temps de mettre John à la porte.

— Écoute John, il est tard, j'ai non seulement une entrevue à préparer, mais aussi des sujets à dénicher pour *George*, souviens-toi.

— Tu n'es pas obligée si c'est trop rapide dans le temps.

— Mais non, c'est surtout un prétexte pour te mettre à la porte poliment, lança-t-elle en souriant.

John se leva en riant, il aimait sa personnalité, son charme et surtout sa joie de vivre.

Il s'approcha d'elle, l'entoura de ses bras, l'embrassa sur les joues, après avoir posé son front sur sa tête pendant un moment. Le cœur de Stéphanie battait à tout rompre, elle pouvait sentir son souffle sur son visage, il était si près. Tout comme la dernière fois, le geste n'avait rien d'amical. La sensation d'avoir John tout près d'elle ainsi et d'avoir un contact physique avec lui était bien différente de ce qu'elle pouvait ressentir lorsque Matthew ou Jeff l'embrassait sur les joues. Rien n'était comparable. Il y avait quelque chose de magique, d'inexplicable et lorsque leurs regards se croisèrent à nouveau, on aurait pu imaginer un raz-de-marée dans la pièce ; tout était si intense.

Stéphanie en venait même à se demander si John la testait pour saisir sa réaction. Après un instant, elle recula d'un pas, de peur de craquer. Elle aurait eu envie de l'embrasser et de se blottir dans ses bras et de l'aimer. Mais elle avait plutôt reculé d'un pas, complètement confuse et troublée par ses sentiments. John l'était également. Il n'avait pas anticipé la réaction que ce geste aurait pu susciter de part et d'autre. Il s'était simplement approché d'elle. À présent le désir montait en lui et ce même désir traversait aussi le corps de Stéphanie. Une fièvre réciproque venait de les envahir. John reprit ses esprits le premier, en lui adressant un sourire, avant de partir.

— Je pars avant que tu me mettes à la porte, dit-il, en lui adressant un clin d'œil complice.

Stéphanie lui répondit par un simple sourire, tout en l'accompagnant jusqu'à la porte d'entrée.

— À bientôt, se contenta de dire John, avant de franchir la porte.

— Merci, j'ai passé une superbe soirée.

— C'est moi qui te remercie, Steph.

Stéphanie referma la porte derrière lui. Elle resta debout, le dos appuyé contre la porte, perdue dans ses pensées, s'accrochant à cette douce émotion qui l'envahissait encore. Voilà où elle en était, ses craintes se confirmaient. Elle avait peur de souffrir, mais tant pis, ce soir elle était heureuse.

CHAPITRE 8

Dimanche 13 septembre 1998

Stéphanie lisait paisiblement sur sa véranda, se laissant bercer par le bruit des vagues. Elle avait terminé la veille le travail qu'elle devait rendre à John, et elle pouvait profiter de ce magnifique dimanche ensoleillé pour se reposer, sans culpabiliser. Elle avait fait la grasse matinée et comme l'après-midi s'amorçait à peine, elle se proposa d'aller marcher sur la plage dès qu'elle aurait terminé le dernier chapitre du roman policier qui la captivait depuis déjà une heure.

Se sentant soudainement observée, Stéphanie leva les yeux. C'est alors qu'elle vit John dans la rue qui se dirigeait vers elle au pas de jogging.

— Bonjour, est-ce que je te dérange ?

— John, d'où sors-tu ?

John, qui passait le week-end à son domaine de Martha's Vineyard, avait pris son bateau un peu plus tôt pour naviguer en mer, profitant à plein de cette superbe journée. En cours de route, il s'était finalement décidé à rendre visite à Stéphanie, impatient de la revoir. Et comme Chatham abritait une petite marina qui se trouvait à une courte distance de marche de sa villa, c'était plutôt pratique. D'ailleurs, plusieurs marinas se trouvaient dans la région et les adeptes de bateaux et de voiliers se comptaient par milliers dans toute la péninsule de Cape Cod et des îles prisées de Martha's Vineyard et Nantucket. La distance à parcourir entre Martha's Vineyard et Chatham se faisait rapidement en bateau, à peine plus loin que de se rendre à Hyannis Port. John avait pensé à lui téléphoner au préalable, ne serait-ce que pour s'assurer qu'elle soit là, pour la prévenir de son arrivée, ou bien pour espérer qu'elle l'invite ou même pour prétendre vouloir la voir pour récupérer ses textes, mais il ne fit rien de tout cela. Il voulait simplement la voir tout naturellement en se rendant chez elle à l'improviste. Il avait opté pour la spontanéité et il souhaitait même qu'elle soit consciente de ce geste assez familier qui se développait, règle générale, plus entre amis qu'entre collègues.

— La marina est tout près, répondit simplement John.

Surprise, Stéphanie avait du mal à réagir. John était maintenant debout devant elle, portant un simple bermuda, un t-shirt, des verres fumés et une casquette, reprenant son souffle. Personne ne pouvait le reconnaître ainsi.

— Tu blagues. Tu es venu jusqu'ici en bateau?

— Oui, et alors? Tu as des projets pour l'après-midi?

— J'avais l'intention d'aller me promener sur la plage.

— Bonne idée! Allons-y.

— Tu veux boire une limonade fraîche d'abord? J'ai aussi terminé tes textes, tu veux les voir?

— Plus tard, les textes peuvent attendre. Emportons de la limonade et profitons de cette belle journée pour aller à la plage, à moins que tu ne préfères une balade en bateau.

— Merci, c'est gentil, mais j'ai vraiment envie d'une balade sur la plage.

En fait, Stéphanie n'aimait guère les bateaux. Tant elle aimait la mer pour la contempler, l'écouter, marcher pieds nus sur le rivage, s'y baigner, la survoler en avion, mais naviguer en bateau, particulièrement dans de petites embarcations, n'était pas ce qu'elle appréciait le plus. Mais elle n'allait pas avouer cela à John, pour l'instant.

– Une plage en particulier ?

– Si, Marconi demeure mon endroit favori, dans la région de Wellfleet.

– Bonne idée, cela fait un moment que j'y suis allé et l'endroit est magnifique.

Ils montèrent dans la Honda de Stéphanie. La plage Marconi, dans le *National Seashore*, se trouvait à quelques minutes de voiture de sa villa. Il y avait bien une jolie plage à Chatham à quelques pas de chez elle, mais cela n'avait rien à voir avec Marconi. Cette dernière, une plage déserte protégée par l'État, était sublime. Moins de touristes s'y trouvaient qu'à Provincetown, car Marconi était moins connue et il n'y avait pas de véritables installations touristiques à proximité. L'endroit était protégé par des dunes de sable, et sous ce ciel bleu sans tache, l'océan était d'un bleu azur évoquant les Antilles, un véritable tableau idyllique digne d'une carte postale.

– On doit cette zone protégée à ton père, il me semble ?

C'était l'ex-président des États-Unis, John F. Kennedy, qui, en août 1961, avait procédé à la création et à la nationalisation de cette zone protégée en bordure de l'océan Atlantique, longue de 60 kilomètres*.

– En partie, répondit humblement John.

Le long de la côte, à quelques endroits, on avait instauré des lieux ainsi protégés par l'État afin de préserver l'environnement et les plages dans leur état naturel. Aucun hôtel ou restaurant ne pouvait y être érigé. Seuls des sentiers, des pistes cyclables et quelques aires de repos étaient aménagés.

Jusque-là, Stéphanie n'avait jamais entendu John parler de son père et il ne semblait pas qu'il briserait aujourd'hui cette règle. Il avait décrit *Red Gate Farm*, l'imposant domaine qu'il partageait avec sa sœur. Il avait raconté combien cet endroit lui rappelait sa mère de par sa beauté indescriptible. Les propos qu'il tenait à l'égard de

---

* *40 miles*

sa mère et de sa sœur semblaient empreints d'amour et de respect. Mais jamais il ne parlait de son père.

— La prochaine fois, je viendrai avec mon vélo, j'adore me balader ici à travers les dunes, sur les pistes cyclables, lança John, alors qu'ils venaient d'arriver en bordure des sentiers.

— C'est pareil pour moi, j'y viens souvent d'ailleurs avec ma bicyclette.

Pour plusieurs la baignade avait perdu ses charmes, les vacances estivales terminées, on pensait plutôt à la rentrée scolaire et même si la belle saison se prolongeait souvent jusqu'à la fin octobre, les touristes avaient déserté l'endroit en cette période de septembre. Plusieurs familles qui avaient une résidence secondaire dans la région de Cape Cod n'y passaient que la saison estivale. Puis, elles regagnaient la ville de New York ou de Boston pour retourner à leurs occupations habituelles, une fois les vacances terminées. Ni Stéphanie ni John ne s'en plaignaient. Stéphanie, qui aimait marcher en solitaire sur la plage, appréciait voir les touristes quitter la région, et quant à John, souvent abordé par les touristes, il était ravi d'avoir un répit.

Tous les deux passèrent plus d'une heure à marcher dans les sentiers, contournant les dunes avant de se rendre sur la plage et de marcher le long du rivage où seul le bruit des vagues venait interrompre leur conversation et leurs éclats de rire. John était heureux, l'endroit était paisible, il n'était pas constamment aux aguets ici, il n'avait aucunement besoin de se préoccuper des photographes. Stéphanie avait remarqué à quel point John était dans son élément sur la plage à apprécier les plaisirs tout simples comme rire et courir tout en admirant l'océan qui se profilait jusqu'à l'infini. Stéphanie savourait chaque instant en compagnie de John, se disant qu'il y avait longtemps qu'elle ne s'était sentie aussi bien en présence de quelqu'un. Elle avait toujours trouvé l'océan apaisant même dans les moments sombres de sa vie. Un peu comme si son immensité était là pour chacun qui voulait bien prendre quelques instants afin d'accepter toute la sérénité qu'elle avait à transmettre.

– C'est merveilleux n'est-ce pas? lança John qui savourait cet instant de bonheur.

L'endroit était désert à présent. La journée tirait à sa fin. John avait retiré ses lunettes solaires, ne craignant plus rien. Ils venaient tous les deux de s'asseoir sur le sable, face à la mer, essoufflés d'avoir couru le long de la plage. John lui avait laissé un peu d'avance pour lui permettre de mieux la regarder courir, avec ses shorts et sa camisole noire qui moulait sa silhouette alors que ses longs cheveux flottaient au vent. Il pouvait ainsi apprécier ce moment en observant son corps bien défini sans culpabiliser. Elle avait retiré, quelques minutes plus tôt, son chemisier blanc qui était simplement retenu par un nœud improvisé au niveau de sa taille que John ne pensait qu'à dénouer depuis le premier instant de la journée qu'il l'avait vue. Assis l'un à côté de l'autre, leurs regards se croisèrent un moment jusqu'à ce que Stéphanie détourne les yeux de peur qu'il puisse lire en elle. John était suffisamment près d'elle pour lui permettre de respirer son doux parfum qui ne manqua pas d'activer tous ses sens. Il avait envie d'elle, ce désir ne cessait de croître de minute en minute.

– À quoi penses-tu?

John sortit de son nuage réalisant qu'il n'avait rien dit depuis un moment.

– Je pense à cette magnifique journée et à toi aussi.

Il la dévisageait cherchant à nouveau son regard afin de pouvoir lire au plus profond d'elle. Il la trouvait non seulement ravissante, mais éblouissante tout comme les reflets du soleil qui dansaient sur la mer. Peu importe ce qu'elle portait, elle dégageait toujours une beauté unique qu'on ne se lassait jamais d'admirer. Il se sentait attiré vers elle, semblable à un aimant. Ce pouvoir d'attraction qu'elle exerçait sur lui était inexplicable, il avait besoin d'elle, se rapprocher, la toucher, la sentir, la caresser, il en avait le souffle coupé, au point d'avoir du mal à réfléchir et avait l'impression qu'elle seule pouvait l'apaiser. Stéphanie regardait John. Elle le trouvait extraordinairement beau. Leurs regards se croisèrent à nouveau. Terrifiée de ce qui pourrait arriver, Stéphanie détacha son regard qui était resté accroché à celui de John trop longtemps, pour le diriger vers la mer. Elle ressentait son emprise de plus en plus forte. Son regard la transperçait littéralement et son corps tout entier vibrait au point d'en être effrayée, mais pour rien au monde elle n'aurait voulu se trouver ailleurs, en cet instant précis. Au contraire, elle aurait voulu arrêter le temps, pour en savourer chaque seconde. Elle avait besoin de lui, comme un être a besoin de lumière pour éclairer sa vie.

John lui prit la main en la serrant doucement. Stéphanie ferma les yeux un instant en retenant son souffle. Elle pouvait ressentir toute son énergie à travers ce toucher. Un calme divin la gagna, comme un moment de grâce. À son tour elle chercha son regard en guise d'approbation. Rapidement, leurs yeux complices évoquèrent un sentiment de paix profonde, submergés par un bien-être hors du commun.

John posa son autre main sur la joue de Stéphanie pour la caresser doucement. Il fut surpris par la douceur de sa peau. Il était si près d'elle qu'elle pouvait sentir le souffle chaud de John dans son cou. Il glissa ensuite sa main dans sa chevelure dorée avant de s'approcher d'elle encore plus près sans la quitter du regard, puis il posa ses lèvres sur sa bouche et l'embrassa passionnément. Une chaleur intense se dégageait du corps de Stéphanie, il l'embrassait avec une telle intensité qu'elle en perdait la raison. Il continuait de lui caresser les cheveux avant de la prendre par les épaules l'incitant doucement à s'allonger sur le sable. Ses boucles blondes se dispersaient à présent sur le sable. Stéphanie s'abandonna à la douce sensation qui la parcourait. Elle le laissait l'entraîner au gré de ses envies et tous deux se retrouvèrent étendus sur la plage. D'instinct elle approcha son corps contre le sien. Une vive énergie se dégagea de chacun d'eux, se fusionnant l'une contre l'autre. Leurs auras en parfaite communion leur permettaient ainsi de ressentir ce que l'autre éprouvait. Un mélange de désir, d'excitation et de satisfaction à la fois. John sentait le corps fragile de Stéphanie contre le sien, heureux et anxieux à la fois. Il voulait maintenant plus, il avait envie d'elle plus que jamais. Il l'embrassa à nouveau longuement tout en la caressant. Elle répondait à ses baisers enivrés par une forte sensation qui faisait frémir tout son corps. Chacune de ses caresses lui procurait un fort sentiment d'abandon mêlé à une tension qui l'envahissait de plus en plus. Il recula sa tête l'instant d'un regard pour reposer une fois de plus ses lèvres contre les siennes, désireux d'imprégner le goût de ses lèvres en lui à tout jamais. Il aurait voulu que ce moment si intense soit éternel, conscient que son rythme cardiaque augmentait à la même mesure que son degré d'excitation pour elle. Il savait qu'elle le ressentait également. Il avait tant souhaité ce contact, la toucher, l'embrasser. Maintenant elle était là, tout contre lui, son corps tout entier contre le sien. Il était heureux en cet instant présent tout en rêvant au jour où il pourrait la posséder totalement, ne serait-ce que pour un long moment. Ils demeurèrent ainsi ayant tous deux perdu toute notion du temps, savourant chaque instant enlacés, l'un contre l'autre, sur une plage déserte, à l'abri des regards avec, pour seuls témoins, l'océan et le vent complices de leurs faits et gestes.

– Stéphanie, je t'aime.

John fut le premier à briser le silence. La pensée s'était formulée, ses sentiments venaient de s'exprimer, lui-même surpris de cette spontanéité. En réalité, il laissait simplement parler son cœur. Stéphanie ne pouvait douter de sa sincérité. Son énergie était si présente. Tout ce qui se dégageait de lui était palpable : sa passion, sa force et son amour aussi. Mais ces paroles lui avaient donné le vertige même si elle tremblait de bonheur. Secrètement elle avait rêvé à ce moment, croyant confortablement que ça ne pouvait devenir réalité.

– On devrait marcher un peu avant que quelqu'un ne survienne, proposa Stéphanie.

John accepta sa suggestion, sachant que s'il était resté plus longtemps allongé auprès d'elle, il serait allé au bout de son fantasme et sur une plage publique, ce n'était pas nécessairement souhaitable.

La marée avait monté doucement, les vagues se faisaient de plus en plus imposantes. Ils se mirent à marcher lentement le long du rivage, chaussures à la main. Stéphanie avait enfilé son chemisier sans le nouer cette fois. Le sable imprégné par la mer était frais. Les vagues venaient se briser à leurs pieds pour se retirer aussi rapidement qu'elles étaient apparues. Chacun songeait à ce qui venait de se passer et à ce que John avait dit.

— John, ce n'est pas une bonne idée.

— Quoi?

John avait répondu à cette question de manière détachée, peut-être justement pour démontrer qu'il pouvait banaliser ce qui venait de se passer, conscient au fond de lui-même que tout ça n'avait vraiment rien de banal. Il devinait très bien le malaise de Stéphanie sachant pertinemment qu'elle aussi éprouvait des sentiments envers lui.

— Tout ça. Je tiens à toi, mes sentiments envers toi sont très forts, mais j'ai aussi très peur.

— Peur de moi? demanda John en s'arrêtant net de marcher pour la dévisager.

— John, je tiens à être honnête avec toi, mais…

Stéphanie s'interrompit. En fait, si elle avait été honnête, elle lui aurait crié bien haut et fort qu'elle l'aimait aussi intensément et passionnément. Elle lui aurait dévoilé ses sentiments, elle se serait jetée dans ses bras, l'aurait invité chez elle pour y passer la nuit, elle lui aurait dit qu'elle voulait faire l'amour avec lui, mais elle ne voulait rien dire de tout cela, car la raison devait prendre le dessus. Évidemment, elle aurait tout voulu de lui, tout, et certainement pas seulement des moments volés ici et là. Pas avec un homme marié et encore moins avec John F. Kennedy junior, sachant que le «tout» n'était justement pas possible. C'était exclu et elle ne pouvait aller contre ses principes. Elle se sentait même malhonnête d'éprouver de tels sentiments envers un homme déjà engagé. Et lui avouer ses sentiments n'aurait fait qu'encourager cette relation et cela aurait été encore plus malhonnête envers le couple qu'il formait avec sa femme, que de mentir en ne dévoilant pas ses sentiments dans leur totalité. Stéphanie préférait nier ses sentiments et tout tenter pour les refouler plutôt que de les révéler au grand jour. Elle devait aussi penser à elle, à se protéger pour éviter de souffrir. Elle n'avait d'autre choix que de dissimuler ses sentiments, d'éviter qu'ils prennent le dessus sur la raison, comme avait dit Jeff. Paradoxalement, elle aurait souhaité ne pas être celle qui gâche tout, particulièrement avec ce prince américain. Mais il était marié et la peur d'être abandonnée était trop grande.

— Dis Stéphanie, tu regrettes ce qui vient de se passer ?

John lui passa le bras autour des épaules. Il était trop heureux pour gâcher ce moment. Il savait qu'elle n'était pas indifférente, il avait senti son corps réagir contre le sien. Mais il se doutait aussi qu'elle essayerait de cacher ses sentiments étant donné la situation.

— John ce n'est pas ça. Je tiens à toi, mais j'aimerais préserver notre amitié même si elle vient tout juste de commencer. Je crois que l'on devrait s'y limiter.

— Tu crois sincèrement en l'amitié entre un homme et une femme ?

— Absolument, et tu le sais, j'ai déjà deux amis, Jeff et Matthew.

— Stéphanie, j'ai besoin de plus que ça. J'ai envie de toi.

Il se pencha à nouveau vers elle, l'enlaça de ses bras pour l'embrasser tendrement.

Stéphanie était incapable de le repousser, elle avait trop envie d'être près de lui, elle était trop bien blottie dans ses bras et avec abandon elle répondit à ses baisers.

— Steph, laissons simplement aller les choses, quelque temps, voir de quelle manière elles se développeront.

John était si désinvolte par moments aux yeux de Stéphanie qu'elle le trouvait presque immature, comme s'il ne pensait pas aux conséquences, n'arrivant pas à se projeter dans l'avenir.

— John, c'est un jeu dangereux et on pourrait s'attacher trop rapidement. Tu es marié et ce n'est guère mon style.

Devant l'insouciance de John, Stéphanie opta pour un brin d'humour.

— Et puis, dis-moi, qu'est-ce que l'homme proclamé par les médias comme le plus sexy des États-Unis fait ici avec une aviatrice ?

– Oui, mais tu n'es pas une aviatrice ordinaire. Tu es la plus belle, la plus séduisante et la plus intelligente aviatrice que je connaisse.

– Et ta femme? demanda Stéphanie en changeant de ton pour mieux accentuer le poids de ses paroles. Tu l'aimes et tu la respectes. Moi, je ne suis que ta copine pilote, c'est tout. Il ne faut pas tout confondre.

Il la regarda droit dans les yeux. Elle était tellement plus que cela. Il ne savait quoi lui répondre. Il aurait voulu qu'elle comprenne, qu'elle devine. Il savait aussi bien qu'elle qu'ils n'auraient pas dû se trouver là, ensemble. Stéphanie était loin d'être insouciante, et beaucoup trop maligne pour se placer dans une situation qui pouvait, à ses yeux, se diriger vers un cul de sac. Elle préférait battre en retraite et ne pas avouer ses sentiments. John comprenait ses appréhensions, mais en même temps, comment arriver à passer à côté de quelque chose de si intense, de si rare et de si fort? Comment ignorer cette attraction réciproque ainsi que des sentiments si grandioses? «On ne pouvait nier cela», se disait John. Il aurait pu se confier et lui avouer les problèmes qu'il vivait avec Carolyn, peut-être que cela aurait modifié quelque chose. Stéphanie aurait pu changer son point de vue, sachant qu'il n'avait pratiquement plus de vie de couple avec sa femme. La perspective n'aurait plus été la même, mais il n'était pas prêt, il ne voulait pas, pour l'instant à tout le moins, se confier sur ses problèmes conjugaux. Si elle savait, elle comprendrait qu'au fond il ne cherchait sans doute que quelques moments de bonheur, ou même une alternative à son mariage, ou encore une autre façon d'envisager l'avenir, car le futur avec sa femme lui semblait bien sombre depuis quelque temps. Mais lui avouer tout cela, aujourd'hui, aurait aussi pu provoquer la réaction inverse à ce qu'il souhaitait et probablement la faire fuir.

Tout en marchant côte à côte le long de la plage, John observait Stéphanie du coin de l'œil. Toujours elle resplendissait de bonheur même dans l'inquiétude en cet instant précis. Constamment, il y avait cette lumière dans ses yeux, et un rire dans sa voix. Très différent du regard absent de son épouse. «Cela n'avait pas toujours été ainsi, mais à quoi bon essayer de se justifier», pensa John. Il avait tant voulu sauver son mariage, peut-être le souhaitait-il encore, mais par moments le désespoir, face à sa relation avec Carolyn, était devenu trop grand et l'évidence trop réelle.

Ils venaient de regagner la voiture de Stéphanie lorsqu'un couple les croisa, saluant John d'un simple signe de la tête. John leur répondit de la même manière. Au même moment, un avion passa au-dessus d'eux et ils eurent le même réflexe de lever la tête et d'observer l'avion dans le ciel. Tous les pilotes faisaient ça, d'instinct.

— Viens, on va voler, dit-elle en souriant.

— Maintenant ?

— Oui, j'ai tout ce qu'il faut dans mon avion, écouteurs, cartes de navigation, documents de bord, pas la peine de s'arrêter à ma villa.

— Super ! Je ne vais certainement pas refuser une pareille invitation, répondit John d'un ton joyeux.

Alors que la soirée s'amorçait, Stéphanie et John s'apprêtaient à décoller de l'aéroport municipal de Chatham, en Piper Warrior, pour mettre le cap sur le petit aéroport local de Provincetown, à l'extrémité nord de la péninsule de Cape Cod, un trajet d'une vingtaine de minutes de vol, à peine. Des goélands se trouvaient à proximité du seuil de la piste 24. Le bruit du moteur les fit fuir, heureusement, car le péril aviaire représentait toujours un risque pour tous les pilotes. John observa Stéphanie au moment d'enfoncer la manette des gaz, sachant qu'elle y prenait un réel plaisir malgré les années. Sentant son regard posé sur elle, et sachant que John appréciait aussi ce moment, Stéphanie s'interrompit.

— Tu le fais avec moi ? proposa-t-elle en lui souriant.

John posa sa main sur celle de Stéphanie et ensemble, ils enfoncèrent la manette des gaz à plein régime, permettant de prendre leur envol l'instant d'après.

Tout en le guidant, Stéphanie avait laissé les commandes de vol à John, le temps d'un posé-décollé sur la piste 24 de Provincetown. Il s'agissait d'un petit aéroport sympathique beaucoup plus agréable que celui de Hyannis Port, considéré comme l'aéroport principal de Cape Cod qui accueillait de plus gros porteurs et du coup, beaucoup plus impersonnel. Mais le plus intéressant de ce vol fut de survoler la magnifique baie de Cape Cod. On pouvait y distinguer des centaines d'embarcations de plaisance de couleur blanche, qui contrastaient entre le ciel et la mer d'un bleu caraïbes.

– Regarde John! Les policiers sur la route en dessous de nous, on dirait une opération radar, fit remarquer Stéphanie.

– Pauvres automobilistes! Nous sommes à l'abri ici en altitude, ils ne peuvent rien contre nous.

– On pourrait tout de même s'amuser un peu, proposa Stéphanie qui n'aimait pas particulièrement les policiers qui passaient des heures en place pour émettre des contraventions. Stéphanie coupa la puissance du moteur, tout en souriant.

– Qu'est-ce que tu mijotes là?

– On pourrait prétendre à une soudaine panne de moteur et se diriger sur la route pour notre survie, question de les faire bouger un peu.

– Je ne te croyais pas aussi cinglée, lança John qui riait aux éclats. Tu n'irais pas jusque-là.

– Tu crois ça toi?

Stéphanie avait ajusté son taux de descente en plané à 500 pieds par minute. Comme ils volaient à une altitude de 2 500 pieds, il fallut à peine quatre minutes pour se trouver à 500 pieds au-dessus de la route, à l'endroit où se trouvaient les policiers. John avait peine à croire à l'audace de Stéphanie.

– Alors, qu'est-ce que tu dis de ça? fit Stéphanie en pointant la voiture auto-patrouille qui démarrait en trombe.

Stéphanie remit les gaz au plein régime alors qu'ils n'étaient qu'à 300 pieds du sol. Elle riait aux éclats, autant que John. Dès qu'elle eut atteint une altitude sécuritaire, elle fit un virage à l'opposé afin de s'assurer qu'on ne puisse distinguer son immatriculation.

– As-tu vu, as-tu vu! s'écria John. Tu leur as foutu la trouille!

– Et j'ai peut-être sauvé une contravention à un automobiliste, dit-elle en riant.

– Tu es incroyable! s'exclama John qui n'en revenait toujours pas.

John déposa son bras sur les épaules de Stéphanie, en la secouant un peu pour la taquiner. Il était heureux. Ils échangèrent des regards complices tout en riant. Et bien que ce vol de plaisance avait duré un peu moins d'une heure, ce fut un moment mémorable pour tous les deux.

De retour à la villa de Chatham, John s'arrêta chez Stéphanie pour récupérer les textes, notamment son éditorial, auxquels Stéphanie avait apporté des corrections.

– Je vais regarder cela demain au bureau, précisa-t-il.

John s'imprégna du regard de Stéphanie alors qu'il se tenait debout devant elle. Il s'approcha d'elle comme pour l'embrasser, mais cette fois, elle recula d'un pas.

– Amitié, John, que cela. Tu sais, l'amitié peut être une relation saine et si agréable remplie de complicité.

– D'accord, répondit John. Ce n'est pas la peine de t'expliquer à nouveau Steph, j'ai bien compris tes appréhensions. Si c'est vraiment ce que tu souhaites, je vais respecter ton choix.

Stéphanie hocha la tête.

– Tu as sans doute raison, reprit-il, ça vaut mieux.

– Merci John, je suis heureuse que tu puisses comprendre.

Le soleil allait bientôt se coucher et John préférait rentrer à *Red Gate Farm*.

– Tu veux que je te raccompagne jusqu'à la marina?

– Non, ce n'est pas la peine, je vais marcher.

John avait besoin de s'éclaircir les idées avant de regagner Martha's Vineyard avec son bateau, amarré juste à côté. Une petite marche l'aiderait à rassembler ses idées. Il prit la main de Stéphanie et l'embrassa tendrement sur la joue avant de la quitter.

Juste avant son départ, ils s'étaient mis d'accord pour que leur relation demeure la plus secrète possible, même s'il ne s'agissait que d'amitié.

— Tu sais, il suffit d'une personne qui en parle à une autre, sans mauvaise intention, et que finalement cela tombe dans l'oreille d'un journaliste. Et crois-moi sur parole, ils inventeront n'importe quoi sur notre compte, ils iraient jusqu'à dire que nous sommes amants, même si c'est faux, uniquement pour vendre des copies, avait expliqué John avant de partir.

Il ne voulait pas non plus parler de Stéphanie à sa sœur Caroline, de toute évidence, pas plus qu'à ses collègues au magazine *George*. Comme Stéphanie n'avait pas de famille aux États-Unis, cela facilitait les choses. En fait, le plus grand risque se trouvait dans les aéroports, notamment à Caldwell, où ils se voyaient souvent. Il fallait donc être très prudent, car des curieux pourraient inventer n'importe quoi.

— À tout le moins, nous savons que nous pouvons compter sur la discrétion de Patrick. Et, je suppose, sur celle de Matthew, avait dit John, un peu pour se rassurer.

Cependant, John ne savait pas trop ce qu'il devait penser de sa copine Melanie dont Stéphanie n'avait fait allusion qu'une seule fois et très brièvement. Quant au journaliste, Jeff Brown, il s'en méfiait comme la peste.

— Tu sais, même avec tes propres amis, il faut savoir se méfier, avait-il ajouté, sachant qu'elle comprendrait ce qu'il insinuait.

Stéphanie l'avait rassuré, sachant à quel point la discrétion était un point crucial pour John, étant donné qu'il était si souvent la cible des journaux. Elle se doutait qu'il avait sûrement déjà été piégé, lui-même, par des gens de son entourage.

Au moment où le ciel commençait à faire miroiter des teintes orangées, Stéphanie et John, seuls chacun de leur côté, avaient les paroles intimes en tête, les instants magiques en mémoire et les émotions intenses ancrées en eux. Ils vibraient encore de joie et de bonheur. John, qui regagnait son bateau, repensait à ce vol si agréable au-dessus de la baie de Cape Cod aux côtés de Stéphanie. Il ne pouvait s'empêcher de revivre en pensées ces moments inoubliables passés ensemble à marcher sur la plage, ces instants de grande complicité qui avaient été suivis par de douces caresses, par des baisers intenses et inévitablement par des sentiments d'extase. Cela n'avait duré que le temps d'un après-midi, mais il tenait à en garder le souvenir au plus profond de son âme.

Chez elle, dans son intimité, Stéphanie s'était installée sur le canapé. Seule dans la pénombre, elle n'avait allumé qu'une bougie. Elle ferma ensuite les yeux pour se remémorer ces moments de grande passion qu'elle venait de vivre avec John. Des instants d'intense bonheur qui ne reviendront sans doute jamais, mais qui resteront à tout jamais gravés dans son cœur.

CHAPITRE 9

Jeudi 15 octobre 1998

Stéphanie était assise à son bureau, dans son appartement de Manhattan, essayant de terminer sa chronique pour le *Times*, mais elle était distraite. Elle pensait à John, encore.

Déjà un mois s'était écoulé depuis ce dimanche de septembre où il l'avait embrassée pour la première fois sur cette plage divine de Cape Cod. Elle avait remué cela maintes et maintes fois dans son esprit durant les jours qui avaient suivi. Elle pensait à ces moments intenses avec nostalgie, se demandant presque si elle avait rêvé ou si tout cela avait été bien réel. Elle aurait voulu se confier, mais avait gardé le secret et n'en avait parlé à personne, même pas à Jeff sur qui elle pouvait compter, ni même à Matthew et surtout pas à Melanie.

Par moments, elle avait regretté d'avoir freiné en quelque sorte son élan et leur passion, se demandant ce qui serait arrivé ensuite si elle avait laissé aller les choses, comme John l'avait proposé. Mais au fond, elle pouvait facilement imaginer la suite et elle savait parfaitement qu'elle avait pris la bonne décision.

Ils s'étaient revus à plusieurs reprises déjà et John avait respecté son choix et il avait agi comme un ami, en véritable gentleman sans tenter quoi que ce soit de déplacé. Mais chaque fois que leurs regards se croisaient, un frisson lui traversait le corps et elle ressentait la réciprocité. Néanmoins, même si John gardait une certaine distance, il lui arrivait de lui prendre la main doucement, lui entourer les épaules de son bras ou encore de lui caresser les cheveux. De toute évidence, John était très affectueux, mais cela n'allait jamais plus loin. Chaque fois, en se quittant, ils s'embrassaient simplement sur les joues. Stéphanie appréciait de plus en plus de collaborer pour *George*. Elle aimait particulièrement trouver des sujets d'articles et John acceptait, la plupart du temps, les conseils qu'elle lui prodiguait sur les textes qu'il lui confiait, notamment ceux dont il doutait la pertinence dans son magazine. Elle devait également admettre que le revenu supplémentaire que cela lui apportait était bienvenu et, de plus, travailler étroitement avec John était plutôt agréable. Elle connaissait suffisamment bien ses attentes à présent pour être en mesure de retravailler ses textes éditoriaux de manière à ne pas le décevoir.

Tout au long de ce dernier mois, John avait pris l'habitude de passer à sa villa à chaque week-end, tant pour le travail que pour une balade sur la plage ou simplement pour prendre un verre de vin et discuter aviation. Il ne restait, la plupart du temps, qu'une heure ou deux, mais ces moments débordaient toujours d'intensité. Ils avaient tant en commun et leurs conversations étaient toujours dynamiques, agréables et pleines d'entrain. Stéphanie était toujours surprise de le voir aussi à l'aise dans un *snack-bar* du coin à manger un *roll* au homard que dans un chic restaurant cinq étoiles, très sophistiqué. Un véritable caméléon. Sa simplicité si particulière permettait d'oublier complètement qui il incarnait vraiment. Mais parmi tous les moments passés à Cape Cod ensemble, c'étaient leurs après-midi à Wellfleet qu'ils préféraient. La plage Marconi demeurait leur endroit favori. Lorsqu'ils s'y rendaient, notamment en fin de journée, ils avaient souvent la plage pour eux seuls en ce début d'automne alors que la quasi-totalité des touristes avait disparu. La température était encore clémente et tout était sublime, lorsqu'ils semblaient être seuls au monde. Ils riaient, parlaient de tout et de rien, se comprenaient et s'aimaient secrètement.

Stéphanie, toujours assise à son bureau, regarda l'heure, 21h30. Elle se résigna à fermer son ordinateur et à mettre sa chronique de côté. À quoi bon, elle n'avançait pas. Ce soir, John était trop présent dans son esprit, elle ne pensait qu'à lui. Elle souriait en repensant au vol de la veille avec John. Ils avaient finalement fait ce vol ensemble à bord de son Cessna. John semblait si fier de l'emmener à bord de son avion comme s'il voulait lui montrer ce dont il était capable. Une grande joie jaillissait de ses yeux.

Ils étaient partis de l'aéroport de Caldwell, New Jersey, et s'étaient baladés autour de New York avant de se poser à Morristown, New Jersey, son ancien port d'attache. Un vol court, mais très agréable. Stéphanie aimait voler en octobre, les chaleurs accablantes avaient disparu et en automne, la visibilité était, règle générale, supérieure. Il n'y avait pas cette brume sèche à l'horizon, presque toujours présente durant l'été à New York. Certains l'appelaient le smog, particularité de toutes les grandes villes. C'était fréquent pour les pilotes de se promener d'un aéroport à un autre, même si seulement 10 ou 15 minutes de vol séparaient les aéroports. On aimait atterrir à un aéroport, autre que notre port d'attache, ne serait-ce que pour s'arrêter pour un café, prendre une bouchée, puis retourner à l'aéroport de départ. Stéphanie et John ne faisaient pas exception à la règle. C'était une façon de socialiser avec d'autres pilotes, l'occasion d'échanger avec eux sur les technicalités de leurs appareils différents avec lesquels ils volaient habituellement. Pour John, c'était aussi un plaisir d'envier des types d'appareils plus sophistiqués. John pouvait se le permettre financièrement, il pouvait voir grand, même si ses compétences étaient pour l'instant encore beaucoup trop limitées, alors que Stéphanie, plus réaliste, savait que son Warrior était à peu près tout ce qu'elle pouvait se permettre d'acquérir financièrement. Mais peu importe, rêver est toujours agréable, sans avoir à se préoccuper de ses moyens ou de ses possibilités, l'instant d'une marche sur le tarmac, avant de redécoller et de transpercer à nouveau le ciel et les nuages.

Malheureusement, sur le vol du retour, au moment de décoller de Morristown, bien que John était le pilote commandant de bord de son Cessna, Stéphanie avait eu à intervenir. Ils avaient reçu l'autorisation de décoller alors qu'un gros porteur, qui se trouvait devant eux sur la piste, venait tout juste de décoller, à peine quelques secondes plus tôt. Stéphanie avait rapidement posé sa main sur celle de John, qui tenait les manettes des gaz et qui s'apprêtait à les enfoncer en position plein régime, pour l'interrompre. S'ils avaient décollé à ce moment-là, ils auraient probablement été pris dans les tourbillons marginaux provoqués par le gros porteur devant eux. Ce qui est excessivement dangereux pour un petit Cessna comme pour n'importe quel petit appareil. John, qui n'avait pas fait attention, s'excusa du bout des lèvres d'avoir oublié cette règle. Stéphanie était plus aux aguets; ayant été basée sur cet aéroport par le passé, elle avait l'habitude de manœuvrer à proximité de gros porteurs et de partager les pistes avec eux. À la défense de John, on aurait pu blâmer le contrôleur aérien qui aurait dû attendre deux à quatre minutes avant de les autoriser à décoller, car habituellement deux minutes suffisent pour dissiper la turbulence de sillage provoquée par les gros porteurs au décollage ou à l'atterrissage. Un petit appareil qui entre dans le noyau d'un tourbillon marginal aura tendance à effectuer un mouvement de roulis dans le même sens que le tourbillon et malheureusement la cadence de ce roulis peut être supérieure à celle qu'un petit avion peut contrer. Il s'ensuit une perte de contrôle. Quoi qu'il en soit, même si, en règle générale, les contrôleurs aériens pensent habituellement aux petits aéronefs pour éviter le pire, il en revient toujours aux pilotes d'éviter cela, et John n'y avait carrément pas pensé.

Le reste du vol avait été agréable et sans incident. John maîtrisait bien son appareil, n'empêche qu'elle regrettait la négligence de John, ou plutôt cela l'inquiétait et la préoccupait. John était trop souvent distrait sur des choses capitales, car être pilote exige une minutie à toute épreuve. Il y a évidemment une foule de choses dont le pilote doit tenir compte à tout moment. Heureusement, l'incident fut vite oublié, car le deuxième segment du vol avait été formidable. Au retour, plutôt que de se rendre directement à Caldwell pour y atterrir, ils avaient fait un tour de ville au-dessus de Manhattan. Stéphanie l'avait survolée à plusieurs reprises déjà, mais c'était chaque fois quelque chose de particulier, même si les contrôleurs aériens font souvent la vie dure aux pilotes de petits appareils sachant qu'il s'agit plus souvent qu'autrement de vol de plaisance et qu'ils préféreraient les voir jouer ailleurs que dans leur zone restreinte, si achalandée.

Avant de rentrer, John lui avait proposé de pratiquer quelques vrilles, dans une zone d'entraînement, se rappelant qu'elle adorait cela. Stéphanie avait apprécié cette marque d'attention et ne s'était pas fait prier pour en effectuer quelques-unes. Ils avaient vrillé pendant une quinzaine de minutes, mais Stéphanie aurait aimé poursuivre le plaisir des heures durant, tellement elle aimait les vrilles. C'était si agréable pour Stéphanie de laisser basculer le nez de l'avion vers le bas, après avoir fait décrocher l'appareil, et se retrouver en piqué, la tête en bas tout en effectuant des autorotations. Le facteur de charge positif ou négatif que le corps absorbait, qu'on exprime souvent en nombre de G, ajoutait au plaisir.

– On a bien atteint 3 G, s'était écrié John, au moment de la sortie de vrille.

Ce qui signifiait qu'on avait gagné un facteur de charge de trois fois son propre poids, environ la moitié de la limite de résistance structurale des avions conçus pour le vol acrobatique. John avait semblé surpris de constater à quel point Stéphanie s'amusait à exécuter de telles manœuvres.

De retour à leur port d'attache, John et Stéphanie avaient croisé Matthew qui revenait aussi d'un vol avec son Piper Cherokee. Tous les trois s'étaient rendus au pub, le Tiffany Bar, près de l'aéroport de Caldwell, pour prendre un verre. John appréciait Matthew, c'était un chic type et les trois pilotes s'entendaient bien en se racontant des anecdotes de vol. Matthew, qui était encore instructeur à temps partiel, en avait plus d'une à raconter, et il avait su les faire rire plus d'une fois en citant quelques maladresses de ses élèves-pilotes. Stéphanie remarqua que John avait une facilité déconcertante à se lier d'amitié avec à peu près n'importe qui, peu importe la profession ou la classe sociale. Finalement, John et Matthew s'étaient mis d'accord pour un vol ensemble, car John avait encore besoin d'entraînement, notamment pour voler d'autres appareils que son Cessna 182. Matthew serait d'une utilité. John avait d'ailleurs l'habitude de voler avec différents instructeurs, ce qui n'était pas une mauvaise chose. Mais Stéphanie se doutait bien que John, qui avait déjà un lot d'instructeurs à sa disponibilité, avait fait appel aux services de

Matthew comme instructeur par solidarité envers elle et son ami. Une façon de s'approcher d'eux, de rentrer dans son cercle d'amis. Elle avait trouvé ce geste généreux de sa part et fort appréciable.

Pendant que Stéphanie, toujours assise à son bureau de son appartement, pensait à John depuis près d'une heure en se remémorant tous les moments agréables passés avec lui depuis les dernières semaines, John, lui, faisait les cent pas devant l'appartement de Stéphanie. Il avait eu une journée difficile au bureau en raison de nouvelles pertes d'annonceurs. Il était rentré en début de soirée à son loft et venait de passer ses dernières heures à se disputer avec Carolyn. Cette situation misérable lui mettait les nerfs à fleur de peau et il était finalement sorti en claquant la porte pour marcher au hasard dans les rues de Manhattan. Tout en errant, il pensait à Stéphanie, se demandant comment cela se faisait qu'avec elle, tout était toujours si harmonieux alors qu'il se chamaillait aussi souvent avec sa femme, qu'il aimait pourtant. Tous les deux piquaient constamment des crises de colère pour des riens. Il avait envie de voir Stéphanie, ne serait-ce que pour se changer les idées ou trouver un peu de réconfort. Juste l'idée de la voir sourire l'amenait dans un tout autre état d'esprit. Il avait cependant respecté le désir de Stéphanie de ne s'en tenir qu'à l'amitié, même s'il trouvait cela très difficile par moments. Mais il préférait mille fois l'amitié avec Stéphanie à rien du tout. Il avait besoin d'elle, et pas seulement pour son magazine *George,* mais surtout parce qu'elle savait l'écouter et sa simple présence lui apportait une joie de vivre. Il aimait voler avec elle, parler aviation et il ne voulait sous aucun prétexte renoncer à elle. Et au fond, il devait bien admettre qu'elle avait raison : il valait mieux s'en tenir à l'amitié. D'ailleurs, il ne voulait aucunement tricher avec Carolyn ou lui faire du mal. Il l'aimait toujours, même si ce n'était plus la torride passion du début, n'empêche qu'il tenait à sauver son couple. Pourtant, ce soir, après ce qui venait de se passer, une chicane de plus, il n'était plus très optimiste envers leur avenir. Tout était toujours de plus en plus difficile avec Carolyn.

Il s'était arrêté devant l'appartement de Stéphanie. Il n'était pas retourné à son appartement depuis qu'elle l'avait invité après leur souper au San Domenico, un peu plus d'un mois auparavant. Autant il se sentait à l'aise de s'arrêter à l'improviste à sa villa de

Cape Cod, autant il était intimidé de débarquer ainsi sans prévenir à son appartement de New York. À Chatham, il savait qu'elle y était toujours seule et qu'il pouvait facilement trouver un prétexte, comme prétendre qu'il était à Hyannis Port ou bien qu'il se trouvait à la marina à côté. C'était simple et facile, l'atmosphère représentait les vacances et la convivialité. Mais ici à Manhattan, tout était différent. Il avait d'abord marché devant son appartement durant plusieurs minutes, puis il avait vu de la lumière à la fenêtre, se doutant qu'elle était chez elle.

John regarda sa montre, 22h30. Sans doute un peu tard pour une visite de courtoisie en milieu de semaine… mais il voulait la voir. Ce soir il avait besoin d'elle. Soudain, il se sentit ridicule de se trouver à proximité de sa porte à faire les cent pas. Néanmoins, toute conclusion tirée, il ne pouvait pas débarquer chez elle ainsi à l'improviste, il devait, à tout le moins, la prévenir. Si sa copine Melanie s'y trouvait, cela aurait été un désastre. Par ailleurs, en cet instant présent, il n'avait aucune envie de retourner chez lui, surtout pas dans l'état où se trouvait sa femme lorsqu'il était sorti de chez lui. Il devait attendre que Carolyn se calme. John prit finalement son portable et composa le numéro de portable de Stéphanie.

Au moment où son téléphone sonna, Stéphanie sortit brusquement de ses songes, pour revenir à la réalité. Elle répondit à la deuxième sonnerie.

– Salut, c'est moi.

– John ?

– Tu as l'air surprise.

– Non, en fait oui un peu. Tu as envie de parler ?

– J'ai envie de te voir Steph, répliqua John sans hésiter.

Étonnée, Stéphanie ne répondait pas.

– Je peux monter ? insista John.

– Mais où es-tu ?

– Je suis en bas, devant chez toi. J'aimerais te voir quelques minutes. Je te dérange peut-être ? Je sais qu'il est un peu tard.

– Non, il n'est pas trop tard, monte John.

– Tu es seule ?

– Si, j'essayais de travailler ma chronique, mais l'inspiration me manque.

John se précipita vers la porte de l'appartement et monta les escaliers à la course. L'endroit était parfait, bien à l'abri des curieux et des photographes et surtout, chez elle, on sentait une douce chaleur, l'ambiance était paisible et chaleureuse.

Aussitôt entré, John s'approcha de Stéphanie et l'enlaça, la serrant très fort contre lui. Stéphanie se douta que quelque chose n'allait pas. La façon dont il la tenait et le fait de débarquer chez elle à cette heure étaient plutôt significatifs.

– Assieds-toi, John, je vais te servir une bière, désolée je n'ai plus de vin.

John prit place sur le canapé et semblait particulièrement préoccupé.

– Qu'est-ce qui ne va pas ? lui demanda-t-elle d'un ton très calme, en s'asseyant sur un pouf face à lui.

– Une journée difficile, répondit-il en regardant le sol.

– C'est *George* ?

– En fait, c'est tout.

John raconta à Stéphanie les problèmes qu'il vivait à son magazine avec ses annonceurs, qu'il perdait un à un. Stéphanie, qui l'avait écouté attentivement, essaya de l'encourager.

– Mais ce n'est pas la première fois que tu m'en parles, il ne faut pas te laisser abattre John, ce n'est pas ton style. Il faut se retrousser les manches et redoubler d'efforts. As-tu songé à engager de nouveaux représentants commerciaux ? Ce serait peut-être une solution. Le John que je connais n'a pas l'habitude de baisser les bras de la sorte.

– Il n'y a pas que ça, c'est aussi Carolyn.

John avait vraiment besoin d'en parler ce soir et cette fois, il n'hésita aucunement à se confier. Malgré les problèmes au magazine qui lui préoccupaient l'esprit, les conflits qu'il vivait avec sa femme l'accablaient davantage et lui semblaient insurmontables.

– Carolyn et moi sommes constamment en train de nous disputer. Et maintenant elle parle de divorcer. Ce n'est pas la première fois d'ailleurs qu'elle en parle, mais maintenant elle semble décidée.

– John, Carolyn en parle, mais elle ne fait qu'en parler. Elle ne le fera pas, elle y tient autant que toi à ce mariage.

Sans trop savoir ce qui se passait dans son couple, Stéphanie essayait de rassurer John. Elle était attristée de le voir dans un état pareil et voulait de tout cœur lui insuffler de l'espoir, ne serait-ce que pour le voir sourire.

– Tous les couples vivent des hauts et des bas, vous ne pouvez faire exception, poursuivit Stéphanie. Il y a sûrement des choses qui ne vont pas dans votre couple et c'est sa manière à elle de l'exprimer. Ce n'est pas une femme passive, elle a du caractère, de la fougue et cela sort ainsi, probablement pour sonner l'alarme, pour espérer une réaction, dans l'espoir de voir les choses évoluer différemment. D'une certaine façon, c'est même bien qu'elle en parle, car elle manifeste ainsi son mécontentement voulant probablement que tu trouves une solution. Si elle avait vraiment voulu divorcer, elle n'en aurait pas parlé, elle l'aurait simplement fait en entamant les procédures.

– Tu ne la connais pas.

– C'est vrai, mais j'ai déjà été mariée pendant sept ans et je sais que ce n'est pas tous les jours faciles. En revanche, toi tu la connais bien, et si tu veux sauver ton mariage, faites un examen de conscience tous les deux et prenez des mesures correctives. C'est le lot de tous les couples. Si on veut que cela fonctionne, il faut faire des efforts. Tout ça se travaille, car rien n'est facile dans la vie et les mêmes règles s'appliquent à chacun.

— On a déjà consulté un psy, pour une thérapie de couple et cela n'a pas donné grand-chose, avoua John. Je ne veux plus y retourner d'ailleurs. Carolyn a un caractère si difficile, si explosif. Elle ne fait aucun compromis. Parfois elle est merveilleuse et à d'autres moments c'est l'apocalypse, tu ne peux même pas t'imaginer.

— Tu ne serais pas un peu comme ça toi aussi ? Explosif par moments, charmant à tes heures. Peut-être est-ce même cela qui t'a attiré chez elle ?

Stéphanie avait entendu parler, toujours par le biais des médias, de leurs disputes explosives. De la violence même parfois. Apparemment, elle n'hésitait pas à faire virevolter les assiettes sur les murs dans ses moments de colère.

— Je ne suis pas aussi colérique qu'elle, déclara John qui ne voulait pas donner raison à Stéphanie sur son tempérament. Et ce n'est pas tout, poursuivit John qui voulait se vider le cœur. Je crois que Carolyn revoit son ex-petit ami.

— Lequel ? demanda Stéphanie sans vraiment réfléchir à la question.

— Celui dont tout le monde parle.

— Tu parles du fameux mannequin de Calvin Klein ?

— Oui, Michael Bergin. Alors, tu vois, toi aussi, tu es au courant.

Stéphanie réalisa aussitôt qu'elle aurait mieux fait de se taire. Mais comme plusieurs journaux y avaient fait allusion récemment, c'était difficile de ne pas savoir.

— Écoute John, je ne suis au courant de rien. Évidemment, j'ai vu quelques titres à ce sujet dans certains journaux. Mais que des potins. Tu sais aussi bien que moi qu'ils font souvent exprès pour créer des histoires de toutes pièces pour faire sensation et vendre des copies.

– Ce n'est pas que des potins, des amis m'ont dit les avoir vus ensemble.

– John, ne t'en fais pas autant avec ça. Ils se revoient peut-être uniquement en tant qu'amis.

– J'aimerais en être sûr. Et même comme ami, je n'aime pas ça. Ils ont été amants dans le passé, alors forcément, il y a une attraction entre eux.

– Tu ne devrais pas y penser. Tu connais Carolyn, elle aime les beaux garçons, et se montrer au bras d'un top-modèle, c'est son style.

– Elle est si distante, ces temps-ci. Elle pleure, elle explose, on dirait qu'elle feint la dépression. Une dépressive imaginaire, il me semble.

– Ne fais pas cette tête, si ça se trouve, elle le fait exprès de se montrer avec Michael, car elle sait que tu l'apprendras, et c'est sûrement une stratégie pour te rendre jaloux. Et apparemment cela fonctionne. Elle souhaite te voir réagir. Tu dois simplement trouver ce qui ne va pas entre vous deux.

John demeurait silencieux et pensif.

– Carolyn est belle, intelligente et elle tient à toi, reprit Stéphanie. Ce n'est qu'une mauvaise période, ça va passer et tout rentrera dans l'ordre. C'est sans doute sa manière d'attirer ton attention.

– Pourtant, je lui en donne de l'attention.

– Crois-moi, tu ne la perdras pas ta belle Carolyn, ajouta Stéphanie en souriant et en posant sa main sur celle de John.

– John, tu es plus beau lorsque tu souris, ajouta-t-elle en lui faisant un clin d'œil.

– Je ne sais pas si tu as raison, mais j'apprécie tes encouragements, c'est vraiment chic de ta part, fit John en s'efforçant de sourire.

– C'est toujours plus facile, de donner des conseils lorsqu'on est à l'extérieur du conflit, ajouta Stéphanie.

— Si ce que tu dis est vrai, je trouve ça stupide d'agir de la sorte pour me rendre jaloux. Et puis, je la trouve superficielle de sortir avec un mannequin, même comme ami. Ce type n'a rien d'intelligent à dire, répliqua John avec une pointe d'ironie dans la voix.

— Ne sois pas méchant John, ce n'est pas ton style. Peut-être se sent-elle isolée depuis qu'elle ne travaille plus et elle a besoin d'un ami, et il fait partie de son monde, celui dans lequel elle a évolué pendant des années. Un refuge en quelque sorte. Tu ne peux pas dénigrer son passé.

Stéphanie, qui avait, quelques années auparavant, dirigé un magazine, avait eu à travailler avec des mannequins et des photographes pour les pages couvertures et connaissait ce milieu, elle comprenait ce que John voulait sous-entendre. Les mannequins évoluaient dans un monde assez superficiel à ses yeux aussi, mais ce n'était pas la peine d'en rajouter.

— Je ne comprends tout de même pas. Toi, Steph, tu sortirais avec un mannequin? Je suis certain que non, tu as besoin d'échanger, de discuter en profondeur sur les vraies valeurs de la vie. Comment peut-elle passer même une seule soirée avec un type comme lui?

— John, ce n'est que de la poudre aux yeux. Michael a une cote de popularité pour son physique et Carolyn est fière de se promener à ses côtés.

— C'est faible.

— Tu sais, pour plusieurs, le monde de la mode peut paraître très glamour, alors qu'aux yeux de d'autres cela semble très superficiel.

— Et je parie que toi, Steph, tu trouves cela superficiel. Je me trompe?

Au fond Stéphanie comprenait très bien John, mais elle essayait de lui montrer un autre point de vue. Car même si elle aimait porter de beaux vêtements, elle n'aurait jamais pu centrer sa vie autour de ça.

— C'est un peu pour ça que je n'aimais pas ce travail au magazine que je dirigeais. Moi qui tenais à couvrir des causes sociales, je m'en trouvais bien loin lorsque je travaillais l'angle *glamour* des pages couvertures. À mon avis, la mode a quelque chose de malsain d'une certaine manière. La mode incarne la surconsommation, la représentation de notre monde matérialiste. Une femme n'a pas besoin de 100 paires de chaussures et de 50 petites robes noires sexy pour être heureuse. Et si cela est indispensable à ses yeux, eh bien, je crois que malheureusement pour elle, ses valeurs ne sont pas à la bonne place. Alors non, je n'aime pas ce milieu et je ne sortirais pas avec quelqu'un pour qui cela compte ou pour qui cela prend toute la place. Par contre, à la défense de Carolyn, il faut savoir que lorsque l'on travaille dans le milieu de la mode on rentre rapidement dans une sorte de tourbillon, sans vraiment s'en rendre compte, et on est entraîné malgré nous dans tout ça. On ne peut pas travailler dans le milieu de la mode et être habillé n'importe comment. Alors, on fait attention à son style, on ne porte que ce qui est tendance, et petit à petit on devient accro en quelque sorte à ce milieu. Plusieurs consacrent des sommes faramineuses à leurs vêtements et travaillent leur style continuellement. Et pour ces gens un mannequin représente le centre de l'univers de la mode. Je crois que pour vraiment comprendre cela, il faut en avoir fait partie. Et puis, il y a des mannequins très brillants et qui ont des choses intéressantes à dire en dehors du monde de la mode.

John réfléchissait aux paroles de Stéphanie et ne pouvait s'empêcher de la comparer à Carolyn. Elles étaient toutes deux aux antipodes. Il aimait ce que Stéphanie écrivait dans le *Times*, sa manière de sensibiliser les gens à la misère humaine. Il aimait cette façon qu'elle avait de raisonner. Presque toujours posée et calme, tout le contraire de sa femme. Au début, il avait apprécié l'assurance de Carolyn, il avait été attiré par la force de caractère qui l'habitait, contrairement aux femmes qu'il avait fréquentées par le passé qui en étaient trop souvent dépourvue. Et à l'opposé de bien d'autres, Carolyn ne semblait pas impressionnée le moins du monde par son nom ou par ce qu'il était. Mais maintenant qu'il connaissait Stéphanie, il découvrait autre chose, il n'y avait rien de comparable. Ce qu'il avait perçu comme du caractère chez Carolyn n'était en fait que des caprices. Bien qu'elles étaient toutes deux habitées par une bonne dose de confiance en elles, Stéphanie, en plus, incarnait l'assurance et surtout l'équilibre.

John en venait presque à la conclusion que sa femme n'était pas faite pour lui et que le bonheur avec une femme si différente de lui serait vraiment difficile à atteindre. Et cela, même s'ils y mettaient tous les deux beaucoup d'efforts. Carolyn n'avait jamais été une fille simple, avec ses crises de colère. Mais maintenant, il lui semblait qu'elle devenait de plus en plus exigeante. Elle s'emportait pour des riens, c'était devenu insupportable. C'était bien dommage, pensait John, car par moments elle pouvait être adorable et chaleureuse. Mais ces moments ne duraient pas, comme si elle souffrait d'une double personnalité. John se sentait dans une véritable impasse. Mais par-dessus tout, il était triste et malheureux, car il l'aimait toujours.

Stéphanie, qui tenait à revoir John sourire avant qu'il ne quitte, fit dévier la conversation vers l'aviation.

– John, est-ce que tu envisages de piloter cet hiver? Comptes-tu retourner à Vero Beach pour t'entraîner? questionna Stéphanie.

– Je ne sais pas trop encore, j'espère pouvoir m'entraîner ici à Caldwell. Je ne crois pas pouvoir m'éloigner jusqu'en Floride. Avec les problèmes au magazine, ça me paraît impossible. Et toi, comme tu ne vas pas à ta villa en hiver, tu dois voler moins, je suppose?

– Je ne vole pas en hiver. Sans hangar, ce n'est vraiment pas agréable, avec le climat de New York. Habituellement, j'étire la saison de vol jusqu'en décembre. Je m'arrête à la première neige pour reprendre au printemps.

– On est déjà à la mi-octobre, fit remarquer John, la saison s'achève pour toi alors.

– Malheureusement oui, et tu sais, ça me manque beaucoup de ne pas voler durant l'hiver mais comme ce n'est pas vraiment pratique, je me console. Et l'argent que j'épargne, en renonçant à voler durant l'hiver, me permet de faire un voyage vers une destination du Sud, sous les tropiques, au cours de la saison froide.

Stéphanie, contrairement à John, n'avait pas accès à un hangar pour garer son avion. L'achat ou la location d'un hangar était beaucoup trop coûteux pour elle, même si elle pouvait partager les frais avec son partenaire. Et avoir à déneiger ou déglacer les ailes de son avion durant l'hiver n'avait rien d'agréable. Elle préférait donc y renoncer.

— Tu as déjà décidé où tu iras passer tes vacances d'hiver?

— Non pas encore, peut-être dans les Îles Vierges britanniques ou américaines. Et toi?

— Je n'y ai pas encore songé, répondit-il, tout en regardant les photos de paysages prises à bord d'un avion, accrochées aux murs.

Les prises de vue provenaient de différents endroits et contrairement à sa villa de Cape Cod, une seule photo semblait avoir été prise en Alaska. John fixa la photo pour ensuite lui lancer un défi.

— Comptes-tu retourner un jour en Alaska?

— Sans doute.

— J'aimerais y aller avec toi Stéphanie, l'été prochain.

— Tu es sérieux? s'étonna Stéphanie.

— Plus que jamais.

Pour John, ce voyage représentait une grande aventure et il tenait sincèrement à le faire avec Stéphanie. D'abord surprise par sa proposition, Stéphanie se mit ensuite à sourire à l'idée de partir si loin avec John pour un tel voyage.

— Wow! s'écria Stéphanie en riant.

John était heureux à présent, et la tristesse qui l'avait envahi un peu plus tôt semblait avoir disparu. Il pouvait lire la joie sur le visage de Stéphanie à la perspective de cette aventure. Au fond, il savait qu'elle n'allait pas hésiter à embarquer dans son projet.

Près d'une heure plus tard, ils étaient toujours là, tous les deux, dans l'appartement de Stéphanie à parler d'aviation et de voyages, ayant clos le sujet sur Carolyn, lorsque le téléphone retentit, brisant l'ambiance conviviale qui régnait dans l'appartement.

– Ne bouge pas, je reviens tout de suite, dit Stéphanie en se levant.

Stéphanie décrocha.

– Ah bonsoir Jeff, comment vas-tu ?

Stéphanie entama la conversation téléphonique visiblement mal à l'aise. Elle jetait de temps à autre un coup d'œil à John et semblait de plus en plus embarrassée. Elle parlait à peine, n'osant lui avouer que John se trouvait chez elle. John ressentit un désagréable sentiment de jalousie monter en lui, mêlé à de la colère. Il se leva brusquement, tourna en rond dans le salon avant d'aller à la fenêtre lui tourner le dos. John avait perdu son sourire et ses traits manifestaient son mécontentement.

– Écoute Jeff, il est tard, je dois te laisser. On reprendra ça demain matin au *Times,* d'accord.

Consciente de l'humeur de John, Stéphanie avait coupé court à la conversation téléphonique avec Jeff, qui avait duré moins de cinq minutes. Aux yeux de John, la conversation avait duré une éternité. Jeff avait l'habitude de lui téléphoner tard chez elle, sachant qu'elle ne se couchait jamais avant minuit. La plupart du temps, il n'avait pas de raisons particulières pour l'appeler ainsi, à part pour commenter le bulletin de nouvelles de fin de soirée.

Après avoir raccroché, Stéphanie s'approcha de John qui lui tournait toujours le dos.

– C'était simplement Jeff, dit-elle, désolée de voir sa réaction. Des trucs pour son article de demain, il voulait avoir mon avis.

– Est-ce que tous tes collègues du *Times* t'appellent à ton appartement à 23h30 ? répliqua John furieux. Cela ne pouvait pas attendre à demain ?

Stupéfaite par cette réaction, Stéphanie demeura bouche bée.

– Et pourquoi est-ce qu'il n'a pas appelé sur ton portable, tu lui as laissé ton numéro personnel? demanda John en se retournant pour la regarder en face.

– Voyons John, tu sais bien que Jeff est aussi un ami, je te l'ai dit souvent.

– Tu es trop naïve, ce type te drague et tu ne t'en rends pas compte.

C'était la première fois qu'ils se querellaient et Stéphanie ne comprenait pas vraiment la réaction soudaine de John. «Est-ce que l'amitié aux yeux de John se devait d'être exclusive?» se demandait-elle, sans oser lui demander. John crevait de jalousie. Il détestait ce Jeff depuis le début, pressentant qu'il y avait plus que de l'amitié entre eux; après tout, ils étaient tous les deux libres, sans conjoint respectif. Ses doutes s'étaient confirmés davantage en lisant l'embarras dans le regard et le ton de Stéphanie lorsqu'elle avait parlé avec Jeff. Elle semblait vraiment mal à l'aise. Il la connaissait suffisamment bien maintenant pour le savoir.

– Pourquoi étais-tu si embarrassée?

– Parce que je ne voulais pas lui dire que tu étais là. Voilà pourquoi! Tu tiens tellement à la discrétion entre nous. J'avais peur qu'il devine que quelqu'un était chez moi et je ne voulais pas avoir à lui mentir s'il me posait des questions à ce sujet.

John sentait que Stéphanie lui cachait quelque chose. Pour lui, ça ne faisait aucun doute, ils étaient amants.

– Tu ne me dis pas toute la vérité, c'est beaucoup plus qu'un ami et un collègue. Je peux le lire sur ton visage.

Furieux, John traversa la pièce et quitta brusquement l'appartement de Stéphanie en claquant la porte, sans même lui dire au revoir. Stéphanie avait entendu parler du caractère de John qui pouvait être très prompt et fougueux à l'occasion, surtout dans ses relations amoureuses. Aujourd'hui, elle en était témoin pour la première fois. Stéphanie n'eut pas le temps de réagir, elle resta là, seule, plantée au beau milieu de son appartement, saisie par la réaction de John.

Manifestement, John était jaloux de Jeff et de toute évidence, si John éprouvait de la jalousie, c'est qu'il avait de véritables sentiments envers elle. Tout comme elle d'ailleurs. Et ce n'était pas une révélation en soi. Un mois auparavant, John lui avait avoué sur la plage qu'il l'aimait, et les sentiments qu'il éprouvait envers elle étaient toujours présents, de toute évidence, même s'il s'efforçait d'agir en ami.

Jeff avait été amoureux d'elle, mais ils n'avaient jamais été amants et Stéphanie n'avait pas voulu l'expliquer à John. S'il avait été plus calme, elle l'aurait sans doute fait, mais la réaction exagérée de John n'invitait pas à la confidence au sujet de Jeff. De toute évidence, la grande majorité des hommes ne semblait pas pouvoir croire en l'amitié entre un homme et une femme et John ne faisait pas exception à la règle. Voilà pourquoi il était aussi anéanti à l'idée que sa femme puisse revoir son ex-amoureux. Pour Stéphanie, il avait suffi d'un simple coup de fil pour que tout s'éclaircisse à propos de sa relation avec John. Ses sentiments, son attitude, son caractère prompt confirmaient ses appréhensions. Tout pouvait se compliquer et ils risquaient de souffrir tous les deux, ou même tous les trois ; il ne fallait pas oublier Carolyn. C'était un triangle à trois à présent. Pourtant, elle avait voulu éviter cela depuis le début.

À présent, elle préférait ne plus revoir John, car elle sentait bien que les sentiments se développaient de part et d'autre et elle ne voulait sous aucune considération jouer le jeu d'une relation à trois. John était marié et pour rien au monde elle ne voulait être celle qui serait responsable d'une rupture. D'autant plus qu'elle savait à présent que son couple était très fragile. Ce n'était plus que des rumeurs lues dans les journaux. Elle aurait voulu simplement être amie avec John, comme elle l'était avec Matthew et Jeff, bien que ce genre de relation soit rare. Et puis, considérant l'intensité des sentiments de John à son égard, tout comme ceux qu'elle portait envers lui ; vivre une amitié était sans doute utopique. Tôt ou tard, on se fait du mal, tout le monde souffre et personne n'en sort gagnant. D'ailleurs, Jeff avait souffert à un certain moment, à cause d'elle. Elle avait pourtant été honnête avec lui, mais c'était ainsi. Heureusement, Matthew était la preuve que l'amitié pouvait exister entre un homme et une femme. Sans doute parce qu'à part l'aviation, Matthew et elle n'avaient pas grand-chose en commun, il n'y avait pas cette flamme passionnelle qui est souvent si dangereuse, même si elle le trouvait bel homme et qu'il avait un cœur d'or. Alors que John avait un pouvoir d'attraction sur elle et c'était réciproque, et il fallait s'en éloigner avant qu'il ne soit trop tard. Malheureusement, Stéphanie avait réalisé ce soir que l'amitié n'était pas possible entre John et elle, car sinon, il ne lui aurait pas fait une scène pour l'appel de Jeff. « C'est vraiment trop bête », pensa Stéphanie. Il fallait donc s'éloigner, l'éviter, l'oublier. Cela valait mieux ainsi. Elle n'avait plus aucun doute.

Puis Stéphanie se mit à penser à sa femme Carolyn, ainsi qu'aux relations amoureuses passées de John. Il ne lui en avait jamais parlé. Tout ce qu'elle savait, c'est ce qu'elle avait lu dans les journaux. La célèbre Madonna, la belle actrice Daryl Hannah, sans parler de la rumeur qui courait sur une prétendue liaison avec la princesse Diana. Toutes des femmes exceptionnelles. C'était à donner le vertige. En comparaison, Stéphanie se sentait une femme bien ordinaire et se disait qu'elle n'avait rien pour conquérir John F. Kennedy junior. Rien qu'à y penser, elle en avait des frissons dans le dos. En fait, elle n'avait pas pensé souvent à qui il était véritablement, sa notoriété, ce qu'il représentait auprès de la population américaine, probablement parce qu'il était si simple. Il agissait comme un homme ordinaire. Mais en y réfléchissant, Stéphanie avait la certitude que cela ne pourrait jamais marcher entre eux. Et ce, même s'il n'y avait pas eu de Carolyn dans la vie de John, même s'il avait encore été célibataire. Leur relation n'aurait probablement pas fonctionné à long terme malgré cette passion, cette fièvre qui les avait envahies tous les deux. « John avait besoin d'une célébrité », songea Stéphanie, quelqu'un qui le place en compétition en quelque sorte avec lui-même. Car il était constamment sollicité par d'autres femmes, sans qu'il n'en soit tout à fait conscient.

Après s'être convaincue qu'elle ne reverrait plus John, elle décida de téléphoner à Jeff, coupable de lui avoir presque raccroché au nez un peu plus tôt. Il ne méritait pas cela. De plus, elle avait besoin de parler à quelqu'un, de se confier à quelqu'un qui la comprenne, quelqu'un qui fasse partie de son monde. Jeff était toujours celui qui pouvait la comprendre le mieux.

Il était passé minuit lorsqu'elle composa son numéro, mais peu importait l'heure, Jeff était heureusement toujours là en cas de besoin. Elle lui raconta quelques brides de son histoire avec John. Notamment, qu'il était avec elle à son appartement lorsqu'il avait téléphoné un peu plus tôt. Elle lui confia également qu'ils s'étaient revus en tant qu'amis à sa villa et qu'ils avaient volé ensemble à plus d'une reprise. Elle évita cependant de parler de ce qu'elle appelait « l'épisode sur la plage », craignant la réaction de Jeff et surtout ne voulant pas trahir John. Jeff l'écouta patiemment, sans lui reprocher quoi que ce soit. Il semblait tout comprendre et l'invita à souper le lendemain, sachant qu'elle avait besoin de beaucoup plus de réconfort que ce qu'il pouvait lui offrir par le biais d'un coup de fil.

Stéphanie alla finalement se coucher, mais elle dormit à peine, tant elle était perturbée par cette soirée.

Chapitre 10

Dimanche 1ᵉʳ novembre 1998

Sur la table de salon, Stéphanie posa le livre qu'elle venait d'acheter la veille. C'était peine perdue, elle n'avait aucune envie de lire, pas plus que de faire quoi que ce soit, et son esprit vagabondait depuis le début de la matinée. La journée était radieuse pourtant, le soleil brillait sur toute la côte et le reflet d'un ciel clair sans brume et sans nuage faisait ressortir une teinte bleutée sur l'océan. Elle était consciente qu'elle devait profiter de ce magnifique dimanche, le premier du mois de novembre, sachant que la saison tirait à sa fin. Il ne lui restait qu'un ou deux week-ends, tout au plus, pour venir à Cape Cod avant l'hiver et nul ne pouvait prévoir si la température resterait aussi clémente dans les semaines à venir. Mais peu importe, aujourd'hui, Stéphanie se sentait seule et triste, elle n'avait le cœur à rien. La villa lui paraissait bien vide, probablement parce qu'elle savait pertinemment que John ne viendrait pas faire son tour, comme il l'avait fait ces derniers temps.

Elle n'avait pas revu John depuis deux semaines, depuis le fameux soir où ils s'étaient disputés à son appartement lorsque Jeff lui avait téléphoné. Chaque fois qu'elle y repensait, elle trouvait la situation complètement ridicule. Elle avait néanmoins reçu un courrier électronique de John, le lendemain de leur dispute. Le message était court mais éloquent. De toute évidence, John avait réalisé durant la nuit qu'il avait réagi exagérément, et à présent, il se sentait ridicule et tenait à s'excuser. Il avait conclu son message en l'invitant à souper le lendemain soir pour se faire pardonner. Stéphanie avait lu et relu le message. Sur le coup, elle avait été tentée d'accepter l'invitation, mais finalement, fidèle à ses idées et à ses décisions de la veille, elle avait décliné son invitation. Le message qu'elle lui avait adressé en guise de réponse était aussi court que celui de John et son ton était très courtois. Elle avait conclut son message en lui disant « *cela vaut mieux ainsi* » sans être plus précise. Mais elle savait qu'il comprendrait d'emblée ce que cela voulait dire. Elle avait même imprimé le courriel et l'avait montré à Jeff ce soir-là. Ils avaient passé la soirée ensemble comme prévu. Jeff avait écouté Stéphanie avec attention tout au long du souper sans porter de jugement. Il la comprenait comme un ami sait si bien le faire et il était d'avis qu'elle avait bien fait de décliner son invitation, l'aventure était allée suffisamment loin. Stéphanie avait même décidé de lui raconter l'épisode sur la plage. Et bien que Jeff n'avait pas commenté, Stéphanie avait constaté un certain malaise.

— Tu sais, je ne vais plus le revoir. Je vais sans doute le croiser encore à l'aéroport, mais si cela arrive, je ne ferai que le saluer et lui dire bonjour sans plus, lui avait dit Stéphanie.

— Ce sera sans doute difficile, avait répondu Jeff.

— Je ne crois pas, non, je suis décidée, et d'ailleurs dans environ un mois, je cesserai de voler pour l'hiver, les chances de le voir seront rares, avait répliqué Stéphanie.

Durant la semaine qui avait suivi, Stéphanie avait terminé le dernier texte qu'elle devait rendre à John. Elle le lui avait envoyé par messagerie électronique et avait également spécifié qu'elle ne pourrait plus collaborer avec lui pendant un certain temps. C'était encore là sa façon de lui faire comprendre que ça valait mieux ainsi. Au fond, elle savait bien que John n'avait pas réellement besoin d'elle pour *George*. Il y avait des tonnes de rédacteurs et journalistes à New York prêts à travailler. Elle se disait même que, tout probablement, sa collaboration avec lui pour son magazine n'avait été qu'un prétexte pour se voir. D'ailleurs, c'était aussi l'avis de Jeff.

– Ne sois pas naïve Steph, tu es une excellente journaliste, mais John compte une importante équipe à son magazine. Des rédacteurs réguliers et des collaborateurs externes réguliers et pigistes, et je suis certain qu'on y retrouve de grands talents, lui avait dit Jeff à ce sujet.

Stéphanie se disait que Jeff avait sans doute raison. Et peu importe les motifs de John sur sa collaboration, Stéphanie voulait rompre les ponts avec lui, sachant qu'il était impossible d'avoir une simple relation de travail ou d'amitié ensemble. Elle préférait fuir plutôt que de l'affronter. Il la trouverait probablement lâche, mais elle n'avait plus la force de le confronter en personne ayant peur de céder à son charme. Et du charme, John en avait à revendre. Toutes les femmes qui devaient l'avoir croisé dans sa vie avaient, sans doute, un jour ou l'autre, succombé à ce fameux pouvoir de séduction. Cependant, la suite des choses n'avait pas tout à fait tourné comme l'avait envisagée Stéphanie. Le soir même où elle lui avait envoyé le deuxième message électronique avec le dernier texte, expliquant qu'il s'agissait de sa dernière collaboration, elle avait trouvé, en rentrant à son appartement ce soir-là, un message téléphonique de John sur sa boîte vocale.

Il insistait pour la revoir et l'invitait à souper au restaurant. Il avait, de toute évidence, bien compris le message, mais ne voulait pas en rester là. Tout compte fait, elle le trouvait bien plus courageux qu'elle, qui avait voulu rompre leur amitié et leur collaboration via le courrier électronique. Cette manière de faire n'était pas la plus chic qui soit, elle devait bien l'admettre, mais elle devait aussi avouer qu'elle était confuse. Le timbre de la voix de John, à lui seul, la rendait fébrile. Elle avait envie de le revoir, son cœur et tout son être le désiraient, mais la raison lui disait de l'ignorer.

Elle avait mis deux jours pour lui répondre et avait finalement accepté de le revoir, le temps d'un souper à l'extérieur, sur un terrain neutre. Après tout, valait mieux bien faire les choses, même si ce n'était que pour rompre et lui expliquer son point de vue. Les échanges ne pouvaient se faire que par messagerie électronique. Le rendez-vous aurait lieu mercredi soir prochain. Elle lui avait expliqué qu'elle était débordée toute la semaine et qu'elle ne pouvait le rencontrer avant la semaine suivante. En fait, elle voulait surtout gagner du temps, elle en avait besoin pour bien se préparer afin d'être convaincante et du coup, espacer les rencontres. Un peu de recul faciliterait sans doute les choses.

Aujourd'hui, seule à sa villa, Stéphanie réalisait que les blessures qu'elle craignait tant commençaient à apparaître. Elle se sentait triste comme elle ne l'avait été depuis fort longtemps. Le calme de Cap Cod, qu'elle appréciait tant habituellement, devenait maintenant lourd à supporter. L'après-midi s'amorçait et à présent, le soleil inondait le salon, ce qui lui apportait un certain réconfort. Elle décida finalement de se ressaisir, essayant de se convaincre que c'était trop bête de gaspiller cette belle journée. Après tout, elle avait encore trois jours devant elle avant de revoir John et préparer ses explications, d'autant plus que son discours était déjà tout conçu. C'était inutile de penser à lui constamment et prendre l'air lui ferait le plus grand bien.

Stéphanie décida finalement d'aller faire un tour à l'aéroport de Chatham. Elle n'avait pas vraiment envie de voler aujourd'hui, pas plus que d'aller à la plage, ce qui lui aurait trop fait penser à John. Mais elle ne pouvait pas non plus rester là, à broyer du noir. Elle opta pour aller au *snack-bar* de l'aéroport de Chatham simplement pour se changer les idées et manger une bouchée sur place. D'ailleurs, elle n'avait pas fait de course en arrivant vendredi, l'appétit n'y étant pas et c'était bien ainsi car, aujourd'hui, elle n'avait aucune envie de cuisiner.

Une fois sur place, Stéphanie réalisa qu'elle avait bien fait de se rendre à l'aéroport. Il y avait un va-et-vient familier. Elle connaissait tout le monde, tant les quelques membres du personnel que la majorité des pilotes qui s'y trouvaient. Tous souriaient en s'adressant à elle, parlant de tout et de rien, comme du ciel bleu sans nuage et de la saison qui tirait à sa fin. Il était facile de socialiser avec tout un chacun dans ces petits aéro-clubs. La plupart se liaient même d'amitié, mais pour Stéphanie c'était différent. On comptait encore peu de femmes, et il semblait plus difficile, pour la majorité des pilotes, d'agir avec elle comme avec les pilotes de la gent masculine. Mais cela lui importait peu. Discuter et échanger lui suffisait, même si elle se sentait souvent à part du groupe. Il y avait tout de même quelques exceptions, et il lui arrivait de voler avec d'autres pilotes sans qu'ils ne soient des amis, comme Matthew. C'était plutôt rare et Stéphanie ne s'en plaignait pas. Après tout, voler était son moment de liberté à elle, et c'était agréable de le vivre en solo.

Aujourd'hui, le simple fait de voir tous ces gens lui parler gentiment et les voir s'affairer aux préparatifs de leur vol lui rappela que la vie continuait son cours normal, comme avant sa rencontre avec John, comme s'il n'était jamais entré dans sa vie. Les gestes et les gens ne changeaient pas ici, c'était seulement elle qui avait vécu sur un bien drôle de nuage depuis quelques mois. Pourtant, les pilotes savent bien qu'on ne doit pas rester accrochés aux nuages. Tout paraissait simple tout à coup. John évoquait le monde abstrait, semblable aux nuages qui apparaissent, pour ensuite se dissiper aussi rapidement. «Ce n'est qu'éphémère, tout comme John. Il n'a fait que passer et aujourd'hui le ciel s'est éclairci et John est parti semblable aux derniers cumulus. Il faut savoir laisser passer les gens et les événements sans s'accrocher à qui ou à quoi que ce soit, même pas à lui. Il n'avait pas le droit de perturber sa vie ainsi, cela n'aurait jamais dû se produire, il est maintenant temps de tourner la page», se disait Stéphanie.

Alors que Stéphanie alla au *snack-bar* pour se commander un sandwich, elle croisa Mark, un pilote qui avait aussi son avion basé à l'aéroport de Chatham. Bien qu'elle le connaissait depuis quelques années, il y avait bien longtemps qu'elle ne l'avait vu, car il n'y passait pas tous les week-ends. C'était un homme dans la quarantaine avancée, avec quelques kilos en trop, et même s'il s'habillait encore comme un adolescent, il faisait son âge. Une partie de sa chevelure grisonnait et les signes du temps paraissaient sur son visage.

– Tu viens voler? demanda Mark.

– Non pas aujourd'hui.

– Mais pourquoi pas, ce serait un véritable gâchis de laisser ton avion cloué au sol par une journée pareille.

– Je vais sans doute faire un brin de magasinage un peu plus tard, répondit Stéphanie distraitement tout en commandant son sandwich.

– Vas magasiner lorsqu'il pleuvra Steph, j'allais préparer mon avion pour un petit vol local. Je suis seul, accompagne-moi, insista Mark.

Stéphanie ne savait pas trop. L'idée de passer une partie de l'après-midi avec Mark ne lui plaisait guère. Il n'avait rien de méchant, mais pour lui avoir déjà parlé à quelques reprises, elle savait qu'il ne partageait pas les mêmes idéaux. De plus, il était très macho par moments et cela l'enrageait.

– Ne me dis pas que tu veux te faire prier?

– OK, c'est d'accord.

– Bien, tu manges ton sandwich pendant que je prépare l'avion. Rendez-vous dans dix minutes, proposa Mark en la quittant pour se diriger sur le tarmac.

Stéphanie avait accepté se disant que cela lui changerait les idées. Et puis Mark était un très bon pilote et cela ferait changement pour une fois de se laisser promener en admirant les paysages. Quelques minutes plus tard, elle alla le rejoindre. Mark avait un Piper Arrow, un appareil plus performant que son Piper Warrior. Son avion était doté d'une hélice à pas variable, ce qui augmentait les performances de l'avion, et d'un train d'atterrissage escamotable, ce qui créait beaucoup plus de portance, notamment au décollage, qu'un avion à train fixe puisque le profil de l'avion était ainsi plus aérodynamique.

Avec Stéphanie à son bord, Mark décolla de la piste 06 de l'aéroport de Chatham en direction de Provincetown. Il aimait voler à basse altitude et on pouvait ainsi bien distinguer les piétons dans le célèbre village de vacances quoique les vacanciers se faisaient plutôt rares en ce début du mois de novembre.

– J'ai envie d'aller faire un posé-décollé à Nantucket, cela te convient Stéphanie?

– Absolument, c'est toi le pilote, alors c'est toi qui commandes.

Cela importait peu à Stéphanie où ils allaient, du moment où elle était à bord, c'était agréable et ses soucis semblaient s'être envolés en même temps qu'ils avaient pris leur envol à bord du Piper. Le vol était agréable malgré les turbulences. Des cumulus étaient apparus à mesure que l'après-midi avançait et comme ils volaient à basse altitude, la turbulence de convection se ressentait davantage. Mais aujourd'hui Stéphanie s'en souciait peu, elle se laissait porter, parlait peu, admirait la côte tout en écoutant Mark qui parlait beaucoup pour dire bien peu de choses finalement. L'avion survola l'île de Nantucket sans se poser sur l'aéroport. Mark volait toujours à 1 200 pieds et passait des commentaires sur les résidences cossues de l'île. Il mit ensuite le cap sur Martha's Vineyard. Elle ne l'aurait pas proposé, mais cela allait de soi. Les deux îles étaient rapprochées à vol d'oiseau et c'était magnifique de les survoler, cela faisait un peu partie d'un circuit normal. On pouvait distinguer entre les îles et le long du littoral quelques embarcations qui bravaient le vent automnal. En s'approchant de l'île de Martha's Vineyard, Stéphanie ne pouvait s'empêcher de penser à nouveau à John. Cela la perturbait et elle n'écoutait plus ce que racontait Mark. Elle n'allait pas très souvent sur l'île même si c'était tout près. Elle savait que John passait pratiquement tous les week-ends d'été dans son imposant domaine, et pourtant, jamais il ne l'avait invitée. Toujours il se rendait à sa villa de Chatham de Cape Cod prétextant qu'il était de passage en bateau ou de passage à Hyannis Port. C'était pareil à New York. C'est lui qui était venu à son appartement à Manhattan, jamais l'inverse. Elle n'était même pas invitée à son bureau, alors qu'elle avait collaboré durant quelques mois pour son magazine.

Tout en faisant le bilan de sa relation avec John, Stéphanie admirait le paysage. On pouvait apercevoir des récifs de couleur or, rouge et orangée qui se profilaient le long de la côte. C'était magnifique, pourtant, l'esprit de Stéphanie se redirigeait à nouveau vers John. En fait, c'était plutôt prévisible et compréhensible que John ne l'avait jamais invitée, à son domaine, puisqu'il tenait à garder leur relation secrète. Mais du coup, elle détestait la relation qu'elle avait acceptée de vivre avec lui. Cela devait être une amitié et pour

Stéphanie cela n'était pas une façon acceptable de traiter ses amis ; les cacher ou les placer à l'écart. Elle comprenait qu'il voulait sans doute garder leur relation secrète relativement à sa femme Carolyn, craignant probablement qu'elle soit jalouse. Mais qu'en était-il de sa sœur, de ses cousins ou bien de ses amis, et même de ses collègues ? Pourquoi était-elle toujours à l'écart de tous ? Même s'ils n'avaient pas été amants, il agissait comme si c'était le cas. John avait traité Stéphanie comme l'amante, et cela lui déplaisait au plus haut point. Le constat était déplorable. Du coup, elle était ravie d'avoir pris la décision de mettre un frein à leur relation.

— Hey, c'est pas mal ! lança Mark par le biais de l'intercom du système radio.

Sa voix résonnait de plus en plus fort dans ses écouteurs, ce qui ne manquait pas d'agacer Stéphanie qui ne lui répondait plus depuis un moment, perdue dans ses pensées. Elle baissa plutôt le volume de ses écouteurs. Comme elle ne répondait toujours pas, Mark lui prit le bras doucement, puis indiqua le sol du doigt.

— C'est pas mal comme domaine, insista Mark, qu'en dis-tu ?

— Mais de quoi parles-tu, demanda Stéphanie intriguée.

— Le domaine des Kennedy !

— Quoi ? s'écria Stéphanie estomaquée. Mais que fais-tu, à quoi joues-tu ?

Sans qu'elle ne s'en soit rendu compte, Mark s'était dirigé directement au-dessus du domaine de John et de sa sœur Caroline, le fameux domaine que leur mère leur avait légué, *Red Gate Farm*. D'ailleurs, comment Stéphanie aurait-elle pu s'en rendre compte ? Elle qui n'y avait jamais mis les pieds, et qui avait une très vague idée de l'endroit précis où il se trouvait.

— C'est quelque chose non… survoler leur domaine, répondit Mark, le sourire fendu jusqu'aux oreilles. Surtout lorsque l'on sait que le domaine est inaccessible aux citoyens ordinaires.

— Mais tu es fou d'espionner les gens ainsi, s'écria Stéphanie.

– Non !

Alors qu'il volait d'abord à 1 200 pieds, ce qui est déjà suffisamment bas, Mark avait amorcé une descente pour mieux pratiquer son voyeurisme. Stéphanie jeta un rapide coup d'œil à l'altimètre. Ils n'étaient plus qu'à 700 pieds et toujours en descente.

Aussitôt, Stéphanie enfonça elle-même les manettes pour augmenter la puissance et lui ordonner de monter pour gagner de l'altitude tout en se tenant prête à tirer sur les commandes, s'il ne l'écoutait pas.

– Tu es cinglé, remonte immédiatement, on est beaucoup trop bas. À cette altitude, on n'a aucune marge de sécurité, lança Stéphanie.

– C'est amusant pourtant ! Et puis, la réglementation nous permet de descendre jusqu'à 500 pieds.

– Faisons demi-tour, nous n'avons rien à faire ici.

– Je commençais juste à m'amuser, répliqua Mark en remontant lentement à contrecœur.

– Tu as une bien drôle de façon de t'amuser, fit remarquer Stéphanie.

Elle était tellement mal à l'aise qu'elle osa à peine regarder en bas, comme si John avait pu la remarquer. Heureusement, ils n'étaient pas à bord de son Warrior, et John ne connaissait ni Mark ni son immatriculation. Impossible pour lui de savoir qu'elle se trouvait à bord. N'empêche qu'elle regrettait d'être là, et tenait à s'éloigner du domaine et de l'île de Martha's Vineyard le plus rapidement possible. Mark mit du temps à faire un 180, ce qui contraria davantage Stéphanie. Cela lui donna le temps nécessaire pour voir que John y était avec sa femme, la belle Carolyn. Une pointe de jalousie jaillit en elle. Il y avait plusieurs personnes sur le vaste domaine, mais Stéphanie avait du mal à les distinguer. Elle avait cru reconnaître sa sœur Caroline probablement avec son mari et ses enfants, mais elle n'en était pas certaine. D'autres personnes qu'elle ne pouvait identifier s'y trouvaient. Elle examinait l'imposant domaine du coin de l'œil. L'endroit était si grand et si magnifique à la fois. La plage privée était d'une beauté exceptionnelle. Des arbres entouraient la résidence et un lac privé s'y trouvait. Tout en faisant demi-tour, Mark s'était résigné à reprendre de l'altitude. À présent, ils étaient à 1 500 pieds d'altitude au niveau de la mer. Stéphanie poussa un soupir de soulagement.

Mark mit finalement le cap vers le *Lower Cape* de Cape Cod, direction l'aéroport de Chatham.

– Mais qu'est-ce qui t'a pris de survoler le domaine des Kennedy à basse altitude ? Tu n'es pas un paparazzi, il me semble, s'indigna Stéphanie.

– Tout le monde fait ça, je suis surpris de ta réaction, pourquoi donc les défends-tu ?

Stéphanie ne voulait aucunement répondre à cela.

– Tu sais, ils ont l'habitude de se faire espionner de la sorte, reprit Mark. On raconte que lorsque la saison touristique bat son plein durant les mois de juillet et août, il y a des curieux qui survolent le domaine des Kennedy plus d'une fois par jour. Souvent des touristes qui font des espèces de *sightseeing*.

Stéphanie n'en revenait carrément pas. Elle comprenait davantage maintenant ce que John racontait lorsqu'il se plaignait d'être constamment traqué ou suivi et qu'il devait toujours être aux aguets. C'était ainsi dans sa vie privée avec sa femme, dans sa vie professionnelle et même les week-ends à sa résidence d'été. Jamais il n'était complètement à l'abri. Soudainement, elle se sentait triste pour lui et encore davantage pour sa femme Carolyn. Elle n'était plus du tout jalouse. Tout compte fait, il n'y avait vraiment rien à envier.

Lorsqu'ils approchèrent de la piste de Chatham, Stéphanie poussa à nouveau un soupir de soulagement. Elle regrettait d'être montée à bord avec Mark, mais elle ne lui en voulait pas malgré qu'elle désapprouvait ce qu'il venait de faire et que cela l'avait mise hors d'elle. De surcroît, il ne pouvait pas savoir ce qui s'était passé entre elle et John F. Kennedy junior. Heureusement d'ailleurs.

Ce soir-là Stéphanie était heureuse de se réfugier seule dans sa villa. Elle se demanda comment elle avait pu se retrouver dans une telle situation, elle qui incarnait la discrétion. Elle respectait l'intimité des autres et tenait à ce que l'on respecte la sienne. Elle repensa au fil des événements de la journée et éprouva un grand malaise. Était-ce un hasard de s'être retrouvée ainsi à survoler le domaine de John bien malgré elle ? Stéphanie ne croyait pas au hasard. Elle voyait cela comme une évidence, un message pour lui faire voir la réalité bien en face. D'abord, John ne faisait pas partie de son monde, ensuite, il avait une famille avec qui il semblait passer du bon temps, et finalement, elle avait été tenue à l'écart de sa vie depuis le début, ce qui était très significatif.

Le lendemain matin, elle quitta sa villa à l'aube, se rendit rapidement à l'aéroport de Chatham et décolla aussitôt avec son Warrior en direction de Caldwell au New Jersey. Elle tenait à rentrer à Manhattan avant les embouteillages du lundi matin, mais ses efforts furent vains. Le tunnel pour entrer à Manhattan était complètement congestionné. Habituellement, elle quittait Chatham vers 8h00 le lundi matin, sans trop se presser pour rentrer au bureau après l'heure de pointe, mais aujourd'hui elle avait hâte de se retrouver au bureau. Elle voulait fuir les dernières images du week-end et se concentrer sur son travail.

Lorsqu'elle arriva finalement au *Times,* elle se sentit revivre. Le rythme trépidant de la salle des nouvelles devenait le meilleur antidote pour oublier John. Rapidement, Stéphanie prit sa vitesse de croisière, retournant des appels, plaçant de nouveaux appels pour des interviews tout en poursuivant ses recherches. Peu de temps après, un préposé posa son courrier sur son bureau. Elle regarda le tout distraitement jusqu'à ce qu'elle tombe sur un magazine *People* qui lui figea le sang. En première page, il y avait une photo de John. C'était monnaie courante de le retrouver en page couverture d'un journal ou d'un magazine, mais aujourd'hui, alors qu'elle tentait tout pour l'oublier, cela tombait plutôt mal. De plus, cette photo avait quelque chose de spécial aux yeux de Stéphanie. Un aspect était différent. En fait, c'était une très bonne photo de John qui souriait. Habituellement, elle n'y portait pas trop attention, mais cette fois-ci, elle succomba à la curiosité et ouvrit le magazine. À l'intérieur, on retrouvait une photo de John en compagnie de sa femme Carolyn prise lors d'un souper-bénéfice. La photo la bouleversa et la frappa en plein cœur. Ce n'était pas uniquement le beau sourire de John qui lui brisa le cœur, mais le sourire radieux de Carolyn. Un sourire heureux qui vient du cœur, un sourire complice qui regardait John. Stéphanie referma le magazine et s'efforça de ne pas fondre en larmes. Ses sentiments étaient inexplicables et même contradictoires. De la tristesse, de l'envie, elle ne savait plus. Elle se sentait traître, jamais elle ne s'était perçue ainsi. Ils avaient l'air si heureux tous les deux sur la photo. Tout était confus. Et si John lui avait menti ? Si, effectivement, il était heureux avec sa femme comme le démontrait la photo ?

De loin, Jeff avait été témoin des gestes de Stéphanie. Ayant lui-même vu le magazine quelques minutes plus tôt, il s'approcha d'elle et la regarda avec sollicitude. Il avait vu sa réaction et pouvait lire sur son visage tout son désarroi.

— Tu veux sortir pour un café ?

— Non, je suis débordée, répondit Stéphanie sans le regarder.

— Tu crois vraiment arriver à écrire quelque chose d'intéressant, là maintenant ?

Elle leva la tête pour affronter son regard. Jeff comprenait et devinait toujours tout. Après quelques secondes, elle prit le magazine, le glissa dans son sac et lui fit signe de la tête en pointant les ascenseurs. Ils ne disaient rien, marchant côte à côte. La présence de Jeff réconfortait quelque peu Stéphanie. Pourtant, une fois à l'extérieur, elle éclata en sanglots.

— Regarde cette photo ! fit-elle en lui montrant le magazine. Ils rayonnent de bonheur tous les deux. Je me sens moche. Je n'avais pas le droit.

— Non Stéphanie, non. Tu connais les médias, ils ont choisi cette photo pour la placer en évidence mais c'est la seule bonne. Regarde les autres, sa femme a l'air en colère. D'ailleurs, elle ne sourit pratiquement jamais, c'est bien la première fois que je la vois sourire. Imagine, sur la quantité de photographes qu'il devait y avoir à cette soirée, une seule bonne photo où le couple est souriant a été captée. Toutes les autres sont mauvaises.

– Je sais, mais elle me fait mal cette photo. C'est mal tu comprends! Mal de sortir avec John, mal de l'aimer, mal tu comprends. Tout ce que l'on a fait… Stéphanie éclata de nouveau en sanglots, des larmes coulaient sur son visage.

Jeff l'entoura de ses bras en la serrant contre lui. Il détestait la voir souffrir.

– Viens, ne restons pas là, allons prendre un café, proposa Jeff. Ce n'est pas uniquement de ta faute, reprit-il tout en l'entraînant avec lui. Ne prends pas tout sur tes épaules, vous étiez deux dans cette histoire. Et puis la semaine dernière tu me disais que tu mettais un terme à ta relation avec lui. L'as-tu revu depuis?

– Non, mais on s'est contacté et on devait souper ensemble mercredi soir pour s'expliquer. Maintenant c'est hors de question. On ne se reverra jamais plus, j'ai trop mal.

Jeff était désolé pour elle, il la comprenait, il voulait l'aider. Pour rien au monde il ne voulait la voir souffrir, il l'aimait encore, mais il respectait ses choix. Il souhaitait sincèrement qu'elle puisse trouver le bonheur avec un homme et il savait bien que cela ne pouvait être avec John F. Kennedy junior. Il était certain qu'elle était consciente que cette relation était un cul-de-sac. Mais pour l'instant l'important était de la réconforter et de l'écouter et non de lui faire la morale. Et puis de toute évidence, elle semblait décidée à rompre, il fallait simplement la soutenir dans ce sens. Il souhaitait tellement la voir heureuse.

– Comment comptes-tu lui faire part que tu vas annuler ce souper? demanda Jeff, alors qu'ils étaient assis dans un café.

– Je vais lui envoyer un courrier électronique tout simplement. Une seule phrase et ce sera très clair. Et puis, s'il insiste, m'écrit ou me téléphone à nouveau, je ne vais plus lui répondre. Voilà, expliqua Stéphanie qui était maintenant plus en colère que triste.

— Est-ce que je peux faire quelque chose ?

— Tu es vraiment gentil, Jeff, mais c'est tout simple, il n'y a rien d'autre à faire.

— Tu sais, je suis là. Si je peux être utile ou si tu veux en parler, je suis toujours là pour toi.

— Merci d'être là Jeff, répondit Stéphanie en lui souriant doucement.

— J'aime mieux ça, te voir sourire.

Ils se commandèrent chacun un café, ils avaient pris une place dans un coin à l'écart.

— Je vais déménager mon avion, ajouta Stéphanie d'un ton décidé. Je vais le garer à nouveau à Morristown ou bien je trouverai une place à Teterboro. Je ne veux plus risquer de le croiser à l'aéroport de Caldwell.

— Cela ne sert à rien de fuir Stéphanie, s'il veut te revoir, il te retrouvera.

— Ou bien je n'irai plus voler, je renoncerai à l'aviation.

— Tu dis n'importe quoi. Voler, c'est ce que tu aimes le plus au monde, tu serais incapable de tenir à l'approche des beaux jours. Écoute-moi, Steph, John est un type intelligent et il comprendra. Moi, si j'étais toi, je lui enverrais une lettre d'explication par courriel au lieu d'un simple message bref pour annuler votre souper. Explique-lui tes motifs, parle avec ton cœur, c'est ta spécialité, c'est ton métier d'écrire. Si tu ne lui écris qu'une seule ligne, il cherchera des réponses supplémentaires et ce sera sans fin. Alors que si tout est dit, il comprendra sûrement et tu n'auras pas à le fuir. D'autant plus que tu n'as rien à te reprocher.

— Tu n'as sans doute pas tort Jeff, je vais y réfléchir, répondit Stéphanie qui savait que Jeff avait parfaitement raison, comme toujours.

Stéphanie le questionna ensuite sur ses dossiers en cours. Elle adorait écouter parler Jeff. Il travaillait avec une telle intelligence, elle l'admirait beaucoup, apprenait énormément avec lui et l'heure passée en sa compagnie au café lui avait changé les idées et lui avait fait le plus grand bien.

Ce soir-là, de retour à son appartement, elle se mit à écrire une lettre destinée à John, suivant les conseils de Jeff. Au bout de deux heures, elle lui en avait écrit une dizaine, toutes différentes, mais qui portait sur le même thème et qui parvenait à la même conclusion : mettre un terme à leur relation, tant professionnelle que personnelle. Certaines étaient teintées de regrets, d'autres étaient très émotives, alors que quelques-unes avaient un ton plus neutre ou plus décisif. Stéphanie relisait ses lettres et n'arrivait pas à choisir. Finalement, elle se reprit et opta pour un message bref, suivant sa première idée.

Désolée John,

> *Je dois annuler notre rendez-vous de mercredi soir. Je préfère en rester là et ne plus te revoir. L'amitié étant impossible entre nous. Je sais que tu comprendras et que tu respecteras ma décision. On ne construit pas son bonheur sur le malheur des autres. Occupe-toi de Carolyn et sauve ton mariage, c'est le plus important.*

> *Je garderai toujours un merveilleux souvenir des moments que nous avons partagés ensemble.*

> *Stéphanie*

Voilà, pour John, le chapitre était clos. Stéphanie était persuadée qu'il n'y avait rien d'autre à ajouter.

Le lendemain matin, lorsque John lut le message de Stéphanie à son bureau, il était bouleversé et désemparé. Il ne voulait pas que ça se termine ainsi. Il avait besoin d'elle. Il essaya de la contacter toute la journée, sur son portable, mais elle ne répondit à aucun de ses appels. Il n'avait d'autre choix que de lui laisser des messages et d'espérer qu'elle appelle. Il lui téléphona également en soirée chez elle et laissa un message sur sa boîte vocale, mais Stéphanie l'ignora complètement. Il avait envie de débarquer à son appartement, mais il craignait sa réaction, c'était sans doute déplacé.

«Tant pis pour le souper de demain soir, après tout, demain nous serons mercredi et fort probablement qu'elle ira voler», se disait John. Il se promit de se rendre à Caldwell le lendemain. Il voulait revoir Stéphanie et peu importait l'endroit.

Le lendemain matin, John téléphona à Patrick à l'aéroport et lui demanda de l'informer dès qu'il verrait Stéphanie. Si elle décidait de s'y rendre plus tôt que prévu pour faire son vol, il en serait à tout le moins informé et aurait le temps de se rendre à l'aéroport avant qu'elle ne revienne atterrir. Heureusement, il pouvait compter sur la complicité et la discrétion de Patrick. Mais en fin de journée, John dut constater que ses plans avaient échoué. Bien qu'il était sans nouvelle de Patrick, John avait tout de même décidé de se rendre en milieu d'après-midi à Caldwell. Stéphanie n'y était pas et Patrick ne l'avait pas vue de la journée.

— Tu en es certain? avait demandé John.

— Absolument, avait répondit Patrick, son Piper est resté cloué au sol toute la journée.

John était désolé de la décision de Stéphanie. Il regrettait amèrement son comportement lors de leur dernière rencontre à son appartement. C'était ridicule de s'être laissé emporter par le coup de fil de Jeff. Mais John devait bien admettre qu'il était jaloux de Jeff Brown. Stéphanie avait beau lui répéter qu'ils n'étaient que des collègues au *Times* et des amis dans la vie de tous les jours, John avait un mauvais pressentiment envers le célèbre journaliste. Il souhaitait revoir Stéphanie, à tout le moins, pour lui dire qu'il regrettait sa scène de jalousie et qu'il était conscient qu'il n'avait pas le droit d'agir de la sorte, puisqu'elle et lui ne devaient être que des amis, d'autant plus que de son côté, il était marié et elle aurait le droit de tomber amoureuse et même de se marier. L'idée de voir Stéphanie dans les bras d'un autre homme le tiraillait au plus haut point. Mais par-dessus tout, il était terriblement triste, car elle semblait être décidée à le fuir. John se demandait s'il avait agi autrement ce fameux soir, si elle voudrait tout de même l'éviter. Était-ce uniquement cet événement qui avait tout gâché? Sans doute, y avait-il autre chose. Peut-être était-elle vraiment en amour et craignait-elle ses propres sentiments envers lui. Il ne pouvait le savoir. Mais si c'était le cas, pourquoi insistait-elle pour qu'il sauve son mariage ? John aurait tant souhaité une rencontre pour obtenir une explication, et aussi pour la faire changer d'avis.

Les semaines passèrent et malgré les efforts de John pour la contacter, Stéphanie laissa John sans nouvelle. À l'aéroport de Caldwell, Patrick faisait de son mieux pour le prévenir des allées et venues de Stéphanie et de son Piper Warrior, mais elle était si imprévisible et si mystérieuse que même l'équipe des services secrets des États-Unis n'y arriverait pas, se disait John un peu vaincu d'avance. Apparemment, seul Dave Lewis, son partenaire de vol, avait volé le Warrior durant les jours de semaine. De plus, le mois de novembre tirait à sa fin, bientôt ce serait l'hiver et il savait bien que les chances de croiser Stéphanie à l'aéroport diminuaient à mesure que les semaines avançaient. John se souvenait que Stéphanie lui avait dit qu'elle ne volait à peu près pas en décembre et encore moins durant l'hiver. Elle s'arrêtait à la première neige.

Conscient que ses chances de la croiser étaient presque nulles, John opta pour lui écrire une lettre, lui révélant ses sentiments, précisant l'importante place qu'elle tenait dans sa vie et lui demandant de s'expliquer. Sa lettre demeura sans réponse. Devant son mutisme, il décida finalement de ne pas insister davantage bien qu'il en mourait d'envie. John était attristé du détachement de Stéphanie tout en se doutant de ses motifs. De plus, son mariage allait de mal en pis. Il était aussi préoccupé par les rumeurs dans les médias à l'effet que sa femme consommait de la cocaïne. Tout cela le rendait malade. Il aurait eu besoin, plus que jamais, de l'appui d'une amie comme Stéphanie. John était malheureux d'avoir tout gâché, se responsabilisant de l'échec de son mariage et de ne pas avoir su préserver son amitié avec Stéphanie.

Pendant ce temps, Stéphanie était aussi désemparée. La dernière lettre de John l'avait sincèrement touchée, mais elle devait faire un effort pour résister à la tentation d'entrer en contact avec lui. Ce qui l'attristait davantage, c'est que malgré les semaines qui passaient sans voir John, ses sentiments restaient bien présents et même qu'ils s'intensifiaient. Et puis Noël approchait et l'homme qu'elle aimait ne serait pas avec elle. La situation était triste et malheureuse. Après mûres réflexions, elle avait préféré ne pas répondre à sa lettre.

Stéphanie appréhendait le temps des fêtes qui allait bientôt arriver. Depuis quelques années, Noël était devenu une période plutôt triste. Par le passé, elle avait l'habitude d'aller retrouver ses parents à Toronto pour le congé des fêtes, mais depuis leurs décès, il y a quelques années, Noël n'avait plus la même signification à ses yeux. La fête avait perdu de sa magie et même, tout son sens. Enfant unique, sans parents et sans conjoint, le vide était très grand. Sa copine Melanie allait de son côté retrouver sa famille tout comme ses amis Matthew et Jeff qui retrouvaient les leurs. Cela lui faisait prendre conscience à quel point elle était seule. Mais cette année, il lui semblait que ce serait pire encore. Elle avait perdu John, mais l'avait-elle déjà eu? Elle essayait de se consoler en se disant que même s'ils avaient continué à se voir, John aurait très certainement passé son congé des fêtes en famille, notamment avec sa femme et sa sœur. Elle n'avait donc rien à regretter. Noël est fait pour passer du temps en famille et elle aurait été seule de toute façon.

Heureusement, pour Thanksgiving, Stéphanie avait organisé un souper chez elle et avait invité Jeff, Matthew et Melanie pour le traditionnel repas de dinde. Ils n'étaient que quatre, mais la soirée fut très agréable et tous s'étaient amusés. Stéphanie n'avait plus reparlé de John à Melanie, sauf pour lui dire qu'elle ne l'avait plus revu à l'aéroport, ni ailleurs. «Parfois, il fallait mentir, c'était dommage», pensa Stéphanie. Par contre, Jeff et Matthew savaient et étaient demeurés discrets. Elle espérait une fois de plus créer une relation entre Melanie et Matthew, croyant que cette fois-ci serait peut-être la bonne mais le *timing* n'était pas tout à fait idéal et ses efforts furent vains. Melanie s'accrochait toujours à Tommy, le journaliste au *Post*, même si la relation stagnait entre eux. Ce type ne semblait pas sérieux et ne voulait pas s'attacher à elle. Stéphanie trouvait cela malheureux que Melanie continue à espérer en n'acceptant que quelques miettes de bonheur. Aussi, elle aurait bien voulu que Matt trouve quelqu'un de bien, il était si attachant, et si beau avec ses cheveux blonds souvent en broussaille. Un chic type si serviable. Il ne méritait pas d'être seul. Mais finalement, ils avaient tous passé une belle soirée à échanger, à blaguer et à s'amuser en partageant un succulent repas arrosé de bon vin.

Une semaine plus tard, Jeff l'invita à passer les fêtes de Noël avec lui dans sa famille. Chaque année, il allait rejoindre son frère cadet, Harry, qui vivait avec sa femme et sa fille à San Francisco. Jeff était le parrain de leur fille et appréciait passer du temps avec sa filleule. Les parents de Jeff, qui vivaient toujours à Londres, se rendaient également sur la côte Ouest des États-Unis pour Noël. Jeff ne voulait pas que Stéphanie reste seule chez elle, surtout pas cette année. Il savait bien qu'elle penserait avec nostalgie à John.

— Tu ne vas pas rester seule à Noël, voyons Steph, viens avec moi, insista Jeff.

— Je ne sais pas, Jeff, ce n'est pas ma famille, je me sentirais comme une intruse.

— Mais c'est ridicule des idées pareilles. Si tu ne viens pas de plein gré, je t'emmènerai de force.

— On a encore du temps pour y penser, je vais y réfléchir.

— Non, non Steph, pas avec moi. C'est déjà tout réfléchi et tu viens avec moi.

— Bon d'accord, j'accepte et avec plaisir. Tu es un chic type Jeff, répondit Stéphanie en lui souriant.

Elle savait très bien pourquoi il insistait, particulièrement cette année, pour qu'elle ne reste pas seule et elle était touchée par cette marque d'attention. Elle avait déjà rencontré sa filleule ainsi que son frère, sa belle-sœur et ses parents, deux ans auparavant, alors qu'ils étaient tous à New York. Des gens très agréables, bien cultivés et qui aimaient la bonne table. Une famille conviviale, normale aux yeux de Stéphanie qui aurait aimé en avoir encore une. Pourtant, elle aimait sa vie, mais durant le temps des fêtes, cette période de festivités lui rappelait une certaine forme de nostalgie et du coup, remettait certaines valeurs en question.

Avant de quitter New York pour se rendre sur la côte Ouest, Jeff et Stéphanie avaient pris plaisir à célébrer Noël avec leurs collègues du *Times*. Chaque année, une importante fête de bureau était organisée. Puis, lors du réveillon de Noël, bien que tout se passa très bien à San Francisco avec les membres de la famille de Jeff, Stéphanie eut une pensée pour John. Elle se maudissait presque de penser encore à lui ; de l'énergie gaspillée, mais les sentiments étaient là. Finalement, elle en était venue à espérer de tout cœur que tout s'arrange entre John et Carolyn même si l'idée la faisait souffrir, car par-dessus tout, elle ne voulait pas avoir sacrifié cet amour pour rien.

CHAPITRE 11

Mercredi 3 mars 1999

John venait de quitter son bureau en début d'après-midi pour se rendre à l'aéroport de Caldwell pour un vol. Rien n'était facile en ce moment pour lui malgré que le soleil brillait de tous ses feux. Un temps splendide pour le début du mois de mars, annonciateur du printemps. Son couple allait de plus en plus mal, et Carolyn parlait constamment de divorcer. De son côté, il l'accusait de consommer à nouveau de la cocaïne et de la tromper avec son ex-petit ami mannequin, des accusations qui n'arrangeaient en rien leur relation. Il n'avait aucune preuve à ses affirmations. Seule son intuition le portait à croire cela. De plus, les propos qu'on pouvait lire dans plusieurs médias à ce sujet, alimentaient ses craintes. Leurs discussions se traduisaient toujours en chicanes de couple qui devenaient de plus en plus insupportables. Par ailleurs, il n'avait pas revu Stéphanie une seule fois de tout l'hiver, en fait, ils ne s'étaient pas revus depuis ce fameux soir d'octobre, et ni lui ni elle n'avaient essayé de se contacter depuis novembre dernier. Comme prévu, elle n'avait pas volé son Warrior depuis la fin de l'automne. La présence de Stéphanie lui manquait plus qu'il n'aurait pu se l'imaginer.

John avait trouvé l'hiver long et pénible. En plus de sa relation tumultueuse avec sa femme, le travail n'allait pas beaucoup mieux et il s'en inquiétait de plus en plus. Les ventes en kiosques continuaient de chuter et du même coup, il perdait ses annonceurs.

Il sentait son destin lui glisser entre les mains et trop d'éléments importants tournaient à l'échec. Il aurait vraiment souhaité revoir Stéphanie, cherchant une forme de soutien et de compréhension, mais cela semblait impossible. Malheureux, John se réfugia davantage dans l'aviation, ce qui lui apportait un grand réconfort en même temps qu'un sentiment de réalisation. Il aimait toujours autant voler. C'était pour lui des moments privilégiés où il n'était pas traqué par des photographes, un véritable refuge représentant la liberté. Sans doute une sorte de fuite, il en était conscient, mais cela lui procurait le plus grand bien.

John avait décidé de poursuivre sa formation en aéronautique et d'entreprendre sa formation de règle de vol aux instruments en suivant des cours théoriques dans le but d'obtenir éventuellement son annotation de vol aux instruments qui lui permettrait de voler sans référence visuelle.

Une fois arrivée à l'aéroport, John aperçut Matthew. Ils s'étaient revus à l'aéroport à quelques reprises ces derniers mois. Matthew, contrairement à Stéphanie, volait occasionnellement en hiver, seul ou avec des étudiants. John avait volé avec lui à deux reprises et même s'il n'était pas son instructeur officiel, il le considérait comme un très bon instructeur. Chaque fois, John avait demandé des nouvelles de Stéphanie. Les réponses avaient toujours été très évasives et John n'avait pas insisté de peur d'éveiller des soupçons. Mais Matthew lui avait, à tout le moins, confirmé que Stéphanie ne volerait pas sur son avion durant tout l'hiver. Il en était déçu, car cela aurait été, selon lui, une occasion de renouer avec elle, mais grâce aux explications de Matthew, il n'espérait plus la revoir chaque fois qu'il se rendait à l'aéroport. C'était déjà ça de réglé. Bien malgré lui, il devait patienter. Mais aujourd'hui, le temps magnifique rappelant le retour du printemps qui approchait, lui insufflait un peu d'espoir.

— Bonjour John, dit Matthew qui s'était approché de lui. Ça va?

— Oui merci et toi, tu arrives de voler?

— Oui, et comment avance ton cours aux instruments, s'informa Matthew.

– Ce n'est pas facile, je n'aurais jamais imaginé que cela demanderait autant d'études. Je dois étudier et réviser mes notes jusqu'aux petites heures du matin.

– Effectivement, c'est beaucoup de travail, mais tu seras bientôt dans la cour des grands avec une licence IFR en poche. Sans vouloir te décourager, je préfère te prévenir que la partie formation en vol n'est pas du gâteau non plus. Vaut mieux te conditionner.

– Une chose à la fois. Je me concentre maintenant sur la partie théorique et après j'entamerai la partie pratique. Je retournerai probablement à Vero Beach en Floride au *Flight Safety International*, pour suivre la formation de vol.

– Bon choix, affirma Matthew.

– Écoute Matt, je suis en pleine préparation en vue de mon test écrit de la FAA, la semaine prochaine, et j'aurais besoin d'un coup de main. Aurais-tu quelqu'un à me référer qui aurait des examens préparatoires ? Je suis inquiet de ne pas être suffisamment prêt pour passer mon test, même si mon instructeur est confiant pour moi. J'aurais peut-être besoin d'un autre point de vue.

– Aucun problème John, je peux passer quelques heures avec toi dans ta préparation si tu veux et j'ai avec moi des examens dont le niveau de difficulté est supérieur à ceux de la FAA. Si tu les réussis, tu es assuré de passer ton examen écrit officiel, haut la main.

– Génial !

Ils se mirent d'accord pour une rencontre le lendemain soir. Avant de se quitter, John lui posa la question qui lui brûlait les lèvres.

– Tu sais si Stéphanie a recommencé à voler, demanda John un peu embarrassé.

– Non elle n'a pas encore recommencé, mais c'est prévu pour bientôt. Elle m'a demandé de lui faire un *check flight* la semaine prochaine, puisqu'elle n'a pas volé depuis près de quatre mois sur son Warrior, précisa Matthew en souriant. Mais elle a tout de même volé avec moi sur mon Cherokee à quelques reprises ces derniers mois. Elle se refera la main en un clin d'œil.

Matthew avait deviné qu'il se passait, ou à tout le moins qu'il s'était passé, quelque chose entre eux. Stéphanie ne lui avait rien révélé, à part le fait qu'ils avaient volé ensemble. Et ce n'était pas par manque de questionnement de la part de Matthew. D'ailleurs, quelques personnes à l'aéroport savaient qu'ils avaient volé ensemble, ce n'était pas vraiment un secret. Cependant, Matthew avait surtout remarqué un certain malaise chez Stéphanie lorsqu'il abordait le sujet ou chaque fois qu'il lui parlait de John, ce qui devenait assez significatif. De surcroît, les questions de John au sujet de Stéphanie démontraient un certain intérêt qui allait au-delà de la simple courtoisie.

– Je ne savais pas que tu avais volé avec Stéphanie récemment, dit John avec un intérêt palpable.

Comme Matthew ne semblait pas vouloir lui en dire davantage, il n'insista pas, ne souhaitant pas se montrer plus intéressé qu'il le faut.

– Je vais aller voler maintenant, à demain, Matt.

– Bon vol John! fit Matthew en le saluant.

Quelques jours plus tard, Matthew se rendit à l'appartement de Stéphanie pour lui rendre visite. Même si Stéphanie n'avait pratiquement pas volé de l'hiver, cela ne les empêchait pas de se voir. Ils étaient bons amis et aimaient partager du temps ensemble pour parler de tout et de rien, le temps d'un bon repas.

– J'ai vraiment hâte de reprendre les commandes de mon Warrior, dit Stéphanie avec enthousiasme. Serais-tu libre samedi pour m'accompagner pour mon *check flight*?

– Si, absolument, je suis libre et cela me ferait vraiment très plaisir. Mais tu sais Steph, tu n'as pas besoin de moi, d'autant plus que tu as volé mon avion à quelques reprises durant l'hiver.

– Je sais, mais je crois que c'est tout de même plus prudent.

– Comme tu veux. OK pour samedi. Tu veux aller quelque part en particulier ?

Stéphanie n'avait pas vraiment de préférence pour la destination, elle se préoccupait par contre de rencontrer John. Elle pensait encore trop souvent à lui et craignait une rencontre face à face. Il lui avait fallu un effort surhumain pour lui résister et ne pas le contacter. Elle craignait sa propre réaction en le revoyant. Par contre, elle savait qu'il n'y serait probablement pas un samedi, sachant qu'il passait plutôt du temps avec sa femme durant les week-ends. Pour l'instant, cela la rassurait, mais il faudrait bien qu'elle trouve une solution à court terme pour garer son avion à un autre aéroport.

– Je n'ai pas de destination en tête pour l'instant, lui répondit Stéphanie, je vais y réfléchir et ça dépendra aussi de la météo. Et toi, tu as une préférence ?

– Pourquoi pas Cape Cod ?

– Je ne sais pas, c'est peut-être un peu tôt. Si on va à Cape Cod, je serai tentée d'aller à ma villa et je n'y ai pas mis les pieds de l'hiver. Il y aura du ménage à faire et pour l'instant je n'ai pas envie de ça.

– Allons alors à l'aéroport d'East Hampton. Ce serait agréable de voir la mer et d'y passer la journée.

– Oui, pourquoi pas ?

– J'ai vu John hier, révéla ensuite Matthew qui craignait quelque peu d'aborder le sujet avec Stéphanie, mais tout de même curieux de voir sa réaction.

Stéphanie le regardait droit dans les yeux et Matthew pouvait lire un vent de panique subit à travers son regard.

– Il prépare son test écrit IFR, précisa Matthew en guise d'explication. Je lui donne un coup de main et je lui ai refilé des tests préparatoires. Son examen est prévu pour la semaine prochaine… Tu sais que John s'est encore informé de toi, comme chaque fois que je le vois d'ailleurs, continua Matthew.

– Je t'ai déjà dit que je ne voulais pas parler de lui, avoua fina-lement Stéphanie qui maintenant regardait ailleurs, ne voulant pas affronter le regard de son ami Matthew. Pourquoi est-ce que tu me parles à nouveau de lui ? Je croyais t'avoir dit que le sujet était clos.

– Stéphanie, je te connais, et je crois que tu me caches quelque chose, déclara Matthew.

– Où vas-tu chercher ça ?

– C'est assez évident. Mais pourquoi agir ainsi avec moi, alors que tu sais que tu peux compter sur ma discrétion ?

Stéphanie savait bien qu'elle pouvait compter sur son ami Matthew, et surtout, elle n'avait plus envie de lui mentir, au sujet de John, mais elle avait eu des réticences. Pourtant, plusieurs mois plus tôt, elle n'avait pas hésité à se confier à Jeff, probablement parce que ce dernier était, d'une certaine façon, en dehors de tout ça. Il ne venait jamais à l'aéroport et ne rencontrait pas John. Par contre, c'était une tout autre histoire dans le cas de Matthew. Les deux hommes se connaissaient à présent et se côtoyaient à l'aéroport. Elle qui, depuis des mois, s'était efforcée de dissimuler sa relation avec John auprès de Matthew, se décida finalement à lui avouer qu'ef-fectivement, il s'était passé quelque chose entre eux. Stéphanie lui avoua même les sentiments que John lui avait révélés, l'amour qu'il lui portait, mais en omettant tout de même le baiser sur la plage.

– Tu sais, chaque fois qu'on se voit, la passion entre nous est très forte, et ça devient très difficile de résister. Je perds la raison dès qu'il m'entoure de ses bras.

Matthew avait écouté Stéphanie raconter son histoire sans l'in-terrompre. Bien qu'il savait que John avait monté à bord de son Piper et qu'elle avait volé avec lui sur son Cessna, pour le reste, il ne savait trop. Il se doutait de quelque chose, mais Matthew était surtout surpris d'apprendre qu'ils s'étaient vus si souvent, à sa villa de Cape Cod notamment.

– Matthew, j'ai besoin de ton aide. J'appréhende de revoir John à l'aéroport. Je t'en prie, essaye de savoir quelles sont les journées où John se rend à Caldwell. Je pourrais m'organiser pour éviter de voler ces jours-là.

– Écoute Steph, je veux bien t'aider, mais ce n'est pas facile. John n'a pas d'horaire fixe, je ne le vois jamais le même jour et puis de toute évidence, tu ne pourras jouer à la cache-cache éternellement.

– Je sais, je devrais prendre une décision pour déménager mon Piper à Teterboro.

– Ne fais pas cela. Tu n'as pas à modifier quoi que ce soit par peur de quelque chose qui n'arrivera sans doute pas. Maintenant que les mois ont passé, vous avez pris un certain recul chacun de votre côté et les choses ont évolué. Peut-être que sa relation avec sa femme se porte mieux et que finalement vous pourrez être bons amis, sans plus.

– J'aimerais que ce soit si simple…

– Mais ce l'est. Cesse de te tourmenter et vit cela au jour le jour, rassura Matthew.

Stéphanie aurait voulu qu'il puisse avoir raison, mais de toute évidence, en parlant de façon si désinvolte, il n'avait aucune idée de l'intensité de leurs sentiments mutuels et à quel point ils devaient lutter pour résister. Malgré elle, Stéphanie essaya de faire un effort pour désamorcer la situation et ne pas trop s'en faire au sujet de John.

Le samedi suivant, tel que convenu, Stéphanie et Matthew avaient volé ensemble à bord du Warrior, et rapidement Stéphanie retrouva son sourire et son enthousiasme. Voler lui remontait toujours le moral, particulièrement lorsqu'elle se trouvait à bord de son avion. Comme prévu, ils avaient voyagé vers l'est, et s'étaient posés à l'aéroport de East Hampton à proximité d'une plage de Long Island. Ils avaient passé une journée magnifique.

Pendant ce temps John étudiait en vue de son examen écrit de la FAA, étape obligatoire dans le but d'obtenir éventuellement une annotation de vol aux instruments. Le 12 mars, John passa finalement avec succès son test écrit IFR de l'autorité américaine en matière d'aviation civil, en obtenant une note de 78 %. Évidemment, il était conscient qu'il ne s'agissait que de la partie théorique et qu'il restait encore toute la partie de la formation pratique à entreprendre ainsi que le test en vol, mais à ses yeux c'était déjà une étape d'accomplie et il en était très fier. Ce soir-là, Matthew, quelque peu inquiet pour John, lui téléphona pour avoir des nouvelles de son examen. John lui annonça la bonne nouvelle sans hésiter.

— Ça y est, c'est fait. J'ai réussi!

— Bravo John! s'exclama Matthew, je suis vraiment fier de toi.

— Pas autant que moi. Mais je dois te remercier pour ton aide, sans quoi je n'y serais sans doute pas arrivé.

— Non, tu n'as pas à me remercier John, c'est toi qui as étudié d'arrache-pied pour y arriver. Tout le mérite te revient, et ne sois pas humble, les examens ne sont pas faciles. Tu peux fêter ça.

John profita de cette dernière remarque de Matthew qu'il considérait comme une porte toute grande ouverte pour lui parler de ce qu'il avait en tête.

— Oui, justement, j'avais l'idée d'organiser une petite fête entre pilotes pour célébrer la réussite de mon examen. Mon instructeur Steven y sera ainsi que quelques pilotes qui ont suivi la formation en même temps que moi. Mon ami Patrick sera également présent et je tiens à ce que tu y sois aussi, je te dois beaucoup.

— Tu ne me dois rien John, mais j'irai avec plaisir.

— Parfait alors. Matt, je peux te demander un service?

— Bien sûr John, qu'est-ce que je peux faire pour toi?

— Tu crois que Stéphanie accepterait de venir à cette fête?

— Je ne sais pas, pourquoi ne l'invites-tu pas? demanda Matthew qui préférait prétendre ne pas être au courant de quoi que ce soit.

— Oui je pourrais, mais comme je ne l'ai pas vue depuis quelques mois, je suis un peu mal à l'aise. Alors que toi, par contre, tu la vois souvent, vous êtes bons amis, tu pourrais à tout le moins voir si elle accepterait.

Matthew devinait bien pourquoi John ne voulait pas faire le premier pas sans connaître à l'avance la réaction de Stéphanie. Matthew savait pertinemment bien qu'elle refuserait puisqu'elle venait de lui confier, quelques jours plus tôt, qu'elle voulait tout faire pour l'éviter. Néanmoins, il promit à John, par politesse, qu'il lui en parlerait. Dès qu'il eut raccroché, Matthew tenu promesse et lui téléphona. Comme il l'avait anticipé, Stéphanie refusa catégoriquement.

– C'est hors de question ! Je ne vais pas aller à cette fête.

– Mais vous ne serez pas seuls, il invite aussi plusieurs pilotes.

– Non Matt, n'insiste pas. C'est non, et je ne vais pas changer d'avis.

– Tu sais, il est très fier d'avoir réussi son examen, c'est normal de vouloir fêter ça, et puis ce sera amusant.

– Je suis ravie pour lui, très sincèrement, mais c'est inutile de poursuivre cette conversation. Il n'a pas besoin de moi pour célébrer.

Matthew comprit que cela ne servait à rien d'insister davantage. Stéphanie ne voulait absolument pas revoir John. Matthew téléphona le lendemain à John pour lui dire que ce n'était pas la peine d'inviter Stéphanie, car elle n'était pas très chaude à l'idée d'être présente à la petite fête. Matthew se sentait un peu déçu pour John et ne voulait pas trop s'éterniser sur le sujet, mais John demanda à le voir. Sans trop savoir pourquoi, il s'accrochait à Matthew pour atteindre Stéphanie. John lui donna rendez-vous le jour même, dans un petit café de Manhattan et Matthew accepta de s'y rendre sans poser de questions.

Matthew avait passé deux bonnes heures en compagnie de John dans un café sans prétention. Étrangement, John avait décidé de se confier sur ses problèmes ; notamment ceux qu'il vivait avec sa femme. De plus, il lui avait avoué ses préoccupations concernant Stéphanie. Il était attristé d'être resté en froid avec elle depuis si longtemps. John semblait bouleversé à plusieurs égards. Matthew était sorti du café perturbé. Il avait imaginé John F. Kennedy junior très fort et à l'abri de tous les problèmes que les gens ordinaires vivent. Mais John ne faisait pas exception. Lui aussi avait son lot de problèmes. Alors qu'il l'avait idéalisé depuis qu'il le connaissait, il réalisa qu'au fond, il était un homme comme tous les autres. Même si John ne lui avait rien demandé à propos de Stéphanie, pour essayer de réparer les pots cassés, il comprit que lui seul était bien placé pour essayer d'intervenir auprès d'elle. Il lui promit qu'il parlerait à Stéphanie. Il voulait à nouveau tenter quelque chose.

– Sois discret tout de même, avait répliqué John, je ne voudrais pas qu'elle accepte de me voir par pitié.

– Tu peux compter sur moi, avait-il répondu d'un ton rassurant.

Le soir même, Matthew débarqua à l'improviste à l'appartement de Stéphanie. Il était encore sous le choc d'avoir constaté à quel point John était bouleversé. Il voulait à tout prix tenter d'arranger les choses, quitte à faire une petite entorse à sa bonne parole.

– Stéphanie, tu dois accepter de venir à la fête, ce sera chez moi.

– Comment ça chez toi ?

– Oui chez moi, quelle importance ? demanda Matthew.

Matthew avait proposé à John d'organiser lui-même la petite fête et qu'elle se tienne chez lui. Après quelques hésitations, John avait accepté qu'on célèbre chez lui à condition que les frais soient à sa charge. John s'occuperait donc de faire venir chez Matthew un traiteur offrant une cuisine raffinée et il prenait aussi en charge tout ce qui était nécessaire pour le cocktail.

– Stéphanie, tu dois savoir que John ne va pas bien. Il broie du noir, tout va mal dans sa vie, et ton absence n'arrange rien. Il est au désespoir. Il croit que sa vie est un échec, il a perdu tout intérêt dans la vie. Sa formation IFR et la réussite de son test écrit ne sont qu'une sorte d'échappatoire.

– Matt, je ne comprends pas pourquoi tu insistes. Tu ne peux pas me demander ça. C'est trop difficile. Je dois penser à moi aussi. J'ai encore mal de toute cette histoire avec lui.

– Stéphanie, tu peux faire la différence.

– Tu te trompes Matthew, je n'ai pas ce pouvoir. Je peux peut-être lui faire passer une belle soirée, le faire sourire, mais ce n'est qu'un pansement sur une plaie, le problème demeure entier. Je ne peux pas régler les problèmes qu'il vit avec sa femme.

– Je sais que la situation est un peu compliquée, avoua Matthew, mais ce n'est qu'une petite soirée, sans prétention chez moi. Si ça peut lui faire plaisir, ce n'est rien et tu t'amuseras aussi, et ensuite cela évitera tout malaise éventuel lorsque tu le rencontreras à l'aéroport. Tout s'arrangera. Je crois qu'il a besoin d'une amie, et il semble t'avoir choisie.

– Tu ne comprends pas, ce n'est pas un peu compliqué, c'est complexe.

– C'est pareil.

– C'est différent. Compliqué, c'est simplement compliqué, il suffit d'y mettre le temps et on trouve la solution. Complexe, c'est autre chose, c'est insolvable. On passera peut-être une belle soirée, mais ce sera pire ensuite.

Matthew était à court d'arguments. Il aimait bien John et comme il savait que la présence de Stéphanie comptait pour lui et surtout compte tenu de son état, il aurait bien aimé lui rendre ce service ; trouver une solution dans l'espoir d'arranger les choses, mais Stéphanie était aussi son amie et il ne voulait pas la contrarier.

– Je ne comprends pas vraiment pourquoi tu refuses Steph, mais je respecte ta décision.

– De toute façon, John n'est plus un enfant. Il faut cesser de penser pour lui. Il est assez adulte pour non seulement prendre ses propres décisions, mais aussi pour prendre le téléphone et demander à me voir si c'est ce qu'il souhaite, répliqua Stéphanie pour se défendre. Je trouve ça un peu enfantin qu'il passe par toi pour m'inviter.

– Et tu accepterais, s'il te téléphonait ?

– Je n'en sais rien. J'aurais besoin d'y réfléchir.

Matthew fut heureux d'entendre cela. Stéphanie semblait déjà un peu moins catégorique qu'au départ et un peu plus réceptive. Il sentait qu'il avançait.

– John m'a dit qu'il a déjà tenté de te joindre et tu n'as pas retourné ses appels, et tu n'as pas répondu à ses courriers non plus.

Stéphanie était soudainement mal à l'aise de voir que John s'était ainsi confié à Matthew. Elle n'avait rien à dire pour se défendre, à part qu'elle avait essayé de se protéger.

– Tu sais bien que John a sa fierté, reprit Matthew. Il n'est pas du genre à supplier à genoux. Il ne va pas insister des dizaines de fois au point de harceler, c'est une question d'honneur pour lui, je suppose.

Stéphanie demeura silencieuse.

– Si jamais il te contacte à nouveau, tu devrais considérer cela comme un geste important de sa part. Je t'en prie Steph, ne gâche pas tout, simplement par principe. Parfois, dans la vie, il faut laisser aller les choses sans trop se poser de questions. Toi-même, tu dis toujours que rien n'arrive pour rien. Vous avez peut-être quelque chose d'important à vivre.

– Je sais, et c'est justement ça qui me fait peur.

– Tu as peut-être un rôle à jouer dans sa vie qui est différent de celui que tu crains. Et puis, inévitablement, tu le reverras, vous êtes garés au même aéroport.

– Tu sais que je suis prête à déménager mon avion à nouveau pour l'éviter.

– Peu importe où tu iras, le monde de l'aviation amateur est un petit monde. S'il veut te retrouver, il te trouvera et ce sera facile. Et puis, pour l'instant, ce n'est que d'une fête dont il est question, ajouta Matthew. Et vous ne serez pas seuls, on sera plusieurs pilotes. Cette soirée n'aura donc pas tant d'incidence.

Stéphanie se sentait désemparée de voir son ami Matthew insister de la sorte. Elle semblait perdre tous ses repères.

– Il m'a aussi dit qu'il était désolé pour la scène qu'il t'a fait subir. J'ai cru comprendre qu'il était un peu jaloux de Jeff.

– Il t'a parlé de ça! fit Stéphanie avec surprise. C'est tellement ridicule d'ailleurs. Jeff est un collègue et un ami extraordinaire. Un chic type, et mon ami journaliste, tout comme toi tu es mon copain pilote. Et puis même si Jeff devenait un jour plus qu'un bon copain, cela ne le regarde aucunement. Il est marié! Rappelons-le, ajouta Stéphanie qui commençait à s'emporter. J'ai horreur des gens jaloux et possessifs!

– Calme-toi, Steph, je te comprends. Et j'ai déjà expliqué à John que Jeff n'était qu'un ami. Et tu sais, il regrette sincèrement son attitude. Je crois que John est juste un peu trop prompt par moments.

– Peu importe.

– Je suis inquiet pour John, insista Matthew. Il semble vraiment malheureux, Steph, il souffre. J'ai même été ébranlé de le voir ainsi.

– À ce point?

– Oui, répondit Matthew qui regrettait d'avoir promis à John de rester discret. Et ce n'est pas uniquement à cause de sa femme. Il t'aime sincèrement, je l'ai senti lorsqu'il parlait de toi. De plus, il a confiance en toi. Tu es probablement la seule personne en ce moment qui peut quelque chose pour lui. John n'a cessé de prendre de tes nouvelles et depuis le début du mois, chaque fois qu'il se rend à l'aéroport, il espère te revoir.

– J'en suis désolée, sincèrement.

Par l'expression qui se dégageait du visage de Stéphanie, Matthew pouvait facilement deviner qu'elle aussi, elle l'aimait. Malheureusement, rien n'était simple et il pouvait aussi comprendre qu'elle puisse craindre les conséquences de vivre une relation avec lui.

– Je me disais que par respect pour l'amitié qui a existé entre vous, ne voudrais-tu pas l'aider.

– Laisse-moi y réfléchir, d'accord?

– D'accord et ensuite, je ne vais plus t'embêter avec ça.

Moins d'une semaine plus tard, Stéphanie se rendait chez Matthew à l'occasion de la fête donnée en l'honneur de John. Lorsque Matthew accueillit Stéphanie chez lui, il était non seulement heureux de la voir, mais aussi très fier de son intervention et de la tournure des événements. Comme s'il avait accompli quelque chose de grand et d'important.

C'est à la suite de sa dernière conversation avec Stéphanie au sujet de John que Matthew avait contacté John pour lui faire part de ses impressions.

– Si j'étais toi, je lui passerais un coup de fil pour l'inviter, avait-il simplement proposé.

Évidemment, John lui avait posé des questions, mais Matthew était resté évasif. Il n'avait pas tenu à lui préciser qu'il avait eu à insister et qu'il avait aussi dû lui révéler les confidences faites. D'autant plus que John avait demandé à être discret.

– Je crois que c'est simplement le fait que la fête aura lieu chez moi qui semble faire une différence, avait osé mentir Matthew. Elle se sent à l'aise de venir à mon appartement, elle en a l'habitude, avait-il ajouté.

Saisi d'un réel enthousiasme, John avait téléphoné à Stéphanie sans hésiter. À sa surprise, elle avait accepté l'invitation. Ils avaient parlé peu. Elle avait prétexté s'apprêter à commencer une interview.

– Quel jour déjà? avait-elle simplement demandé.

– Jeudi prochain, à 19 heures, lui avait répondu John.

– C'est noté.

Et la conversation s'était arrêtée là. Mais cela avait suffi à John à se sentir revivre. Un souffle d'espoir, un baume de joie venaient d'apparaître dans sa vie, semblable à une lumière au bout d'un tunnel.

À présent, John la voyait, et il en avait le souffle coupé. Elle était encore plus belle que dans ses souvenirs. Stéphanie portait une robe noire, toute simple qui faisait ressortir son teint pâle et sa chevelure blonde bouclée. Elle portait un magnifique collier argenté très stylé. Elle était vraiment sexy et raffinée à la fois. D'ailleurs, John remarqua que tous les regards s'étaient tournés vers elle lorsqu'elle avait fait son entrée. Elle était la seule femme présente parmi une douzaine d'hommes. La plupart des pilotes l'avaient toujours vue à l'aéroport vêtue de jeans, ce qui ne manquait pas de les surprendre. Le contraste avec sa tenue habituelle à l'aéro-club était frappant pour chacun. Stéphanie fut la première à s'approcher de John.

– Félicitations John! Belle réussite ton examen, lança Stéphanie en l'embrassant sur les joues.

Ce léger rapprochement permit à John de respirer l'odeur du parfum de Stéphanie. Brusquement, tous ses sens s'éveillèrent. Une foule de souvenirs remontèrent à son esprit.

– Merci d'être venue Steph, c'est un plaisir de te revoir, avoua John.

John en profita pour lui présenter son instructeur Steven, qui se trouvait à côté de lui, ne sachant quoi dire d'autre. La présence de Stéphanie le troublait, il était anxieux, mais il était aussi heureux.

Stéphanie, qui connaissait la plupart des pilotes sur place, parla à chacun et se présenta auprès des quelques rares inconnus. Elle avait appréhendé cette soirée, mais une fois sur place, elle se sentait étonnamment bien. Sa présence fut par contre de courte durée. Elle fut la dernière arrivée et la première à quitter l'appartement, prétextant une entrevue aux aurores le lendemain matin à l'extérieur de la ville. Matthew la raccompagna jusqu'à la porte.

– C'est vraiment chic d'être venue.

– J'ai passé une très belle soirée, je ne regrette pas d'être venue, dit-elle en le quittant.

Après le départ de Stéphanie, John adressa un sourire à Matthew. De toute évidence, il avait apprécié la présence de la belle grande blonde. Il lui répondit par un clin d'œil complice. Il avait le sentiment d'avoir été utile et d'avoir réalisé quelque chose de significatif pour John. Il avait aussi été témoin du regard profond empreint de tendresse entre John et Stéphanie. Elle semblait heureuse, et pour Matthew, c'était le plus important.

Le samedi suivant, en matinée, Stéphanie, débordante d'enthousiasme, se rendit à sa villa avec son Warrior. Le moment était venu de profiter de la belle saison qui s'amorçait et d'aérer la villa qui était restée fermée tout l'hiver. C'était toujours un réel plaisir pour Stéphanie de se retrouver chez elle, au bord de la mer, après les longs mois d'hiver, même si des tâches ménagères l'attendaient. «Peu importe, j'ai tout le week-end devant moi», se disait-elle. Alors qu'elle s'affairait à nettoyer les vitres de ses fenêtres, son téléphone portable sonna.

– Bonjour Stéphanie, c'est John.

Stupéfaite, elle resta muette.

– Je suis à l'aéroport de Chatham, je viens d'atterrir. Tu veux venir me rencontrer, j'aimerais que l'on puisse se parler? demanda John d'une voix douce malgré l'anxiété et la nervosité qui l'envahissait.

John avait quitté une heure plus tôt Martha's Vineyard avec son Cessna, prétextant à Carolyn d'aller rencontrer ses cousins à Hyannis Port. Il s'était posé à l'aéroport de Hyannis Port, avait flâné un peu avant de se rendre à l'aéroport de Chatham. Il savait qu'une visite surprise à sa villa, comme il l'avait si souvent fait au cours de l'automne dernier, aurait évidemment été un geste déplacé. Il avait appris le matin même, par Patrick à l'aéroport de Caldwell, que Stéphanie avait déposé un plan de vol pour Chatham. Sachant qu'elle avait décollé seule pour sa villa, John ne voulait pas la manquer. Il tenait à passer quelques minutes en tête à tête avec Stéphanie espérant qu'elle accepte de le rencontrer. Seulement deux jours s'étaient écoulés depuis qu'ils s'étaient revus chez Matthew, et John ne voulait attendre davantage. Chatham lui semblait l'endroit idéal pour de véritables retrouvailles. D'autant plus qu'ils n'avaient pas vraiment pu discuter tous les deux. Entourés de pilotes qui les observaient, ce n'était ni le moment ni l'endroit pour parler franchement. Aujourd'hui, il voulait tenter sa chance.

– Maintenant ? demanda Stéphanie encore surprise.

– Oui, si c'est possible pour toi. Quelques minutes seulement, ajouta John, sans oser lui proposer de se rendre à sa villa. Il ne voulait surtout pas la brusquer.

– D'accord, répondit Stéphanie après avoir pris une profonde respiration, tout en se demandant si elle ne faisait pas une bêtise en acceptant. Laisse-moi dix minutes et j'y serai.

John lança un soupir de soulagement après avoir raccroché. Il resta debout près de son avion en faisant les cent pas. Avant même qu'il n'eut le temps de préparer mentalement un discours, il vit apparaître sa Honda qui se garait près des clôtures de métal qui délimitaient l'aire de stationnement des voitures avec celui des avions. Il la regarda descendre de sa voiture et marcher d'un pas rapide en se dirigeant vers lui. Ses cheveux étaient tirés et attachés en queue de cheval. Elle était vêtue d'un jeans, d'un chandail noir à col roulé et d'une veste de cuir marron bordée d'écussons d'avions. Elle portait des bottes noires lacées qui auraient pu servir aux militaires. Elle se donnait intentionnellement un air très masculin qui ne faisait que la rendre encore plus sexy. Sa silhouette, son maquillage et ses longs cheveux blonds réduisaient ses efforts à néant d'aborder une allure masculine. John alla à sa rencontre affichant un large sourire.

– Bonjour Steph, je suis vraiment heureux de te voir, lança d'emblée John dès qu'elle fut assez proche de lui.

Doucement, il posa un baiser sur son front.

– Tu m'as tellement manqué Steph, chuchota-t-il tout en appréciant ce moment.

Stéphanie ne répondit pas, elle se sentait à la fois intimidée, confuse et merveilleusement bien. Elle recula d'un pas pour lui adresser un sourire en guise de réponse.

– J'espère que je ne suis pas en train de contrecarrer tes plans ?

– Oui, tu viens de me libérer d'une tâche très agréable. J'étais en train de faire le lavage du printemps chez moi, répondit Stéphanie en riant.

– Je me sens moins coupable alors. Tu veux marcher un peu?

Elle acquiesça d'un signe de la tête. La journée était fraîche, ce qui était normal pour la période de l'année. Ils se mirent à marcher sur le terrain de l'aéroport. Quelques avions y étaient garés, mais l'endroit était désert.

– C'est très peu achalandé ici à cette période de l'année, fit remarquer Stéphanie.

Comme il s'agissait d'un petit aéroport local avec peu de mouvements, on n'y retrouvait même pas une tour de contrôle.

John portait un jeans, un chandail de laine noir, une casquette et des lunettes teintées. Un foulard gris était noué à son cou. Stéphanie le trouvait particulièrement beau.

– C'est vraiment gentil d'être venue chez Matt l'autre soir.

– J'étais ravie pour toi. Je te trouve très courageux d'entreprendre ta formation aux instruments.

– Ces temps-ci, voler et étudier sont les seules choses, que je fais de bien, il me semble.

– Et d'où vient ce pessimisme? demanda Stéphanie. Je ne te reconnais pas.

– Désolé... Je ne suis pas venu ici pour me plaindre. Au contraire, je voulais simplement te voir et que tu saches à quel point je tiens à toi et à notre amitié. Je suis vraiment heureux de te revoir. Je m'en suis voulu, tu sais, de ne pas avoir su préserver notre amitié.

– Fallait pas John.

– Tu m'as manqué Steph, c'était important pour moi de te revoir.

Leurs regards se croisèrent un moment. Stéphanie se sentait quelque peu embarrassée, ne sachant trop ce qu'elle devait dire.

– Les vrais amis sont si rares, ajouta-t-il, et nous avons tant en commun. Ce serait dommage de tout gâcher et de ne plus se revoir.

— C'est vrai, osa avouer Stéphanie.

— Et comment va ton travail au *Times*? s'informa John.

— Vraiment bien, je ne pourrais espérer mieux. Je remercie le ciel tous les jours de faire ce travail, je me sens privilégiée.

— Tu fais de l'excellent travail au *Times,* je suis un fidèle lecteur, avoua John qui n'avait pas manqué de lire chacune de ses chroniques hebdomadaires ni ses grandes entrevues.

— Je n'ai aucun mérite, j'aime tellement ce que je fais, c'est facile. Et toi, comment ça va chez *George*?

— Rien de vraiment nouveau, répondit John qui n'avait pas envie d'étaler ses problèmes.

— Alors, ton entraînement IFR, tu es maintenant prêt pour entamer ta formation en vol?

— Oui, je compte aller à Vero Beach en Floride d'ici quelque temps pour suivre ma formation pratique.

— Tu pourras laisser *George*? demanda Stéphanie, sachant à quel point cela pouvait être prenant d'être à la tête d'un magazine.

— Non, évidemment pas, mais je peux me rendre en Floride principalement les week-ends pour suivre ma formation.

— Et les choses s'arrangent avec Carolyn? questionna Stéphanie.

— Non, malheureusement.

— Je suis sincèrement désolée.

— On a repris les consultations avec un psychologue.

— Tout finira sans doute par s'arranger, reste optimiste.

Ils parlèrent ainsi pendant près d'une heure tout en marchant sur le terrain de l'aéroport. Le vent s'était intensifié depuis leur arrivée et le manche à vent de l'aérodrome, devenu instable, se balançait d'une direction à une autre, tout en indiquant un vent d'une force de 20 nœuds. L'atmosphère entre eux était détendue, la nervosité du départ chez John avait maintenant disparu. Stéphanie s'amusait à passer des commentaires presque sur chaque appareil garé sur place. John l'écoutait et son sens de l'observation l'amusait.

– Tu sais pourquoi les vitres de cet avion sont si sales ?

– Non ?

– C'est que le propriétaire emmène son chien avec lui chaque fois qu'il part voler. Et son Golden s'amuse à lécher les vitres durant tout le vol.

John riait, pouvant s'imaginer la scène, lui qui aimait tant les chiens. Friday, son chien, faisait partie de la famille.

– Et celui-là a perdu son train d'atterrissage en pratiquant des posé-décollés, dit-elle en pointant un Cessna 150.

Une partie du train était tordue et une roue manquait.

– Vraiment ?

– C'est un élève-pilote qui volait solo, précisa Stéphanie. Je crois qu'il ne terminera pas sa formation finalement, prédit-elle d'un ton moqueur.

– Steph, je suis si heureux que tu sois là. J'aime ta joie de vivre. Tu sais me rendre heureux. Ne me fais plus ça, disparaître de ma vie ainsi, avoua soudainement John d'un ton vibrant qui venait de s'arrêter de marcher pour mieux la regarder.

– John, tu sais bien que j'apprécie également être avec toi, mais au fond j'ai très peur, avoua Stéphanie qui venait aussi de s'arrêter de marcher, cherchant son regard. Si j'ai préféré te fuir, c'était simplement parce que je craignais la suite des choses entre nous.

– Je sais, répondit John. Mais, j'ai bien réfléchi et tu as raison. Une belle amitié vaut beaucoup plus que… John s'arrêta de parler. Après une hésitation, il se reprit. Je ne veux pas te perdre à nouveau.

– John, je suis vraiment heureuse de t'entendre dire ça. Une belle amitié, c'est ce que j'ai toujours voulu depuis le début, mais je crains que ce soit difficile.

– Tiens donc, toi qui n'as cessé de répéter que l'amitié est possible entre un homme et une femme.

– Ça dépend avec qui…

– Je sais, je comprends ce que tu tentes de me faire savoir Steph, répondit John en la fixant dans les yeux.

Ils se comprenaient par un simple regard.

– Fais-moi confiance, reprit John, je tiendrai promesse, on sera des amis, et rien que ça.

– OK, dit-elle. Si tu crois pouvoir tenir parole.

– Je suis heureux que tu sois là. Le temps nous dira si nous avions raison, ajouta John qui n'était pas vraiment convaincu.

En fait, il se demandait même pourquoi il venait de formuler une telle promesse, alors qu'il lui suffisait de la regarder pour que la passion et le désir montent en lui.

À cet instant présent, il n'avait envie que d'une seule chose, s'approcher d'elle pour la toucher, respirer son parfum, l'embrasser. L'effort de s'en tenir à l'amitié était surréaliste pour lui, mais il devait à tout le moins essayer, sinon il savait qu'il ne la reverrait plus. Elle refuserait de le revoir définitivement et il voulait éviter cela à tout prix. Il avait trop besoin d'elle. Stéphanie lui apportait l'équilibre, la joie de vivre et des moments de bonheur dont il avait tant besoin au milieu du tumulte.

– John, je veux que toi et Carolyn soyez heureux, lança Stéphanie qui ressentait les sentiments que John éprouvait pour elle en cet instant précis. Je ne veux pas être celle qui va tout gâcher. Promets-moi, s'il te plaît, de faire tout en ton possible pour arranger les choses entre vous deux. Carolyn n'est sans doute pas parfaite, mais elle t'aime et elle a de merveilleuses qualités.

– Je te le promets. J'y travaille très fort d'ailleurs. Je veux que ça fonctionne. J'aimerais aussi avoir des enfants avec elle, mais on n'est pas d'accord là-dessus non plus, elle n'en veut pas pour le moment.

– Je suis certaine qu'un jour tu fonderas une famille avec elle. Chaque chose en son temps. Sois patient, il faut avoir confiance, conseilla Stéphanie en souriant timidement. Et puis ton couple aura gagné en maturité, il sera plus fort.

– Stéphanie, tu dois savoir que tu n'as rien gâché du tout, bien au contraire. Les problèmes que je vis avec Carolyn existaient bien avant de te connaître. Tu n'y es pour rien. En fait, tu es celle qui m'aide à tenir le coup en m'apportant de la compréhension, de la complicité et des moments de bonheur. Tu es mon rayon de soleil.

– Tu exagères un peu.

– Non Steph, et plus question de te défiler. S'il y a quelque chose qui ne va pas, j'aimerais que tu m'en parles.

– Entendu, dit-elle en hochant la tête.

– Et je ne vais pas non plus t'emmerder pour collaborer à mon magazine.

– Tu ne m'as jamais embêtée avec *George*, mais je suis déjà suffisamment occupée avec mes engagements sans avoir à en ajouter.

Stéphanie fit une pause avant de poursuivre.

– Dis-moi John, tu crois que Carolyn pourrait accepter notre amitié?

John fixa l'extrémité de la piste d'atterrissage toujours déserte. Après un très long silence, il fit signe que non.

– Non malheureusement. Non, Carolyn n'accepterait jamais. Elle te verrait comme une rivale et elle me le ferait payer en sortant avec je ne sais quel mannequin. De toute façon, elle ne pourrait croire en la sincérité de cette amitié.

– Je comprends, répondit Stéphanie qui s'attendait à cette réponse.

– Tes amis Jeff et Matt, à la différence de moi, sont tous les deux célibataires, ce qui facilite les choses. Ils n'ont pas de compte à rendre, ajouta John pour se défendre. Si l'un d'eux se mariait, peut-être perdrais-tu cette amitié ou, à tout le moins, ça se compliquerait quelque peu.

— Sans doute, répondit Stéphanie après une minute d'hésitation.

— J'aimerais que cela reste notre secret. Matt et Patrick sont déjà au courant de notre amitié, c'est largement suffisant.

— Tu peux compter sur ma discrétion, répondit Stéphanie d'un ton rassurant, étant consciente qu'elle avait volontairement omis d'ajouter que Jeff aussi était au courant.

Une relation secrète n'était pas ce qu'elle souhaitait mais c'était le prix à payer pour côtoyer John F. Kennedy junior.

Il était deux heures de l'après-midi lorsque John décolla de Chatham pour retourner à Martha's Vineyard. Avant de la quitter, il aurait voulu la serrer très fort contre lui. Mais il se contenta de déposer sa main sur son épaule et de l'embrasser sur la joue. Il préférait accepter l'amitié qu'elle lui offrait plutôt que de ne plus la revoir. Ces mois d'hiver sans la voir avaient été pénibles, car la vie sans elle était devenue, à plusieurs égards, bien triste. John était prêt à beaucoup pour préserver cette relation privilégiée. Elle était la seule avec qui il pouvait tout partager : sa passion pour l'aviation, ses rêves d'aventure, ses problèmes au magazine *George* et même ses craintes au sujet de Carolyn. Il avait besoin d'elle.

Stéphanie l'avait regardé décoller avant d'aller se réfugier en solitaire sur la plage. Respirer l'air salin et entendre le bruit des vagues l'aiderait à rassembler ses idées. Tout en marchant le long du rivage, l'esprit tourmenté, elle observa le mouvement des vagues qui se déchaînait. Le vent du large était froid mais elle n'y fit pas attention. Elle était heureuse d'avoir renoué avec John, certes, mais doutait quelque peu de leurs bonnes intentions. Encore aujourd'hui, elle avait senti l'intensité de leurs sentiments chaque fois qu'il avait posé son regard sur elle. La passion était toujours palpable entre eux, cela ne faisait aucun doute. Elle se demandait simplement combien de temps cela prendrait avant que l'un d'eux succombe aux charmes de l'autre.

CHAPITRE 12

Stéphanie, qui venait tout juste de décoller aux commandes de son Piper Warrior, du petit aéroport de Chatham, terminait l'activation de son plan de vol par radio auprès du centre de contrôle, qu'elle avait préalablement déposé par téléphone quelques minutes plus tôt, Chatham étant dépourvu de contrôleur aérien. Il fallait compter une trentaine de minutes de vol pour gagner l'aéroport Vineyard Heavan sur l'île de Martha's Vineyard. Son vol VFR ne nécessitait aucunement le dépôt d'un plan de vol, mais comme il s'agissait d'un vol au-dessus de l'océan, il était fortement recommandé par mesure de sécurité de s'y soumettre. Alors qu'elle s'apprêtait à quitter la côte pour mettre le cap vers l'océan tout en demeurant le plus longtemps possible à proximité de la côte de Cape Cod, elle se demandait encore si elle avait bien fait d'accepter l'invitation de John d'aller le rejoindre. Celui-ci lui avait téléphoné au courant de la semaine pour l'inviter ce samedi à son domaine de Martha's Vineyard, *Red Gate Farm*.

— Tu vas sans doute te rendre en Piper à ta villa de Cape Cod pour y passer le week-end? lui avait-il demandé.

— Oui en effet, avait répondu Stéphanie.

— J'aimerais que tu viennes samedi passer la journée au domaine, avait-il simplement lancé, sans explication.

– Quoi? avait répliqué Stéphanie avec surprise.

– Je serai seul, Carolyn ne viendra pas avec moi ce week-end, avait expliqué John.

– Non, c'est hors de question John, avait répondu Stéphanie.

– Mais pourquoi pas, c'est tout près de Chatham en avion.

– Cela n'a rien avoir avec le vol. Je ne me sentirais pas à l'aise de passer une journée seule avec toi au domaine privé des Kennedy.

John ne comprenait pas la réaction de Stéphanie. Il voulait qu'elle voie cet endroit merveilleux.

– Ce sera le dernier week-end de mars, ensuite je partirai pour Vero Beach et j'y passerai plusieurs week-ends pour ma formation en vol, avait insisté John, c'est l'occasion idéale.

Stéphanie était tout à fait incapable d'accepter l'invitation de John. Se rendre au domaine privé de John et de sa sœur Caroline alors que cette dernière serait de toute évidence absente tout comme sa femme Carolyn lui semblait malhonnête. Elle préférait s'abstenir bien qu'elle mourait d'envie de visiter l'imposant domaine avec sa plage privée de plus d'un kilomètre. Elle se sentait tout de même flattée de cette attention, comme si John avait deviné qu'elle s'était souvent sentie à l'écart de sa vie privée et de son monde. Habituellement, c'était John qui venait la retrouver à sa villa et pour la première fois, il l'invitait chez lui. Mais bien que l'invitation fût tentante, elle ne pouvait se résoudre à accepter.

– Je me sentirais comme si je prenais la place de quelqu'un d'autre, avait simplement dit Stéphanie en guise d'explication.

Stéphanie songea à toutes sortes d'éventualités. Si sa sœur Caroline changeait ses plans ou pire encore, si Carolyn lui faisait une surprise. C'était non seulement trop risqué, mais elle aurait été mal à l'aise. En revanche, elle avait accepté une invitation à dîner à Edgartown sur l'île de Martha's Vineyard. John était déçu que Stéphanie ne puisse profiter de son domaine, à tout le moins pour une journée, mais se réjouissait qu'elle ait accepté son invitation à dîner. Comme la région était encore très peu achalandée à cette période de l'année, ils ne risquaient pas trop d'être importunés.

Alors que Stéphanie volait en direction de Martha's Vineyard, John, pendant ce temps, se trouvait assis dans le restaurant adjacent à l'aéroport Vineyard Haven, le *Plane View Restaurant*, et attendait patiemment. John jeta un regard distrait à sa montre, c'était la troisième fois en 10 minutes qu'il répétait le même geste. Comme il était assis près des fenêtres, il pouvait voir les allées et venues des aéronefs. Stéphanie avait plus de 30 minutes de retard. «Cela ne lui ressemble guère», pensait John inquiet. Il tournait les pages du journal posé sur la table devant lui sans prêter intérêt à ce qu'il lisait. Il buvait son café nerveusement qui lui laissait un goût amer. Stéphanie avait pourtant dit qu'elle y serait à 18 heures. Pas très loin de lui, quelques pilotes venaient d'entrer et discutaient entre eux. Il pouvait entendre quelques bribes de leur conversation; l'un d'eux semblait raconter qu'il y avait une épaisse brume le long de la côte. John avait un mauvais pressentiment. De sa chaise, il scrutait le ciel du regard et les divers mouvements sur le tarmac sans apercevoir le Warrior de Stéphanie. Se sentant inutile, John prit son téléphone cellulaire pour composer le numéro de portable de Stéphanie. Comme il s'en doutait, il n'obtint aucune réponse. Ce qui ne voulait rien dire, car si elle se trouvait en vol, elle ne pouvait entendre son téléphone sonner avec ses écouteurs. Inquiet, il décida finalement d'aller se renseigner auprès du service aux pilotes, FBO. Peut-être y aurait-il un message provenant de la tour de contrôle de Vineyard Haven. Malheureusement, le répartiteur n'avait aucune nouvelle du Piper Warrior, Novembre7527Roméo, pas plus que de Stéphanie. On lui indiqua qu'effectivement, une épaisse brume s'était récemment formée aux abords des îles et le long de la côte de Cape Cod malgré des prévisions météorologiques favorables. Le répartiteur plaça tout de même un appel au contrôleur aérien pour aller aux nouvelles. «Après tout, c'est John F. Kennedy junior qui se trouve devant moi et qui semble très inquiet», pensa le répartiteur. D'emblée, on l'informa que l'appareil immatriculé Novembre7527Roméo avait déposé un plan de vol à partir de l'aéroport de Chatham et que son plan de vol était expiré depuis 32 minutes.

— Elle a bien décollé de Chatham, répéta le répartiteur en direction de John après avoir raccroché. La pilote a déposé un plan de vol et n'a ensuite donné aucune nouvelle. Son plan de vol est maintenant expiré et aucune modification à l'itinéraire de vol n'a été transmise, expliqua le répartiteur à John qui aurait préféré lui transmettre de meilleures nouvelles.

— Elle n'a pas fermé ou demandé une extension à son plan de vol, murmura John mort d'inquiétude. C'est mauvais signe.

— Au centre de contrôle aérien, on s'apprête à contacter d'une minute à l'autre le centre de recherche et sauvetage, ajouta le répartiteur qui ne faisait que transmettre l'information reçue par le contrôleur aérien.

John savait qu'après les 30 minutes de grâce qui suit l'expiration d'un plan de vol, lorsque l'on était sans nouvelle du pilote, des recherches étaient aussitôt amorcées par les équipes de recherches et sauvetages.

— Il ne faut pas hésiter alors pour amorcer immédiatement les recherches, lança John sur un ton neutre avant de sortir sur le tarmac pour s'oxygéner l'esprit.

Pendant ce temps, Stéphanie se retrouva seule dans la tourmente. Son cœur battait si fort qu'elle pouvait l'entendre résonner dans ses écouteurs. Consciente que son rythme cardiaque augmentait à mesure que la situation se corsait, Stéphanie faisait des efforts surhumains pour rester concentrée, et ne pas céder à la panique. Des gouttes de sueur perlaient sur son front depuis quelques minutes, et maintenant elle avait la nausée. On lui avait déjà raconté qu'un stress intense pouvait causer la nausée. Elle le vivait pour la première fois en 18 ans de pilotage. Les paroles de Rick, son tout premier instructeur, lui résonnaient à l'esprit : « Si tu tombes en situation d'urgence, en tant qu'être humain tu as le droit d'avoir peur, mais en tant que pilote tu n'as pas le droit de paniquer. Souviens-toi de cela Stéphanie, si tu paniques tu ne pourras réfléchir et encore moins prendre les bonnes décisions. » Stéphanie s'en souvenait comme si c'était hier. Paniquer ou pas en aviation signifiait la différence entre la vie et la mort. Pourtant, tout allait encore bien quelques minutes auparavant et le vol se déroulait comme prévu. Stéphanie avait opté pour survoler l'océan à une distance planée de la côte de Cape Cod. Les conditions météorologiques étaient excellentes et conformes aux prévisions qu'elle avait consultées avant son départ. Elle avait ainsi poursuivi sa trajectoire le long de la côte jusqu'à Falmouth pour ensuite bifurquer vers le sud en direction de l'île de Martha's Vineyard. Mais quelques minutes après avoir laissé la côte, pour se diriger vers le large, elle frappa un épais banc de brouillard qui semblait toucher l'océan, ce qui ne lui laissait aucune marge de manœuvre même en abaissant son altitude. Inutile de descendre ou de monter pour l'éviter et impossible de deviner à quelle altitude pouvait se trouver le sommet de cette bande de nuages qui, somme toute, devait s'étendre jusqu'à une très haute altitude. Elle volait à 4 500 pieds et se concentra sur ses instruments pour conserver son cap et son altitude. Stéphanie était encore sous le choc d'être frappée ainsi à la vitesse de l'éclair par la mauvaise météo. L'épais banc de brouillard lui paraissait semblable à une couche soutenue de stratus. D'instinct, elle opta pour effectuer un 180, de manière à retourner d'où elle venait. En rebroussant chemin, elle pourrait se poser soit à l'aéroport de Falmouth, qu'elle savait tout près, ou même à l'aéroport de Hyannis Port non loin. Mais en effectuant son virage, elle eut la mauvaise surprise de constater que toute la côte de Cape Cod était également enveloppée d'un épais brouillard. Elle ne pouvait plus distinguer la côte. Les conditions s'étaient détériorées à une vitesse folle. Rebrousser chemin ou poursuivre sa route revenait au même. Elle se trouvait d'un côté comme de l'autre dans la purée de pois, survolant l'océan, quelque part entre la côte de Cape Cod et l'île de Martha's Vineyard. Rapidement, un vent de panique s'abattit sur elle, mais elle s'efforçait de rester calme et de garder son sang-froid malgré la nausée. À présent, elle sentait qu'elle avait du mal à respirer. En fait, elle savait qu'elle respirait trop vite et qu'elle devait aussi se concentrer sur sa respiration pour ne pas souffrir des symptômes d'hyperventilation.

Elle se rappelait qu'une des règles d'or, lorsque survient du mauvais temps en face de nous, est de rebrousser chemin, puisque si l'on vient de survoler une zone de beau temps, quelques minutes auparavant, il devrait forcément y avoir encore de bonnes conditions en y retournant. Mais aujourd'hui, cette règle ne semblait pas s'appliquer. C'était l'exception. Stéphanie devait se concentrer sur ses instruments, ce qui demandait un effort considérable notamment lorsque l'on a l'habitude de voler à vue. De plus, elle devait réfléchir et prendre rapidement la décision la moins risquée, sachant qu'en situation difficile chaque minute compte. Elle opta pour poursuivre sa route jusqu'à l'île de Martha's Vineyard malgré qu'elle pouvait facilement estimer la distance à parcourir un peu plus grande, que de tenter un atterrissage à Falmouth, derrière elle. Stéphanie était consciente que le périlleux trajet serait plus long, mais elle croyait ses chances de réussite plus grandes ainsi. Plusieurs facteurs portaient à le croire. D'abord, elle avait effectué un plan de vol et préférait poursuivre sa route comme prévu, sachant que si quelque chose arrivait, on saurait exactement où elle se trouvait. Ce qui pouvait faciliter les recherches en cas de malchance. Elle aurait évidemment pu contacter par radio un centre d'information de vol pour modifier son plan de vol, mais elle avait déjà besoin de toute sa concentration pour voler aux instruments et ne voulait pas avoir en plus à contacter une FSS pour modifier un plan de vol. Sa licence IFR expirée, elle savait que naviguer ainsi n'était déjà pas du gâteau, d'autant plus qu'elle n'avait pas pratiqué de vol aux instruments depuis fort longtemps. Mais elle pouvait, à tout le moins, se féliciter d'avoir suivi sa formation et ses examens de vol aux instruments avec succès, même si elle n'avait pas renouvelé sa licence IFR depuis. À présent, sans GPS à bord, capter le VOR* de Martha's Vineyard était sa seule chance de naviguer aux instruments pour arriver à se repérer dans des conditions où l'on ne pouvait distinguer ni ciel ni terre. Elle savait également que l'aéroport Vineyard Haven était bien équipé, et elle pourrait obtenir facilement une guidance radar en cas de besoin, ce qui avait également influencé sa décision de poursuivre sa route comme prévu. De plus, sachant que l'aéroport Vineyard Haven se trouvait au centre de l'île, un peu plus loin de la côte que les autres aéroports environnants, il ne serait peut-être pas enveloppé par le brouillard, et y tenter un atterrissage serait sans doute plus facile.

* *Very high Omnidirectional Range - une radionavigation*

Mais à son désarroi, plus elle avançait, plus il était difficile de maintenir le cap, l'assiette et l'altitude. Comme son Warrior n'était pas doté d'un dispositif de pilotage automatique, elle était constamment en train de surcorriger chacun des mouvements de l'appareil. Tout en manœuvrant son avion, en volant à tâtons, sans aucun horizon, elle essayait tant bien que mal de syntoniser la fréquence du *VOR*, sa planche de salut pour naviguer et s'orienter pour arriver à repérer l'île et son aéroport. Elle n'avait malheureusement pas le temps de contacter en plus la tour pour obtenir une guidance radar, trop occupée à maintenir un vol rectiligne.

Elle réussit finalement à identifier le code morse correspondant au système de radionavigation de Martha's Vineyard l'assurant qu'elle suivait le bon cap, lui indiquant la trajectoire pour se rendre à l'aéroport qui, elle l'espérait, lui sauverait la vie. Mais, le sentiment de détresse augmenta en réalisant que la distance à parcourir pour s'y rendre était plus grande que ce qu'elle avait anticipé. À bout de nerfs, Stéphanie se mit à douter de ses capacités à s'y rendre dans ces conditions extrêmement difficiles. Mais faire demi-tour lui semblait à présent la pire des solutions.

Soudain, elle se rappela qu'un aérodrome privé se trouvait à Oak Bluffs, situé à l'extrémité nord de l'île. La piste devait forcément se trouver tout près, et Stéphanie, qui n'avait plus le courage de poursuivre son vol jusqu'à Vineyard Haven, envisagea cette solution de rechange. Elle n'y avait jamais atterri puisqu'il s'agissait d'un aérodrome privé, mais en cas d'urgence tout est permis, y compris se poser sur un terrain privé. L'aérodrome en question n'avait rien de semblable à un aéroport conventionnel. Il s'agissait d'un terrain en gazon qui servait de piste d'atterrissage, sans éclairage ou service. Un terrain de camping était adjacent à l'aire d'atterrissage. Stéphanie amorça sa descente, espérant qu'à basse altitude le brouillard serait moins dense. Ce n'était malheureusement pas le cas. Le brouillard était à couper au couteau. Elle tourna en rond, concentrée sur ses instruments, effectuant corrections sur corrections pour maintenir un vol respectable et pour éviter un décrochage ou de tomber en vrille, ou pire encore, de plonger en une spirale fatale, tout en combattant la nausée qui persistait et en se concentrant sur sa respiration et par-dessus cela, elle effectuait des formules mathématiques pour estimer la position de l'aérodrome de Oak Bluffs en comparant la position de l'aéroport Vineyard Haven. Elle savait qu'elle n'aurait pas deux chances pour se reprendre, la tension était trop forte. Elle savait également que le terrain était entouré d'arbres. La marge de manœuvre était extrêmement mince. Elle trouva tout de même le temps de chercher la fréquence de Oak Bluff, de la syntoniser et de faire un appel d'urgence. Personne ne répondit. Elle supposa que l'endroit était sans doute fermé à cette période de l'année.

Stéphanie, qui en avait vu d'autres comme pilote au fil des ans, s'efforçait de s'encourager à poursuivre le vol fastidieux, malgré les efforts de concentration que cela demandait. À 300 pieds du sol, le brouillard se dissipa enfin et elle put apercevoir le terrain. Elle n'était pas tout à fait alignée et dut opter pour un virage à très grande inclinaison, ce qui est totalement déconseillé à très basse altitude, car une perte d'altitude s'ensuit et le risque de décrocher est aussi plus grand. De surcroît, des bancs de brouillard réapparaissaient par moments, ce qui l'obligeait à voler à l'aveuglette. Elle réussit finalement son approche périlleuse et à sa surprise, elle se posa sans endommager quoi que ce soit, malgré un atterrissage plus brusque que de coutume.

Une fois le roulage terminé à l'extrémité du terrain, Stéphanie mit quelques minutes pour reprendre ses esprits. Elle réalisa qu'il en avait fallu de peu. Elle ne put s'empêcher de croire que sa bonne étoile l'avait accompagnée. Ce sont dans ces moments que l'on se met à croire aux miracles. Elle sortit de son appareil pour respirer et marcher avec soulagement sur le plancher des vaches. Ses muscles étaient toujours tendus, mais, à tout le moins, la nausée avait soudainement disparu. Elle remarqua rapidement que l'endroit était complètement désert. Elle regarda sa montre et réalisa vite que son plan de vol était expiré depuis déjà plusieurs minutes. Rapidement, elle composa le numéro de la station d'information de vol pour fermer son plan de vol, mais comble du malheur, son portable était hors service. Comme si elle n'avait pas accès au réseau sans fil dans cette partie de l'île. Sans tarder, elle remonta dans son Piper pour circuler sur le terrain à contresens pour s'approcher de la route. Elle devait téléphoner à une station d'information de vol à tout prix, se doutant que des recherches pouvaient déjà être enclenchées inutilement. Puis elle pensa à John, elle devait le contacter le plus tôt possible. «Il doit penser que je lui ai fait faux bond», se disait Stéphanie. Un sentiment de culpabilité la gagna. Elle stationna son Piper en bordure du terrain et repéra rapidement une cabine téléphonique publique. Elle composa sans délai la FSS pour fermer son plan de vol, et téléphona ensuite à John.

— Steph, Dieu merci, c'est toi. J'étais mort d'inquiétude, où es-tu ?

— Je suis sur l'aérodrome de Oak Bluffs, je me suis posée d'urgence, je suis désolée John.

— Ne bouge pas, j'arrive tout de suite, répondit John hâtivement.

Pendant que John attendait Stéphanie à l'aéroport de Vineyard Haven au milieu de l'île de Martha's Vineyard, il n'avait pas été en mesure de constater les terribles conditions météorologiques. Mais à mesure qu'il s'approchait de la côte en voiture, il constata l'intense brouillard qui s'y trouvait. C'était à donner des frissons dans le dos. En moins de 10 minutes, John arriva à Oak Bluffs en trombe à bord de sa Pontiac GTO décapotable de collection qu'il utilisait lorsqu'il se trouvait sur l'île de Martha's Vineyard. Il vit Stéphanie debout à côté de son avion qui restait là sans bouger. Il courut vers elle et se jeta dans ses bras. Tous les deux étaient ébranlés par les événements. Il la serra très fort dans ses bras alors que Stéphanie restait accrochée à lui, commençant à peine à réaliser tout ce qui s'était passé depuis une heure. John lui caressait doucement les cheveux, puis leurs lèvres se frôlèrent. Stéphanie ne résistait pas à cette proximité, au contraire, elle restait accrochée aux bras de John qui l'entourait. «Comme c'est bon de se trouver enlacée par John», se disait Stéphanie.

— Est-ce que ça va Steph ? demanda-t-il tout en gardant ses bras sur ses épaules.

Stéphanie hocha la tête en guise de réponse.

— J'ai eu si peur qu'il te soit arrivé quelque chose, murmura John doucement. Je tiens tellement à toi Steph.

— John, j'ai besoin de toi, avoua Stéphanie qui tremblait encore et qui s'accrochait à lui.

— Je suis là, je suis là, répéta John tout en douceur à son oreille.

John se mit à lui caresser la joue. Son visage était sérieux et il essaya de la détendre et surtout, il voulait la revoir sourire.

— Tu sais que tu es une sacrée pilote pour te poser ici, sur un terrain pareil avec un brouillard aussi intense. On ne voit même pas l'extrémité du terrain.

Il réussit à lui soutirer un sourire avec cette simple affirmation.

— Je n'avais aucune envie de réaliser un exploit aujourd'hui, tu sais. J'ai eu très peur, admit Stéphanie.

— Je suis très fier de toi Steph. L'important, c'est que tu sois là maintenant. Qu'est-ce que tu aimerais faire, demanda John, tout en lui prenant la main.

— J'aimerais marcher un peu, je n'ai pas très faim tu sais.

— C'est normal, allons marcher près de la plage d'Oak Bluff et l'appétit viendra peut-être un peu plus tard.

Stéphanie ne pouvait s'empêcher de constater la grande gentillesse de John. Toujours attentif à elle, il voulait lui faire plaisir et se concentrait sur ses besoins à elle ; c'était remarquable. Ils se rendirent en bordure de la plage. Il faisait nuit et ils marchèrent ensemble, se comprenant même s'ils parlaient peu ce soir-là. Ils allèrent ensuite dans un petit resto sans prétention dans le petit village d'Oak Bluffs. La soirée fut agréable. Peu à peu, ils se remirent tous les deux de leurs émotions et les sourires furent ensuite omniprésents. John avait envie de l'inviter à son domaine pour qu'elle y passe la nuit, ce qui aurait été acceptable étant donné les circonstances, mais il n'osa pas, connaissant son refus catégorique à ce sujet.

Entre-temps, le brouillard s'était complètement dissipé et Stéphanie l'informa de son intention de rentrer chez elle.

– Es-tu vraiment certaine de vouloir reprendre les commandes ce soir ? demanda John. Tu as vécu pas mal d'émotions, tu dois être terriblement fatiguée. Tu pourrais passer la nuit ici, osa-t-il proposer sans parler de l'inviter à son domaine.

Après tout, l'île comptait plusieurs hôtels et auberges. Et en cette période de l'année, c'était facile de trouver une chambre sans réservation même au dernier moment.

– Sincèrement, je préfère rentrer. Il vaut mieux voler tout de suite après un incident avant de s'imaginer une foule de scénarios catastrophiques de ce qui aurait pu arriver.

John connaissait cette théorie de ne pas attendre pour reprendre les commandes. Il fallait voler le plus tôt possible après un incident, mais ce soir, il n'avait aucune envie de l'encourager à repartir.

– Je n'aime pas l'idée de te voir voler seule comme ça ce soir. Aimerais-tu que je t'accompagne ? demanda John doucement sans la brusquer. Je pourrais voler ton avion si tu te sens trop fatiguée en cours de route.

– John, j'apprécie sincèrement que tu te soucies de moi, c'est vraiment gentil. Mais rassure-toi, je vais bien à présent, et le ciel est clément. Regarde, on peut apercevoir les étoiles et la lune, ajouta-t-elle, en montrant le ciel du doigt.

Le ciel était complètement dégagé, mais John n'était qu'à demi rassuré. Il avait eu si peur de la perdre qu'il craignait de la revoir partir de nuit au-dessus de l'océan. Mais il savait bien que Stéphanie était trop indépendante et sûrement trop fière pour être surprotégée ainsi. Il se résigna à la laisser repartir de nuit, sur une piste en gazon avec un éclairage non approprié, en lui faisant promettre de lui téléphoner dès qu'elle aurait atterri à Chatham.

John la regarda décoller d'une main de maître, malgré les circonstances difficiles. Ce soir, il réalisa à quel point il aimait Stéphanie. À ses yeux, son courage était exemplaire. C'était vraiment une femme d'exception. Il savait que n'importe quelle autre femme qu'il avait côtoyée se serait rendue à son domaine sans se faire prier. Mais il savait que Stéphanie refusait non pas par manque d'intérêt, mais simplement pour ne pas interférer dans son couple. Pour ça, il l'aimait encore plus. Les sentiments qu'il éprouvait pour elle étaient de plus en plus clairs, tout comme ses priorités.

Comme promis, Stéphanie téléphona à John, quelques minutes après s'être posée à Chatham. John lui souhaita une bonne nuit, heureux de la savoir rentrée à bon port sans problèmes.

Le lendemain matin, John, toujours seul à son domaine, trouva la résidence anormalement vide. Il se mit à rêvasser, imaginant la présence de Stéphanie ici à ses côtés dans cette immense demeure. Il aurait tant aimé la voir sourire, prendre un petit déjeuner en sa compagnie tout en faisant des projets futurs. Partager quelques moments, seul avec elle dans cet endroit qu'il adorait, aurait été pour lui quelque chose d'exceptionnel. Incapable de rester seul plus longtemps, à l'heure du midi, John décida de se rendre chez Stéphanie. Contrairement au week-end précédent, il ne se sentait pas mal à l'aise de lui faire une visite surprise. Les moments éprouvants vécus la veille les avaient rapprochés en quelque sorte. De plus, c'était son dernier week-end à Cape Cod pour un bon bout de temps. Dès la semaine suivante, il se rendrait à tous les week-ends à Vero Beach pour sa formation de vol IFR. Il ne voulait pas gaspiller les quelques heures qu'il pouvait partager avec elle.

Lorsqu'on sonna, Stéphanie avait deviné que John se trouverait derrière la porte. Depuis le début de la matinée, elle pressentait qu'il viendrait, sans trop savoir s'il lui téléphonerait ou s'il improviserait une visite. La soirée de la veille, riche en émotions, avait eu une grande incidence sur les sentiments qu'elle éprouvait pour John. Ce n'était pas la première fois qu'elle voyait la mort de près, mais hier son désir de vivre n'avait jamais été aussi grand. Et John y était pour quelque chose. Par le passé, lorsqu'un incident survenait, elle s'accrochait à la vie, certes, mais sans la même intensité. Elle n'avait jamais eu d'idées suicidaires, bien au contraire, elle aimait la vie, mais jamais de cette façon. Aujourd'hui, elle voyait la vie d'une nouvelle perspective. Auparavant, les sentiments qu'elle éprouvait pour John comptaient sûrement, mais à présent ils étaient différents, inexplicables et tellement plus intenses. Elle tenait à lui, elle souhaitait le revoir, l'aimer, être avec lui. Aujourd'hui plus que jamais. Cela lui avait demandé un effort surhumain, la veille, de ne pas passer la nuit chez lui. Cela aurait été si simple, mais elle ne voulait pas céder, qu'il devine ses sentiments et que tout se complique. Mais elle était consciente qu'elle avait de plus en plus besoin de lui et que de toute évidence la situation allait se compliquer bien malgré elle. Elle alla ouvrir et ne put s'empêcher de lui sourire en lui faisant signe d'entrer.

— Est-ce que je tombe à un bon moment ?

— Tu ne me déranges absolument pas !

— Remise de ton vol d'hier ?

— Oui, répondit simplement Stéphanie qui avait envie d'ajouter qu'elle n'était surtout pas remise des sentiments qu'elle éprouvait pour lui.

— Tu sais que tu m'as foutu la trouille. J'y ai repensé toute la nuit.

— Je suis désolée.

— Tu n'as pas à être désolée, ce n'est pas ta faute et je suis plutôt fière de toi. Moi, je n'y serais pas arrivé, avoua John.

— J'y ai repensé aussi et c'est ma formation IFR qui m'a sauvé la vie et j'ai évidemment fait le lien avec toi. Je suis vraiment contente que tu aies pris la décision de poursuivre tes études et de compléter ta formation IFR. Après cela, tu ne seras plus le même pilote.

— C'est beaucoup de travail, mais je sais que ça vaudra le coup. Alors, si je comprends bien, même si on ne pratique pas beaucoup le vol aux instruments, on ne perd pas cet acquis.

— Tout bien réfléchi, je crois que j'aurais dû m'entraîner aux instruments plus souvent ces dernières années, mais l'essentiel, on ne le perd pas, non. Je suis arrivée à me concentrer uniquement sur mes instruments sans regarder à l'extérieur. Tu sais, les pilotes à vue font toujours l'erreur d'essayer de naviguer en regardant à l'extérieur même par mauvais temps, ce qui est toujours fatal sans horizon naturel.

John se mit à lui raconter que non seulement il voulait poursuivre sa formation aux instruments, mais qu'il voulait également s'acheter un appareil plus performant. Il n'en avait parlé encore à personne et Stéphanie était, selon lui, la meilleure personne pour se confier. Il voulait avoir ses impressions. Stéphanie se doutait qu'un jour ou l'autre, John aurait envie d'un autre avion plus performant, cela fait presque partie du processus normal de vouloir se dépasser avec un appareil plus sophistiqué. Mais par rapport à son niveau d'expérience, elle ne le sentait pas encore prêt pour cela. À sa place, elle aurait attendu de cumuler plus d'heures de vol, et d'acquérir plus d'expérience sur son Cessna. Mais John avait les moyens de voler autre chose que son Cessna 182 et personne n'y changerait rien.

– Je comprends ton ambition John, mais d'abord promets-moi de terminer ta formation IFR avant d'acquérir un avion plus sophistiqué, se contenta de conseiller Stéphanie.

– Pourquoi ? Je pourrais voler à vue avec un avion plus rapide sans problème.

– La question n'est pas là, insista Stéphanie. Si tu as un avion plus performant, tu seras tenté de faire de plus longs voyages et c'est souvent là que les accidents arrivent. Tu rencontreras des changements météo en route sur de plus longues distances et sans ta licence IFR en poche, tu seras un jour ou l'autre coincé dans de mauvaises conditions météorologiques et ce jour-là, tu regretteras d'être en vol.

– Je vais y réfléchir, mais j'aurai probablement terminé ma licence IFR avant de toute façon, ajouta John. Je pars vendredi prochain pour Vero Beach et j'ai bien l'intention d'obtenir cette sacrée licence.

John lui proposa ensuite d'aller se balader à Weelflet. La journée était ensoleillée, la température était douce et ils avaient tous les deux envie de se promener sur la plage.

Ils se retrouvèrent à nouveau à marcher dans les sentiers à travers les dunes du *National Seashore*. Ils se promenaient nonchalants en savourant chaque seconde au rythme des vagues. C'était un dimanche splendide et l'endroit était encore pratiquement désert en cette période de l'année, ce qui ajoutait au charme. La scène leur rappelait à tous les deux quelques moments de bonheur interdit, volés sur cette même plage, l'automne dernier, mais ni l'un ni l'autre n'osa y faire allusion. Avant de gagner la plage Marconi, John avait demandé à Stéphanie de s'arrêter le temps de faire quelques courses. Ils avaient acheté du pain, du vin et du fromage. L'idée d'un pique-nique sur la plage avec elle lui semblait séduisante. Bavarder et manger avec la personne que l'on aime dans un endroit merveilleux fait partie des plaisirs de la vie et John avait l'intention d'en profiter.

– J'apprécie vraiment cet endroit, confia Stéphanie en admirant l'infinité de l'océan d'un bleu azur alors qu'ils venaient de s'installer sur la plage et que John ouvrait la bouteille de vin.

– J'aime aussi cet endroit. Dis-moi, as-tu opté pour Chatham justement pour la proximité de cette plage ?

– En partie oui, mais aussi parce que je cherchais à Cape Cod, une petite communauté très paisible. Je ne sais pas si je pourrais me défaire de ma coquette villa un jour. J'aimerais garder ce privilège éternellement. J'adore le calme et le sentiment de détente que l'endroit me procure.

Stéphanie aimait contempler la mer de sa véranda, s'asseoir sur sa balançoire en sirotant une citronnade tout en lisant un roman ou en écrivant un texte. L'inspiration était toujours au rendez-vous dans ce cadre enchanteur.

– Je te comprends, pour ma part je ne pourrais renoncer à *Red Gate Farm*. Même si la résidence est bien trop grande, le site est merveilleux.

John lui raconta qu'il y avait quelque chose d'extraordinaire à *Red Gate Farm*, une sorte de tableau irréaliste, une vue imprenable et irrésistible. Être chez soi, dans son intimité près de la mer à entendre le bruit des vagues, respirer l'odeur de la mer, observer les oiseaux qui survolent ce tableau idyllique, ressemblait au paradis à ses yeux.

John aimait courir sur la plage, pratiquer des sports et même si leurs activités étaient différentes, elles leur apportaient, à tous les deux, le calme et la sérénité dont ils avaient besoin. Une sorte d'escapade hors du tumulte de Manhattan. Mais autant Stéphanie appréciait la mer, autant elle aimait les régions sauvages en montagne. Elle avait beaucoup voyagé dans les Rocheuses, les Andes et les Alpes et au quotidien, les régions montagneuses lui manquaient.

— Tu sais, j'adorerais avoir une maison en montagne où la nature est vivifiante, confia Stéphanie.

— Tu ne peux savoir à quel point j'aime aussi les régions sauvages ?

— Oui, mais toi c'est pour le côté aventure, pour explorer. Moi j'aimerais y vivre. Certains jours, je me dis que j'aimerais laisser mon appartement de Manhattan, conserver ma villa à Cape Cod pour un mois ou deux dans l'année et passer la majeure partie du temps dans une région paisible quelque part dans les montagnes Rocheuses canadiennes ou américaines.

— C'est une belle perspective, affirma John tout en versant à nouveau du vin dans la coupe de Stéphanie avant de se servir. J'admets que j'aime aller dans les montagnes dans des sentiers perdus en quête d'aventure, mais il n'y a pas que ça. En fait, moi aussi j'aimerais, certains jours, laisser Manhattan, et vivre à la campagne. Mais avec le magazine *George*, c'est impensable.

— Tu comptes le garder toujours ou crois-tu un jour faire le saut en politique ?

— Je ne sais pas. Autant au début j'étais passionné par *George*, autant aujourd'hui je remets un peu tout ça en question. Il y a eu beaucoup de déceptions tu sais, et peut-être faudra-t-il que je me rende à l'évidence, et y renoncer un jour.

— Que tu gardes ton magazine ou bien que tu travailles en politique, je ne crois pas que ta carrière te permettrait de vivre loin des centres urbains. Et puis, comme tu as pratiquement passé ta vie à Manhattan, je présume que les chics restaurants et la frénésie de New York te manqueraient, dit-elle à la blague.

— Pourtant, je n'exclus rien, répliqua John songeur. Par moments, même la banlieue est envisageable. Si je dois travailler à

New York, je pourrais vivre dans un secteur résidentiel près de l'aéroport de Caldwell, plus propice pour élever des enfants, et près de mon avion pour me déplacer à ma guise. Par contre, j'admets que ton idée d'une maison dans les montagnes Rocheuses n'est pas mal du tout. Je me contenterais aussi du lac Tahoe, lança-t-il.

– Le lac Tahoe! J'adore vraiment cet endroit! s'empressa d'ajouter Stéphanie. Mais ce serait dommage, que ferais-tu de tous tes beaux complets Hugo Boss et Armani dans une maison de bois rond en pleine nature?

– Je les vendrais volontiers à l'encan et les profits seraient versés à une œuvre de charité.

Ils riaient de bon cœur, ils étaient heureux juste de parler et rêver à un avenir différent.

John regarda Stéphanie, il la trouva merveilleuse, séduisante et charmante. Il adorait discuter avec elle. Tout était simple, facile et agréable en sa compagnie. Il n'y avait jamais de sautes d'humeur. À cette dernière idée, il ne pouvait s'empêcher de penser à Carolyn qui se mettait en colère si facilement. C'était bien dommage et John commençait à croire que le divorce était maintenant inévitable. Carolyn ne faisait qu'en parler d'ailleurs. Il avait cru un certain temps qu'il s'agissait d'une forme de chantage : divorcer ou bien changer de vie. Il y avait aussi toujours ces rumeurs sur le fait qu'elle le trompait et puis les querelles entre eux faisaient toujours partie de leur quotidien. Et maintenant, il y avait Stéphanie. Ce qu'il éprouvait pour elle était indéniable. Plus il la connaissait, plus il la voulait, totalement. John était conscient qu'il ne pourrait vivre ainsi indéfiniment en s'accrochant à un mariage déchirant tout en fantasmant sur Stéphanie. Il devrait choisir sachant qu'il avait déjà choisi. Entre son mariage complètement fichu et la perspective d'une relation amoureuse saine avec Stéphanie, le choix était évident. Il fallait changer sa destinée amoureuse du tout au tout, une fois pour toutes. Il avait un mal fou à résister à Stéphanie. Elle était là, à côté de lui, comme une sorte de mirage insaisissable. Il devait modifier le cours de sa vie. John n'avait à présent qu'une seule envie, se rapprocher d'elle. Il préférait éviter de lui parler qu'il songeait au divorce de peur de la voir fuir. Elle croirait probablement qu'elle en était la cause, ce qui était en partie vrai, mais il devait trouver un moyen pour qu'elle puisse croire qu'il en était autrement. Il repensait à ce qu'il avait éprouvé la veille lorsque le répartiteur de l'aéroport lui avait dit que son plan de vol était expiré et qu'ils étaient sans nouvelles d'elle et que son avion manquait à l'appel. L'attente avait été interminable pour John, il avait eu le cœur brisé, il avait dû étouffer ses sanglots et camoufler ses larmes. Mais cela lui avait permis de réaliser toute la profondeur des sentiments qu'il éprouvait pour elle. Aujourd'hui, il la désirait plus que jamais, mais pourtant, il savait qu'il ne pouvait lui faire une déclaration d'amour maintenant. Il devait être patient. Après tout, il avait accepté le pacte d'amitié, non pas par choix, simplement pour ne pas la perdre totalement.

    – Tu envisages d'avoir des enfants un jour ? demanda John.

John rêvait d'en avoir ; c'était pour lui fondamental dans un couple que de fonder une famille. À sa grande déception, Carolyn disait ne pas être prête et remettait cela constamment, au point qu'il commençait à croire qu'il n'en aurait jamais avec elle.

    – Oui, j'y songe souvent, mais je ne sais pas si je rencontrerai l'homme qui permettra que ça se réalise avant d'avoir 40 ans, expliqua Stéphanie.

    – Lorsque tu étais mariée, tu y pensais à ce moment-là ?

    – Oui, on en voulait, mais on se trouvait encore un peu trop jeune. On a préféré attendre. Et il y a eu le divorce.

    – Au fait, tu ne m'as jamais expliqué les raisons de ton divorce, s'informa John.

    – C'est que l'histoire est très banale. Derek est tombé amoureux d'une autre femme et nous nous sommes quittés, rien de bien original, raconta Stéphanie en se détachant du regard de John.

    – Pour toi ce n'était pas banal, de toute évidence, il t'a fait souffrir, constata John qui cherchait à en apprendre davantage.

    – Oui… il m'a fait souffrir. Le pire, c'est qu'il a eu une liaison avec cette femme avant notre divorce et ça duré deux ans. Lorsque je l'ai appris, tout s'est terminé. Ça laisse des séquelles, tu sais. On ne s'abandonne plus aussi facilement lorsque l'on rencontre un homme à nouveau. On se protège, on craint souvent le pire et on fait aussi moins aisément confiance.

– Je le trouve idiot ce Derek. Lorsque l'on est marié à une femme comme toi, on doit tout tenter pour préserver cette union.

– Ne dis pas ça, il avait ses raisons je suppose. Mais c'est du passé, on ne peut rien y changer.

John observa Stéphanie et lui tourna la tête de sa main pour l'efforcer à le regarder.

Il la trouvait si belle. Il avait envie de la prendre dans ses bras, de l'embrasser, de respirer son parfum de plus près, de sentir l'odeur de son corps, mais il avait promis de ne s'en tenir qu'à l'amitié. Il ne pouvait pas déjà briser sa promesse après seulement une semaine.

Il se demandait d'ailleurs pourquoi il lui avait fait une telle promesse, alors qu'il n'y croyait pas. Sans doute parce qu'il l'avait perdue une fois, il l'avait vue s'éloigner, il avait souffert et il ne voulait plus revivre ça. Une fois était déjà trop, et cela lui avait fait réaliser à quel point il tenait à elle.

Son regard était à présent plongé dans le sien et la façon qu'elle avait de le regarder le troublait. Il aurait voulu partir à l'autre bout du monde avec elle, là à l'instant présent, sans avoir à se poser de questions ou se justifier ou encore se culpabiliser. Il voulait goûter à nouveau ses lèvres, la caresser, il la voulait elle, dans sa vie, jour après jour.

– J'ai du mal à tenir ma promesse, avoua John avec une grande tendresse dans la voix tout en s'approchant encore plus près d'elle.

Stéphanie pouvait comprendre toute la profondeur de ce message simplement par son timbre de voix et son regard qui la faisait littéralement chavirer. Elle-même se demandait pourquoi elle avait tant insisté pour ne s'en tenir qu'à l'amitié alors que son corps brûlait de désir pour lui.

– Mais John…

– Chut, fit John en posant un doigt sur sa bouche l'empêchant de dire quoi que ce soit.

Il était déjà très près d'elle, mais il s'approcha encore davantage pour sentir son cœur sur son corps et poser ses lèvres sur les siennes, doucement et passionnément.

L'endroit était divin, il n'y avait que le bruit des vagues en toile de fond. Stéphanie s'abandonna à l'instant présent. John savait embrasser de manière si sensuelle. Il avait cette façon d'ouvrir la bouche très lentement, de la goûter comme s'il voulait lui permettre d'entrer dans son univers, dans ses rêves et dans ses fantasmes. Après un long baiser, John se recula pour mieux la savourer du regard.

– Je sais, j'avais promis, trouva-t-il à dire pour se justifier sans avoir l'air le moins du monde désolé.

– Qu'est-ce que cela aurait été si tu n'avais pas promis ? demanda-t-elle, troublée par ce baiser.

– J'aurais retiré tes vêtements doucement. Je t'aurais dit une fois de plus combien je t'aime. J'aurais caressé ton corps sans aucun scrupule ou remords pour sentir ton être trembler de désir jusqu'à ce que ton corps me demande de te faire l'amour. Nous aurions passé des heures à nous aimer et à passer des moments inoubliables mêlés de désir, de passion et de bonheur.

Stéphanie se leva, lui tournant le dos, faisant face à l'océan. Elle ne savait quoi dire. Elle était troublée par ce qu'il disait et déchirée par toute sorte de sentiments contradictoires. Particulièrement, parce qu'elle avait voulu qu'il l'embrasse et même plus encore.

John se tenait derrière elle, l'entourant de ses bras. Lui non plus ne parlait pas, il n'avait rien d'autre à ajouter. C'était dit.

– Rentrons, dit-elle enfin.

Il faisait presque nuit déjà, et Stéphanie lui proposa de rester à souper avant de retourner chez lui.

– J'ai des steaks qu'on pourrait faire cuire sur le grill, suggéra Stéphanie qui ne voulait pas le voir partir brusquement.

John acquiesça avec joie et ils préparèrent le repas ensemble. Il préférait de beaucoup souper chez elle plutôt que d'aller au restaurant car il ne se sentait jamais tout à fait à l'abri des photographes, lorsqu'il se trouvait dans un endroit public. Il voulait éviter la machine à rumeurs par crainte d'être remarqué avec une autre femme. Il y en avait déjà assez comme ça sur son compte et sur celui de sa femme. Valait mieux éviter tout risque inutile. Mais bien au-delà de la prudence dont il devait faire preuve, il aimait passer du temps en tête à tête avec elle à l'abri des regards et des curieux. Pour lui, c'étaient des moments hors de l'ordinaire, différents de ce qu'il vivait en semaine à Manhattan, toujours en public dans des restaurants bondés. Chez Stéphanie, l'ambiance chaleureuse représentait l'intimité et l'authenticité. Stéphanie appréciait également les moments seuls avec lui. John était un grand séducteur. Déjà en public, il charmait tout le monde, mais dans l'intimité le charme et la gentillesse se transformaient en sensualité et en romantisme. John aimait séduire et toucher les gens lorsqu'il n'y avait pas de témoin. Sa façon de la regarder était aussi particulière, empreinte de douceur et de tendresse.

Tous les deux passèrent le repas à rire, à se confier et à échanger sur des sujets qui leur tenaient à cœur, tout en s'appréciant toujours plus. Ni John ni Stéphanie ne firent allusion à leurs sentiments ou aux propos que John avait tenus sur la plage. Il trouvait qu'il avait été assez loin comme ça. Il la quitta en lui passant simplement la main dans les cheveux.

❖ ❖ ❖

John avait quitté Manhattan la première semaine d'avril pour entreprendre sa formation pratique dans le but d'obtenir son annotation aux instruments à Vero Beach en Floride comme prévu. Comme il suivait ses cours principalement les week-ends, John prenait le temps de téléphoner à Stéphanie, à tout le moins, une fois dans le courant de la semaine pour prendre de ses nouvelles et pour lui raconter son cheminement dans sa formation aux instruments.

Bien qu'il était à Manhattan en semaine, il ne l'avait pas vue ces deux dernières semaines, car avec ses études, son magazine et l'attention qu'il devait porter à Carolyn, John manquait de temps. Il trouva tout de même une façon de la rejoindre à l'aéroport de Caldwell, un mercredi, deux semaines seulement après le début de sa formation. Ce jour-là, John prit place aux côtés de Stéphanie dans son Piper pour un petit vol local dans le New Jersey et c'est John qui avait piloté l'avion de Stéphanie pendant pratiquement toute la durée du vol. Rapidement, Stéphanie remarqua que John avait gagné de l'assurance aux commandes de l'appareil.

– Eh bien, je crois que tu seras finalement prêt pour un vol-voyage en Alaska cet été, lança Stéphanie en riant, alors qu'ils venaient d'atterrir et s'apprêtaient à rentrer chacun chez soi.

– Je vais te prendre aux mots cette fois. Plus question de te défiler.

John était vraiment heureux que ce soit Stéphanie qui relance le projet du voyage en Alaska, car souvent, il y avait pensé sans trop vouloir insister. Stéphanie regardait John parler de l'Alaska et son enthousiasme était contagieux. Elle se réjouissait à l'idée d'y retourner. Et en compagnie de John, elle savait que ce serait encore plus passionnant. John était heureux et arrivait mal à contenir son excitation. Et en constatant que Stéphanie semblait aussi excitée que lui, cela ajoutait au plaisir. Pour lui, Stéphanie était l'âme aventureuse qu'il avait cherchée toute sa vie, celle qui le rejoignait parfaitement. Il admirait vraiment Stéphanie. Elle débordait d'assurance, rien ne semblait l'effrayer et surtout son charme et sa beauté faisaient en sorte qu'elle lui était irrésistible.

Quelques jours plus tard, Stéphanie, qui s'était rendue à l'aéroport de Caldwell, s'arrêta avant de décoller au 94 et aperçut Matthew qui prenait un café avec Patrick Smith.

Matthew lui fit signe d'approcher. Bien que Matthew et Patrick semblaient être assez bons amis, Stéphanie connaissait peu l'ingénieur en aéronautique. Elle s'était adressée à lui à quelques reprises seulement, pour la maintenance de son appareil, puisque c'était principalement son partenaire de vol Dave qui s'en occupait sur une base régulière. Pourtant, chaque fois qu'il la voyait à l'aéroport, il la dévisageait, et il la saluait gentiment. Sans trop savoir pourquoi, quelque chose lui disait qu'il la connaissait beaucoup plus qu'il aurait dû. Stéphanie s'approcha des deux hommes et embrassa sur les joues son ami Matthew.

— Tu t'apprêtais à partir pour Cape Cod, je suppose ? Tu as le temps d'un café avec nous ? demanda Matthew après qu'elle eut acquiescé.

— Bien sûr.

— Tu savais que John voulait vendre son Cessna pour s'acheter un Piper Saratoga ? demanda Matthew.

— Oui, il m'en a parlé vaguement. En fait, il m'a surtout dit qu'il voulait un avion plus performant.

— C'est que… ça se concrétise. Tu crois que tu pourrais le dissuader ?

— Non, vraiment pas. Je n'ai aucune influence sur John et puis son idée est faite, je ne crois pas que quiconque puisse arriver à le faire changer d'avis.

— C'est qu'on croit que John n'est pas prêt pour ça, précisa Matthew. Il va se tuer avec un Saratoga. C'est un avion beaucoup trop sophistiqué pour son niveau de compétence.

Stéphanie comprenait parfaitement bien la démarche des deux hommes. D'ailleurs, elle ne le croyait pas prêt non plus.

— Je sais. Je lui ai conseillé de terminer sa formation IFR avant d'acheter un appareil plus performant, ce qui lui permettrait d'acquérir de l'expérience.

— Et que t'a-t-il répondu ?

— Simplement qu'il allait y réfléchir, mais il semblait bien déterminé à terminer sa formation IFR. Et puis, j'ai volé avec lui, il y a à peine deux jours, et il semble prendre ses études très au sérieux, expliqua Stéphanie.

– Il parle d'acheter le Saratoga d'un type basé ici à Caldwell et si le *deal* ne fonctionne pas, il ira ailleurs. Apparemment qu'à Vero Beach, il y en aurait également un à vendre, précisa Patrick qui semblait lui aussi préoccupé par cette acquisition.

– Mais est-ce qu'il fera sa formation IFR sur le Saratoga, demanda Stéphanie qui elle aussi commençait à se préoccuper de voir que John était sérieux dans cette démarche de transaction.

– Rien n'est moins sûr. On croit que ça ferait beaucoup trop pour John de réaliser du même coup la formation pratique pour l'annotation IFR, et en même temps obtenir son annotation « avion complexe », expliqua Matthew. Il s'en rendra vite compte de lui-même de toute façon, il se sentira dépassé.

– On craint qu'en achetant le Saratoga, il ne laisse tomber sa formation IFR, ajouta Patrick.

– Êtes-vous certain de cela ?

– Steven, un de ses instructeurs, nous en a parlé ce matin et l'idée ne lui sourit pas, répondit Matthew. Il m'a demandé si je pouvais trouver une façon de le dissuader.

– Il est naïf s'il croit que quelqu'un pourrait arriver à dissuader John, ajouta Stéphanie.

– Selon Steven, dès qu'il achètera l'appareil, il se concentrera sur son nouveau jouet. On parle de quelques jours ou d'une semaine tout au plus avant que John quitte Vero Beach sans avoir terminé sa formation, ajouta Matthew.

– Stéphanie, tu sais ce que l'on veut dire ? Tu as volé avec lui, ajouta Patrick comme s'il s'attendait à une déclaration de sa part.

– Je sais quoi ?

En fait, Matthew et Patrick n'osaient le dire, mais ils croyaient tous deux que John n'était pas un si bon pilote, en tout cas pas encore. Stéphanie avait deviné ce sous-entendu, mais n'avait pas vraiment envie de porter de jugements gratuits.

– Stéphanie, on fait cela pour protéger John et non pas pour le dévaloriser comme pilote, justifia Matthew.

– Je sais bien, on l'aime tous et j'admets que cette histoire de Saratoga m'inquiète aussi, avoua Stéphanie.

– Je ne devrais peut-être pas le dire, mais j'ai un mauvais pressentiment pour John, avoua Matthew. Je crains qu'il ne lui arrive quelque chose avec ce genre d'appareil.

Stéphanie le dévisagea. Ses propos prenaient une autre dimension.

– Voler n'est pas dangereux, mais dépendamment de qui pilote cela peut le devenir, lança Patrick en les regardant tous les deux.

Cette dernière déclaration de Patrick n'avait rien de rassurant dans l'esprit de Stéphanie. Ce qui l'amena à se confier.

– Je crois que John est un pilote sérieux, mais maintenant qu'on en parle, j'admets qu'à certains moments, en l'observant voler, je m'imagine le pire.

– En clair, tu ne lui confierais pas ta meilleure amie alors qu'il est aux commandes, affirma Patrick.

Stéphanie ne voulait pas le dire aussi directement, mais il avait bien saisi la situation.

– John est trop distrait lorsqu'il vole, précisa Matthew. Je le sais, j'ai été son instructeur à quelques reprises. Il a du mal à se concentrer sur plus d'une tâche à la fois dans le poste de pilotage et Steven a aussi fait le même constat.

– Je sais, ajouta Stéphanie. Il évite souvent de communiquer avec une tour de contrôle pour obtenir de l'information additionnelle, s'il est trop occupé à piloter ou à naviguer, comme si toutes ces tâches en même temps lui demandaient trop.

– Alors, on peut imaginer ce que ce sera avec un avion complexe, s'enquit Patrick.

— Sans parler qu'il lui arrive d'être parfois négligent, précisa Matthew. La dernière fois que j'ai volé avec lui, c'est à peine s'il a jeté un œil sur sa *checklist* lors du point fixe et avant le décollage.

— Il n'est pas le seul pilote qui fait ça, précisa Stéphanie pour le défendre.

— Oui mais pas avec son expérience, répondit Matthew.

— De toute façon, le Saratoga est bien trop sophistiqué pour son niveau d'expérience, renchérit Patrick. Hélice à pas variable, train d'atterrissage escamotable. Sans parler des vitesses. Le Saratoga est un avion très rapide.

— Je sais, acquiesça Stéphanie. Plus l'avion est rapide, plus les risques d'accident sont élevés pour un pilote de sa compétence.

— Tu as tout compris. Veux-tu nous aider Steph? demanda Matthew.

— Mais que veux-tu que je fasse? Il va voler en double avec un instructeur le temps nécessaire. Et au pire, ce sera plus long avant qu'il n'obtienne son annotation « avion complexe » que la moyenne des autres pilotes.

— Oui, c'est certain, mais il n'aura toujours pas terminé sa qualification aux instruments, ajouta Matthew.

— Dis Matt, ce sera Steven qui fera son annotation sur type?

— Oui, apparemment. Il lui en aurait déjà parlé, et comme ils s'entendent bien, on le suppose. Mais tu sais, John peut changer d'avis en cours de route et opter pour un autre instructeur. Il a volé déjà avec plusieurs instructeurs différents.

— Il faudrait que Steven insiste pour voler avec John le plus longtemps possible en doubles commandes, précisa Stéphanie qui essayait de trouver une solution pour se rassurer elle-même.

— Pas facile, connaissant Steven, il ne voudra pas passer pour un instructeur qui abuse financièrement de son étudiant. Et puis ça sape la confiance personnelle de l'élève de l'obliger à voler en double trop longtemps, ajouta Matthew.

– Oui, c'est vrai, admit Stéphanie.

– En fait, on a une autre idée Steph, confia Matthew qui croyait le moment venu de lui révéler son plan. Comme il a confiance en toi, et que vous volez souvent ensemble, John voudra sûrement que tu sois sa première passagère. Question d'impressionner aussi un peu. Un Piper Saratoga, ce n'est pas rien.

– Où veux-tu en venir ? questionna Stéphanie.

– Steph, si tu voles avec lui pour son premier solo, et les quelques vols suivants sur son Saratoga, ça va rassurer tout le monde, s'empressa de répondre Matthew.

– Je n'ai jamais volé ce type d'appareil. Je ne serai pas d'une grande utilité.

– Je sais, mais on va arranger cela. De toute façon, tu as souvent volé des avions dotés de trains rétractables et d'hélices à pas variables.

– Oui, tu parles ! J'ai fait ma licence professionnelle et ma formation aux instruments sur un Piper Arrow, cela n'a rien à voir avec le Piper Saratoga. C'est très différent. Les instruments sont plus sophistiqués, et le poids ainsi que les vitesses sont plus élevés que les appareils que j'ai volés.

– Écoute Steph, ne t'inquiète pas, dit Matthew d'un ton rassurant. On sait tout ça, et on a pensé à te donner la formation pour voler le Saratoga. On ira voler à Morristown, j'ai un ami là-bas qui a un Piper Saratoga et je t'aurai donné ton *check flight* en un rien de temps. Avec ton expérience, tu auras ton annotation sur type avant lui. Ce sera notre secret.

– Eh bien ! On dirait que vous avez manigancé bien des choses en peu de temps, mais ce n'est pas possible, répliqua Stéphanie encore surprise du plan qu'elle venait d'entendre.

– Et pourquoi pas ?

– Déjà, je crois que ce n'est pas tout à fait honnête. Je me vois mal prétendre à John que je ne connais pas son appareil alors que ce sera faux. Et de plus, je n'ai pas les moyens de voler un Saratoga.

– Ne pense pas à ça, on s'arrangera avec ce détail, tu n'auras rien à débourser, déclara Matthew.

– Non, je ne peux pas accepter cela et ce n'est pas un petit détail, cela représente une somme importante.

– Mais Steph, n'oublie pas qu'on fait cela pour la sécurité de John. Ce sera simplement une mesure de précaution qui sera rassurante pour nous tous de savoir que tu voles avec lui les premiers temps.

– OK, fit Stéphanie d'un ton résigné après un moment. Je veux bien me faire faire une vérification sur type sur le Saratoga pour accompagner John. Ce n'est pas une si mauvaise idée après tout.

– Parfait, dit Matthew heureux de l'avoir convaincue. Je parlerai à Steven et il sera rassuré. Je resterai en contact avec lui et je serai en mesure de t'informer où il en sera avant que tu montes avec lui.

– Assure-toi, tout de même, qu'il soit vraiment prêt et qu'il vole le temps nécessaire avec son instructeur avant que j'intervienne. Je ne veux pas avoir à le corriger sans arrêt, personne n'aime ça, ajouta Stéphanie en se levant.

– Entendu, répondit Matthew. Bon vol et bon week-end, ajouta-t-il, en la voyant qui s'apprêtait à partir.

Il l'embrassa sur les joues avant qu'elle ne quitte en lui chuchotant à l'oreille un gros merci.

❖ ❖ ❖

Stéphanie venait tout juste de rentrer du journal, alors que l'on sonnait à la porte de son appartement. Elle était épuisée et n'avait pas encore soupé. Comme elle n'attendait personne, elle ne répondit pas. Mais, moins d'une minute plus tard, on l'appela au téléphone.

– Steph, ouvre-moi, c'est moi, John.

Surprise que John soit là, elle alla ouvrir rapidement. Lorsqu'elle le vit entrer, Stéphanie fut stupéfaite. Elle ne l'avait jamais vu dans un tel état. Il avait les yeux cernés et bouffis comme s'il avait pleuré, il n'était pas rasé et ses vêtements étaient froissés.

— Tu as une sale mine, qu'est-ce qui se passe John ?

John était abattu, comme si le ciel lui était tombé sur la tête.

— C'est Carolyn, arriva-t-il enfin à articuler. Il avait la voix rauque et il semblait dépassé par les événements.

— Est-ce qu'il lui est arrivé quelque chose, demanda Stéphanie de plus en plus inquiète de constater son état lamentable.

John ne savait pas comment lui expliquer, mais il avait besoin de se confier à Stéphanie. Il était blessé, humilié et surtout désemparé. Il prit le temps de s'asseoir sur le canapé, tenant sa tête entre ses mains, et fixa le plancher sans rien dire. Il mit du temps avant d'arriver à expliquer à Stéphanie ce qui l'avait mis dans un état pareil.

— Mon mariage est fichu, je vais demander le divorce, déclara John après un moment.

— Raconte-moi, John, je veux t'aider, mais explique-toi. Ce n'est pas la première fois que vous parlez de divorcer, dit Stéphanie qui venait de s'asseoir à côté de lui.

— Cette fois, c'est moi qui veux divorcer. Rien ne marche, elle me trompe, elle consomme de la cocaïne et en plus elle ne veut pas d'enfant, ça semble définitif.

John faisait peine à voir et Stéphanie pouvait lire toute la détresse dans ses yeux. Il est vrai que les rumeurs dans les médias allaient bon train à ce sujet. Stéphanie n'avait pu ignorer tous les gros titres dans les journaux sur John et Carolyn, et sur la relation qu'elle entretenait avec le mannequin de Calvin Klein. Les rumeurs sur sa consommation de cocaïne se poursuivaient et on racontait qu'elle était en pleine dépression, incapable d'accepter d'être constamment traquée par les médias. Certains journaux rapportaient même qu'elle était tombée enceinte et venait de se faire avorter.

— Écoute John, ça ne peut plus durer ainsi. Tu dois faire quelque chose, tout ça t'affecte beaucoup trop émotivement. Si j'étais toi, je m'arrangerais pour éclaircir cette histoire.

— Que veux-tu dire?

— C'est normal de vouloir savoir si sa femme a un amant ou non lorsque l'on soupçonne quelque chose. Alors, fais-la suivre par un professionnel.

John demeura silencieux. Il était malheureux. Les traits de son visage révélaient toute la souffrance qu'il portait en lui.

— Tu ne peux pas te torturer ainsi indéfiniment à lire des histoires dans les médias sur ta femme et son amant, reprit-elle. Tout cela finira par te détruire.

— C'est déjà fait, lui répondit John.

— Quoi?

— Je te dis que c'est fait, j'ai déjà engagé un détective, il y a un mois et le rapport de l'enquête m'a été remis hier.

— Et alors, ce ne sont que des rumeurs, n'est-ce pas? demanda Stéphanie, inquiète de cette investigation.

— Je ne suis pas rentré chez moi hier, j'ai dormi à l'hôtel...

Sa voix se brisa, les sanglots lui montaient à la gorge, mais il luttait pour ne pas pleurer.

Stéphanie le prit dans ses bras. Elle aurait voulu le protéger, lui éviter de souffrir. Elle le serra très fort, essayant de lui transmettre de l'énergie positive. Elle le sentait s'accrocher à elle. Ils restèrent ainsi un moment, le temps qu'il fallait pour que John puisse se ressaisir.

— John, tu ne peux pas quitter Carolyn, dit Stéphanie doucement. Si tu la quittes, elle sera brisée, sans parler du scandale dans les médias.

— Je suis malheureux, je ne peux pas accepter ça, c'est humiliant et il y a tout le reste.

— Tu dois être fort et sauver ton mariage. Tu as la force en toi pour passer par-dessus cela. Je sais que ce n'est pas ce que tu veux entendre, mais tu n'es pas le seul à qui ça arrive. Tant de couples ont subi de tels revers.

— J'étais prêt à tout pour que notre mariage fonctionne. J'aimais tellement Carolyn, mais maintenant c'est un véritable cauchemar, elle a changé et je ne l'aime plus. Je soupçonne aussi qu'elle soit tombée enceinte et qu'elle s'est fait avorter sans m'en parler. Et je me demande qui était le père, car nous n'avons pratiquement plus de vie de couple.

Stéphanie le regarda tout en lui serrant la main. Elle se sentait impuissante en observant cette fragilité qu'elle ne lui connaissait pas. Elle pouvait ressentir toute la douleur que John portait en lui. Elle pouvait deviner tout le désarroi qu'il éprouvait.

— John, ne met pas toute ton énergie sur tes problèmes de couple. La vie continue, tu dois tenter de penser à autre chose. Tu as un magazine à t'occuper et tu dois poursuivre ta formation de vol aux instruments.

— J'ai laissé tomber. Je ne retournerai pas à Vero Beach.

— John, tu es perturbé, tu peux faire une pause, mais ne laisse pas tomber ta formation.

— J'ai suivi la moitié de ma formation de vol et cela me suffit pour l'instant. J'ai tout de même suivi 12 leçons sur 25. Et puis, je viens d'acheter un Piper Saratoga. J'aurai besoin de tout mon temps pour apprendre à voler cet appareil.

Stéphanie était désolée et n'aimait pas ce qu'elle venait d'entendre. Finalement, les craintes de Matthew, Patrick et Steven émises un peu plus d'une semaine auparavant s'avéraient justes. Elle était déçue de voir que John n'allait pas jusqu'au bout de ce qu'il avait entrepris. Il avait reçu son dernier entraînement le 24 avril 1999 à Vero Beach en Floride. Seulement trois semaines de formation, et quelques jours plus tard, voilà qu'il faisait l'acquisition d'un Piper Saratoga.

— Je suis désolée de te le dire John, mais tout cela ne me dit rien de bon. Je persiste à croire que tu devrais terminer ton annotation aux instruments. Et je ne suis pas certaine que tu sois prêt à voler le Saratoga.

Elle aurait voulu lui tomber dessus, car à ses yeux cette décision était stupide, mais vu son piètre état, le moment semblait mal choisi pour en dire davantage. Il était déjà par terre.

Stéphanie ne savait que faire de John. Elle était attristée par ce qui lui arrivait avec Carolyn, mais elle ne voulait pas qu'il s'appuie sur son épaule. Elle préférait le voir partir, car ce soir, elle savait qu'il avait une seule envie, celle de se jeter dans ses bras. Cette façon qu'il avait de s'accrocher à elle en disait long.

— John, je suis désolée, mais je dois me doucher et me changer, annonça-t-elle, après avoir passé plus d'une heure à essayer de lui remonter le moral. Je suis attendue ce soir avec des amis du *Times,* lança Stéphanie en se levant. C'est l'anniversaire d'une collègue et on a organisé une fête surprise. Je suis déjà en retard.

— Ça va, j'ai compris, ce n'est pas ma journée, dit John avant de partir.

Stéphanie trouvait dommage d'être obligée de mentir, mais elle tenait à prendre ses distances. Maintenant que son mariage semblait vraiment fichu, elle préférait se tenir loin et se protéger. Peut-être que s'il ne la trouvait plus sur son chemin, il aurait le courage de recoller les morceaux avec Carolyn et de lui pardonner son infidélité.

CHAPITRE 13

Mardi 27 avril 1999

Stéphanie se trouvait assise à son bureau de la salle des nouvelles du *Times* et avait un mal fou à se concentrer. Elle s'était inquiétée pour John durant toute la journée. Elle avait des remords de l'avoir laissé partir la veille, alors qu'il avait besoin d'elle. Il l'avait choisie, elle, pour se confier, partager sa peine et elle ne l'avait pas soutenu. Elle regrettait de ne pas avoir passé la soirée avec lui.

En fin de journée, lorsqu'elle constata que Jeff était enfin libre, elle en profita pour le retrouver.

– Dis donc, tu étais très occupé toute la journée ! Je t'ai vu passer en coup de vent à deux reprises pour ressortir aussitôt.

– Oui, j'ai plusieurs dossiers en même temps sur lesquels j'enquête. Et toi, comment vas-tu, tu as l'air préoccupée ? s'informa Jeff.

Stéphanie lui raconta brièvement l'épisode de la veille avec John. Jeff était au courant où elle en était avec John, puisque Stéphanie l'informait régulièrement de ce qui se passait entre eux. Jeff demeurait son confident de premier choix tant pour son jugement que pour sa discrétion.

– Tu sais, il ne faut pas me blâmer.

– Je comprends Steph, tu as simplement voulu te protéger, te connaissant, c'est normal.

– Je suis tout de même inquiète pour lui, si tu l'avais vu, il était dans un état lamentable. Et comme je pars demain pour Boston, pour quelques jours, ce sera difficile de me joindre. Il tentera sans doute de me contacter à nouveau en mon absence.

– Pourquoi ne pas lui écrire un message avant ton départ?

Stéphanie prit une minute de réflexion pour réaliser que c'était une bonne idée. Comme de coutume, Jeff prodiguait toujours de bons conseils.

Elle termina le travail urgent qu'elle devait rendre pour la fin de la journée avant de préparer les dossiers de recherche qu'elle devait emporter avec elle pour son interview à Boston. Une fois chez elle, elle se concentra sur le message destiné à John qu'elle lui enverrait par messagerie électronique.

John,

Je suis désolée pour toi et Carolyn et pour nous également. Ne m'en veux pas pour mon constat, mais, tout comme moi, tu sais bien que notre relation doit se terminer maintenant, c'est inévitable. Ne culpabilise pas, puisque tu n'as rien à te reprocher envers moi. Tu as tout fait pour respecter ta parole et t'en tenir à l'amitié. C'est peut-être moi maintenant qui ai du mal avec cette promesse. Sache que les sentiments que j'éprouve pour toi sont maintenant trop forts. Je ne peux lutter sans répit afin d'essayer de réprimer un amour impossible qui grandit sans cesse. C'est une bataille vouée à l'échec. Tu représentes tellement plus que mon copain pilote. Tu m'as fait passer des moments inoubliables, qui resteront gravés à tout jamais dans mon cœur. Sache que tu m'as rendue heureuse, mais qu'aujourd'hui c'est devenu trop difficile. Te voir souffrir me brise le cœur et je ne sais comment guérir tes blessures sans nous blesser davantage. Je ne vois pas d'issue entre nous, et je ne veux surtout pas interférer dans ton couple. Je ne peux te laisser voguer sans cesse vers le naufrage. Il est maintenant temps de poursuivre notre route chacun de notre côté. Pardonne à Carolyn, car elle t'aime. Va regagner son cœur. Je vous souhaite, à tous les deux, tout le bonheur qui soit possible de partager.

John, ne me cherche pas, je serai à Boston pour affaires durant les prochains jours. Ensuite, je partirai quelque temps pour un répit.

J'espère que tu sauras me pardonner et m'oublier également.

Je t'embrasse,

Stéphanie

Le mois de mai allait bientôt s'amorcer, «le mois des amours», pensait Stéphanie. Elle espérait que ce serait sincèrement de bon augure pour John et sa femme, même si au fond d'elle-même l'idée de l'inciter à rester avec sa femme la faisait souffrir. C'était difficile de fuir l'homme qu'elle aimait profondément. À présent, il n'y avait plus une nuit où elle ne rêvait pas à lui secrètement. Elle devait bien l'admettre, elle avait envie de lui, d'être avec lui, de l'aimer au grand jour, mais elle savait que ce n'était pas possible de vivre une relation passionnelle avec lui. L'idée de se retrouver dans un triangle amoureux n'était pas une option. Sa décision était douloureuse, mais elle savait que c'était la meilleure solution. Elle poussa un grand soupir avant d'envoyer le message électronique à John, sachant qu'il ne le lirait probablement que le lendemain.

Le lendemain matin, John, assis à son bureau, au magazine *George*, relisait pour la troisième fois le message que Stéphanie lui avait envoyé la veille. Il était désolé, confus et heureux à la fois. Des sentiments contradictoires. Pour la première fois, Stéphanie lui avouait ses sentiments. Il avait toujours su qu'elle l'aimait, mais enfin, elle en parlait. C'était écrit, c'était clair et cela le rendait heureux, comme une lueur d'espoir. Il regrettait de ne pas avoir lu son message plus tôt pour essayer de la retenir. Déjà 10 heures, elle avait sans doute maintenant quitté. Il venait de terminer un petit déjeuner avec un client, qui s'était éternisé, espérant décrocher son budget de publicité. Une réunion qui n'en avait même pas valu la peine. Tout allait de plus en plus mal au magazine *George*. Et rien ne s'arrangeait avec Carolyn, il n'y croyait plus d'ailleurs. Il était trop tard pour lui et sa femme, il le savait. Mais à présent, il y avait Stéphanie. Il avait toujours su qu'elle se tenait à l'écart pour ne pas interférer dans son couple. Il la trouvait particulièrement généreuse. Peu de femmes agissaient ainsi. À présent, il voulait tout changer. Il n'allait pas laisser les choses aller ainsi. John avait besoin de lui parler maintenant, de la retrouver maintenant, de la voir tout de suite. « Il devait bien y avoir un moyen », se disait-il. Il tenta de la joindre sur son portable, mais John constata rapidement que son téléphone était fermé. Il ne pouvait attendre son retour, d'autant plus qu'elle ne précisait pas combien de temps elle serait absente. « *Un répit*, avait-elle écrit... mais où avait-elle l'intention d'aller ? » se demanda-t-il. Il n'en avait aucune idée, et elle n'avait rien précisé dans son message à ce sujet. Mais, à tout le moins, il savait pour le moment qu'elle se rendait à Boston. Il devait intervenir maintenant. John se demandait si elle se rendait à Boston avec son Warrior ou bien à bord d'un avion commercial. La journée était magnifique, elle avait dû être tentée de prendre son avion, à moins que des réservations avec un transporteur aérien aient été faites, au préalable, par l'entremise du *Times*. John n'avait aucune envie de se poser la question plus longtemps. À partir de son bureau, il composa aussitôt le numéro de Patrick, son plus fidèle complice à l'aéroport de Caldwell.

— Salut Pat, ça va vieux ?

— Oh John, c'est toi ? Désolé, je n'ai pas encore terminé l'inspection. Ton compas magnétique doit être recompassé et tu ne pourras pas utiliser ton appareil avant deux jours. Tu voulais aller voler aujourd'hui ?

— Non, c'est sans importance. Dis-moi, est-ce que l'avion de Steph est garé ? demanda John d'emblée.

— J'ai vu Stéphanie décoller tôt ce matin. Elle disait partir pour Boston.

— Tu es certain ?

— Bien sûr, je l'ai même entendu déposer son plan de vol.

John se sentait un peu ridicule. Et qu'est-ce que cela changeait que Stéphanie soit partie en avion de ligne ou avec son Piper? De toute évidence, elle était à Boston. Puis un peu mal à l'aise, il ajouta:

— Tu sais où exactement à Boston elle est allée?

— Non, aucune idée. Mais j'ai cru comprendre que c'était pour un reportage, elle avait une valise et un ordinateur avec elle. Je crois qu'elle a quitté pour quelques jours.

— Tu peux me rendre un service Pat?

— Bien sûr John, si je peux faire quelque chose pour toi, tu sais bien que ce sera avec plaisir.

— Essaie de savoir à quel aéroport elle doit se poser à Boston.

— Bon OK, je vais voir ce que je peux faire. C'est tout probablement à Logan, l'aéroport international. Mais, laisse-moi te revenir.

— Et sois discret, ajouta John, avec empressement avant de raccrocher.

— Tu peux compter sur moi.

John se sentait mal à l'aise de profiter de la grande gentillesse de Patrick constamment, mais pour l'instant, il n'avait d'autre choix, car il avait une seule idée en tête: aller la rejoindre.

Quelques minutes plus tard, Patrick contacta John pour lui apprendre à quel aéroport Stéphanie avait atterri. Satisfait, il ne lui restait plus qu'à se rendre à l'aéroport Logan et à poser des questions pour la retrouver. Mais comme il ne s'agissait pas d'un petit aéroport local, ce ne serait certainement pas facile de repérer un répartiteur susceptible de l'informer pour savoir à quel hôtel elle s'était rendue. Il pourrait commencer par le FBO de l'aéroport, où elle avait sans doute stationné son avion. De là, elle avait probablement demandé un taxi au répartiteur pour se rendre à son hôtel. Mais John se demanda, inquiet, ce qu'il ferait si, une fois sur place, tout le monde restait muet ou bien si personne n'était en mesure de l'informer à quel hôtel elle s'était rendue. «Il doit bien y avoir une centaine d'hôtels à Boston», pensa John. Il fit un effort pour essayer de se rappeler. Elle avait déjà parlé de voyages d'affaires à Boston, mais jamais elle n'avait mentionné un hôtel particulier dans cette ville. Ses chances de la trouver étaient minces. Il aurait évidemment pu appeler au *New York Times*, on lui aurait dit, très certainement, mais c'était suicidaire. Les rumeurs allaient courir, c'était beaucoup trop risqué. Puis soudain, il pensa à Jeff Brown. Évidemment, Jeff, l'ami et collègue de Stéphanie, qui travaillait aussi au *Times*, était forcément au courant. Brusquement, John fut saisi par un mauvais pressentiment: si Jeff était parti en compagnie de Stéphanie? Comme il aurait l'air idiot d'aller la rejoindre. Il craignait depuis le début que la relation entre elle et Jeff ne soit plus qu'une simple amitié. John l'avait pratiquement toujours pressenti comme un rival. Stéphanie avait beau dire qu'il n'était qu'ami, parfois le vent tourne. Pour se rassurer, John téléphona de nouveau à Patrick.

— Pat, désolé de te déranger encore.

— Ce n'est rien John.

— Quelqu'un accompagnait Stéphanie ce matin?

— Non, elle était seule.

Rassuré, John le remercia à nouveau avant de raccrocher. Il se sentait ridicule de déranger ainsi son ami Patrick. Finalement, il se résigna à téléphoner au *Times* et demanda à parler à Jeff Brown sans toutefois se nommer auprès de la téléphoniste. John se doutait que l'ami et collègue de Stéphanie était au courant pour eux. On le transféra au poste de Jeff et ce dernier prit l'appel.

— Bonjour, je suis John... un ami de Stéphanie...

— Je sais, répondit aussitôt Jeff, qui avait reconnu sa voix.

À son grand étonnement, Jeff lui fournit l'information qu'il lui demanda, sans aucune hésitation.

— Elle est descendue à l'InterContinental. C'est toujours là que nous débarquons lorsque nous sommes à Boston, précisa Jeff qui était heureux de pouvoir faire quelque chose pour John F. Kennedy junior.

Il avait certes un léger pincement au cœur, se demandant si John voulait simplement lui laisser un message à son hôtel ou bien s'il avait l'intention d'aller la retrouver. Ne sait-on jamais ? Mais il n'allait pas oser l'indiscrétion en lui demandant. Au fond, Jeff voulait vraiment le bonheur de Stéphanie et si ce bonheur devait passer par John, il ne fallait pas hésiter à l'encourager. D'ailleurs, Jeff avait pressenti la veille en parlant avec Stéphanie par la teneur de ses propos que ses sentiments envers John avaient changé. Cela lui suffisait, pour ne plus tenter de la convaincre de s'éloigner du célèbre fils Kennedy.

— Merci du renseignement, c'est que je tenais à voir Stéphanie, ajouta John comme s'il avait besoin du consentement de son interlocuteur.

— Pas la peine de me donner d'explication, allez la rejoindre, elle sera sûrement ravie.

John raccrocha en se disant qu'il s'était trompé au sujet de Jeff. De toute évidence, un chic type et tout probablement une belle amitié entre eux, comme l'avait prétendu Stéphanie, d'autant plus qu'il n'avait perçu aucune pointe de jalousie chez lui. John avait l'habitude de ne jamais porter de jugements sur les gens, mais il avait fait exception concernant Jeff Brown, et John se sentait mal à l'aise d'avoir porté de faux jugements et surtout d'avoir douté de l'honnêteté de Stéphanie à l'égard de Jeff. À présent, rien ne l'empêchait d'aller la rejoindre. John prit un instant pour prévenir son assistante avant de quitter le bureau, et de sauter dans sa voiture. Ce n'était pas la peine de passer chez lui prendre un sac de voyage, il avait déjà tout ce dont il avait besoin. Il venait de passer quelques jours à l'hôtel, le Stanhope, toujours en brouille avec Carolyn. Il aurait aimé se rendre à Boston avec son Cessna, mais l'avion était en pleine inspection et la boussole hors d'usage. John avait voulu procéder à l'inspection de son avion avant de le vendre, pour éviter tout problème. Par ailleurs, il savait qu'il ne pouvait rejoindre Stéphanie avec un instructeur sur les talons à bord de son Saratoga. Il aurait bien pu s'acheter un billet d'avion commercial, mais au dernier moment, ce n'était même pas la peine d'essayer, et aujourd'hui, il avait envie de conduire.

En route, alors que John se félicitait d'avoir contacté le célè-bre journaliste Jeff Brown pour retracer Stéphanie, ses pensées se dirigèrent une fois de plus vers celui qu'il avait cru être son rival. John était tout de même intrigué : « Que sait-il au juste sur moi et Stéphanie ? Est-ce que Stéphanie avait respecté leur secret comme promis ? » se demandait John. C'était sans doute difficile, s'ils étaient si proches depuis longtemps. Elle avait toujours parlé d'une grande amitié qui datait d'avant son divorce. Stéphanie lui avait finalement avoué qu'entre-temps Jeff avait été amoureux d'elle. « Rien de sur-prenant, mais l'était-il encore ? S'était-il vraiment résigné à ne vivre qu'une amitié avec elle ? » Beaucoup de questions lui traversaient l'esprit alors qu'il filait à vive allure vers Boston. Puis soudain, John réalisa que durant sa conversation téléphonique, Jeff n'avait semblé aucunement surpris de son appel. Habituellement, lorsque John s'adressait à des étrangers, ces derniers étaient surpris de tomber sur John Kennedy et ce n'avait pas été le cas ce matin avec Jeff. De toute évidence, il devait savoir quelque chose. Tant pis, à présent, il devait se concentrer sur Stéphanie. « Qu'allait-il lui dire pour justifier sa présence ? La vérité, tout simplement », se disait John. D'abord, il allait se rendre à l'InterContinental. C'était simple, John connaissait bien l'hôtel. Il était bien localisé, sur le *Boston Waterfront* adjacent au district financier et à deux pas du *Boston Harbor*. « Elle sera sûrement ravie », avait déclaré Jeff. John espérait qu'il disait vrai. Le ton de Jeff l'avait rassuré un peu comme une bénédiction. Cela avait suffi à lui apporter confiance et encouragement. Il espérait maintenant que Stéphanie soit tout aussi enthousiasmée que l'avait été Jeff.

Au cours du trajet, John avait eu largement le temps de s'in-venter divers prétextes pour son geste, mais chacun des scénarios imaginés ne valait la peine d'être dit. Le mieux demeurait de rester simple et naturel, et surtout d'être honnête. Il devait la convaincre qu'elle n'interférait pas dans son mariage. Sa femme le trompait et son couple dérivait depuis déjà un bon moment et Stéphanie n'en était pas la cause. Contrairement à ce qu'elle lui demandait dans son message, il ne voulait pas l'oublier et la voir disparaître de sa vie. Au contraire, il voulait qu'elle fasse partie de sa vie. Elle devait comprendre qu'il l'aimait, elle, qu'il était heureux avec elle et qu'il était possible de bâtir quelque chose ensemble et qu'il n'était plus question de réprimer leurs sentiments et leur amour. Mais en même temps, John savait qu'il ne devait pas la brusquer. Il faudrait sûrement y aller progressivement. À tout le moins aujourd'hui, il allait faire tout en son possible pour la persuader de ne pas s'éloigner de lui. John était tout de même inquiet de sa réaction lorsqu'elle le verrait apparaître, d'autant plus qu'elle était là par affaires. Puis, il fallait encore qu'elle puisse avoir du temps à lui consacrer.

Lorsque John arriva à l'InterContinental, il demanda à voir Stéphanie Parker. C'était une manière comme une autre de s'assurer qu'elle n'avait pas changé d'hôtel au dernier moment. Sans poser de question, le préposé téléphona à la chambre de Stéphanie.

– Il n'y a pas de réponse, elle est sans doute sortie, annonça le préposé.

Rassuré d'être au bon hôtel et décidé à ne pas la manquer, il prit une chambre à son nom. Quelques minutes plus tard, de sa chambre, John tenta à nouveau de la joindre sur son téléphone portable, sans succès. Au lieu de lui laisser un message, il alla voir le maître d'hôtel. En un clin d'œil, John obtint la complicité de ce dernier pour informer Stéphanie, dès qu'il la verrait, que quelqu'un l'attendait au bar de l'hôtel pour affaires. Par précaution, le maître d'hôtel lui proposa également de laisser un message à sa chambre. C'était plus qu'il n'en fallait pour John. Satisfait, il alla s'installer dans un coin discret du bar. John avait apporté des documents de travail et profita de ce répit pour placer des appels et avancer dans ses dossiers.

En fin d'après-midi, lorsque Stéphanie fut de retour à l'hôtel, on l'informa aussitôt arrivée que quelqu'un l'attendait au bar de l'hôtel. Elle avait à peine franchi le seuil de la porte qu'on s'était précipité sur elle comme s'il s'agissait de quelque chose ou de quelqu'un de très important. Comme elle n'attendait personne, elle se dit qu'on faisait sûrement erreur. Piquée par la curiosité, elle alla tout de même jeter un coup d'œil au bar. «Un collègue du *Times,* peut-être», se disait-elle. Rapidement, elle distingua John qui se leva aussitôt en la voyant. Stéphanie en eut le souffle coupé. Son cœur se mit à battre la chamade se demandant ce qu'il faisait là, et comment pouvait-il l'avoir trouvée. La voyant figée sur place, John se dirigea rapidement vers elle pour l'entraîner doucement par les épaules à sa table.

– Tu sembles surprise, assieds-toi.

– On le serait pour moins.

– Tu ne m'en veux pas au moins ? Je voulais te faire une surprise. En fait non, reprit John un peu embarrassé, j'avais besoin de te voir après avoir lu ton message. Je ne veux pas que notre histoire s'arrête ainsi, je ne veux pas t'oublier, je ne veux pas que tu sortes de ma vie. Tu n'as pas le droit Steph, ce que nous vivons est important et tu n'interfères en rien, contrairement à ce que tu penses. Mon mariage aurait été un échec même si nous nous n'étions pas connus.

Stéphanie regarda John déballer ses arguments et prétextes. Il avait parlé sans reprendre son souffle. Elle le trouvait adorable à essayer de plaider sa cause ainsi alors qu'elle-même n'avait qu'une seule envie, lui sauter au cou, et le remercier de sa présence. Le veston stylé de couleur foncée qu'il portait lui allait à merveille et ne faisait qu'ajouter à son charme. Évidemment, elle devait faire preuve de retenue, consciente que les gens autour d'eux les regardaient. Mais en cet instant précis, elle commençait à croire à leur amour et trouvait presque ridicule son message qu'elle lui avait écrit la veille.

– J'ai besoin de toi Steph, reprit John, d'un ton plus détendu, empreint de douceur. Nous n'avons pas à refouler les sentiments que nous éprouvons l'un envers l'autre, ajouta-t-il, comme s'il pouvait lire dans ses pensées.

Sans rien dire, sans répondre, elle lui adressa un sourire en le regardant dans les yeux pour l'encourager, pour lui faire comprendre qu'elle ne désapprouvait pas son geste. Elle était émue, constatant qu'elle comptait pour lui et sachant qu'il s'était, sans doute, donné du mal pour la retrouver à son hôtel. John, qui lisait facilement dans son regard, fut à même de constater que ses yeux s'étaient illuminés. Ce pétillement qu'elle avait dans les yeux, qui lui était propre, John pouvait le reconnaître parmi des milliers d'autres regards. C'était unique et cela lui suffisait à comprendre qu'il avait bien fait de la retrouver. Déjà, il pouvait sentir son énergie qu'elle lui communiquait.

— Je suis touchée que tu aies fait tout ce chemin jusqu'ici depuis New York pour me parler ainsi, avoua Stéphanie d'un ton timide qui venait enfin de briser le silence. Mais comment m'as-tu trouvée ?

— J'aurais trouvé le moyen de te retrouver, peu importe où tu te serais cachée, répondit John fier de lui.

— Que dirais-tu d'une promenade dans la ville avant souper, il n'est que 16h30, proposa Stéphanie, après avoir jeté un coup d'œil rapide à sa montre. Le temps est radieux aujourd'hui.

— Bonne idée !

— Laisse-moi deux minutes, le temps de changer de chaussures et de déposer mon porte-documents à ma chambre.

— D'accord. On se retrouve dans le hall. Je vais aussi me débarrasser de mes documents, j'ai pris une chambre en arrivant.

Lorsqu'ils se retrouvèrent, Stéphanie avait remplacé le tailleur de couleur marine qu'elle portait par un chic pantalon agencé à une longue veste noire en cachemire sous une blouse crème. John la trouvait radieuse. Il n'avait qu'une seule envie, la serrer très fort dans ses bras. Ils montèrent dans sa voiture et John profita de ce moment à l'abri des regards pour lui serrer la main et lui caresser doucement les cheveux avant de prendre le volant en direction du dynamique quartier du *Waterfront*. Il aimait cet endroit d'autant plus que le temps était particulièrement doux pour la période de l'année.

John prit plaisir à lui raconter comment il l'avait trouvée et s'informa de ce qu'elle faisait à Boston, chacun évitant de faire le point sur leur relation réciproque ou même de parler à nouveau du fameux message de la veille.

— J'interviewe un prisonnier.

— Vraiment ?

— Oui, en fait, il n'a rien d'un prisonnier typique. On peut difficilement l'imaginer comme un criminel. Il sortira de prison dans quelques semaines. Il a passé les deux dernières années à fonder un mouvement pour venir en aide aux délinquants.

— Quel crime a-t-il commis?

— Trafic de drogue. Mais il a toujours proclamé son innocence. Selon sa version, il a été victime d'un coup monté. Il a été arrêté en possession d'une importante quantité de drogues sur lui. Mais, toujours selon sa version, il avait intercepté cette drogue d'un délinquant, apparemment pour le sauver d'un groupe de trafiquants, et il s'apprêtait à la rendre aux autorités le jour même.

— Et tu crois à sa version?

— Je sais que j'aurai du mal à te convaincre, après tout, je parle à un ex-avocat. Il te faudrait des preuves pour croire à sa version.

— Tu te trompes Steph, j'ai souvent défendu des délinquants victimes du système.

— Peu importe, je ne suis pas là pour jouer au justicier. Je veux plutôt faire ressortir dans mon article la nature du personnage. Il n'a rien du révolté ou du rebelle. Il est très touchant, tu sais. Arriver à faire des choses bien, alors qu'on est enfermé dans un centre à sécurité maximale, en mettant sur pied un mouvement pour aider les autres, c'est très louable. C'est de ça dont il faut parler.

John avait cette façon de l'écouter qui surprenait chaque fois Stéphanie. Il était attentif à ce qu'elle lui racontait, il portait une attention déconcertante à ses propos, comme si ce qu'elle lui disait était ce qu'il y avait de plus important au monde.

— As-tu hésité avant d'accepter de couvrir ce sujet? demanda John intrigué.

— En fait, c'est moi qui l'ai proposé.

— Toi! Tu m'étonneras toujours.

John venait de garer la voiture pour continuer à pied sur une promenade qui longeait l'océan. Il aurait aimé lui prendre la main à nouveau, mais au milieu d'une grande ville c'était à proscrire. Lorsqu'ils se trouvaient tous les deux sur une plage déserte de Cape Cod hors saison, à l'écart des touristes, et qu'il portait une casquette, des verres fumés et des survêtements de jogging, John n'avait rien à craindre. Mais à New York, c'était une tout autre histoire. Des photographes et de simples curieux se trouvaient partout, tout comme aujourd'hui dans une ville comme Boston. Il devait faire preuve d'une extrême prudence en présence de Stéphanie. Heureusement, le fait qu'elle soit journaliste, et suffisamment connue comme tel, pouvait laisser supposer qu'ils parlaient affaires. Elle pouvait être en train de l'interviewer pour le *Times* ou bien de travailler comme journaliste dans son équipe au magazine *George*. John avait une réponse prête si on soupçonnait quelque chose. N'empêche qu'il devait toujours être aux aguets. Même à l'aéro-club, il devait redoubler de prudence. Patrick lui avait avoué une semaine plus tôt que certaines rumeurs commençaient à courir à leur sujet, mais John ne voulait pas embêter Stéphanie avec ça. Bien qu'elle soit journaliste, elle n'était pas tout à fait consciente du mal que certains médias pouvaient faire. Il fallait l'avoir vécu pour vraiment savoir.

Pour l'instant, il se contenta d'écouter Stéphanie. Il était fasciné par ses propos et son travail. Elle était jeune et déjà elle avait réussi avec brio sa carrière. Elle était respectée dans le milieu journalistique tant pour ses idées, son talent que son professionnalisme.

John était impressionné par son intelligence et sa culture. Elle pouvait aborder à peu près n'importe quel sujet sans embarras, mais surtout, elle faisait constamment preuve de courage. Lorsque ce n'était pas pour braver le brouillard en vol, c'était pour survoler seule le mont McKinley en Alaska, sinon elle allait interviewer un prisonnier. Elle semblait aussi heureuse lors d'une simple promenade qu'en explorant des pays aux confins de la planète. Belle et séduisante, comment pouvait-il ne pas en être amoureux? Par moments, il osait faire des comparaisons avec Carolyn. Stéphanie, qui était si douce dans ses propos et par son timbre de voix, était en même temps si forte au niveau de sa personnalité et de ses choix de vie, elle contrastait avec Carolyn. Et puis Stéphanie gardait toujours son calme, ce qui était diamétralement opposé à sa femme et c'était justement les excès de colère de son épouse qu'il avait de plus en plus de mal à gérer. À cela s'ajoutait son infidélité. John en souffrait profondément. C'était le genre de trahison qu'on ne pouvait accepter venant de la personne avec qui on croyait pouvoir bâtir une vie entière. Et le fait qu'une nation entière était au courant de son échec conjugal ajoutait à sa souffrance.

Mais aujourd'hui, cette simple promenade aux côtés de Stéphanie l'apaisait. Encore plus qu'il ne l'avait imaginé. Elle savait lui transmettre sa douceur, sa gentillesse et sa joie de vivre. Elle savait rayonner et c'était contagieux. D'ailleurs, c'était plutôt diffi-cile de se disputer avec elle, malgré le fait, il devait bien l'admettre, qu'il avait un caractère assez prompt à l'occasion.

– John, j'ai une idée !

– J'écoute.

– Et si on allait visiter la Bibliothèque JFK, suggéra Stéphanie avec enthousiasme.

Passionnée de livres qu'elle était et comme elle n'avait jamais visité la prestigieuse bibliothèque, c'était à ses yeux le moment idéal.

– Ce n'est pas une bonne idée, répondit John après quelques minutes de réflexion essayant de dissimuler son malaise.

– Pourquoi pas ? Je n'ai jamais eu le temps ou l'occasion d'y aller, insista Stéphanie avant de réaliser que John n'appréciait vrai-ment pas l'idée.

– Je ne peux pas Steph, je mettrais tout le monde mal à l'aise. Les responsables me reprocheraient de ne pas avoir transmis un préavis de ma visite.

Il suffit de quelques instants à Stéphanie pour comprendre le malaise de John. Elle avait cru à tort que cette proposition l'aurait flatté. Elle se rappelait que John lui-même avec sa sœur étaient les invités d'honneur lors de l'inauguration officielle de la *JFK Library*, dédiée à la mémoire de son père, le 35e président des États-Unis, John Fitzgerald Kennedy, et cela laissait évidemment supposer un certain protocole.

– Je suis désolée John, c'était une idée stupide, n'y pensons plus, ajouta aussitôt Stéphanie qui décelait un soudain brin de tristesse sur le visage de John.

– Non, c'est moi qui suis désolé, sachant qu'il venait de la décevoir. Cela aurait été génial d'y aller si j'avais été quelqu'un d'autre.

– N'y pensons plus, j'aurai des dizaines d'autres occasions pour y aller. Et puis je n'y tenais pas tant que ça et je présume qu'à cette heure-ci on s'apprête à fermer les lieux. Restons ici, jusqu'au coucher du soleil, le temps est splendide. D'ailleurs, il fait bien trop beau pour s'enfermer à l'intérieur. Profitons du bord de mer.

Alors qu'ils se dirigèrent vers un banc pour s'y asseoir, faisant face aux centaines d'embarcations qui s'y trouvaient amarrées, John réfléchissait à l'idée d'être comme tout le monde. Un simple citoyen. Par moments, il aurait tant aimé être comme elle.

– Je t'envie Steph, j'envie ta spontanéité, ta liberté.

– Tu exagères, tu n'as pas les poignets liés et les chaînes aux pieds.

– Peut-être pas, mais parfois c'est tout comme.

– C'est sans doute le poids de la célébrité, mais nous savons tous qu'il y a toujours deux revers à une médaille. Si parfois tu te sens brimé ou épié, en revanche tu as bien d'autres avantages, lui lança Stéphanie qui n'avait pas mâché ses mots.

– Il y a sans doute quelques avantages, répondit John après une légère pause, mais le pire dans tout ça, c'est que je me sens esclave de ma vie, contrairement au reste du monde.

– Mais John, nous sommes tous esclaves de quelque chose, répliqua Stéphanie en désaccord avec John. D'abord, la majorité des citoyens doivent travailler pour gagner leur vie, pour survivre. Ce qui signifie par moments d'être esclave de son boulot, de ses patrons ou de sa clientèle. Chacun se sent prisonnier de ses engagements, de ses responsabilités professionnelles ou financières à un moment ou à un autre. Peu de gens ont la chance d'avoir la liberté financière. Et lorsqu'il n'est pas question d'argent, on peut être aussi esclave des préjugés, des attentes de sa famille, des exigences de part et d'autre ou même de ses propres objectifs. On est tous esclaves de notre vie.

— Ce n'est pas pareil. Il faut avoir vécu ma vie pour comprendre.

— Si ce l'est. Tu crois que le type qui n'a pas les moyens de se payer un superbe appartement à Manhattan n'est pas esclave de sa vie en banlieue? Si, il l'est. Il est esclave des congestions sur l'auto-route pour se rendre au travail, ou du train de banlieue. Il est aussi esclave de son hypothèque, de ses cartes de crédit, du train de vie qu'il s'est créé et du coup, de son boulot pour respecter ses engagements financiers.

— Je comprends Steph. Mais moi à cause de mon nom, je suis sous les projecteurs sans l'avoir choisi. C'est différent d'un acteur, par exemple, qui choisit ce métier. S'il a du succès, il doit s'attendre à être constamment traqué par les paparazzis. Cela fait partie du *deal* et il le savait en faisant ce choix de carrière. Moi je n'ai rien choisi.

Stéphanie comprenait parfaitement ce dont John se plaignait, étant toujours traqué par des photographes ou épié par le public, pourtant, elle trouvait qu'il gérait assez bien la situation. Elle-même se faisait quelque fois aborder par des gens qu'elle ne connaissait pas. On la reconnaissait simplement parce qu'elle faisait occasionnellement quelques interviews à la télévision, mais il n'y avait rien de déplaisant, la plupart du temps les gens étaient aimables. Évidemment, cela n'avait rien à voir avec la notoriété de John qui faisait pratiquement chaque semaine la une d'un journal ou d'un autre racontant n'importe quoi à son sujet. Elle pouvait comprendre parfaitement sa frustration. Dans son cas c'était presque du harcèlement.

— John, ce n'est sûrement pas facile à gérer, mais tu t'en sors pourtant très bien.

John fit une pause avant de reprendre.

— En plus, tu sais, à cause de mon nom, on attend beaucoup de moi et c'est très lourd à porter.

John avait toujours senti qu'il devait réaliser quelque chose de grand, réussir coûte que coûte. On espérait toujours le voir faire son entrée en politique. Après tout, son père avait été élu au Congrès pour la première fois alors qu'il n'avait que 30 ans et John en avait déjà 38. Son père avait d'ailleurs été le plus jeune président des États-Unis à cette époque, à l'âge de 43 ans. John était en quelque sorte l'espoir d'une nation et on ne se gênait pas pour le lui rappeler constamment.

— Je sais, c'est une autre forme de pression, mais sache que nous en avons tous à différents niveaux. Il ne faut pas envier les autres pour leur liberté, car à mon avis, personne n'est vraiment libre. Et puis, si les attentes sont élevées à ton égard, c'est que l'on sait que tu es à la hauteur, ajouta Stéphanie en lui faisant un clin d'œil.

John appréciait le franc-parler de Stéphanie. Sans lever le ton, elle arrivait toujours à défendre ses opinions. Pour lui, c'était d'une certaine façon agréable d'être traité comme tout le monde. Il n'appréciait pas les femmes qui se mettaient à ses pieds, tentant tout pour lui plaire, sans oser le contredire.

— Pour moi la véritable liberté est lorsque je vole, ajouta John. C'est pour ça que j'aime tant voler. Heureusement que j'ai cela pour m'évader. Là-haut, je me sens vraiment libre.

— C'est vrai que rien ne se compare à ce sentiment de liberté. Pour moi aussi ce sont des moments privilégiés. J'oublie mes soucis lorsque je vole, rien d'autre n'a d'importance.

Ils se mirent à marcher lentement. Quelqu'un s'approcha de John et demanda un autographe. Il signa rapidement un bout de papier qu'on lui avait tendu avant de reprendre la marche.

— Tu acceptes toujours ?

— Non pas vraiment. J'ai juste voulu t'impressionner, dit-il en riant de bon cœur.

Ils s'arrêtèrent ensuite souper dans un restaurant français offrant une cuisine raffinée, le *Sel de la Terre*, situé au cœur du *Waterfront* près de *Long Wharf*. Une fois de plus, Stéphanie remarqua que plusieurs regards s'étaient tournés vers eux en rentrant. John n'y portait aucune attention. Il se sentait parfaitement à l'aise et elle essayait de faire de même.

– Alors quand comptes-tu commencer ta formation sur ton Saratoga? demanda Stéphanie après avoir commandé.

– Dès la semaine prochaine, s'empressa de répondre John. J'ai vraiment hâte tu sais.

– Je comprends, j'aurais aussi hâte à ta place. Comptes-tu m'emmener un jour à bord?

– Tu parles d'une question, dit John en éclatant de rire. Tu seras la première à monter avec moi, dès que mon annotation sera signée. Promis!

Stéphanie se sentit rassurée que le plan de ses amis pilotes fonctionne comme prévu, tout en se disant qu'elle n'avait pas de temps à perdre pour arriver à terminer sa formation sur le Saratoga avant lui.

– Je suis flattée, répondit-elle simplement, en essayant de se détendre, car elle se sentait de plus en plus embarrassée par les gens qui les observaient.

– Ne vois-tu pas Steph que je fais tout ça pour t'impressionner, lança-t-il toujours en riant.

Stéphanie se demanda si John blaguait ou bien s'il n'y avait pas un fond de vérité dans tout cela.

– Qu'y a-t-il? demanda John maintenant sérieux. Je disais ça juste pour rire, ajouta-t-il voyant qu'elle ne riait pas avec lui.

– Non, ce n'est pas ça... ce sont les gens autour qui ne cessent de nous regarder. Je n'ai pas vraiment l'habitude. Il me semble qu'aujourd'hui c'est pire que de coutume.

– Eh bien voilà ce dont on parlait tout à l'heure, le poids de la célébrité, répondit John en souriant, heureux d'avoir marqué un point.

À cette dernière déclaration, elle se mit à rire avec lui. John lui fit remarquer que cette fois-ci, le choix du restaurant avait été improvisé, alors que lorsqu'il l'avait invitée dans un restaurant à Manhattan, c'était un endroit qu'il avait l'habitude de fréquenter, et on lui réservait une table à l'abri des regards. Évidemment, dans les grandes villes, il se faisait davantage remarquer que dans un restaurant d'aéro-club où seulement quelques habitués s'y trouvaient.

Malgré les regards indiscrets, ils mangèrent avec appétit, tout en poursuivant leur discussion sur un ton léger, parlant d'aviation et de voyages, leurs sujets de prédilection à tous les deux. Stéphanie ressentait tout de même un autre malaise qui n'avait rien à voir avec la clientèle du restaurant. Chaque fois que John posait ses yeux sur elle, il avait cette façon désarmante de la regarder. Elle pouvait sentir la passion qui l'habitait et entre eux le désir montait constamment. Ce soir, elle n'avait plus envie de lutter contre ses sentiments, ce qui, d'une certaine façon, la troublait, causant une forme d'anxiété. Elle craignait les intentions de John et les véritables raisons d'être venu jusqu'ici pour la rejoindre. L'excellent vin qu'ils avaient bu tout au long du souper l'aida cependant à se détendre et à ne pas s'attarder à toutes les questions qui la préoccupaient. Avant de quitter le restaurant, John lui posa la question qui lui brûlait les lèvres depuis déjà un moment.

— Dis-moi, tu parlais dans ton message de partir quelque temps, de prendre un répit. Où comptais-tu aller, tu prépares un voyage quelque part?

— J'avais en tête de partir en France. J'aime y retourner à l'occasion. C'est comme un retour aux sources, l'endroit où j'ai passé mon enfance.

— Tu as encore de la famille là-bas?

— Oui, mais que je fréquente peu, à l'exception d'une cousine qui y vit. J'y vais rarement, mais chaque fois que je la retrouve, c'est un plaisir.

— Paris est une ville superbe. Je me souviens d'un séjour dans cette ville avec ma mère et ma sœur quelque temps après la mort de mon beau-père Aristote Onassis, raconta John. Mais je l'ai appréciée davantage lorsque j'y suis retourné plus récemment, en 1996.

— Paris est l'une des plus belles villes du monde, mais cette fois-ci, j'irai sur la Riviera française.

— Tu pars bientôt?

— J'en avais l'intention, mais j'ai changé d'avis et je compte plutôt y aller en juin, j'aurai plus de temps libre.

Une fois à l'extérieur, ils reprirent la voiture en direction de l'hôtel. Stéphanie, tout comme John, se sentaient anxieux. Ils se retrouvaient tous les deux seuls loin de chez eux séjournant au même hôtel, conscients qu'il ne s'agissait pas d'un hasard. Stéphanie ne pouvait s'empêcher de penser que John avait fait toute cette route pour la rejoindre, pour être avec elle, et qu'il était volontairement débarqué à son hôtel. Elle pouvait facilement deviner ses intentions même s'il n'en parlait pas. Finalement, son message de la veille n'avait pas servi à le dissuader de la voir. Mais aujourd'hui, le voulait-elle vraiment? Elle se posait la question. Avec lui tout était si agréable, comment pouvait-elle résister à son charme?

John était aussi nerveux et roulait plus vite que de coutume. Beaucoup trop vite en fait, et l'inévitable arriva. John aperçut le gyrophare d'une auto-patrouille dans son rétroviseur. La police l'aborda après qu'il se fut rangé, et au moment où le représentant de la loi lui demanda ses papiers, ce dernier se mit à le dévisager. Il venait de réaliser à qui il avait affaire. Le visage sans expression du policier changea du tout au tout. En reconnaissant le célèbre personnage, il afficha un sourire et se contenta de lui donner un avertissement verbal.

— Vous roulez bien trop vite, monsieur Kennedy.

— Suis désolé.

— Ça va pour cette fois, mais soyez prudent et dorénavant conduisez en respectant les limites de vitesse.

— C'est noté, fit-il en hochant la tête.

John regarda Stéphanie avec une certaine fierté.

— Tu n'as pas eu de contravention! s'écria Stéphanie qui criait à l'injustice, dès que le policier fut parti.

John était amusé de la réaction de Stéphanie.

– Tu réalises, tu roulais deux fois plus vite que la vitesse permise. N'importe qui d'autre aurait eu une contravention.

– Y a pas que des mauvais côtés à être John Kennedy, dit-il. On ne peut peut-être pas aller à la bibliothèque sans s'annoncer, mais…

John éclata de rire.

– Je vois, le fameux prix de la célébrité dont tu te plaignais, lança Stéphanie qui se mit à rire à son tour. Que la vie est dure pour toi John. Je compatis sincèrement, ajouta-t-elle à la blague.

John reprit la route vers l'InterContinental, toujours souriant des réactions, tant du policier que de Stéphanie. Une fois dans le stationnement de l'hôtel, John se tourna vers elle, plongeant son regard dans le sien.

– Dis Steph, cela t'embête que je sois débarqué à ton hôtel?

– Pas vraiment, c'est que…

John posa ses doigts sur sa bouche, l'empêchant de parler.

– Steph, j'ai besoin de toi, je t'aime et je sais que tu m'aimes aussi, et tu n'avais pas besoin de l'écrire pour que je le sache.

Sans lui laisser le temps de répondre, John s'approcha de Stéphanie et il se mit à l'embrasser passionnément. Elle répondit à ses baisers tendrement, permettant à l'anxiété de disparaître peu à peu. Tous les deux se laissèrent porter par la passion et le désir. Le bonheur entre eux était palpable et chacun savait ce qu'il voulait. Stéphanie se laissa entraîner jusqu'à la suite de John, ce qui lui laissa l'impression de vivre une sorte de rêve un peu flou. C'était préférable ainsi, cela lui permettait d'échapper à la réalité, évitant de prendre conscience de l'identité de cet homme avec qui elle se trouvait cette nuit. Une fois seuls dans sa suite, sans la brusquer, John s'approcha d'elle, lui caressant le cou, l'embrassant de plus en plus passionnément tout en l'enlaçant. Tous les deux brûlaient de désir. John était heureux, il attendait ce moment depuis si longtemps, sachant que ce soir, elle ne voulait pas lui échapper. Il la sentait en paix. Il regardait Stéphanie dans les yeux d'un regard profond sans dévier avant de lui retirer ses vêtements, prenant plaisir à sentir l'excitation monter en eux. «Qu'elle est belle!» pensa John. Le seul éclairage était une lampe au fond de la pièce, ce qui lui suffisait pour voir ses yeux pétillants briller de désir. La lumière reflétait sur ses boucles blondes qui tombaient sur ses épaules dénudées et sur sa silhouette, ce qui ne faisait qu'ajouter à son désir de s'unir à elle. Pour John, la scène avait quelque chose de sur-réaliste. Sans doute, parce que l'attente avait été trop longue. L'image qu'il avait devant lui faisait vibrer chaque fibre de son être. De ses mains, il lui caressait le corps avec douceur et avant même qu'elle n'en soit tout à fait consciente, ils se retrouvèrent tous les deux nus entre les draps. Stéphanie se donna à John sans réserve et sans culpabilité. Elle avait tout fait depuis des mois pour éviter ce moment tout en y rêvant pendant des nuits entières. Ce soir, elle s'abandonna à celui qu'elle aimait, sans remords, ne voulant plus contrôler quoi que ce soit. Elle l'aimait et elle voulait partager cette intimité avec lui. Elle appréciait la sensation agréable de son corps contre le sien, de pouvoir sentir son souffle chaud, l'entendre lui murmurer des mots doux et par-dessus tout, se sentir désirée par lui. Il avait éveillé tous ses sens et elle se sen-tait merveilleusement bien. Elle entrouvrit les lèvres tout en fermant les yeux alors qu'il posa à nouveau sa bouche sur la sienne doucement en savourant chaque instant. Il pouvait sentir son corps vibrer contre le sien à mesure qu'il la caressait. Elle se sentait ivre de plaisir. L'alcool ne faisait plus effet et avait laissé place à cette sensation qui engour-dissait tout son corps. Un plaisir, une forme d'énergie qui parcourait son être tout entier. Elle pouvait ressentir quelques gouttes de sueur sur son front lorsqu'il déposait sa tête contre elle. Son corps chaud et brûlant enlaçait le sien. Ses bras musclés l'attiraient plus près d'elle. Elle réagissait à chacune de ses caresses jusqu'à ce qu'elle ne puisse en supporter davantage. Maintenant, il pouvait la prendre, l'habiter, la posséder enfin totalement. Le plaisir de ne faire qu'un avec elle était extraordinaire. Tout était harmonieux comme il l'avait imaginé.

Ils passèrent la nuit enlacés l'un contre l'autre. Il la regarda s'en-dormir contre lui. Il aurait voulu lui dire tellement de choses, mais il se contenta de lui chuchoter:

– Je t'aime...

Avait-il rêvé ou l'avait-il entendu répondre *je t'aime aussi*? Il ne savait plus… Peu importe, cette nuit, pour John, la vie était merveilleusement belle. Ils se comprenaient et s'aimaient, c'était l'essentiel.

Le lendemain matin, avant que Stéphanie ne se réveille, John s'était déjà occupé de commander le petit déjeuner à sa suite. L'odeur du café la sortit de son sommeil. Il lui souriait, et elle répondit à son sourire. Tous les deux rayonnaient de bonheur. John s'était éveillé bien avant Stéphanie, et cela lui avait permis de réfléchir. À présent, sa décision était prise. Son mariage ne pouvait plus continuer. Il allait prendre les arrangements nécessaires pour divorcer avec ou sans l'accord de Stéphanie. Il allait d'abord régler cela avec Carolyn et ensuite, il se sentirait plus à l'aise de conquérir Stéphanie. John était confiant, il connaissait ses sentiments à présent. Selon lui, le seul obstacle à l'épanouissement de leur relation était sa femme. Sachant que Stéphanie ne voulait pas se sentir responsable de ce désastre, il allait devoir la placer devant le fait accompli. Dans quelques semaines, il pourrait lui annoncer. Déjà John rêvait au jour où il pourrait l'aimer sans retenue. Il admirait sa générosité. Elle donnait sans rien demander en retour. Elle connaissait sa situation avec Carolyn et n'exigeait rien. Elle n'avait jamais démontré un soupçon de jalousie. «Elle sait savourer le moment présent», pensa-t-il, mais il ne voulait pas abuser de sa patience même si elle ne demandait rien. Il aurait aimé lui dire cela tout de suite, mais il craignait sa réaction. Il avait peur de la perdre, il fallait attendre le bon moment. Puis, tout en repensant à la nuit qu'il venait de passer dans les bras de Stéphanie, il se mit à rêver d'avoir un enfant. Il en voulait depuis longtemps et maintenant, il savait parfaitement avec quelle femme il allait en avoir.

Quelques minutes après son réveil, avant même de prendre sa douche, Stéphanie plaça un appel pour reporter au lendemain l'entrevue prévue aujourd'hui. John était heureux à l'idée de profiter d'une journée de répit avec Stéphanie à Boston, loin de ses responsabilités habituelles. Ce matin-là, ils en profitèrent pour faire la grasse matinée à l'hôtel, se permettant de faire quelques projets d'avenir, dont des voyages dans le nouvel avion de John. Ils passèrent ensuite un merveilleux après-midi à se balader dans les rues de

Boston. Cependant, John reçut un appel d'un membre de l'équipe de *George*, et il dut quitter en fin de journée dans le but de préparer une réunion prévue le lendemain.

Après ce coup de fil, John opta pour se confier à Stéphanie plus sérieusement sur ses préoccupations toujours grandissantes au magazine *George*. Il voulait vraiment trouver une solution et ne voulait sous aucune considération envisager de fermer son magazine.

– Tu dois avoir confiance en toi, John, tu trouveras une solution, j'en suis certaine, affirma Stéphanie qui essayait de l'encourager du mieux qu'elle pouvait tout en comprenant ses inquiétudes.

C'était son magazine, sa fierté et peut-être même son tremplin pour joindre les rangs de la politique. Il ne voulait surtout pas échouer aux yeux du monde entier.

Chapitre 14

Mercredi 26 mai 1999

— Avoue que tu en meurs d'envie de monter à bord de mon Saratoga, demanda John qui regardait son avion sans dissimuler sa fierté.

Stéphanie souriait de voir John si heureux de lui présenter son nouveau jouet.

— Je te laisserai les commandes, question de l'essayer si tu veux, ajouta John, enthousiaste d'avoir enfin obtenu son annotation « avion complexe » sur type et d'être en mesure d'inviter sa première passagère.

John avait volé intensément pendant pratiquement tout le mois de mai sur son Saratoga. Il avait mis les bouchées doubles pour s'entraîner le plus souvent possible, en doubles commandes. Il avait d'ailleurs volé à bord de son Saratoga, avec plus de trois instructeurs différents de l'aéroport du New Jersey pour des raisons que personne n'arrivait à expliquer. Stéphanie et John ne s'étaient vus qu'une seule fois au cours des trois dernières semaines, le temps d'un souper, ce dernier trop occupé à s'entraîner à voler son Saratoga et à régler des problèmes de taille au magazine *George*.

Même si Stéphanie avait été heureuse du temps passé avec John à Boston, elle n'insista pas pour le revoir, encore troublée de la tournure de leur relation. Lorsqu'ils passèrent tous les deux une soirée dans un chic restaurant de Manhattan, ni l'un ni l'autre n'avait fait allusion à ce qui s'était passé à Boston. John, pour sa part, n'était pas encore prêt à lui annoncer son divorce, mais il avait déjà consulté un avocat. En revanche, il profita de la présence de Stéphanie pour parler constamment aviation et tout particulièrement de son nouveau Piper Saratoga dont il était enchanté et de sa formation sur type qui se poursuivait. Il était heureux d'avoir trouvé une oreille attentive pour vanter les exploits de son nouvel avion haute-performance.

– Dis-moi John, pourquoi voler avec différents instructeurs? lui avait-elle demandé ce soir-là.

– Je ne sais pas, lui avait-il simplement répondu, en haussant les épaules. Quelle importance?

Il ne semblait pas le savoir lui-même.

Pendant que John s'entraînait intensivement sur son Saratoga, Stéphanie s'était elle aussi entraînée comme prévu avec Matthew sur un Saratoga à l'aéroport de Morristown à l'insu de John, et avait réussi son annotation sur type en un rien de temps. Et comme Matthew l'avait supposé, elle l'avait obtenue bien avant John.

Et voilà qu'ils se trouvaient aujourd'hui tous les deux à l'aéroport de Caldwell, et ce n'était pas un hasard. La veille, Stéphanie avait reçu un appel de Matthew qui avait été informé par Steven, un des instructeurs de John, qu'il volerait sous peu solo sur son Piper Saratoga ayant obtenu son annotation «avion complexe» deux jours auparavant.

Le jour même où elle fut informée par Matthew, Stéphanie n'avait pas hésité à envoyer à John un court message électronique lui demandant où il en était avec sa formation sur son Saratoga. John avait mis moins d'une heure pour lui téléphoner et lui annoncer qu'il venait d'obtenir son annotation et qu'il était maintenant prêt à s'envoler solo.

– Comme je te l'ai promis, tu seras ma première passagère. Es-tu libre demain pour venir voler? avait alors demandé John.

Évidemment, Stéphanie avait accepté, c'était l'entente avec Matthew, Patrick et Steven, d'être la première passagère de John sur son Saratoga, lorsqu'il serait prêt à voler solo.

Alors qu'elle regardait John compléter ses derniers préparatifs d'usage avant de monter à bord, Stéphanie se félicitait d'avoir suivi cette formation, autrement, elle devait admettre qu'elle aurait hésité à deux fois avant de monter avec John dans cet appareil.

— Est-ce que tu ne préférerais pas avoir un instructeur à bord ? demanda Stéphanie, un peu pour mettre la confiance de John à l'épreuve. Si Steven n'est pas disponible, ajouta-t-elle, je peux demander à Matthew, je crois savoir qu'il est libre aujourd'hui.

— Non, pas maintenant. J'ai l'intention de voler à nouveau avec un instructeur un peu plus tard, notamment pour des vols-voyages, pour me faire la main et me rendre à Martha's Vineyard. Mais d'abord, je dois voler solo.

— C'est comme tu veux.

Tous les pilotes étaient conscients que voler solo faisait partie du processus de formation, cela donnait confiance à l'élève-pilote lors de la formation de base, et il en était de même pour un pilote certifié lors de formation additionnelle.

— Je vais m'amuser un peu solo avant de reprendre le vol en doubles commandes avec un instructeur pour m'accoutumer de nuit, et sûrement pour poursuivre ma formation aux instruments que j'ai mis de côté.

Stéphanie était heureuse d'entendre cela. La formation aux instruments était indispensable pour John, elle devait l'encourager à poursuivre.

— Tu me fais confiance au moins ? demanda John qui voyait Stéphanie en pleine réflexion.

— Oui, John, évidemment, je te fais confiance. Je pensais seulement à ce que tu disais. C'est bien de vouloir reprendre ta formation aux instruments.

— Alors, tu es prête Steph, à savourer toute la puissance de ce Piper?

— Absolument.

— Tu vas voir, on atteindra l'altitude de croisière en un rien de temps. Les vitesses sont si élevées, cela n'a rien à voir avec ton Piper Warrior, précisait John, toujours aussi enchanté des performances de son Saratoga.

— Je vois, tu veux m'impressionner! se moqua Stéphanie.

— Juste un peu! lança John en riant.

Alors qu'ils venaient de prendre place à bord, Stéphanie, assise à droite de John, observait avec attention chacun des instruments du tableau de bord. Elle fut vite rassurée. Le poste de pilotage était identique au Saratoga de Jack Osborne, garé à l'aéroport de Morristown dans lequel elle avait volé avec Matthew, sans jamais en glisser un mot à John.

— Mon petit doigt me dit que tu connais cet appareil mieux que moi, lança John.

— Où vas-tu chercher une idée pareille? s'étonna Stéphanie.

Est-ce que John savait qu'elle venait de suivre une formation sur un Saratoga? Quelqu'un avait-il trahi le fameux secret? La faisait-il suivre, comme il l'avait fait avec Carolyn?

— C'est ton sourire. Tu dégages trop de confiance, et puis tu es plus maligne que tu veux le montrer.

— Mais non John, tu me surestimes.

— OK, mais tu m'as déjà dit avoir volé des avions à train rétractable et à hélice à pas variable.

— Bon, si tu veux que je t'impressionne, je te dirais que j'ai déjà piloté un CF-18. Rien de moins, raconta Stéphanie qui voulait changer de sujet à tout prix.

— Un avion de chasse, supersonique! Tu exagères un peu.

– Non, je n'exagère pas, c'est vrai! Mais disons que le pilote de chasse ne m'a laissé les commandes que quelques minutes.

– Comment es-tu arrivée à monter à bord d'un avion militaire?

– J'avais une interview à faire avec un pilote de chasse, alors que j'étais encore à Toronto, lors d'une exposition aérienne. J'ai eu à le séduire un peu, mais j'y suis arrivée sans trop de peine.

– Tu t'es servie de ton charme pour monter dans un CF-18? C'est terrible! s'exclama John, voulant la taquiner.

– Pourquoi pas? En fait, il faisait tout lui aussi pour me séduire, et lorsqu'il a su que j'étais pilote, ça facilité un peu les choses. Et je ne regrette rien.

– Tu m'étonneras toujours Steph. Et c'était comment?

– Être séduite ou piloter?

– Arrête de jouer, dit John en ricanant. De piloter un CF-18 évidemment!

– Génial! Tu ne peux même pas t'imaginer. C'était l'un de mes plus beaux jours en tant qu'aviatrice.

– Tu en as de la chance! À côté de ça, comment pourrais-je arriver à t'impressionner?

– John, tu n'as pas à m'impressionner. Mais si tu y tiens absolument, concentre-toi sur ton vol et pilote comme un pro et déjà, tu auras toute mon admiration.

– J'ai l'impression d'avoir à mes côtés un pilote-examinateur, fit remarquer John, un peu embarrassé.

En fait, John, qui connaissait le niveau d'expérience de Stéphanie, était intimidé par elle, d'une certaine façon. À bord de son Cessna, il était plus confiant, mais aujourd'hui, aux commandes de son Saratoga, il l'était beaucoup moins.

John circulait sur le *taxiway* et s'approchait de la piste tout en faisant ses dernières vérifications avant le décollage. En circulant, elle avait aperçu au loin Patrick près d'un hangar. Si les complices de Stéphanie étaient maintenant rassurés de la savoir à bord, Stéphanie, pour sa part, l'était beaucoup moins. Elle anticipait que John ferait sans doute des erreurs et ne savait trop comment réagir. Après tout, elle n'était pas instructeure de vol et ne voulait pas lui révéler son expérience sur cet appareil, pas plus qu'elle ne souhaitait saper la confiance de John en le corrigeant.

— John, passe-moi le manuel technique de l'appareil, s'il te plaît, il est à côté de toi, dit-elle via le système audio.

— Tiens déjà. On dirait que tu veux vraiment me faire passer un test en vol.

— Mais non voyons, je veux simplement jeter un œil sur les vitesses planées avec et sans les volets ainsi que les vitesses de décrochage, expliqua Stéphanie. À moins que tu les connaisses par cœur?

John fut en mesure de lui fournir la vitesse de décrochage avec les volets, mais pas celle sans les volets pas plus que les vitesses planées.

— Désolé, j'ai oublié les autres, avoua John. Mais elles sont écrites juste là, sur ma *checklist*, se défendit John en lui indiquant du doigt sa liste de vérification.

— Pas grave, répondit Stéphanie qui n'avait aucune envie de lui faire la morale, mais elle ne comprenait tout de même pas qu'il ne connaissait pas les vitesses importantes par cœur, alors qu'il venait tout juste de terminer sa formation.

Pendant que John attendait l'autorisation de la tour pour décoller sur la piste 27, Stéphanie examinait avec soin les vitesses du manuel. En fait, Stéphanie voulait surtout s'assurer qu'il n'y avait pas de divergence entre le Piper Saratoga de John avec celui d'Osborne sur lequel elle venait de s'entraîner. À son soulagement, tout était identique.

— Tu sais que tu es belle à croquer quand tu es concentrée comme ça, dit John d'un ton malicieux en regardant Stéphanie qui dévorait des yeux le manuel du Saratoga.

La voix de John avait résonné dans les écouteurs de Stéphanie. Elle adorait le timbre de sa voix lorsqu'il lui parlait ainsi. Elle se contenta d'afficher un sourire sans lever les yeux du précieux manuel. Alors qu'il avait toujours les yeux rivés sur elle, John reçut l'autorisation du contrôleur pour décoller. Sans tarder, il se concentra sur sa manœuvre et s'élança sur la piste et décolla en douceur.

John qui, avant le décollage, semblait plutôt détendu en blaguant, changea d'attitude une fois en vol. Stéphanie pouvait facilement détecter une grande nervosité, il ne parlait plus et demeurait concentré. Elle essaya de le mettre à l'aise, mais John ne remarqua pas ses efforts. De toute évidence, le pilotage de cet appareil lui demandait toute son attention. Pour le soulager un peu, elle lui proposa de faire les communications radio. Ce que John accepta d'emblée. John avait prévu se rendre à l'aéroport Mac Arthur de Long Island.

— Tu devrais brancher le dispositif de pilotage automatique, proposa Stéphanie une fois l'avion en palier.

— Non.

— Pourquoi pas, répliqua Stéphanie, voyant que John ne cessait de corriger l'assiette de l'avion.

Les conditions de vol n'étaient pas très faciles, il y avait beaucoup de turbulence, ce qui ajoutait un niveau de difficulté pour John.

— Je ne sais pas comment il fonctionne, répondit-il.

D'instinct, Stéphanie, qui savait comment le faire fonctionner, alla l'activer avant de se raviser, se rappelant qu'elle n'était pas censée le savoir.

— Tu dois apprendre à t'en servir John et tu devrais même le montrer aux autres. Un jour ou l'autre, tu voleras avec des amis qui ne sont pas pilotes ou bien avec Carolyn. Ce serait bien qu'au moins un passager à bord puisse savoir l'activer par mesure de sécurité.

— Il dévie.

— Comment ça, il dévie? demanda Stéphanie.

– Oui, il dévie. Mon instructeur l'a essayé à quelques reprises et il dévie. Et c'est inscrit dans le carnet de navigation et noté par la FAA. C'était comme ça avant même que je l'achète.

– Faut le faire réparer alors. Ton pilote automatique pourrait te sauver la vie en cas de malaise ou si tu te perdais pendant une navigation ou encore si tu étais frappé par de mauvaises conditions météorologiques.

– Ça ne vaut pas vraiment la peine.

– Moi, je crois que si. C'est un outil génial que tous les pilotes amateurs rêvent d'avoir. Et même s'il dévie, apprends à t'en servir d'ici à ce que tu le fasses réparer. Et puis il ne doit pas dévier tant que ça. C'est un avion sophistiqué.

– Tu t'inquiètes pour des détails inutiles, dit John aucunement préoccupé par le dispositif de pilotage automatique.

– Laisse-moi tout de même essayer de l'activer, insista Stéphanie.

– Si tu veux.

Stéphanie fit semblant de chercher quelque peu comment il fonctionne, avant de l'activer correctement. Une fois en marche, le dispositif de pilotage automatique fonctionnait normalement.

– Ça marche ! s'exclama Stéphanie, remarquant que l'avion maintenait le cap et l'altitude de lui-même.

– Oui, mais pas toujours. Apparemment, c'est après un certain temps qu'il se met à dévier de la trajectoire.

– John, parfois, je trouve que tu prends certaines choses trop à la légère. C'est important, c'est ta vie et celle des autres dont il est question. Promets-moi s'il te plaît de le faire réparer.

– Bon OK, je m'en occuperai.

Juste par le ton plutôt détaché de John à cette dernière affirmation, Stéphanie se doutait qu'il négligerait de s'en occuper. Il faudra le lui rappeler à plusieurs reprises.

Stéphanie désactiva ensuite le dispositif de pilotage automatique.

– C'était trop facile, je veux te voir travailler maintenant, se moqua Stéphanie.

Stéphanie remarqua que la nervosité de John était toujours présente. L'appareil étant plus sophistiqué que son Cessna 182, il devait être excessivement vigilant. Et bien qu'il redoublait d'effort pour demeurer concentré, son manque d'expérience était malheureusement flagrant. Elle s'en rendit surtout compte lorsqu'ils se posèrent pour un posé-décollé à l'aéroport Mac Arthur. D'abord, il avait intégré le circuit en sens inverse. Stéphanie dut intervenir de même que le contrôleur aérien qui s'était aussi rendu compte de la grossière erreur. Pourtant, John connaissait très bien la réglementation aérienne à ce sujet et savait parfaitement bien intégrer un circuit. Cependant, aujourd'hui, il avait agi comme s'il ne savait plus, probablement trop concentré dans ses procédures de préparation pour l'atterrissage un peu plus complexes que celles dont il avait l'habitude sur son Cessna 182. Quelques minutes plus tard, lorsque John posa son appareil sur la piste, un vent traversier soufflait à une quinzaine de nœuds et il avait dévié de la piste, déporté par le vent. Stéphanie avait rapidement dû intervenir en activant le palonnier. Si elle n'avait pas été là, il aurait terminé sa course en dehors de la piste sur l'herbe.

– Je suis désolé, dit-il. Je crois que le contrôleur m'a stressé avec l'histoire d'entrée de circuit.

Parfois, elle en voulait aux instructeurs. Pas seulement à ceux qui volaient avec John, mais à tous les instructeurs en général. À son avis, ils laissaient aller solo des pilotes qui n'étaient pas prêts. Comme si on surestimait les élèves-pilotes.

Elle en avait parlé à quelques reprises avec son propre instructeur, Rick, à ses débuts, il y avait plusieurs années de cela, tout comme avec plusieurs autres instructeurs à l'aéro-club et également avec Matthew, plusieurs années auparavant. Les réponses restaient souvent les mêmes. On lui disait qu'elle était trop perfectionniste. Stéphanie était consciente qu'ils avaient en partie raison, mais c'était tout de même de la vie des gens qu'il était question. Elle devait aussi admettre que la meilleure façon d'insuffler de la confiance et de l'estime à un pilote, c'était de le faire voler en solo. Et ce, même malgré lui. Stéphanie se souvenait du jour de son premier solo. Elle ne se sentait pas prête, mais Rick l'avait poussée. La même histoire s'était répétée, lorsqu'elle avait eu sa licence privée en poche. Elle avait enfin le droit d'emmener des passagers, toutefois, c'était hors de question pour Stéphanie. Alors que plusieurs de ses amis pilotes appréciaient inviter des amis à bord, question d'impressionner leurs proches, Stéphanie avait volé seule pendant environ un an, voulant acquérir de l'expérience avant d'emmener quelqu'un. Elle voulait toujours se perfectionner, au point de vouloir acquérir une licence de pilote professionnelle pour se sentir suffisamment expérimentée pour finalement amener des passagers. C'était probablement exagéré de sa part, il fallait bien l'admettre, mais à l'opposé, ce qu'elle venait tout juste de voir avec John aux commandes la laissait perplexe.

De toute évidence, elle devrait parler à Matthew ou à son instructeur Steven. C'était son devoir de leur raconter l'incident d'aujourd'hui, pour la sécurité de John. Selon elle, il devait poursuivre son entraînement sur le Saratoga avant de le laisser s'envoler avec des passagers à bord. John n'était pas encore prêt à voler son avion en solo. Elle se proposa de téléphoner à Matthew le lendemain matin, en rentrant au journal.

Sur le chemin du retour, vers l'aéroport de Caldwell, John était silencieux et nerveux.

— John, ne t'en fais pas avec les remarques du contrôleur, il fait son boulot, c'est tout, ne fais pas cette tête. Et c'est déjà arrivé à plusieurs pilotes de prendre un circuit du mauvais côté.

— Tu crois?

— Mais si, ajouta Stéphanie, voulant le rassurer à tout prix. Alors maintenant, si tu me montrais ce dont est capable ton avion? proposa-t-elle.

— OK, que veux-tu?

– J'aimerais que tu me montres en combien de temps tu peux gagner 3 000 pieds d'altitude.

John retrouva enfin son sourire.

– Prête?

– Oui.

Stéphanie lui avait demandé une manœuvre toute simple, mais puisqu'il était question de performance, elle savait qu'elle plairait à John. Il s'exécuta avec grâce et fierté.

– Alors, que dis-tu de cela?

– Pas mal, 1 200 pieds par minute, répondit Stéphanie qui avait noté l'indication sur le variomètre. Je reconnais que tu pourrais en faire rougir plusieurs de jalousie.

John lui adressa un sourire.

– Et si maintenant tu me montrais que tu es aussi bon pour descendre que pour monter? On pourrait simuler une panne de moteur.

– Tu es pire qu'un instructeur!

Tout en parlant, Stéphanie coupa complètement la puissance.

– Alors, tu te poses où maintenant? demanda-t-elle.

L'exercice n'était pas facile, mais John l'avait pratiqué à maintes reprises avec un instructeur. L'objectif était de maintenir la meilleure vitesse planée afin de rester dans les airs le plus longtemps possible, le temps de repérer un champ ou une route pour se poser en cas de panne de moteur, tout en faisant les procédures pour investiguer la panne et tenter de redémarrer le moteur. À bord d'un monomoteur, arriver à maîtriser cet exercice était un pré-requis de la plus haute importance pour tout pilote.

John joua le jeu sans riposter. Rapidement, il repéra un champ et avait maintenu la bonne vitesse tout au long du processus. Il réussit à anticiper le bon taux de descente afin d'atteindre le terrain choisi en toute sécurité. À 300 pieds au-dessus du terrain, alors qu'il ne faisait aucun doute que John avait réussi la manœuvre avec brio, elle remit les gaz à fond pour lui permettre de regagner son altitude de croisière.

— Bravo John! Tu as réussi à m'impressionner.

— Avoue que ce n'est pas de tout repos d'impressionner Stéphanie Parker, fit remarquer John, tout de même soulagé d'avoir réussi la manœuvre.

À son tour, voulant tester les capacités de Stéphanie, John lui laissa les commandes du Saratoga.

— Tu t'en sors beaucoup trop bien, fit remarquer John, voyant Stéphanie tout à fait à l'aise de piloter son avion.

— Un avion, reste un avion.

— OK, fais-moi un virage à grande inclinaison, disons 45 degrés, tout en gagnant 1 000 pieds d'altitude et en maintenant le cap.

— D'accord, commandant Kennedy!

Stéphanie s'exécuta sans peine.

— Bon OK, je reprends les commandes, j'en ai assez vu, déclara John qui n'en revenait pas de l'adresse et de la dextérité avec laquelle Stéphanie avait piloté. Je suis certain que tu as déjà volé un Saratoga, lança John qui n'était pas dupe.

Évidemment, Stéphanie avait aussi sa fierté et avait voulu lui montrer son habileté. Mais était-elle allée trop loin? Elle regretta presque d'avoir accepté de piloter son avion.

— C'était juste un coup de chance, se défendit Stéphanie. Tout probablement que je n'arriverais pas à l'exécuter deux fois de suite.

— Tu parles! J'ai dû pratiquer cette manœuvre des dizaines de fois pour finalement y arriver à quelques degrés près.

Une fois atterri à l'aéroport de Caldwell, Stéphanie, qui s'était aussi occupée des communications radio sur le chemin du retour, demanda au contrôleur de la tour de fermer leur plan de vol.

— Désolé Steph, je n'ai pas déposé de plan de vol, chuchota John.

— Négatif, Novembre9253Novembre, pas de plan de vol, déclara le contrôleur.

— John ! Pourquoi ?

— Ce n'est pas obligatoire.

— Je sais John, mais même si ce n'est pas obligatoire, tu dois admettre que ce serait plus sécuritaire. Un jour cela pourrait te sauver la vie. Ce sont des aides offertes aux pilotes. Il n'en tient qu'à nous d'en profiter.

John se contenta de hausser les épaules.

— Je n'avais pas vu les choses comme ça. Tu t'inquiètes trop, il ne m'arrivera rien.

Une fois l'avion garé, John proposa d'aller manger un morceau dans un Steak House juste à côté de l'aéroport de Caldwell avant d'entrer à Manhattan.

— Bonne idée, je meurs de faim.

Une fois sur place, ils prirent d'abord une bière tout en parlant de vols-voyages. John avait l'intention de voyager avec son Saratoga un peu plus loin que Cape Cod.

— Mon avion est tellement plus rapide, je peux me rendre rapidement en Floride, tu sais.

— C'est vrai que cela n'a rien à voir avec ton Cessna 182 ou bien mon Warrior.

— J'aimerais me rendre en Californie en passant par le Grand Canyon et même traverser les montagnes du Colorado.

— Tu veux dire que t'aimerais traverser l'Amérique d'Est en Ouest, et du Nord au Sud ?

— Oui, pourquoi pas ? À deux pilotes, ça devrait se faire facilement.

— Et qui sera le deuxième pilote ?

— En fait, je connais une jeune journaliste qui sait manœuvrer le Saratoga, sur qui je compte beaucoup, et en plus, elle est mignonne comme tout, dit John en lui faisant un clin d'œil.

Ils riaient tous les deux et Stéphanie s'amusait à encourager les projets de voyages de John.

— Steph, tu m'invites à ton appartement?

— Là maintenant? On vient tout juste d'arriver, on n'a pas encore mangé.

— C'est que… j'aimerais que l'on puisse discuter dans un endroit plus discret.

— John, je n'ai aucune envie de cuisiner ce soir, il est déjà 18 heures, relaxons un peu.

— On fera venir ce que tu voudras, ou j'irai chercher un plat pour emporter.

— Mais pourquoi? C'est toi qui as proposé ce restaurant, questionna Stéphanie qui ne comprenait pas le changement d'attitude de John.

— Steph, tu ne t'en es pas rendu compte, mais depuis déjà une dizaine de minutes des types sont là derrière, et attendent le moment que tu te retournes pour te prendre en photo.

Instinctivement, Stéphanie allait se retourner.

— Non, ne te retourne pas, dit John avec empressement en lui agrippant le bras. Allez partons d'ici.

— John, si on s'en va, ils me verront de toute façon et en plus, ce sont eux qui gagneront. On n'a pas à changer nos plans pour eux.

John, qui commençait à s'impatienter, se leva et alla leur demander de ranger leur caméra. Malheureusement, cela se terminait souvent mal depuis quelque temps pour John lorsqu'on tentait de le prendre en photo dans des endroits publics. Au point où il devenait agressif avec eux. D'autant plus qu'il savait que cela avait rendu Carolyn malade, au point qu'elle ne voulait pratiquement plus sortir, ce qui rendait John furieux, se sentant impuissant devant la situation. D'une certaine manière, il se rendait responsable de la dépression de Carolyn qui n'arrivait plus à supporter les médias ou les photographes amateurs. Il croyait, dans une certaine mesure, que les photographes avaient une part de responsabilité dans l'échec de son mariage et il ne voulait pas que le même scénario se répète avec Stéphanie.

Heureusement, ce soir-là, ce sont les photographes qui sortirent avec l'aide du gérant du restaurant, ce dernier ne voulant pas qu'un client de l'importance de John F. Kennedy soit importuné par des gens sans manière. John reprit alors son calme et ils commandèrent leur repas.

– Tu seras à ta villa ce week-end, demanda John?

– Non, mes réservations sont faites. Je pars la semaine prochaine pour la France, jeudi, le 3 juin précisément, dit-elle avec un brin d'excitation dans la voix. Je n'aurai pas le temps d'aller à ma villa ce week-end, j'ai beaucoup de travail à faire avant mon départ. Mes chroniques doivent toutes être rendues avant mon départ.

– Tu pars combien de temps finalement, demanda John visiblement déçu.

– Trois semaines.

John le savait, ce n'était pas la première fois que Stéphanie lui parlait de ce voyage en France, qu'elle semblait d'ailleurs attendre avec impatience. Sans trop pouvoir l'expliquer, cela le contrariait. Peut-être aurait-il voulu l'accompagner? Mais il y avait Carolyn. John était de plus en plus malheureux de vivre cette dualité entre deux femmes. Il aurait voulu régler la séparation et passer au divorce rapidement au lieu de faire attendre Stéphanie et la laisser dans le néant sans explication. Et puis il y avait *George*. Jamais il n'aurait pu s'absenter et laisser son magazine pendant trois semaines. N'empêche qu'il aurait pu se libérer quelques jours. « Passer une semaine avec Stéphanie serait si agréable », pensa John.

– Tu vas me manquer Steph.

— Toi aussi, mais ça passera en un rien de temps. De ton côté, tu es occupé, et je serai de retour avant même que tu ne te sois rendu compte de mon absence.

— Ce sera presque tout le mois de juin, fit remarquer John sans enthousiasme.

— John, nous nous sommes à peine vus récemment. Deux fois en un mois. Que je quitte pour un voyage de trois semaines ne sera pas vraiment différent.

— Je sais, mais j'avais mes raisons et cela ne m'a pas empêché de penser à toi et on a parlé souvent au téléphone.

— Que veux-tu dire, quelles raisons ?

— Stéphanie, je crois que tu ne réalises pas à quel point tu comptes pour moi. J'ai besoin de toi, je suis prêt à changer ma vie pour toi.

John avait lancé cette dernière affirmation impulsivement, sans réfléchir. Depuis le séjour à Boston, on évitait de part et d'autre d'aborder le sujet concernant l'avenir de leur relation. John hésitait, il avait encore besoin de temps. Il n'était pas encore prêt à lui annoncer qu'il préparait son divorce. De plus, il ne voulait pas embêter Stéphanie avec ses chicanes de couple à propos de Carolyn. John avait commencé à parler de divorce avec sa femme, mais rien n'était facile, et il allait avoir encore besoin de quelques semaines. Il voulait l'annoncer à Stéphanie lorsqu'il serait définitivement séparé.

Pour sa part, Stéphanie avait aussi ses raisons pour ne pas aborder le sujet. Elle ne voulait plus le repousser, mais elle n'avait nullement l'intention de l'inciter à rompre avec sa femme. Pour l'instant, elle avait besoin de réfléchir et laisser aller les choses d'elles-mêmes. Son voyage en Europe lui laisserait largement le temps de réfléchir sur leur relation. Mais maintenant que John abordait le sujet, en parlant de changer sa vie pour elle, Stéphanie ne put s'empêcher de l'interroger.

— Que veux-tu dire John ?

– Tu accepterais que j'aille te retrouver une semaine sur la côte d'Azur, lui demanda John, après quelques minutes de réflexion, sans répondre à sa question.

– Tu veux venir me rejoindre en France ! s'exclama Stéphanie visiblement étonnée, et du même coup, heureuse à l'idée de passer une semaine entière avec John en vacances.

– Alors, c'est oui ? demanda John qui venait de voir le visage de Stéphanie se transformer. On pouvait lire toute la joie qui venait d'apparaître dans son regard. J'aurai une surprise pour toi lorsque je te rejoindrai, osa ajouter John.

Comme Stéphanie partait dans une semaine et s'il allait la rejoindre une semaine après son départ, John se disait que le moment serait venu de lui révéler les faits concernant sa séparation. Puis, se retrouver dans un endroit romantique, loin des préoccupations quotidiennes, serait parfait pour la conquérir définitivement, pensa-t-il.

– Pourquoi ne pas avoir répondu à ma question ?

– Steph, sois patiente. Lorsque nous serons sur la Riviera française, je te promets de répondre à toutes tes questions sans réserve.

– John, tu n'as pas à me faire de surprise, ou à répondre à un interrogatoire. Mais ne me dis pas que tu veux changer ta vie pour moi, sinon j'interviendrai. Mais j'accepte volontiers que tu viennes me rejoindre en France. Ta proposition me fait chaud au cœur. Je suis vraiment touchée John, tu me fais vraiment plaisir, dit-elle le regard pétillant de joie.

– C'est réglé alors ! répondit John satisfait et heureux de la tournure des événements.

– Ne change pas d'idée surtout.

– C'est promis. D'ici là, comme le temps doux revient, je pourrai profiter de mon ULM en ton absence pour m'amuser un peu.

– John, ne gâche pas tout ce soir en me parlant de ton ultraléger. Tu sais ce que j'en pense.

– Que c'est amusant, répondit John en la taquinant.

– Non, idiot, que c'est téméraire. Ce n'est rien de plus qu'un moteur de tondeuse. Je n'aime pas ça du tout.

– C'est parce que tu n'as pas encore essayé. Le jour où tu essaieras, tu deviendras accro comme moi, crois-moi.

Jamais Stéphanie n'aurait envisagé de voler un ultraléger. Elle adorait voler, mais de façon sécuritaire.

– Jamais de la vie, c'est hors de question. Avec un vent de face, tu fais du sur-place et s'il arrivait quelque chose, tu n'as aucune protection. C'est suicidaire.

– Tu exagères.

– Pas du tout.

– Puis, si ma mémoire est bonne, tu es mal placée pour faire la morale. Tu as déjà fait du planeur. J'ai vu des photos chez toi.

– Si, mais c'est très sécuritaire un planeur.

– Pas plus que mon ULM.

– OK John, je vais te sortir les statistiques d'accidents d'ultraléger de ces cinq dernières années. Je peux être une excellente recherchiste lorsqu'un sujet me tient à cœur. Dès demain, tu auras reçu par messagerie électronique toutes les statistiques. Tu verras, les chiffres parlent d'eux-mêmes.

– Pas la peine, se contenta de répliquer John.

Il savait très bien qu'il s'agissait du nombre d'accidents le plus élevé parmi tous les types d'engins volants au prorata d'appareils en service.

– Pourtant, tu as déjà sauté en parachute, ajouta John.

– Oui, mais c'est complètement différent. Tu devrais mettre de côté ton ULM et essayer le parapente si tu tiens aux sensations fortes. Je préférerais te savoir en parapente qu'en ultraléger.

Stéphanie avait beau essayé de le dissuader, John ne voulait pas renoncer à son Buckeye. C'était peine perdue. John avait besoin de tous ses jouets. Son bateau et son avion ne lui suffisaient pas. En sortant du restaurant, John relança l'idée d'aller à l'appartement de Stéphanie.

– John, je suis désolée, mais pas ce soir, j'ai des textes à rédiger. J'ai passé l'après-midi à voler, j'ai inévitablement du retard à rattraper.

John l'entraîna dans sa voiture pour l'embrasser passionnément avant de la quitter.

– Steph, on va se voir avant ton départ pour l'Europe ?

– Sans doute, je ne sais pas.

John lui caressa les cheveux. Il ne voulait pas se séparer d'elle. Il la désirait tellement, mais il respecta son choix, se résignant à la regarder se diriger vers sa voiture. Il avait mal, il avait le cœur brisé chaque fois qu'il la voyait partir. Cela devenait de plus en plus difficile à supporter. Il craignait qu'elle se lasse de la situation et avait terriblement peur de la perdre. Il l'aimait et ne voulait plus vivre ainsi. Il passerait à l'action rapidement.

De retour à son appartement, Stéphanie avait un message de Matthew sur sa boîte vocale. Il voulait avoir des nouvelles de son vol avec John. Elle lui retourna son appel pour lui relater les faits, incluant les bons comme les moins bons coups de John.

– Il doit encore voler avec un instructeur avant d'amener des passagers. Il n'est pas confortable, il est trop nerveux et cela le mène à faire des erreurs.

– Je vais en parler à Steven dès demain, promit Matthew.

– Merci Matt, c'est important.

– Dis Steph, entre-temps, est-ce que tu accepteras de voler à nouveau avec John ?

— Matt, je ne sais pas, je suis très occupée au *Times* et je ne peux pas toujours prendre un après-midi de congé d'autant plus que je pars en vacances la semaine prochaine.

— Mais il a besoin de toi.

— J'essayerai, répondit Stéphanie avant de raccrocher.

Stéphanie passa les deux jours suivants submergée par le travail. Ses trois semaines de vacances qui approchaient bouleversaient son horaire habituel, déjà chargé. Elle en était d'autant plus désolée lorsque John lui téléphona à l'heure du lunch.

— Steph, je quitte le bureau pour me rendre à l'aéroport, tu veux que je m'arrête devant le *Times* pour te prendre ? On ira voler.

— C'est impossible John, j'ai trop de travail devant moi, répondit Stéphanie déçue de se trouver dans l'obligation de décliner son invitation.

— Cela peut bien attendre à demain, insista John. C'est une journée magnifique pour voler.

— Non John, justement ça ne peut pas attendre, j'ai encore trop de textes à rédiger et d'entrevues à réaliser avant mes vacances.

— Steph, il ne reste que quelques jours avant ton départ, je veux que l'on se voie.

— Je suis désolée John, mais je ne crois pas que ce sera possible.

Elle entendit John soupirer à l'autre bout du fil.

— On pourra rattraper le temps perdu lorsque tu viendras me retrouver en France, ajouta-t-elle.

— J'aimerais tout de même te voir avant ton départ. Steph, j'ai besoin de passer un peu de temps avec toi.

— John, crois-moi, j'aimerais aussi, mais ce n'est pas possible. Je dois te laisser, j'ai un rendez-vous pour une interview et je suis déjà en retard.

— Tu ne me laisses pas le choix.

– Bon vol! dit-elle avant de raccrocher.

Aussitôt après, elle se sentit coupable à l'idée que John aille voler solo aux commandes de son Saratoga. Elle faillit le rappeler, mais un coup d'œil rapide à son agenda la dissuada. Elle était vraiment coincée et ne pouvait reporter cette entrevue. Inquiète, elle s'empressa de téléphoner à Matthew.

– Matt, je suis contente de t'attraper.

– Ça va Steph?

– Écoute, je suis pressée, et surtout inquiète pour John. Il est en route pour Caldwell, il a l'intention d'aller voler.

– Tu vas l'accompagner? interrogea Matthew.

– Non justement. Je ne peux me libérer cet après-midi. Je me demandais si tu pouvais aller le rejoindre... tu pourrais voler avec lui.

– Je ne peux absolument pas, je suis chez un client à remettre sur pied leur système informatique.

– As-tu parlé à Steven, entre-temps?

– Absolument, il devait même proposer à John de voler à nouveau avec lui, mais John ne va pas nécessairement l'écouter.

– Je n'aime pas ça, avoua Stéphanie.

– Tu es certaine Steph de ne pas pouvoir te libérer? interrogea Matthew inquiet à l'idée que John vole en solo après ce qu'elle lui avait raconté à propos de son vol avec lui.

– N'insiste pas Matt, je me sens assez coupable comme ça. Je ne t'aurais pas appelé si j'avais pu me libérer pour voler avec John aujourd'hui.

– Bon OK, laisse-moi téléphoner à Steven, il sera sans doute libre. Merci d'avoir appelé Steph et n'y pense plus, on va trouver une solution.

John était déçu, il aurait voulu voler à nouveau avec Stéphanie, et il souhaitait surtout la revoir avant son départ. Il se rendit à l'aéroport tout en pensant à elle. Lorsqu'il arriva à Caldwell, Patrick alla à sa rencontre. Il venait de terminer de vérifier le niveau de l'huile de l'avion de John.

— Belle journée pour voler !

— Bonjour John. Effectivement, les conditions sont idéales pour voler.

— Si mon avion est prêt, je suis prêt aussi.

— Stéphanie t'accompagne ? demanda Patrick inquiet de voir John prêt à partir solo.

— Malheureusement non. Elle a trop de travail et ne peut se libérer.

— Quelqu'un d'autre va t'accompagner ? interrogea l'ingénieur de plus en plus inquiet.

— Non, je serai seul aujourd'hui.

— Dommage que Stéphanie ne puisse t'accompagner, dit-il comme s'il essayait de le retenir en lui faisant la conversation.

— Je suis de ton avis. Par moments, je trouve qu'elle travaille trop.

— John, c'est le lot de bien des gens. Il faut bien payer les factures, et voler, ce n'est pas gratuit. Elle n'a sans doute pas le choix de travailler tant.

— Qu'est-ce qui te fait croire ça ?

— J'imagine que c'est ainsi pour la majorité des gens. Elle est si passionnée d'aviation que si elle le pouvait, elle volerait tous les jours. Combien de fois est-elle rentrée après un vol d'une heure, ravie de son vol, mais désolée d'être de retour, trouvant l'envolée trop courte ? Elle aurait voulu y passer la journée, mais elle s'abstient parce que voler signifie dépenser beaucoup d'argent et pour y arriver elle doit travailler beaucoup. C'est un cercle vicieux. Du fait, elle n'a ni le temps ni les moyens de voler plus que cela.

John l'écoutait sans rien dire, il n'avait jamais analysé cela.

– Crois-tu qu'elle partagerait son avion avec un partenaire? Indépendante comme elle l'est, si elle avait le choix, elle ferait autrement, ajouta Patrick.

– Pourtant, ça l'arrange d'avoir Dave qui l'aide pour l'entretien.

– Voyons, John, c'est ce qu'elle veut faire croire, c'est évident. Ça crève les yeux qu'elle voudrait voler plus. Mais Stéphanie n'a pas tes moyens.

– Je sais, mais je ne crois pas qu'elle soit si en peine, au point de devoir travailler sans cesse comme elle le fait. D'ailleurs, elle a hérité de ses parents.

– Écoute, les fortunes familiales ne sont pas toutes équivalentes à celles des Kennedy, loin de là. Elle vient d'une famille moyenne, Dave m'en a déjà parlé. Moi, je te dis qu'elle se prive souvent de faire ce qu'elle veut, et si elle travaille tant, c'est justement pour se permettre quelques privilèges de luxe comme voler.

John était perplexe, réalisant soudain qu'à certains égards, il connaissait peu Stéphanie. En fait, il n'avait jamais vraiment parlé argent ensemble. John évitait la question et Stéphanie semblait peu ouverte à se confier à ce sujet.

– Tu as sans doute raison Pat. Je vais aller voler maintenant, conclut John en amorçant les vérifications extérieures de son appareil.

– Tu veux que je te trouve quelqu'un de disponible pour t'accompagner, demanda Patrick qui ne pouvait se résoudre à voir John partir solo.

– Non, ça va, et merci pour l'huile.

– Bon vol! dit-il finalement, se résignant difficilement à le voir s'envoler solo.

❖ ❖ ❖

Quelques jours plus tard, en débarquant du taxi, Stéphanie poussa un soupir de soulagement. Elle se trouvait enfin à l'aéroport JFK et s'apprêtait à prendre son vol pour Paris d'où elle prendrait un vol de correspondance pour Nice quelques heures plus tard. Elle avait travaillé beaucoup ces derniers temps et ses vacances étaient bien méritées. Elle se réjouissait à l'avance de ce voyage tant attendu. Elle était surtout heureuse à l'idée que John vienne la rejoindre la semaine suivante. C'était important pour elle, cela signifiait qu'elle comptait à ses yeux, même si elle se posait encore une foule de questions à savoir où cela les mènerait. Peut-être nulle part ? Peut-être que l'aventure se terminerait bientôt ? Peu importe, aujourd'hui elle était heureuse et elle devait arrêter de craindre les lendemains. Alors qu'elle venait d'enregistrer ses bagages, son téléphone portable sonna.

— Steph, c'est moi.

— John !

— Je suis content de ne pas t'avoir ratée. J'ai une mauvaise nouvelle.

— Quoi donc ?

— Je préférais te l'annoncer avant que tu ne l'apprennes par les médias.

— Qu'y a-t-il John, rien de grave j'espère ?

— Je me suis fracturé la cheville.

— Comment ça ?

John aurait préféré ne pas lui donner de détails, mais il savait qu'il ne pouvait rien cacher, elle allait l'apprendre tôt ou tard.

— C'est avec mon Buckeye…

Stéphanie demeura silencieuse.

— J'ai eu un petit accident, reprit-il, alors que je survolais la côte de Martha's Vineyard.

– Ce n'est pas vrai! Pas ton ultraléger? Je savais…

– Steph, s'il te plaît, ne me dis surtout pas que tu m'avais prévenu. Écoute, j'ai un plâtre et le médecin m'oblige à garder la jambe surélevée autant que possible. Ce sera impossible pour moi de me rendre en Europe la semaine prochaine… Tu sais, un vol de plus de six heures, expliqua John ayant du mal à trouver les mots tellement il était désolé de lui annoncer cela.

– Je vois, dit Stéphanie qui avait du mal à dissimuler sa déception.

– Ne m'en veux pas. Nous aurons d'autres occasions.

Stéphanie ne répondit pas, les larmes lui montaient aux yeux.

– Eh Steph, je te promets que j'en ai que pour six semaines, et nous irons en août en Alaska. Tu te souviens?

– John, je dois te laisser, on appelle mon vol, dit-elle ne voulant plus poursuivre la discussion.

– Stéphanie, ne me laisse pas comme ça. Je t'aime et j'ai besoin de t'entendre dire que tu m'aimes aussi, lança John qui était en mesure de sentir l'émotion dans la voix de Stéphanie.

Elle ne répondait pas, essayant de dissimuler ses sanglots.

– Stéphanie, dis-moi ce que je peux faire. Je sais que tu es contrariée, mais je suis désolé, c'était un accident, juste un stupide accident. Demande-moi ce que tu veux. Je t'emmènerai à Venise en juillet si cela peut te faire plaisir. Mais parle!

– John, on parlera de tout cela à mon retour, dit Stéphanie, la voix brisée. Je t'aime, ajouta-t-elle avant de raccrocher.

CHAPITRE 15

Samedi 3 juillet 1999

Lorsque le taxi la déposa devant son appartement de Manhattan, depuis l'aéroport JKF, alors qu'elle rentrait de son voyage en Europe, Stéphanie prit à peine le temps de déposer ses bagages et se précipita tout de suite à son téléphone pour consulter ses messages sur sa boîte vocale. Elle en avait plusieurs, dont deux de John. Le premier était pour lui souhaiter un bon retour à New York. Il l'invitait à un resto branché de Manhattan pour célébrer son retour, lui précisant qu'il avait une surprise pour elle. Ce premier message datait de la journée où elle était censée rentrer de voyage. Déjà, Stéphanie fut touchée par cette marque d'attention. Le second message de John exprimait de l'inquiétude. Apparemment, John était surpris de ne pas avoir de ses nouvelles. Il semblait la chercher; il était même passé à son appartement pour apprendre d'un voisin qu'elle n'était toujours pas rentrée de voyage. Il lui annonçait également qu'il partait à sa résidence de Hyannis Port avec Carolyn, pour le week-end du 4 juillet, pour l'*Independence Day*, avec son Piper Saratoga, accompagné d'un instructeur. Il semblait avoir encore la jambe dans le plâtre, ce qui l'empêchait de piloter en solo. Elle avait aussi des messages de Jeff, Matthew, Melanie et même de Dave. Tous semblaient s'inquiéter de rester sans nouvelle. En son absence, personne n'avait été en mesure de la joindre sur son portable. Son téléphone cellulaire ne fonctionnait pas en France pour des raisons d'incompatibilité de réseaux.

Stéphanie se laissa tomber sur le canapé. Le vol du retour et le décalage horaire l'avaient épuisée et les quelques autres messages qu'elle avait reçus, liés à son travail, la ramenaient à ses obligations et à une réalité qu'elle n'avait pas envie de retrouver pour l'instant. «Inutile de téléphoner à John maintenant», pensa Stéphanie alors que le long week-end, de l'*Independence Day* battait son plein et qu'il se trouvait avec Carolyn à Cape Cod. Elle ne voulait pas l'embarrasser. S'il avait été à son bureau, cela aurait été différent. Stéphanie se disait que les choses allaient peut-être mieux entre lui et sa femme, ce qui la faisait hésiter davantage sur la décision qu'elle avait à prendre.

En fait, Stéphanie avait décidé de prolonger d'une semaine son voyage en France, alors qu'elle avait appris sur place une nouvelle renversante. En état de choc, elle se sentait incapable de rentrer. Elle avait besoin d'encaisser le coup. Évidemment, elle aurait pu téléphoner à John depuis la côte d'Azur pour le prévenir, mais elle avait été incapable de l'affronter, même au téléphone, de peur de lui révéler la terrible nouvelle. Elle s'était contentée de téléphoner à Jeff ainsi qu'à Paul, son rédacteur en chef au *New York Times*, pour leur laisser savoir qu'elle avait eu un contretemps et qu'elle serait retardée d'une semaine. Elle avait pris soin de laisser à chacun un message au bureau durant la nuit, ce qui pouvait s'expliquer étant donné le décalage horaire. Cela évitait surtout de fournir toute explication supplémentaire, ce dont elle n'avait aucune envie.

«Que vais-je faire à présent?» Stéphanie retournait la question dans tous les sens et n'avait encore aucune réponse, toujours aussi tourmentée que lorsqu'elle avait appris l'effroyable nouvelle. La semaine de vacances supplémentaire n'avait pas suffi à prendre une quelconque décision. Elle se sentait prise au piège et le sentiment était plutôt désagréable.

Ses deux premières semaines de vacances en France avaient été merveilleuses, alors qu'elle séjournait chez sa cousine Gabrielle à VilleFranche-sur-Mer, non loin de Nice. Elles s'étaient amusées ensemble, avaient profité du soleil en se promenant sur la côte d'Azur, avaient magasiné dans de chics boutiques et avaient fait des déplacements vers Cannes, Monaco ainsi qu'en Provence. Stéphanie en avait aussi profité pour rendre visite à deux amies d'enfance. Ces dernières lui avaient réservé une surprise à l'occasion de son 37ᵉ anniversaire de naissance. La célébration avait été mémorable. Stéphanie s'était régalée de plats succulents durant tout son séjour. La cuisine française, et particulièrement méditerranéenne, lui avait manqué. Elle avait apprécié que sa cousine Gabrielle ait pu se libérer de son travail pour lui consacrer du temps. Puis, les choses s'étaient gâtées lors de sa troisième semaine de vacances. Elle souffrait de terribles nausées et de fatigue extrême, ce qui s'expliquait difficilement. Au bout d'une semaine, inquiète pour son état de santé, sa cousine avait insisté pour l'emmener voir un médecin. C'est ainsi que ce dernier lui avait appris avec enthousiasme qu'elle était enceinte de deux mois. Loin de s'en réjouir, Stéphanie était restée de glace, étant incapable d'encaisser le choc.

«John! Non, ce n'est pas vrai, pas avec John, non ce n'est pas possible», s'était-elle répétée, se remémorant la nuit à Boston avec lui, il y avait de cela deux mois.

– Êtes-vous certain? avait-elle finalement articulé. Il doit y avoir une erreur.

– Aucun doute, madame Delorme. Ne faites pas cette tête, vous êtes en parfaite santé et vous êtes jeune. Vous verrez, tout se passera bien, avait dit le médecin, d'un ton rassurant.

Elle était sortie du cabinet vacillante et troublée. Elle s'était assise quelques instants dans la salle d'attente pour essayer de se ressaisir.

– Tu en fais une tête, avait dit Gabrielle en se précipitant vers elle. Tu as eu une mauvaise nouvelle?

– Sortons d'ici, j'ai besoin de prendre l'air.

Stéphanie s'était confiée à Gabrielle. Elle avait partagé le secret de sa grossesse, insistant sur le fait que cela devait rester un secret entre elles. Elle n'avait évidemment pas révélé l'identité du père. Elle lui avait simplement expliqué qu'il s'agissait d'un homme marié dont elle était amoureuse. C'était suffisant. La voyant si bouleversée,

Gabrielle avait insisté pour que Stéphanie demeure avec elle quelques jours de plus. Déboussolée, elle avait finalement accepté de prolonger son séjour sur la Riviera française, espérant que cela lui permettrait de mettre de l'ordre dans ses idées.

Enceinte de John... Rien que d'y penser cela lui donnait des frissons dans le dos. Sa première réaction fut de le dissimuler à John et de se faire avorter sur le champ. Pourtant, John avait le droit de savoir, et puis, elle voulait un enfant et n'était pas sans savoir que John aussi en voulait. Mais Stéphanie savait pertinemment que si elle lui révélait la nouvelle, ce serait fichu de son mariage avec Carolyn, d'autant plus que celle-ci semblait ne pas vouloir d'enfant ou, à tout le moins, retardait toujours le moment, à la grande déception de John. Stéphanie ne voulait en aucun cas être la responsable de ce gâchis. D'un autre côté, elle ne voyait pas comment elle pouvait garder l'enfant sans lui en parler.

À présent, qu'elle était de retour à Manhattan, Stéphanie était toujours aussi tourmentée et rien n'était réglé. Depuis des jours, elle retournait la question dans tous les sens sans trouver de solution. En fait, la solution parfaite n'existait pas. Toutefois, une chose était sûre, c'est qu'elle était aujourd'hui enceinte d'un peu plus de deux mois et qu'il fallait prendre une décision. Elle aurait souhaité pouvoir se confier, mais elle savait qu'il ne fallait pas. L'enfant de John F. Kennedy junior... même à Jeff, elle ne pouvait pas, c'était impossible. Comment pouvait-elle trahir John ?

Stéphanie avait besoin de se détendre et décida d'aller prendre un bon bain chaud. Elle avait l'intention de se reposer ce week-end, sachant que beaucoup de travail l'attendrait à son retour au boulot. Elle téléphonerait ensuite à Jeff. Peut-être serait-il libre ce soir pour souper dans un quelconque restaurant, n'ayant aucune envie d'aller faire des courses et de cuisiner. Jeff prendrait plaisir de la mettre au parfum de l'actualité américaine qu'elle avait à peine suivie ce dernier mois. Ce serait agréable et cela lui changerait les idées. Mais avant même qu'elle ne fasse quoi que ce soit, le téléphone sonna. Stéphanie décrocha, persuadée que c'était Jeff.

– Steph, tu es enfin de retour !

– John!

– Mais diable, où étais-tu passée? J'étais inquiet!

– J'ai décidé de prolonger mon séjour en France, répondit simplement Stéphanie. Tu n'es pas avec Carolyn à Hyannis Port pour le long week-end?

– Si, mais j'avais besoin de te parler et de savoir si tu étais rentrée. Qu'est-ce qui t'a pris de retarder ton retour sans me prévenir? Comment pouvais-je savoir si tu avais simplement prolongé ton voyage ou s'il t'était arrivé quelque chose? J'étais si inquiet que je t'ai téléphoné tous les jours.

– Mon portable ne fonctionnait pas en Europe. Je suis désolée John, je ne savais pas que tu réagirais ainsi.

– Mais qu'est-ce que tu crois? lança-t-il ayant du mal à dissimuler sa colère.

Stéphanie, qui était mal à l'aise par rapport à la réaction de John, ne répondit pas.

– L'important, c'est que tu sois rentrée, reprit John, qui essayait de retrouver son calme. Il ne t'est rien arrivé de fâcheux, j'espère?

– Non, John, rassure-toi.

C'était une demi-vérité, mais que pouvait-elle dire d'autre? Elle ne pouvait tout de même pas lui révéler son état comme ça, au téléphone.

– Steph, j'ai besoin de te voir, c'est important. Es-tu libre mardi soir?

– Oui, bien sûr.

– Nous pourrions passer la soirée chez toi si tu veux, après avoir soupé au restaurant de ton choix.

– Pourquoi ne pas souper chez moi, proposa Stéphanie, qui essayait de se faire pardonner sachant que John apprécierait davantage l'intimité de son appartement à celle d'un restaurant.

— Génial! C'est réglé, alors, et j'ai hâte que tu me racontes ton voyage.

— D'accord, à mardi. Et toi, John, ça va?

— Steph, tu m'as manqué, j'ai hâte de te voir.

— J'ai hâte aussi, je t'embrasse et profite bien du week-end.

Une fois qu'elle eut raccroché, Stéphanie changea ses plans et renonça à passer la soirée avec Jeff, de peur de ne pouvoir tenir sa langue. Elle voulait éviter d'être influencée. Elle devait décider d'elle-même de la suite des choses. Elle prit le temps de se détendre dans un bain chaud et, après avoir défait ses bagages, elle téléphona à Matthew pour organiser un petit vol local avec lui pour le lendemain. Elle n'avait pas volé depuis plus d'un mois et cela lui avait manqué. Elle alla ensuite marcher au hasard dans les rues de Manhattan, seule, perdue au milieu de la foule, où chacun se déplaçait d'un pas pressé. Les lumières scintillantes de *Times Square* l'éblouissaient. Elle s'acheta un hot dog dans un kiosque en bordure de la rue en guise de repas. Un *snack* qui contrastait avec la fine cuisine gastronomique de la côte d'Azur qu'elle avait pris plaisir à déguster depuis un mois. La soirée était confortable et, elle devait bien l'admettre, la frénésie de New York lui avait manqué quelque peu.

❖ ❖ ❖

Il était 18 heures lorsqu'on sonna à sa porte. Stéphanie jeta un dernier coup derrière elle avant d'aller ouvrir. Tout lui semblait présentable. Elle avait dressé la table, allumé des bougies et de la musique douce jouait en sourdine. Sachant que John se trouvait derrière la porte, elle était nerveuse. Les deux derniers jours s'étaient écoulés à la vitesse de l'éclair. Après avoir volé avec Matthew, elle avait ensuite repris le boulot le lendemain et, comme elle l'avait anticipé, elle fut submergée par le travail. Mais le retour au *New York Times* lui avait fait le plus grand bien, comme si elle avait retrouvé ses repères. Elle avait aussi pris plaisir à *luncher* avec Jeff qui, comme prévu, lui avait raconté les faits importants de l'actualité américaine. Jeff, qui n'était pas sans savoir que John devait la retrouver en Europe, l'avait interrogée à ce sujet. Elle lui avait simplement relaté les faits de la cheville cassée l'empêchant de faire le voyage. Jeff était curieux, mais semblait toujours savoir où s'arrêter et n'avait pas insisté pour en savoir davantage. Pourtant, Jeff savait que John l'avait retrouvée à Boston et il savait aussi qu'ils avaient passé la nuit ensemble. Jeff gardait toutefois ses commentaires pour lui. Stéphanie était fière d'avoir réussi à tenir sa langue sur son état. Elle ne tenait pas à lui révéler qu'elle était enceinte avant de l'avoir annoncé à John. Néanmoins, Jeff lui avait tout de même montré quelques journaux où l'on rapportait encore que Carolyn trompait John. Stéphanie fut cependant encore plus surprise lorsque Jeff lui fournit des articles de journaux racontant que John avait renoué avec une ancienne amie de cœur, alors que d'autres faisaient allusion à une nouvelle conquête dans la vie de John.

– Sois prudente, lui avait simplement dit Jeff, les rumeurs courent.

Stéphanie essaya de ne pas s'y attarder, mais c'était tout de même troublant. Elle avait aussi revu, le temps d'un souper, sa copine Melanie, qui était toujours éperdument amoureuse du journaliste du *New York Post*. Évidemment, elle ne lui avait rien dit au sujet de John ni du fait qu'elle était enceinte. Elle lui avait simplement raconté son voyage. Pourtant, Stéphanie ne cessait de penser à John et à cet enfant qu'elle portait.

Finalement, Stéphanie avait décidé qu'il valait mieux être honnête et annoncer à John la nouvelle sans savoir si elle lui dirait qu'elle préférerait ne pas garder l'enfant. Chose certaine, elle croyait que John avait le droit de savoir. Elle prit une grande respiration avant d'ouvrir la porte.

– Bonjour John, dit Stéphanie en lui adressant un large sourire.

– Tu es ravissante, Steph.

Sa peau bronzée contrastait avec son teint clair habituel et la blouse blanche qu'elle portait faisait ressortir davantage l'éclat de son teint. John entra en marchant avec des béquilles. Il les posa contre le mur pour la serrer dans ses bras et l'embrasser tendrement. Il avait attendu ce moment avec impatience. Il ne l'avait pas vue depuis plus d'un mois et elle lui avait terriblement manqué. Ce soir, il était décidé à lui annoncer qu'il allait divorcer et que les discussions avec Carolyn étaient déjà entamées et qu'il était trop tard pour revenir sur sa décision.

— Alors, c'est vrai cette histoire de cheville cassée, dit Stéphanie d'un ton moqueur en regardant le plâtre de John.

— Tu parles ! J'ai un nouvel avion et j'ai à peine pu en profiter. Impossible de voler en solo avec ce plâtre. J'ai besoin d'aide avec les palonniers.

— J'espère que tu vas enfin renoncer aux ultralégers, continua à se moquer Stéphanie, qui alla à la cuisine ouvrir une bouteille de vin. Et puis, j'y pense, tu ne m'as pas raconté en détail cet accident avec ton Buckeye.

— Pas de commentaires.

— Je vois, rien pour se vanter.

— Pas vraiment, répondit John, qui s'attendait à ce que Stéphanie lui rappelle qu'elle n'appréciait pas les ultralégers.

— Alors, tu as volé en doubles commandes sur ton Saratoga ? interrogea Stéphanie qui préférait ne pas s'attarder sur l'incident de l'ULM.

— Oui, je suis allé à Martha's Vineyard quelques week-ends en juin avec mon avion, accompagné d'un instructeur. J'ai vraiment hâte de me faire enlever ce foutu plâtre.

— C'est prévu pour quand ?

— Dans une semaine ; on devrait m'enlever mon plâtre et je devrai probablement porter un attelage pour quelques jours encore.

— Je comprends que tu dois avoir hâte de retrouver toute ta mobilité.

– Steph, tu sais, je suis vraiment désolé d'avoir manqué ce voyage. J'aurais vraiment voulu te rejoindre en France comme prévu, avoua-t-il.

Stéphanie venait de s'asseoir à côté de lui sur le canapé après avoir déposé les deux coupes à vin et la bouteille de rouge sur la table devant eux.

– N'y pense plus, dit-elle.

– Je sais que je t'ai déçue.

– Ce n'est pas ta faute, n'en parlons plus. Tu sais, comme à chaque fois, j'ai vraiment apprécié retourner dans mon pays d'origine.

– Alors, ce voyage en France ? Raconte-moi tout.

Stéphanie prit plaisir à lui raconter son voyage sur une note joyeuse, lui décrivant les différents endroits qu'elle et sa cousine avaient visités durant son séjour. John l'écoutait avec attention tout en lui passant la main dans les cheveux. Elle lui montra également les photos qu'elle avait prises. Elle aimait toujours s'adonner à son hobby même si maintenant elle avait moins de temps à y consacrer que par le passé.

– Tu sais, ce n'est que partie remise pour nous. J'ai bien l'intention de t'emmener quelque part en Europe cet été, annonça John. Où tu voudras !

– On verra, John. Je viens de prendre un mois de vacances, je ne crois pas que je pourrais me libérer si rapidement.

– À la fin d'août, peut-être ? interrogea John.

Stéphanie haussa les épaules en allant sortir le repas du four qu'elle venait de faire réchauffer. Comme elle n'avait pas eu le temps de cuisiner, elle s'était arrêtée, en sortant du *New York Times*, chez un traiteur spécialisé et avait opté pour un bœuf bourguignon, une salade maison, une baguette de pain et un gâteau mousse au chocolat.

– À l'automne alors, insista John.

— Je ne sais pas, je dois d'abord négocier cela avec Paul, mais chose certaine, pour juillet, c'est impossible. Et si je repars plus tard vers la fin de l'été ce ne pourrait être que pour une semaine.

— Pas de problème, dit John en se levant, voulant donner un coup de main à Stéphanie à la cuisine même s'il avait du mal à marcher.

— Tu peux t'asseoir, dit Stéphanie en lui désignant une place dans la petite salle à manger adjacente au salon. Tout est prêt, comme par magie.

— Tu prends toujours autant de plaisir à cuisiner, dit John qui avait deviné qu'elle ne s'était pas affairée devant le four tout l'après-midi durant, en remarquant les cartons du traiteur restés sur le comptoir.

— Et comment vont les affaires avec *George*?

— Pas vraiment bien. Pour tout dire, je suis à la recherche de partenaires financiers.

John avait besoin de se confier et avait décidé de donner l'heure juste à Stéphanie. Les revenus publicitaires avaient déjà baissé de plus de 30 % dans les six premiers mois de l'année et le lectorat déclinait à vue d'œil.

— Pourquoi ? Tu ne veux plus travailler avec Hachette ? demanda-t-elle en servant les plats sur la table.

— En fait, c'est plutôt eux qui ne veulent plus de *George* et si je ne trouve pas un partenaire financier rapidement, ce sera la fin pour mon magazine.

Stéphanie écoutait John attentivement. Comme elle venait de s'asseoir face à lui, elle pouvait facilement lire la tourmente dans son regard.

— Tu es inquiet ?

— Franchement, oui.

Rien n'était facile et John se sentait vulnérable. De moins en moins de gens croyaient en *George*. Il avait déjà rencontré pratiquement tous les éditeurs potentiels de New York et ses démarches étaient toutes aussi infructueuses les unes que les autres. John était convaincu que tout était encore possible et qu'il arriverait tôt ou tard à rentabiliser à nouveau son magazine. Malheureusement, il semblait le seul à y croire. Des millions de dollars avaient déjà été perdus. Le Groupe Hachette Filipacchi Magazines avait consenti au départ à un investissement de 20 millions de dollars sur un contrat de cinq ans. Le terme du contrat approchait et Hachette n'était pas chaud à l'idée de poursuivre, étant donné l'importante perte financière. Les records de ventes en kiosque que *George* avait battus au départ, n'étaient plus. Les ventes publicitaires dégringolaient aussi. Sans revenu publicitaire, *George* n'avait plus aucune valeur aux yeux des éditeurs.

– Cessons de parler de mon magazine, déclara John après s'être confié. J'ai quelque chose d'important à t'annoncer et de beaucoup plus réjouissant.

– Moi aussi, intervint Stéphanie.

Elle avait lancé cette affirmation impulsivement, sans réfléchir. Probablement de peur de ne plus avoir le courage d'en parler par la suite.

– Alors à toi d'abord.

– Non, je t'écoute, tu as été le premier à le dire.

– D'accord, d'autant plus que j'ai deux choses importantes à t'apprendre, dit-il en regardant Stéphanie droit dans les yeux se disant qu'il garderait la question du divorce pour la fin.

– Je t'écoute.

– J'ai été convoqué par les leaders Démocrates.

– Vraiment! s'exclama Stéphanie

– On voulait savoir si j'étais prêt à me lancer.

– Tu as l'intention de te lancer en politique pour éventuellement poser ta candidature à l'investiture du parti Démocrate pour l'élection présidentielle ?

John y pensait depuis un moment déjà. En fait, il croyait que toute sa vie avait été programmée pour cela : se lancer en politique. Il avait longuement hésité. Il hésitait toujours d'ailleurs, mais à présent, devant le terrible constat de *George* et voyant les portes des éditeurs qui se refermaient les unes après les autres, John se trouvait devant un véritable cul-de-sac, à la croisée des chemins sans doute. Le moment était probablement venu pour lui de se lancer. Bien qu'il y réfléchissait constamment, il en parlait peu et se confiait à très peu de gens. Il avait néanmoins besoin de différents points de vue et John tenait à avoir celui de Stéphanie. D'abord, parce qu'elle comptait à ses yeux et que son jugement était appréciable. De plus, il savait qu'elle serait franche envers lui. Elle le lui dirait si elle trouvait que c'est trop tôt pour lui ou si sa candidature serait trop faible. Stéphanie suivait la politique de près et était en mesure de fournir une appréciation assez juste. Surtout, il était persuadé qu'il pouvait compter sur sa discrétion absolue.

– Doucement ! répondit John.

Il fit une pause, le temps de changer de chaise pour s'approcher de Stéphanie. Il lui prit la main tendrement avant de poursuivre.

– J'ai d'abord songé à me présenter aux sénatoriales de 2000. Mais je préférerais peut-être obtenir un poste dans la branche exécutive plutôt qu'au Congrès. J'aimerais davantage être gouverneur de l'État de New York plutôt que sénateur. On pense qu'il serait possible qu'Hillary Clinton tente sa chance pour le siège de sénateur de New York devenu vacant. C'est une décision difficile, tu sais. Elle a beaucoup d'appui et ses chances de réussite sont grandes.

– On dirait que tu y as longuement réfléchi.

– En effet, mais j'hésite encore, tu sais. Les attentes seront élevées.

– Évidemment, elles le seront. C'est sans doute la seule chose qui est sûre dans ce monde.

– Mais qu'en penses-tu ?

– Si tu décides de te lancer, sois certain de le faire pour les bonnes raisons. Ça ne doit pas être une fuite pour dissimuler l'échec de *George*. La politique se doit d'être une vocation, c'est toute une vie de sacrifices. C'est se vouer constamment aux autres et à son pays.

– Je sais, répondit John en hochant la tête.

– Il ne faudrait pas non plus que ce soit uniquement parce que ton père était président avant toi, et que plusieurs s'attendent à ce que tu te lances en politique à ton tour.

– Tu as raison, mais ce qu'était mon père me poursuit constamment, tu sais.

– John, j'aimerais te mettre en garde. Et je ne dis pas cela parce que je ne t'en crois pas capable ou que tu ne ferais pas un bon politicien. Mais toi qui n'aimes pas être critiqué, surveillé ou épié par les médias, je suis un peu sceptique. C'est comme aller à contresens de tes valeurs ou bien te diriger vers un destin qui te rendrait malheureux.

– J'ai longuement réfléchi à ça aussi.

– Tu seras constamment sous les projecteurs, encore plus que maintenant. Chaque geste posé, chaque décision prise, chaque discours prononcé seront analysés, critiqués et jugés. Souvent sévèrement. Tu dois en prendre conscience maintenant.

– Je me suis dit exactement la même chose.

– As-tu également pensé que tu auras soudainement des ennemis.

– Je sais, c'est inévitable.

Voyant que John avait déjà envisagé les aspects plutôt négatifs de la politique, qu'il avait même pesé le pour et le contre et qu'il semblait tout de même décidé, Stéphanie voulut l'encourager. Elle sentait qu'il avait besoin de son appui.

— Tu sais John, si je te dis tout cela c'est justement parce que je sais que si tu te lances, tu réussiras.

— Tu crois?

— C'est certain, c'est écrit dans le ciel. Tu es un homme bon, tu es attentif aux autres et les gens t'aiment. Le succès est là et t'attend. Il suffit simplement de s'assurer que c'est vraiment ce que tu veux, toi.

— Je veux me rendre utile, tu sais. Et je me sens prêt à présent.

— Ta mère serait fière d'entendre ça, d'être prêt à assumer ainsi la dynastie des Kennedy.

— Je le crois aussi. J'aimerais qu'elle soit là pour voir ça, mais je sais qu'elle est quelque part là-haut, et qu'elle sourit à l'idée que je me lance.

Stéphanie croyait sincèrement que John pourrait devenir un excellent politicien. D'autant plus, qu'elle savait qu'il cherchait simplement à bien faire les choses, celles qui lui tenaient à cœur et surtout à être un homme bon. D'une certaine manière, John cherchait l'ombre, et sa décision de se lancer en politique avait sûrement été difficile à prendre à cet égard.

— Tu sais, John, plus je te connais, plus je suis vraiment impressionnée par ton attitude. Tu as le monde à tes pieds, tu as toujours des attentions particulières dès que tu entres quelque part, dans un restaurant comme partout ailleurs, et tu as su demeurer simple, accessible tout en gardant les deux pieds sur terre.

— Ça, je le dois à ma mère et à l'éducation qu'elle m'a donnée tout au long de mon enfance.

— Eh bien! Tu lui dois beaucoup. Plusieurs personnes à ta place auraient perdu la tête avec tout ça. Et si tu peux rester ainsi, tu feras un politicien extraordinaire, car tu sais écouter les autres.

John avait cette facilité déconcertante à écouter les autres et Stéphanie, tout comme son ami Matthew, l'avait remarqué. Il était à l'écoute de tous et chacun, même des gens simples qui n'avaient rien de particulier à dire. Il les écoutait tous, avec la même attention que s'il s'agissait de Bill Clinton. Si on ne connaissait pas son histoire ou si on n'avait pu le reconnaître physiquement, on n'aurait jamais pu croire qu'il s'agissait de John F. Kennedy junior, le fils d'une dynastie américaine qui incarnait le rêve américain portant sur ses épaules tous les espoirs d'un peuple.

— Je sais que tu aimais beaucoup ta mère, ajouta Stéphanie. Tu devais lui porter beaucoup d'admiration.

— Encore plus que ça. Je l'adorais. Ce qu'elle voulait pour moi comptait à mes yeux. Je lui portais le plus grand respect. Elle a toujours été là pour moi et pour ma sœur aussi.

Il lui arrivait de parler de sa mère assez souvent, toujours avec une grande fierté, et aussi de sa sœur, mais jamais de son père.

— John, pourquoi ne me parles-tu jamais de ton père.

— Je ne sais pas.

John aimait garder une distance à ce sujet. Au fond de lui, il avait un certain malaise sans savoir pourquoi. Peut-être était-ce le fait qu'il ne se souvenait malheureusement de presque rien du vivant de son père.

— Tout ce que je sais de lui, expliqua John, c'est ce que l'on m'a raconté à son sujet ou bien ce que j'ai lu sur lui. Pratiquement tous les jours on m'aborde dans la rue pour me parler de mon père. Je lui dois tout. Ma notoriété, mon style de vie, ma réputation. Néanmoins, il est à mes yeux d'une certaine manière un étranger.

— Les gens ont besoin d'avoir des héros, des modèles de comportement. J'imagine qu'on te voit à l'image de ton père.

— Je crois que oui. Pourtant, je ne me sens pas à la hauteur des attentes.

— Tu es seulement trop humble, dit Stéphanie, qui aurait aimé pouvoir lui transmettre de l'estime de soi. Ton humilité t'aidera aussi en politique.

Stéphanie le regardait sourire alors qu'il lui serrait toujours la main. Il semblait heureux, elle pouvait lire la joie sur son visage. Les tourments de *George* semblaient complètement disparus. Le voir ainsi rayonnant la rendait heureuse à son tour et John le remarqua.

— Tu sais que tu es très belle quand tu souris ainsi et que tes yeux s'illuminent en me regardant.

— Toi aussi je te trouve très beau, surtout lorsque je te vois heureux comme maintenant.

Tous les deux se regardaient tendrement. Il n'y avait rien à ajouter dans ces moments ; il suffisait de se regarder pour se comprendre. Toute leur complicité se trouvait là, dans ce simple regard. John était heureux et bien qu'il appréhendait sa réaction, il avait hâte à présent de lui annoncer son autre nouvelle, sa surprise.

— Dis donc, dit Stéphanie en lui faisant un clin d'œil rempli de malice, est-ce que tu attendais mon accord pour prendre ta décision finale ?

— On peut rien te cacher, dit-il en riant.

— En fait, reprit John d'un ton plus sérieux, j'ai une rencontre importante la semaine prochaine à Toronto. Je dois rencontrer d'importants investisseurs canadiens. Ils semblent intéressés par *George*. Parmi eux, on compte Belinda Stronach, la fille d'un riche financier.

— Tu crois qu'il y a une possibilité pour qu'il finance ton magazine ?

— J'ai peut-être une chance. J'ai déjà commencé à élaborer un plan d'affaires à leur présenter. La rencontre est prévue pour lundi prochain. Je compte m'y rendre avec mon Saratoga. J'ai un instructeur prêt à m'accompagner. On fera l'aller-retour le même jour.

— C'est un long vol.

— Environ 300 milles nautiques, juste pour s'y rendre. Ça me fera une bonne pratique.

Stéphanie hocha la tête.

– Idéalement, j'aimerais trouver une solution pour *George* avant de me lancer en politique, poursuivit John. Sinon, les gens croiront que je me lance parce que je n'ai pas réussi avec mon magazine. J'espère encore que les choses puissent s'arranger avec Hachette. Et si cela fonctionne, je reporterai ma décision de me lancer en politique.

– Tu as encore espoir?

– Je ne sais pas trop. Mais j'aimerais aussi vendre le magazine à des investisseurs intéressés. Peut-être que les Canadiens seront tentés par cette option. Comme j'ai déjà fait le tour du pays avec les éditeurs américains, si cela ne fonctionne pas avec les Canadiens ou avec Hachette, je n'aurai d'autres choix que de me retirer et simplement mettre un terme à *George*. Le fait de me lancer en politique pourrait aussi sembler être un motif valable pour mettre fin au magazine. Mais les mauvaises langues diront inévitablement que j'ai échoué avec *George* et cela m'agace.

Stéphanie pouvait détecter une tristesse dans la voix de John, lorsqu'il parlait à regret d'abandonner son magazine.

– Je crois que rien n'arrive pour rien. Si tu rencontres maintenant certaines difficultés avec *George* alors que les choses allaient mieux par le passé, c'est peut-être parce que le moment est venu pour toi de faire autre chose. Si tu crois que tu dois te lancer en politique, tu dois avoir confiance. Je suis certaine que tu seras le meilleur. Et l'Amérique toute entière n'attend que ça.

– Tu es trop gentille. Je t'aime, tu sais.

– Mais je ne le dis pas pour être gentille, mais simplement parce que je crois en toi.

– Tu me promets de garder le secret; je tiens à ce que cela reste confidentiel.

– C'est promis!

John entraîna Stéphanie sur le canapé, le dessert pouvait attendre. Il avait besoin de la sentir tout près de lui. Ils restèrent blottis l'un contre l'autre et chacun appréciait la présence de l'autre.

– Carolyn est partie chez sa sœur Lauren et elle y restera pour la nuit. J'ai pensé que je pourrais peut-être…

– Passer la nuit ici, poursuivit Stéphanie ayant deviné ce qu'il allait dire. Elle pouvait lire toute sa sensualité dans son regard et ressentir toute la passion qui l'envahissait.

– C'est cette flamme dans tes yeux que j'aime chez toi, chuchota John.

Ils s'embrassèrent longuement ; ils étaient bien.

– En fait, j'avais deux choses à t'annoncer. D'abord la politique, puis autre chose, mais c'est à ton tour. Qu'avais-tu à m'annoncer ?

Stéphanie fut prise d'une angoisse soudaine. Elle se sentait maintenant incapable de lui annoncer qu'elle était enceinte.

– À côté de ce que je viens d'entendre, mon annonce est plutôt fade, trouva-t-elle à lui répondre. Allez continue, je veux t'entendre.

Elle savait en fait que son annonce allait le troubler et ne ferait qu'ajouter un nouveau problème à ceux déjà existants : le financement de *George*, l'hésitation par rapport à la politique, en plus de ses problèmes avec sa femme qui ne semblaient pas encore réglés. Sinon, il ne serait pas ici ce soir avec elle. « Avoir un enfant avec une femme en dehors de son mariage, ne faisait sûrement pas partie de ses plans », pensa-t-elle. La soirée était agréable et elle n'avait pas envie de gâcher ce moment. Pas ce soir…

– Allez, je t'écoute, insista-t-elle, je parlerai ensuite.

– C'est délicat, et ça te regarde, dit John d'un ton hésitant.

Stéphanie le regardait, intriguée. Elle craignait une mauvaise nouvelle.

– Carolyn et moi allons divorcer, annonça John. Nous en avons déjà discuté à plusieurs reprises et nous nous sommes finalement mis d'accord. Il évita de préciser que c'était lui qui avait demandé le divorce. Même si Carolyn en avait souvent parlé, elle n'avait jamais formulé une demande officielle.

– John… non!

– Mon avocat a déjà préparé les documents légaux. Et pour répondre à ta question de tout à l'heure, oui j'attendais ton accord avant de me lancer en politique parce que j'ai l'intention de… à tous le moins que… tu occupes une plus grande place dans ma vie, ajouta John qui avait du mal à trouver les mots.

Stéphanie était bouche bée. Les mots résonnaient dans sa tête. Divorcer, occuper une place dans sa vie. Elle qui était déjà tourmentée par l'enfant qu'elle portait, son enfant, l'enfant de John. C'était beaucoup trop.

Stéphanie se leva d'un trait et se dirigea vers la fenêtre. Elle resta debout sans rien dire, regardant les lumières de la ville. Elle était confuse, elle vacillait, elle était étourdie. Son corps avait du mal avec cette grossesse et les nouvelles de John n'aidaient en rien. John se leva pour la rejoindre bien que sa cheville le faisait souffrir. Il resta debout derrière elle, lui enlaçant la taille.

– Steph, tu n'y es pour rien. Mon mariage était fichu de toute façon.

– Il y a sûrement encore une chance de renverser la décision.

– Non, c'est trop tard, lança John. C'est sans appel. Viens, dit-il en essayant de l'entraîner vers lui.

Stéphanie se retourna, tout en laissant sa tête tomber sur l'épaule de John. Elle se mit à sangloter. Elle n'avait pu s'empêcher de craquer, c'était trop d'émotions.

– Ne pleure pas Steph, il n'y a rien de triste.

Stéphanie se laissa tomber sur le canapé, se cachant le visage dans un coussin pour étouffer ses sanglots.

– Je veux revoir ce sourire, dit John en s'approchant d'elle. Il lui leva la tête pour mieux la regarder.

– Ce n'est sûrement qu'une mauvaise passe entre vous deux, tous les couples traversent des périodes difficiles. Tu ne peux pas poser un geste irréversible.

– Non, cette fois c'est terminé.

John fit une pause avant de l'embrasser tendrement. Il était affectueux et Stéphanie appréciait sa présence autant que ses marques de tendresse. Elle était merveilleusement bien dans ses bras. C'était réconfortant malgré la tourmente qui l'entourait.

– C'est toi que j'aime, dit-il affectueusement, heureux de la voir sourire à nouveau.

– John, je t'aime aussi, je suis si bien dans tes bras, tu as le pouvoir de m'apaiser. Et je serais la femme la plus heureuse du monde si nous nous étions rencontrés avant ton mariage.

– Steph, il y a des tonnes de couples qui divorcent continuellement. C'est maintenant banal.

– Je ne pourrais vivre avec l'échec de ton mariage sur la conscience. Je dois tout faire pour t'en dissuader.

– Tu dois comprendre que même si tu ne veux pas de moi, je vais tout de même divorcer.

Ils restèrent ainsi un long moment sans rien dire, enlacés l'un contre l'autre.

Pour Stéphanie, c'était maintenant impossible d'annoncer qu'elle était enceinte. Pourtant, l'ambiance de l'instant s'y prêtait merveilleusement bien. Les chandelles scintillaient, la musique douce et romantique faisait office de toile de fond et le ton était aux confidences. Elle pouvait sentir le souffle chaud de John dans son cou et, de surcroît, il lui disait qu'il l'aimait et qu'il quittait sa femme. Mais elle était consciente que si elle lui révélait qu'elle attendait un enfant de lui et qu'elle aimerait le garder, le divorce serait sans appel. Ce nouvel élément pousserait davantage John dans cette direction alors qu'elle voulait encore tenter de le faire changer d'avis. Elle pourrait peut-être le convaincre de reporter son projet de divorce et le temps arrangerait peut-être les choses. Puis, Stéphanie songeait que c'était stupide d'avoir même envisagé la possibilité de garder l'enfant. C'était beaucoup trop rapide dans le temps. Il aurait d'abord fallu que John soit divorcé et qu'ensuite ils se marient et que plus tard elle soit enceinte. La manière dont les choses se présentaient, les médias devineraient facilement que John quittait sa femme pour elle et, de plus, qu'il avait trompé Carolyn alors qu'il était encore marié. Elle passerait pour la pire des garces et Carolyn pour la victime. John n'aimerait certainement pas ce qu'il lirait dans les médias à ce sujet et elle en serait la responsable. Stéphanie finit par se convaincre qu'il valait mieux ne rien dire et garder le secret.

— Et ta nouvelle, Stéphanie, vas-tu me faire languir toute la nuit ?

— Ce n'est rien. C'est Paul qui m'a proposé de couvrir des zones de guerre, lança finalement Stéphanie, heureuse d'avoir trouvé cette nouvelle à annoncer en alternative.

D'ailleurs, il s'agissait d'un sujet qu'elle voulait aborder depuis un moment avec John. L'occasion ne s'était simplement pas présentée plus tôt.

— J'ai finalement accepté, ajouta-t-elle.

En fait, c'était une demi-vérité. C'était plutôt elle qui avait demandé à Paul, le rédacteur en chef au *Times*, d'aller couvrir des zones de guerre. C'était son idée et elle avait même dû insister quelque peu.

— Quoi ? Tu as perdu la raison. Tu ne peux pas accepter !

— Mais John, au contraire, j'ai toujours souhaité faire ça. Je ne tiens pas à réaliser de véritables reportages de guerre. J'aimerais plutôt exploiter le côté humain. Faire parler les gens qui souffrent, faire connaître les victimes des guerres civiles, conscientiser les lecteurs à l'aspect désastreux de ces tristes événements. Arriver à coller une histoire authentique à une victime.

— Tu ne peux quand même pas te rendre au milieu d'une guerre. Et puis où voudrais-tu aller ?

— On a parlé du Kosovo.

– Non, Stéphanie, c'est hors de question, c'est beaucoup trop dangereux, répliqua John qui commençait à manifester son mécontentement.

– Moins que ton ultraléger, répondit-elle en souriant, tout en lui pointant du doigt sa cheville blessée.

– Ce n'est pas drôle. Ton projet, c'est de la folie. Si tu veux parler des gens qui souffrent, il y en a des tonnes ici, à New York. Inutile de mettre ta vie en danger pour raconter des histoires à pleurer ou pour attendrir les lecteurs.

– Mais John, il y a plusieurs journalistes qui vont en zone de guerre. Et si personne ne le fait, la population ne saura jamais ce qui se passe là-bas. Il faut couvrir les événements ; on appelle ça couvrir l'actualité. C'est important !

– Je ne veux pas que tu risques ta vie pour les médias, ça n'en vaut pas la peine.

Stéphanie ne savait plus quoi dire. John semblait vraiment contrarié et elle n'avait pas anticipé cette réaction.

– Si tu m'aimes, tu n'iras pas.

– On dirait du chantage émotif.

– Tu peux appeler ça comme tu veux, mais je veux simplement que tu retrouves la raison. Tu comptes beaucoup trop pour moi pour que je te laisse partir à l'autre bout du monde où la guerre sévit. Tu es une femme et tu seras vulnérable. Les gens dans ces pays sont prêts à n'importe quoi ; ils n'ont aucun sens des valeurs, ils n'agissent plus comme des êtres humains civilisés en pleine zone de combat.

– Tu exagères.

– Non. Steph, promets-moi de ne pas faire une bêtise pareille.

– OK, je te promets d'y réfléchir à condition que toi, de ton côté, tu ne précipites pas ton divorce. J'aimerais que tu laisses passer un peu de temps avant de passer à l'action et de détruire ton mariage, lança Stéphanie, satisfaite d'avoir trouvé une sorte de monnaie d'échange.

– C'est du chantage émotif.

– Mais c'est légitime, répliqua Stéphanie qui se mit à rire en voyant la tête que John faisait.

– Tu es trop maligne, répliqua John qui riait à présent.

John fit dévier la conversation, abordant un sujet plus léger, sachant que rien ne se réglerait ce soir. Ils se mirent à parler de voyages et à étudier diverses options possibles pour la fin de l'été. La bonne humeur était revenue et l'atmosphère était détendue. John faisait constamment preuve de tendresse et Stéphanie était de plus en plus affectueuse envers lui, se laissant aller, mettant ses craintes de côté.

– Ah, j'oubliais! J'ai quelque chose pour toi, lança John en lui remettant une enveloppe qu'il venait de sortir de la poche de sa veste.

– Qu'est-ce que c'est?

– Ouvre!

Stéphanie ouvrit l'enveloppe et se mit à lire le document. Rapidement, elle réalisa qu'il s'agissait d'une confirmation pour l'accès à une place de stationnement dans un hangar à l'aéroport de Caldwell pour son avion.

– Mais qu'est-ce que ça signifie? demanda Stéphanie stupéfaite.

– Je n'ai pas besoin de deux places de stationnement. D'abord, lorsque j'ai acheté mon Piper Saratoga, je comptais garder mon Cessna quelque temps. J'avais donc pris une seconde place de stationnement, mais j'ai changé d'avis depuis, expliqua John. Il y a donc une place de libre pour ton Piper Warrior dans un hangar.

– John, je ne peux pas accepter ça, c'est hors de prix! s'exclama Stéphanie réalisant que tout était déjà payé.

John se tourna pour faire face à Stéphanie et plaça ses deux mains sur ses épaules, en lui souriant.

– C'est trop tard, j'ai parlé à Matthew ainsi qu'à Dave, ton partenaire. Ton avion est déjà dans le hangar. Ils se sont occupés de le déménager aujourd'hui. Ton avion est maintenant plus facilement accessible, et cet hiver tu pourras voler à ta guise. Tu n'auras pas à déneiger ou à déglacer les ailes de l'avion, dit-il, fier de son coup. Et il me semble avoir manqué ton anniversaire alors que tu étais en France. Je devais trouver une façon de me faire pardonner.

Stéphanie se jeta au cou de John. Elle était si contente que l'émotion la gagna et une larme de joie coula sur sa joue. John avait trouvé exactement ce qui lui ferait plaisir. Quelque chose pour son avion avait plus de prix aux yeux de Stéphanie qu'un bijou avec une pierre précieuse, et John le savait. Elle qui avait une place de stationnement pour son avion de l'autre côté des installations de l'aéroport, les places étant moins chères de ce côté, n'avait rien de pratique. Maintenant, elle aurait une place de choix et accès à un hangar, cela représentait un luxe qu'elle n'aurait jamais pu se permettre.

– John, je ne sais quoi dire, je ne sais comment te remercier.

John était heureux de la réaction de Stéphanie. Il savait que son cadeau lui ferait plaisir et qu'elle accepterait sans trop se faire prier, mais il n'avait pas imaginé qu'elle serait émue à ce point. Elle ne cessait de le remercier et de l'embrasser, versant des larmes de joie. Elle semblait vraiment reconnaissante.

Le reste de la soirée se déroula sous le signe du bonheur et de l'intimité, où les conversations enjouées s'entremêlaient à des moments de tendresse et à des caresses passionnées. Comme il l'avait prévu, il passa une merveilleuse nuit d'amour chez elle. Lorsqu'il se réveilla le lendemain matin, Stéphanie avait déjà quitté. Une note se trouvait sur l'oreiller.

Je t'aime

Steph XX

Le lendemain, Stéphanie s'était levée avant l'aube pour se rendre au *New York Times*. Elle devait se rendre tôt au bureau, submergée qu'elle était par le travail. Si elle avait quitté son appartement si tôt, c'était principalement pour éviter John. Elle avait mal dormi, pensant constamment à lui ainsi qu'à l'enfant. Elle se sentait mal à l'aise de lui cacher un fait si important, comme si elle le trahissait en quelque sorte. Et tout était de plus en plus difficile : difficile de l'éviter, difficile de le pousser dans les bras de sa femme et difficile de ne pas s'attacher à lui. N'importe quelle femme tomberait sous le charme de John et comme elle passait des moments merveilleux avec lui, elle était de plus en plus amoureuse.

Heureusement, comme elle était débordée par le travail, elle arrivait par moment à chasser John de ses pensées, mais constamment, lui et l'enfant revenaient la hanter.

Si bien, que le surlendemain, ne pouvant plus garder le terrible secret pour elle seule, Stéphanie décida de téléphoner à John sur son portable, peu avant l'heure du lunch.

— John, c'est moi.

— Ça va ?

— Oui, mais je dois te parler, es-tu libre ce midi ou ce soir peut-être ?

Un peu surpris, John resta muet.

— John, ce que j'ai à dire est important, reprit-elle.

Stéphanie ne savait toujours pas si elle garderait l'enfant, mais à tout le moins, elle voulait en discuter avec lui. Il devait savoir, il était concerné, c'était son droit de savoir.

— Steph, je suis désolé, mais aujourd'hui ce n'est pas possible, dit-il avec regret. J'aurais vraiment aimé pouvoir te voir, mais je suis pris avec *George*, expliqua John, sentant qu'il lui devait une explication.

— Je vois.

— De plus, je pars demain, vendredi, pour Martha's Vineyard, en Saratoga, avec un instructeur, pour le week-end. De là, je partirai directement lundi le 12, pour Toronto rencontrer les investisseurs canadiens. Je ne peux pas rater ce rendez-vous, c'est important et je suis débordé, car je dois me préparer pour cette rencontre, tu sais. Je serai de retour lundi soir et je te promets de te téléphoner dès mon arrivée. On pourrait se voir mardi dans la soirée si tu veux.

— Je serai à ma villa ce week-end. Tu crois pouvoir venir me rejoindre quelques heures ? insista Stéphanie.

— Malheureusement non, répondit John ayant du mal à cacher son malaise. Carolyn sera avec moi. Et c'est difficile de se décommander ou de s'esquiver, on sera avec un couple d'amis. Je suis sincèrement désolé.

— Je comprends, répondit Stéphanie essayant de dissimuler sa déception. Il ne me reste plus qu'à te souhaiter bonne chance avec tes investisseurs lundi.

— Steph, je peux prendre quelques minutes maintenant, si tu as quelque chose d'important à me dire, proposant John, un peu intrigué qu'elle insiste de la sorte pour le voir. Ce n'était guère le style de Stéphanie.

— Non, ça peut attendre à ton retour, répondit Stéphanie ne voulant pas lui annoncer qu'elle était enceinte au téléphone.

Après avoir raccroché, Stéphanie demeura songeuse plusieurs minutes. Elle comprenait parfaitement qu'il ne pouvait absolument pas manquer son rendez-vous lundi à Toronto et qu'il devait préparer son plan d'affaires, mais devait-il passer son week-end avec sa femme, alors qu'il disait être sur le point d'entamer les procédures de divorce ? Elle se disait que de toute évidence, John aimait encore Carolyn. Elle commençait même à douter de la sincérité de son histoire de divorce. Il en avait sans doute été question, mais leur mariage n'était peut-être pas en péril comme John l'avait prétendu. Les choses n'étaient certainement pas définitives à l'égard d'un éventuel divorce, sinon, il ne partirait pas avec sa femme pour le week-end. Pour une fois qu'elle prenait l'initiative de lui téléphoner, insistant pour le voir, et voilà que John ne pouvait répondre à sa demande avant plusieurs jours. Finalement, elle se trouvait dans la situation de l'amante, amoureuse d'un homme marié. Tout ce qu'elle avait voulu éviter. Elle ne pouvait en vouloir à John, après tout, c'était elle qui faisait tout et insistait pour qu'il reste avec sa femme et qu'il ne divorce pas. Mais à présent, tout était clair, les choses ne pouvaient continuer ainsi, elle savait maintenant ce qu'elle devait faire. Elle ne pouvait garder cet enfant. Elle irait se faire avorter. À mesure que son amour pour lui grandissait, plus elle avait mal de le savoir avec une autre. Elle devait arriver à oublier John et ce n'est pas en portant son enfant qu'elle l'oublierait. Elle attendrait son retour, lui annoncerait les faits et lui ferait comprendre clairement qu'elle avait prise une décision définitive.

Comme prévu, Stéphanie se rendit à Chatham le lendemain après-midi. Elle passa une partie du week-end à se demander comment elle annoncerait la nouvelle à John. Tout était confus et elle était triste. Elle l'aimait et elle aurait voulu garder l'enfant. Elle voulait un enfant depuis longtemps, mais les conditions n'avaient pas joué en sa faveur. Elle n'était pas non plus sans savoir que son horloge biologique jouait aussi contre elle. Et pendant qu'elle se tourmentait à ce sujet, elle savait que John passait le week-end avec sa femme. L'idée de les savoir ensemble lui faisait mal, à présent. Pourtant, elle ne voulait pour rien au monde envier Carolyn. Cela ne servait à rien. Par contre, elle s'en voulait de s'être, elle-même, placée dans cette situation. Finalement, elle arriva à la conclusion qu'il valait mieux ne pas voir John à son retour de Toronto. Elle comptait plutôt lui écrire et tout lui expliquer, au dernier moment afin d'éviter des discussions, sachant qu'il tenterait probablement de la faire changer d'avis. Elle aimerait continuer à voir John, mais pas dans un contexte d'intimité. La situation actuelle était malsaine et la faisait souffrir. Elle espérait arriver un jour à une relation amicale avec lui et ne pas entraver le bonheur du célèbre couple. Une fois sa décision prise, elle tenta de se détendre tout en profitant de la plage.

Le lundi matin, dès son retour à Manhattan, Stéphanie passa plusieurs coups de fil pour trouver une place dans une clinique d'avortement. Elle obtint finalement un rendez-vous dans une clinique privée de Cape Cod, le lundi suivant, le 19 juillet.

Pendant ce temps, John, qui avait passé la journée à Toronto, rentrait au New Jersey à l'aéroport de Caldwell, le soir même, à bord de son Saratoga, accompagné de son instructeur. Carolyn était rentrée la veille, de Martha's Vineyard directement à New York, par un vol commercial, refusant de faire le voyage jusqu'à Toronto. Depuis l'aéroport, John téléphona à Stéphanie, toujours intrigué de savoir ce qu'elle avait à dire. Durant le week-end, il avait réalisé que c'était la première fois depuis qu'il la connaissait qu'elle avait insisté pour le voir. «Il doit y avoir quelque chose d'important pour qu'elle agisse ainsi», se disait-il. De plus, il avait hâte de la voir, elle lui avait manqué.

– Bonjour Steph, comment vas-tu ?

– Bien !

– Je suis à Caldwell, je viens tout juste de rentrer de Toronto. Tu veux que je passe chez toi ?

– Comment s'est passée ta rencontre avec les investisseurs canadiens ? demanda aussitôt Stéphanie sans répondre à sa question. Tu crois que ça pourra marcher ?

– La rencontre s'est bien passée, ils semblent intéressés, mais rien n'est réglé. On est encore loin d'un contrat signé, mais je garde bon espoir.

– Ce sont de bonnes nouvelles alors.

– Steph, ça va toi ?

– Oui.

– Tu voulais me parler, je peux passer chez toi ? demanda-t-il à nouveau.

– Non, il est vraiment trop tard et je suis épuisée.

– Alors, demain ? demanda John.

– Ce ne sera pas possible demain, mais je vais te téléphoner dans le courant de la semaine, répondit Stéphanie qui essayait de s'esquiver. Et comment était ton vol ? demanda-t-elle essayant de faire dévier la conversation.

– Non ! Tu ne vas pas jouer ce jeu avec moi. On avait dit à mon retour mardi et tu étais d'accord, dit-il essayant de contenir la colère qui montait en lui.

– Je ne joue pas, John, vraiment pas, affirma Stéphanie le plus calmement du monde. Les plans ont juste un peu changé depuis notre dernière conversation jeudi dernier.

– Je commence à te connaître et je sais qu'il y a quelque chose. Je comprends que tu sois déçue que je n'ai pu me rendre à ta villa le week-end dernier, mais c'était exceptionnel.

– John ce n'est pas ça. Évidemment, j'aurais aimé que tu puisses te libérer pour me rejoindre à Chatham, mais c'est autre chose.

– Mais parle bon sang ! s'exclama John qui commençait à s'impatienter.

– John, pas ce soir, il est tard. Nous sommes lundi, on trouvera certainement un moment cette semaine pour se voir même si j'ai une semaine chargée.

– Moi aussi, j'ai une semaine chargée. J'ai une rencontre vendredi avec mes éditeurs, la haute direction du Groupe Hachette, c'est mon ultime chance avec eux pour les convaincre de ne pas fermer mon magazine. Je compte passer une partie de la semaine à préparer cette rencontre. Je dois leur présenter un nouveau plan d'affaires. Je vais m'installer à l'hôtel cette semaine, au Stanhope, car les choses ne s'arrangent toujours pas avec Carolyn.

Stéphanie ne trouva rien à dire.

– J'en parle au cas où tu te serais imaginée que les choses étaient en train de s'arranger entre Carolyn et moi au cours du week-end, reprit John avec un brin de colère dans la voix.

– John, ne transfère pas ta colère sur moi, je ne le mérite pas.

C'était au tour de John à ne rien dire pendant un moment.

– Excuse-moi, tu as raison, dit-il après une pause. Je n'ai pas à m'en prendre à toi. Je suis fatigué, la journée a été longue et j'aurais probablement dû prendre un vol commercial. C'était un long vol qui demandait beaucoup de concentration, et d'avoir fait le trajet aller-retour le même jour avec mon Saratoga, c'était beaucoup, admit-il. Ajoutée à cela une longue rencontre à essayer de convaincre des investisseurs étrangers à financer *George*, ça fait pas mal de stress.

– Je comprends, John, et je ne suis pas fâchée. On a juste besoin de se reposer ce soir et on se verra un autre jour, lorsque ce sera possible, dit-elle d'un ton rassurant.

– C'est d'accord. Je t'aime Steph, et j'ai hâte de te voir, c'est tout.

– Je t'aime aussi.

– J'aimerais tout de même que l'on se voie cette semaine, car le week-end prochain, j'irai à Hyannis Port pour le mariage de ma cousine Rory. En plus des célébrations, j'ai aussi une rencontre d'affaires chez moi, à Hyannis Port. Non seulement, je n'aurai pas le temps d'aller à Martha's Vineyard, mais je crains également manquer de temps pour aller te retrouver à Chatham.

– John, ne culpabilise pas, ce n'est pas grave si tu n'as pas le temps de venir me voir à ma villa, ce week-end. Ce sera simplement partie remise, affirma Stéphanie soulagée d'entendre que John était très pris et qu'il manquait de temps. Cela éviterait des discussions à n'en plus finir concernant l'avortement, pensa-t-elle.

– J'apprécie ta compréhension. Tu es vraiment une chic fille.

– Ce n'est rien.

– Bon, j'attendrai ton coup de fil cette semaine, et tu peux m'appeler en soirée étant donné que je serai à l'hôtel, ne crains pas de me déranger.

– OK.

– Et la bonne nouvelle, c'est que je me fais enlever mon plâtre jeudi. Je vais enfin pouvoir voler mon avion en solo.

– Le solo peut attendre un peu. Même si on enlève ton plâtre, ta cheville ne sera pas complètement rétablie et tu n'auras pas retrouvé toute ta flexibilité. Tu dois faire preuve de prudence.

– Je sais, mais j'ai hâte de voler en solo.

– Tu n'as pas volé en solo depuis un moment, il me semble.

– Mon dernier vol en solo remonte au 28 mai dernier. Tu te rappelles lorsque tu n'avais pu m'accompagner ?

— Oui, je me souviens. Alors, ce fut ton seul vol en solo sur ton Saratoga?

— Oui, à cause de mon plâtre.

— Dis-moi, John, est-ce que tu prends encore des antidouleurs?

— Oui, je n'ai pas le choix, ma cheville me fait encore trop mal.

— Alors, pas question de voler en solo alors que tu es sous médication. Tu comptes te rendre à Hyannis Port avec ton Saratoga?

— Si.

— Tu iras avec un instructeur John, pas en solo?

— Bien sûr que j'irai avec un instructeur, ça va de soi. Ma cheville me fait encore trop souffrir.

— Parfait, tu me rassures. À bientôt John!

— Je t'aime Steph, dit-il avant de raccrocher.

Stéphanie savait que les prochains jours ne seraient pas faciles. John semblait inquiet pour l'avenir de son magazine et, contrairement à ce qu'elle avait imaginé durant le week-end, les choses ne semblaient pas s'arranger avec sa femme, au point où il allait s'installer à l'hôtel. Le divorce était proche. De plus, elle s'apprêtait à lui annoncer qu'elle attendait un enfant de lui et qu'elle allait se faire avorter. Stéphanie se doutait bien que John le prendrait mal. Pourtant, elle pouvait difficilement le mettre devant le fait accompli en ne lui annonçant que la semaine suivante. Elle avait rendez-vous lundi à la clinique, et John était occupé tout le week-end à venir. Elle devait inévitablement lui annoncer cette semaine.

John avait tenté de la joindre au téléphone le lendemain soir, mais Stéphanie n'avait pas répondu. Elle n'avait pas le courage de lui parler, sachant, tout comme la veille au téléphone, qu'il lui demanderait à nouveau ce qu'elle voulait lui dire. De plus, elle n'allait pas bien physiquement. Elle avait encore des nausées et souffrait de vertige. La grossesse n'avait rien d'agréable. Ce n'est que le surlendemain, le mercredi, en soirée, qu'elle s'installa pour lui écrire un message.

Mon cher John, mon grand amour,

J'ai longuement réfléchi avant de t'écrire, avant de prendre cette décision. Crois-moi, ce n'était pas facile. D'abord, pardonne-moi pour ne pas avoir eu le courage de te le dire lorsque tu étais chez moi à mon retour de France. Et pardonne-moi pour ne pas te voir cette semaine et de fuir. Fais un effort pour me comprendre, c'est très difficile.

Ce que j'essaie de te dire depuis plus d'une semaine, sans savoir comment, c'est que j'attends un enfant de toi. Je suis enceinte de deux mois et demi. Je l'ai appris durant mon voyage en France. Tu comprendras que j'étais en état de choc lorsqu'on me l'a annoncé et c'est la raison pour laquelle j'ai prolongé mon voyage.

J'aurais voulu te le dire autrement, j'aurais aimé te voir, mais c'était trop difficile, je suis sincèrement désolée.

Tu auras deviné que j'ai eu à prendre une décision drastique. Pardonne-moi pour cela aussi, John, j'aurais tellement préféré garder cet enfant, mais tous les deux savons que ce n'est pas possible. Je ne tiens pas à élever un enfant seul, et à tes côtés, rien n'est secret. Cet enfant serait pointé du doigt. Pense à Carolyn ; ce serait le cauchemar pour elle, pour nous deux et pour l'enfant aussi. Pense aux scandales dans les médias de te retrouver avec une fille enceinte alors que tu es encore marié. C'est impensable!

Notre amour avec cet enfant n'a pas de chance de s'épanouir même si tu divorçais. Et puis, tu sais que je suis contre un éventuel divorce.

Si je t'écris, ce n'est pas pour que tu gâches ton week-end à essayer de me dissuader. La décision a été difficile à prendre, mais maintenant qu'elle est prise, je souhaite que tu la respectes. De toute façon, il n'y avait pas d'autre option. Je t'écris simplement parce que je sais que j'aurai besoin de toi et de ta compréhension. Pour moi, ce sera une dure épreuve, car je tenais à avoir un enfant depuis déjà très longtemps.

J'espère que tu trouveras dans ton cœur l'amour nécessaire pour me pardonner et pour m'apporter un certain réconfort. Tu comprends que personne n'est au courant. J'ai gardé le secret et je ne peux le partager avec personne d'autre que toi. J'ai rendez-vous dans une clinique lundi, à Cape Cod, et j'aurai besoin de ton soutien dans les jours qui suivront. Je ne sais pas si j'aurai la force de revenir mardi à Manhattan en pilotant mon avion, mais d'une manière ou d'une autre, j'aurai besoin de toi.

Fais tout ce qui est possible pour sauver ton mariage, même si ça te semble difficile, et ne t'inquiète pas pour moi, je resterai ton amie quoi qu'il arrive. Je ne te fuirai plus.

Ne m'en veux pas John, tu as tellement d'amour en toi que je sais que tu seras capable de me pardonner.

Je t'aime de tout mon cœur.

Avec amour,

Steph XX

Il était 3h00 de la nuit lorsque Stéphanie se décida finalement, après maintes hésitations, à lui envoyer son message par courrier électronique. Elle savait que John ne le lirait que le lendemain matin. Et pour éviter de trop longues discussions ou pire, une rencontre, Stéphanie comptait partir pour sa villa le lendemain, jeudi matin, au lieu de vendredi, comme elle avait l'habitude de le faire. Elle savait que John lui passerait sûrement un coup de fil jeudi sur son portable ou au *New York Times,* mais elle serait en vol, puis à sa villa. Et même si John apprenait par le personnel de l'aéroport qu'elle était partie pour le week-end un jour plus tôt que de coutume, il ne pouvait pas quitter Manhattan pour la retrouver. Il avait un rendez-vous chez son médecin jeudi pour faire enlever son plâtre et une réunion décisive vendredi matin avec les patrons d'Hachette. Ensuite, il y avait le fameux mariage. Les Kennedy avaient l'habitude de faire les choses en grand, on en parlait déjà dans les médias. Un grand nombre d'invités était attendus pour la cérémonie, John serait, de toute évidence, très pris. Et dès lundi, elle allait à la clinique. Ils se parleraient sûrement d'ici là, mais brièvement, et c'était ce qu'elle voulait, craignant qu'il réussisse à la faire changer d'avis. Elle savait que le week-end serait difficile pour tous les deux, mais John serait occupé, ce qui faciliterait les choses, et elle aussi le serait, puisqu'elle apportait avec elle du travail pour ne pas prendre de retard supplémentaire et surtout pour éviter de se tourmenter.

Elle alla finalement se coucher, profitant du peu de temps qui lui restait à dormir, en priant pour que tout se passe bien. Pourtant, sans savoir pourquoi, elle avait un mauvais pressentiment. Sans doute craignait-elle que John le prenne très mal.

Tôt en matinée jeudi, John, qui était installé au Stanhope, prit ses courriels de sa suite d'hôtel, avant de se rendre à son bureau. Il était préoccupé; il n'avait pas encore terminé son plan d'affaires pour la réunion du lendemain et il était anxieux, craignait que ses efforts soient vains. La seule bonne nouvelle de la journée était qu'on allait finalement lui enlever son plâtre aujourd'hui. Mais, lorsque John tomba sur le message de Stéphanie, il fut foudroyé par sa lettre.

– Un enfant! Dieu du ciel! Steph attend un enfant! Mon enfant! s'écria John à voix haute.

Il dut relire le message à trois reprises pour arriver à y croire, tant il était abasourdi par la nouvelle. John avait du mal à contenir son émotion et une larme coula sur sa joue. Il aimait tant Stéphanie et l'idée qu'elle attende un enfant de lui le comblait au plus haut point. Il ne put s'empêcher de penser à leur première nuit d'amour à Boston. C'était une nuit merveilleuse et John fut attendri en y repensant. Néanmoins, il fut aussi envahi par un mélange d'émotions. Troublé, ému et confus à la fois mais, malgré tout, le sentiment dominant était euphorique, il se sentait heureux. C'était un bonheur inexplicable. Cependant, il y avait aussi Carolyn, et même si le divorce était imminent et que son avocat avait déjà préparé les documents officiels, le divorce n'était pas encore prononcé et pendant ce temps, Stéphanie était enceinte. Il comprenait les inquiétudes de Stéphanie à cet égard, mais John se disait qu'il suffisait d'une bonne conversation et une solution surgirait. Mais rapidement, John fut envahi par un autre sentiment, une angoisse extrême en pensant qu'elle pourrait refuser de l'écouter. Que ferait-il si elle demeurait sur ses positions ? Il devait à tout prix empêcher Stéphanie de commettre l'irréparable. Elle devait garder cet enfant, John voulait avoir cet enfant avec la femme qu'il l'aime. « Pourquoi, Steph, pourquoi ne pas l'avoir dit plus tôt ? » se demandait John. Il ne comprenait pas. Craignait-elle sa réaction ? John avait du mal à y croire, d'autant plus qu'il lui avait toujours fait comprendre qu'il l'aimait profondément. Il ne lui avait jamais caché ses sentiments. En fait, John était déçu de réaliser que Stéphanie n'avait pas compris tout l'amour qu'il lui portait. Si elle avait pu comprendre tout l'amour qu'il lui portait, elle aurait accouru vers lui pour lui annoncer la bonne nouvelle. Pourquoi insistait-elle toujours pour qu'il ne divorce pas alors que son mariage était fichu ? Carolyn le trompait, elle ne voulait pas d'enfant, ce qui le rendait malheureux, et ils se disputaient continuellement au point où leurs querelles lui rendaient la vie insupportable. Pourtant, John était persuadé que Stéphanie l'aimait. « Sans doute avait-elle peur de s'engager depuis son divorce, préférant sa liberté », se disait John.

À présent, il faisait les cent pas dans sa suite d'hôtel. John devait trouver une façon pour la faire changer d'avis, sans vraiment savoir comment il allait s'y prendre. En revanche, il savait qu'il n'avait pas une minute à perdre. « Dieu merci, elle ne s'est pas encore fait avorter », pensa John. Il devait la retrouver tout de suite, ils devaient se parler maintenant, discuter ensemble et lui faire entendre raison. John voulait cet enfant, c'était déjà tout réfléchi, il n'avait nullement besoin d'une période de réflexion. Et contrairement à ce que Stéphanie laissait entendre dans son message, il se fichait éperdument des médias et de ce qu'on dirait. Il aimait Stéphanie et désirait des enfants.

John regardait à nouveau son emploi du temps. Il aurait souhaité pouvoir annuler tous ses rendez-vous pour la voir aujourd'hui. Comme il était encore très tôt, John se dit qu'il pourrait l'inviter à prendre le petit déjeuner. Il tenta d'abord de la joindre chez elle, mais sans succès. Il essaya ensuite son portable, aucune réponse. Tout en restant optimiste, John se disait qu'il pourrait, à tout le moins, la voir pour le lunch. Il tenta ensuite de la joindre au journal. Malheureusement, il tomba à nouveau sur sa boîte vocale. « Steph, où es-tu ? », se demandait John, inquiet. Devait-il demander à nouveau l'aide de Jeff Brown pour joindre Stéphanie ? John était un peu mal à l'aise d'appeler le journaliste du *New York Times*, mais comme il s'agissait d'un cas de force majeure, il n'avait pas le choix de tenter le coup. Pas de chance, Jeff n'était pas à son bureau non plus.

John réfléchissait, se demandant si elle faisait exprès de ne pas lui répondre. Le temps passait et il n'avait toujours pas trouvé de solution. Il essaya à nouveau de lui téléphoner sur son portable et lui laissa cette fois un court message, lui demandant de lui téléphoner, que c'était urgent. Dès qu'il eut raccroché, il regretta son geste. Ce n'était pas le genre de message qu'il aurait dû laisser. Il aurait dû faire preuve de compréhension par rapport à sa lettre et à son état. John se rendit ensuite au bureau, ne cessant de penser à Stéphanie et à ce qu'il venait d'apprendre. Un peu plus tard dans la matinée, il composa une fois de plus le numéro de portable de Stéphanie, sans succès. Incapable de laisser aller les choses sans intervenir, il se demanda s'il devait annuler ses autres rendez-vous de la journée et faire le pied de grue devant son appartement ou devant le *Times*, sachant bien que Stéphanie n'aurait pas apprécié. Puis, il eut l'idée de téléphoner à l'aéroport pour parler à Patrick.

— Pat, c'est John. Écoute, je suis pressé, mais si jamais tu vois Stéphanie, voudrais-tu me prévenir, je dois lui parler, c'est urgent.

— Elle est partie tôt ce matin avec son avion, répondit Patrick.

— Quoi ?

— Oui, elle a fait un plan de vol pour Chatham.

— Nous ne sommes que jeudi. Tu crois qu'elle est partie pour le week-end ?

— Je ne saurais te le dire, mais elle avait son sac de voyage comme lorsqu'elle part le vendredi.

John raccrocha après avoir remercié son ami. De toute évidence, Stéphanie avait dû avoir besoin de se réfugier à sa villa, son havre de paix. Il la comprenait, et il aurait voulu la rejoindre pour la réconforter, lui dire combien il l'aimait et combien il était heureux à l'idée d'avoir un enfant. Mais comment pouvait-il se rendre à Cape Cod maintenant? Ce n'était pas possible; il avait ce rendez-vous pour se faire enlever son plâtre et surtout, il devait travailler sa présentation pour sa réunion du lendemain matin avec la haute direction du Groupe Hachette. Il ne voyait pas comment il aurait pu annuler cette réunion. John réalisa avec regret qu'il ne pouvait se rendre à Cape Cod avant le lendemain soir. Heureusement, l'avortement n'était prévu que pour le lundi. Mais John se demandait encore comment il ferait pour la dissuader. Plus les minutes passaient sans avoir de nouvelle de Stéphanie, plus il s'inquiétait. Et si elle refusait? John ne voulait même pas envisager cette possibilité. Il téléphona à sa villa. Là encore, il tomba sur sa boîte vocale. John lui laissa un message beaucoup plus chaleureux que le précédent, lui disant qu'ils devaient se parler, qu'il sera là pour elle et qu'il l'aimait. Il ne voulait rien dire pour la contrarier ou même tenter de la faire changer d'avis par l'entremise de messages téléphoniques. Il devait d'abord la persuader de lui téléphoner et ensuite la convaincre d'attendre de se voir avant de poser un quelconque geste fatal.

Maintenant conscient qu'il devait patienter jusqu'au lendemain, John se disait que d'ici là, il tenterait de la joindre par téléphone, dans l'espoir de lui parler. Mais peu importe qu'il y arrive ou pas, et quoi qu'elle dise, son idée était déjà faite. Il se rendrait de toute façon à sa villa vendredi soir. John avait déjà prévu décoller de Caldwell vendredi en fin de journée avec Carolyn et sa belle-sœur Lauren pour se rendre à Hyannis Port. Il ferait une brève escale pour déposer Lauren à Martha's Vineyard. John avait l'intention de se rendre ensuite à Chatham chez Stéphanie. Comme le mariage n'avait lieu que le lendemain, le samedi, il trouverait un moyen de s'esquiver après avoir fait acte de présence auprès des membres de la famille et y laisserait Carolyn. Peut-être arriverait-il même à quitter le bureau un peu plus tôt vendredi? Ce qui lui laisserait plus de temps pour retrouver Stéphanie et la convaincre de garder cet enfant et de croire en leur bonheur à tous les deux. John savait que tout était possible.

Ce soir-là, à nouveau seul dans sa chambre d'hôtel, John, qui était toujours sans nouvelle de Stéphanie, décida de lui écrire une lettre et l'envoya par courrier électronique, se doutant qu'elle avait sûrement son ordinateur avec elle. Elle avait peut-être décidé de ne pas répondre au téléphone, mais qui sait, elle lirait sans doute ses messages. Le fait de lui avoir écrit et d'avoir exprimé ses sentiments l'apaisa. L'anxiété de John ressentie tout au long de la journée laissa place à une sorte d'allégresse. L'idée de retrouver Stéphanie le lendemain soir le réconforta. Plus qu'une nuit à attendre pour qu'enfin leur bonheur puisse s'épanouir. Tout en se résignant à patienter jusqu'au lendemain soir avant de pouvoir aller à la rencontre de Stéphanie, John se préparait mentalement à la dissuader. Connaissant la détermination de Stéphanie, il savait qu'il aurait sans doute du mal à renverser sa décision, mais John demeurait confiant. Il allait lui parler avec son cœur pour qu'elle puisse comprendre et accepter tout son amour. Il savait qu'il finirait par la gagner, d'autant plus qu'elle voulait avoir des enfants et qu'il en voulait aussi. Ils s'aimaient tous les deux et rien ne pouvait les arrêter à présent. Avec ou sans Stéphanie, le divorce était inévitable de toute façon. Ensuite, il n'y aurait plus aucun obstacle à leur amour. John voulait passer le reste de sa vie avec Stéphanie, tout son être le voulait. Il avait enfin découvert le grand amour, la passion, la complicité. Une personne partageant ses intérêts, capable d'offrir toutes ces choses inexplicables qui vous remplissent le cœur et vous donnent envie de vivre.

CHAPITRE 16

Samedi 17 juillet 1999

Stéphanie s'était levée à l'aube, en ce samedi matin. Elle était fatiguée et troublée, elle avait à peine dormi, de terribles cauchemars avaient perturbé son sommeil toute la nuit. Elle avait rêvé à la mort. Sans pouvoir distinguer de qui il s'agissait, elle avait vu quelqu'un qu'elle aimait, mourir. Elle s'était réveillée au milieu de la nuit sans pouvoir se rendormir, horrifiée par la terrible vision. Elle se doutait que son rêve avait un lien avec l'avortement prévu lundi. Après tout, mettre fin à une grossesse signifiait une forme de mort. Elle interprétait ce cauchemar par le fait qu'elle aimait déjà cet enfant et qu'elle le verrait mourir; elle allait l'empêcher de vivre. C'était épouvantable! « Est-ce que j'ai le choix? », se demanda Stéphanie. En fait, elle était beaucoup plus troublée par l'avortement qu'elle ne voulait l'admettre.

Stéphanie s'était dirigée jeudi matin, comme prévu, vers l'aéroport de Caldwell, puis avait décollé pour se rendre à l'aéroport de Chatham. Elle tenait à passer un long week-end à sa villa de Cape Cod, une sorte de retraite fermée, sachant que ce serait difficile. Elle s'était rendue, le même après-midi, à la clinique de Cape Cod, le temps de rencontrer le médecin en vue de l'intervention de lundi. Tout cela allait contre ses principes et elle avait passé le reste de la journée à errer d'une plage à l'autre tout en remettant en question, des dizaines de fois, sa décision de se faire avorter. Toute sa vie, elle avait voulu avoir des enfants, mais les conditions n'étaient jamais propices. Lorsqu'elle était mariée avec Derek, ils se trouvaient trop jeunes, puis il y avait eu le divorce. Ensuite, elle n'était jamais retombée amoureuse, jusqu'à tout récemment. Aujourd'hui, pour la première fois, elle se trouvait enceinte d'un homme qu'elle aimait, mais les circonstances étaient plus déplorables que jamais.

Lorsqu'elle avait finalement regagné sa villa jeudi soir, Stéphanie avait constaté que la lumière de son téléphone clignotait, lui indiquant qu'un message l'attendait. Elle avait décidé sur le coup de ne pas prendre ses messages, de peur de tomber sur John. Elle avait ensuite coupé la sonnerie du téléphone pour ne pas se laisser tenter de répondre si on essayait de la joindre à nouveau. Son téléphone portable était déjà fermé depuis son décollage de l'aéroport de Caldwell en matinée. Stéphanie ne voulait pas être dérangée par des appels du bureau, sachant qu'elle était trop perturbée pour régler quoi que ce soit. Mais, par-dessus tout, elle craignait un appel de John, se doutant qu'il essaierait probablement de la dissuader, et ce week-end, elle n'avait pas la force de se battre ou d'argumenter; c'était déjà terriblement difficile. Elle avait le cœur gros et les larmes lui montaient constamment aux yeux. Son intention était de prendre ses messages plus tard et si John lui avait téléphonée, elle se promit de le rappeler samedi ou dimanche, au plus tard, assurément avant lundi.

Elle avait réussi à travailler son texte durant la journée de vendredi, mais cela lui avait demandé un effort surhumain. Elle avait écouté les infos de 18 heures; on y parlait du fameux mariage de Rory, le lendemain, la cousine de John, et de l'importante célébration chez les Kennedy à Hyannis Port.

Stéphanie avait été terriblement triste toute la journée durant, et chaque minute qui passait la rendait encore plus malheureuse. Elle avait presque souhaité que John débarque chez elle pour la consoler et lui dire qu'il voulait cet enfant. « Comme si à 37 ans, on pouvait encore croire aux contes de fées », s'était dit Stéphanie. De toute façon, John ne risquait pas de venir la voir, il allait être occupé à socialiser avec tout le clan Kennedy durant tout le week-end. Au mieux, elle aurait droit à un coup de fil. Elle avait finalement décidé d'éteindre le téléviseur pour le reste du week-end, n'ayant aucune envie d'entendre parler du fameux mariage. Apparemment, Carolyn ne voulait pas y assister, du moins, c'est ce que John lui avait laissé entendre lors de leur dernière conversation téléphonique. Il avait dû insister pour qu'elle l'accompagne, d'autant plus que sa sœur Caroline Kennedy Schlossberg ne pouvait s'y rendre, étant en vacances au Colorado, à faire du rafting avec ses enfants.

Durant toute la soirée du vendredi, elle avait pensé à John et à l'enfant qu'elle portait, s'inventant toutes sortes de scénarios. N'arrivant plus à se concentrer sur sa chronique à rédiger, elle était sortie prendre l'air, et avait marché sur la plage. Elle essayait de s'imaginer ce que serait sa vie si elle avait décidé de garder l'enfant. Vivrait-elle vraiment aux côtés de John ? Aurait-il vraiment divorcé comme il le prétendait ? Des questions auxquelles Stéphanie n'avait pas de réponse ; il n'y avait aucune certitude.

Tout en marchant sur la plage, avant même qu'elle n'eut le temps de s'en rendre compte, un épais brouillard s'était formé à la vitesse de l'éclair tout le long de la côte. C'était à couper au couteau. Il lui arrivait souvent de marcher sur la plage et d'apprécier ces soirées où la brume nous porte à la rêverie. Mais ce soir-là, elle avait eu des frissons dans le dos. « Heureusement que je ne suis pas en vol », s'était dit Stéphanie, se rappelant soudain son vol d'enfer quelques mois plus tôt, alors qu'elle avait dû se poser d'urgence à l'aérodrome d'Oak Bluffs, sur l'île de Martha's Vineyard, pour rencontrer John. Même marcher sur la plage était désagréable. Sans comprendre pourquoi, tout semblait sinistre et elle était rentrée pour essayer de dormir.

❖ ❖ ❖

Stéphanie venait de se préparer un petit déjeuner, mais elle n'arrivait pas à avaler une bouchée, toujours troublée par ses cauchemars de la veille. Et puis, il y avait ses nausées qui revenaient constamment. On n'était que samedi matin et Stéphanie se disait qu'elle avait encore deux longues journées devant elle avant son rendez-vous à la clinique. C'était beaucoup trop de temps pour elle, sachant qu'elle remettrait sa décision en question au moins dix fois encore. Elle réalisa qu'elle s'était levée bien trop tôt en regardant l'horloge de la cuisine qui affichait six heures du matin.

En plein mois de juillet, les touristes étaient nombreux et Stéphanie n'avait pas particulièrement envie d'un bain de foule. Elle essaya de se détendre en s'installant confortablement sur sa véranda pour se plonger dans la lecture d'un roman. Il était à peine sept heures lorsqu'elle vit Matthew qui descendait d'un taxi devant sa villa pour se diriger vers elle en courant.

— Matt, que fais-tu ici? demanda Stéphanie en se levant d'un bond, surprise de voir Matthew débarquer chez elle un samedi matin, si tôt.

— Stéphanie, tu es au courant? demanda Matthew étonné de trouver Stéphanie si calme. Tu as écouté les infos? questionna-t-il commençant à se douter qu'elle n'était peut-être pas au courant.

— Non, quoi?

— Tu n'es pas au courant des dernières nouvelles? interrogea Matthew, de plus en plus inquiet. As-tu pris tes messages téléphoniques?

— Mais quelles nouvelles, de quoi parles-tu? demanda Stéphanie perplexe.

Matthew était lui-même bouleversé et en réalisant que Stéphanie ignorait la terrible nouvelle, il ne sut trop comment il devait réagir, se doutant que Stéphanie serait en état de choc en apprenant la tragédie. Il s'approcha d'elle, la regardant dans les yeux avant de se jeter dans ses bras en lui chuchotant à l'oreille.

— Steph, je suis sincèrement désolé, dit-il avant d'éclater en sanglots.

Stéphanie recula d'un pas pour dévisager son ami Matthew; elle n'y comprenait rien.

— Mais qu'est-ce qu'il y a, Matt… une mauvaise nouvelle? demanda Stéphanie qui commençait à s'inquiéter de voir Matthew, triste au point de s'effondrer en sanglots devant elle.

Matthew s'approcha à nouveau de Stéphanie, lui entourant les épaules de ses bras. En s'approchant, elle ressentait une sorte de détresse en lui. Une émotion horrible lui traversa alors le corps.

— Rentrons, je vais t'expliquer, répondit finalement Matthew en lui prenant la main pour l'entraîner à l'intérieur.

Matthew devait se montrer fort, car de toute évidence Stéphanie n'était pas au courant du terrible drame et les prochains jours seraient affreusement pénibles pour elle. Elle allait avoir besoin de tout le réconfort possible.

— Tu savais que John se rendait à Hyannis Port, hier soir, pour assister au mariage de sa cousine qui doit avoir lieu aujourd'hui? demanda Matthew qui prenait place sur le canapé aux côtés de Stéphanie.

— Oui, il me l'a dit lundi dernier, répondit-elle d'un ton détaché.

— Et tu savais qu'il y allait avec son Saratoga?

— Oui, et il serait accompagné de sa femme Carolyn.

— Et tu savais qu'il volerait en solo?

— Non, il y allait avec un instructeur, il me l'a dit. Comme d'habitude, il volerait en double. On en a même parlé cette semaine au téléphone. Je lui ai dit qu'il n'était pas encore assez familier pour voler avec son Saratoga en solo pour un vol comme celui-là. De plus, il m'a dit que sa cheville lui faisait encore trop mal pour piloter et qu'il avait besoin d'assistance. Sans parler qu'il est toujours sous médication. Alors, voler en solo est hors de question pour John, pour le moment. Par contre, je ne sais pas au juste avec quel instructeur il allait voler.

Matthew écoutait Stéphanie et il se sentait de plus en plus démuni. Comment annonce-t-on ce genre de chose, se demandait-il. Stéphanie ne se doutait absolument de rien. Elle était loin de s'imaginer que dans quelques minutes son destin allait basculer et il était celui qui devait transmettre la terrible nouvelle.

— Steph, ses plans ont changé. John n'a pas fait ce qu'il t'a dit, affirma Matthew qui avait du mal à dissimuler à quel point il était bouleversé.

— Quoi ? Qu'est-ce que tu racontes ? Qu'essaies-tu de me dire ? Et pourquoi fais-tu cette tête ?

Les questions commençaient à se bousculer dans la tête de Stéphanie. Et sans savoir pourquoi, son cœur battait de plus en plus vite, comme si Matthew avait une très mauvaise nouvelle à lui annoncer et que John semblait en cause.

Matthew essayait de soutenir le regard de Stéphanie. Déjà, il était terriblement triste pour John et l'était davantage pour elle, sachant bien qu'une idylle s'était tissée entre eux, même s'il feignait de ne pas le savoir. Il se rappelait la détresse dans les yeux de John lorsqu'il lui avait demandé d'intervenir quelques mois plus tôt, ne pouvant se faire à l'idée de ne plus revoir Stéphanie. Il se rappelait surtout le bonheur palpable entre eux lorsqu'ils avaient célébré, à son appartement, la réussite de son test écrit. Il savait bien que par la suite, John et Stéphanie avaient continué à se voir et à voler ensemble. Conscient de cette perspective, il était incapable de dire à Stéphanie, comme ça, que John avait disparu la nuit précédente ; lui, son avion, sa femme et sa belle-sœur. Comment pouvait-on annoncer quelque chose d'aussi sinistre ? Des événements qu'on ne peut simplement pas accepter. C'était si horrible, si déplorable et si triste à la fois. Il n'y avait simplement pas de mot pour décrire un tel désastre. Matthew se sentait vulnérable d'avoir à annoncer une aussi mauvaise nouvelle à une amie. Il ne savait pas, il n'avait jamais fait une telle chose de sa vie. Puis, sans regarder Stéphanie, il prit la télécommande qui était posée sur la table devant lui. Tout en ouvrant le téléviseur, il prit la main de Stéphanie et la serra très fort. Il ne pouvait se défiler ; elle était son amie et devait l'apprendre de sa bouche et non par un annonceur télé. Matthew avait reçu des appels hier soir de Patrick et de Steven, au sujet de la disparition de John. Il avait suivi les infos et savait qu'on diffusait des émissions spéciales, sur pratiquement toutes les chaînes. On parlait de John et de sa disparition et des importantes missions de recherche. Il avait coupé le volume du téléviseur, laissant les images défiler qui viendraient valider ce qu'il avait à dire. Pourtant, Stéphanie n'attachait aucune importance au téléviseur en marche ; elle ne faisait que dévisager Matthew. Elle attendait des réponses à ses questions, elle voulait savoir, et il devait justifier sa présence chez elle en ce samedi matin. Doucement, il se retourna vers elle, s'approcha encore un peu en la regardant dans les yeux. Le moment était venu de lui dire.

– John a eu un accident hier soir avec son avion.

Matthew avait lancé les mots sans appel. Il essaya de contenir ses émotions, il parlait lentement, il fit une pause avant de poursuivre.

– Il était bien avec sa femme Carolyn, et sa belle-sœur Lauren les accompagnait. Mais il volait en solo, il n'y avait pas d'instructeur à bord.

Stéphanie était estomaquée, le souffle coupé, elle dût prendre quelques instants avant de réagir.

– Non, ce n'est pas vrai, tu fais erreur, ce n'est pas possible. John ne peut pas avoir décollé sans instructeur, et puis il y avait un épais brouillard hier, précisa Stéphanie se rappelant sa marche sur la plage. Cela aurait été de la folie de décoller dans de pareilles conditions, continua Stéphanie. Jamais John n'aurait pris une telle décision.

– Je ne comprends pas non plus, Steph, je ne sais quoi dire d'autre, dit-il en la prenant dans ses bras, essayant de retenir ses propres sanglots.

– Est-il blessé ? demanda Stéphanie qui refusait de croire au pire.

Elle avait dit cela sans vraiment réfléchir, car il suffisait de constater l'état de Matthew pour craindre le pire. Son corps tout entier tremblait de peur à présent.

– J'ai essayé de te téléphoner hier soir et ce matin chez toi, sur ton portable et ici à ta villa, il n'y avait pas de réponse. Je t'ai laissé des messages. Tu ne les as pas entendus ?

Stéphanie hocha la tête.

— C'est Pat qui m'a dit que tu étais ici. Je m'en doutais d'ailleurs et j'ai décollé avec mon Cherokee aux aurores. J'ai fait le plus vite que j'ai pu, je voulais savoir comment tu allais. Je m'inquiétais pour toi. J'étais certain que tu avais suivi les infos.

— Mais réponds-moi Matt, à quel hôpital est-il ? J'ai besoin de savoir, j'ai besoin de le voir.

— Steph, je suis désolé, c'est trop tard, dit-il en allumant le son du téléviseur qui syntonisait *CNN*.

Elle dévisageait son ami et tout son être avait compris. Elle tremblait de plus en plus. Il suffisait de constater la tristesse dans les yeux de Matthew pour deviner, mais Stéphanie ne voulait pas entendre, comprendre ou savoir.

— Non ! Ce n'est jamais trop tard, s'écria Stéphanie.

— John a disparu en mer. On ne l'a pas encore retrouvé, ni lui, ni son avion, pas plus que les deux passagères, annonça Matthew calmement. L'avion est porté disparu depuis hier soir.

— Non ! Non ! s'écria Stéphanie qui commençait à donner des coups aux bras de son ami qui l'entouraient pour la retenir. Non, tu mens !

Matthew la retenait de ses bras, essayant de la calmer.

— Je suis avec toi Steph.

— C'est faux ! Je ne le crois pas, ce ne sont que des histoires inventées par les médias. Ou bien c'est juste une ruse de sa part, il s'est caché comme il l'a fait pour son propre mariage. Non ! criait toujours Stéphanie. Non, je ne veux pas, répétait-elle sans arrêt, les sanglots dans la voix.

Matthew la tenait très fort dans ses bras. C'était la première fois qu'il voyait quelqu'un dans un tel état de choc. Elle était en pleine détresse. Elle pleurait, elle criait et elle répétait les mêmes phrases sans cesse. Il voulait l'aider, la protéger, alors qu'elle se débattait pour le repousser. Il pouvait sentir la peine extrême qu'elle vivait et cela le rendait encore plus triste. Il vivait un sentiment d'impuissance inexplicable. Lui aussi, il était dépassé par les événements, mais témoin de la détresse de Stéphanie, c'était pire encore. Cette femme toujours si forte était soudainement devenue si vulnérable. Elle était brisée, sa vie basculait et le constat était déplorable. Matthew trouvait la vie si injuste et si cruelle à la fois.

– Tu peux pleurer, Stéphanie, dit Matthew qui lui caressait la tête, la tenant toujours dans ses bras. Je suis là, tu n'es pas seule.

Mais Stéphanie n'entendait plus, elle était étourdie. Elle voulut se lever, mais elle vacillait. Tout tournait autour d'elle. Elle tenue debout moins de deux minutes avant de s'écrouler aux côtés de Matthew. Elle avait mal à la tête, elle avait la nausée, son corps tremblait et sa vue était embrouillée par les larmes. Il lui semblait que la vie en elle s'échappait. Elle n'avait plus la force de parler, et des cris de détresse s'échappaient de son cœur anéanti. Tout était confus dans son esprit, mais elle avait saisi l'essentiel. John n'était plus, mais elle refusait de le croire. Ça ne se pouvait pas…

Elle resta dans les bras de Matthew à pleurer pendant de longues minutes. Était-ce des minutes ou bien des heures? Elle ne le savait pas. Elle avait perdu la notion du temps et quelle importance cela avait-il à présent? Matthew demeurait silencieux, lui apportant sa chaleur, sa douceur et son empathie en guise de réconfort. Ce fut ensuite, les mots de l'annonceur de *CNN*, qui la ramena à la réalité. Est-ce que le téléviseur était ouvert depuis déjà un moment, ou bien était-ce Matthew qui avait monté le volume? Elle ne s'en était pas rendu compte. Tout était confus.

La voix formelle et sombre du présentateur télé avait résonné dans les haut-parleurs.

«John F. Kennedy junior, le fils du 35e président des États-Unis d'Amérique, manque à l'appel. L'avion qu'il pilotait hier soir a disparu en mer alors qu'il se dirigeait vers l'aéroport de Martha's Vineyard. Il avait décollé de l'aéroport de Caldwell au New Jersey hier soir à 20h30. Il était accompagné de sa femme, Carolyn Bessette, ainsi que de sa belle-sœur, Lauren Bessette. Il devait se rendre ensuite à Hyannis Port pour assister au mariage de sa cousine, Rory Kennedy, la fille cadette de Robert F. Kennedy, ex-sénateur assassiné.»

Stéphanie, qui vacillait, fit un effort pour porter attention aux images que l'on diffusait en rafale au petit écran. Terrifiée, son corps tout entier tremblait. Les larmes lui brouillaient la vue, mais elle pouvait tout de même distinguer des navires qui procédaient à des missions de recherche le long de la côte de Martha's Vineyard au large de Cape Cod. Des hélicoptères survolaient également l'océan.

«Une importante mission de recherche et sauvetage est en cours pour retrouver John F. Kennedy junior», venait de déclarer le commandant Webster, de la Garde côtière de Woods Hole, au Massachusetts. «Les Garde-côtes et la FAA ont déployé d'importantes recherches air-mer. On ne sait toujours pas, si l'avion a plongé dans l'océan ou s'il s'est posé quelque part. Le NTSB a été avisé avant l'aube à 4h30 ce matin.»

On pouvait lire dans le bas de l'écran: «*Samedi 17 juillet 1999, 7h35 du matin. Une importante mission de recherche et sauvetage est en cours pour retrouver John F. Kennedy junior.*»

Stéphanie n'a jamais entendu la suite du bulletin spécial; elle avait perdu conscience.

Ce n'est que quelques minutes plus tard qu'elle est revenue à elle. Matthew était accroupi à ses côtés, alors qu'elle se trouvait étendue sur le canapé. Il lui tendit un verre d'eau.

— Steph, tu es forte… ça va aller, dit Matthew, ne sachant quoi dire pour la réconforter. Dans de tels cas, y avait-il quelque chose à dire. Tu veux que je ferme le téléviseur?

— Non, je tiens à regarder, répondit-elle en s'assoyant lentement face au petit écran.

On diffusait des images de la plage où des membres d'équipes de recherche s'activaient. Ensuite, le présentateur télé laissa la parole à un reporter, qui se trouvait sur la côte de Martha's Vineyard, pour lui permettre de résumer les faits.

« Hier soir, vendredi 16 juillet, on apprend que l'avion de John F. Kennedy junior a disparu. Il avait décollé de l'aéroport de Caldwell, au New Jersey, à 20h30, vendredi pour se rendre à Martha's Vineyard, le temps d'une escale pour déposer sa belle-sœur Lauren Bessette. Il avait prévu se rendre ensuite à Hyannis Port pour assister au mariage de sa cousine Rory Kennedy, qui a lieu aujourd'hui, mais John F. Kennedy ne s'est jamais rendu hier soir à Martha's Vineyard. »

Le journaliste fit une pause avant de reprendre :

« L'avion de John Kennedy fut d'abord déclaré en retard à 22h00, par des amis de Lauren qui les attendaient. Un préposé à l'aéroport de Martha's Vineyard a alors contacté la station d'information de vol régional. Ce n'est qu'après quatre heures d'attente que la Garde côtière fut prévenue. Le capitaine Russell Webster, de la Garde côtière des États-Unis, a reçu un appel d'un ami des Kennedy dans la nuit de vendredi à samedi, à 2h00 a.m., précisant que l'avion était en retard. Les Garde-côtes et la FAA ont aussitôt affecté des équipes et amorcé les recherches air-mer. »

– 20h30, s'écria Stéphanie qui reprenait ses esprits. Mais Matt, pourquoi John a-t-il décollé si tard ?

– On s'est déjà tous posés la question, j'en ai discuté cette nuit avec Pat et Steven. On n'en a aucune idée. Décoller de nuit avec son Saratoga avec si peu d'expérience. C'est suicidaire !

Stéphanie se mit à écouter les différentes chaînes télés, où les émissions spéciales se succédaient les unes après les autres. Les journalistes venus de partout affluaient vers Martha's Vineyard. Sur les différentes images diffusées, on pouvait voir que des recherches massives étaient entreprises : avions, navires, hélicoptères, tout était déployé pour retrouver John, sous les regards de millions de téléspectateurs. L'opération de recherche était gigantesque. Mais Stéphanie réalisa, en écoutant les diverses chaînes, qu'on savait seulement que l'avion avait disparu. L'accident n'était toujours pas confirmé. Et malheureusement, on ne connaissait pas exactement le lieu où l'avion de John avait disparu et on cherchait dans tous les sens. Puis, une nouvelle missive fut diffusée. À 8h55 a.m., on annonçait qu'on venait de trouver une première piste. Le poste des Forces aériennes de Langley, en Virginie, venait de déterminer, à l'aide de radars, une trajectoire qui correspondait à l'itinéraire de John. Celle-ci prenait fin brusquement à 21h30, à 27 kilomètres à l'ouest de Martha's Vineyard.

La Garde Côtière, qui poursuivait ses recherches sans relâche dans l'océan Atlantique, avait finalement un indice déterminant pour mieux cibler le lieu des recherches.

On présentait également, sur les ondes, des images de nombreux volontaires et d'associations de recherche et sauvetage qui scrutaient les plages de Martha's Vineyard à pied ou en véhicule tout terrain, en quête d'indices ou de débris d'avion.

Une lueur d'espoir jaillit dans l'esprit de Stéphanie.

– Il est disparu, seulement disparu. On va le retrouver, lança Stéphanie, qui se leva, ayant puisé en elle une force surprenante.

Matthew la dévisagea sans rien dire.

– Il s'est peut-être posé sur un aéroport le long de la côte, reprit-elle. Qui sait ? Je veux participer aux recherches. Je vais décoller avec mon avion, ce sera mieux que de chercher à pied comme ces gens, ajouta Stéphanie en pointant les images sur le téléviseur.

– Steph, tu sais très bien que si John s'était posé sur n'importe quel aéroport de la côte on le saurait. John est l'un des hommes les plus connus au pays.

– Peut-être se trouve-t-il sur une plage déserte, blessé et incapable d'envoyer un message de détresse. Nous devons chercher, insista Stéphanie, incapable d'accepter l'inacceptable.

– Steph, tu es consciente qu'un avion ne disparaît pas comme ça. Et d'ailleurs, des équipes de secours ont déjà exploré des milliers de kilomètres à la recherche d'indices. Ces gens sont beaucoup mieux équipés que nous. Crois-moi, ce n'est pas une bonne idée.

– Moi je crois que si, et je refuse de baisser les bras. S'il est blessé, tu sais bien que chaque minute est cruciale. De plus, la région compte plusieurs petites îles et îlots, il pourrait y être, il faut essayer de le retrouver.

– Stéphanie, je comprends ta peine, mais tu dois faire preuve de plus de réalisme. On vient de dire que la trajectoire de John s'est brusquement interrompue. Je comprends que tu voudrais que les choses se passent différemment, mais il faut accepter la réalité telle quelle.

– Son transpondeur* est peut-être seulement tombé en panne. Ou encore, il a peut-être accroché le bouton accidentellement. Si le transpondeur de l'avion ne fonctionnait pas, il n'émettait plus de signaux et aucun radar ne pouvait le capter. C'est comme si la trajectoire s'était soudainement interrompue. Leur théorie ne fonctionne pas à 100 %. Il y a encore de l'espoir. Ils peuvent s'être trompés.

– Non, c'est ta théorie qui ne fonctionne pas. Certains radars peuvent tout de même le capter, même sans transpondeur fonctionnel. Les radars captent même les mouvements des oiseaux et ils n'ont pas de transpondeurs accrochés aux ailes à ce que je sache.

– Regarde les images, insista Stéphanie. Plein de gens font des recherches et ce sont, pour la plupart, des bénévoles, des étrangers. Je suis incapable de rester ici les bras croisés, je me sens inutile.

Matthew s'approcha d'elle, posant ses mains sur ses épaules.

– Tu n'es pas en état de voler, Steph, ton corps tremble, tu es en état de choc. Si tu veux on peut marcher sur les plages et explorer la région en quête d'indices, proposa Matthew, pensant que cela leur ferait du bien à tous les deux de prendre l'air, plutôt que de passer la journée devant le téléviseur.

De plus, Matthew s'attendait à ce que l'on confirme aux infos la mauvaise nouvelle d'une minute à l'autre. Craignant la réaction de Stéphanie, il valait mieux sortir. Faire des recherches à pied lui occuperait l'esprit.

---

* *Équipement à bord des aéronefs permettant aux radars des stations de contrôle du trafic aérien de déterminer la position de l'avion ainsi que son altitude dans une zone donnée.*

— Matt, tu sais bien qu'on ira beaucoup plus vite en avion ; on parcourera de plus grandes distances et surtout, on pourra explorer les petites îles inhabitées.

Devant l'insistance de son amie, Matthew était à court d'arguments.

— Et puis, tu sais bien qu'on ne trouvera rien sur les plages de Cape Cod, ajouta Stéphanie. Il aurait fallu se trouver sur les plages de Martha's Vineyard pour espérer trouver des indices, insista-t-elle, voyant que Matthew était sur le point de céder.

— Bon d'accord, mais c'est moi qui pilote et on prend mon avion, dit-il finalement, voulant aider Stéphanie, même s'il savait que c'était déjà trop tard.

Matthew sentait que Stéphanie avait besoin de s'accrocher à quelque chose, même s'il s'agissait d'un infime brin d'espoir. Peut-être que le deuil devait se faire ainsi, petit à petit, le temps d'assimiler le choc, il n'en savait trop rien, mais si cela pouvait réconforter Stéphanie, il acceptait de se plier à ce qu'elle voulait. Il avait tellement de chagrin lui-même, il pouvait imaginer toute la souffrance de Stéphanie.

— Merci, Matt, j'apprécie ta sollicitude.

— Steph, tu peux me le dire à moi. Vous vous aimiez, n'est-ce pas ? Je veux dire… vous étiez plus que des copains… ce n'était pas simplement une amitié comme pour nous deux.

Stéphanie le regarda tristement en lui répondant par un signe de la tête. Matthew avait compris uniquement en la regardant. L'amour qu'elle éprouvait pour John était facilement détectable. Il aurait tant souhaité qu'elle puisse trouver le bonheur en amour.

Pendant qu'ils se préparaient à partir, le téléviseur était resté ouvert. Les nouvelles se succédaient les unes après les autres. On apprit notamment, par voix de communiqué sur les ondes, que le mariage de Rory Kennedy était annulé.

— Quel mauvais présage pour leur mariage, fit remarquer Matthew.

Stéphanie ferma brusquement le téléviseur, et tous les deux sortirent rapidement pour monter dans sa voiture et prendre la direction de l'aéroport de Chatham. Quelques minutes plus tard, ils avaient décollé à bord du Cherokee 140 et avaient mis le cap vers la côte de Martha's Vineyard. Stéphanie syntonisa plusieurs fréquences radio et capta diverses conversations de pilotes qui s'affairaient à trouver le Saratoga de John. Elle avait le cœur gros et les larmes lui montaient aux yeux constamment, mais le fait d'être active et de participer aux recherches lui faisait du bien. Matthew volait à très basse altitude le long de la côte et Stéphanie avait emporté ses jumelles. Elle s'accrochait à quelque chose, une parcelle d'espoir, même si, au fond, elle savait. Tout son être le savait.

Ils survolèrent la région pendant environ une heure sans succès. Puis, alors qu'ils syntonisaient toujours les mêmes fréquences radio que les diverses équipes de sauvetage qui parlaient entre eux, Stéphanie et Matthew apprirent vers 12h30 que la mer avait commencé à rejeter les premiers débris de l'avion de John sur la plage. Les paroles des sauveteurs avaient résonné dans leurs écouteurs comme des incantations maudites. Stéphanie regardait l'océan par le hublot, sans comprendre.

– Pourquoi avoir pris John? Pourquoi? murmura-t-elle, incapable de retenir ses sanglots.

Matthew pouvait l'entendre pleurer dans ses écouteurs par le système d'intercom de l'avion. Il était loin d'être insensible au terrible drame et encore moins à la souffrance qu'éprouvait Stéphanie. Matthew n'avait pas l'habitude de pleurer, pourtant, une larme coula sur sa joue, et il sentait ses jambes trembler. Il était assailli par le terrible constat et ne se sentait plus en état de piloter.

– Rentrons, dit-il.

Stéphanie ne s'objecta pas à la proposition de Matthew. Elle pleurait, et n'avait aucune envie de discuter. Elle se doutait que c'était sûrement difficile pour lui aussi.

Après que Matthew eut posé son appareil à Chatham, ils constatèrent que plusieurs pilotes et avions se trouvaient à l'aéroport municipal. L'achalandage était plus important qu'à l'accoutumée. En descendant du Cherokee, ils pouvaient entendre les pilotes sur l'aire de stationnement qui discutaient entre eux, chacun y allant de sa théorie et de ses commentaires. On racontait qu'un résidant de Martha's Vineyard venait de trouver un pneu d'avion et une chaussure, alors que d'autres disaient que John avait la réputation de prendre trop de risque.

— Matt, ne flânons pas ici. Je n'ai aucunement envie d'entendre le point de vue de chacun, dit Stéphanie qui essayait tant bien que mal de dissimuler ses sanglots.

Stéphanie ne voulait surtout pas trahir John. Elle craignait constamment que quelqu'un devine leur liaison, d'autant plus que quelques pilotes de l'aéroport de Chatham avaient forcément dû les voir ensemble. Elle qui se sentait vaciller de nouveau prit les clés de sa voiture et les lança à Matthew. Elle n'avait même pas la force de conduire. Matthew prit la direction de la villa, se doutant que même une marche sur la plage aurait été un effort incommensurable dans l'état où se trouvait Stéphanie.

En entrant chez elle, Stéphanie s'effondra sur le canapé et éclata en sanglots. Matthew essaya tant bien que mal de la consoler. Il était tout de même heureux d'être là à ses côtés ; elle avait besoin d'aide, il se sentait utile, oubliant sa propre peine.

— Tu veux manger quelque chose, lui demanda-t-il ?

— Non, j'ai la nausée.

— Un café peut-être ?

Stéphanie ne répondit pas. Matthew se dirigea tout de même à la cuisine. Il vit sur le comptoir, une assiette avec des toasts et des œufs brouillés intacts. De toute évidence, Stéphanie n'avait pas pris son petit déjeuner. « Pourquoi avoir pris la peine de préparer un repas si on n'a pas faim ? », se demandait Matthew. Pourtant, ce matin, avant son arrivée, elle ne savait encore rien concernant l'accident. Y avait-il autre chose ? Attendait-elle John ? Matthew se posait soudainement plusieurs questions, mais il jugeait que l'heure de l'interrogatoire n'était pas venue. Il préférait demeurer discret. Il se contenta de préparer du café. Lorsqu'il retourna au salon avec deux tasses brûlantes à la main, il remarqua que Stéphanie avait ouvert le téléviseur et qu'elle regardait les infos, tout en pleurant. Elle syntonisait encore *CNN*. On pouvait lire au bas de l'écran : « *17 juillet, 1h30 pm, une valise appartenant à Lauren Bessette vient d'être trouvée sur la plage de Gay Head.* » Les images montraient une carte de visite à son nom insérée dans un porte-adresse sous plastique, qui était encore attachée au sac de voyage.

— Tu es certaine de vouloir écouter ça ?

— Oui, répondit Stéphanie en avalant une gorgée de café.

— Voudrais-tu aller t'allonger et essayer de dormir ? Pendant ce temps, je suivrai les infos et te ferai un compte rendu plus tard.

— Je n'arriverai pas à dormir, répondit Stéphanie en omettant de lui dire que cela faisait déjà deux nuits qu'elle n'avait pratiquement pas fermé l'œil.

Comment pouvait-elle dormir maintenant ? se demanda-t-elle.

— Tu as peut-être des somnifères ou je peux aller à la pharmacie acheter quelque chose pour te détendre.

Stéphanie lui fit signe que non, elle détestait prendre des médicaments.

— J'ai besoin d'entendre ce qui se passe et de parler avec toi. Tu comprends, Matt ?

— Bien sûr que je comprends, répondit-il en lui serrant la main.

— Merci d'être là, dit-elle en posant sa tête sur son épaule. J'apprécie vraiment.

Au cours de l'après-midi, les chaînes télés annonçaient que la mer ramenait continuellement des débris de l'avion. On avait notamment trouvé un flacon de médicaments d'ordonnance au nom de Carolyn Bessette. Les reportages présentaient une roue d'avion trouvée sur la plage. Les images étaient sinistres.

– C'est tout de même ironique qu'on retrouve des débris justement sur la plage où se trouve son domaine qu'il aimait tant.

– C'est vraiment là? demanda Matthew qui ne savait pas trop où se trouvait *Red Gate Farm*.

– Oui, les débris sont retrouvés sur sa plage privée.

Stéphanie, qui reprenait peu à peu sa lucidité, se mit à commenter ce qu'on apprenait. Un pilote beaucoup plus expérimenté que John était interviewé et il racontait qu'il devait, la veille au soir, faire le même trajet que John, soit de décoller de l'aéroport de Cadwell, New Jersey, en direction de Martha's Vineyard, mais il avait annulé son vol, considérant les prévisions météorologiques trop mauvaises. Un autre pilote expliquait qu'il volait aussi la veille au soir, dans la région de Cape Cod et de Nantucket et avait, lui aussi, constaté de mauvaises conditions météorologiques au point où il avait décidé de rebrousser chemin.

– Matt, je ne comprends pas pourquoi prendre tant de risques. Qu'est-ce qui lui a pris? Hier soir, j'ai marché sur la plage et il n'y avait même pas 50 pieds de visibilité. Les bancs de brouillard touchaient l'océan et la côte.

– Je ne comprends pas non plus, je suis complètement dépassé. Non seulement il a décollé de nuit, ce qui était à proscrire étant donné son manque d'expérience, mais aussi dans des conditions de vol marginales VFR. J'ai vérifié les rapports des prévisions météo et c'était limite pour un pilote expérimenté. Alors pour John, faut oublier ça.

– Avec un avion qu'il avait à peine piloté, ajouta Stéphanie.

– J'ai entendu dire qu'effectivement, il n'avait pratiquement pas volé en solo.

– C'était à cause de sa cheville fracturée et son plâtre, expliqua Stéphanie.

– Oui, encore une bêtise, son accident d'ULM. Il aurait pu interpréter son accident avec son ultraléger comme un signe du destin, il y a à peine six semaines de cela. J'ai entendu dire qu'il l'avait échappé belle. Moi, j'aurais vu ça comme une leçon de sagesse pour faire preuve d'un peu plus de prudence. Il était trop téméraire. Qu'en penses-tu Steph ?

– Tu as malheureusement raison. On s'était entendus, cette semaine John et moi, sur le fait qu'il n'était pas prêt pour voler en solo et qu'il devait être accompagné d'un instructeur. Même si on lui enlevait son plâtre la veille, sa cheville lui faisait encore trop mal, il n'avait pas retrouvé toute sa flexibilité et il prenait des antidouleurs. On ne peut pas voler lorsqu'on prend des médicaments si forts. Pas solo !

– On dirait qu'il l'a fait exprès pour prendre des risques inutiles, d'autant plus qu'il volait la majorité du temps avec un instructeur. Et là, alors qu'il n'a pas toutes ses facultés à cause de la médication, il décolle en solo pratiquement de nuit, sachant qu'il se trouvera au-dessus de l'océan dans la noirceur totale dans des conditions météorologiques marginales.

– Et en supposant qu'il aurait mal interprété les prévisions météorologiques, il aurait dû rebrousser chemin, faire un 180, avant de se retrouver complètement dans la brume, voyant les conditions météorologiques se détériorer. Ou bien, il aurait tout simplement pu faire un déroutement et atterrir à un aéroport de dégagement, où les conditions de vol étaient meilleures.

– Je me suis dit la même chose, dit Matthew.

– Il aurait pu communiquer avec une FSS et demander une guidance radar vers un aéroport où les conditions météorologiques étaient plus acceptables.

– Tant de mauvaises décisions que je n'arrive pas à expliquer. Est-ce que tu sais à quand remonte son dernier vol en solo ? demanda Matthew.

– Oui, c'était le 28 mai. Tu te souviens, lorsque je t'ai téléphoné alors que John voulait voler avec moi et que je ne pouvais l'accompagner.

– Ça, c'était son premier vol en solo avec son Saratoga, et tu veux dire que c'était aussi son dernier vol en solo jusqu'à hier ?

– J'en ai bien peur.

– Et je me souviens aussi, lorsque tu l'as accompagné, qu'il avait fait des erreurs de pilotage. Cela n'avait pas été un grand succès.

– C'est juste, mais ensuite, lorsque j'étais en Europe, il a volé de nouveau en double, ne pouvant utiliser les palonniers à cause de son plâtre ; il avait besoin d'assistance. Peut-être avait-il gagné en assurance durant ce temps ?

– Steph, on ne peut pas avoir fait qu'un vol en solo, un mois et demi plus tôt, sur un nouvel appareil, déjà trop sophistiqué pour lui et décoller en solo de nuit avec des passagères dans des mauvaises conditions météorologiques, sous médication avec une jambe blessée. Pat m'a dit qu'hier encore, John marchait avec des béquilles avant de monter dans son avion. C'est de la folie, constata Matthew. De plus, il n'avait pas terminé sa formation de vol aux instruments. Le constat est déplorable.

– Je ne comprends pas, il doit y avoir une explication, répliqua Stéphanie, qui recommençait à pleurer, dépassée par les événements.

Ils échangèrent ainsi, le reste de l'après-midi, sans trouver de réponses logiques aux décisions de John. Le soir venu, Matthew proposa de sortir manger, mais Stéphanie s'en sentait incapable.

– Steph, tu dois manger quelque chose, je peux te préparer un sandwich si tu veux.

– C'est gentil, mais je n'ai pas faim. Mais surtout, sers-toi, prends ce que tu veux dans le frigo.

Matthew opta pour commander une pizza. Lui non plus n'avait pas particulièrement faim, mais il savait qu'il devait manger quelque chose et surtout, il n'avait pas le cœur à cuisiner quoi que ce soit.

Lorsque la commande arriva, Matthew insista pour que Stéphanie mange aussi. Elle finit par accepter l'assiette qu'il lui servit, mais elle arriva à peine à avaler deux bouchées. Elle avait à nouveau la nausée, son corps tremblait et souffrait de vertiges. Le téléviseur était resté allumé et Stéphanie continuait à parler et à commenter ce qu'on apprenait aux infos, car parler l'empêchait de sangloter, même si des larmes coulaient constamment sur ses joues, malgré elle. On apprenait que les Garde-côtes avaient fait appel à la NOAA, qui cartographie et explore les profondeurs de l'océan. Les recherches avaient pris une envergure considérable. L'équipe du RUDE, un navire hydrographique servant à coordonner les recherches sous-marines, menées par le capitaine Samuel Debow, travaillait avec acharnement. Au quartier général du NTSB, à Washington, on avait déjà dépêché des équipes de spécialistes et des enquêteurs pour prêter main-forte aux équipes de recherche des Garde-côtes.

À la fin de la journée, on avait déjà exploré plus de 15 000 kilomètres carrés d'océan et on n'avait toujours pas trouvé John, ses passagères, ni son avion, même si on savait maintenant de façon assez précise où se trouvait le Piper Saratoga.

Un spécialiste en aéronautique expliqua en ondes que c'est grâce aux données précises fournies par 14 postes radars, qu'un tableau complet compilant positions et altitudes avait pu être dressé, reconstituant ainsi l'itinéraire que John avait suivi depuis l'aéroport de Caldwell jusqu'au moment de sa disparition. «On présume que l'avion a plongé subitement dans l'océan à l'endroit où le radar a perdu le signal de l'avion», précisa le spécialiste. Grâce aux logiciels sophistiqués et à la position des débris retrouvés, la zone de recherche venait d'être réduite à une superficie de 124 kilomètres carrés, ce qui faciliterait la tâche des équipes de recherche. On pouvait voir quelques données radars et déjà, on constatait que John n'avait pas emprunté la route habituelle que les pilotes VFR utilisaient.

— Comment se fait-il qu'il ait coupé au-dessus de l'océan ? Il n'a pas longé la côte ! s'exclama Matthew, qui le remarqua aussitôt.

— C'est de mal en pis, constata Stéphanie. J'en ai assez entendu, ils doivent faire erreur. Tout ça n'a aucun sens.

Voyant à quel point Stéphanie était toujours perturbée, Matthew lui proposa de rester à coucher chez elle. Il sentait le besoin de l'appuyer et de la réconforter, incapable de la laisser seule pour la nuit. Il devait cependant quitter tôt en matinée le lendemain, ayant un cours théorique de groupe à donner, ce dimanche.

— J'apprécie ta sollicitude et ton soutien Matt, mais je vais mieux maintenant, rassure-toi.

— Je tiens à rester, insista Matthew, sachant qu'elle n'était pas aussi bien qu'elle essayait de le prétendre. Je décollerai tôt demain matin. Je dormirai sur le canapé et si tu ne te sens pas bien durant la nuit, ou si tu as envie de parler, tu n'auras qu'à venir me voir. Je serai là pour toi, juste à côté.

Stéphanie était profondément touchée par la gentillesse de son ami.

— Merci, dit-elle en le serrant très fort dans ses bras. Je n'oublierai jamais ce que tu fais pour moi.

Lorsque Stéphanie se retira dans sa chambre, après avoir installé oreillers et couvertures sur le canapé pour Matthew, elle n'arrivait pas à fermer l'œil. Les questions défilaient dans sa tête. Elle pleurait sans cesse, ressassant les mêmes questions les unes à la suite des autres. «John, pourquoi tant de risques? John, la météo fallait mieux la vérifier; si tu avais des doutes, fallait poser des questions, se remettre en question, pourquoi décoller ainsi? John, pourquoi ne pas avoir rebroussé chemin ou choisir d'atterrir ailleurs? Pourquoi avoir poursuivi ta route malgré la mauvaise météo? Et pourquoi solo? Nous étions d'accord pour que tu voles en double. Pourquoi, John, avoir changé d'idée, pourquoi? Et pourquoi de nuit? C'était stupide, pourquoi? Et pourquoi ne pas avoir longé la côte le plus longtemps possible? Pourquoi un raccourci? Et ta blessure à la cheville et les médicaments, pourquoi ne pas en avoir tenu compte, pourquoi John, pourquoi?» Stéphanie se posait les mêmes questions des heures durant. Elle étouffait ses sanglots dans son oreiller pour ne pas attirer l'attention de Matthew qui aurait pu l'entendre facilement.

Puis, elle se remit à penser à l'horrible cauchemar de la veille, lorsqu'elle avait rêvé à la mort. Elle comprit alors que la personne qu'elle aimait, qu'elle ne pouvait distinguer, qui était en train de mourir, c'était John. Celui qu'elle aimait tant venait de mourir. Un frisson lui traversa le corps. Elle ne comprenait pas, elle avait mal et elle pleurait...

Le dimanche matin, lorsque Matthew se réveilla, Stéphanie était déjà postée devant le téléviseur, dans un fauteuil tout près de lui. Elle portait un casque d'écoute pour ne pas le réveiller.

— As-tu dormi? demanda Matthew. Il est encore très tôt.

Le soleil venait à peine de se lever.

— Oui, un peu, mentit Stéphanie.

— Du nouveau aux infos?

— Pas vraiment.

Il remarqua qu'elle portait les mêmes vêtements que la veille. Elle semblait ne pas avoir dormi ni même s'être couchée. Ses yeux étaient bouffis, son teint était trop pâle, elle ne portait pas de maquillage et ses cheveux n'étaient pas coiffés. Elle paraissait malade.

— Tu dois penser à toi Steph. Je ne peux pas te laisser ainsi.

— Ne t'inquiète pas Matt, ça va aller. J'allais justement prendre ma douche, dit Stéphanie qui essayait de se montrer rassurante.

— Promets-moi de ne pas piloter ton avion dans l'état où tu te trouves, insista Matthew.

— C'est promis.

— Prends quelques jours de congé, et si tu dois rentrer à New York demain, préviens-moi, je trouverai une solution. Je viendrai te chercher avec mon avion accompagné d'un instructeur qui fera le trajet du retour avec toi en ramenant ton appareil. Ne t'inquiète pas pour ton Warrior.

— Je prendrai congé demain et rentrerai probablement mardi à New York, ça ira. J'aurai le temps d'encaisser le coup d'ici là.

— Prends une semaine de vacances s'il le faut, je reviendrai te voir.

– Je vais y réfléchir…

– Bien, mais je n'aime pas te savoir seule aujourd'hui.

– Ne t'inquiète pas, tu en as déjà fait beaucoup, je vais m'en sortir, et peut-être que je téléphonerai à Jeff. On parlera au téléphone pendant une heure au moins.

– Si ça se trouve, il t'a peut-être déjà laissé plusieurs messages.

Stéphanie, qui était en état choc, troublée et confuse depuis l'arrivée de Matthew la veille, réalisa à l'instant qu'elle n'avait pas pensé à prendre ses messages. Pour Stéphanie, cela n'avait pas une grande importance à présent, plus rien ne comptait à ses yeux. Il n'y avait que le chagrin, la tristesse et cette terrible histoire, cette malédiction qui s'acharnait sur les Kennedy.

Matthew avala des rôties et un café en vitesse après avoir pris sa douche. Stéphanie alla ensuite le reconduire à l'aéroport avec sa voiture, et il la serra très fort dans ses bras avant de la quitter.

– Tu m'appelles quand tu veux. D'accord?

– D'accord! Merci pour tout, merci mille fois Matt.

Stéphanie était très reconnaissante pour tout ce que son ami Matthew avait fait pour elle, mais dès qu'elle fut de retour à sa villa, elle s'effondra sur son lit, pleura, cria et éclata en sanglots sans retenue. Tout se bousculait dans sa tête, tout était si injuste. Elle resta ainsi, dans un état second, au moins une heure avant de se décider finalement à faire sa toilette. Elle se décida ensuite à prendre ses messages téléphoniques. Il y en avait trois de Jeff, qui avait tenté de la joindre durant la journée d'hier. Il y en avait aussi un de Matthew qui datait de vendredi soir, tard, et un autre d'hier matin, mais surtout, il y avait un message de John.

John était soudainement là, au bout du fil, comme si le terrible cauchemar n'était pas survenu. Il lui parlait chaleureusement, il lui disait qu'ils devaient se parler et surtout qu'il était là pour elle. Et par-dessus tout, il lui disait qu'il l'aimait. Stéphanie écouta deux fois le message de John qui remontait au jeudi précédent, avant de s'effondrer à nouveau en sanglots. Elle tremblait, était émue et pleurait, mais après quelques minutes, sa peine s'apaisa. Étrangement, ce message lui avait apporté un certain réconfort.

Puis, d'instinct, elle alluma rapidement son téléphone portable, en quête de quelque chose. Il y avait encore quelques messages de Jeff, un de Matthew et un autre message de John. Son message remontait aussi à jeudi, et bien qu'il était bref, il lui transmit une espèce de baume au cœur. Elle reprit ensuite ses esprits, se disant que Jeff devait être mort d'inquiétude. Elle réussit à le joindre sur son portable.

— Steph, enfin! Est-ce que ça va? demanda-t-il aussitôt.

— Suis OK, répondit Stéphanie après une hésitation.

— Je suis désolé, ma question est stupide, mais je suis tellement inquiet pour toi.

— Excuse-moi, j'aurais dû prendre mes messages plus tôt, mais j'étais bouleversée toute la journée hier.

— Tu es à ta villa? Seule je suppose.

— Oui, mais Matthew était ici hier avec moi... il a dû partir ce matin, finit-elle par dire, la voix brisée, retenant ses sanglots.

Loin d'être dupe, Jeff savait que Stéphanie n'allait pas bien.

— J'arrive, je saute dans ma voiture. Je vais à tout le moins passer une partie de mon dimanche avec toi.

— Tu ne vas pas faire toute cette route ce matin?

— Qu'est-ce que tu crois? Que je vais te laisser seule après ce qui vient de se passer? Il est seulement huit heures, j'ai le temps. À tout de suite, dit-il avant de raccrocher.

Jeff n'hésita pas une seule seconde avant de prendre sa décision et faire près de cinq heures de route depuis New York en voiture pour se rendre à Cape Cod. Stéphanie avait besoin de lui, elle avait besoin de réconfort et nul doute dans son esprit qu'il sera là pour elle.

Lorsqu'elle eut raccroché, Stéphanie se compta chanceuse d'avoir de si bons amis. Jeff avait toujours été là pour elle et, encore aujourd'hui, elle pouvait compter sur lui. Elle savait que sa présence serait réconfortante et, comme d'habitude, il donnait sans rien demander en retour. Il n'était pas sans savoir ce que John représentait pour elle.

En attendant Jeff, Stéphanie fut prise d'une vive intuition. Elle devait prendre ses courriels. Elle courut à son ordinateur pour constater rapidement qu'elle avait un message électronique de John. Elle en eut le souffle coupé. John lui avait écrit, jeudi soir très tard, la veille de sa mort. Son cœur battait si fort qu'elle arrivait à peine à respirer.

Ma belle Stéphanie, mon tendre amour,

Merci pour ta lettre, merci de m'avoir tout dit, merci de t'être confiée. Je ne t'en veux pas, et je comprends ton inquiétude, mais il n'est pas question que je te laisse faire quelque chose que l'on regretterait tous les deux. Je t'aime et je veux que tu gardes cet enfant. Comme tu sais, je n'ai pas beaucoup de temps ce week-end, je dois aller au mariage samedi, mais il n'est pas question que je passe le week-end sans te voir. Je quitterai la ville le plus tôt possible demain après ma journée de travail et je tiens à te voir dès demain soir, simplement pour te dire à quel point je t'aime et combien tu comptes pour moi. J'ai tellement hâte de te voir que si je le pouvais, je décollerais ce soir pour te retrouver et te serrer très fort dans mes bras, là, maintenant. Mais j'ai ma réunion demain matin avec la direction du Groupe Hachette. Je dois malheureusement patienter jusqu'à demain soir pour te serrer tout contre moi.

Je ferai un saut demain en fin de journée à Martha's Vineyard pour y déposer Lauren, ma belle-sœur, le temps d'une brève escale, puis je me rendrai ensuite à l'aéroport de Hyannis Port. Avec Carolyn, je ferai acte de présence auprès de la famille pour une heure et je m'éclipserai en douce pour me rendre chez toi, à ta villa à Chathman.

> *J'ai tenté de te joindre au cours de la journée sur ton portable, à ton bureau et à ta villa. Je n'ai pas eu de chance, mais je comprends que tu as besoin de te retirer pour réfléchir. Sachant que j'aurai une grosse journée demain, j'ai préféré t'écrire ce soir ; je suis encore à l'hôtel Stanhope. Je te téléphonerai demain soir dès que j'aurai quitté Hyannis Port et que je serai en voiture en route vers Chatham. J'ai besoin de te parler, j'ai besoin de te voir rapidement. Je sais que tu crains ma réaction, mais n'aie pas peur, je suis avec toi mon amour. Nous sommes ensemble et nous devons prendre cette décision ensemble, c'est important.*

Stéphanie s'arrêta de lire, les larmes lui embrouillaient la vue au point d'avoir du mal à lire et, du coup, tout se bousculait dans sa tête. John voulait garder l'enfant. Elle tremblait de peur ou de joie, elle ne saurait dire, l'émotion était si grande. Elle était bouleversée, troublée et heureuse par ce qu'elle lisait. Elle prit une grande respiration avant de poursuivre la lecture du message.

> *Toi et cet enfant êtes maintenant ce que j'ai de plus précieux. Ne crains pas le futur, car à mes yeux, il sera merveilleux. Depuis que j'ai lu ton message ce matin, l'avenir me paraît maintenant magnifique. Notre destin est entre nos mains et je veux partager ma destinée avec toi et cet enfant. Je veux vivre ma vie pleinement et te combler de bonheur.*

> *Je t'aime mon bel amour.*

> *Avec toi et ensemble pour toujours.*

> *Tendrement,*

> *John*

Stéphanie ferma l'ordinateur. Elle pleurait, elle avait le cœur brisé, elle avait mal. La vie lui paraissait si injuste, pour John, pour elle, pour cet enfant et même pour Carolyn.

Qu'avait-il écrit encore ? *Ensemble pour toujours, je veux partager ma destinée avec toi et cet enfant.* Les mots tourbillonnaient dans son esprit. Qu'aurait-elle fait si John n'avait pas eu cet accident ? L'aurait-elle écouté et renoncé à l'avortement ou aurait-elle suivi son idée première ? Stéphanie ne savait plus. John semblait tellement décidé, si sûr de la décision à prendre. Comment aurait-elle pu le pousser une fois de plus dans les bras de Carolyn en l'encourageant à recoller les morceaux de son mariage ? Puis, le sentiment suivant fut celui de la culpabilité. Si elle ne lui avait pas avoué qu'elle était enceinte, les choses auraient-elles été différentes ? Est-ce que John a précipité son départ pour elle, pour la voir, la convaincre, la dissuader ? « Est-ce moi qui ai précipité John dans la brume, de nuit, pour finir dans l'océan ? », se demanda Stéphanie rongée par l'angoisse. Après tout, le mariage n'avait lieu que le samedi. Rien ne pressait. Qu'avait-il écrit encore ? *J'ai tellement hâte de te voir que si je le pouvais, je décollerais ce soir pour te retrouver et te serrer très fort dans mes bras, là, maintenant.*

Elle avait du mal à réfléchir de manière cohérente. Si elle ne lui avait pas écrit, peut-être que John aurait attendu au samedi matin pour quitter la ville, évitant ainsi la brume et un accident. Elle était consternée. Comment pouvait-elle vivre avec la mort de John sur la conscience ? Elle ne pouvait s'empêcher de croire à présent que c'était elle qui l'avait précipité dans la brume de nuit, causant ainsi un accident fatal. Debout, appuyée contre le mur, elle se laissa glisser par terre pour ensuite poser sa tête sur ses genoux, complètement dépassée par les événements. Elle ne pouvait s'empêcher de pleurer, encore et encore, accablée par le désespoir.

Tout était confus dans l'esprit de Stéphanie, mais il y avait maintenant une certitude. L'enfant qu'elle portait était à présent ce qu'il y avait de plus précieux au monde, comme John l'avait écrit. Au fond, elle voulait cet enfant depuis qu'elle avait appris qu'elle était enceinte. Si elle avait pris la décision d'avorter, c'était principalement parce qu'elle et John ne formaient pas un couple et qu'elle ne pouvait accepter l'idée de lui nuire. Elle ne voulait pas l'obliger à choisir sachant qu'il rêvait d'un enfant. Elle savait bien que si elle l'avait gardé, cela aurait été fatal pour son mariage, il était facile de prédire la suite des choses. Le divorce était éminent. À présent, tout venait de changer. John et Carolyn n'étaient plus. Il n'y avait plus de mariage à sauver, plus de choix à faire et, par-dessus tout, elle tenait la vie de John en elle. Et il lui avait écrit clairement qu'il souhaitait cet enfant. Cette lettre était une véritable bénédiction. Stéphanie savait, sans l'ombre d'un doute, que cet enfant lui apporterait la force de vivre malgré le malheur qui venait de frapper. C'était à présent ce qu'il y avait de plus important au monde. Elle venait de perdre son grand amour, mais la vie lui avait fait un merveilleux cadeau et plus rien ne la ferait changer d'avis à présent. Et surtout, elle garderait le secret. Personne ne devait savoir que son enfant était celui de John F. Kennedy junior. «Il portera mon nom de famille, Delorme, et non Parker, et jamais il ne sera traqué par les médias comme John», se promit-elle, sachant à quel point John en avait souffert. Stéphanie savait qu'elle venait de prendre la bonne décision, et elle savait, au plus profond d'elle-même, que John aurait aussi souhaité qu'elle garde l'enfant, malgré l'accident. Sans plus attendre, Stéphanie se leva, prit le combiné du téléphone et composa le numéro de la clinique d'avortement. En ce dimanche, celle-ci était fermée. Elle laissa simplement un message pour annuler son rendez-vous de lundi.

En attendant Jeff, elle écouta distraitement les infos. On n'avait toujours pas trouvé John et son avion et les recherches se poursuivaient. Au large de la côte de Martha's Vineyard, le *USS Grasp* de la US Navy était venu prêter main-forte aux sauveteurs déjà sur place, qui travaillaient sans relâche, jour et nuit.

Elle regarda sa montre ; Jeff allait arriver bientôt. Elle avait hâte de le voir, sa présence serait, elle le savait, réconfortante. Entre-temps, elle ne pouvait s'empêcher de songer à son enfant. Si elle croyait pouvoir cacher l'identité du père de son enfant, en revanche, elle ne pourrait cacher sa grossesse. Elle aurait besoin d'un complice, un seul. Et Jeff était la seule personne qui pouvait jouer ce rôle. Elle attendrait le bon moment pour lui parler de l'enfant et de son plan. Elle avait au moins un mois devant elle.

Lorsque Jeff arriva enfin, elle se jeta dans ses bras.

— Merci d'être là.

Ils restèrent longtemps enlacés, sous la véranda, sans rien dire, avant de s'asseoir l'un à côté de l'autre. En voyant Stéphanie, Jeff pouvait deviner à quel point elle souffrait. Il soupçonnait qu'elle avait dû pleurer toute la nuit. Ses yeux étaient rouges, ses paupières, enflées.

– J'aimerais tellement pouvoir faire disparaître toute cette tristesse en toi, dit-il.

– Tu es là, ça ira mieux maintenant.

– J'ai reçu un appel du *Times* alors que j'étais en route. Je préfère te le dire maintenant.

– Quoi donc?

– Paul m'a demandé de couvrir l'accident de John.

Surprise, Stéphanie le regarda sans rien dire.

– Je ne pouvais refuser, tu sais. Heureusement, je ne suis pas le seul journaliste au *Times* à couvrir l'accident, nous sommes plusieurs. Chacun aura un angle différent à traiter.

En y réfléchissant, Stéphanie réalisa que cela n'avait rien de surprenant. Jeff couvrait souvent les dossiers chauds de l'actualité et malheureusement, John était maintenant l'un de ceux-là.

– Je présume que tu auras beaucoup de questions à me poser alors.

– Effectivement, je ne suis pas un journaliste expert en aéronautique. D'autres le sont, mais ton expérience de pilote professionnelle me sera sûrement utile.

– Si je peux t'aider, je le ferai.

Jeff n'osa pas lui dire tout de suite que Paul, le rédacteur en chef, venait de lui suggérer de demander l'assistance de Stéphanie sachant qu'elle était pilote. «Encore heureux qu'il ne savait pas qu'elle était aussi la copine pilote de John», avait pensé Jeff.

– J'ai beaucoup de questions, mais elles vont attendre. Pour l'instant, tu te reposes sur moi.

Jeff avait ce quelque chose qu'on ne pouvait expliquer. Par sa présence uniquement, il arrivait à la réconforter. Stéphanie posa sa tête sur son épaule. Elle fut inondée d'un sentiment de paix.

– Mais tu dois savoir que je ne comprends pas que John…

– Chut! On parlera de tout ça un autre jour, interrompit Jeff, ne voulant pas que Stéphanie lui parle maintenant de l'accident.

Ils restèrent ainsi longtemps. Jeff s'efforçait de lui parler d'autres choses que de John et de l'accident. Et lorsqu'il la sentit un peu plus forte, il lui proposa de sortir.

– Viens, on va faire un tour à la plage, ça nous changera les idées, puis on ira manger un *roll* au homard. Je n'en ai pas mangé depuis des lunes.

– Les plages et les restaurants sont bondés en juillet, tu sais.

– Et alors?

Stéphanie n'avait pas envie de sortir, mais elle accepta sachant que Jeff avait raison. Respirer l'air salin lui ferait sûrement du bien.

Le reste de la journée se déroula plus calmement et la promenade fut bénéfique pour Stéphanie. Cela lui accorda un répit. Jeff avait même réussi à la faire sourire.

Lorsqu'ils furent de retour à la villa, en début de soirée, la nouvelle aux infos télévisées venait de tomber. Le contre-amiral Richard Larrabee, du US Coast Guard, et un membre de la famille Kennedy venaient d'annoncer la triste nouvelle.

«La mission de recherche et sauvetage s'est maintenant transformée en une opération de recherche et récupération.»

Un membre de la Garde côtière des États-Unis expliquait en ondes, que dans une eau à 20 degrés Celsius, il était impossible de survivre plus de 12 à 18 heures. Dimanche soir, l'avion de John avait disparu dans l'océan Atlantique depuis maintenant 48 heures.

De plus, l'appareil n'était pas doté d'équipement de survie tels un radeau ou des gilets de sauvetage. Les équipes de recherches allaient apporter leur soutien à l'équipe du NTSB, dont le mandat était de déterminer les causes de l'accident.

On apprenait également que le président Bill Clinton avait veillé personnellement à ce que tout soit mis en œuvre afin de découvrir les causes de l'accident de John F. Kennedy junior. Habituellement, le NTSB n'enquêtait pas sur les accidents de petits appareils mono-moteurs, mais la personne impliquée n'était pas n'importe qui et la tragédie avait pris une envergure nationale.

«John F. Kennedy junior est maintenant présumé décédé à la suite de l'écrasement de son avion près de Martha's Vineyard, le 16 juillet 1999. Il avait 38 ans.», annonça le présentateur télé. Il avait laissé tomber les mots sans appel, d'une voix sèche et sans émotion. Voyant le visage défait de Stéphanie à cette dernière nouvelle, Jeff s'empressa d'aller éteindre le téléviseur.

– Ce n'est pas la peine d'en rajouter, dit-il en la prenant dans ses bras.

– Ne t'en fais pas pour moi… ça va aller, répondit-elle la voix brisée par les sanglots.

Quelques heures plus tard, Jeff quitta Stéphanie à regret. Il aurait souhaité prendre une journée de congé pour rester auprès d'elle, mais il devait être au *New York Times* à l'aube, le lendemain matin, pour entreprendre son enquête, et plusieurs heures de route l'attendaient cette nuit pour regagner New York.

– Toute cette route en une journée, c'est de la folie, avait-elle dit avant qu'il quitte. Tu seras épuisé. Je t'en prie, sois prudent.

Jeff était heureux d'avoir pu réconforter Stéphanie. Elle ne méri-tait pas une nouvelle peine d'amour aussi tragique. Il savait depuis le jour où John était parti la retrouver à Boston qu'ils étaient plus que des amis. C'était beaucoup plus que ça. La relation avait évolué et il se doutait bien qu'ils avaient été amants. Il se promit de l'aider dans ce deuil, comme il l'avait aidée, par le passé, lors de son divorce. Néanmoins, il savait qu'elle était forte et qu'elle s'en sortirait.

Après le départ de Jeff, Stéphanie succomba finalement au sommeil pour quelques heures. Le lendemain, comme elle avait décidé de prendre sa journée de congé, elle en profita pour tenter de se détendre. Tant de choses avaient changé si subitement. Déjà, à peine quelques jours auparavant, elle était fermement décidée à se rendre aujourd'hui à la clinique d'avortement, alors que maintenant, c'était hors de question. Elle opta pour une promenade sur la plage, au même endroit qu'elle avait marché aux côtés de John lorsqu'ils s'étaient embrassés pour la première fois. Tout était différent. Les mois avaient passé, et la plage déserte d'autrefois était à présent bondée de touristes. Et John n'était plus. Pourtant, il lui suffisait de fermer les yeux pour pouvoir ressentir à nouveau son souffle chaud dans son cou. Puis, elle entendit le bruit d'un avion à l'horizon. Elle regarda le ciel et fut envahie à nouveau par la détresse. Tout le lui rappelait. Comment pourrait-elle arriver à l'oublier?

En quittant la plage, elle s'arrêta pour acheter quelques journaux. Tous, parlaient de John. On titrait en grosses lettres sur la une de plusieurs tabloïds: «John F. Kennedy junior 1960-1999», «L'Amérique entière est en deuil». Des photos de John et Carolyn se retrouvaient dans tous les journaux et magazines des étalages du kiosque. Certains idéalisaient John, alors que d'autres l'accusaient d'avoir fait preuve de témérité. On pouvait aussi voir des photos de gens sympathisants portant des fleurs et des messages de condoléances devant la porte de leur loft de TriBeCa, à Manhattan. Les médias, les gros titres, voilà ce qui l'attendait demain à son retour à New York. Elle savait qu'elle aura besoin de puiser au plus profond d'elle-même la force nécessaire pour traverser cette épreuve, car les prochains jours seront difficiles. Stéphanie rentra chez elle se recueillir, et pria pour que John repose en paix.

CHAPITRE 17

Vendredi 23 juillet 1999

Une semaine après l'accident de John F. Kennedy junior

Stéphanie et Matthew étaient concentrés devant l'ordinateur depuis déjà une heure. L'EDM leur avait déjà révélé l'essentiel de ce qu'ils voulaient découvrir. Jeff qui, contrairement à Stéphanie et Matthew, n'était ni pilote ni spécialiste en informatique, ne pouvait comprendre les données. Il pouvait cependant constater le regard complice entre Stéphanie et Matthew qui semblaient s'entendre et hochaient la tête, chacun leur tour, de façon sporadique, en signe d'approbation. Jeff avait déjà entrepris la lecture du rapport confidentiel du NTSB que Matthew avait obtenu. On y indiquait principalement l'identification des pièces récupérées, et l'état dans lequel celles-ci se trouvaient. Déjà, le niveau d'endommagement des débris de l'appareil en disait long sur la force de l'impact et sur les causes probables de l'accident. Selon le rapport, l'ensemble des pièces, tant du fuselage que du tableau de bord, était largement endommagé. Les enquêteurs du NTSB, qui possèdent tous les plans de tous les aéronefs, comptaient rassembler tous les débris de manière à reconstituer l'appareil afin de tirer des conclusions.

– Nous sommes chanceux que l'EDM ne soit pas endommagé au point de compromettre la lecture, lança Matthew.

– J'ai lu que cet équipement résiste à l'eau, encore heureux, ajouta Stéphanie.

— Alors, demanda Jeff, êtes-vous en mesure de savoir s'il s'agit d'une panne de moteur ?

— La panne de moteur est à exclure définitivement, répondit Matthew.

— Et comment pouvez-vous en êtres aussi sûr ? demanda Jeff.

— Si le moteur de l'avion de John était tombé en panne, nous aurions vu, sur les données du EDM, le flot d'essence tomber subitement à zéro et rien n'indique une diminution de la sorte, répondit Matthew.

— Ce qui corrobore avec le rapport préliminaire du NTSB, ajouta Jeff. On précise que parmi les instruments du tableau de bord, le compte-tours du moteur, le tachymètre, est très important puisque l'aiguille est restée coincée à 2 700 tours/minute, ce qui correspond approximativement au régime de croisière.

— C'est exact, affirma Matthew. Et puis, un avion qui a une panne de moteur perd de sa vitesse. Il y a donc peu de chance qu'il se serait désagrégé de la sorte. Pour ce faire, il devait voler à une vitesse excessive.

— On indique que les pales de l'hélice retrouvées sont tordues et qu'elles portent des marques d'impact, raconta Jeff qui lisait toujours le rapport préliminaire. Cela signifie que l'hélice tournait à plein régime lorsque le nez de l'avion a heurté l'océan.

— Effectivement, j'ai lu rapidement le rapport, et cet élément a suscité mon intérêt, ajouta Matthew. C'est pourquoi l'hypothèse de la panne de moteur est donc à exclure sans l'ombre d'un doute, affirma-t-il.

— Je vais commencer à croire à la crédibilité de cette pièce électronique, dit Jeff.

— Rien n'est plus fiable, lança Matthew. Car une sonde est connectée au moteur de l'avion et enregistre les données aux six secondes durant le vol. Ainsi, on peut analyser le comportement du moteur par le flot d'essence.

— Alors, qu'est-ce qui est arrivé ? demanda Jeff.

— On ne peut répondre à ça tout de suite, répondit Stéphanie, mais chose certaine, il ne s'agit ni d'une panne de moteur ni d'un sabotage qui aurait mené à une explosion en vol.

— Tu es certaine ?

— Elle a raison, répondit Matthew pendant que Stéphanie hochait la tête. Si cela avait été le cas, les données enregistrées du EDM auraient indiqué un flot d'essence constant, sans variation, présumant un régime de croisière constant et soudainement, il n'y aurait eu plus rien, le flot d'essence serait tombé subitement à zéro, une perte nette, et nous n'aurions capté aucune donnée, tel un arrêt du moteur. En supposant qu'un moteur explose, subitement, cela revient au même qu'un moteur qui s'arrête lors d'une panne de moteur. Selon les données, ce n'est pas le cas du tout ; cette hypothèse est à écarter.

— Pourrait-on croire plutôt à une défaillance mécanique progressive ? demanda Jeff.

— C'est tout le contraire. On constate des variations importantes au régime du moteur. D'abord, une légère baisse, ce qui pourrait porter à croire à un ennui mécanique, mais aussitôt après, 50 secondes plus tard, les variations du flot d'essence vont en augmentant de manière importante, comme si le régime du moteur allait constamment en augmentant, expliqua Matthew.

— Par contre, il y a eu réduction des gaz et des accélérations. On pourrait en déduire, qu'il y a eu des montées et des descentes rapprochées à quelques secondes d'intervalles, constata Stéphanie. Le dernier mouvement correspond à une descente qui semble être très prononcée à un régime élevé et non pas une descente en vue d'un atterrissage qui se fait en réduisant les gaz. Au contraire, la puissance aurait monté de façon importante.

— Tout porte à croire à une spirale, lança Matthew.

Stéphanie hocha la tête.

– La spirale de la mort, précisa-t-elle.

– Qu'est-ce que c'est au juste ? demanda Jeff.

– La spirale est un virage en descente non contrôlé de manière très prononcée, expliqua Matthew. L'avion se retrouve alors en assiette de piqué excessif et plonge vers le sol ou l'océan et son angle d'inclinaison est très exagéré. L'avion tourne sur lui-même dans un mouvement de spirale très serré comme s'il formait des cercles. C'est l'augmentation de la vitesse excessive et du taux de descente extrême qui en fait une manœuvre dangereuse. Si on ne sort par rapidement d'une spirale, on peut facilement dépasser les limites structurales de l'avion. Et c'est ce qui est arrivé. L'avion a plongé vers l'océan à environ 1 400 mètres par minute. La force G, que les occupants ont dû ressentir, est terrible. On se sent tellement écrasé dans son siège par cette pression causée par le facteur de charge qu'on n'arrive même plus à bouger.

– Est-ce possible de se sortir d'une spirale ? demanda Jeff.

– En théorie, oui, dans des conditions idéales, répondit Stéphanie.

– Mais pas la nuit dans la brume ou le brouillard, alors qu'on compte peu d'expérience et que l'on n'a pas une licence de vol IFR en poche, précisa Matthew.

– Les vitesses, lors d'une spirale, sont élevées au point où les ailes peuvent arracher en vol, ajouta Stéphanie.

– Et comment s'en sort-on ? questionna Jeff.

– Théoriquement, il suffit de couper les gaz et de replacer les ailes à l'horizontale simultanément, puis de sortir du piqué en redressant le nez de l'avion et remettre la puissance pour maintenir l'altitude, expliqua Stéphanie.

– Ça semble facile, on est entraîné pour cela. On pratique des virages à grandes inclinaisons et l'avion perd inévitablement de l'altitude. Si on ne corrige pas en remettant un peu de puissance et en tirant sur les commandes pour placer l'avion en angle de montée, on risque de tomber très rapidement en spirale. Mais il y a une différence entre le faire dans un environnement de jour et le faire la nuit dans la brume ou le brouillard sans horizon visible, expliqua à son tour Matthew.

– Mais comment John serait-il tombé en spirale ? demanda Jeff. Avez-vous une idée ?

– J'ai mon idée, mais j'ai besoin d'analyser davantage, répondit Matthew. Il faut savoir que les choses arrivent très vite en avion. Il suffit d'une distraction, un virage non coordonné, un peu trop prononcé sans apporter de corrections rapides et voilà, c'est déjà trop tard. Surtout si le pilote ne porte pas attention à ses instruments et qu'il regarde à l'extérieur alors qu'il n'y a pas d'horizon visible.

– Un manque d'expérience, ni plus ni moins, suggéra Jeff.

– Il y a de cela, c'est certain, d'autant plus qu'un pilote VFR n'a pas appris à se fier à ses instruments, alors il les regarde peu. Mais avant d'arriver à une conclusion formelle, j'aimerais envoyer l'EDM à la compagnie pour une analyse plus profonde. Leurs spécialistes pourraient nous fournir une expertise encore plus poussée.

– Ce qui est étrange, ajouta Jeff, c'est que je n'ai trouvé aucune mention dans le rapport préliminaire, à l'effet que John aurait commis une erreur de pilotage, ou qu'il serait à blâmer.

– Ce n'est pas étonnant, c'est encore tôt pour arriver à des conclusions de ce genre, expliqua Matthew. Il faudra patienter le temps de voir le véritable rapport officiel du NTSB, qui ne sera sans doute rendu public que dans un an. Mais il faut aussi savoir que le rôle du NTSB n'est pas de blâmer ou de punir un pilote.

– Quel est-il au juste ?

– Son rôle est de mener l'enquête afin de tirer des conclusions sur les causes de l'accident et d'émettre des recommandations. Ils émettent toujours des recommandations dans le but de prévenir d'autres accidents et de sauver des vies éventuellement. Les révocations de licences ou tous les blâmes liés à la négligence d'un pilote ne sont pas de leur ressort, mais ce sont les résultats de leur enquête qui seront à la base de nombreuses décisions. Par ailleurs, ils n'ont aucun pouvoir sur la réglementation aérienne. Cela réléve de la FAA. Si le NTSB souhaite une nouvelle réglementation à n'importe quel chapitre, il doit en faire la demande auprès de la FAA, et si ce dernier le juge nécessaire, il émettra une directive de navigabilité. Ce qui peut signifier des conséquences très importantes pour les transporteurs aériens, car elle peut en venir à clouer des avions au sol, le temps d'apporter des modifications à certains appareils selon la nouvelle réglementation, ce qui peut représenter des coûts de plusieurs millions de dollars sur une flotte d'appareils.

– J'ai besoin de lire ce document préliminaire du NTSB à tête reposée, ajouta Stéphanie. Je vais retourner au bureau, j'ai des documents à récupérer et j'en profiterai pour faire des copies pour chacun d'entre nous. Je me garderai du temps au cours du week-end pour passer au travers du rapport.

– Cette copie est pour toi, Steph, je m'en suis déjà gardé une, précisa Matthew. Dis donc, est-ce que tu iras à ta villa ce week-end, comme d'habitude ?

– Non, je vais rester en ville, je veux travailler, je dois rattraper le retard que j'ai accumulé au journal depuis mes vacances. Et je vais me garder du temps pour analyser ce document confidentiel.

Au fond, Stéphanie préférait travailler plutôt que de se retrouver seule à sa villa. Le week-end dernier avait été terriblement éprouvant, et elle se sentait encore trop fragile pour y retourner, sachant que tous les mauvais souvenirs risquaient de refaire surface.

– Bien, alors si tu veux discuter de tout ça, fais-moi signe au cours du week-end, proposa Matthew.

– Au fait Matt, tu ne nous as pas raconté comment tu avais fait ton tour de magie pour obtenir ce rapport confidentiel, questionna Stéphanie.

– C'est tout simplement par l'entremise d'un ami qui travaille au NTSB. Je l'ai souvent amené voler, lui et sa copine. Et comme il savait que j'avais déjà volé avec John, il a pensé que ça m'intéresserait.

Mais je ne vais pas vous révéler son nom, ce serait trop compromettant pour lui, précisa Matthew en regardant Jeff. Je ne voudrais pas que son nom se retrouve dans le *Times*.

— Ne t'inquiète pas, Matt, cela n'arrivera pas, répondit Jeff pour le rassurer. D'ailleurs, je viens de prendre une décision. Je vais laisser tomber le dossier de John et retourner à mes dossiers habituels au *Times*. Vous êtes deux amis importants à mes yeux et comme je sais que vous étiez aussi des amis de John, je me sentirais comme un traître de continuer à vous écouter tous les deux avec tout ce que vous savez sur lui, tout en poursuivant mon enquête journalistique. C'est l'un ou l'autre. Et par amitié, je préfère demeurer de votre côté et aussi par curiosité, je l'admets. Tant pis pour le *Times*.

— Jeff, j'apprécie ta loyauté, lança aussitôt Stéphanie. Mais tu es sûr que cela ne te causera pas d'ennuis au journal ?

— Non, absolument pas. De toute façon, il y a suffisamment de journalistes assignés sur l'histoire de John.

Matthew se sentit soulagé de la décision de Jeff et en regardant Stéphanie, il comprit qu'elle l'était tout autant. Le fait de partager des confidences sur John devant un journaliste chargé de couvrir son accident, même s'il s'agissait d'un ami, le rendait un peu mal à l'aise. Stéphanie savait à présent que si la décision de Jeff était prise, il ne reviendrait pas sur sa parole. Jeff était l'homme le plus loyal qu'elle connaissait. Elle pouvait à présent se laisser aller à la confidence sans crainte.

— C'est suffisant pour aujourd'hui, je dois partir, annonça Matthew. Est-ce que vous me laissez emporter l'EDM pour le week-end ? J'aimerais me pencher sur quelques détails avec Patrick. Son expérience et sa formation d'ingénieur en aéronautique pourraient peut-être nous apporter un éclairage supplémentaire.

— C'est à Jeff qu'il a été confié, précisa Stéphanie.

— Aucun problème, Matthew, répondit Jeff sans hésiter. Tu peux le prendre, cependant j'ai précisé à mon mystérieux inconnu de l'association de pilotes civiles que je le garderais jusqu'à lundi. Alors si tu pouvais nous le rendre lundi ce serait parfait. Mais si tu as besoin de quelques jours de plus pour l'envoyer au fabriquant pour une expertise plus poussée, je peux téléphoner à celui qui me l'a confié et le lui expliquer. J'ai l'intention de le remettre ensuite aux enquêteurs du NTSB.

– Je vais d'abord l'analyser avec Pat, ce sera peut-être suffisant. De toute manière, je vais te revenir à ce sujet d'ici dimanche soir.

– D'accord!

Dès que Matthew eut quitté, Stéphanie se tourna vers Jeff.

– Merci Jeff, c'est chic de ta part. Je sais que tu aurais pu marquer des points auprès de la direction du *Times* en dévoilant des scoops assez sensationnels au sujet de John.

– Ton amitié est beaucoup plus importante pour moi que le scoop du siècle.

Le lendemain, Stéphanie passa sa journée au *Times* à travailler sur ses chroniques, ce qui lui permit de rattraper une partie du travail en retard. Elle aurait pu rédiger de son appartement, mais depuis la disparition de John, elle craignait la solitude. En fin de journée, Jeff alla retrouver Stéphanie à la salle des nouvelles.

– Je me doutais que je te trouverais ici, annonça Jeff en guise de salutation.

– Tu travailles aussi?

– Non, je suis venu t'inviter à sortir ce soir. Nous irons manger au restaurant de ton choix.

– C'est que… je n'ai pas tout à fait terminé ce que je voulais faire.

– Steph, tu as besoin d'un répit. Tu ne vas quand même pas travailler un samedi soir de juillet, alors que toute la ville est en vacances.

Après une minute de réflexion, Stéphanie se disait que Jeff avait raison, et qu'un bon souper lui ferait du bien.

— OK, j'accepte, répondit Stéphanie en lui adressant un sourire.

— En passant, j'ai lu tout le rapport du NTSB aujourd'hui, lança Jeff, qui avait récupéré la veille une copie du fameux dossier confidentiel que Stéphanie lui avait laissé dans une enveloppe cachetée, sur son bureau.

— Et alors?

— C'est fascinant, mais j'ai plusieurs interrogations.

— On verra ça plus tard, lança-t-elle. Allons d'abord manger.

Ils quittèrent le bureau pour se rendre au restaurant *St. Andrews* et tous les deux passèrent un bon moment à parler de différents projets de reportages pour leurs dossiers respectifs tout en mangeant paisiblement. Après le repas, Jeff la raccompagna à son appartement et Stéphanie l'invita ensuite à monter chez elle. Tout au long du souper, ils avaient évité de parler de John, mais une fois à son appartement, Jeff avait du mal à garder ses questions pour lui.

— Steph, tu me le dis si je t'embête, mais j'ai des questions concernant l'accident de John. Ce n'est pas uniquement de la curiosité, je suis sincèrement bouleversé par ce qui s'est passé et j'ai besoin de comprendre.

— C'est normal, je crois que tout le monde aimerait comprendre. Tu ne m'embêtes pas tu sais, et j'ai besoin de me confier à quelqu'un.

— Tu sais que tu peux compter sur ma discrétion.

— Oui, et j'apprécie vraiment.

— Tu as une théorie, une intuition sans doute sur ce qui s'est passé.

— Oui. Le manque d'expérience, lança-t-elle d'emblée.

Stéphanie lui expliqua comment elle en arrivait à cette première déduction. Déjà les premières données du EDM ne faisaient pas état d'une panne de moteur ni d'une défaillance mécanique et encore moins d'un attentat. Elle lui raconta ce dont elle avait été témoin lorsqu'elle avait volé avec John lors de son premier vol solo à bord du Saratoga.

— On envoie voler des pilotes en solo même lorsqu'ils ne sont pas prêts? questionna Jeff intrigué.

— C'est la meilleure façon pour un pilote de prendre de l'assurance. Ainsi, il gagne de la confiance. Habituellement, on prend de l'expérience en volant solo, et la majorité des pilotes vont voler seul ou avec un ami pilote, mais pas avec des passagers qui ne sont pas pilotes.

— Mais, était-il conscient des erreurs qu'il a commises lorsqu'il a volé avec toi ce jour-là?

— Oui, mais c'est normal, on en fait tous. L'important, c'est de ne pas les répéter. Il a ensuite fait un vol en solo avant son accident. Cela remonte avant qu'il se soit brisé la cheville. Puis, il a ensuite volé à nouveau avec un instructeur à quelques reprises alors qu'il avait un plâtre. Il avait besoin d'assistance pour les palonniers.

— Tu veux dire qu'il n'a fait qu'un seul vol en solo sur le Saratoga avant d'emmener ses deux passagères de nuit la journée de l'accident?

— Oui, je sais… c'est insuffisant. Et ce qui nous inquiétaient tous, Matt, Steven, Pat et moi, c'était que le Saratoga était trop sophistiqué pour l'expérience qu'il avait. On avait tous peur qu'il lui arrive quelque chose. Mais John tenait à acheter un appareil plus performant.

— Du tape-à-l'œil, en quelque sorte.

— Peu importe, jusqu'à tout récemment, John manquait de confiance en lui. Il volait beaucoup trop souvent avec un instructeur, d'ailleurs, la majorité de ses heures de vol ont été volées en doubles commandes.

— Et comment expliquer que le soir de l'accident John a tenu à décoller sans instructeur, alors? questionna-t-il.

— J'ai du mal à comprendre pourquoi… c'était une décision stupide! Mais je l'explique peut-être par le fait qu'il avait un plâtre depuis six semaines, depuis son accident en ULM, et que par conséquent, il n'avait pas volé en solo depuis six semaines, ce qui devait être frustrant pour lui, considérant que c'était son nouvel avion.

Je me souviens qu'il m'avait dit qu'il avait très hâte de voler solo. Pourtant, lorsqu'il m'a dit qu'il se faisait enlever son plâtre, la veille de son vol fatal, on avait discuté ensemble de la pertinence d'être accompagné d'un instructeur. C'était trop tôt pour voler en solo. Il était d'accord, je ne comprends pas pourquoi il a changé d'avis. Il a poussé trop ce soir-là...

– Je vois. Peut-être voulait-il impressionner toute la famille Kennedy à Hyannis Port avec son nouvel avion sans avoir à justifier la présence d'un instructeur avec lui.

Stéphanie ne préférait pas commenter cette hypothèse.

– Steph, reprit Jeff, tu viens de dire que c'était trop tôt pour que John vol en solo. Tu parles du fait qu'on venait d'enlever son plâtre...

Stéphanie hocha la tête en guise de réponse.

– J'ai appris par un membre du personnel médical que le médecin qui lui a enlevé son plâtre la veille de l'accident lui avait recommandé de ne pas voler pour encore au moins 10 jours, ajouta-t-il. Pourquoi le médecin a-t-il fait cette recommandation et je me demande pourquoi John n'a pas tenu compte de l'avis de son médecin ?

– On lui avait sûrement recommandé de ne pas voler probablement parce qu'il n'avait pas retrouvé toute sa flexibilité, répondit Stéphanie. Il avait encore des douleurs, il marchait encore avec des béquilles et il prenait des médicaments antidouleur.

– Ça fait pas mal de raisons. Mais dis-moi, Steph, quelle est l'incidence des médicaments contre la douleur qu'il prenait pour sa cheville, sur les facultés nécessaires au pilotage ?

– Tu sais, la réglementation aérienne est très sévère à cet égard. En principe, outre l'aspirine, aucun pilote ne doit être sous médication, justement parce que cela affaiblit les facultés du pilote. Pour la plupart des médicaments, même ceux sans ordonnances, on peut exiger d'attendre un intervalle d'au moins 24 heures entre la dernière ingestion d'un médicament avant de pouvoir prendre les commandes d'un avion. De nombreuses études démontrent que la fatigue diminue également les performances du pilote.

— John était sous médication; il a donc enfreint la réglementation aérienne, affirma soudainement Jeff.

— Je suppose, se contenta de répondre Stéphanie.

— Mais est-ce que le fait d'avoir les facultés affaiblies par les médicaments pourrait engendrer une perte de contrôle de son appareil? demanda Jeff.

— Malheureusement oui. Une perte de contrôle peut être provoquée par la prise de médicaments. Il prenait des antidouleurs assez forts que le médecin lui avait prescrits pour soulager la douleur à sa cheville. Mais une perte de contrôle peut aussi être causée par la fatigue, par l'inexpérience et surtout par de mauvaises conditions météorologiques.

— C'est déjà plus de raisons qu'il n'en faut, fit remarquer Jeff.

— Effectivement.

— On raconte aussi que John marchait encore avec des béquilles avant de monter à bord de son avion le soir de son vol tragique, est-ce que sa blessure l'aurait empêché de réagir adéquatement sur les commandes? demanda Jeff toujours intéressé d'en apprendre plus.

— Difficile à dire… Règle générale, on se sert du palonnier principalement pour effectuer un virage coordonné, mais dans ce cas, la pression est très légère. On a aussi besoin du palonnier pour atterrir par grand vent. Dans cette situation, la pression exigée peut être beaucoup plus grande, mais John n'a pas eu à faire face à de grands vents et il n'a pas eu un accident en atterrissant. Cependant, si on considère la thèse d'une perte de contrôle, l'avion pourrait tomber en vrille et dans ce cas bien précis, il faut appliquer une pression excessivement forte pour se sortir d'une vrille, et je crains qu'il lui aurait été extrêmement difficile, vu l'état de sa cheville, d'appliquer la force nécessaire pour se sortir de la vrille. Mais d'après les données du EDM, durant les dernières minutes de son vol, John n'était pas en vrille, mais bien en spirale, et pour sortir d'une spirale, on n'a pas besoin du palonnier. Et puis, en principe, les Pipers ne sont pas homologués pour les vrilles, ce qui signifie qu'on ne s'en sort pas.

– Et comment peux-tu savoir qu'il s'agissait d'une spirale plutôt qu'une vrille ?

– Selon les données de l'EDM, l'avion de John n'est pas tombé en vrille, car durant une vrille, la vitesse est basse et constante alors que dans le cas d'une spirale, la vitesse augmente rapidement. Les données indiquent une augmentation de la vitesse.

– Est-ce que John aurait pu tomber en vrille d'abord avant de piquer dans une spirale de la mort ?

– Tout est possible, surtout si on est désorienté. Les recherches de Matthew répondront à cela. Mais chose certaine, c'est une spirale qui a tué John et non une vrille. Pour qu'un avion soit désagrégé de la sorte, comme nous ont démontré les images des débris de l'épave retrouvés au fond de l'océan qui était réduit à des milliers de fragments, cela ne peut être dû qu'à un impact où la vitesse est excessive. L'EDM dévoile un régime extrême et dans le rapport préliminaire, on indique également que l'aiguille du compte-tours est restée bloquée à un régime très élevé. Tout concorde avec la théorie de la spirale.

– Et quoi encore ? demanda Jeff

– J'ai remarqué aussi qu'il évitait de communiquer avec les tours de contrôle s'il n'était pas dans l'obligation de le faire. Il pouvait même contourner une zone ou changer d'altitude pour éviter d'être en contact avec une tour de contrôle.

– Et pourquoi d'après toi ?

– J'ai remarqué qu'il avait du mal à gérer plusieurs tâches à la fois. Déjà, piloter et naviguer demandent une grande concentration et s'il avait en plus à parler avec un contrôleur qui pose des questions, cela semblait être trop de choses à gérer à la fois. Il préférait éviter cela. Ce n'est pas tant le fait qu'il évitait les contrôleurs, qui me dérangeait, même si ce sont des aides précieuses qui peuvent nous sauver la vie. Ce que je trouve déplorable, c'est plutôt le fait qu'il avait tant de mal à gérer plus d'une chose à la fois. Ce qui le poussait à éliminer des tâches moins importantes à ses yeux comme les communications radio. Pour un pilote, c'est indispensable de pouvoir y arriver. Lorsqu'un pilote se sent dépassé du fait d'avoir trop de tâches à accomplir, c'est malheureusement là que les erreurs de pilotage se produisent. J'ai constaté cela même lorsqu'il était à bord de son Cessna. Alors, on s'imagine qu'avec le Saratoga, un avion plus complexe, qu'il éviterait les contrôleurs encore davantage.

— Voilà pourquoi on racontait que John n'était pas un très bon pilote. Et surtout qu'il était distrait.

— Tu veux boire quelque chose, Jeff? Du vin ou un café?

— Un café, merci.

Stéphanie alla le lui préparer tout en lui racontant l'incident, le jour de leur première rencontre.

— John n'était pas à l'écoute du Terminal de New York et il y a eu un risque d'abordage entre nous.

— C'est possible?

— Oui, et je l'ai évité de près ce jour-là. Heureusement que le contrôleur a fait preuve de vigilance et que j'avais syntonisé la fréquence et que j'étais à l'écoute.

— Dans le même ordre d'idée, selon les registres de la FAA, précisa Jeff, on a découvert qu'un des contrôleurs aériens a signalé aux autorités que le Piper Saratoga de John a coupé la route d'un avion de ligne d'American Airlines le soir de l'accident. On a pu déterminer qu'il s'agissait de l'avion de John puisqu'on a reconstitué son itinéraire à l'aide des nombreux radars. Cette donnée confirme ce que tu viens de dire : il n'aimait pas ou évitait d'être en contact avec les tours de contrôle. Mais est-ce légal de voler ainsi? Le pilote et l'équipage du transporteur aérien ont aperçu l'avion de John alors qu'il se trouvait très près. Le contrôleur aérien a dû faire dévier de sa route l'avion de ligne parce que John ne répondait pas. C'est dangereux, il me semble! Tu imagines une collision entre John et un avion de ligne.

Stéphanie avait effectivement lu un article à ce sujet. Il s'agissait du vol AA1484 qui avait croisé de très près le Saratoga de John.

– Ce serait illégal de ne pas communiquer avec une tour de contrôle lorsqu'on vole dans une zone de contrôle ou dans la zone d'un Terminal, mais en route, lors d'un vol VFR, ce n'est pas nécessairement obligatoire. Il faut savoir qu'il existe différentes classes qui correspondent chacune à un règlement précis. Habituellement, les zones de contrôle se retrouvent dans un rayon de quelques milles nautiques autour d'un aéroport et se situent dans un groupe d'altitudes bien précises.

– Et le fait qu'il n'a pas fait de plan de vol, a-t-il eu une incidence sur son accident selon toi ?

– Absolument pas. Un plan de vol représente une mesure de sécurité au cas où un pépin surviendrait en vol. Si le pilote ou le contrôleur ne ferme pas son plan de vol, des recherches sont alors enclenchées 30 minutes après l'heure estimée d'arrivée. Un plan de vol peut sauver des vies surtout lorsque personne ne nous attend à destination. C'est pourquoi j'ai l'habitude de déposer et d'activer un plan de vol chaque fois que je décolle du New Jersey pour me rendre à Cape Cod. S'il m'arrivait quelque chose en route, on enclencherait des recherches pour me retrouver voyant que je ne me suis pas rendue à destination à l'heure prévue pour fermer mon plan de vol. Il est souvent arrivé que des pilotes se soient posés en catastrophe dans un endroit isolé et qu'ils se soient blessés, se retrouvant dans l'incapacité de faire appel aux secours. Dans ce genre de situation, le plan de vol peut sauver des vies, car pour un pilote blessé, sans vivres et rongé par les moustiques, chaque minute compte. Mais dans le cas de John, il était attendu et les autorités ont été prévenues rapidement lorsqu'on a réalisé qu'il manquait à l'appel. Malheureusement, John avait l'habitude de ne jamais déposer de plan de vol.

– Mais est-ce obligatoire de déposer un plan de vol ?

– Le plan de vol est fortement recommandé ici, mais pas obligatoire pour un vol VFR, à moins d'avoir à traverser une frontière. Étrangement, au Canada, le plan de vol est obligatoire pour les vols

VFR de 25 milles nautiques ou plus. À tout le moins, on doit procéder à un avis de vol, alors qu'aux États-Unis, la réglementation aérienne est moins stricte à certains égards.

— Je comprends, répondit Jeff qui écoutait attentivement les propos de Stéphanie tout en avalant une gorgée de café qu'elle venait de lui servir. Mais le fait que John ne sentait jamais le besoin de déposer de plan de vol démontre à mes yeux une certaine témérité, comme s'il n'avait pas besoin de cela.

— Peut-être.

— Selon toi, Steph, l'accident de John serait-il dû uniquement à son manque d'expérience ?

Stéphanie ne répondit pas, se contentant de tenir sa tasse de café entre ses mains.

— Moi, je crois qu'il y a autre chose, tu ne me dis pas tout. D'ailleurs, je t'écoute parler et certains faits sont révélateurs.

— J'ajouterais de l'insouciance, osa-t-elle dire.

— Ah ! Nous y voilà ! lança Jeff. Alors, l'insouciance s'ajoute à son manque d'expérience flagrant. Et moi j'ajouterai à cela de l'inconscience, de la témérité et même de l'arrogance.

— Jeff, je t'en prie.

— Je suis désolé Steph, mais regarde la réalité en face. Les faits parlent d'eux-mêmes. Je réalise en t'écoutant que John a constamment fait preuve d'insouciance en pilotant.

— Sans doute que sa célébrité y est pour quelque chose dans ce comportement.

— Bien dit ! Lorsqu'on n'a pas à se soucier d'une foule de détails comme le commun des mortels, on en vient à être insouciant.

— Tu sais, Jeff, entre nous, le fait de ne pas avoir été en contact avec les contrôleurs aériens est un fait plus grave qu'il n'y paraît.

— Explique-toi.

– Tu sais que je parcours un trajet semblable tous les week-ends, de Caldwell à Cape Cod, et que tout le long du vol, je suis en contact radio. S'il m'arrivait quelque chose subitement, je n'aurais pas à chercher la fréquence radio adéquate et la syntoniser et à m'identifier auprès du contrôleur. Ce qui sauve déjà un temps énorme, car il faut savoir que lorsqu'un problème survient, c'est toujours soudain et chaque minute compte, voire même chaque seconde.

– Où veux-tu en venir ? Un contrôleur n'aurait pas pu sauver John.

– Au contraire, peut-être. S'il avait été en contact radio au moment où les conditions météorologiques commençaient à se détériorer, il aurait pu demander une guidance radar pour se rendre à Martha's Vineyard, expliqua Stéphanie.

– Vraiment ?

– Bien sûr ! J'ai entendu ça des centaines de fois. Le contrôleur disait au pilote : « Virez à gauche », puis « maintenez tel cap » et ainsi de suite. C'est rassurant quand les choses tournent mal d'avoir quelqu'un dans ses écouteurs qui nous dit exactement quoi faire.

– L'accident aurait pu être évité si facilement.

– Peut-être bien que oui. Mais à mon avis, il y a encore pire que de ne pas communiquer avec le personnel aérien et de ne pas déposer de plan de vol ou bien de ne pas demander une guidance radar.

– Quoi donc ?

– À mon avis, son inexpérience sur le Saratoga est beaucoup plus grave. L'avion de John était équipé d'un dispositif de pilotage automatique. Lorsque j'ai volé avec lui sur son Saratoga, il ne voulait pas l'utiliser. En fait, il ne semblait pas savoir comment il fonctionnait. Apparemment, il déviait quelque peu, mais c'était minime, il suffisait de le réajuster. Chose certaine, la dérive du pilotage automatique ne peut entraîner une perte de contrôle. Au contraire, c'est ce qui l'aurait évitée. De toute évidence, à la fin de son vol, le dispositif de pilotage automatique n'était pas enclenché. Car, si cela avait été le cas, John n'aurait jamais perdu la maîtrise de son appareil. Il ne le savait peut-être pas, mais son dispositif lui permettait non seulement de maintenir un vol en palier, mais aussi d'amorcer sa descente et d'atterrir par lui-même.

– Ce n'est pas vrai!

– Malheureusement, oui. J'ai fait des recherches sur ce modèle et oui, l'avion aurait pu atterrir sans que John n'intervienne. L'accident aurait pu être évité.

– De bien des manières, de toute évidence, ajouta Jeff. Je n'ose plus te demander si tu as trouvé autre chose.

– Oui, le dernier élément auquel je pense est aussi une des pires décisions qu'il a prises ce soir-là.

– Laquelle?

– John n'a pas suivi la route habituelle que les pilotes VFR en monomoteur utilisent.

– C'est-à-dire?

– La procédure normale pour un pilote à vue est de rester au-dessus de la côte le plus longtemps possible. C'est plus sécuritaire en cas de panne de moteur, et surtout cela permet d'avoir des repères visuels en naviguant de nuit. La route habituelle est de survoler la côte et de couper vers Martha's Vineyard le plus loin possible pour survoler l'océan uniquement sur 13 km. Mais selon la trajectoire fournie par les radars, John a suivi la côte jusqu'à proximité de Pt Judith, et il a ensuite mis le cap directement sur Martha's Vineyard, l'obligeant ainsi à survoler l'Atlantique sur 55 km, perdant ainsi tous repères visuels sur une longue distance. Malheureusement, l'horizon naturel disparaît. L'océan, le ciel, tout est noir.

– Et pourquoi a-t-il fait ça?

– Pour aller plus vite, mais ce fut un raccourci fatal.

– C'est vraiment stupide… constata Jeff.

– D'autant plus qu'il gagnait à peine plus de cinq minutes, ajouta Stéphanie d'un ton morose. En suivant la route habituelle, peut-être qu'il serait encore parmi nous.

— Le constat est vraiment déplorable.

— Et désolant...

— Déjà, lorsque j'ai appris que John avait décollé dans des conditions météorologiques qui dépassaient ses compétences, sachant qu'il aurait à naviguer de nuit, sans instructeur et sans avoir terminé son entraînement aux instruments, avec une cheville blessée alors qu'il était sous médication, c'était déjà, à mon avis, un ensemble de faits malheureusement inacceptables. Mais avec tous les nouveaux éléments que tu ajoutes à ceux-ci, le comportement de John devient incompréhensible, voire même, suicidaire.

Stéphanie hocha la tête. La compréhension des causes la rendait terriblement triste.

— Selon toi, Steph, est-ce une combinaison de tous ces facteurs qui ont causé sa mort, ou l'un d'entre eux est-il plus significatif? demanda Jeff.

— On appelle ça le facteur humain, expliqua Stéphanie. La prise de décision du pilote et davantage le facteur humain, est responsable de la grande majorité des accidents d'avions. Un manque de jugement ou de mauvaises décisions sont aussi considérés comme des erreurs de pilotage.

— À mon avis, il y a une multitude d'erreurs de pilotage dans l'accident de John.

— Tu sais que plus de 85 % des accidents d'avions sont attribuables au facteur humain, et à plus de 90 % dans le cas des avions privés. La plupart du temps, plus d'une erreur a été commise, notamment lors d'accidents graves. Mais il faut aussi comprendre que les décisions prises par le pilote sont souvent logiques aux yeux de ce dernier au moment précis où il les a prises. Et pour comprendre l'erreur de pilotage, il faut analyser tous les facteurs humains en cause qui sont liés aux actions, situations, contextes et circonstances. Voilà pourquoi les enquêteurs prennent un temps fou avant de tirer des conclusions.

– Tu sais, Steph, tout ce que tu m'expliques est rempli de sens, mais il reste encore une hypothèse à envisager.

– Laquelle ?

– Il y a tellement de rumeurs à ce sujet, précisa Jeff.

– Mais de quoi parles-tu ? questionna Stéphanie.

– Je pense au suicide. John a pris des décisions suicidaires, il me semble. John était vraiment pris comme un étau de toutes parts, tant dans sa vie personnelle que professionnelle et parfois, lorsque la pression est trop forte, on peut poser inconsciemment des gestes fatals. Certains racontent également que John se sentait invincible au point d'entreprendre des actions très risquées.

– Non, Jeff, ce sont des rumeurs stupides. C'est impossible, même inconsciemment. John pouvait faire des choses bizarres, mais pas ça, j'en suis convaincue.

– Et comment peux-tu en être aussi sûre ?

– Je le sais, affirma Stéphanie avec conviction.

– Pourtant, plusieurs racontent que John était dépressif, voire même qu'il avait des idées suicidaires. Il avait tellement de problèmes avec sa femme qui apparemment consommait de la cocaïne et qui le trompait, sans parler qu'ils se disputaient constamment. De plus, son magazine était voué à l'échec, conclut-il.

– Tu exagères Jeff. Et je suis certaine qu'il ne s'agissait pas d'un geste de désespoir. Sans doute de l'irresponsabilité, mais rien de plus.

Réalisant qu'elle manquait d'arguments pour convaincre Jeff, Stéphanie se résigna à lui faire lire le message que John lui avait écrit la veille de sa mort. Cela éliminerait cette affreuse hypothèse une fois pour toutes, et après tout, le moment était sans doute venu de partager avec Jeff son fameux secret.

– Bon d'accord, viens dans mon bureau. J'ai un message à te montrer, dit-elle en se levant. Mais d'abord, promets-moi de garder le secret.

— Promis, répondit Jeff intrigué, tout en la suivant.

Une fois dans son bureau, elle mit en marche son ordinateur et ouvrit sa messagerie électronique.

— Regarde, John m'a écrit un message la veille de l'accident.

— Ça alors, un e-mail de John! Mais c'est personnel, je ne peux pas lire ça, protesta Jeff réticent.

— Je tiens à partager ce secret avec toi, insista-t-elle.

Stéphanie savait pertinemment qu'elle n'avait rien à craindre avec Jeff, le message resterait confidentiel. Jeff regarda Stéphanie, l'interrogea du regard, se demandant ce que ce courriel contenait de si particulier. Sans trop savoir pourquoi, il se doutait qu'il s'agissait de quelque chose d'important. Stéphanie recula quelque peu, et laissa Jeff lire le message de John. Après quelques instants, Jeff se retourna vivement vers Stéphanie.

— Steph, es-tu réellement enceinte? demanda-t-il estomaqué par la nouvelle.

Les questions se bousculaient dans son esprit.

— Est-ce que tu as gardé l'enfant? continua de questionner Jeff.

Stéphanie ne répondait pas, elle était à nouveau troublée. Elle essayait de retenir ses sanglots. Repenser à ce message faisait remonter en elle de vives émotions. Ces derniers jours, elle avait tenté par tous les moyens d'oublier ce message et l'enfant qu'elle portait, cherchant notamment à faire face à ses responsabilités professionnelles. Mais il suffisait de voir le message de John, en toile de fond sur l'ordinateur, dont elle connaissait à présent le contenu par cœur, pour que la douleur jaillisse à nouveau en elle.

— Es-tu convaincu maintenant que John avait envie de vivre? demanda Stéphanie, alors que sa voix se brisa, essayant de retenir ses sanglots, sans vraiment réussir.

— Tu parles que je suis convaincu, mais ce qui m'inquiète pour le moment c'est toi, Steph. En plus d'avoir eu à subir, comme nous tous, la mort de John, tu vivais avec lui une liaison plus importante et, de toute évidence, plus intense que je l'avais imaginée. John semblait vraiment être en amour avec toi, c'est sans équivoque. Et comme si ce n'était pas suffisant, tu es enceinte de lui.

Jeff regarda Stéphanie, et il pouvait ressentir toute la tristesse qui se trouvait en elle, comme une douleur intense qu'on n'arrive plus à contenir. Il s'approcha d'elle, lui prit doucement la main, voulant la réconforter.

– J'aimerais faire quelque chose pour toi, je suis sincèrement désolé.

Jeff se sentait impuissant. Stéphanie laissa les larmes couler sur ses joues. Ils étaient debout tous les deux non loin de l'ordinateur où se trouvait un message qui semblait venir d'une autre dimension.

– Peu importe ta décision, Steph, et ce que tu as fait ou ce que tu as l'intention de faire concernant cet enfant, tu sais que je suis avec toi et que tu peux compter sur moi.

– J'ai décidé de garder l'enfant, répondit doucement Stéphanie. J'avais déjà pris mon rendez-vous pour avorter avant d'avoir lu ce message. Mais maintenant que John nous a quittés, je veux garder cet enfant.

Jeff la prit dans ses bras et la serra contre lui.

– Je suis certain que c'est la bonne décision.

– Je suis enceinte de près de trois mois à présent. Je tiens, en quelque sorte, la vie de John en moi, tu comprends?

– Oui, rassure-toi, je comprends parfaitement.

– John est là, tu sais, dans mon cœur, et je vais continuer à l'aimer à travers cet enfant. J'en ai besoin, expliqua Stéphanie, qui essayait de retenir ses larmes tant bien que mal.

– C'est un grand secret que tu portes là, et aussi un grand privilège, dit-il.

– J'ai bien l'intention de garder le secret. Personne ne doit savoir qu'il s'agit de l'enfant de John. Tu garderas le secret aussi Jeff ? Tu as promis.

– Tu peux compter sur moi, c'est promis.

Stéphanie savait qu'elle pouvait compter sur Jeff et le fait d'avoir partagé son secret avec lui la soulagea en quelque sorte. Ils retournèrent sur le canapé et restèrent un long moment tout près l'un de l'autre sans rien dire. Stéphanie brisa finalement le silence.

– J'ai besoin de toi, c'est important, tu sais.

– Je suis toujours là pour toi Steph.

– Je peux peut-être cacher que je porte l'enfant de John, mais je ne pourrai pas dissimuler ma grossesse bien longtemps. D'ici quelques mois, ou même quelques semaines, ça se verra.

Puis d'un ton hésitant, elle ajouta :

– Il lui faudra un père biologique, tu comprends.

Surpris, Jeff la fixa du regard, devinant aussitôt sa pensée.

– Tu penses à moi, répondit-il d'emblée.

– Écoute, je ne te demande rien, je vais élever cet enfant seule et personne n'a besoin de savoir qui est le père. N'empêche, que ce serait plus facile pour l'entourage de faire croire que nous avons eu une liaison et que je suis tombée enceinte. Et puis, lorsque l'enfant sera là, on pourrait ensuite dire que nous avons réalisé que notre relation n'était pas vraiment faite pour un mariage ou une vie de couple conventionnelle et que nous avons décidé de rester bons amis, comme par le passé, et que cela m'arrangeait de garder cet enfant et de l'élever seule.

– Tu as imaginé ce scénario depuis un moment on dirait.

– Ça t'embête ?

– Je ne sais pas. On dira que je t'ai laissée alors que tu étais enceinte, ou alors que tu viens d'avoir un enfant. Ce n'est pas mon style, dit Jeff. D'autant plus que Matthew et quelques collègues au *Times* savent que je t'ai fait la cour pendant longtemps. Et le jour où l'on aurait enfin une relation intime, je te laisserais tomber avec mon enfant. Non seulement ça ne collera pas, mais je passerai pour un salaud.

– Effectivement, personne ne pourra t'imaginer agir de la sorte. Oublie tout ça, c'était une idée stupide, je suis désolée.

– Je ne vais pas oublier ça, maintenant que je sais. Et ce n'est pas stupide, et en plus c'est important.

– J'essaie simplement de trouver une solution pour éviter un scandale dans les médias. Tu imagines les gros titres de la presse populaire. Il y a des gens à l'aéro-club qui nous ont vu ensemble, John et moi, figure-toi. On déduira rapidement, et on risque de tirer des conclusions compromettantes. Au final, on risque de lire que John avait une liaison avec une autre femme et qu'elle est enceinte, ajouta Stéphanie qui se laissa gagner par l'émotion.

– J'avais compris l'idée.

– Je suis désolée Jeff, je ne voulais pas t'embêter avec mes histoires.

Jeff resta songeur un moment. Il devait admettre qu'il était même un peu jaloux. Il aurait voulu que cet enfant soit de lui. Il aimait Stéphanie depuis le premier jour où il avait posé son regard sur elle, à l'époque où elle était mariée avec son ami Derek. Il avait gardé secrets les sentiments qu'il éprouvait pour elle, jusqu'au jour où elle avait divorcé. Il l'avait aidée à traverser cette épreuve en la soutenant du mieux qu'il pouvait. Jeff se souvenait du jour où, quelques mois après son divorce, il avait tenté de lui faire des avances, lui expliquant tout l'amour qu'il lui portait. Il était mal à l'aise et avait craint que cela ne fonctionne pas et malheureusement, ça n'avait pas marché. Il s'était finalement résigné à accepter ce qu'elle lui avait toujours offert, l'amitié. Sachant que l'amour, ça ne se commande pas.

– On va réfléchir, dit-il. Laisse-moi quelques minutes, je suis encore sous le choc. Mais il n'est pas question que je te laisse tomber, on va trouver une solution.

Bien que Jeff était un peu perplexe, il comprenait parfaitement bien le dilemme. Stéphanie ne pouvait révéler l'identité du père, il n'y avait aucun doute là-dessus. Puis, en même temps, il se sentait flatté que Stéphanie ait pensé à lui pour prétendre qu'ils avaient eu une liaison. Elle aurait pu choisir Matthew. Après tout, il était aussi son copain et aussi célibataire. Jeff n'avait pas besoin de réfléchir très long-temps, il ne voyait pas les choses de la même manière que Stéphanie et se décida à être honnête envers elle et à lui dévoiler ses sentiments. Il lui prit les deux mains et plongea son regard dans le sien.

– Écoute Steph, j'ai une meilleure idée. Tu sais que j'éprouve toujours des sentiments pour toi. J'aime l'idée qu'on ait eu une liaison et que nous attendions un enfant ensemble. C'est la suite que je n'aime pas. Je préférerais que l'on puisse, d'ici quelques mois, trouver un appartement plus grand et emménager ensemble. J'aimerais jouer le véritable rôle de père, t'aider à élever cet enfant, le voir grandir avec toi. Je sais que tes sentiments envers moi ne sont pas réciproques, alors je ne te demande pas de m'épouser ni même de partager tes nuits, mais on pourrait faire un bout de chemin ensemble, en tant qu'amis, en vivant sous le même toit, et je serai le véritable père aux yeux des autres et sur les papiers officiels.

Étonnée et confuse à la fois, Stéphanie ne savait trop comment réagir devant la proposition de Jeff.

– Jeff, je ne sais pas trop. C'est comme si tu te sacrifiais pour cet enfant, je ne crois pas que ce soit la meilleure des solutions. Un jour tu trouveras la femme avec qui tu voudras construire ton bonheur. Ta proposition ne peut fonctionner.

– Prends quelques jours pour y réfléchir avant de répondre, sug-géra Jeff d'une voix empreinte de douceur. Moi je crois que cette proposition pourrait fonctionner et me rendre heureux.

Jeff n'avait pas eu d'enfant, sa carrière avait pris toute la place, et surtout, il n'avait jamais été dans une relation suffisamment longue et sérieuse pour envisager de devenir père. Comme si l'âme sœur n'avait pas croisé sa route. Cependant, lorsque son frère cadet Harry, qui vivait sur la côte Ouest, avait eu une petite fille, il n'avait pas hésité un instant à sa demande de devenir parrain. Il n'était pas très présent, mais chaque fois qu'il allait la voir, il la gâtait d'une montagne de cadeaux. Il aimait les enfants et s'amuser avec eux. L'année dernière, il avait pris plaisir à amener la petite Jessica à Disneyland pour fêter son 7ᵉ anniversaire. Jeff avait toujours souhaité avoir des enfants.

Jeff quitta Stéphanie tard dans la nuit. Chacun étant troublé par la proposition de l'autre. Ils s'étaient promis de réfléchir à tout cela pendant au moins une semaine avant de décider quoi que ce soit.

Le lendemain soir, comme promis, Matthew se rendit chez Stéphanie pour remettre l'EDM. Jeff était aussi présent. Depuis la nouvelle de la veille au soir, Jeff était décidé d'être le plus présent possible pour Stéphanie et de faire tout en son pouvoir pour l'aider à traverser cette terrible épreuve.

— Alors, demanda Stéphanie, est-ce que tu as de nouvelles conclusions ?

— J'arrive aux mêmes conclusions, répondit Matthew, mais avec plus de certitudes. Nous avons passé une grande partie de la journée d'hier, Pat et moi, à analyser le tout. Il apparaît en clair que John a perdu la maîtrise de son appareil avant de plonger dans l'océan. Il a fait corrections sur corrections, il s'est battu avec son avion pour essayer de récupérer, mais il est entré rapidement dans la spirale de la mort et il n'a pas réussi à s'en sortir. La descente finale a pu excéder un taux de 5 000 pieds/minute.

— Est-ce qu'il serait possible que John puisse avoir eu un malaise quelconque, un arrêt cardiaque, par exemple, qui aurait entraîné une perte de contrôle de son appareil ? demanda Jeff.

— Non. Si cela avait été le cas, nous l'aurions appris lors de l'autopsie, répondit Matthew. On croit vraiment qu'il a perdu le contrôle de son avion en partie à cause de la mauvaise visibilité.

— Je m'en doutais, dit Jeff.

— Nous avons aussi analysé, hier, les rapports météorologiques du jour de l'accident, et même si les conditions étaient limites pour John lors du décollage, on croit qu'elles se sont détériorées davantage lorsqu'il s'est retrouvé au-dessus de l'océan. Et comme il faisait nuit, et qu'il a soudainement perdu ses repères visuels, il a été désorienté. Et comme il n'avait pas appris à voler aux instruments, il a dû amorcer un virage et il n'a pas apporté les corrections nécessaires à temps.

– Je ne comprends toujours pas pourquoi il a décollé dans des conditions pareilles, avoua Jeff.

– Je crois qu'il a dû mal les évaluer, expliqua Stéphanie. John était capable de prendre des risques pour lui-même, mais jamais il aurait pris quel que risque que ce soit alors qu'il tenait la vie d'autres personnes entre ses mains. John était bien trop bon et respectueux des autres pour cela. Je crois que s'il avait su que les conditions allaient être si mauvaises, il n'aurait pas décollé.

– Je comprends. Mais les conditions peuvent-elles se détériorer à ce point ? Les prévisions météorologiques sont si peu fiables ?

– Malheureusement, la marge d'erreur est souvent grande en météorologie. Tout peut changer soudainement. Il s'agit d'une science très complexe et souvent imprévisible que même les meilleurs météorologues ne maîtrisent pas. Une observation est précise, mais une prévision n'est jamais absolue, expliqua Matthew.

– Sans oublier qu'une observation, à l'aide d'une sonde, par exemple, peut fournir une information exacte, mais un mille nautique plus loin, il peut y avoir des nuances, ajouta Stéphanie.

– De plus, on n'a pas toujours accès à un météorologue. On doit souvent se contenter de ce que fournit une station automatique qui est bien moins précise que l'interprétation et l'analyse d'un spécialiste en météorologie, précisa Matthew. Et il faut savoir qu'une mauvaise interprétation des rapports météo peut devenir une erreur de pilotage. Le blâme revient une fois de plus au pilote.

– De toute évidence, John est en cause, fit remarquer Jeff.

– D'autant plus que j'ai appris hier que deux pilotes expérimentés qui comptent des milliers d'heures de vol ont annulé leur vol, concluant que les conditions météo étaient trop mauvaises. L'un d'eux avait prévu décoller ce jour-là de Caldwell en fin d'après-midi, vendredi, de jour, et tout comme John, il devait se rendre à Martha's Vineyard. Lorsqu'il a pris connaissance des rapports météo, il a préféré annuler son vol, considérant les conditions météorologiques inacceptables étant donné la visibilité réduite. Un autre pilote expérimenté se trouvait en vol dans la région, le soir de l'accident, et il a raconté que la visibilité était presque nulle. On ne voyait pas l'horizon et on ne pouvait distinguer ni le ciel ni l'océan. Tout était noyé dans la brume.

– Est-ce que tu crois que seule la brume a fait en sorte que John ait perdu la maîtrise de son avion et soit tombé en spirale? demanda Jeff.

– Cela peut suffire, répondit Matthew, mais il peut y avoir d'autres causes aussi, telles la fatigue, l'influence des médicaments ou une distraction. Mais avant de tomber en spirale, John a sûrement été victime de la désorientation spatiale.

– Et qu'est-ce que c'est? demanda Jeff

– Ce phénomène se produit lorsque le pilote ne peut distinguer le haut du bas, répondit Stéphanie.

– Sans horizon visible et sans repère visuel, le cerveau est incapable de se situer dans l'espace. L'oreille joue des tours au sens de l'équilibre, car si on examine l'intérieur de l'oreille on y trouve des organes qui servent à nous situer dans l'espace. Ce sont des instruments très précis qui fonctionnent de concert avec l'œil pour déterminer si l'on se tient droit, expliqua Matthew. En perdant l'horizon, le haut et le bas, la droite et la gauche se confondent. On ne sait plus où l'on se trouve dans l'espace. On est naturellement porté à se fier à ce que notre corps nous dit, mais il se trompe. C'est à ce moment qu'il faut se fier aux instruments, mais pour ça, il faut avoir suivi une formation appropriée de vol aux instruments, ce que John n'avait pas. Il n'avait simplement pas l'expérience requise pour voler dans de telles conditions. John s'est donc fié à son instinct et à ses sens, mais ils étaient faussés. John croyait qu'il suivait une trajectoire horizontale alors qu'en réalité, il était en virage, et en même temps, il piquait du nez.

– Ouf! C'est difficile à croire! s'exclama Jeff.

– Oui, mais, c'est malheureusement ainsi, répliqua Matthew. Lorsque le pilote réalise qu'il se passe quelque chose d'inhabituel, par exemple le son du moteur est différent parce que la vitesse augmente dangereusement, il est déjà trop tard. Comme le pilote est désorienté, toutes les manœuvres qu'il peut tenter ne font qu'ajouter au chaos, et la fin approche.

– Je n'avais jamais entendu parler de ce phénomène, avoua Jeff.

– La désorientation spatiale demeure un phénomène étrange et dangereux, ajouta Stéphanie. Et elle a été la cause de plusieurs accidents mortels dans l'histoire de l'aviation. Durant les dix dernières années, aux États-Unis, les statistiques révèlent qu'il y a eu plus de 200 écrasements d'avions imputables à la désorientation spatiale.

– D'ailleurs, des tests à bord de simulateurs de vol ont démontré que lorsqu'un pilote avec uniquement une formation VFR perd son horizon naturel, il devient très vite désorienté et il est incapable de manœuvrer l'avion en volant aux instruments. Les chercheurs ont conclu que la grande majorité des pilotes s'écrasaient au bout de 78 secondes, raconta Matthew.

– Donc, la désorientation spatiale a joué un grand rôle dans l'accident de John, déclara Jeff.

– Oui répondit Matthew. Mais il faut savoir que la désorientation spatiale n'est pas une erreur de pilotage en tant que telle, c'est un phénomène physique. Par contre, ce qui l'a amené à la désorientation spatiale peut être une erreur de pilotage. Maintenant, la vraie question est : qu'est-ce qui l'a conduit ou entraîné dans une situation de désorientation spatiale ?

– Et quelle est la réponse, selon toi ? demanda Jeff.

– Une foule de mauvaises décisions du pilote, répondit Matthew. Comme d'avoir bifurqué vers l'océan trop rapidement, d'avoir décollé de nuit, de voler lorsque l'on est pas en très grande forme, fatigué, stressé et sous médication, de manquer de concentration, d'avoir mal interprété les conditions météorologiques, d'avoir fait preuve de témérité en surestimant ses compétences, de voler un appareil trop sophistiqué, de ne pas avoir fait appel à un instructeur alors que c'était nécessaire, la liste est longue.

– Est-ce que vous croyez que si John avait complété sa formation de vol aux instruments, cela lui aurait sauvé la vie? demanda Jeff.

– On ne peut le certifier de manière absolue, répondit Matthew, mais disons qu'il aurait augmenté ses chances d'être rentré sain et sauf d'au moins 80%. Car il ne suffit pas d'avoir une licence de vol aux instruments, il faut aussi le pratiquer pour acquérir de l'expérience. En clair, un pilote VFR, vole en regardant son horizon naturel, et il consulte ses instruments en référence, alors qu'en IFR, on s'y fie totalement et on est entraîné pour ça. Ainsi, s'il perd subitement son horizon à cause de la mauvaise visibilité, il sait quoi faire.

– Ce que John n'avait pas appris, constata Jeff.

– Tu sais, Steph, qu'au Canada, en Grande-Bretagne et dans la plupart des pays européens, John n'aurait pas eu le droit de voler la nuit, ajouta Matthew. Toi, tu as dû obtenir une annotation de vol de nuit lorsque tu volais au Canada.

– C'est exact, répondit Stéphanie. Mais la qualification de nuit est relativement facile à obtenir. Il suffit principalement de voler de nuit en double et en solo et d'avoir des notions de base aux instruments puisque souvent, de nuit, il arrive de perdre la référence visuelle avec le sol.

– Ici, aux États-Unis, les pilotes jouissent d'une plus grande liberté que bien des pilotes ailleurs dans le monde et l'annotation de nuit n'est pas nécessaire, expliqua Matthew. Si jamais le NTSB remettait en question le droit aux pilotes de voler la nuit pour ceux qui volent à vue sans licence IFR valide, le lobby des pilotes américains ferait des pressions pour que la FAA ne limite pas leur liberté.

– Pourtant, cela sauverait des vies... celle de John... ajouta Stéphanie.

– Encore une question, dit Jeff. On raconte que John a décollé tard parce qu'il a été retardé au bureau. Il avait eu une longue journée de travail, il avait rencontré en matinée les grands patrons d'Hachette, et il aurait été pris dans les embouteillages du vendredi. Apparemment, Carolyn est aussi arrivée en retard à l'aéroport. Est-ce que John est arrivé tard à l'aéroport parce qu'il savait que Carolyn ne pouvait y arriver plus tôt? On ne le sait pas, mais bref, son décollage a été retardé. En supposant que John aurait décollé de jour comme prévu, est-ce qu'il aurait été tout de même victime de la désorientation spatiale?

– Il aurait sans doute pu l'éviter, répondit Matthew. Je ne dis pas que la désorientation spatiale n'arrive que la nuit. Cependant, de jour, on peut voir plus facilement la brume qui se forme à l'horizon. En principe, selon les règles de vol à vue, si l'on voit du mauvais temps se dessiner devant nous, qui pourrait nous empêcher de suivre les règles minimales de visibilité, le pilote doit rebrousser chemin ou se dérouter vers un aéroport de dégagement. Mais certainement pas poursuivre sa route vers des conditions de vol inacceptables. Malheureusement, la nuit, surtout au-dessus de l'océan, on ne voit pas les bancs de brouillard ou de brume qui se forment. Lorsqu'on s'en rend compte, il est déjà trop tard.

– En conclusion, John a commis pas mal d'erreurs, lança Jeff.

– J'ai fait le décompte des erreurs de pilotage commises ou des mauvaises décisions qu'il a prises, avoua Matthew.

– Alors? demanda Jeff.

– Matthew sortit une feuille où il avait écrit de sa main les erreurs de jugement de John le jour de l'accident. Il se mit à les lire à voix haute:

1. Il n'aurait pas dû décoller étant donné les mauvaises conditions météorologiques qui dépassaient sa compétence. Il aurait pu demander de l'aide pour l'interprétation des prévisions météorologiques.

2. Il aurait dû suivre l'avis médical de son médecin et attendre encore quelques jours avant de piloter, le temps de permettre à sa cheville de guérir et de retrouver toute sa flexibilité.

3. Il n'aurait pas dû voler étant donné les conditions de stress qu'il vivait ce jour-là, alors qu'il devait recevoir une décision définitive concernant la survie de son magazine, et qu'il était encore sous médication, sa cheville le faisait apparemment encore souffrir. Il marchait toujours avec des béquilles au moment d'embarquer dans son avion pour son vol fatidique. Les médicaments antidouleur qu'il a consommés peuvent avoir affecté son jugement. Du fait, il a enfreint la réglementation aérienne.

4. Il aurait dû brancher ou garder branché le dispositif de pilotage automatique. Malheureusement, il ne connaissait pas encore assez bien son avion.

5. Il aurait dû être en contact radio et demander une guidance radar. John n'a pas communiqué avec le personnel aérien et n'a pas déposé de plan de vol.

6. John aurait dû suivre la route habituelle VFR en longeant la côte le plus longtemps possible avant de se diriger au-dessus de l'océan vers Martha's Vineyard au lieu d'opter pour un raccourci fatal.

7. Selon les témoins qui ont volé ce soir-là, les conditions météorologiques étaient moins bonnes que ce que prévoyaient les modèles météorologiques. John aurait dû déjà s'en rendre compte alors qu'il survolait encore la côte et rebrousser chemin avant de se diriger vers l'océan.

8. John aurait dû attendre d'avoir gagné plus d'expérience sur son Saratoga, un avion trop sophistiqué pour son niveau d'expérience, avant de piloter surtout de nuit dans des conditions marginales.

9. John, qui n'avait que 48 minutes d'expérience de nuit en solo sur son Saratoga, (incluant un seul décollage et atterrissage) n'aurait pas dû amener avec lui des passagères. Cela peut aussi causer des distractions pour un pilote comptant peu d'expérience dans ce contexte. La réglementation aérienne exige d'avoir fait au moins trois décollages et trois atterrissages en solo de nuit dans les derniers 90 jours avant de pouvoir transporter des passagers. Encore là, il a enfreint la réglementation aérienne.

10. Lorsque John a constaté qu'il décollerait en retard et qu'il survolerait l'océan de nuit, il aurait dû reporter son vol au lendemain.

11. Étant donné son état, son expérience et les conditions de vol ce soir-là, et parce qu'il ne possédait pas une licence IFR, John aurait dû demander l'assistance d'un instructeur de vol.

Tout avait été dit. Chacun se regardait, on n'avait plus rien à ajouter. Stéphanie baissa la tête, s'efforçant de ne pas pleurer. Tant d'erreurs et de mauvaises décisions, comme un terrible cauchemar, on espère que cela soit irréel. Malheureusement, on ne pouvait renverser les décisions, elles avaient été prises et le terrible constat en faisait foi : John n'était plus.

— As-tu encore besoin de l'EDM ? demanda Jeff qui voulait rompre le silence devenu trop lourd.

— Non, répondit Matthew. On a trouvé ce que nous voulions savoir. Voilà, je te le rends, fit-il en lui tendant l'EDM, qui se trouvait encore dans le même sac brun, encore plus froissé que deux jours auparavant.

— Dans ce cas, je vais téléphoner au type qui l'a trouvé. J'aimerais le convaincre de remettre cette pièce au NTSB.

Pendant que Stéphanie et Matthew discutaient au salon, Jeff alla dans le bureau de Stéphanie téléphoner à son inconnu de l'association de pilotes civiles.

— Avez-vous tiré des conclusions ? demanda aussitôt l'étranger au bout du fil.

Jeff ne voulait pas dévoiler tout ce qu'il savait à un type qu'il ne connaissait pas. Cependant, il jugeait qu'il lui devait, à tout le moins, un minimum d'explications.

– On n'a pas pu déterminer clairement les causes de l'accident, mais nous savons qu'il y a tout de même deux hypothèses à écarter, précisa Jeff. La première, c'est que la probabilité d'un attentat est à exclure définitivement et deuxièmement, il ne s'agit pas d'une panne de moteur, conclut-il.

Jeff trouvait que ses déclarations n'avaient rien de trop compromettant et du coup, il désamorçait un certain mystère lié à un sabotage.

– À présent, je crois qu'il vaut mieux remettre cet équipement au NTSB, ajouta Jeff.

– Je n'en crois rien, répondit l'inconnu, d'un ton furieux. Je suis certain qu'il y a eu attentat contre John F. Kennedy junior.

– Vous faites fausse route, répliqua Jeff, qui avait l'intuition depuis le début que ce type avait en tête que John était victime d'un assassinat.

– Dans ce cas, je veux récupérer ma pièce électronique, il n'est pas question que vous la remettiez au NTSB.

– D'accord, répondit Jeff qui n'avait aucune envie d'argumenter avec son interlocuteur.

Jeff se doutait qu'il essayerait probablement d'approcher un autre journaliste d'un autre média, mais cela lui importait peu à présent. D'autant plus qu'il avait renoncé à cette enquête et qu'il avait déjà prévenu le rédacteur en chef, à cet effet.

– Rendez-vous demain matin à 9h00 au même endroit, proposa Jeff avant de raccrocher.

Jeff alla ensuite retrouver Stéphanie et Matthew et raconta la conversation qu'il venait d'avoir avec l'inconnu.

– On devrait peut-être, à tout le moins, contacter le NTSB pour leur faire savoir que cette pièce électronique a été trouvée et leur faire part de nos conclusions, proposa Jeff.

– Pas la peine, répondit Matthew. Ils ont suffisamment de pièces en main pour arriver à leurs propres conclusions. Et puis nous ne pourrons jamais prouver formellement que notre analyse de l'EDM provient vraiment de l'appareil de John, puisque nous n'aurons plus la pièce en question.

– Je crois que Matt a raison, enchaîna Stéphanie, ils seront sceptiques. Et puis notre enquête parallèle risque de les effrayer, ils pourraient essayer de nous discréditer. Je crois qu'ils vont plutôt tenter de protéger John.

– Qu'est-ce qui te fait croire ça ?

– Ils ne vont pas déclarer sur la place publique que John a fait preuve de témérité et qu'il a commis des erreurs de pilotage. C'est souvent comme ça lorsque des personnes influentes peuvent intervenir, répondit Stéphanie.

– Tu crois qu'on tiendra à préserver son image et sa réputation ? demanda Jeff.

– Effectivement...

– Je le crois aussi, ajouta Matthew.

Tout en observant le regard perplexe de Jeff, Stéphanie se disait qu'elle ne pourrait blâmer John, pas plus que les autorités du NTSB. Même si ses erreurs étaient nombreuses, elle avait ses raisons de vouloir le protéger, et les autorités responsables auront les leurs. Après une brève discussion, ils décidèrent d'un commun accord de garder leurs conclusions pour eux, sans en informer le personnel chargé de l'enquête au NTSB. Ils voulaient protéger John à tout prix, aux yeux du monde entier. Protéger John, c'est ce que son entourage à l'aéro-club avait toujours fait, pensa Stéphanie se rappelant son entraînement secret sur un Saratoga pour accompagner John au cas où quelque chose arriverait. C'était désolant, car on n'avait pas réussi à le protéger jusqu'au bout. Aujourd'hui, Stéphanie avait ses propres raisons de le protéger une dernière fois et elle se doutait que Jeff et Matthew agissaient de même, par solidarité envers elle et lui.

Lorsqu'elle se retrouva seule ce soir-là, Stéphanie fut assaillie une fois de plus par la tristesse et le chagrin. Elle se sentait responsable. Il y avait tellement de « si ».

S'il n'avait pas décollé si tard dans des mauvaises conditions météorologiques, s'il n'avait pas refusé d'être accompagné par un instructeur, s'il n'avait pas pris de médicaments, s'il avait activé son pilotage automatique, s'il avait poursuivi sa formation IFR... Mais par-dessus tout, il y avait un « si » beaucoup plus important que les autres à ses yeux. Si elle ne lui avait pas écrit la fameuse lettre et si elle ne lui avait pas avoué qu'elle attendait un enfant de lui, peut-être que John serait encore ici.

Stéphanie ne pouvait s'empêcher de penser que c'était peut-être, elle, qui avait précipité John en vol, ce soir-là, malgré les conditions de vol marginales, pour aller à sa rencontre. Qu'avait-il écrit encore ?

J'ai tellement hâte de te voir que si je le pouvais, je décollerais ce soir pour te retrouver et te serrer très fort dans mes bras, là, maintenant...

J'ai besoin de te parler, j'ai besoin de te voir rapidement.

« Peut-être ai-je précipité John vers sa tragique destinée », pensa sombrement Stéphanie. Avait-il décollé par amour ou par impulsivité ? Elle ne le saura jamais, mais c'était une raison de plus de vouloir protéger sa mémoire.

Chapitre 18

Dimanche 16 juillet 2000

Un an après l'accident de John F. Kennedy junior

Stéphanie avait pris place dans un taxi, en route vers l'aéroport Vineyard Haven. Elle s'était levée aux aurores et tournait en rond depuis le début de la matinée. C'était une journée pas comme les autres et Stéphanie ressentait de l'anxiété. Pourtant, tout était prêt pour la cérémonie qui devait avoir lieu plus tard en après-midi, à 15h00. On avait eu recours à un service de traiteur pour la réception qui suivrait la cérémonie religieuse, les préparatifs étaient donc très réduits. Mais aux yeux de Stéphanie, tout était particulier et elle attachait beaucoup d'importance à cette célébration, souhaitant qu'elle soit liée à des moments de bonheur.

C'était Jeff, qui, en mars dernier, avait abordé le sujet.

— Faudrait penser à organiser un baptême, il aura bientôt deux mois, avait-il dit à ce moment-là. Tu tenais à une cérémonie religieuse il me semble, tu avais même parlé d'une église catholique.

Effectivement, Stéphanie voulait faire baptiser son fils né le 26 janvier dernier. Mais pour diverses raisons, elle avait retardé le moment.

— Attendons l'arrivée des belles journées d'été, avait-elle simplement répondu. Je vois une belle réception à ma villa, au moment où les jardins seront en fleurs. Ça fera de plus belles photos et on en gardera un merveilleux souvenir.

Puis, un mois plus tard, Stéphanie s'était mise en tête de faire coïncider le baptême avec le week-end du premier anniversaire de la mort de John. Pour elle, cela n'avait rien de triste ou de lugubre. C'était plutôt l'inverse. Elle ne voulait pas passer le reste de sa vie à penser à cette date comme à un jour triste et malheureux. Évidemment, elle n'oublierait jamais la mort de John, mais en reliant cette date à un événement heureux comme celui du baptême, qui signifie, en quelque sorte, la célébration de la naissance de son fils, l'enfant que John lui avait donné, elle croyait transformer ainsi cette date fatidique en un souvenir agréable et joyeux pour les années à venir.

Pour l'occasion, elle avait tenu à louer une villa sur l'île de Martha's Vineyard. Pour elle, l'île évoquait John, son chez-lui, et incarnait l'endroit où il fallait célébrer le baptême de son fils. Elle voulait relier la mort à la naissance, comme un cycle complet de vie, une boucle parfaite. Jeff s'était montré compréhensif envers elle et avait approuvé son idée même si les frais de location d'un mois d'une petite maison d'été à Vineyard Haven avaient coûté les yeux de la tête.

Aujourd'hui, son enfant allait bientôt avoir six mois et il la comblait de bonheur. Le départ subi de John avait laissé des marques indélébiles qui, aujourd'hui encore, la faisait terriblement souffrir. Mais durant les périodes sombres, elle s'était accrochée à son enfant. L'amour qu'elle lui portait lui avait permis de traverser les moments difficiles.

Depuis le début de la matinée, Stéphanie, sans trop savoir pourquoi, tournait en rond, anxieuse, voulant à tout prix que la journée soit parfaite. Elle avait décoré la maison et le jardin pour l'occasion. Des fleurs et des ballons avaient été placés un peu partout. Et à présent, elle n'avait plus rien à faire. Il s'agissait d'une petite réception où seulement quelques amis étaient invités. Son ami Matthew avait été le premier invité. Sa copine Melanie avait aussi accepté l'invitation, elle qui avait rompu un mois plus tôt avec son petit ami, le journaliste du *New York Post*. Jeff et Stéphanie s'étaient aussi mis d'accord pour inviter deux collègues du *New York Times* qui étaient assez proches de Jeff et qui formaient aussi un couple. Le frère de Jeff, sa femme et sa filleule avaient insisté pour ne pas manquer l'événement. Ils avaient fait le voyage depuis la côte Ouest, et ils avaient décidé d'en profiter pour passer leurs vacances d'été en voyageant le long de la côte Est américaine le reste du mois de juillet. Depuis la mort de John, Stéphanie s'était rapprochée de plusieurs pilotes, dont Patrick, avec qui elle avait tissé des liens d'amitié. Il avait également accepté l'invitation et, comme il venait de se faire une copine, il était attendu avec cette dernière. Son partenaire de vol, Dave, et sa conjointe, avaient aussi accepté de venir, voulant profiter de la belle saison pour séjourner sur l'île voisine, Nantucket. La cérémonie qui précédait la réception se tiendrait à l'église catholique St. Augustine, à Vineyard Haven.

– Tu devrais aller te changer les idées, lui avait dit Jeff quelques minutes plus tôt. Va faire un tour d'avion, ça t'occupera l'esprit. De toute façon, la plupart des invités se rendront directement à l'église pour 15h00.

Comme toujours, Jeff avait lu dans ses pensées, la voyant fixer le ciel bleu sans nuage.

– Tu es certain que ça ne te dérange pas ?

– Mais non, Steph, tu n'as pas besoin d'être ici pour accueillir le traiteur. Allez va ! Tu en meurs d'envie de toute façon.

Voler avait toujours, été et restera toujours pour Stéphanie son exutoire. Là-haut, elle était bien, et ses problèmes prenaient une autre dimension, une proportion plus petite vue du ciel. Aujourd'hui, ce n'était pas les problèmes qui étaient en cause, mais plutôt les souvenirs. Voulait-elle s'en approcher ou s'en éloigner ? Elle ne saurait le dire. Mais voler, elle le savait, lui ferait un bien immense.

Stéphanie ne s'était pas fait prier longtemps, et avait sauté dans un taxi pour se rendre à l'aéroport. Elle avait loué une place de stationnement pour son avion à l'aéroport de Martha's Vineyard pour un mois faisant les allers-retours tous les week-ends de New York jusqu'ici avec son Piper Warrior.

Le chauffeur de taxi déposa Stéphanie à Vineyard Haven, l'aéroport principal de Martha's Vineyard. Elle tendit avec empressement quelques billets au chauffeur, pris son porte-documents de vol, puis marcha rapidement vers le centre de service FBO pour pilotes. Une fois sur place, elle fut envahie par une tristesse inexplicable. Était-ce le souvenir de la cérémonie en mer, un an plus tôt, qui venait subitement de prendre toute la place dans son esprit?

La saison estivale battait son plein et l'aéroport était particulièrement occupé à cette période de l'année, dû aux nombreux touristes qui s'y rendaient. En entrant dans le centre pour pilotes, Stéphanie s'efforça d'afficher un air radieux, comme on avait l'habitude de la voir, réalisant un effort surhumain pour laisser de côté cette tristesse qui trop souvent encore l'envahissait.

— Bonjour madame Parker, dit le répartiteur, affichant un large sourire en l'apercevant. Vous repartez déjà pour New York?

— Non Alex, pas du tout. Mais avec ce temps splendide, je compte m'amuser un peu, j'en ai pour une heure ou deux, tout au plus.

— Un vol local?

— Oui, fit Stéphanie en hochant la tête.

— Bien, nous avons fait le plein d'essence pour vous à votre arrivée vendredi. Avez-vous besoin d'autre chose?

— Non, j'ai déjà vérifié la météo, rien de significatif. Merci, à plus tard.

— Bon vol, madame Parker, fit le répartiteur en la saluant et en lui rappelant le code d'accès pour déverrouiller la barrière donnant accès aux aéronefs.

En traversant le tarmac, Stéphanie constata rapidement que l'aéroport était encore plus actif en cette matinée ensoleillée qu'elle l'avait présagé. Voir plusieurs pilotes s'afférer aux dernières vérifications avant le décollage, des plus petits aéronefs aux luxueux jets privés, la faisait sourire. L'endroit fourmillait de Learjet et de Gulfstream d'où sortaient des passagers avec des bagages, alors que d'autres s'alignaient sur le *taxiway*, en attente pour le décollage. Ce spectacle tout entier lui procurait toujours un réel plaisir, même après toutes ces années, et aujourd'hui, cela lui faisait un bien particulier. L'aéroport de Martha's Vineyard contrastait avec le petit aéroport municipal de Chatham, qu'elle utilisait habituellement durant ses week-ends d'été. L'endroit lui rappelait plutôt l'aéroport de Morristown, où l'on retrouvait également plusieurs jets privés, mais ici, il y avait un cachet spécial. Elle souriait toujours à la vue des *hands boys* placer des tapis rouges au seuil des petits escaliers rétractables des jets privés pour la clientèle VIP. C'était typique à Martha's Vineyard. Et quoi de mieux que de respirer une bonne bouffée de kérosène et de s'envoler vers ce ciel bleu azur pour que son sourire naturel lui revienne. « Je me sens déjà mieux », pensa Stéphanie.

En se dirigeant vers son Piper Warrior, elle aperçut au loin Matthew en train de sortir de son Piper Cherokee qui venait de se garer. Il l'aperçut à son tour et lui fit signe de la main avant de se diriger vers elle en courant.

– Steph, que fais-tu ici, tu repars pour New York ? Est-ce que j'ai manqué le baptême ?

– Mais non, répliqua Stéphanie en s'approchant de lui pour lui poser deux baisers sur chacune de ses pommettes. Ce n'est qu'à 15h00. J'ai juste besoin d'aller faire un tour.

– Ce n'est pas un peu juste ? questionna Matthew en regardant sa montre.

– Ne t'inquiète pas, j'en ai que pour une heure ou deux. Je serai rentrée pour le lunch. Ce qui me laissera largement le temps d'enfiler une jolie petite robe que je viens tout juste d'acheter pour l'occasion et d'habiller mon fils pour la circonstance.

Une fois de plus, Stéphanie portait des jeans, des chaussures de course et un simple chemisier et, malgré la chaleur, elle optait comme toujours pour un chemisier à manches longues, préférant rouler les manches. Rien n'avait changé, elle était bien ainsi pour voler.

— Je te remercie, Matt, d'avoir pris la peine de venir jusqu'ici aujourd'hui, ajouta Stéphanie. C'est vraiment chic de ta part. Tu n'étais pas obligé.

— Mais j'en suis ravi, et je sais bien que c'est une journée importante pour toi. Le baptême a suffisamment été retardé comme ça.

Stéphanie demeura silencieuse, elle ne voulait pas entrer dans cette discussion de peur de voir une larme surgir de ses yeux bleus fraîchement maquillés.

— Steph, tu es sûre que ça va?

— Absolument, tout va très bien, insista Stéphanie d'un ton ferme et rassurant. Tu as l'adresse de ma villa?

Matthew hocha la tête en sortant un bout de papier de sa poche sur lequel l'adresse y était griffonnée.

— Bien, tu n'auras qu'à la transmettre au chauffeur de taxi, il saura la trouver. Jeff est là. Tu sais que Melanie a accepté de venir, ajouta Stéphanie en lui faisant un clin d'œil.

— Tu fais partie de la haute, maintenant, avec ta villa à Martha's Vineyard, ajouta Matthew à la rigolade, voulant changer de sujet à tout prix, et surtout voulant dissimuler son enthousiasme concernant la présence de Melanie.

— Ce n'est qu'une location pour un mois, et j'ai dû louer ma villa de Chatham pour m'aider à payer cette location, riposta Stéphanie sur la défensive.

— Je sais bien. Je voulais simplement te taquiner.

— Si j'étais toi, je tenterais ma chance auprès de Mel. Tu sais qu'elle a rompu avec son journaliste. La place est libre, ajouta Stéphanie pour le taquiner à son tour prenant plaisir à le voir rougir.

— On verra ça une autre fois. Pour l'instant, je suis un peu inquiet pour toi, Steph, tu n'es pas comme d'habitude, ton regard te trahit. Tu veux que je t'accompagne pour ton vol?

Stéphanie fit signe que non.

— À plus tard! répondit-elle en le saluant de la main.

Stéphanie reprit son porte-documents qu'elle avait déposé à ses pieds avant de se diriger, d'un pas rapide vers son avion.

— Attends! J'ai quelque chose pour toi, intervint Matthew, voulant la retenir. Laisse-moi deux minutes et je reviens, dit-il en s'élançant au pas de course vers son avion.

Pendant ce temps, Stéphanie entreprit les vérifications d'usage de son Warrior. Matthew la rejoignit un instant plus tard en lui tendant une enveloppe.

— Je ne savais pas si c'était le bon moment pour te remettre ça, mais je crois que tu seras satisfaite.

— Qu'est-ce que c'est? demanda Stéphanie.

— Il s'agit du rapport officiel du NTSB. Il sera rendu public d'ici quelques jours, expliqua Matthew. C'est grâce à mes relations que j'ai obtenu cette copie. Ils ont pris un an pour compléter leur enquête et tirer leurs conclusions.

On commençait à parler dans les médias que le NTSB avait terminé son enquête d'un million et demi de dollars depuis le 6 juillet, et qu'il serait rendu public prochainement. Entre-temps, le NTSB avait remis les débris à la compagnie qui assurait l'avion. On les remettraient ensuite à la sœur de John, qui les feraient entreposer, le temps de prendre les arrangements pour les faire détruire.

— Matt, tu es adorable. Merci! fit Stéphanie en le serrant dans ses bras.

— C'est comme nous avions présumé, avec plus de subtilité, et les blâmes en moins, expliqua Matthew qui avait déjà lu le rapport attentivement.

— Tu l'as obtenu du même type qui t'avait remis le rapport préliminaire?

— Oui, répondit Matthew. Étrangement, aucune recommandation n'a été émise et on ne fait pas mention d'erreur de pilotage.

— Aucune recommandation ! s'exclama Stéphanie

— Non, aucune. Comme si John n'avait commis aucune erreur. C'est à se demander si le NTSB avait toute la marge de manœuvre habituelle pour arriver à ses conclusions.

— C'est vraiment étrange, ils émettent toujours des recommandations dans le but de prévenir d'autres accidents semblables, fit remarquer Stéphanie. Mais entre nous, ça me soulage, tu sais. Les gens qui ne s'y connaissent pas en aviation arrêteront de le blâmer.

— À condition que ceux qui s'y connaissent puissent faire la part des choses pour ne pas répéter les erreurs de John, répliqua Matthew.

— Je crois que cet accident a tellement été médiatisé que tous les pilotes ont pu le suivre de près et chacun est en mesure d'en tirer ses propres conclusions.

— Sans doute, mais à quoi bon avoir gaspillé un an pour ça et dépenser un million et demi de dollars ?

— J'admets que là, il y a un problème, avoua Stéphanie.

— On n'y peut rien de toute façon.

— Est-ce que tu lui as finalement glissé un mot concernant l'EDM qu'on avait trouvé ? demanda Stéphanie, curieuse de voir que Matthew semblait toujours proche de cet individu qui travaillait au NTSB.

— Non, pas un mot. J'ai tenu notre accord. Je peux garder un secret, tu sais.

— Je sais.

Stéphanie savait parfaitement bien que Matthew était digne de confiance. Elle se rappela le jour où elle lui avait révélé qu'elle était enceinte, n'étant plus en mesure de cacher sa grossesse. « C'est John le père », avait-il dit aussitôt. Il savait, il avait deviné et elle n'avait pas nié.

— Ne t'en fais pas, avait-il dit. La terre entière pourra croire que c'est l'enfant de Jeff, mais moi je saurai qui est le véritable père.

Mais tu pourras toujours compter sur mon entière discrétion. Nous ne serons que trois à savoir, tu as ma parole.

Stéphanie n'était pas inquiète, elle savait qu'elle pouvait compter sur Matthew tout comme sur Jeff.

— Est-ce que tu l'appelleras John ? avait demandé Matthew ce jour-là.

— Non, je l'appellerai George.

— George, en mémoire du magazine de John ? avait questionné Matthew qui avait aussitôt fait le lien.

— Oui. John a fondé ce magazine et en était très fier, tu sais, avait expliqué Stéphanie. Je crois qu'il aurait voulu laisser le magazine *George* en héritage, en mémoire d'un accomplissement de son vivant en attendant d'avoir un fils. J'ai simplement voulu relier les deux.

Matthew avait bien compris que Stéphanie voulait un lien avec John pour son fils, mais elle ne voulait aucun nom le reliant à sa famille. Peut-être voulait-elle le protéger de la malédiction des Kennedy. Stéphanie avait gardé son idée première de lui faire porter son nom de famille, Delorme. En portant son nom, elle croyait son fils à l'abri des médias.

— Merci encore Matt, j'apprécie, fit Stéphanie en montrant l'enveloppe. Je dois y aller maintenant, le ciel m'attend.

— À plus tard alors. J'ai hâte de voir le petit George. D'ailleurs, comment se porte le héros du jour ? demanda Matthew qui essayait de la retenir sans raison.

— Mon ange se porte à merveille, répondit Stéphanie en prenant place dans son avion et en déposant l'enveloppe à côté d'elle sur le siège du passager.

— Bon vol et sois prudente !

À peine cinq minutes plus tard, Stéphanie avait terminé ses vérifications de routine, elle avait écouté l'atis sur 126.2 pour obtenir les informations relatives aux pistes en usages. Après avoir obtenu l'autorisation de roulage du service sol sur 121.8, elle venait de syntoniser la tour sur 121.4. En attendant son tour pour décoller, Stéphanie passa en revue les dernières vérifications de sa *checklist*. La sécurité du vol demeurait encore sa priorité.

– Novembre7527Roméo, autorisé à décoller piste 24 sans délai.

Stéphanie accusa réception en répétant l'immatriculation de son appareil tout en s'alignant sur la piste. Elle enfonça rapidement la manette des gaz à fond tout en jetant un rapide coup d'œil sur son conservateur de cap, s'assurant qu'il indiquait bien 24. La tour de contrôle avait fort à faire. Deux avions semblaient se suivre de très près en courte finale, à quelques instants d'atterrir, s'en parler des deux jets privés qui la suivaient au sol pour décoller. Elle devait décoller avant que l'avion sur le point d'atterrir ne soit trop près. Pour les contrôleurs, chaque seconde comptait et on pouvait ressentir, dans leur timbre de voix, leur empressement à ce qu'on exécute leurs instructions. Stéphanie prit quelques secondes pour balayer du regard ses instruments de vol à tour de rôle et prit rapidement son envol.

Elle s'éloigna de la zone de contrôle pour profiter de son vol à sa guise. Elle essayait, depuis quelque temps, de profiter de l'instant présent au maximum, et voler aujourd'hui était un moment agréable ; elle avait donc l'intention de le savourer pleinement. La mort de John lui avait appris cela, à tout le moins. Elle avait compris depuis un an qu'il était possible de façonner son propre bonheur, le créer, le bâtir, sans tout remettre sur le compte de la fatalité, mais qu'il s'agissait d'un défi quotidien. Il fallait y travailler chaque jour en essayant de capter chaque petite parcelle de bonheur qui se présentait sur notre chemin, dans le moment présent. Jeff lui avait appris beaucoup sur cette façon d'entrevoir la vie. Elle l'avait laissé entrer dans sa vie peu à peu et ne pouvait que s'en réjouir, car sa sagesse et sa philosophie de vie lui avaient apporté apaisement et réconfort. Elle avait fini par accepter sa proposition, de jouer le rôle paternel du petit George, mais les événements avaient évolué progressivement. La voyant d'abord hésitante à sa proposition, Jeff avait fait preuve de patience, évitant de la bousculer. Ils avaient commencé par vivre les week-ends ensemble pendant sa grossesse. Il s'était résigné à monter à bord de son Piper Warrior pour l'accompagner à sa villa de Chatham tous les week-ends de l'été, profitant ainsi des plaisirs de la plage. À la fin d'octobre, elle ne se sentait plus à l'aise pour piloter, sa grossesse étant trop avancée. Elle avait alors fermé sa villa un mois plus tôt que de coutume. Les mois suivants, elle avait continué de passer ses week-ends avec lui. Parfois, à l'appartement de Jeff, tantôt au sien. Ils faisaient des choses toutes simples, comme se promener les dimanches après-midi dans Central Park ou aller au cinéma.

Stéphanie avait besoin du soutien de Jeff. Elle était passée par toutes les étapes qu'un deuil peut engendrer. Il y avait eu l'immense chagrin qui fait chavirer à chaque instant, des jours sans soleil et inconsolables ; puis, il y avait eu la déprime, perdant intérêt envers tout et chacun, ne sachant plus vers qui ou quoi se diriger, jusqu'à ce qu'elle soit envahie par une colère quasi constante, criant sans cesse à l'injustice. Il y avait aussi eu la culpabilité, croyant encore que John avait précipité son départ pour la retrouver. Finalement, il y avait eu l'acceptation. La naissance du petit George avait beaucoup aidé, tout comme la présence de Jeff. Il ne lui manquait plus qu'à faire la paix avec son passé pour atteindre la sérénité complète.

Quelque temps avant son accouchement, Jeff s'était mis secrètement à la recherche d'un appartement plus grand que leurs appartements respectifs et deux semaines après la naissance de George, il l'amena visiter un appartement tout près de chez elle, dans Chelsea, en lui proposant à nouveau de vivre ensemble. Déjà, six mois s'étaient écoulés depuis la première fois qu'il le lui avait proposé, le jour où il avait appris qu'elle était enceinte, un peu plus d'une semaine après la mort de John.

Stéphanie avait finalement accepté d'emménager avec Jeff. Ils étaient heureux ensemble même s'ils ne formaient pas un couple dans l'intimité. De nouveaux liens s'étaient tissés, leur amitié s'était approfondie et leur complicité s'était renforcée au fil des mois. Et à la naissance du petit George, ils s'étaient rapprochés encore davantage. Jeff s'en occupait comme s'il avait été le véritable père. Il était toujours amoureux de Stéphanie. Il l'aimait même plus qu'auparavant, car le fait de vivre à ses côtés avait fait grandir son amour pour elle. Il était confiant que les choses évolueraient. Selon lui, Stéphanie avait simplement besoin de plus de temps pour croire à nouveau en l'amour. Déjà, il se réjouissait de partager sa vie sachant que leur complicité était plus grande que la majorité des couples qui vivaient une passion enivrante.

Stéphanie appréciait tout ce que Jeff faisait pour elle, et sa présence était réconfortante. Elle aurait souhaité pouvoir lui offrir ce qu'il voulait : être l'amoureuse et l'amante tant espérées, même s'il n'y faisait jamais allusion. Mais elle aimait encore trop John pour que cela soit possible. Il lui fallait du temps. Peut-être qu'un jour, elle finirait par oublier et à panser les plaies ?

Stéphanie avait mis le cap vers Cape Cod et inconsciemment, elle avait pris la direction des plages du *National Seashore*. Rapidement, ses pensées se tournaient vers John, en survolant les magnifiques plages où elle avait marché à ses côtés, où ils avaient été heureux ensemble et où ils s'étaient aimés.

Les chauds rayons du soleil pénétraient à l'intérieur de l'habitacle de l'avion et semblaient vouloir lui réchauffer le cœur et apaiser son âme. Aujourd'hui, sans pouvoir expliquer pourquoi, elle percevait cette douce chaleur comme une forme de réconfort. L'anxiété et la tristesse de la matinée avaient maintenant complètement disparu. Les paysages de la région vus du ciel étaient à couper le souffle. Des milliers de bateaux et de voiliers blancs foisonnaient le long de la côte. Elle admirait la perspective comme si elle la découvrait pour la première fois. Les couleurs lui semblaient plus vives que de coutume, tout était plus lumineux, comme si une lumière jaillissait sous ses yeux pour éclairer ce tableau idyllique. Peut-être, sortait-elle enfin de cette grande noirceur qui lui avait obscurci la vue des mois durant ? Tellement longtemps l'océan ne lui avait laissé transparaître que froideur et néant. Longtemps, elle en avait voulu à l'océan de lui avoir tout pris. Tout. Son amour, ses rêves, ses espoirs, tout ce qui comptait à ses yeux. Il lui avait fallu beaucoup de temps pour se réconcilier et apprécier l'océan à nouveau, mais son rapport avec cette immensité était encore mitigé. Paradoxalement, aujourd'hui, la mer représentait une grande plénitude. Comme si elle venait de faire la paix avec l'océan. « Ce n'est qu'en la survolant, que l'on pouvait constater toute son immensité, apprécier toute sa beauté et être conscient de toute sa force », pensa-t-elle.

Déjà un an, depuis le tragique accident de John et aujourd'hui encore, il lui arrivait de croire qu'elle ne s'en remettrait jamais, qu'elle ne l'oublierait jamais. Néanmoins, aujourd'hui, plus les minutes s'écoulaient, plus le vol lui apportait un apaisement, une espèce de baume pour le cœur, l'âme et l'esprit. Comme si elle se sentait un peu plus près de John. Aujourd'hui, ce n'était pas une journée comme les autres et l'idée que John puisse l'accompagner en pensée devenait une croyance réconfortante.

– John, comment puis-je t'oublier alors qu'on ne parle que de toi encore aujourd'hui ? demanda à haute voix Stéphanie. Seule, au-dessus de l'océan, j'observe la côte qui me rappelle ton visage, les vagues dessinent ton sourire et le vent murmure ton nom. Le mouvement de l'avion dans le ciel m'entraîne dans tes pensées. John, je t'aime encore…

Stéphanie posa ensuite un regard sur l'enveloppe à côté d'elle que Matthew lui avait remise un peu plus tôt. Piquée par la curiosité, elle décida d'atterrir à l'aéroport de Chatham. Une fois au sol, elle se gara, prit l'enveloppe et se dirigea vers sa vieille Honda qui était restée garée là. Elle se rendit sur la plage Marconi, où John l'avait embrassée pour la première fois. Une fois de plus, la plage était bondée de touristes. Sans se préoccuper de qui que ce soit, elle s'assit face à l'océan, observant le mouvement de la marée, portant attention au bruit des vagues, se laissant caresser le visage par le vent. Le soleil lui apaisait l'esprit et aujourd'hui encore, elle pouvait sentir le souffle chaud de John dans son cou en mémoire des moments merveilleux.

Puis, avec précaution, elle ouvrit l'enveloppe et se mit à lire le document qui s'y trouvait.

Le ton officiel du rapport contrastait avec son état d'âme.

Écrasement d'un Piper Saratoga II HP, (PA-32R-301) immatri-culé N9253N, monomoteur dans le détroit du Rhode Island près de Martha's Vineyard, vendredi le 16 juillet 1999.

Enquête menée par le National Transportation Safety Board (NTSB).

Le rapport sur l'écrasement de l'avion de John qui lui avait coûté la vie, ainsi qu'à ses deux passagères, contenait plusieurs pages, mais elle se contenta de lire la partie qui révélait les conclusions du NTSB et les causes probables de l'accident.

Le NTSB a conclu que l'incapacité du pilote à maîtriser son appareil en descente vers l'océan est imputable à une désorientation spatiale causée par la brume et l'obscurité et à l'incapacité à voir l'horizon.

Le rapport ne mentionne pas d'erreur de pilotage et ne contient aucune recommandation.

Sans émotion aucune, elle avait lu les conclusions de l'enquête. Voilà, c'était tout. Avec soin, elle remit le rapport dans son enveloppe avant de fixer l'océan de nouveau. Elle resta ainsi quelques minutes, le temps de se vider l'esprit de ce qu'elle venait de lire. Elle demeura dans un état contemplatif, admirant la scène devant elle. Puis, peu à peu, elle fut enveloppée par une douce chaleur, une sorte de voile l'entoura, lui insufflant de la quiétude. À cet instant, elle pouvait ressentir la présence de John, là, juste à ses côtés. Une sensation d'allégresse était palpable en elle, symbolisant la douceur. Un grand sentiment de paix l'envahit. Maintenant, elle pouvait rejoindre les autres et célébrer la naissance de son fils. Elle était sereine, à présent.

John fait ses vérifications d'usage sur son Cessna 182 avant son envol.

INF / La Presse Canadienne / Paul Adao

John est en position pour le décollage à bord de son Cessna 182
sur la piste de l'aéroport de Hyannis, Cape Cod, Massachusetts.
Son Cessna 182 est immatriculé N529JK en mémoire de son père, né le 29 mai.

Piper Aircraft

Le Piper Saratoga II HP

Il s'agit du même modèle que celui de John. Un avion monomoteur, six places, à train
rétractable. L'appareil haute-performance est luxueux et confortable. La vitesse de croisière
se situe à 165kts (307km/h). John a déboursé 300 000 $ US, pour son Saratoga.

475

Principales sources et références

- Rapport du National Transportation Safety Board (NTSB)
  NYC99MA178
  14 CFR Part 91 : General Aviation

- Règlements de l'air de la Federal Aviation Administration (FAA)

- Organisation de l'aviation civile internationale (OACI)

- Règlements de l'air de Transport Canada

- Bureau de la sécurité des transports du Canada (BST)

REMERCIEMENTS

Je tiens à souligner l'aide inestimable d'un grand nombre de personnes et d'organismes qui ont contribué à cet ouvrage, chacun à leur manière.

Mes remerciements vont d'abord aux pilotes qui ont côtoyé John F. Kennedy junior et qui ont généreusement accepté de se confier, me permettant d'écrire un portrait plus juste sur lui. Je respecte leur choix de rester anonyme.

Merci également aux membres du personnel de la FAA, de l'OACI et de Transport Canada pour leurs précisions. Je tiens aussi à remercier J.P. Instruments pour l'information fournie concernant le Engine Data Management (EDM).

Je veux exprimer ma reconnaissance envers mes amis pilotes et instructeurs, avec qui j'ai partagé, au fil des ans, cette passion unique pour l'aviation et qui ont contribué à cet ouvrage en partageant points de vue et compétences.

Finalement, je tiens à remercier particulièrement mes parents ainsi que mes amis et collègues journalistes pour leur appui et leurs encouragements en période d'écriture. Toute ma gratitude va aussi à ma correctrice pour ses conseils inestimables ainsi qu'à l'aide exceptionnelle de ma traductrice qui a cru en moi dès le départ.